谯华平 著

共天下

GONG TIAN XIA

上

石油工业出版社

图书在版编目（CIP）数据

共天下 / 谯华平著. — 北京：石油工业出版社，2024.7

ISBN 978-7-5183-6715-3

Ⅰ.①共… Ⅱ.①谯… Ⅲ.①长篇历史小说—中国—当代 Ⅳ.①I247.5

中国国家版本馆CIP数据核字（2024）第106804号

共天下

谯华平　著

出版发行：石油工业出版社

　　　　　（北京安定门外安华里2区1号楼100011）

网　　　址：www.petropub.com

编　辑　部：（010）64523616　64523689

图书营销中心：（010）64523731　64523633

经　　　销：全国新华书店

印　　　刷：北京中石油彩色印刷有限责任公司

2024年7月第1版　2024年7月第1次印刷

710毫米×1000毫米　开本：1/16　印张：38.75

字数：500千字

定价：98.00元（上下册）

（如出现印装质量问题，我社图书营销中心负责调换）

版权所有，翻印必究

总序

"分久必合，合久必分"，这是中国历史的常态。其实这很好理解，世界总是处在不断运动之中。天下熙熙，皆为利趋；天下攘攘，皆为利往。每次大统一后，经过一段时间的发展，就会出现中央与地方或其他错综复杂的矛盾，从而造成分裂；分裂久了，矛盾解决了，社会又会整合到一起。

我们中国人比较熟悉的朝代是：秦、汉、隋、唐、宋、元、明、清，各种史实、教学研究，万千小说、满屏戏剧，真可谓著述巨万，汗牛充栋。这也很好理解，统一王朝时有史官详尽地记述资料，再加上野史的补缺，历史脉络就清晰可见，后世作者创作时就可以一气呵成，读者也能够轻松理解，长此以往，人们就以为神州只有这些统一的朝代了。

在中国历史上，虽然"合"是大势所趋、人心所向，但时间上毕竟分多合少。总体来看，华夏大地经历了三次大分裂、四次大统一、四次局部统一的时期。大众所不太熟悉的历史，除遥远的夏、商、周外，就是分裂时代。那时虽英雄辈出，但朝堂动荡、战火蔓延、哀鸿遍野，一来史官所记有限，二来故事眼花缭乱，更兼正朔之争、华夷之辨，加上书籍被毁，史料不存，随着时间长河滚滚而逝，久远的历史故事就在大众的记忆中所剩无几了！

历史是最好的教科书，以史为镜、以史明志，可一品再品，常读常新。分裂时代有更多的英雄，更重的担当，更大的抱负，但也有更熊的战火，更苦的人民，更苛的政令；因而有更跌宕的场面，更华丽的人生，更精彩的故事，更起伏的计谋。我们犯过的错误，都能在那里寻找到"相同的河流"；我们见过的阴谋，都会在那里发现蛛丝与马迹。大一统的历史我们要熟悉，大分裂的脉络我们更要读懂。

自秦始皇一统神州以来，秦汉间有短暂分裂；之后汉末出现了一个近四百年的较长分裂时期，统称魏晋南北朝，分裂之初的魏、蜀、吴三国，因《三国演义》而家喻户晓了，之后的两晋南北朝三百多年的历史，大众还相对陌生。这就是一套该时期的系列历史演义小说，全书九部十二册，包括《共天下》上下册（东晋）、《五胡乱》上下册（十六国）、《女皇记》（北魏）、《下江流》（刘宋）、《立大梁》（南齐）、《六镇反》（北魏）、《斩明月》（北齐）、《哀江南》（南梁）以及《三国杀》上下册（后三国），时间从约300年到三国归隋的581年。主旨是让大家以最轻松的心情，熟悉那段朦胧而久远的历史。

本系列小说以《资治通鉴》为主要叙事蓝本，参考了同时代的一系列史书，同时参阅了大量的学界研究成果，在此一并隆重致谢！

是为序。

序

令人眼花缭乱、长达一百多年的东晋历史画卷神奇展开了！

心神不定的司马氏皇帝坐在宽大的龙椅一端，看着朝堂下威风凛凛、气定神闲的宰相王导说："王爱卿，上来坐！"

战国与秦汉之际，专制君权形成。皇权凌驾于全社会之上，"朕即国家""朕即天下"，造成"一人为刚，万人为柔"的局面。皇权是超越法律、不受任何限制的至高无上的绝对权力，具有独断性、无限性、随意性等特点，但最大的特征还是一个"独"字，所谓天无二日、国无二主是也。

虽然台下的王导很谦逊很淡定地说，"若太阳下同万物，苍生何由仰照"，但奇葩的东晋显然是个例外。其他朝代的圣旨一般都是这么大气磅礴地开头："奉天承运，皇帝诏曰"，但东晋皇帝对宰相的诏书一般是这么小心翼翼地开始："惶恐言""顿首""敬白""敬问"。由此，"王与马，共天下"。从317年到420年的一百多年间，司马氏皇帝坐在跷跷板龙椅的一边，王、庾、桓、谢、刘等高门大族或威猛将帅轮流坐到另一边，小心而微妙地维持着天下的平衡，"祭则司马，政在士族"。

当然，平衡也时有打破，一会儿年轻有为的司马能力较强，一会儿欲望太甚的门阀用力过猛，偏安江左的东晋于是地动山摇。当王敦"惮帝贤明，欲更议所立"，于是兵入建康造反，皇帝也只能无可奈何地遣使谓敦曰："公若不忘本朝，于此息兵，则天下尚可共安也。如其不然，朕当归于琅玡，以避贤路。"当然，平衡肯定短暂，无序才是永恒，皇权的诱惑力实在太大，最后刘姓懒得节制，于是东晋彻底玩完，历史进入刘宋王朝。

本书是东晋南北朝系列历史通俗演义小说的第一部，分上下两册。本书以史为据，以时为序，以先后登场的门阀为主线，述说东晋一百多年间奇妙的历史。

东晋南北朝系列历史演义小说共九部十二册，其中《立大梁》（南齐）、《斩明月》（北齐）、《哀江南》（南梁）已出版，其余正在努力创作中，敬请期待。

是为序。

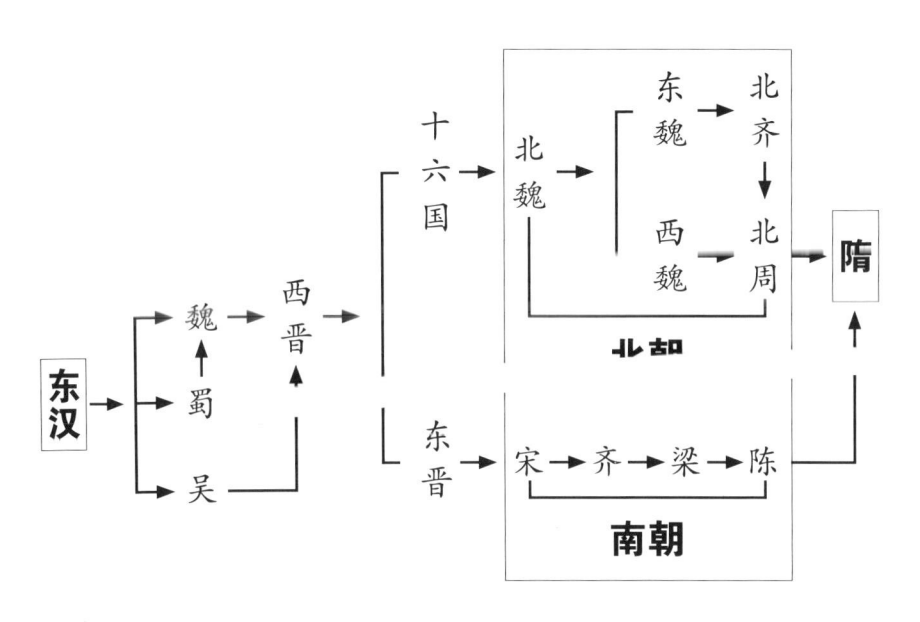

魏晋南北朝时期的政权变迁示意图

两晋南北朝时期政权大事年表

	第一个10年	第二个10年	第三个10年	第四个10年	第五个10年
第一阶段 280—330年	三国归晋	八王之乱	八王之乱 李雄刘渊	西晋灭亡 东晋建国	王敦石勒 后赵辽阔
第二阶段 330—380年	前燕建国	桓温灭成 北方大乱	前燕强盛 桓温北伐	三足鼎立 前秦灭燕	前秦苻坚 统一北方
第三阶段 380—430年	淝水之战 前秦崩溃	战参合陂 北魏败燕	刘裕掌权	气吞万里	刘裕建宋
第四阶段 430—480年	北魏太武 统一北方	魏宋和平	魏宋交兵	魏宋交兵	道成建齐
第五阶段 480—530年	冯后均田	孝文汉化	萧衍建梁	江表无事	六镇民变 庆之北伐
第六阶段 530—580年	高欢宇文 东魏西魏	侯景之乱	北齐北周 霸先建陈	周占西南	北齐灭亡 隋吞周陈

两晋分为第一、第二、第三阶段；南北朝分为第四、第五、第六阶段。

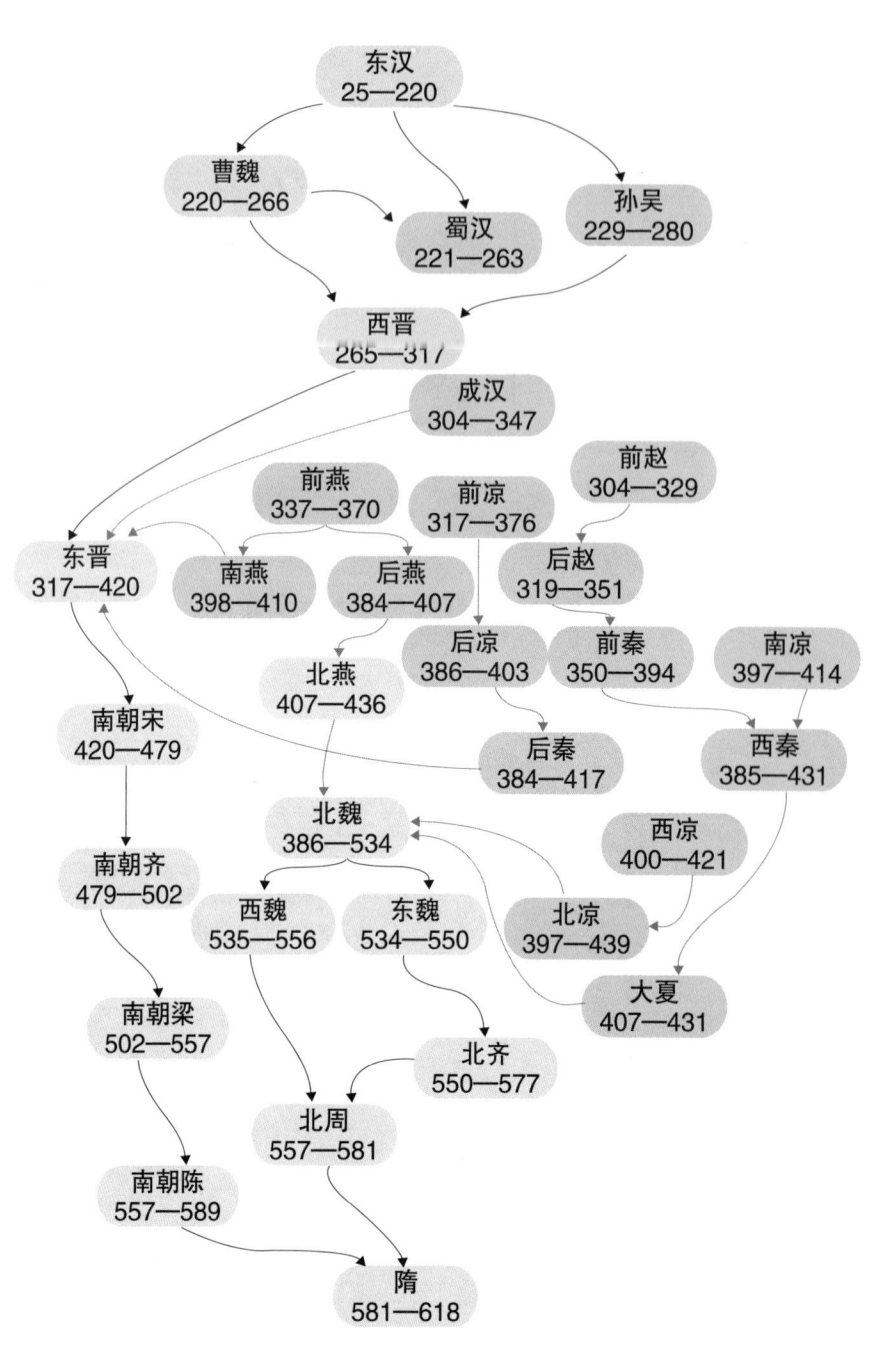

```
                    东汉
                   25—220
                  ↙  ↓  ↘
          曹魏      蜀汉      孙吴
        220—266  221—263  229—280
              ↘    ↓    ↙
                 西晋
               265—317
                  ↓
                       成汉
                     304—347
          前燕      前凉      前赵
        337—370  317—376  304—329
    东晋    ↓      ↓      ↓
  317—420 南燕   后燕    后赵
         398—410 384—407 319—351
                  ↓      ↓    ↘
                 北燕   后凉  前秦   南凉
               407—436 386—403 350—394 397—414
                          ↓      ↓
   南朝宋                  后秦          西秦
  420—479                384—417      385—431
    ↓                     
   南朝齐               北魏         西凉
  479—502            386—534      400—421
    ↓               ↙    ↘        北凉
   南朝梁          西魏    东魏    397—439
  502—557       535—556 534—550   大夏
    ↓                      ↓    407—431
                          北齐
                        550—577
                  北周
                557—581
   南朝陈        ↓
  557—589      
                隋
              581—618
```

魏晋南北朝演进图

目录（上）

序　幕　渡江马 1

第一章　南风比丑 2

第二章　石崇比富 16

第三章　八王比武 27

第四章　五马比快 35

第五章　洛阳比惨 46

第一卷　王与马 53

第一章　琅玡何盛名 55

第二章　反贼何其多 67

第三章　开国何茫然 80

第四章　镇之何以静 89

第五章　中流何击楫 101

第六章　王敦何起兵 111

第七章	王导何顾命	126
第八章	相煎何太急	135
第九章	田园何其幽	148
第十章	英雄何气短	163

第二卷　庾与马　179

第一章	颍川有庾氏	180
第二章	宫廷有斧钺	189
第三章	新官有猛火	200
第四章	江南有叛逆	209
第五章	江湖有论争	225
第六章	何处有尘埃	235
第七章	闻君有他心	243
第八章	北伐有深意	254
第九章	不见有长存	263
第十章	绝代有佳人	271

共天下（上册）大事年表　284

序幕

渡江马

（266—317年）

大汉以降，三国归晋。

自东汉末年黄巾起义以及凉州、幽州起义以来，董卓、曹操、袁绍、刘备、孙权等各路豪杰闪亮登场，吕布、关羽、典韦、周瑜、诸葛亮等天下英雄轮番较量，笑到最后的却是奸狡巨猾的司马懿。266年，司马炎取代曹魏建立新政权，改国号为晋，定都洛阳，从此天下一统，万众归心，百姓难得地进入了"太康之治"。可是随着司马炎的驾崩，丰衣足食、国泰民安的舒心日子好像还没开始，万般苦难又降临到了人间，"合久必分"的魔咒迫不及待地开始了下一个轮回，虽然合还不久，众多争权的野心家可没那么多耐性。

就像妺喜亡夏、妲己亡商、褒姒亡周一样，这些漂亮的"小妖女"都充当了亡国的"替罪羊"，被永远钉在历史的耻辱柱上，好让一众男士围观，减轻良心的责罚、卸掉心中的愧疚。当然，钉在耻辱柱上的、灭亡西晋的却真是一个货真价实的女人，并且奇丑无比，如假包换。

第一章　南风比丑

"我很丑，可是我很凶恶。"说的就是皇后贾南风。当初也不知道司马衷他老爹司马炎是怎么挑儿媳妇的，他给自己后宫选人的标准，只有"漂亮"二字，可给儿子找媳妇，却反其道而行之。大概晋武帝是看上了"凶恶"二字，儿子是个白痴，当然需要女人当家做主，不霸气侧漏怎么行？

（一）上错花轿

贾南风，小名峕（峕，shí，同"时"，《说文解字》释为"四时也，从日寺声"），是贾充的女儿，257年出生，长得又矮又黑，满脸痣迹，脸肥腿粗。关键是家教还不好，贾家完全是用敞养的方式，全然没有将诗书礼仪、琴棋书画、相夫教子、忠孝仁义这一套教导与她。她整天似神兽出笼，和一帮野孩子鬼混，打架斗殴，爬房上树，完全是一匹脱缰的野马！相比起来，她的妹妹贾北风虽然外貌也挺一般，但性格相对来说还像个女孩子。

271年，贾南风已十四岁，到了谈婚论嫁的年龄。由于臭名远扬，当然各门阀名士都纷纷避而远之，唯恐绣球不小心落到了自己的头上。

虽然她爸是晋朝开国元勋，还任尚书仆射，但身心俱丑的官二代还是没人要，贾家也不可能找个平头老百姓做女婿，那会被朝堂同僚清谈致死的！如何嫁女一时就成了贾家的心病。

祸不单行，这时贾充将要被任命到长安镇守。长安是除洛阳之外的第一重镇，作一方大员本应是喜事。但时下的官场，都是愿作京官，整天在皇帝面前晃来晃去，出彩的机会就很多；而贬谪到地方，你事情做得再多再好，老大也不知道你的品行和能力，只与你给京官送的金银财宝成正比，他们整天把皇上围得水泄不通，说什么话那可是他们的专利。

贾充十分忧虑，不想去长安，终于想到了一条妙计——嫁女。都说舍不得孩子套不住狼，前些天皇上正在给十二岁的太子司马衷找老婆，一时还无定论，正好自己的二女儿贾北风十一岁，长得水灵灵的，在老爸的眼里，自己的女儿可是天下最漂亮的，虽然那太子司马衷是个白痴，但未来的江山是他的，那就只好将就一下了。

尚书仆射的圈子还是很大的，一会儿就联络到几个朝廷大员去给皇上咬耳朵，一时把贾家的女儿吹得天花乱坠，简直就是天女下凡，倾国倾城。皇上也正在为白痴儿子的婚事发愁，那些门阀名士又不主动为皇上分忧，不愿呈上自己的娇贵女儿，当然民间姑娘是很多的，但那只能作妾，太子妃肯定要讲究门当户对。看来还是贾充忠心呢，一时就答应了婚事。既然与皇上成了亲家，那贾充肯定也就不用去长安履新了。

兴高采烈的贾充回到府上，豪饮三杯后唾沫横飞地给夫人报喜，哪知夫人却阴沉着脸不同意。一来二女儿太小不懂事，到太子府那么波云诡谲的地方，如何吼得住？再说嫁女和升官一样，尤其是要讲究论资排辈的，不论官府还是民间，断没有先嫁二女再嫁大女的做法，否则大女儿贾南风就会烂在自己手里了！贾充一想确实也很有道理，可是嫁出去的女儿泼出去的水，答应的事怎么还能收回？再说皇上的金口玉言，更是无可更改！

万般无奈，还是夫人聪明，说我家答应嫁女，又没说要嫁哪一个。当然嫁老大也是可以的。贾充双眼一亮，还真是一箭几雕呢，既应付了皇上的决定，又解决了自己的老大难。再说，"女大三，抱金砖"，为啥一定要老婆比男人岁数小？都说人靠梳妆马靠鞍，于是费时费力地给老大贾南风一阵梳妆打扮，粉底打了足有几寸厚，看着确实完全变了一个人，反正又不得先游泳洗浴验身。之后不由分说地就将花枝招展的贾南风，送进门口的皇家迎亲花轿里了。

（二）答对考题

"想要和你在一起并不容易，我们来自不同的天和地，"好在司马衷是白痴，当然也就分不清丑陋和漂亮，以为是个女人都没有任何区别，何况是老爹亲自给自己挑选的。于是和贾南风平静地过起了家家。但天有不测风云，决定太子命运的考试突然降临！人生真是奇妙，三天一小考，五天一大考，连太子也逃不掉考试的命运。当然，在这关键的考试到来时，历史将会被他改写。

在老爸的眼里，自己的儿子可是天下最聪明的。有一次，儿子从花园路过，听到蟾蜍在呱呱呱地叫，就问左右侍从是什么东西，侍从回答说是蟾蜍，儿子显然对蟾蜍没有概念，又问："是官家的还是私家的？"侍从一时竟然回答不上来，还是儿子聪明，就自言自语："在官家地界上叫就是官家的吧！"但皇帝司马炎有时也信心不足，偶尔也认为太子司

马衷并不聪明，不宜做储君，而众多大臣也曾这样说过，纷纷劝皇上另立太子，反正皇帝的儿子或者兄弟多的是。为江山永世计，于是司马炎终于动了换太子的想法。但是司马衷是嫡长子，皇上也下不了决心，决定还是给他一次机会，就让朝堂大儒出了一套难度适中的考题，拿去让太子作答。一考定终身，就让分数来决定他的命运吧！

司马炎早就洞悉一切，将东宫里那些佐臣大儒全都清了场，一时东宫除了带刀门卫之外，只有司马衷和贾南风！面对考试，白痴太子不以为意，反正他只有两样不会——这也不会，那也不会。而嗅觉敏锐的贾南风，马上清楚她所面临的严峻形势，如果这张试卷答不好，她马上就会从天上掉到地下，太子不急太子妃急，虽然自己也答不了这高深的考卷，但关键时候只有她能拿主意。都说道高一尺魔高一丈，作弊的办法总比监考的制度多。于是她急忙跑到东宫之外，看到一个摆摊写字的文绉绉的老先生，一锭金子递过去，就让老先生抓紧作答。这老先生以为当真是遇到了神仙，眼前的女人虽然很丑，但金子却是真切闪亮的，答份如此简单的试卷，竟能得到洛阳一座宅子的财富，那还等什么呢，双手颤抖地奋笔疾书，一时引经据典，子曰诗云，将胸中的墨水搜肠刮肚地卖弄了一番。

贾南风很满意地拿着答案回到东宫，让太子认真抄写。正好这时老爹贾充派文书来东宫讨要赏钱。自从贾充嫁了大女儿后，掌上明珠丢失了，觉得自己吃了亏，于是隔三岔五地到东宫，今天要这个，明天求那个，反正东宫的珍宝那么多，白痴又不懂得欣赏，那就拿给老丈人享受吧。真可谓，你娶了我的女儿，我就要你的宝贝。本来贾南风就很讨厌老爹的"打秋风"了，每次都是黑着脸，虽然她的脸本来就很黑，再黑一层也看不出来，但今天她却是眉开眼笑，像是遇到了救星。毕竟，一个好汉三个帮，老先生的这些答案到底对不对，文盲贾南风也是不知道的。那个文书还是读了些书的，平时老爹的奏折都是他写的，那就赶紧让他参谋参谋。

文书拿过答卷一看，连连点头："好矣好矣！"之后马上摇头："差矣差矣！"这么复杂的动作，白痴太子当然不懂，聪明的贾南风也是丈二和尚摸不着头脑。文书故弄玄虚不说下文，贾南风当然懂得，端出一大盘黄灿灿的金子，文书一边接过金子，一边推却说："小人不敢收受如此重礼！其实知道这张试卷答得好，只值一锭金子；知道这张试卷答得不好，却值一座金山！"贾南风一听金山，马上又将桌上的两块玉盘和高丽朝贡的红珊瑚递过去，这是老爹多次索要都没舍得给的。这时文书就笑眯眯地开口了："这些答案完全正确，所以应该点头；可是答案都是引经据典，理义深奥，皇上一看就知道是别人代答的，结果只能适得其反，肯定就会坏了大事，所以应该摇头。我看应该将其译作大白话，像是太子日常所说，那样才看不出破绽。"

聪明人贾南风一听，这建议完全正确，于是又递过去几件珍宝，就让文书抓紧翻译或改写，这边太子重新抄誊。虽然太子一百个不愿意，平时都懒得写个字，现在辛辛苦苦好不容易抄完一次，还要抄写第二次，这日子真没法过了。但道理不行拳头行，贾南风一顿拳头威吓，太子只好继续"做作业"。如此忙碌了几个时辰，勉强凑合的答卷终于交上去了。

皇宫里的宴会还在豪华铺张地举行，一众大臣众星捧月般地围绕着皇上轮番敬酒，这时宦官呈上了写得歪歪扭扭的答卷，一看就是太子专属的一手"好"字！一些大臣很高兴，终于要换太子了！一些大臣很难过，太子终究是保不住了。司马炎皱着眉头黑着脸，仔细地看着答卷，慢慢地眉头舒展了，脸上也露出来笑容，心里更是乐开了花。都说太子不太聪明，虽然这答卷上的字写得不咋样，辞章也欠文采，有些还不太通顺，可是道理通俗易懂，解读完全到位，没想到平时不显山不露水的太子，还真是胸中有沟壑，袖里藏乾坤。司马炎豪饮一杯，对太子少傅卫瓘说："来来来，大家都看下，这张答卷打多少分合适？"参与宴会的王公大臣参详着皇上得意的语气，一边传看、一边惊讶、一边思索、一边交口称赞，当然都给卷子判了满分！

太子的位子总算是保住了！

（三）专擅朝政

290年，司马炎驾崩，司马衷继位为帝，贾南风被封为皇后。皇帝的权力无边，但白痴却浑然不知，压根儿就不知道权力为何物，更不知道怎么使用。当然还是皇帝不急皇后急，有权不用过期作废的道理她当然懂得，欲望无穷的贾南风就想把这权力抢过来。但这也绝非易事，因为她上头还有人管着，太后杨芷也更愿意将权力这个好东西牢牢地把控在自己手中。

当初还是太子的司马衷畏惧贾南风的嫉妒和诡诈，其他妃嫔都很少获宠幸。贾南风一看见有其他妃嫔怀孕，竟然以戟打其腹部，令她们流产。这件事传到司马炎的耳朵里，他听闻后大发雷霆，就将贾南风囚禁在金墉城，并准备废掉她。但当时还是皇后的杨芷和一些大臣力保，才让其回到东宫。现在贾皇后雄心勃勃地打算参与政事，主持天下大局，却被杨太后的哥哥太傅杨骏阻挠，理由当然光明正大，"后宫不得干政"。顺我者昌，逆我者亡。于是贾南风联络汝南王司马亮和楚王司马玮，令他们领兵讨伐杨骏，又指使司马衷下诏，诬告杨骏谋反。杨骏最先在府第中被杀，后又收捕其儿子卫将军杨珧、太子太保杨济等，皆夷三族。贾南风又称杨太后一同谋反，由司马衷下诏废杨太后为庶人，囚禁于金墉城。第二年有段时间忘记送饭了，几个月后去打开牢房，只有一堆枯骨，皇太后最后被活活饿死了。

贾南风现在发现，世界上最棒的产品，就是每天醒来都送你崭新的一天，完全免费，永不断货。扫除了权力路上的绊脚石，贾南风像演皮影戏一样，开始得心应手地指挥起司马衷这个牵线木偶，玩弄权力于股掌。贾南风征召司马亮为太宰，与太保卫瓘录尚书事，一同辅政；又任命司马玮为卫将军，司马繇为尚书左仆射，这都是对此前诛灭杨氏一党的奖赏。一朝权在手，便把令来行，贾南风便欲号令天下。且慢，新贵司马亮和卫瓘也是这么想的，他们要贯彻"后宫不得干政"的教条。夺取权力容易，分享权力则难。于是贾南风又找准机会，各个击破，先后诛除了司马亮、卫瓘和司马玮等权臣，开始随心所欲地挥舞权力之剑了。

（四）放错情郎

这些天，洛阳的廷尉很是焦急，他手下近百名斥候像忙碌的蜜蜂一样在京城的各个角落飞过不停。可是飞来飞去，这堆积如山的案子还是一个都没破。

廷尉对这些失踪案很是诧异。晋国以前也有失踪案，但对象都是儿童，最多的是少女，破案率还是挺高的。令人匪夷所思的是，这一年来失踪的都是年轻力壮的大帅哥，而且几乎一天一个，都是活不见人，死不见尸，不知利益之所图，不见阴谋之所施。于是洛阳城里谣言四起，什么女娲见怒，什么末日来临。破天荒的一幕出现了，洛阳大户人家的少爷出门，都会由女眷一路跟随。于是朝堂震怒，限期破案，廷尉真是压力山大！

正在焦头烂额之际，救命稻草来了，原来是散骑常侍韩府上财物失窃的案件终于有了重大进展，盗贼被抓住了。前不久，韩寿派人报案，称府上来了江洋大盗，盗取了很多财物，包括金银珠宝、绫罗绸缎、锦衣珍藏等，损失很大。对于洛阳廷尉来说，一般老百姓家里失窃，报了案能登个记就不错了，他们的薪水只有固定的那么多，可没有精力去抓强盗。这韩寿不是一品大员，本来他们也是不理睬的，可是如今都是看人下菜，这韩老爷的夫人可是姓贾，还是正当权的皇后贾南风的亲妹妹，哪怕他家掉了一根针，那也是要全城侦察，限期破案的。如今可能有大功可立，那就把人员失踪案往旁边放放，赶快去把百忙中的韩寿老爷请来，一起将那可恨的盗贼抓来审审。

廷尉把惊堂木重重一拍："台下何人，报上名来！"

只见台下跪着的人，长得英俊白嫩，穿着锦缎衣服，这时在台下颤抖着回答："启奏老爷，我叫陶金，是洛阳南部一个盗尉部的小吏，算是老爷您的下属。今天我正在洛阳城闲逛，不知为什么就被抓到了这里！"

廷尉再把惊堂木重重一拍："大胆盗贼，竟敢混淆黑白，自认下属！一看你这身衣服，就盗自皇宫。还不把你如何行窃的事从实招来！"

一看左右捕快就要动刑，这陶金平时就是专打别人的，知道动刑的厉害，就杀猪一样地叫道："小人愿意如实招来，这身衣服确实不是我的，但也不是我偷来的，而是菩萨娘娘赏赐的！"

廷尉心里明镜似的，这明显是糊弄人嘛，自己天天审案，是真话还是假话还不是一听便知！于是一招手，左右的乱棍劈头盖脸地招呼过来，之后制止住拷打再问："听说你最近突然出手阔绰，经常出入高档娱乐场所。而你本来家境贫穷，薪水微薄，这横财是从哪里偷来的？"

陶金一边哭喊，一边回答："启奏老爷，也是那菩萨娘娘赏赐的！"

满堂一阵哄笑，心想天上掉馅饼的好事，我们怎么就没遇到？廷尉就想逗逗他，看他狗嘴里吐出象牙，于是微笑着发问："那你描述一下菩萨娘娘的体貌特征，下回我们也好去求求？"

陶金："这位菩萨娘娘身材十分矮小，不到四尺，肤色墨黑，鼻孔硕大，眉后有一胎记，甚是丑陋。"

廷尉："你倒是说说，是哪座庙的菩萨，怎么个赏赐法，老爷的耐性是有限的！"

陶金："小的之前在洛阳郊区遇到一个老妇人，说家中有人患病，占卜的师傅说，要到城南找一个少年人前去镇宅辟邪，想要我去帮一下忙，必定会有重报，于是我就好心地随她去了。我上轿后就落下了帷帐，被蒙着眼藏在了一个箱子里，走了大概十余里，过了六七道大门，打开箱子睁开眼后，忽然看见金碧辉煌的楼阁房舍。我就问这是哪里，他们说是在天上，当然确实是到了天堂。然后就一大堆"仙女"服侍我洗了一个香喷喷的澡，换上一件金灿灿的衣，吞了一顿美滋滋的肉，之后被引导到一个豪华的卧房，见到一位华贵的'女菩萨'，年龄可能在三十五六岁，身形矮小皮肤青黑。在众女侍的引导下，我被那位'女菩萨'留宿了许多天，每天都和她同床共枕、宴饮行乐。临走的时候她赠送给我这些衣物，还有许多金银财宝。"

满堂男人又一阵哄笑，心想这样的好事我们怎么没有遇到？这么离奇的故事，连三岁小孩也骗不了。廷尉也是怒不可遏，就要招呼左右往死里打，这时韩寿老爷却说话了："他身上的衣服的确不是我家的。这世上什么都宁可信其有，'女菩萨'行善，多半也是真的，只是大家就不要外传了，影响菩萨的形象也不好。"

于是一件入室盗窃案就不了了之。史官本来要将其列入无头公案，后来贾皇后被关入了金墉城，才终于让廷尉理清了来龙去脉。世界上最大的危险行为之一，就是皇后跟人通奸。历史上，皇帝解决床上问题，都是易如反掌。如今贾南风掌握权柄，不是皇帝胜似皇帝，她要解决床上问题，就得稍费周章。"兔子先吃窝边草。"将太医令程据等身边亲信男人一个个拿下享用后，她的胃口大开，欲壑难填，急人所急的亲信就给主子想了个可以天天尝鲜的好办法，派出专门队伍，到近郊或附近寻找帅哥，装上轿子，运进后宫，享乐取欢；事后，怕他们泄露机密，都不再送回，而杀人灭口。轰动一时的帅哥失踪案就神秘地降临了。那晚贾南风又品味一个帅哥，味道奇好，一时爱不释手，卿卿我我好几天，最后慈悲为怀，放了他一条生路。不料竟然差点儿走漏风声，还好韩寿有见识，她从妻子处听闻皇后的风流事，就想赶紧堵住众人之口。

看着金墉城里关于贾皇后的交代材料，史官更是瞪大了眼睛，这贾家姐妹的风流是有得一比的。也是帅哥的韩寿是贾充府上的舍人，那天又到贾府办公，被贾南风的妹妹贾北风看上。贾北风春心荡漾了好几天，就让奴婢通风报信，让韩寿半夜翻墙入贾府幽会，一番乌山云雨之后，贾北风将一盒奇香送给他。

女子的贞节可是天大的事，不然神州大地还建那么多牌坊干吗？那天贾充突然闻到"一着人，则经月不歇"的奇香，这香是西域上贡给皇帝的，皇帝只赏赐给贾充一人，贾充又给了宝贝女儿。于是闻来闻去，"知女与寿通"。贾充很是无奈，老大嫁了太子现在成了皇后，这个小女儿他一直舍不得嫁出去，想着钓一个更好的金龟婿，原本想嫁与现太子司马遹的。谁想她居然搞起了自由恋爱，将自己生米煮成了熟饭，贾充只好"遂以女妻寿"。

史官惊诧地发现，历史是任人打扮的小姑娘，这一对不甚光彩的人物，这一幅不堪入目的画面，在文人骚客的笔下却渐渐有了好荣誉，后来历史上将"韩寿偷香"与"相如窃玉、张敞画眉、沈约瘦腰"一起作为风流四事，"偷香"也演变成了男女暗中调情的意思，一些人也为此写下了心心念念的诗词：

无题

李商隐

飒飒东风细雨来，芙蓉塘外有轻雷。

金蟾啮锁烧香入，玉虎牵丝汲井回。

贾氏窥帘韩掾少，宓妃留枕魏王才。

春心莫共花争发，一寸相思一寸灰！

望江南

欧阳修

江南蝶，斜日一双双。

身似何郎全傅粉，心如韩寿爱偷香。天赋与轻狂。

微雨后，薄翅腻烟光。

才伴游蜂来小院，又随飞絮过东墙。长是为花忙。

（五）狸猫换子

大权独揽的贾南风在春风得意之时，内心也还有忧虑，那就是她无子。为大晋江山社稷计，贾南风以权谋私，找了许多俊俏士子作为情郎，以让"太子"早早地降临人间，但那群博学士子无论怎样卖力地折腾，她的肚皮还是不争气地空空如也。按惯例东宫也不能久久空着，何况老皇帝在世时早就隔代指定，她只好无可奈何地让谢淑妃所生的儿子司马遹一直待在太子位置上。

虽然父亲是白痴皇帝，但他这个大儿子司马遹却自幼聪慧，当初司马炎没有废除司马衷的太子之位，多半也是看在皇太孙的聪慧上。司马遹278年生，这时已经二十岁，很有政见。司马遹被立为太子后，朝中大臣就经常去东宫汇报，他们知道白痴皇帝是靠不住的，贾恶人终究会倒台，司马家的未来还是在"颇似司马懿"的东宫这儿，那还不早点去下注？但贾南风就坐不住了，她现在不能容忍任何的权力分享，并认为司马遹的存在对她极其不利。经过和几个俊俏情郎的密谋，她终于想出了一条天衣无缝的妙计！

299年九月，贾南风让白痴皇帝在朝堂宣布，当年在武帝驾崩期间，曾和皇后贾南风有孕生子，因事情隐秘就没有对外宣布，贾南风牵着妹妹贾北风之子——九岁的韩慰祖，威风凛凛地站在大堂上。对于皇后的指鹿为马，一众大臣当然惊异万分，哑口无言，想质疑也不敢说！

接替人选有了，要废掉司马遹还要费些周章，那天贾南风到东宫，说是与太子家宴，强行灌醉司马遹，让他在酒醉迷糊之中誊写："陛下宜自了；不自了，吾当入了之。中宫又宜速自了；不自了，吾当手了之。

并与谢妃共要，刻期两发，勿疑犹豫，以致后患。茹毛饮血于三辰之下，皇天许当扫除患害，立道文为王，蒋氏为内主。愿成，当以三牲祠北君"的字句。贾南风拿着"铁证"交给司马衷和各宗室，称司马遹谋反，最终废掉了他的太子位，将他与司马虨等三个年幼的儿子都囚禁在金墉城，又杀司马遹生母谢玖和司马虨生母蒋俊。司马遹的岳父王衍急忙奏请，让身为太子妃的女儿与太子离婚以避祸。

300 年，贾南风矫诏命太医带着毒药，毒杀司马遹，但司马遹不肯服食，最终以药杵将司马遹杀害。

（六）倒台殒命

天下苦贾久矣，众司马当然是不服的，赵王司马伦首举义旗，假造诏书，以谋害太子的罪名要废掉贾南风，得到很多人的支持。义军入宫后即杀掉贾谧等贾家帮谋士，又派齐王司马冏收捕贾南风。贾南风见司马冏夤夜入宫，知道大事不妙，惊问："你来此何事？"

镇静的司马冏："奉诏收捕皇后！"

满脸惊讶的贾南风："诏书都是从我手中发出，你奉的什么诏？"

司马冏当然不予理睬，命军士将她押着，出了后殿。来到上阁，隐约可见皇帝司马衷的影子，贾南风远远地高呼："陛下，郎君，快快救我！"

世界太大还是遇见你，世界太小还是丢了你。司马衷喜形于色："你们在做游戏吗？很好玩呢！"

贾南风大哭："您眼睁睁地看着自己的老婆让人家废了，到头来还不是废了陛下自己吗？"

司马衷得意洋洋："废了好，废了好！终于没人管我了！"

贾南风见无济于事，就又问司马冏："起事者是什么人？"

司马冏毫不避讳答道："赵王和梁王。"

贾南风听了，悔恨不已，骂道："拴狗当拴颈，我却拴其尾，也是活该如此。只恨当年没先杀了这俩老狗，反被他们咬了一口。"

军士们将她押到金墉城，随后请白痴皇帝下诏废她为庶人，收捕贾南风的党羽如赵粲、贾北风、程据等。同时，司马伦将一些有声望和能力的大臣如司空张华、尚书仆射裴頠等一并收捕并处死，套路和贾南风一样，为的是扫除制约权力的绊脚石。这时司马伦自领相国位，成功替换掉贾南风，独揽大权。不久即以金屑酒毒杀贾南风，贾南风死时，是年四十五岁。

第二章 石崇比富

西晋的朝野是最奇葩的。司马家的诸王们忙着比武，皇宫的女人们忙着比丑，江湖的士子们忙着比玄，朝堂的大臣们则忙着比富。一众皇室、达官贵人、高门士族、地霸巨贾，都把五石散吸起，把跟斗酒喝起，把讲武台搭起，把龙门阵摆起，反正大家都互不买账，不务正业，江山焉有不败之理？

（一）巨额财产来源不明

在丑女选进太子宫的时候，大一统的西晋还是太平盛世，维持着表面的浮华。一众王公大臣闲来无事，每天吃喝玩乐，变着花样享受。大家都有自己的眼线，今天皇上吃了什么奇特菜，明天皇后穿了什么新奇衣，那天宰相又找到个俊俏妞，这天刺史又得了个夜明珠。反正各种消息满天飞，今天的奇特菜，明天就成了大众餐，昨天的新奇衣，今天就成了流行服，大家以最快的速度比着阔，斗着富，立志要在有生之年，享尽人间一切荣华富贵。这方面的代表就是太尉石崇。

石崇太富有了，富可敌国。但是监管部门一过问，巨额财富是怎么来的？却是众说纷纭，函询的结果是——长江的老龙王捐赠的。下面让我们欣赏石崇的回复函：

御史台：

我叫石崇，生于249年，现将你台函询事宜回复如下：

我年轻时房无一间，地无一亩，穷得叮当响，只好在江中驾一叶扁舟，用渔叉叉鱼为生。一天夜晚，忽有一白发老者，来到船上，先是泪流满面，后又大声哀告："石公子救我！石公子救我！"

我见老人万分焦急，声音凄惨，便问道："老人家，你有什么难处，让我怎么救你？"

老人答道："我是长江的老龙王。因年老力衰，被下江的小龙欺凌，常常前来殴打我，已经夺去了我的龙宫和我的龙女，最近小龙又下了战表，约我明天决一生死，我恐怕性命难保，因此央求石公子，请你明天驾船在此。到时江中有两条大鱼相斗，游在前面的是我，在后面追赶的便是那条小龙。请石公子助我一臂之力，我定当重谢。"我点头答应。

第二天，我驾着船，手持鱼叉，立于水面静候。到了正午，只见波涛汹涌，果然江面上有两条大鱼缠斗而来。我一个瞄准，"唰"地一声掷出鱼叉，正好插在后面那条大鱼的脑袋上。不一会儿，老人便来我船上道谢，说："多谢石公子搭救，请石公子明晚将船停泊在蒋山脚下南岸的第七棵柳树下等候，我当有礼物奉上。"

我依言而行，当晚江面涌浪如山，从水里跃出三条身躯硕大的鲇鱼精，把我的船推走。不多时，船又被推了回来，上面装满了金银珠宝。老龙王立于水面说："石公子若再需要珠宝，可将空船在此等候，我定会献上。"

君子爱财，取之有道。后来，我又有几次到大柳树下去等候，老龙王说到做到，每次都有一船珠宝相送。因此，我就有用不完的财富了！

此复。

当然，回复函事实清楚，条理清晰，证据确凿，人神共信，不管你信不信，反正相关部门也不能传唤长江的老龙王，于是就按程序采信了。也有不太相信的好事者，请私家侦探查了查，于是一条关于石太尉发家致富原因分析的小道消息在民间流传开来：

关于石崇巨额财产来源的分析报告

石崇，字季伦，小名齐奴，渤海南皮人。当朝大臣、文学家、富豪，"金谷二十四友"之一，大司马石苞第六子。

石崇敏捷聪明，有勇有谋，凭借门荫入仕，起家修武县令，历任城阳太守、员外散骑侍郎、黄门郎。参谋灭亡吴国，获封安阳乡侯，累迁鹰扬将军、南中郎将、南蛮校尉、荆州刺史、征虏将军等职。

石崇任荆州刺史的五年间，加紧搜刮民脂民膏，全州近百万百姓过着牛马不如的日子，所得尽数供奉于石刺史，以求得他的不杀之恩。然而，这只是他财富来源的极小部分。

荆州地处南北要冲，长江中游，乃是吴越、巴蜀、两粤、中原等各地商人来来往往的必经之路。"头脑灵活"的石崇掐指一算，开始了"官匪一家"，他命令手下的官兵假装成绿林大盗，每天分成若干小股，活跃于各条大道及水道码头，劫掠从荆州经过的豪商巨贾，逼迫他们留下大量金银财货作为买路钱。这是他财富来源的最大部分。

石崇还继承了他父亲的经商天赋，派人把绢绸茶叶、铜器铁器等带往南洋群岛，换回珍珠、玛瑙、琥珀、犀角、象牙等贵重物品，通过倒买倒卖，产生了丰厚的利润，这也是他财富来源的一部分。

既然是小道消息，那肯定就不止一条。在朝堂上还流传着另一条消息：那就是，作为官二代和富二代的石崇，官是他老爹铺垫的，巨额财富也是他老爹贪污的。

关于石崇巨额财产来源的可靠消息

话说石崇他爹石苞也是一草根出身，早年靠卖铁为生，但是人长得非常俊美，被当时的人称为"石仲容，姣无双"。早年当过几任小官，都很出色，但是世家大族把持官员升迁任免，"上品无寒门，下品无士族"，石苞得不到升职。

一次偶然机会，贫穷的石苞到了长安卖铁，碰到了当时镇守关陇的司马懿。司马懿觉得俊美的石苞是个人才，非常赏识，让石苞当了尚书郎，到了朝中做官。

士为知己者死，女为悦己者容。石苞为感谢司马懿的知遇之恩，就一直为司马氏效力，之后辅佐司马师，司马昭。252年，诸葛诞反叛，在淮南起兵，石苞率军大败诸葛诞。后因功累迁，升任征东大将军和骠骑将军，持节镇守淮南。265年，司马昭去世，司马炎继世子位，石苞多次称曹魏气数已尽，劝司马炎进位为帝。西晋建立后，石苞迁任大司马，进封乐陵郡公，加侍中。

由于石苞的巨大功劳，他的官一升再升。正所谓，"当官不发财，请我都不来"，从小穷怕了的聪明的石苞，变着花样行贿受贿，竭尽全力搜刮财富，很快就成了朝堂首富，后来就作为遗产传给石崇了。

当时的洛阳市民都说，谣言口口相传的速度比风还快，堵也堵不住。说一千道一万，那石崇到底有多少财富呢？当时就有至少三则谣言广为传播：

关于石崇的别墅

石崇的财产如山海之大，不可比拟，凡天下美妙的丝竹音乐都进了他的耳朵，凡水陆上的珍禽异兽都进了他的厨房。单说他的那套别墅金谷园，因山形水势，筑园建馆，挖湖开塘，园内清溪萦回，水声潺潺。周围几十里内，楼榭亭阁，高下错落，金谷水萦绕穿流其间，鸟鸣幽村，鱼跃荷塘。并且到处用珍珠、玛瑙、琥珀、犀角、象牙等奇珍异宝，把屋宇装饰得金碧辉煌，直比宫殿。

关于石崇的美女

石崇的姬妾美艳者千余人，都穿着刺绣精美无双的锦缎，身上装饰着璀璨夺目的珍珠、美玉、宝石。他选择数十人，妆饰打扮完全一样，乍然一看，甚至分辨不出来。石崇刻玉龙佩，又制作金凤凰钗，昼夜声色相接，称为"恒舞"。每次欲有所召幸，不呼姓名，只听佩声看钗色，佩声轻的居前，钗色艳的在后，次第而进。石崇又洒沉香屑于象牙床，让所宠爱的姬妾踏在上面，没有留下脚印的赐珍珠一百粒；若留下了脚印，就让她们节制饮食，以使体态轻盈。因此闺中相戏说："你不是细骨轻躯，哪里能得到百粒珍珠呢？"

关于石崇的厕所

厕所最能显示主人的品位，那就欣赏一下石崇家的厕所。他家的厕所修建得华美绝伦，准备了各种的香水、香膏给客人洗手、抹脸。经常得有十多个女仆恭立侍候，一律穿着锦绣，打扮得艳丽夺目，列队侍候客人上厕所。客人上过了厕所，这些婢女要客人把身上原来穿的衣服脱下，侍候他们换上了新衣才让他们出去。凡上过厕所，衣服就不能再穿了，

以致客人大多不好意思如厕。官员刘寔年轻时很贫穷，无论是骑马还是徒步外出，每到一处歇息，从不劳累主人，砍柴挑水都亲自动手。后来官当大了，仍保持勤俭朴素的美德。有一次，他去石崇家拜访，上厕所时，见厕所里有绛色蚊帐、垫子、褥子等极讲究的陈设，还有婢女捧着香袋侍候，忙退出来，笑对石崇说："我错进了你的内室。"石崇说："那是厕所！"刘寔说："我享受不了这个。"遂改进了别处的厕所。但王敦大将军往，"脱故衣，着新衣，神色傲然。"

（二）比阔斗富排山倒海

楚霸王项羽说过："富贵不归故乡，如锦衣夜行，谁知之者！"既然石崇有那么多财宝，如果一直束之高阁，藏于暗室，不拿出来显摆显摆，谁知之者？于是在西晋醉生梦死的烟雾中，一场比阔斗富的豪门盛宴开始了，有图有真相，让人们一一检验谣言的真伪。

首先上擂台的是皇帝司马炎，天下都是他的，谁的财富还比得过他。当然答案也可能是否定的。这时番邦才进贡了几捆火浣布，晋武帝可是第一次见到，稀奇得不得了，赶紧让人制成衣衫，穿着去了石崇府上显摆。石崇预先探知消息，那天自己若无其事地穿着平常的衣服，却让奴仆五十人都穿火浣衫排成两排迎接武帝。接下来是表演，石崇的姬妾美艳者千余人，他选择数十人，妆饰打扮完全一样，也都穿着火浣裙，整齐划一地舞之蹈之，乍然一看，恍若一人。这下司马炎大惊失色，面上无光，觉得要教训教训石崇。可他自己作为一国之君，出面和臣子斗富，有失天子威仪。怎么办呢，于是第二个人上擂台了。

跳上来的不是别人，正是高门士族琅玡王氏的王恺。他爷爷更加有名，就是被诸葛亮阵前骂死的王朗。王朗是真的有才，学识渊博，为当时最著名的经学大家，著有《周易传》《春秋传》《孝经传》《兴师与吴取蜀议》等，有文集三十四卷，官至司徒，爵封兰陵侯。文采好的人一般笨嘴拙舌，在阵前遇到伶牙俐齿的诸葛亮，当然是骂不过的；虽然当下大家都在津津有味地讲这一段骂战，其实历史还不过百年，骂战压根儿就没有发生，王朗也是228年在司徒府寿终正寝的，当时诸葛亮还评价说："王朗、刘繇各据州郡，论安言计，动引圣人，群疑满腹，众难塞胸，今岁不战，明年不征，使孙策坐大，遂并江东。"

这王恺还是晋武帝司马炎的亲舅舅，王朗之孙女王元姬嫁给司马昭，生下了当今皇上司马炎。他也非常富有，常常以西晋首富自居。这次也是向晋武帝献忠心，展示富有的机会，于是就使出了浑身解数，要将那不识相的石崇比下去。

第一场比试是"珊瑚比美"。晋武帝暗中帮助亲舅舅王恺，赐给他一棵罕见的二尺来高的珊瑚树，枝条繁茂，树干四处延伸。王恺把这棵珊瑚树拿来给石崇炫耀。石崇不耐烦地瞟了一眼，马上用铁制的如意击打珊瑚树，随手敲下去，珊瑚树立刻碎了。王恺万分心疼，十分愤怒，认为石崇是嫉妒自己的宝物，石崇说："这不值得发怒，我现在就赔给你。"于是命令仆人把家里的珊瑚树全部拿出来，这些珊瑚树的高度有三尺四尺，树干枝条举世无双而且光耀夺目，像王恺那样的就更多了。王恺完败。

第二场比试是"烧钱游戏"。王恺为了展示自己有钱，居然每天让人用饴和饭刷锅。"饴"就是用麦芽熬制成的糖浆，当时是昂贵的奢侈品，价值自然不菲。看到王恺这个样子，石崇就命令家奴用蜡烛烧火做饭。当时蜡烛的价格昂贵，与同等长度的金条价值相同。王恺又败。

第三场比试是"步障之长"。王恺和石崇都喜欢出游，按照那时的规矩，贵族富家出门要用步障遮住路的两侧，为的是不让草民看到。步障一般用竹子制成，但此时王恺出行的步障则用紫丝制成，而且步障设置的行程居然有四十里之长。石崇为了超过王恺，也如法炮制，以锦缎作步障，但长度上就更胜一筹，居然达到了五十里。王恺再败。

　　第四场比试是"豪华装修"。石崇继续以凌人的气焰雄踞于王恺头上，他用花椒为泥涂刷墙壁，以此来显示自己的独特地位。椒房不是普通人可以享用的，当时用得起花椒就是富豪，石崇居住的椒房已经不是以花椒和泥，而是以花椒代泥，显示其更加富有。王恺也不甘示弱，他找来更为罕见、价格更贵的赤石脂来涂墙，从造价、色泽、感官和舒适度上，大大超越了石崇，终于扳回一局。

　　第五场比试是"日常起居"。当时豆粥是较难煮熟的，可石崇想让客人喝豆粥时，只要吩咐一声，须臾间就热腾腾地端来了。每到了寒冷的冬季，石家却还能吃到绿莹莹的韭菜碎末儿，"反季节"生产可只有神仙才能办到。石家的牛从形体、力气上看，似乎不如王恺家的，可说来也怪，石崇与王恺一块出游，抢着进洛阳城，石崇的牛总是疾行若飞，超过王恺的牛车。这三件事，让王恺恨恨不已，于是他以金钱贿赂石崇的下人，问其所以。下人回答说："豆是非常难煮的，先预备加工好的熟豆粉末，客人一到，先煮好白粥，再将熟豆粉末投放进去就成豆粥了。韭菜是将韭菜根捣碎后掺在麦苗里，就有了韭菜的香气和味道。牛车总是跑得快，是因为驾牛者的技术好，对牛不加控制，让它撒开欢儿跑。"于是，王恺仿效着做，遂与石崇势均力敌，打成平手。石崇后来知道了这件事，便杀了告密者。

（三）血肉盛宴心惊胆战

贫穷限制了大家的想象力。比赛到了这里，似乎已到极限，比无可比了，但对石崇和王恺来说，比赛才刚刚开始，怎么能够停下呢？

于是比赛继续进行。这次比赛的是喝酒，王恺在将军府里大宴宾客，除了数十位司马王爷，主角自然少不了石崇，也有王衍、王旷、王敦、王导等琅琊王氏的高阶官员参加，宴席上的山珍海味、珍禽异兽那就不用说了，大家能来参加自然不在乎有什么吃的，关键在于感情，焦点在于喝酒。人们都说，酒是长江水，越喝越貌美；酒是粮食精，越喝越年轻。酒过三巡，王恺就叫来一众美貌女奴，一边吹笛奏乐，一边舞蹈助兴。一会儿工夫，宴席上不胜酒力者就倒下了一大片。石崇就有点不耐烦了，心想"我为什么要喝"？严词拒绝。王恺就随手一指，将在演奏中稍有差错的美女，拉下台阶当场打死，凡石崇赖掉一杯，就有一个美女血溅酒场，如是者五。即使这样，客人们毫不在意，于是又都兴高采烈地豪饮起来，作诗的作诗，吟唱的吟唱，夜深乃止。

其中主角石崇就作有一诗：

王明君

我本汉家子，将适单于庭。

辞决未及终，前驱已抗旌。

…………

朝华不足欢，甘与秋草并。

传语后世人，远嫁难为情。

来而不往非礼也，过几天该石崇做东了。桌子上多上几道佳肴那是

肯定的，用金玉作酒器也是当然的，酒池肉林都是以前见过的。让贵宾眼前一亮的，是高矮一样、胖瘦一致、面容一律、装扮一色的百十位舞女，在贵宾围坐的大厅里翩翩起舞。伴随着美女们的左顾右盼，大家左一杯右一杯豪饮。酒过三巡就到了劝酒的环节，只见穿得更少更妖娆多姿的一众美女站到每位贵宾身后，开始争奇斗艳，花样百出地斟酒、劝酒。有这么香喷喷的秀色可餐，头几巡酒都愉快而顺利地喝下，客人每喝一杯，美女们都可以得到石崇一串珠子的丰厚奖赏。但是并不是胆量有多大酒量就有多大，一个美女又笑盈盈地递酒给王敦，王敦就端起架子不再接酒。这时空气陡然凝重，全场的目光都汇聚过来。只见石崇将他特制的翡翠杯子向空中漂亮地一扔，一名藏于暗角、手持宝剑的武士应声而出，手起剑落刺穿了那名劝不动酒的侍女的胸膛，一股浓烈的腥味伴随着像箭一样喷涌而出的鲜血洒满大厅。当然大家都是见过大世面的人，看过稀奇后又都谈笑风生，继续喝酒。随着石崇的眉毛一动，这时又递补上来一位美女，战战兢兢、双眼含泪地递酒给王敦，但王敦岿然不动，旁边的王导赶紧相劝："大哥英雄惜美，还是喝了吧！"王敦傲然说："自杀伊家人，何预卿事？"不一会儿，第二个美女也倒在血泊中之后是第三个、第四个、第五个。见这样僵持也不是办法，王导于是拉起王敦，起身作揖："感谢石太尉的盛情款待，我俩有要事先走一步！"这晚又诛杀了数十名侍女，众宾客才败兴而归。

　　明眼人一看就知道，不管是宴席的排场上，还是美女的数量上，王恺再次完败。其实胜败乃兵家常事，王恺也不在乎，这晚他最在乎的，是他心仪已久的美女——绿珠。这绿珠是石崇花了六颗大明珠买来的妾侍，人称"天下第一名姝"。那是娇艳欲滴，倾国倾城，堪称洛阳的市花、西晋的国花了。石崇特别宠爱。当然美女的第一特点就是人见人爱，王恺就想找到她来给自己斟酒，到时自己不喝，看看石崇下得了手不。如果真要下手，他好英雄救美，顺势将她拿下；如果下不了手，这比赛不言而喻就是石崇败了，他也可以见势将她拿下。可石崇就是贼精，早就看穿了王恺的心思，提前将绿珠雪藏，压根儿就没让她上场。

历史反复证明，古时官场永远不变的规则是，低调则生，高调就死，当一个人的财富大于自己的认知的时候，这个世界有太多的办法收割你，直到你的认知与财富相匹配。司马炎谢幕后，王恺没了靠山，在石崇不断地添油加醋下，不久就被贾南风毒死。当时的规矩是，对于逝去的王公大臣，朝堂上都要议"谥"，就是盖棺定论，一般都是夸奖，"不苛责于死者"是我们的优秀传统。但贾谧并没有听从王衍、王敦的建言，而是"博采众议"，采纳了石崇的提议，板着面孔宣布："众位大人所说极是，王恺身为贵戚，不能做朝廷表率，行事唐突，死非其所，宜谥为'丑'！"石崇兴奋异常，这个仇终于报了。

没过多久，贾丑女谢幕，石崇没了靠山，司马伦和孙秀当权了。这孙秀也是最喜欢美女的，石崇"怀璧其罪"，却不愿奉上绿珠。不久，他全家不论老少共十五人，都被斩杀于市。石崇遇害时时年五十二岁。他富可敌国的财富，连同绿珠等千百美女，一同进了别人的腰包与帷幄。王敦也分得了一杯羹，绿珠的弟子宋祎就成了他的妾。此时王敦的老婆襄城公主已仙逝，他也进入了征战的行列，外任广武将军：

> 永嘉初，征为中书监。于时天下大乱，敦悉以公主时侍婢百馀人配给将士，金银宝物散之于众，单车还洛。

第三章　八王比武

"乱成一锅粥",说的就是西晋八王之乱。秦始皇一统天下,一改商周时期的裂土分封制,实行颇具优势的郡县制,经过汉朝四百多年的巩固,中央高度集权的郡县制逐步深入人心。司马炎建晋后,不是走秦汉的老路,而是走此前的更老的路,搞雨露均沾,实行分封食邑制度,先后封了五十七王。只要老大稍微眼发花,王王都是野心家,"一切割据称雄与举兵向阙的事情,也均由此而起"。

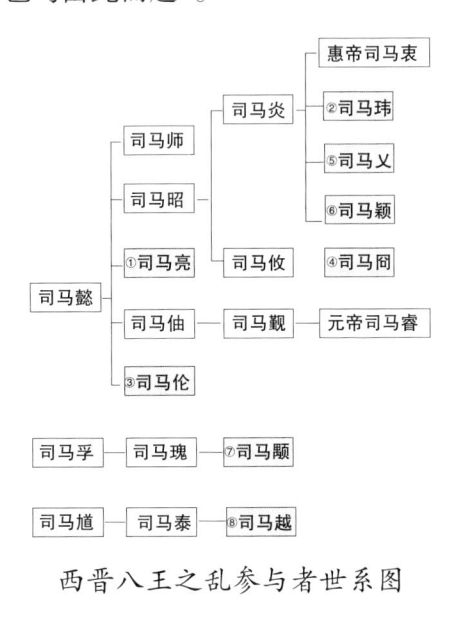

```
                              ┌─ 惠帝司马衷
                    ┌─ 司马炎 ─┼─ ②司马玮
                    │         ├─ ⑤司马乂
          ┌─ 司马师 ─┤         └─ ⑥司马颖
          │         │
          ├─ 司马昭 ─┤
          │         └─ 司马攸 ─── ④司马囧
司马懿 ────┼─ ①司马亮
          │
          ├─ 司马伷 ─── 司马觐 ─── 元帝司马睿
          │
          └─ ③司马伦

          司马孚 ─── 司马瑰 ─── ⑦司马颙

          司马馗 ─── 司马泰 ─── ⑧司马越
```

西晋八王之乱参与者世系图

（一）擂主司马亮

晋武帝驾崩后，司马衷坐上了龙椅，看着废置一旁的巨大权柄，可真急坏了朝堂的芸芸众生。最先跳出来的是杨太后，"垂帘听政"当是母后的特权，但司马家强人辈出，封王众多，并不允许由女人当家，于是杨太后退而求其次，力挺她的哥哥太傅杨骏独揽大权。

当初晋武帝病危时，已下诏由德高望重的司马亮料理后事，并将辅政大权一并托付。司马亮是司马懿的第四子，是司马家族在世中辈分最高、年龄最大的长者。但一直侍疾于武帝身边的杨骏不管这些，等武帝一断气，立即就扣留了诏书。从此，宫廷内外，政出杨氏。司马亮怕死，只好赶紧奔赴许昌，不问政事。

最初跳出来与杨太后叫板的，却是她的儿媳妇贾南风，她和母亲想得一模一样，那就是"垂帘听政"，只是主角换成了她自己。于是贾南风联络最有威望也最不甘心的司马亮，命他领兵讨伐杨骏，又指使皇帝司马衷下诏，诬告杨骏谋反。于是杨骏被杀，杨太后被饿死。司马亮被任命为太宰录、尚书事，入朝不趋、赞拜不名、剑履上殿，增加隶属佐臣十人，随身护卫有一千士兵及一百骑士，成为第一权臣。

（二）擂主司马玮

司马亮成为第一权臣，最不乐意的就是皇后贾南风了，她设想的极乐世界，只有她一个人是主子，其他人都是奴仆。她也有与野心相匹配的手腕，知道借子打子的道理。于是任命司马玮为卫将军，将其视为心腹，让他处处牵制司马亮。

291年，司马玮受贾南风之旨，诬告司马亮有废太子的图谋，假托诏令，派军在夜间包围了宰相府。宰相府的军士请求抵御，司马亮不听从，只请求司马玮拿出诏书。司马玮当然没有，只督促士兵抓紧进攻。不久，宰相府被攻破，司马亮被捉。由于没看到诏书，更由于司马亮威望很高，没人敢上前斩杀他。司马玮就下令说："能够斩杀司马亮的，赏布一千匹。"于是司马亮被乱兵所杀，司马相屠的先例就此展开。

司马玮得意洋洋地站立朝堂，正准备接过司马亮的宰相权柄，却听龙椅上晋惠帝软绵绵地说："拉出去斩了！"是啊，昨晚贾南风就给丈夫安排，那司马玮没有圣旨就敢诛杀宰相，这不是公然造反吗，明天就在朝堂上将其斩杀。这司马玮还没弄清楚是怎么回事，脑袋就搬家了，年仅二十一岁。

（三）擂主司马伦

权力较量就像是江湖擂台赛，哪个是老大，得用拳头说话。当初司马炎夺取曹魏江山，是当之无愧的老大，一时国泰民安，相安无事；司马衷坐上皇位后，有悍妇贾南风在幕后高举屠刀，虽然众司马口服心不服，期间偶有动荡，八年来倒还没到地动山摇的地步。可是贾南风一倒台，留下的巨大的权力真空急坏了众多的英雄好汉，大家你不让我，我不让你，于是各方粉墨出场，你方唱罢我登台。第三个上场的擂主是司马伦。

其实司马伦早就按捺不住，贾南风将太子司马遹关进金墉城时，司马伦就打算起事救出太子，可他的心腹智囊孙秀却献计说，太子聪明而性情刚猛，不是我们所能掌控的；皇后害死太子的心意早已明了，专等太子一死，我们再给太子报仇，可谓一箭双雕！司马伦听从，于是孙秀再施反间计，在贾南风周围散布谣言说，金殿禁卫军打算废掉皇后贾南风！贾南风十分恐惧,赶紧派人结束了太子性命。十天后司马伦发动政变,将贾南风捉住,关进了金墉城。

摆平贾南风后,司马伦伪造诏书,封自己为相国,总揽一切。心腹孙秀等人都被封大郡,握有兵权。司马伦之部属掌握了朝政大权。301年正月,司马伦废晋惠帝,自立为帝,并将晋惠帝软禁于金墉城。如果说要找搞乱西晋的罪魁祸首,贾南风也只能排在第二,排在第一的,当之无愧是司马伦。

司马伦一党道德低下,缺乏治国能力,党羽之间勾心斗角,在政治上并无建树,因此司马伦称帝后,人心不稳,随即引发了三王起义。在许昌的齐王司马冏,联合长安的河间王司马颙、邺城的成都王司马颖起兵讨伐司马伦。司马伦与孙秀兴兵反击,战败,死者近十万人。司马伦后来被囚禁于金墉城,也被赐金屑酒而死。至此,司马伦一党被消灭。历史的判决是公正的,后世在《晋书》中对司马伦进行了评价：

伦实庸琐,见欺孙秀,潜构异图,煽成奸慝。乃使元良遘怨酷,上宰陷诛夷,乾耀以之暂倾,皇纲于焉中圮。遂裂冠毁冕,幸百六之会；绾玺扬蠢,窥九五之尊。夫神器焉可偷安,鸿名岂容妄假！而欲托兹淫祀,享彼天年,凶暗之极,未之有也。

（四）擂主司马冏

江湖不缺老大,擂台都有霸主。301年四月,司马冏在杀了司马伦后,从金墉城中接出战战兢兢的司马衷复位,改元永宁。司马冏自己志得意满地当起了擂主,担任大司马一职,主理朝政。司马颙、司马颖二王被封高爵,拥兵自重。但司马冏没有好好利用其兴复皇位的好名声,独揽政权后不可一世，没有臣下之礼，俨然自己就是皇帝，而且沉迷女色，政事荒废，结果又让其他有野心争权的藩王有了讨伐的借口。

当时翊军校尉李含到长安，矫称受密诏劝河间王司马颙除掉当朝的司马冏。302年底，司马颙经一番利害考量后答应，上表陈述司马冏的罪状，兴兵讨伐首都洛阳，声称当时驻军在洛阳的长沙王司马乂为内应。司马冏得知消息，派副将攻袭司马乂。司马乂连同其党羽百多人，乘车奔袭皇宫，以奉天子的名义攻打司马冏。司马冏战败被杀，其子被囚禁于金墉城。于是，司马冏的两千多名党羽都被夷灭了三族，司马乂独揽大权。

（五）擂主司马乂

司马家封了那么多王，哪个去当老大众王都不服气。这司马乂当权没几天，司马颙就心怀不满了，本来自己出力最多，结果却是作嫁衣裳，于是多次派人刺杀司马乂，却都没有成功。303年，司马颙领兵七万，与成都王司马颖二十多万大军一起讨伐洛阳。晋惠帝下诏令司马乂为大都督，兴兵迎击。双方连续作战几个月，司马乂曾攻破颙颖联军，斩杀数万人。终因战事太久，司马乂军粮食缺乏，但将士们愿效死力，固守洛阳。

304年初，在朝廷内任职司空的东海王司马越，乘司马乂军疲惫，勾结一些禁军将领，夜里捕获司马乂，将其交给了司马颙的部将，司马乂被火烤而死。

司马颖在朝野向来有威望，而且军事实力强，入洛阳后被增封二十郡，拜丞相。河间王司马颙也官升太宰，东海王司马越为尚书令。司马颙上表认为司马颖应该成为皇位继承人,之后废除皇太子司马覃,以司马颖为皇太弟。

(六)擂主司马颖

现在轮到司马越不服了,他云集洛阳周边的十多万士兵,进攻邺城讨伐司马颖。其实前边的一系列擂主都还是有实力和资格的,和司马炎的血缘相对很近;而司马越的血缘却较远,但他也经不住诱惑,主动跳上了擂台,想要成为擂台的新霸主。

东安王司马繇劝司马颖投降。司马颖不听,派奋武将军石超率五万军队迎战,在荡阴击败司马越,并俘虏了晋惠帝。司马颖改年号为建武,斩杀司马繇。

司马越在兵败时先逃到下邳,之后逃回其封地东海国(山东郯城北)。司马颖以同是宗室兄弟的名义,下令宽恕司马越,要招他回朝,司马越不敢应命。

司马越败后,其亲弟并州刺史东瀛公司马腾,杀死司马颖所置的幽州刺史和演。于是司马颖出兵讨伐司马腾,前指设在邺城。这时关键的一幕上演了。由于打了多年仗,手下的战士都很少了,而且大家都是在内战,没有什么道义上的号召力,将军们打仗也就不怎么卖力。这时司马腾发现,自己境内的胡人,凶悍强健,来去如风,飞箭如雨,是天生的战士,并且这些人没什么文化,只听部族大人的指令,纪律性那是相当的强。于是司马腾让王浚找到乌丸、羯朱等部族首领,许以利益,拉起几支胡族武装共同攻击司马颖。当然司马颖也不是吃素的,以其人之道,还治其身,也派遣新任的幽州刺史王斌,邀请匈奴五部组成骑兵,

入关抵抗司马腾等人。由此，八王之乱里有了胡族的军队。

最终司马颖战败，邺城人心惶惶，官僚士兵相继逃跑。司马颖也甚是恐慌，与几十个将军挟晋惠帝连夜逃到首都洛阳。羯朱的军队一路追赶到朝歌，不及而还。

（七）擂主司马颙

下了那么多苦力，司马颙苦尽甘来终于当起了主角，洛阳由司马颙的部将张方控制，张方又挟持着晋惠帝，于是司马颙废除司马颖的皇太弟之位，令司马颖回到封地，自己则在长安自行选置百官，改秦州为定州。司马颙又让晋惠帝下诏，立远在东海国的司马越为太傅，要司马越回朝与太宰司马颙共同辅政，但司马越不敢前来。

305年，司马颙挟持晋惠帝，发诏罢免司马越等人。司马越再次起兵，并派人游说司马颙，只要司马颙送帝还都，就与司马颙分陕而居。司马颙欲从之，但张方不同意。后司马越亲自率领三万士兵，西进到了萧县，但遇司马颙部下抵抗，司马越军战败。这时范阳王司马虓加入战团，帮助司马越，一战之下，司马颙众溃，司马越进屯阳武。

消息传到长安，司马颙非常恐慌，于是命令张方的亲信将领郅辅暗杀张方，然后派人把张方的头颅送到司马越军中，认为借此可以平息祸乱。不久，司马颙又后悔，归罪郅辅杀了张方，又诛杀郅辅。张方的死对司马颙更是不利，相继丢失了荥阳、许昌等地。

司马越军中的鲜卑将领祁弘等人，后来攻破潼关进入关中，司马颙大为恐惧。又派遣军队在灞水抗拒司马越军，再次战败，司马颙单骑出长安，逃到太白山。司马越军进入长安，鲜卑部队大肆抢掠，杀两万余人。

（八）擂主司马越

支持司马越的安北将军率骑兵至河上，司马颖要固守，范阳王司马虓就派出鲜卑的骑兵与司马模等袭河桥，司马颖率军西逃，追兵一直追到新安，沿途伤亡惨重。

司马越军进入长安后，其军队护送晋惠帝回到洛阳。晋惠帝下诏升司马越为太傅录尚书，增封下邳、济阳二郡。范阳王司马虓也被封为司空。

晋惠帝又下令搜捕司马颖，司马颖抛母别妻，单独与两个儿子逃到朝歌，途中被司马虓俘获。一个多月后，司马虓神奇暴毙，司马颖及儿子也被看守缢死。

现在天下老大是司马越，他一看老擂主司马颙还在，就让刚登基的晋怀帝下诏，以司马颙为司徒，让其回洛阳上班。脑壳短路的司马颙不疑有他，兴致勃勃地乘车上路履新。到新安雍谷时，被早已等候在此的司马模所派将领掐死在车内，他的三个儿子也被斩杀。历时十六年的八王之乱到此终结，307年，晋怀帝改元永嘉，大赦天下，东海王司马越成为了最终的胜利者。

第四章　五马比快

滚滚长江东逝水，浪花淘尽英雄。

以丑女贾南风弄权为开端，挑起了司马家争抢权力的胃口，以八大王为代表的各路英雄好汉粉墨登场，真是长江后浪推前浪，前浪打在沙滩上，还没等洛阳的老百姓把登台的英雄名字念熟写会，那个字就已经成了忌讳，又一个新的名字需要大家顶礼膜拜。当然，除了老大换得勤之外，还有数十位不受重视的偏房司马，挤在洛阳的一角，战战兢兢，冷冷清清，没有立场，没有态度，不主动，不拒绝，等待着时局的安排。

（一）厉兵秣马

琅琊王司马睿就是苦苦等待者之一，这首先是有制度的规定：鉴于八王之乱，司马越最要提防的是下一个割据诸侯的出现，因此让各王只能待在洛阳，不准之国（到封国就职）。其实弱者也只能等待命运的安排。现实是最好的教科书，那些积极参政的司马们，因为立场鲜明、步伐紧跟、猛表忠心、高呼口号，要么倒在了第一波对司马亮的彻查整治上，要么卡在了第二波对司马伦的清算旧账上。且慢！这才刚刚开始，还有对司马冏的第三波……直到司马越对司马颖的第八波，后面还有多少波，谁也看不清楚，只能让以后的历史来记数。司马家的韭菜割了一茬又一茬。司马睿和硕果仅存的一众司马，只好站立角落，等待天上的馅饼早早掉下，并且刚好被自己接住！

306年正月初二，正值举家团圆过大年的隆重时日，这天尚书令府正在张灯结彩，杀猪烹羊，举办豪华的家宴，预制"未来的馅饼"。

今天举办家宴的尚书令王衍，来自琅玡王氏，来自天下一等名门。在这帝国风雨飘摇、日薄西山之际，王氏门阀如何保全自身，壮大家族，是他们眼下最紧要的课题。

坐在主位的王衍举杯一饮而尽："众位家族兄弟，如今连年内战，胡族扰边，想我琅玡王氏，如何经营'三窟'，既能狡兔之求免于死，又能乘大乱之时图谋伟业？"

其实今天尚书令的家宴只有五人，主心骨王恺已逝，这一议题就显得更为迫切。古时人们都说，人少事大，天下大事是少数人决定的，参会的人越是少越是决断的大事。凡是成百上千的人热闹地同堂开会，往往是形势大于内容，虽然大家把拳头举得很高，把口号喊得很响，但那些决策早已作出，圣旨早已下达，只需要大家走走过场就可以了。坐在首宾位的自然是宰相的弟弟——向来不拘礼俗、举止放诞的王澄，王衍很是赞赏这种"落落穆穆然"的处世态度。这时王澄悠然地说："天下自他相争，治世都离不开我琅玡王氏。"

坐在下首的司马炎女婿、侍中王敦应酒一杯，不无忧虑地说："我们琅玡王家，名满天下，如今晋室将倾，我们应该回到琅玡，自立山头，这样退可自保，进可观势。"

另一边的琅玡宗长王导也饮过一杯："我夜观天象，北边已是死地，

洛阳不是久留之地！"

打横作陪的大将军王旷："琅琊郡太小，不是成大事之地；再说徐州军政大权依然牢牢掌握在刺史裴盾手中，其辖下的琅琊也难获独立的活动空间；而北边诸侯混战，中兴之主还没看到。我看长江南边，一直风平浪静，倒是可以布局！"

王衍："江南是吴王司马晏的封国，吴主愚钝，不归心于我；吴人难附，从何处着手？"

王敦："我觉得可行。我们在江南自立短时难行，应该先让吴王之国，琅琊王氏辅佐，之后伺机而动。我与江南名士荀崧素有厚交，并与顾荣、陆机等友善，相信能尽早打开局面。"

王导："吴主封国已久，回到江南必定拥护者众，就没有多少我琅琊王氏的腾挪空间，到时吴王就尾大不掉了！不如重新选一个势弱的司马过江？"

王旷："还是王导见地深远！我看我们熟悉的琅琊王司马睿就是不二人选，他的叔父东安王司马繇被成都王司马颖所杀，他只身潜逃了好一阵子，算是和司马越一个阵营；他没有自己的军队和地盘，长期依靠琅琊王氏，过江后两眼一抹黑，更成了我们手里的面团！"

王衍："还是众人拾柴火焰高，司马睿与王旷是姨表兄弟，于情于理都还可行，那就便宜司马睿了。"

王敦："司马越和司马睿的封国相邻，以前有许多龃龉，吴王和越公的关系还好些，司马越未必会同意此议。"

如今政令均出自司马越，而司马越是一个大权独揽的强势之人，虽然吴王和越公关系也一般，但琅琊王更不受待见，要想鸠占鹊巢，必施非常之策。这时王导又清了清嗓子说道："如今越公最宠裴妃，而裴妃从兄裴遐是尚书令您的快婿，我们可以在枕边风上做文章！"

王敦："可河东裴氏也是门第高贵，人才众多，实力雄厚，裴家并不输于王家，'八裴方于八王'，万一裴妃建议裴氏子弟陪同过江，那就没有我们琅琊王氏的戏唱了！"

王导："河东裴氏地域观念浓厚，思维狭窄，目光短浅，其家族不出于河南，向来看不上江南。"

司马睿与其父司马觐、祖父司马伷三代相继为琅琊王，他们与封国内最显贵之家族——琅琊王氏交好联姻达几十年之久。司马睿与王导也素相亲善，契同友执，"有布衣之好"。琅琊王氏几人一想，这办法还比较可靠，于是共饮一杯结束家宴，开始分头行动。

307年正月初四，洛阳朝堂举行盛大朝会。如今大晋的朝堂一般是这样的，威严的高台上是龙案龙椅，那是皇帝司马衷的地方，以前龙案上都是竹简奏章之类，这些年摆放的全是水果点心、饮料零食、把玩器物，为的是那白痴皇帝能在上面耐着性子坐着；低两个台阶的地方，打横放着一桌一椅，那是司马越的专座，以前是其他专权的司马；下边才是一众王公大臣站立的地方。这样的堂会也有许久没举行了，今天刚好逢一，有许多事情要议，于是司马越就召集众臣朝堂议事。

司马越："众位爱卿，大家有何奏议？"

本来这句话是龙椅上的皇上说的，但他忘记，现在索性也懒得让他作开场白了。

司马模："启奏陛下，今春北方大旱，农民颗粒无收，部分郡县老百姓没有饭吃，饿死的十有其九！"

"哈哈哈哈……"朝堂众臣十分惊讶，居然从龙椅上传来了笑声！以前的堂会，皇上只知在那里独自吃喝享受，时间太久就索性睡上一觉，今天怎么放声大笑了？众大臣虽然面向皇帝站立，但眼光都是望向司马越的，这时就一齐转移视线向皇上诧异地看看。

只听皇上笑完后继续说道："他们没有饭吃，为何不吃肉糜？"

众位大臣也不敢笑，连忙应承："陛下说的是！"

这时王旷出列："启奏陛下，今夏北方七州又遭遇蝗灾，不但百姓无粮，军中存粮也甚少，如果再不派人疏通南方到洛阳的漕运，京城也要闹饥荒了！"

吴王司马晏："这些年江南的赋税很重，蛮族起事累年，老百姓也没有存粮了！"

王衍："吴王差矣，这些年江南战火不及，百姓安居乐业，南方米谷皆积数十年，时将欲腐败；而丹阳、京口间运河航道已荒废数十年。建议派一得力封王过江，稳定局面，安抚百姓，储集粮草，以振国运！"

吴王正要反驳，只听司马越威严地说："众爱卿所议极是！着琅玡王司马睿过江，任安东将军、都督扬州江南诸军事、假节、镇建邺；王导任镇东司马，政务大事参谋决策；王旷为镇东军曹，军机大事参谋决策；王澄为荆州刺史；王敦任扬州刺史；加封吴王为太尉。散朝！"

这下众大臣就有点惊愕，以前都是司马越提示皇上，是不是散朝了？坐在龙椅上云里雾里的司马衷马上点头，宣布散朝。如今司马越也没了那份耐心，自己虽然权力无边，众大臣毕竟是朝着皇上跪下，名不符实，也心有不甘，这戏干脆不演也罢。

正月初八，司马衷驾崩。

（二）一马当先

司马睿虽然接着了天上的馅饼,但他还是看不起江南的。他们是皇族,一众司马虽然受封大晋各地,有些皇室血缘边缘的也封到了江南,但诸如司马越和司马晏,被封为东海王和吴王,这些王都是居住在繁华的京都洛阳的,对于自己的封国,享受封国的财富贡品、任用封国的门阀士人就可以了,对于蛮族横行、瘴气弥漫的南方,他们更是惧若畏途。听到朝堂的任命后,他还是满坛子萝卜抓不到姜,自己从来没到地方主持大局,江南也是吴王的地盘,势力盘根错节,想到扑朔迷离的前景,他心里早就打起了退堂鼓。但皇上的圣旨不容更改,加上有王旷、王导的不断打气,司马睿只好着手准备各项事务,最终出发了。

307年九月,越烧越旺的熊熊战火燃遍了整个北方,一群惊慌失措、心神不宁的达官贵人来到了广陵的长江边,等待船家的到来。这群人千余众,主要由琅珢王氏及其他大族组成。安东将军司马睿望着惊涛拍岸,心情恰似那长江波涛,真不知此去暗含多少凶险,会遭遇几度暗礁。倒是紧跟在身边的王旷、王导镇静从容得多。这王导不是去江南的导游,而是琅珢王的导师,他一会儿指挥众人搬运行李,一会儿让手下检查文书案卷,时而让仆从给司马睿捧来江水润口,时而派快马到广陵、建邺等地张贴布告。等到渡船靠岸,总算有了一马——司马睿过江了。

虽然布告早已送达了江南各地,可是直到司马睿到了建邺,街道上依然冷冷清清,不见吹吹打打迎接的队伍,连衙门也是脏乱一团,无人打扫。不迎接也就算了,各种反对之声倒是不绝于耳。这也难怪,鸠占鹊巢,李代桃僵,这世界在任何时候都要讲个先来后到。看到江南的这个局面,司马睿更加灰心丧气,不想待下去了,此处不留爷,自有留爷处。恰好这时他的老婆薨于琅珢国,虽然平时感情不咋样,但司马睿便有借口不顾一切地回琅玡奔丧去了，一走便是半年，直到第二年五月，才万般无奈地回到了建邺。

当然，司马睿是无足轻重的，他随时可以拍屁股走人。坐镇江东，稳定局势，主要不是靠他，而是靠王旷、王导。有王氏在，有王旷、王导辅翼琅玡王司马睿，江左政治就有了重心。一到建邺，王旷、王导就利用琅玡王家的大名，利用司马睿的旗帜，利用朝堂的令箭，大撒英雄帖，广开欢聚宴，今天与江南名士煮酒清谈，明天到吴地基层访贫问苦，几个月内就团结了一大帮人。吴地的名门大族中，义兴周氏及吴兴沈氏并为江东二豪，吴郡朱、张、顾、陆四氏居次。两个月内，王旷、王导逐次登门拜访。这些门阀名士，以及地方头目如顾荣、陆机等，至少在表面上都聚集在了王旷、王导的周围。是的，吴地长期偏安一隅，不受重视，没有司马的皇室举旗定向，没有朝堂的慧眼选贤任能，那么多英雄豪杰是不服气的，长期以往也就离心离德了。现在好了，终于有司马过江了，大家都盼望着奇迹的发生。

（三）走马换将

在老大司马越的心里，那司马睿就是个不懂得感恩的白眼狼！他和司马越的血缘较远，只徒有王爵，没有自己的地盘和军队，当初他叔父被司马越杀害时，他也只能只身潜逃，较晚才不得已进入司马越的阵营。当初也是"搭便车"将他放出牢笼，出任地方大员，为的是让他出兵出力，出粮出钱。现在山河破碎，处处战争，占的就是兵源，争的就是钱粮。可那司马睿去了江南好一阵子了，不但不进贡，不纳礼，不进军，连急需的粮草也不送达。当初让他去修缮到洛阳的运河，他也只做做样子，到现在也不见修通，运粮的船只望眼欲穿也没看见。这司马越是越想越气，立即就有了走马换将的心思。

其实当初外派，司马越也并未对司马睿寄予太多希望。当时怀帝即位不久，尽管怀帝不许，司马越硬是搬空了洛阳的所有资源，出镇许昌。同时安排其亲信司马简任征南大将军、都督荆州诸军事；司马腾任安北将军、都督司冀二州诸军事；司马模任征西大将军、都督秦雍梁益四州诸军事；顺带将司马睿封为安东将军、都督扬州江南诸军事。

与此同时，不满司马越的怀帝已经走过马换过将了，造成晋室多州的军政长官往往不止一位，所辖州郡亦多有所重叠，甚至有时较为混乱。王澄出镇荆州前后，怀帝便将荆江二州中的八郡设为湘州，令温畿任刺史；积极招揽青州都督苟晞，任其为都督青徐兖豫荆扬六州诸军事，以其与兖州都督司马越相牵制；任命山简为征南将军、都督荆湘交广四州诸军事，以制衡司马简；又任命华轶继任江州刺史，意图与司马睿抢占江南。名不正则言不顺，怀帝任命的官员，在名义上的权力也大于司马越任命的官员，地方官吏的心里是有数的，他们一般是骑墙观望，两不得罪。最苦的是当地老百姓，如天有二日，烈焰当空，粮催两遍，税交双重，遭二茬罪，受二茬苦。

最可气的是这司马睿，白眼狼也就算了，还不好好守摊子，才到建邺两个月就打报告撂挑子，司马越气得看也不看就准了，于是派出另外的司马过江，打算换马。这年头老大就是难做，自从战端一开，许多尾大不掉的藩王就坚决不应召。为了调回司马睿，司马越来了个釜底抽薪——征召淮南太守王旷为征北将军。

王旷和司马睿是姨表兄弟，是南渡中最坚定支持司马睿的琅琊王氏成员，且在琅琊王氏家族当中，王旷的望实较厚，人脉较广，影响较大。过江后不久，王旷就向北到寿春赴任，履职淮南太守，意欲夺取扬州江北，溯江进取。这也就越过了司马越和扬州都督周馥的底线，他俩难得意见一致地联袂绞杀，司马越负责发布调遣王旷奔赴上党郡解围的命令，周馥负责拨调三万兵马交予王旷，共同逼迫王旷挂帅出征。

309年夏季，胡主刘渊让王弥与楚王刘聪一起进攻壶关，以石勒任前锋都督。晋将刘琨派遣护军黄肃、韩述救援壶关，刘聪在西涧打败韩述，石勒在封田打败黄肃。此时开弓之箭不得不发的王旷，行军至上党郡长平古战场，遭遇刘聪等军的伏击，王旷的军队惨败，将军施融、曹超都战死。于是刘聪攻陷屯留、长子，斩获一万九千首级，王旷和上党太守庞淳交出壶关投降，从此王旷就低调地在北边胡族汉赵政权统治下混日子了。

当时史官最重要的格言就是——当记才记，不当记的千万别记。为了维护在江东政局的统治，后来司马睿和王敦、王导重臣都刻意隐晦，"王旷"就成为时局之戒用语，史书中关于王旷的记载也就极其匮乏。多年后，其儿子王羲之才将其灵柩南迁，并与夫人合葬，其墓志铭曰：

羲之敢告二尊之灵，羲之不天，夙遭闵凶，不蒙过庭之训。母兄鞠育，得渐庶几。

313年，晋愍帝司马邺即皇帝位后，也故技重施想换将，就征召王导为吏部郎。官是大官，权也是重权，但王导拒绝了，毕竟，"宁当鸡头，不做凤尾"的道理他是懂得的。

（四）五马浮江

奔丧半年的司马睿懒洋洋地回到了建邺，因为他再不回来，就会另有渡江的司马代替他了。当初他向朝堂呈的"奔丧"的奏折，司马越想都没想就恩准了，按说才派他去江南主持大局，千头万绪的工作肯定走不开，连父母去世的尽孝守丧都可以夺情，何况是好久都已不闻不问的妻子去世？其实是因为司马越对司马睿一直不太有信心，派出他之后马上后悔了，现在一看他要奔丧，那敢情好，等他前脚一走，马上就派出了"四马"，意在代替这不称职的"马"。

308年四月，西阳王司马羕、南顿王司马宗兴高采烈地来到了建邺，他俩得东海王司马越密令，准备来干一番大事业的，王导也热情地迎接、宴请、安顿了他俩。司马羕、司马宗均出自汝南王司马亮系，司马亮在"八王之乱"中为司马玮所杀，从此司马亮的子孙开始远离政治舞台的中央，也正因如此，其子孙才得以保全。对王导来说，有"几马竞争"，总比"一马独大"来得好，更何况那匹"马"还懒心无肠，才来建邺两个月就擅离职守了。老百姓总是这样，迷信权威，崇拜高位，有皇室司马在高台上坐着，总能一呼百应，气吞山河。以前手里只有一"马"，那就得处处迁就，事事恭请，现在"马"多了，就可以伯乐赛马，主动权悄无声息地转到了伯乐王导手中。

当然，那司马睿也不是真傻，以前总认为那个位置是自己的，也不怎么好，肯定也没人来抢，在江南定能稳如泰山。那还呕心沥血做什么？有心腹王旷在前台指点就可以了。现在一看有人来抢位置，王旷也离开了江南，那只好赶紧止住忆妻的哭声，急匆匆地赶回建邺，喘息未定地坐在他的专属椅子上，当仁不让地当起了主人，召见新渡江的客人"二马"。

由于北方几无立锥之地，311年二月，又有汝南王司马祐、彭城王司马雄相约过江。司马祐也为司马亮系，比此前渡江的"二马"晚一辈；司马雄为司马懿之弟司马馗之后，于309年嗣位彭城王。由此，"五马"相继过江。司马睿虽然渡江第一，但他的实力最弱。星星之火，等待燎原。

有了众司马的示范，永嘉南渡势不可挡。司马越死后，皇室被诛，宗室受辱，全国一片混乱，只有江东稍微安定，中原的士人百姓大多南渡长江以避乱。当然，就像能到处旅行的都是有钱人一样，能过江者也都是高门士族，要么是官员财阀，他们或怀复国之志，或延国学之盛，或避亡种之虑，或保子孙之命，纷纷扶老携幼，组团避难。永嘉期间，先后过江避难者过百万。也有部分高门士族，因故土难离，或政务繁重，他们则将家族收拢，招募兵勇，抢制兵器，依山凭险，建成营垒。北方连片成堆的坞堡，成为后期北方阻挡胡族的主力军。当然，最受苦的还是老百姓，他们没有钱南逃。他们本已落难，也就无所谓逃难，胡族的铁骑来了，如果他们死了，也和逃难的在逃难途中死了一样；如果侥幸能够活下来，也就是换了一个纳粮交贡的新主子。至于亡国是不是很可耻，对于整天缺衣少食的他们，头脑中已经容不下这样的议题，生存才是排在第一的。

土之美者善养禾，君之明者善养士。都说人才是第一资源，王导深谙此理，他立即抓住良机，在长江沿岸大张旗鼓地招募人才，凡是以前在朝堂为官的、有声望的北方门阀，或有一技之长的，全都请到建邺，一一量才录用。没几年工夫，就任用了北方来的一百多人作为司马睿的掾属，当时的人称之为"百六掾"。其中前颍川太守勃海人刁协任军咨祭酒，前东海太守王承、广陵相卞壸任从事中郎，前江宁令诸葛恢任行参军，前太傅掾庾亮任西曹掾。其他众多北方人士都量才施用，不一而足。当然"百六掾"都是难得的人才，他们也要双向选择，最初他们也是不安心的，毕竟洛阳的那位才是正朔，司马睿并不知名，待那天温峤和王导一番长谈后，才稍稍坚定了南渡人士的信念。《晋书》记载：

> 于时江左草创，纲维未举，峤殊以为忧。及见王导共谈，欢然曰："江左自有管夷吾，吾复何虑！"

第五章　洛阳比惨

307年正月初八，白痴皇帝司马衷被司马越毒死，司马炽继位，是为晋怀帝。

一路走来，这个白痴皇帝司马衷确实太辛苦了！结婚以前他算是有个快乐的童年，十二岁时身边来了个丑恶的女人，从此他以及帝国的命运就走上了不归路，先是被贾南风喝来喝去，之后就被他的叔伯兄弟们抢来抢去，一会儿被挟持到长安，一会儿被押解到邺城，一会儿被关进金墉城，一会儿又出现在战场上，他真的不明白这一切是为了什么！生活其实很简单，就是三顿饭睡一觉，为何要把生活的剧本写得如此复杂难演？还好，白痴就是白痴，他想不通也就懒得去想，现在终于品过司马越递过来的金屑酒，两眼一闭算是彻底躺平了。

（一）成汉割据

八王之乱长达十六年，期间时有战乱，到后期朝廷已无法掌控全国，受战乱影响地区亦愈来愈大。除了诸王互相攻伐的战事外，期间还有氐族人齐万年的变乱，以及成汉和汉赵两个政权针对西晋朝廷发动的一系列战争，南方亦有变民杜曾、王如及张昌的起事。而东海王司马越在八王之乱后掌握朝权，对外无力控制日益壮大的割据政权，对内排除异己，杀害中书监缪播、散骑常侍王延等人，大失人心。

这些战事对全国不少地区都造成严重破坏，饥荒、疫病频生，亦令不少人被迫离开家乡谋生，成为流民。成汉的领导者李特、李流、李雄皆本住洛阳，因逃避齐万年叛乱而入蜀。益州刺史见这八王之乱的混局，便有自立之意，就任用他们为爪牙，及至后来处理失当而令李氏叛晋自立。304 年，李雄攻下成都，十月自封为成都王，306 年称帝，建立了十六国中的成汉割据政权。

（二）五胡内迁

"五胡"是匈奴、羯、鲜卑、氐、羌等民族的泛称。两汉以来，不断与西北外族作战，战后基于"柔远人也"的观念，把投降的部落迁入塞内，与汉族杂居。汉文帝时，晁错建议用重赏厚酬招胡民实边；汉宣帝时，纳呼韩邪"保塞内附"；光武帝时，匈奴进一步深入内地并定居西河地区。凡此种种，都是"容胡"的措施。到了曹操时期，将降附的匈奴分为五部，分别居于山西汾水等地。到晋武帝的时候，"西北诸郡，皆为戎居"。百年间，内迁的五胡人数约数百万人，其中，匈奴七十万，羌人八十万，氐人一百万，鲜卑二百五十万。"八王之乱"后，北方总人口一千五百万，汉人只占三分之一。北方五大胡人族群不仅军事占优势，人口数量也占优势。

东汉末年，朝廷与州郡为挽救战乱的颓势，于是招募胡兵。汉灵帝将匈奴编入军队，以增强战斗力。晋武帝任命匈奴人刘渊为北部都尉、晋惠帝任命刘渊为五部大都督。"用胡"的策略在"八王之乱"时更为普遍，司马腾用鲜卑人，司马颖就用匈奴人。

然而"用胡"的同时，却带来了三个致命的后果：一是这些部族武装很有纪律性，开始他们都只听老大的，可是那些司马老大在乱局中很快纷纷死去，这些部族武装就成了无头苍蝇，成了华夏局势最具破坏性的力量；二是这些才离开草原的部族武装，怀揣着梦想，来到纷繁复杂的内地算是大开了眼界，通过不断进攻和杀伐，也知道了晋王朝的虚实，只要时机一到，他们定能一呼百应，洛阳和长安堆积如山的财富将成为他们的囊中之物；三是部族武装也清楚了自己的军事实力，每每打仗，他们都是冲锋在前，总是胜多败少，由此他们也就不把天朝上国当成一回事，觉得不去时不时地抢劫一番，简直有违天理。

当然，能走到最远的，是他们的勇武而又聪慧的部族头领，比如刘渊。

（三）刘渊立国

刘渊是匈奴首领冒顿单于的后代，汉高祖刘邦将一位宗室之女，作为和亲公主嫁给冒顿单于，并与冒顿单于相约为兄弟，所以冒顿单于的子孙都以刘氏为姓。这刘渊文武双全，擅长骑射。父亲死后，他接掌部落事务。后趁西晋内乱，割据并州地区，304年以"兄亡弟绍"为名建立汉国，设置文武百官，定都离石。为了说明"汉代之甥"与"兄亡弟继"的合法性，他竟给"扶不起的阿斗"刘禅也设个牌位祭拜起来。后来他进据河东，攻占蒲阪，入蒲子，并将其作为都城。石勒、王弥等人前来归附。308年，刘渊正式称帝，改年号为永凤，迁都平阳。

这时刘渊的主要敌人就是摇摇欲坠的西晋，西晋的都城洛阳为天下之中，是人间正朔。刘渊的祖先刘禅虽然乐不思蜀，不在乎正朔，但作为蜀汉的传承，当然要以夺取天下为己任。309年夏季，刘渊让王弥与楚王刘聪一起夺取壶关，为进军洛阳铺平了道路。

（四）首攻洛阳

309年秋八月，刘渊的兵锋直指洛阳。晋廷派平北将军曹武等人抵御刘聪，都被刘聪打败。刘聪长驱直入到达宜阳，倚仗着已经多次取胜，懈怠而不加防备。九月，弘农太守垣延假装投降，夜间突袭刘聪的军队，刘聪大败而归。

与此同时，晋将王浚派遣祁弘与鲜卑人段务勿尘在飞龙山攻打石勒，石勒大败，撤退到黎阳驻扎。

（五）再攻洛阳

309年十月，刘渊再次派遣刘聪、王弥、刘曜、刘景率领五万精锐骑兵进犯洛阳，派呼延翼带领步兵作为后续军队。十月二十一日，刘聪等人到达宜阳。晋廷因为刘聪刚刚失败，没有料到他们这么快又来了，大为恐慌。

二十六日，刘聪屯兵西明门。北宫纯等人带领一千多勇士趁黑夜突袭刘聪营垒，杀了将军呼延颢。次日，刘聪向南到洛水驻扎。不久，呼延翼又被部下杀死，部众溃散。刘渊下令让刘聪等人撤兵，刘聪上奏表，坚持要留下来进攻洛阳，刘渊同意。而司马越也环城防守。

不久，刘聪自己到嵩山祈祷，留下刘厉和呼延朗代理指挥留守的军队。司马越乘虚出兵袭击，取胜斩杀呼延朗，刘厉则跳入洛水而死，刘聪撤军。

（六）围困洛阳

汉赵政权两次进攻洛阳失败，遂调整策略。

309年，在刘聪等撤回平阳时，王弥则向南出兵，"在兖州、豫州之间招募兵士，收聚粮食"。王弥出身世家大族，颇具号召力。在颍川、襄城、汝南、南阳、河南的流民几万家，一直被当地土著居民欺扰，纷纷放火烧城焚邑，杀掉郡守等官员，响应王弥。

310年，刘渊驾崩，长子刘和接替刘渊为君，不久被其四弟刘聪夺位。同时，由于王弥等切断粮道，洛阳发生饥荒。司马越派遣使者带檄文征召全国军队，让他们来救援京城。怀帝对使者说："替我告诉各地，现在援救还来得及，迟了就来不及了！"然而，征南将军山简的救兵被王弥召募的流民帅王如打败，荆州刺史王澄亲自带兵援助洛阳，闻讯的部众不战自溃，也只好回师，其他藩镇作壁上观，终究没有军队前往援助。晋廷商议，多数人想迁都逃难，太尉兼尚书令王衍反对。这时，石勒已南下渡过黄河，屡屡取胜。司马越在朝中丧失人心，在外担忧石勒，于是请求亲自讨伐石勒，并且屯兵镇守在兖州、豫州。

当然，讨伐是假，逃避是真，他是要以洛阳为诱饵，看能否"小猫钓巨鲸，蝮蛇吞大象"。十一月十五日，司马越率领四万兵士，加上王公大臣及跟随士子、百姓共十多万人向许昌进发，除留下必要的监视力量外，几乎搬空了洛阳朝廷。宫廷缺少守卫，粮荒日益严重，宫殿里尸体交相杂横，盗贼公然抢劫，各府、寺、营、署，都挖掘壕堑自卫。

（七）洛阳失守

311年，刘聪派刘曜率兵四万再攻洛阳。当时晋王朝仍处于内讧中，晋怀帝满腔怒火，派苟晞征讨司马越，司马越也在内外交困中病死。王衍决定秘不发丧，以襄阳王司马范为大将军统领其部，带着司马越的灵车回东海国安葬。

四月，石勒率轻装骑兵追击，在苦县宁平城追上灵车，大败晋军，又让骑兵包围并用乱箭射击，十多万晋朝大臣、官兵互相践踏，尸骨堆积如山。司马越的长子和宗室四十八个亲王，以及太尉王衍等大臣均被石勒所俘。当夜，石勒派人推倒重墙，把这些王公大臣全部压死。石勒又剖开司马越的灵柩，焚烧了司马越的尸体。

宁平城之战后，洛阳已岌岌可危。苟晞建议迁都，但群臣因贪恋洛阳财物而劝阻。其后洛阳饥荒加重，百官逃亡，晋怀帝决心迁都，却连必要的警卫队都没有，未能成行。而呼延晏已经率领三万兵士进犯洛阳，晋军连败十二仗，死三万人。

五月二十七日，呼延晏先于刘曜、王弥、石勒等到达洛阳。二十八日，攻打平昌门；三十日，攻克平昌门，焚烧东阳门以及各府寺等房屋建筑。六月初一，呼延晏因援兵未到，掳掠后撤退。晋怀帝在洛水安排了一些船只，准备向东逃难，呼延晏将之焚烧。

六月十一日，王弥、呼延晏攻克宣阳门，进入南宫，登上太极前殿，放纵士兵大肆抢掠。晋怀帝出华林园，想逃奔长安，敌军追上，将其囚禁在端门。刘曜从西明门进城到武库驻扎。十二日，刘曜杀死晋太子司马诠等人，斩杀士人百姓三万多人。随后又挖掘各个陵墓，抢盗财宝，抢劫后焚烧了宫庙和官府。刘曜一看后宫白痴皇帝的羊皇后最漂亮，也就顺便笑纳了，并把晋怀帝、后宫的一众美女以及皇帝专用的六方玉玺等都送往平阳。后来，王廙大将军创作了《洛都赋》，让人回味洛阳当初的胜景：

> 若乃暮春嘉禊,三巳之辰。贵贱同游,方骥齐轮。丽服靓妆,袯乎洛滨。流芳塞路,炫日映云。

312年,安定太守贾疋迎立秦王司马邺为太子,不久传来晋怀帝遇害的消息,司马邺遂登位,是为晋愍帝,改元建兴,定都长安。

（八）西晋灭亡

一看又冒出了一个皇帝！316年,刘曜再度攻入关中,进围长安。长安城中粮食匮乏,出现了"人相食"的景象,死者过半。十一月,长安城破,晋愍帝出降,被掳至平阳,就此西晋灭亡。

317年,晋愍帝在平阳被杀。晋武帝司马炎篡夺曹魏政权,到晋愍帝司马邺出降,西晋灭亡。西晋国祚仅历五十一年。

第一卷

王与马

（307—339年）

"王与马，共天下……"这是建邺城当时最流行的童谣。

317年的华夏，中原板荡，神州陆沉。怀帝、愍帝被俘被斩，洛阳、长安被屠被焚，西晋之挫败，无以复加。失国失家、被抢被役、妻离子散、虎狼追逐的大批中原士人，只得扶老携幼衣冠南渡。此时的江南，是令人望而生畏的"瘴疠地"，是让人不愿涉足的穷僻乡，中原士人从中心退到边缘，仓皇无依，四顾迷茫。

永嘉南渡前，中原士人是江左东吴高高在上的征服者。当初东吴被平后，少部分吴地俊杰，如陆机、陆云兄弟，也曾踌躇满志，进入京师洛阳，意欲在新天地中一试身手。但中原士族对这些江南子弟并不客气，将他们视为亡国之士，打心眼里就瞧不起，在朝堂上处处设防，深如天堑的南北成见，使南北士族貌合神离，南方士子并没有找到施展才华的大舞台。天道好轮回，永嘉南渡，轮到北方士子逃到了南方，并将偌大一个中国置于胡族铁蹄之下，灰头土脸，仓皇狼狈。司马睿徙镇建邺，

"吴人不附,居月余,士庶莫有至者"。渡江之初,奔波于野、千辛万苦、辗转来至江南的中原士人,所面对的不仅仅是家园的割舍,中原"中国"的沦丧,更有江南"中国"的何去何从。

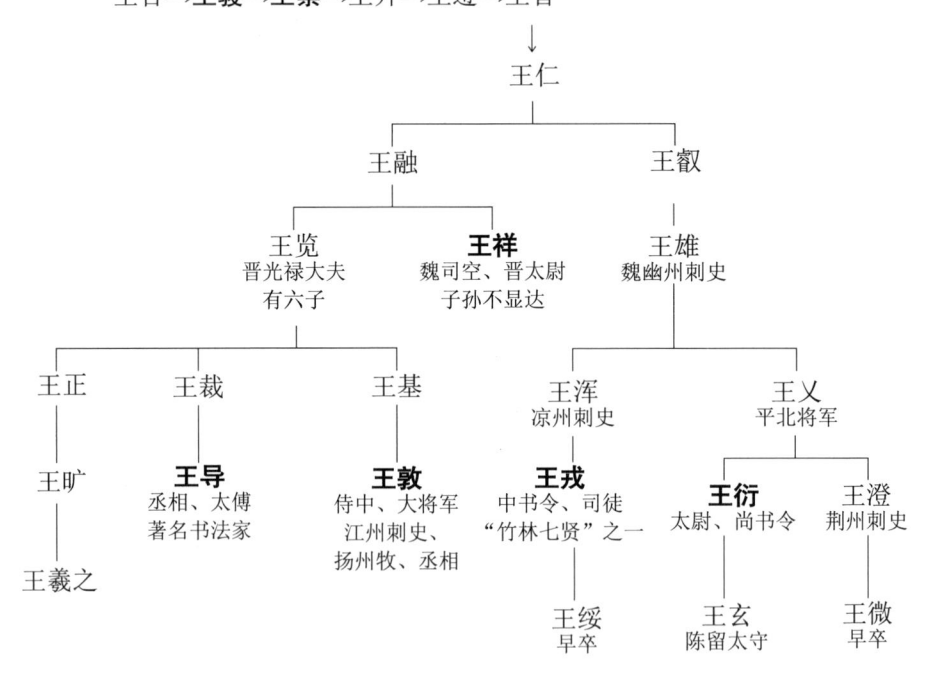

王翦→王贲→王离→王元→王诚→王渊→王吉→**王骏**→**王崇**→王升→王遵→王音
↓
王仁
├── 王融
│   ├── 王览(晋光禄大夫,有六子)
│   │   ├── 王正 — 王旷 — 王羲之
│   │   ├── 王裁 — **王导**(丞相、太傅,著名书法家)
│   │   └── 王基 — **王敦**(侍中、大将军,江州刺史、扬州牧、丞相)
│   └── **王祥**(魏司空、晋太尉,子孙不显达)
└── 王叡
    └── 王雄(魏幽州刺史)
        ├── 王浑(凉州刺史)
        │   └── **王戎**(中书令、司徒,"竹林七贤"之一)
        │   └── 王绥(早卒)
        └── 王乂(平北将军)
            ├── **王衍**(太尉、尚书令)
            │   └── 王玄(陈留太守)
            └── 王澄(荆州刺史)
                └── 王微(早卒)

注:加粗表示曾担任宰相职务

琅玡王氏世系图

第一章　琅玡何盛名

山不在高，有仙则名。琅玡之琅，是洁白无瑕的美玉，玡指像玉一样的象牙。琅玡作为地名，史书上亦作琅琊、琅邪、琅耶，在今山东临沂。相传，秦始皇出巡到此，建了一座琅玡台，后又设置了琅玡郡。此地物产未必丰富，风景未必秀丽，但却为何如此出名？那是因为此地诞生了"琅玡王氏"。评价琅玡王氏，得用"天下第一"这种最夸张的字眼。从祖先周灵王太子晋开始，就已有先声夺人的咄咄气势，至西汉昭宣时期，王吉父子开创琅玡王氏显贵之先河。除东汉一朝其家族地位略减外，自三国至唐，七百年间，皆为一流大族，世代鼎贵，天下第一。在华夏历史上，整个琅玡王氏共培养出了九十二位宰辅、三十六位皇后、三十六位驸马和六百余位名士。下面，我们就请琅玡王氏的几位代表出来。

（一）王祥的鲤鱼

琅玡王氏较早的祖先是战国时秦国王翦。他一生武略过人，征战无数，勇而多谋，劳苦功高，是不可多得的军事奇才。更为可贵的是，他在杀伐无度的战国时代能够始终保持清醒的头脑，以仁义为怀，力避暴虐。

也正是因为这一点,他一直为世人所尊崇,是战国名将中成就最高的人之一。王翦之子王贲和孙王离也都承启家业,继续为秦国征战,祖孙三代皆受封列侯。

历史车轮滚滚向前。就王翦而言,当世功成名就,其子孙却难逃战败被俘的厄运,甚至王离之子王元也不得不避乱于琅琊。王元之四世孙王吉痛定思痛,一改家族的尚武之路,投戎从笔,苦攻文章,以经学起家。当时汉武帝独尊儒术,士子通一经便可以入仕,而王吉通五经,以高起点步入仕途,官至谏议大夫;其子王骏、孙王崇继承家学传统,皆世名清廉,颇具政声。

西汉末年,王莽篡权,王崇为避政祸,辞大司空而就封国,后被侍婢毒死。其后,贤达文士多退隐山林,整个家族陷入百年的低潮期。

东汉末年,琅琊王氏打破沉寂,重新崛起。王崇之四世孙王仁官至青州刺史,其子王叡为荆州刺史。但此时的王氏仍重文轻武。由于王叡的被害(受到孙坚袭击,吞金自杀),他们才不得不重新思考武职在乱世中的价值。王氏族人开始谋取兵权,例如王雄(王叡的儿子)就是如此。《三国志》里记载王雄"天性良固,果而有谋,历试三县,政成人和"。而其子王浑任凉州刺史,王乂官至平北将军,从此开始了在仕途上文武并重的选择取向。

传到西晋时,琅琊王氏已是一个庞大的家族,这里面贫富不均,官民不等,冰火九重天。具体到王导的老王家是如何发家致富的?不是勤劳,不因经商,不为巧取豪夺,完全是因为孝道。孝道还能致富?这就大热天冻死老绵羊——说来话长。自汉以降,百年来的儒玄风尚,是推荐孝道,缺乏忠诚。魏晋人士放浪形骸下,隐藏着越礼重情的孝道,连地痞

流氓都是十足的孝子。但整个社会最缺乏的，却是忠于朝廷，忠于民族的气节。

王家的孝道这事儿还要从王导的大爷爷——卧冰求鲤的大孝子王祥身上说起。王祥虽是东汉、曹魏、西晋三个朝代的大名人，但他小时候却家庭贫寒，早年丧母。继母朱氏并不慈爱，常在其父面前述说王祥的是非，因而王祥失去父亲之疼爱，父亲总是让他打扫牛棚。一年冬天，味蕾刁钻的继母朱氏，生病想吃鲤鱼，想讨继母喜欢、思维奇特的王祥，不是去集市求购，不是去凿冰垂钓，而是"走捷径"，赤身卧于大河的冰面上（为何非要赤身，《孝经》中没有交待），只想"空手套红鲤"。

这匪夷所思的神操作，真叫钓鱼的大神们看不懂。但凡史书留名者，当然也不会走寻常路。这赤身的王祥就在冰面上气闲若定地躺着，忽然间坚冰化开（应该是感动神灵？），从巨冰裂缝处跃出两条肥大的鲤鱼。王祥捡起自投罗网的鲤鱼，回家给继母做了香喷喷的鲤鱼宴，从此母慈子孝，家庭和睦。后来有诗颂曰：继母人间有，王祥天下无；至今河水上，留得卧冰模。这就是二十四孝之"卧冰求鲤"，王祥也得到感天动地的"孝圣"之称。

打鱼养家，就和赚钱养家、放牛养家一样，这是农家孩子天天都在做的农活，没有任何值得传播的故事。但"妙舌生花"的最初的传播者，加入了"继母""生病""卧冰""赤身"等经过深思熟虑的细节，让一件毫不起眼的农家孩子劳作的事件，披上了神圣的孝道外衣，成就了经典的国民典范。当然，故事一般都是越传越精彩，由于人口众多的王氏的"众口铄金"，加上朝内有人，民意畅通可直达天庭，王祥被举孝廉做了官，此后仕途十分顺利，在西晋已位列三公，活了足足八十五岁。王祥临终前留下"五至"遗训:"言行可覆,信之至也;推美引过,德之至也;扬名显亲,孝之至也;兄弟怡怡,宗族欣欣,悌之至也;临财莫过让。此五者,立身之本"。成为此后琅玡王氏长期遵循的家训。

在一众老大的带领下,老王家开始走上繁荣昌盛之路,成就了鼎鼎大名的"琅玡王氏",老王家枝繁叶茂,家族庞大,王祥和他的弟弟王览这一脉,更出了一大堆牛人。

(二)王戎的李子

王戎就是最牛的人之一。"竹林七贤"可谓是如雷贯耳,他们崇尚老庄哲学,个个满腹才华,经常在竹林中饮酒作乐、品评时事。王戎身为"竹林七贤"之一,在竹林中喝酒潇洒的同时,他的从政之路一点儿也没耽搁,初袭父爵贞陵亭侯,被大将军司马昭辟为掾属。累官豫州刺史、建威将军,历任侍中、光禄勋、吏部尚书、太子太傅、中书令、尚书左仆射等职,296年升任司徒,位列三公,"进可安天下,退能怡山水"说的就是王戎这样的牛人。

但当时王戎最为人所熟知的,不是他的竹林,不是他的玄谈,也不是他高高的乌纱帽,而是他的李子故事!

小时候的王戎和几个小朋友一起玩耍,看见路边有棵李子树,树上结满了李子。小朋友们就抢着去摘果子,唯恐被别人抢先。可是小王戎却不为所动,只站在原地看。走过来的大人忙问原因:"小伙伴都摘李子去了,你怎么不合群呢?"小王戎老成地说:"李子树就长在路边,长满了成熟的果实,却一直没人摘,这李子肯定是苦的不能吃!"小伙伴们摘了几颗一尝,果然如此。和王祥的鲤鱼故事一样,从此以后,小王戎聪慧的名声便传开了。

有意思的是，所谓成也李子，败也李子。王戎后来被称为"铁公鸡"也是因为李子。出仕后的王戎一帆风顺，在官场上混得风生水起，不久成为封疆大吏，被任命为荆州刺史。这荆州刺史可是个肥差，南来北往的行商，沿江穿梭的商船，都要从荆州穿行。"雁过拔毛"是刺史们的传统，不久王戎就腰缠万贯，传说他家里用来计数的算盘都是象牙制成的。当时他家也栽有许多李子树，都是精心挑选的好品种，每年结的李子又大又甜，自己一家人吃不完，李子放久了也就坏了，怎么办呢？蚊子再小也是肉，王刺史决定将这些李子出售，但是又担心卖了李子，别人家会用他的李子核，种出新的好品种李子树，那可就吃大亏了！但王戎毕竟是王戎，沉思片刻便想出了好办法——李子还是要卖的，但要先把核挖出来再卖。于是荆州府外就出现了奇怪的一幕，市民争抢着购买好吃的大李子，而且无核。

当然，"铁公鸡"的表现是多方面的，比如催账。王戎的女儿嫁给河东裴頠时，曾经向娘家借了几万钱（大约是陪嫁），一直没还。结果当她回家探亲时，王戎故意愁容不展、满脸愠色。女儿一瞧这事儿整的，可别把吝啬老爹气出脑溢血，到头来还要自己照顾，不划算，就赶紧把钱给还了。王戎一瞧欠债平了，这才喜笑颜开、心情愉悦。

再比如送礼。话说王戎有一个侄子结婚，当叔叔的，怎么也得表示表示，可是送了，王戎又不太乐意，真是愁死个人！突然他灵光一闪，哎，有了，我先送出去然后再要回来，这不就得了，礼法有了，也不损失啥！那万一到时候人家不还又该怎么办呢？那就送一个自己侄子用不上的东西。如此这般，经过一番思想斗争，王戎最终就送了一件单衣，很适合自己肥胖的身材，但消瘦的侄子怎么也穿不了。侄子完婚以后，当然很快就退还回来了，外加其他的礼品。

当然，王戎的能力和功绩是主要的。身处乱世，王戎虽然看起来吝啬，但是人家的才华和文笔都是当时的上上之选，加上官位高，功劳也很大，所以也有人说他之所以如此吝啬是为了自晦，为了明哲保身。就像他的祖先王翦一样，每次出征前都要索要财宝美女。

（三）王衍的柳枝

"王与马，共天下"，其雏形始于王衍与司马越的结合。王衍出身于琅玡王氏，外表清明俊秀，风姿安详文雅，笃好老庄学说，颇有时名。步入仕途后，历任黄门侍郎、中领军、尚书令、尚书仆射等职。307年后，升任司空、司徒、太尉兼尚书令，又兼领太傅军司等职，封爵武陵侯，司马越去世时，还被众人共同推举为元帅，是西晋名副其实的宰相。

王衍气节不佳毁誉参半。王衍是王戎的堂弟，两个人都是超级偶像，但又毁誉参半，鲜花和板砖齐飞。他一生都在口若悬河，都在凌波微步，虽然滔滔不绝，来去无踪，但总是只顾虚幻玄谈，忙着逃跑，无节操无底线，让无数人鄙夷。

王衍，字夷甫，长得很是好看，和潘安有得一比，聪明敏锐，常自比子贡。小时候他去拜访大名士山涛，离别时山涛目送他走出很远后说："不知道是哪个老妇人，生出了这样标致的儿子！"紧跟着又说：但误尽天下老百姓的，未必就不是他啊！"十四岁时，王衍到尚书仆射羊祜那里陈述公文，在这个德高望重的高官面前，淡定从容，一点也不怯场。但羊祜却冷如冰霜："王夷甫凭他的盛名可以身居高位，但祸乱天下的，一定也是他啊。"山涛和羊祜英雄所见略同，得出的结论如出一辙，真是超一流的相面大师。

后来王衍被俘，石勒带着十分景仰的心情，以西晋的朝堂旧事相问，王衍口若悬河，说自己年轻时就不喜欢参与政事，在朝堂站立实属无奈，西晋灭亡，当是天道轮回，并话锋一转劝说石勒称帝。石勒大怒："你名声传遍天下，身居显要职位，年轻时即被朝廷重用，一直到头生白发，怎么敢说不曾参与朝廷政事呢？破坏天下，正是你的罪过。"于是命令士兵在半夜里推倒墙壁把他压死，享年五十六岁。咽气前，王衍终于清醒地哀叹：

呜呼！吾曹虽不如古人，向若不祖尚浮虚，勠力以匡天下，犹可不至今日。

王衍去世几十年后，桓温北伐，他在枋头登临远眺，感慨地说："国土失陷，中原百年来成为一片废墟，王夷甫该是首责。"一旁的袁宏说："天命运数自有兴废，也不一定是某些人的过错。"桓温脸色一变说，以前荆州刘表有一头重达千斤的肥牛，吃草料豆饼十倍于常牛，但负重行远，还不如一头瘦弱有病的母牛。曹操攻破荆州，就把它杀了犒劳兵士。桓温用牛来比喻袁宏，座下宾客无不失色。

王衍擅长清谈，出口就是名言。他总拿一把拂尘，纵论老庄，从容潇洒。每说一句，满座皆惊，由衷赞叹，再经士子口口相传，马上就成为洛阳的流行语。他的幼子不幸夭折，山涛的儿子山简前往安慰，王衍哭得十分悲痛，山崩地裂，别人怎么都劝不住。山简说："孩子不过是抱在怀里的东西，何必伤心至此？"王衍说："圣人可以忘情，下人对情无感，然则情之所钟，正在我辈"，这一句渐渐地就成了流行语。

晋武帝司马炎也听到了王衍的名声，问宰相王戎："现在哪个人可以和王衍相比？"

朝堂上琅玡王家可不愿失去抬举本家士子的绝好机会。王戎马上回答："活着的人我还没有见到，应该从古人当中去寻找。"

一旁的王敦也赶紧帮腔："夷甫处在人群之中，就像明珠美玉落在瓦片石块里。"

后来的大画家顾恺之为王衍画像，并在旁边题词赞美："青山耸峙，千仞壁立。"

王衍的超凡脱俗还表现在他的不爱财，和天天晚上数钱的王戎完全不同。王衍父亲在北平去世后，亲朋好友照例送来许多礼物钱财，一些人就找他借，王衍很是慷慨，谁借都给。结果没过几年，家里的积蓄几乎全部用光。他后来娶的老婆是郭氏，是贾南风的亲戚，和贾南风一样贪得无厌，见钱眼开。王衍很是厌恶，嘴中从来不提"钱"这个字。郭氏认为他装清高，想了个办法试探他，就等他睡了以后，让奴婢围床摆钱一圈。王衍早上起床后大吃一惊，对奴婢大叫道："赶快把这些'阿堵物'搬走！"由于王衍的金口，"阿堵物"就成了钱的代名词。

王衍见风使舵，步步高升。王衍后来做到司空、司徒，除了依仗他的名气、才华外，更重要的是他总能准确地认清形势。他长于高谈阔论，但他有个特点，就是从玄学到玄学，意远深奥，从不涉及国事，此为清谈。如果被人抓到把柄，或遭到辩驳，他也经常更改，被人称作是"口中雌黄"或"信口雌黄"。雌黄就是鸡冠石，时下写字用黄纸，写错了就用雌黄涂抹，然后重写，大家意在讽刺他随口胡说，出尔反尔。

他在现实中从来不会长居某一圈子，久依某一靠山，每次买进卖出的分寸，都拿捏得恰到好处，让人瞠目结舌。外戚杨骏权倾朝野时，想把女儿嫁给他。能娶杨太后的侄女，天下男人无不心动，但王衍认真分析，觉得杨家时日不多，但又不敢拒绝，于是假装发狂，得了精神病。杨骏无奈，只好主动取消这桩婚事。等到杨骏被杀，他的病马上就好了，因拒绝婚事而官复原职。他的小女儿叫王惠风，嫁给了太子司马遹。太子被废时，王衍认定太子和杨骏一样，成了他前途的拖累，于是奏请贾后，上表惠帝，请求允许自己的女儿与太子离婚。王惠风反而有志节，被强迫回家时，一路痛哭，依依不舍。

孙秀还没有成名的时候，曾经请名流为他品评，以博取晋升之阶。王衍心里看不起，不愿跟进。会相面的王戎提醒说，这个人将来可能发迹，王衍立即惊醒，马上为孙秀写了好评语。后来孙秀果然得志，有了生杀予夺的大权，除了抢绿珠、掠财富，还杀了石崇等名人，但对王戎、王衍始终照顾，让他们逃过了一劫。司马伦篡位的时候，王衍再次"发疯"，杀死了家里的几个奴婢。司马伦没办法，没法让他出来做官。司马伦被杀后，他的身价又暴涨。

八王混战的最后胜利者就是司马越了，当然还有王衍，虽然王衍似乎跟哪个都好，实际上却跟司马越最好，于是他又当起了宰相，论起了天下，司马越也对王衍言听计从，形成了"王与马，共天下"的最初样本。对西晋，他是功少罪大；对未来的东晋，他却是无心插柳。

王衍虽然担负宰相的重任，但他考虑的只是在纷繁变乱的局势中，如何使自己及家族长久生存下去，因此他要为自己精心"挖掘"一条退路，构建"狡兔三窟"。青州和荆州都是当时的军事要地，物产也很丰饶；江南虽然偏远，但也远离战火。因此，王衍挥动柳枝，奏经司马越批准，让弟弟王澄为荆州刺史，族弟王敦为青州刺史，并对王澄、王敦说："荆州有长江、汉水的坚固，青州有背靠大海的险要。你们二人镇守外地，而我留在京师，就可以称得上三窟了。"

虽然设有"三窟"，但身不正，气不足，志不忠，力不逮，再多的"窟"也是枉然。

（四）王敦的家宴

316年底，长安城破，王导让司马睿在建邺郊外尽情表演着挥师北伐。317年正月初二，王敦府上张灯结彩，春满人间。自王旷带兵北征之后，如今江南之兵基本上都在王敦手上，"身怀利器，不怒自威"。他志得意满地邀请了亲密人士到府上家宴。有资格参加者，只清一色的琅琊王氏。

主座的王敦高举酒杯，一饮而尽，然后说："正月佳节，倍感江山之不易，倍思琅琊之亲人。今天请家族各位前来，在这国难当头之际，私议一下家国大事。"

众人一齐饮了。王敦的哥哥王含："北边皇帝没了，相国司马保早有称帝之心，我们应该先下手为强，推出王氏人选，以定人心！"

其他几位王氏成员立即随声附和，只王导和豫章太守王棱沉默。

王导自饮一杯后，平静地开口："不可。非常时期，司马的旗帜一定要高高举起！否则北方的大乱转瞬就会在江南重演！"

王敦见实力派的宗长给出了意见，马上笑呵呵地说："我意和王导相通。不能让北方的司马保抢了先，得在江南赶紧立一个，以开万世之基业！"

王含："的确高见。在江南的名望，排在第一的当属王敦大将军。如果此次时机不成熟，非要在司马中选一个，那司马雄最是恰当。"

裸露上身的王澄会心地一笑，那司马雄和司马衷的疯疯劲儿有得一比，于是马上心领神会地附和："我附议！"

王导一板一眼地说："司马衷是北方大乱的根源。南方创业初始，当有聪慧人主，方能稳定局势。五马之中，司马睿知情重义，仁厚胸宽，最先渡江，职位最高，且和我们琅琊渊源深厚，当初就被我们王家一致选中，又得北方朝堂力挺，在江南已积攒起一定声望，只有他才是不二人选！"

王敦黑着脸，沉默许久后才说："既然琅琊王也是我们选的，那就这么定了，喝酒！对了，事不宜迟，江南的司马明天就可以登基了。"

王导："且慢，登基是天命所归，程序不合规，位置就不服众，还有许多事情容我一一布置！"

随着王敦"咳咳"两声，这时那个和石勒结拜的流民帅、投降过来的王如，身轻如燕地跃身跳到宴席中间，抽出三尺长剑，开始挥洒自如地舞剑表演，只见他剑如白蛇吐信，嘶嘶破风；又如游龙穿梭，行走四身；时而轻盈如燕，挥剑而起；时而骤如闪电，落叶纷崩。只见他舞剑逐渐靠近宴席，靠近王导，剑风掠过了王导的鼻端，剑尖颤颤颤地定格。王导端着酒笑盈盈不动分毫，两眼并不看王如，也不看王敦，而是欣赏墙壁上那幅卫协大师所作的巨型琅琊山水图，心想：是有很久没回琅琊了。随着王敦"咳咳咳"三声，王如的剑尖立即向右一扫，又定格在豫章太守王棱面前，王棱怒眼圆睁，大声呵斥，一时宴席间鸦雀无声，王敦也举重若轻地微笑着追随王导的眼光喝酒看图，王如于是径直向前，手起剑进，刺穿了王棱的胸膛！

王导还是神情自若地喝酒，坐定不动，欣赏佳作。这些家族矛盾他早已了然于胸，但是如此了断他一时也无法接受。当初，王敦、王导之堂弟王棱珍惜王如的骁勇，就把王如安排在自己身边，加以宠信。王如曾多次与王敦的部将们比试射箭及臂力，也经常干一些出格的事。王棱就像长辈一样用棍杖教训他，王如深以为耻。等到王敦暗生对朝廷的异心，王棱也经常劝谏他，并不顾及大将军脸面。王敦对王棱的不合作感到愤怒，就秘密派人去激怒王如，让他杀掉王棱。

　　为不多一个声望更高的琅玡王氏成员盖过他的风头，为统合收拢军权计，王敦也不能容，多次授意王如下手。今天，王如终于找到了机会。等到王棱死在面前，王敦竟也一脸震惊，马上逮捕王如并将他当场斩杀，一场惊心动魄的家宴，就在这血泊中达成了一致。

第二章 反贼何其多

对于琅琊王氏来说，江左也是人生地不熟，要站稳脚跟，就必须两手抓，一边凝聚人心，一边消灭反贼。反贼，历来是天下共愤，史官历来都是将其另编一册，以便极力声讨，再踏上一只脚，让其永世不得翻身。但当时建邺朝堂所议之反贼，却并未编入另册，有些还颇为正面。正所谓千人千面，看问题的角度不一样罢了！

（一）反贼陈敏

当然，按照我们江左草民的理解，如今的反贼应该是胡族刘渊石勒之流，他们杀我汉民，抢我江山。是的，王导、司马睿也是这样认为的，"驱逐胡族，恢复河山"之北伐，永远都要挂在嘴边，要写在奏折和圣旨的最前边。但显然，王导、司马睿所认定的反贼，是以威胁自身的大小来确定的，刘渊石勒之流，他们率领草原流寇，主要是为了抢劫，如今打到洛阳已经很不容易了。打江山易，坐江山难，他们也有"故土难离、水土不服"之阻碍。面对更远的江左、长江天险，他们武力再强，也是不敢随便过江的。这些年来，北方的石勒侵边几乎每年都会发生，大规模的南征也有三次，312年的葛陂之战兵威最盛，但每次都在江北就偃旗息鼓了。

更大一些的威胁来自于北方晋室的竞争。随着洛阳和长安的沦陷，北方相继建立了几个或长或短的行台，除司马保外，荀晞、荀藩、王浚、刘琨等人都在试图号令天下。这些行台行使着皇上的合法权利，比江左的司马睿更具号召力。有时，竞争者才是最主要的敌人。虽然，王导鞭长莫及，力不从心，但这些行台时时处于强悍的胡族的打击之下，随时都会灰飞烟灭，的确不用王导动手，只需祈祷着他们节奏再快一点就可以了。

最切实的挑战其实就在江南，就在眼前。司马睿只是司马越任命的官员之一，司马越在江左还任命有其他官员，并且名义上的皇帝晋怀帝和晋愍帝也交叉任命了一批官员。现在两位老大都不在了，剩下了一帮小弟，你不服我、我不服你的局面就很现实地在江南显现出来。虽然同属晋臣，但这些不服者，才是王导、司马睿心目中真正的反贼。这些官员在江南积极招纳衣冠南渡的流民，与司马睿争夺人才；他们筹备力量抗击胡族，拱卫皇室，与司马睿争夺资源；他们宣扬晋室，恢复河山，与司马睿争夺正统和人心。司马越与晋怀帝在朝堂进行政治博弈的同时，作为臣子的司马睿几乎没有向皇上请示汇报，没有出兵出粮，却迫不及待地在江南进行军事斗争，"遣诸将分定江东""敦总征讨"。而征讨的对象主要有两类，一是北方晋室任命的州郡长官，二是江南等地活动的不听话的流民帅。其中，排在第一的就是陈敏。

陈敏的主要罪状是他自比孙权。原来，西晋灭吴后，江东被认为是多事的地方，所谓"吴人轻锐，易动难安"。西晋以东南六州将士更守江表，八王之乱前夕，吴王司马晏始受封，但是并未之国。江东既无强藩，又乏重兵，羁縻镇压，两皆落空。八王之乱后期，江南士族名士深知洛阳政权已难维持，亟须一个像孙策兄弟那样的人物来号令江东，保障他们家族的利益。那司马晏从没到过江东，且听说他愚钝不慧，那是指望不上了。他们在江东没有找到合适的人，而在江北找到了陈敏。他们起先拥护陈敏，为陈敏所用。司马越在下邳收兵，也联络陈敏，想借助他来消灭自己在北方的对手。但是陈敏过江后企图独霸江东；又自加九锡，声称自江入沔汉，奉迎銮殿；又与司马越争雄，这也是司马越着急派司马睿过江的原因之一。

一山不能容二虎，对于司马睿过江，已割据吴越之地并自封都督辽东军事、大司马、楚公的陈敏当然极力反对。他兴起五万大军，直指建邺，欲灭司马睿于摇篮之中。

这时时任司马越军谘祭酒的华谭动之以情、晓之以理，致书陈敏帐下的江左名士义兴周玘、吴郡顾荣等人，一方面指责陈敏"上负朝廷宠授之荣，下孤宰辅（司马越）过礼之惠"；另一方面又言顾荣、贺循等"吴会仁人并受国宠"，而欲以"七第顽冗，六品下才"的寒士陈敏为江东的孙策、孙权，以图保据，非但无成，抑且自贻羞辱。华谭告诫他们，如果要保障江东士族利益，只有反戈一击，消灭陈敏，与司马睿合作。顾荣、周玘等觉得言之有理，单看姓氏"司马"和"陈"，就知道一个在天上一个在地下。利益当然是永恒的追求，何况他们都曾居司马越幕府，何不做个顺水人情？顾荣遂与周玘定策灭敏。307年底，顾荣等作内应，与刘准联合攻打陈敏，部将甘卓也临阵背叛，陈敏又与甘卓交战，还未渡河，其部众溃散，陈敏单骑逃到江乘时被斩杀。

王导、司马睿的一只脚总算是站住了。

（二）反贼周馥

就那么一只脚站着，总是挺累人的。身在建邺的王导，总算感受到了"吴人难附"，其实细细想来，"难附"也是有道理的：一来三国时的蜀地归附已久，晋俗已深入人心，而吴人新附（280年），旧俗还未消除。江东的世家大族自东吴灭亡后，并不因东吴政权的消灭而消灭。他们的庄园，仍旧是"牛羊掩原隰，田池布千里"；他们的庄园之内，仍旧是"僮仆成军，闭门为市"。他们的经济基础，一点也没有动摇。二是吴士已有过陈敏事件的教训，盲目投奔可能会是重大失误，此次必须要有一段时间观察以探明形势。三是大批吴士刚刚违抗了司马越的军令，匆匆逃回江东，可谓喘息未定，自然无颜去投靠司马越的心腹司马睿。最关键的是，上次灭吴之战，西晋准备充分，水陆并进，六路攻伐，司马睿的爷爷琅玡王司马伷也是南征的主帅，吴主孙皓就是向司马伷投的降。其中最关键的建邺沿江之战，"斩首降附五六万计"，国仇家恨历历在目。面对东吴的累累枯骨，吴人的身份认同与社会心理等主观因素，也是导致其"难附"的主要原因。王导要想将另一只脚放下来，就必须搞定带头"不附"的。

陈敏已去，现在挑头闹事的是扬州都督周馥。扬州都督置于魏初，用以防备吴国，且治寿春，建邺在名义上也属于扬州管辖范围。周馥是吴王司马晏的心腹，晋怀帝已任命其为都督扬州诸军事。现在司马越再以司马睿为都督扬州江南诸军事，是把扬州都督区一分为二，一镇寿春而一镇建邺，故有江南江北之别。这是司马越的权宜之计，也是无奈之举。但周馥肯定不认同，如果司马晏过江也就认了，毕竟是以前的老主子。

但司马睿的名字都没怎么听说过，他也不是皇帝的派遣，怎么能来抢我的地盘？再说扬州为什么要分一半给别人？而且来的人还要当上级？

这时司马越已将人马撤离洛阳，京都除了皇帝以外，基本上是一座空城。扬州都督周馥像陈敏一样，怀着拳拳之心上书晋怀帝，请求迁都寿春。如今寿春粮草丰足，一定给皇帝管吃管住，在乱世中他当然想学一回曹操，派来的司马并不是自己能掌控的人，那逃难的乞丐就不一样了。司马越勃然大怒，皇帝待哪里，都是我的安排，哪是你一个小都督可以置喙的？再说你上书，为何越过我？要知道当下官场最痛恨的就是越级汇报！于是宣召周馥与淮南太守裴硕。周馥当然不敢去也不愿去，就让裴硕率兵先行。这时王导给裴硕的保命密信送到，裴硕经过苦苦思索，再三权衡，于是华丽转身，袭击周馥，结果被周馥打败，裴硕退到东城县防守。当然王导还有第二招，派出的扬威将军甘卓也已到寿春，于是和裴硕合力攻打周馥。腹背受敌的周馥军队溃败，逃奔项县，被豫州都督司马确抓住，不久周馥忧愤而死。

尽管驱逐周馥打的旗号是平定"反叛"，但还是有人不服的。后来司马睿假装询问已投降的、曾依附周馥的华谭："周祖宣何至于反？"

华谭则直截了当地说："周馥虽死，天下尚有直言之士。馥见寇贼滋蔓，王威不振，故欲移都以纾国难。方伯不同，遂至其伐。曾不逾时，而京都沦没。若使从馥之谋，或可后亡也。原情求实，何得为反！"

见这人还不开窍，司马睿只好说："馥位为征镇，握兵方隅，召而不入，危而不持，亦天下之罪人也。"

其实华谭还想直截了当地问司马睿作为总理江南为何"危而不持"？但真理和话语权永远是掌握在老大手中的，见到台下一众人士猛使眼色，他也知道这话说出去脑袋就掉下来了,只好忍气吞声。

(三)反贼华轶

江州刺史华轶是不经打的,不出几个回合就被捉拿,关进了建邺的牢房里。王导的事情也多,并没有时间专门去问案,就让他围绕一个个主题进行答复。下面是关于"案犯"华轶的呈报:

关于不服从琅玡王领导之说明

我叫华轶,是怀帝任命的江州刺史,有证人证言说我"不服从领导",怀帝多次表彰:"朝廷空罄,百官无禄,惟资江州运漕"。那次江州开大会时,我的确说了"我只是想看到朝廷的诏书罢了"。作为江州刺史,作为一方大员,我接受的是怀帝的任命和旨意,也尽到了作臣子的本分,在皇帝最困难的时候,经常发粮草救济洛阳。近期,建邺不断传来命令,调兵调钱调物,让我们听从琅玡王号令,我没有听从,是因为我没有见到皇上让琅玡王代管江南的圣旨。

可是时隔不久,王敦就兴起大军,对我江州进行讨伐,我不忍心同室操戈,象征性抵抗一下就来到了建邺,我百思不得其解,在此想问一个"为什么?"

看到华轶的血书,王导作了例行批注:一,请琅玡王阅示;二,请王敦阅;三,我意,此人为北方大族,才能尚可,如能改邪归正,可降级使用。

不久案卷传阅完毕,司马睿批注:已阅。王敦批注:似这等骄横而不思悔改之人,不杀不足以平民愤!

这时又收到了牢房里的第二份答卷:

关于和裴宪串通作乱之说明

裴宪是怀帝任命的豫州刺史，镇东将军、都督江北五郡军事，为抗击北虏出力甚多。当时王敦大将军大军压境，裴宪和我唇亡齿寒，便合兵一处，互相支援，作乱之说不成立。

后来王敦军势大，我军虽可一战，但同为晋室，终无杀己之念，迫不得已裴宪前往幽州，投奔抗击胡族之骠骑大将军、幽州都督王浚。我们没有任何反攻倒算的计划和安排。

看过答卷，王导再作批注：一，请琅玡王阅示；二，请王敦阅；三，我意，裴宪也未投胡，此节似可忽略。

案卷传阅的结果是，司马睿批注：已阅。王敦批注：王浚承制并假立太子，备置百官，列署征镇，有不臣之心，此账也应记到华轶头上。

这时收到了牢房里的第三份答卷：

关于身世的说明

我出身于平原华氏，也是北方高门大族，是魏国太尉华歆的曾孙。在任期间安抚当地豪强，同时积极招纳流民，甚得民心，陶侃就曾是我属下的扬武将军。我所任之江州，经济实力强大、战略位置重要，为晋室抗击胡族贡献了微薄之力。

我们平原华氏在晋末大乱中损失惨重，华荟"与荀藩、荀组俱避贼，至临颍，父子并遇害"；华陶"没于石勒"；华畅"遭寇乱，避难荆州，为贼所害"。家族历史清白，无通敌叛国之事。我有七子，平原华氏有千余人，如果琅玡王见容，我当带领族人，衣冠南渡，报效朝廷，以振晋室。

身世说明一般都是最后一份答卷，王导也作了批注：一，请琅玡王阅示；二，请王敦、山简阅；三，我意，可接纳华氏族人，以吸引人才。

案卷传阅的结果,司马睿批注:已阅。山简批注:完全赞同王导意见。王敦批注:裴宪投敌已成前车,华氏如举族投北,劲敌也,应诛全家。

山简为何赞同王导?原来王导想保华轶之命,而山简同为怀帝任命的征南将军、都督荆、湘、交、广四州诸军事。当初王敦征讨华轶时,就曾传令让山简带兵助阵,山简却以"与彦夏旧友,为之惆怅,简岂利人之机,以为功伐乎"的理由拒绝。山简本没有圈阅朝堂文书的资格,是王导故意扩大了文件阅示的范围,想拉一个同盟者。一年后,山简也病逝。至此,怀帝朝在南方设置的方镇就全部被剪除了。

如今在江南,军事、监狱、城防等强力部门都属于王敦直管,王导这边还在煞费苦心地处理文件,想树立一个"依法办案"的典型,王敦那边已手起刀落地杀掉了华轶和他的五个儿子,王导获悉后赶紧将其两个幼小的儿子藏匿,总算是给华轶续了命。之后司马睿论功行赏,任用甘卓为湘州刺史,周访为寻阳太守,陶侃为武昌太守;获封者还有王导、王彬、庾亮、庾冰、纪瞻、贺循、顾众、陆晔、孔愉等人,足见司马睿对讨伐华轶的重视程度。

(四)反贼杜弢

晋时荆湘地区十分动荡,造成这种现象的一个重要原因,是刘备自荆州入蜀时带走了大量的荆州士人,使得荆州本地的士族力量非常薄弱。整个魏晋时期,江陵乃至荆州地区的土著,几乎没有能够在中央出任高官的,大多不显于史。没有本地士族领导,老百姓就是一盘散沙。之后荆湘地区的统治者就开始盘剥扫荡,先有荆州都督司马歆"为政严苛,蛮夷并怨",继有荆州刺史石崇"劫远使商客,致富不赀",再有西阳王司马羕在荆州地区沿江抢劫……这一时期，荆湘地区的阶级、民族矛盾已经十分尖锐，有大量流民进入，先后涌入者数十万户，羁旅贫乏，多为盗贼。在多重社会问题的交织下，荆湘地区爆发了多起动乱。303年，由于朝廷在荆州征发"壬午兵"讨伐成汉，引发了张昌之乱。308年，王逌在襄阳地区作乱。310年，州武吏出身的王如反于宛；原新野王司马歆牙门将胡亢聚众于竟陵，自号楚公；原镇南将军山简参军王冲叛于豫州，自称荆州刺史。

相比起来，那些都是小打小闹，干大事的是杜弢。杜弢本是自蜀地来江南避难的。在涌入荆湘地区的流民中，巴蜀地区的占比是最高的，早在304年，荆州来自梁益二州的流民就已经高达十余万户，保守估计在四十万人以上。进入荆州地区的蜀地流民有一个非常显著的特点，他们是以县、乡、里为单位，在地方官员率领下进行有秩序的迁徙。杜氏是成都的大姓，杜弢本人是蜀地的知名文士，任益州别驾，迁徙到荆州的南平郡，并担任醴陵县令，之后成了流民帅首领，自称梁益二州牧、平难将军、湘州刺史。作为蜀地的流民，还要到江南来抢地盘，这当然就是实实在在的反贼了，见贼军势大，王敦又开始"总讨之"，主要战将是武昌太守陶侃。

此前，荒唐的荆州刺史王澄被杜弢弄得焦头烂额，撂挑子逃回建邺，已经被王敦私下解决了。烂摊子甩给了王导委派的荆州刺史周顗，但周顗的日子也没好到哪里去，杜弢统率的流民军节节胜利，以湘州的长沙为据点，甚至向东扩张到了江州境内。

陶侃站了出来。陶侃此前是华轶的下属，王敦为了集中火力讨伐华轶，当然在陶侃身上狠下了一番功夫，在其兄陶臻为使者到建邺时：

> 臻遂东归于帝。帝见之,大悦,命臻为参军,加侃奋威将军,假赤幢曲盖轺车、鼓吹。侃乃与华轶告绝。

有了一棵枝繁叶茂的大树主动让其遮阴,正前途迷茫的陶侃兄弟当然乐意择其明主。这陶侃不仅擅长统兵作战,对局势的分析能力和解决问题的能力也相当优秀,这时王敦正让他担任武昌太守。由于饥荒,武昌境内有许多沿江打劫的水匪。在抓获几个俘虏后,陶侃查出他们都是西阳王司马羕的手下。反正陶侃才进入建邺的阵营,就假装认不得谁是谁的部下,派人逼着司马羕交出他的手下,将他们全部斩首以威慑贼人。从此武昌地区安全畅通,返回故土的人络绎不绝,陶侃竭力帮助他们安家定居,又在郡东设立了和夷人交易的市场,武昌地区因而兴盛了起来。

后司马睿派陶侃攻打杜弢,俩人的较量进行了四个回合。第一回合是武昌保卫战。在救援了浔水城的周顗之后,陶侃判断杜弢一定会去偷袭自己的根据地武昌,准备立即从浔水城急行军返回武昌,王敦问陶侃:"返回武昌,需要连续三天三夜的急行军,能忍受路上的饥饿吗?"陶侃说:"白天行军,晚上捕鱼,坚持十天都可以!"于是迅速返回武昌城,果然遇上了准备偷袭的杜弢,再一次将他击败,杜弢一路逃回了根据地长沙。

第二回合是湘州反击战。陶侃和周访合兵一处,进逼湘州,将杜弢赶了回去。之后王敦从豫章进军到溢口坐镇,而陶侃和周访一直推进到夏口,和杜弢展开了决战。陶侃和周访都很能打,几十场大小战斗打下来,杜弢的军队死伤甚众。杜弢眼看扛不住了,决定向司马睿投降,在南平太守应詹的居中调停下,司马睿接受了杜弢的降表。但命令下达后,却无法执行。对王敦而言,自己费了好大劲,眼看就要大获全胜,如果杜弢投降了,那岂不是应詹拿了最大的功劳?于是继续向杜弢发起进攻,

杜弢认为司马睿出尔反尔，大怒之下，将前来接受投降的使者处死。

第三回合是豫章偷袭战。杜弢派出部将杜弘和张彦偷袭豫章，即王敦的大本营，王敦急忙命令周访回师救援。混战中，一支流矢正中周访的面门，将他的两颗门牙击碎，周访晃晃身体站了起来，继续指挥进攻。周访的玩命进攻取得了很大成效，两军血战到黄昏，周访最终将张彦斩杀。随后，周访来到水边与杜弘对峙，他暗中派出一部分士兵假扮成樵夫绕到敌军背后，大声喊叫："王敦将军来了！王敦将军来了！"周访的士兵信以为真，以为增援到了，士气大振，而杜弘的士气瞬间低落了下去。夜晚，周访又派人点起漫山遍野的篝火，杜弘以为周访这边的人数越来越多，吓得连忙趁夜撤退。周访跟在杜弘后面紧追不舍，一路追到了庐陵城，将杜弘团团围住，之后杜弘被歼灭。

第四回合是长沙包围战。在夏口，陶侃仍然和杜弢处于相持阶段，双方见招拆招，你来我往。杜弢派之前背叛陶侃的王贡率领三千精兵到武陵江，联合五溪蛮一起进攻武昌，截断陶侃的粮道，而陶侃干脆趁夜奇袭杜弢的大本营巴陵，将杜弢逼回了长沙。随着战事的吃紧，流民军内部也产生了矛盾，杜弢怀疑张奕要背叛自己，直接杀了他。这导致人心惶惶，投降的人也越来越多。为了打破局面，杜弢再次派王贡前去挑战，但听到陶侃的诚心劝降，王贡当即阵前起义，就此导致杜弢的崩溃。随即陶侃包围长沙，不久将其攻克，平定了杜弢的叛乱。

其实杜弢至死也没搞明白，他本是晋朝任命的蜀地官员，蜀地被成汉李氏占领了，他和一帮负责的官员带领百姓逃难，并得到了朝堂的认可和任命，尽管他也向建邺政权表示了效忠，可是却遭到同朝为臣的其他官员的围剿，还被贴上了叛乱的标签！

之后总指挥王敦封陶侃为荆州刺史，他自己则封为镇东大将军、江州刺史、兼江、扬、荆、湘、交、广六州都督。

（五）反贼第五猗

就在陶侃刚刚坐上荆州刺史的椅子时，长安的晋愍帝也消息灵通，虽然隔着长江，马上派了第五猗为荆州刺史，征南大将军，监荆、梁、益、宁四州诸军事。王导看着"第五猗"这奇奇怪怪的名字，就知道这一胡族将领来者不善，听说他是因军功升至长安晋室的侍中，权位相当于宰相，拳头特别硬。若他来到荆州，这一时期的荆州实际上就有了两位刺史。司马睿的吴地本土得力助手周访称："猗既愍帝所遣，加有时望，为荆楚所归。"当时荆州地区多股势力拥戴第五猗，计有杜曾、挚瞻、胡混、郑攀、马俊等，其中挚瞻、郑攀、马俊原本都从属于建邺政权，郑马二人是陶侃部将，挚瞻是王敦大将军府出身，随郡内史。

最关键的是实力派杜曾，他是怀帝任命的竟陵太守，还和湘州刺史杜弢同仇敌忾，此前就和王敦在战场上打过照面，王敦一直没占到过便宜。这杜曾以前是新野王司马歆麾下的一员勇将，能够披甲在水里游泳，十分骁勇。杜弢虽然战死，杜曾却越战越勇。就在这时候，第五猗在襄阳遇上了杜曾，这对夹缝中的难兄难弟便结成了儿女亲家，组成了军事同盟以求自保。虽然建邺也收到了关于第五猗任命的文件，但现在的行情是，对于认可的文件那就是圣旨，对于不认可的文件，那就是白纸一张。王敦和陶侃将这白纸一扔，下一个要扫荡的目标就是他们了。

其实建邺的许多人也看不惯窝里斗，有本事你去北伐啊！陶侃的参军、琅玡王氏子弟王贡，这时候也义愤填膺地到了第五猗的营垒，他熟

悉陶侃军队的虚实和作战手法，带领杜曾直接向陶侃宣战，同时也算是和琅玡王氏做了切割。王贡在沌阳向陶侃发起了攻击，又在沔口击败陶侃的副手，混战之际，叛军钩住了陶侃的乘船，准备将他活捉。幸亏他跳上一只小船，加上部下奋力苦战，才让陶侃得以脱险。

陶侃糊里糊涂地经历了这场大败，被王敦罢免了官位，以平民身份继续率兵作战，将功赎罪。一开始，陶侃的行动十分迅猛，得抓紧立功以赎回乌纱帽啊！他很快渡过长江，将第五猗和杜曾包围在了石城。战事进行得十分顺利，让陶侃有些飘飘然，部下劝道："凡是打仗，心里要有数。现在您的部下没有比得上杜曾的，可不能轻视他。"陶侃没有接受劝谏。杜曾率领的联军以骑兵为主，于是偷偷打开城门，派出骑兵突袭陶侃的军阵，还从陶侃的背后发起了突袭，陶侃被打得惨败，只剩十余骑逃走。

不过第五猗决定做人留一线，他遥望败退的陶侃，下马拱手拜了一拜，才告辞而去。都是晋室朝廷的人，何必以死相逼，山不转水转，谁说得清楚以后会怎么样呢？

不过，王敦可没有这样的菩萨心肠，他集结了建邺的大批军队，以陶侃、周访为先锋，步步为营，奋力绞杀，周访很快将杜曾斩杀。对于投降的第五猗，周访"以猗本中朝所署，加有时望，白王敦不宜杀，敦不听而斩之。"

期间，建邺政权还相继讨平了武昌太守冯逸、豫章太守周广等人。经过王导、王敦的东西征讨，到318年，江南的局面基本平静，王导、司马睿终于站稳了。

第三章 开国何茫然

旧的不去，新的不来。318年，神州大地一片混沌，北方杀声起伏，到处血腥，汹涌的人潮渡黄河、泗淮河、过汉江、跨长江，只求保住性命，保全家族。站在江南的琅琊王司马睿，在镇压反贼的同时，心惊肉跳地望着长江对面的熊熊烈火，望着来自四面八方的遑遑难民，面对皇室的灾难，面对司马的呼喊，只觉得世界末日就要到来。

（一）北伐，还是要伐的

313年五月十八日，长安的愍帝司马邺再度封赏，任命琅琊王司马睿担任左丞相、大都督，都督陕东诸军事；任命南阳王司马保任右丞相、大都督，都督陕西诸军事。诏书说："现在应当扫除像刘聪那样的大鱼，奉迎怀帝的灵柩。命令幽、并两州带领三十万兵卒直接进兵平阳；右丞相应当率领秦州、凉州、梁州、雍州的军队三十万直接到长安护卫，左丞相率领所属的二十万精锐兵士直接到洛阳拱卫，共同奔赴约定的大业，成就伟大的功勋。"

作为一个十四岁的年轻人，司马邺虽然有一些少不更事，但还是有一定的自知之明。他明白，自己早已无法对江东的司马睿发号施令了，虽然那司马睿一再绞杀自己派出的刺史和都督，一再拔掉他插在江南的旗帜，但他也只好睁一只眼闭一只眼，假装看不见。现在长安的朝廷已是风雨飘摇，这时候再和司马炽一样，和司马睿起冲突实在是毫无必要。更何况，司马邺如果要谋求晋室的中兴，也必须依仗地方诸侯的力量。因此司马邺调整了自己的政治策略，承认了司马睿的地位，封他为左丞相、大都督陕东诸军事，也不再派官吏到江南任职，只要求司马睿率兵北伐。

为了贯彻落实旨意，愍帝派遣殿中都尉刘蜀诏令左丞相司马睿按时进军，与自己的乘舆在中原会合。八月二十日，刘蜀到达建邺，宣读皇帝司马邺的圣旨，之后便是例行的表态。

王导先顾左右而言他："如今彦旗即位，我们坚决拥护，建邺的'邺'字应该避讳，从此建邺就叫建康！"此前，向北运粮的运河老修不通，为了向司马越交差，王导就将毗陵郡改为晋陵郡，也是为了避讳司马越世子司马毗。

手握兵权的王敦只是冷笑两声，没有说话。

坐在上首的司马睿是个老实人："我们刚刚平定江东地区，目前局势不稳，既没有二十万军队，也没有北伐的粮草，更没有余暇北伐！"

皇上的钦差刘蜀马上黑起了脸，台下一众才北渡的大臣更是心潮起伏。军咨祭酒祖逖中气十足："晋室之乱，非上无道而下怨叛也，由藩王争权，自相诛灭。遂使戎敌乘隙，毒流中原。今遗黎既被残酷，人有奋击之志。大王诚能发威命将，使若逖等为之统主，则郡国豪杰，必因风向赴，沈弱之士，欣于来苏，庶几国耻可雪，愿大王图之。"

桓宣接着说:"北方并州的刘琨等义士,高举抗胡的大旗,在众胡围困下已坚守了八年!我等在江南隔岸观火,于心何忍?"

见气氛很是尴尬,王导又忙着出列表态:"刘都尉来得正好,自307年琅琊王渡江,我们无一日不想振兴晋室,举兵北伐。如今也积聚了微薄力量,定当响应长安号召。着祖逖前往京口作为前锋,立即继续着手北伐之事!"

还是王导的政治敏锐性最高。如今北伐是唯一的政治正确,只有高举北伐大旗,才能凝聚人心、行稳致远。路线不正确,只会越走越远。王导给司马睿使了眼色后,司马睿即刻心领神会:"刚才都是试探大家的心思,既然大家志在北伐,这正合我意。我们一定志存高远,为振兴晋室而奋斗。特任命祖逖为奋威将军、豫州刺史,专务北伐大事!"

钦差很高兴,可以回去交差了;司马睿很高兴,终于送走瘟神了;王导很高兴,江南的地位又提高了;范阳人祖逖更是兴奋万分,神圣的北伐事业终于无上光荣地落在了他的肩上!

当然,光派一个小角色到江北小打小闹,也不足以向北方晋室以及广大北方流民展示北伐的坚强决心。316年底,司马睿听闻长安失守,是时候该亲自表演一下了,在王导的建言下,他亲自穿上铠甲,带领军队露宿野外,向各地发布檄文,限期北伐。当然也没走多远,还没有渡过长江,更没看到一座敌城、遇到一个敌人,就班师回朝了。无故班师肯定也要找个理由啊,当然是因为水道运粮耽误了日期,于是斩杀了那个很不听话的督运史淳于伯。淳于伯这几年发奋地修缮着通往洛阳的南北运河,埋头苦干,日夜不息,总想着把军粮早一日运往北方,解救西晋朝廷于水火;却不抬头看路,哪知南边的老大们肚里另有乾坤,江南的粮食都不够吃，修北边的运河干嘛！如果真修通了，不运粮脸往哪儿搁？行刑那天，刽子手将斩首后的刀在柱子上擦了下，鲜血竟然逆流而上，直到二丈多的柱子末端才流下，观刑的人都觉得淳于伯死得太冤枉了。

（二）抗争，还是要争的

洛阳的皇帝刚刚离世，长安的皇帝又被斩杀，看来皇帝确实是个高危职业，但争之者还是趋之若鹜。站在相对安全的江南，建康的司马睿心里就痒痒的，认为自己苦日子终于到头了，举目四望，皇帝大位只能是自己的。且慢，前边还有个重量级人物排着队——说的就是司马保！

的确够"重量"的。史官都记录他的体重为"八百斤"，可谓惊人。当然，皇帝罕有瘦子，他们的本职工作就是吃好、穿好、玩好、睡好，最后只能长胖。这时的后赵武帝石虎，就是个大胖子，他喜好打猎，但身体超重，移动困难，无法骑马，只好让工匠打造一乘巨大的猎辇，由二十人推行，座下有转轴，可以根据猎物的方向而转动，让石虎的弓箭可以射向猎物。但史官记载的最胖的却是司马保，史官继续记录说，因为太过肥胖，"不能御妇人"，所以也无后。

够重量的不只是体重，还有职位。司马睿被封为左丞相，而司马保为右丞相。左丞相是尚书省加门下省的职权，右丞相是尚书省加中书省的职权，权归右相是常态。司马保315年又进位为相国，这时的他完全控制了秦州全境，自称大司马，秉承旨意设置百官。陇右的氐、羌部族都依附于他，割据凉州的张轨、张寔父子，也派使节朝贡。论资排辈，他肯定排第一。

够重量的也不只是职位，更涉正统。秦汉以来，京都都建立在咸阳、洛阳、长安，也有许昌、南阳等地，反正都是北方，当然洛阳居多，已历六朝，这些地方被大儒士子视为天下之中，视为正朔，洛阳失陷了有长安，长安的皇帝不在了，秦州的实力派司马保当然就是正朔，是当仁不让的第一顺序继承人！南方的人儿，是没有那个资格问鼎的。

但司马保再重，也只是他自己或者是江南"五马"的感觉，在强悍的汉赵面前，那只是小菜一碟。316年，刘曜的大军围困长安。司马保虽然近在咫尺，手握重兵，但他和司马睿的心思一样，也是坐视不理。司马邺在粮食断绝的情况下被迫投降。皇帝没了，龙椅才能空出来。

现在才是应该抗争的最佳时机。319年，司马保自称晋王，受南边司马睿那片穷乡僻壤的影响，把年号改为建康，设置百官。司马保虽然极力抗争，但实在没有争雄的资本，并不是说他兵不多、将不广、粮不够，主要是能力不足，不是中兴之主。之前被迫离开司马保的都尉陈安，此时自称秦州刺史，先后投降前赵、成汉，经常与他发生内斗。当时，司马保所在的上邽发生严重饥荒，民不聊生，司马保在部将张春等人的护送下，前往南安的祁山"乞食"，却被陈安阻拦。关键时刻，前凉西平公张寔出手救援，司马保才得以回到上邽。期间，司马保以正朔之名让江南出兵，共同抗争以兴晋室。因为长江有天险，司马睿也就没有回信，只是在自称晋王后向司马保及北方各军头发布了大赦令：

赦书到日，解甲散兵，各还所属，一无所问。有能率众从顺，随本官及所领多少，论其爵位。被书后百日，若故屯结，遂附贼党，诛及三族。改建兴五年为建武元年。

320年，刘曜率军进攻司马保，司马保连战连败。五月，因司马保无法调和部下矛盾，外部又无援助，看不到任何希望的部将张春和杨次，

软禁了司马保，不久将他斩杀，将人头送与汉赵皇帝刘曜讨了个好价钱，时年二十七岁。

北方重量级人物相继谢幕，留给江南的则是无限的春光！

（三）立嗣，还是要立的

前不久王敦的家宴表演结束，接下来就是王导的表演了。他先派快马到长江边寻找最近一位来自长安晋愍帝朝堂的渡江者，当然还得够分量。功夫不负有心人，不出几天使者就带来了弘农太守、平东将军宋哲，使者直接将心灰意冷无精打采的将军带到了王导府邸，王导盛情地款待，周到地问候，开心地畅谈，宋哲当然也是个聪明人，一时间满血复活，血脉偾张，手舞足蹈，那些应有之义，即将应说之话，一时了然于胸。临别，将军万分感念王导凭空送上的厚重大礼。

正月二十八日，建康高层开会议事，今天唯一的主座是司马睿，他刚从郊外表演完北伐回来，以前他不在的时候，主座大都是大大咧咧的王敦就座。王敦不在时，大家就硬让王导上去坐，可是王导万般推却，宁愿让椅子空着，一次也没有坐过。当然，其他"四马"在显要位置有固定站位，他们明白自己的处境，明白位置的奥秘，哪敢随意越雷池半步？等大堂安静了下来，司马睿象征性地咳了一声，用眼睛请示了王敦，询问了王导，经过短暂的停顿，于是高声宣布："议事开始！"

在其他人奏报了一些事情后，这时宋哲出列："启奏丞相，我刚从长安紧急赶来，临别时晋愍帝口谕，令丞相、琅玡王司马睿总摄国家事宜，即帝位。"

司马睿脸露悲伤，眼噙泪水，顾左右而言他："朝堂全体官员，即日

起换上素色服装,举哀三天。"

西阳王司马羕已经出列:"天下不可一日无主,为晋室江山计,请琅玡王立即荣登皇帝之位!"

众大臣纷纷出列表态:"请琅玡王登基!"

见司马睿不表态,四位司马一齐出列:"请琅玡王登基!"

司马睿用眼角余光看看王敦和王导,感慨地流着眼泪说:"孤是有罪之人,诸位贤良如果逼我不止,我将返归琅玡封国。"当即大声传呼宫廷侍从,让他们驾车准备启程。是啊,重量级人物不表态,一众大臣再拥护也是白搭。

这时王导终于出列了:"如今江北晋室已倾,天下无主,那司马保也不是鼎兴之人。既然有愍帝圣旨,那就是奉天承运,望琅玡王以江山社稷为重,即刻登基继位,以顺天下臣民之心。"

司马睿坐着继续等待。这时王敦才懒洋洋地出列:"如今琅玡已是遍地战火,大王早已无封国可去了!既然有愍帝口谕,琅玡王又万般推辞,我看可以暂进位为晋王,上可延续国祚,下可观察形势,以防不测!"

司马睿心里咕咚一声,一股凉意从头直到脚后跟,看来过分的谦虚也是要坏大事的。于是满脸堆笑:"既然众意如此,我一定勇挑重担,匡复社稷,不负天下臣民之期盼!"

通过星官夜观天象、占卜问卦,终于确定了大吉之日。四月初六,在众大臣的簇拥下,司马睿依照魏、晋旧有成例,即晋王位。"及睿登尊号,百官陪列,命导升御床共坐。导固辞,至于三四。"可见元帝在受百官朝贺时的底气不足,也说明了王导在东晋政权创立过程中所起的关键作用。

老大前进一步,为何下边的人更加高兴?忠心是一个方面,更主要

是大家都能跟着前进一步！接下来晋王就按照早已拟好的单子进行封赏：首先是大赦天下，改年号为建武，开始设置百官，建立宗庙和社稷。立世子司马绍为王太子，二儿子司马裒封为琅琊王，任西阳王司马羕为太保；任王敦为大将军，王导为骠骑将军、都督内外诸军事、领中书监和录尚书事；任丞相左长史刁协为尚书左仆射，右长史周𫖮为吏部尚书，军谘祭酒贺循为中书令，右司马戴渊、王邃为尚书，司直刘隗为御史中丞，行参军刘超为中书舍人，参军事孔愉长兼中书郎。其余参军全部封官奉车都尉，部属封驸马都尉，行参军舍人官拜骑都尉。

其实这份封赏名单是深有考究的。一是所封官位都不高，什么三公宰相，太子藩王，都一律没有，这时北方皇帝还在，正朔所归，何况还有司马保，偏安江南的司马睿也不能称帝，老大不是九五之尊，那最高级的乌纱帽就得封存。二是二儿子司马裒随祖逖北伐，颇有才能，何况她母亲郑王妃美丽动人！本来司马睿想将其立为世子的，奈何王导坚持立嫡，司马睿就不敢坚持，只好将他封为琅琊王，都督青、徐、兖三州诸军事，镇守广陵，而封老大司马绍为世子。三是宗室只有一王受封，还是虚职，这是司马睿和王氏难得的交集。对于司马睿来说，振兴宗室以制衡王氏大族本是应有之义，但这四马过江是来抢他的位置的，北方战乱都是打出司马的旗帜，哪里有司马，哪里就不稳定。对于竞争者，司马睿当然只能防范和打压；对于王导、王敦，他们的原则是"祭则司马，政在王氏"，严防司马宗室崛起是他们的原则。四是拉拢南方士族，周𫖮、贺循、戴渊等都获重用，低层次的官员任用就更多了。五是司马睿也夹带有私货，他当然有自己的小心思，不愿意只当王氏的傀儡，将他的心腹刁协、刘隗等也挤了进去。

后来史官记载,从今日开始,东晋的大幕就在建康徐徐展开,一个崭新的时代来临了!

东晋皇帝在位统计表

王朝	谥号	姓名	在位时间	在位年数	享年
东晋	元帝	司马睿	318—322年	约5年	48岁
东晋	明帝	司马绍	322—325年	3年	27岁
东晋	成帝	司马衍	325—342年	17年	22岁
东晋	康帝	司马岳	342—344年	2年	23岁
东晋	穆帝	司马聃	344—361年	17年	19岁
东晋	哀帝	司马丕	361—365年	4年	25岁
东晋	海西公	司马奕	365—371年	6年	45岁
东晋	简文帝	司马昱	371—372年	1年	53岁
东晋	孝武帝	司马曜	372—396年	24年	35岁
东晋	安帝	司马德宗	396—403年 404—419年	22年	38岁
桓楚	武悼皇帝	桓玄	403—404年	1年	36岁
东晋	恭帝	司马德文	419—420年	1年	36岁

第四章 镇之何以静

新时代有新时代不一样的招数,那洛阳的晋室,死就死在太闹腾上,如今王导吸取教训,对建康才成立的政权采用的招数就是:"镇之以静,群情自安"。

镇之以静,并不是说一众王公大臣开始躺平了,而是让天下"尘归尘,土归土"。要让老百姓安居乐业,那朝堂衮衮诸公不但不能静,而是要加倍行动。只有上面挥汗如雨,下面才能平静如水,如果顶层躺平,基层必然动乱。318年,建康的征伐暂告一段落,北方的晋室已经灭亡,新兴的胡族政权忙于内斗,于是建康的司马王室开始指手画脚,朝堂士族开始行动如蚁,地方官吏开始劝农,长江沿岸的流民开始垦荒,一派勤劳致富、百废待兴之势。在道家"无为"思想的弥漫中,在天下百姓安静忙碌中,王导也在认真思考,积极筹划着江南发展的大局。

(一)民心很重要

318年的正月初一,建康的传统节目之一就有登新亭。新亭又称"中兴亭",在江宁县十里,去建康城西南十五里,近江渚。建康四面围山,临近长江，登新亭能远望群山，近观大江，是个游览休闲的好去处。这天风和日丽，一众朝堂大臣相约坐在新亭前的草坪上，欣赏建康的秀丽山水。这么情景交融的场合，怎么少得了诗？于是贺循首先献上一首：

    赋得夹池修竹诗

  绿竹影参差，葳蕤带曲池。

  逢秋叶不落，经寒色讵移。

  来风韵晚径，集凤动春枝。

  所欣高蹈客，未待伶伦吹。

诗人、方术士郭璞也乘着酒兴赋诗一首：

    游仙诗

  六龙安可顿，运流有代谢。

  时变感人思，已秋复愿夏。

  淮海变微禽，吾生独不化。

  虽欲腾丹溪，云螭非我驾。

  愧无鲁阳德，回日向三舍。

  临川哀年迈，抚心独悲咤。

  酒酣诗浓，开启话端。周顗道："江南田园，风景不殊，正自有山河之异。"

  顾荣也感慨："长江万里，千帆竞渡，生子当如孙仲谋，正是建都立业的好地方！"

  祖逖将酒杯一扔："山河破碎，帝室倾覆，哪有风景？"

  这就勾起了大家深藏心底的那根弦，周围一大群名士，尤其是北方的名士，竞相垂泪。王导愀然变色，曰："当共勠力王室，克复神州，何至作楚囚相对？"

的确，在山河破碎的艰难时刻，至关重要的是统一人心，王导眼下要彻底解决的问题是"吴人难附"。北伐复国那是一个宏远而高贵的理想，时时都要挂在嘴边，虽然不是一朝一夕能开启的。如果不解决好和当地人融洽相处的问题，国家也不能稳定。于是在三月初一晚，请来了吴地的门阀、士族的领袖人物周顗、纪瞻、顾荣等，推心置腹地把酒言欢。当然，顾荣等待这一机会很久了，为何一直招揽北人？那么多优秀的吴人为何不用？

（顾）荣又言："陆士光贞正清贵，金玉其质；甘季思忠款尽诚，胆干殊快；殷庆元质略有明规，文武可施用；荣族兄公让明亮守节，困不易操；会稽杨彦明、谢行言皆服膺儒教，足为公望；贺生沈潜，青云之士；陶恭兄弟才干虽少，实事极佳。凡此诸人，皆南金也。"导闻，皆纳之。

解决了实际问题，剩下的就是场面上的表演了。这天是民间传统佳节上巳节，作为长江边上的京都，在这一天更是热闹非凡，大人们忙着杀猪宰羊、宴请宾客；小孩们忙着临江泼水，游泳捉鱼。一些人家忙着嫁女，一些商户忙着开张，这时的建康，可谓人头攒动，盛况空前。正在大家泼水嬉戏的兴头，一阵震耳欲聋的敲锣开道声由远而近，只见一支五百人的皇家卫队步伐整齐地开道过来，后来史官记载："司马睿乘肩舆，具威仪，敦、导及诸名士皆骑从。吴人周顗、纪瞻、顾荣、贺循、周纪，皆江南之望，窃窥之，见其如此，咸惊惧，乃相率拜于道左，城内万人俱拜。"老大的威信，就是在老二老三以及地头蛇的簇拥下，在心悦诚服的跪拜中，逐步形成的。

在随后的建国大典上，王导将周顗、纪瞻、顾荣等推荐的吴地名士予以重用,并大量征召吴地大族入仕,以缓和侨吴士族在权力分配上的矛盾。同时,在南北分裂、胡汉交争的特殊时刻,士大夫传统的正朔观念使吴姓士族亦不能不对晋室宗亲的司马睿另眼相看;而侨姓高门玄学造诣的深厚也使江南土著为之夺气。所有这些,便使得拥有雄厚经济实力和强大军事力量的吴姓士族,大多俯首听命于司马睿集团,而侨姓高门亦不能无视吴姓士族占有地利人和、根基牢固的优势这一事实。基于此,王导积极推行"以清静为政,抚绥新旧"的治国方略,以"宁使网漏吞舟,亦不为察察之政"作为政治指导原则,尽可能地绥靖、联合吴姓士族,以实现侨吴士族的初步合作,保持政局的稳定。

为更好地维持脆弱的侨吴士族合作局面,王导还在经济领域作了妥协。此时北方士族大批南迁,他们对土地、劳动力的贪欲给吴姓士族以沉重的经济压力,而经济利益的冲突必然危及政治上的合作。鉴于建康周围是吴人势力范围,根基牢固,非敢染指;而京口一带沃野早为南迁的次等士族所占,因此渡江的王氏等高门远拓吴人势力较弱的东南会稽等郡,发展自己的经济势力。

与经济上力避冲突相伴的,是王导在社会生活方面极力寻求消弭侨吴士族间存在的心理隔阂。王导曾谋求联姻江南望族陆玩(他们家爷爷辈就是"败走麦城、擒斩关羽,火烧连营、白帝托孤"的胜利者主角陆逊),陆玩却拒绝说:"小土坡上长不了松柏这样的大树,香草臭草不能放在一个篮子里,我陆玩虽然不才,但在道义上决不能开乱伦的例。"后来,陆玩到王导那里吃奶酪,因而得病,陆玩与王导通信:"我虽是南方人,但差点成了北方的鬼。"虽然王导联姻不成,但在他的推动下,北方名士与吴地士族联姻却一发不可收拾。在谋求政治联姻结援吴姓大族的同时,

琅玡王氏也不忘与一般土著周旋，王导与吴人语，宁弃洛阳正音而学用南北士族所共羞用的吴语，一时传为笑谈。

（二）舆论很重要

除了归整民心外，王导心中排在第一的紧急任务，就是建立帝国。目前北边的司马保也已经称晋王，并传檄江南，要求出兵北伐，以正统自居。天下神奇地出现了两个晋王，而那司马保还有厚积薄发之势，称帝指日可待。形势比人强，一步没跟上，步步跟不上，如果司马保称帝了，留给建康的，只有称臣这一条路可走，呕心沥血的琅玡王氏坚决不答应！

王导明白，如今建康也只是表面的平静，其实大家都心怀不满。是啊，百十万人挤破脑袋蜂拥过江，逃难是一个方面，心中更希望的，是谋得一个更好的前程。可是堂堂的朝堂大员好不容易来到了建康，却都是降级使用，得到的都是什么参军、都尉之职，无品、无级、无权，还让人的脸往哪里搁？那些满腹诗书的门阀子弟，也只有什么秘书郎、祭酒等闲散位置可封，不但薪水微薄，还无外快可捞，这日子还怎么过？这一切的源头，就是司马睿只当了王而不是皇帝。若他成为一国之君，那资源无限，官帽无穷，大家都可以跟着前进几步，难怪历史上那么多地方爱闹独立，即使你苦口婆心地说晋室一家，同源同族，领土不可分割，统一是大势所趋……毕竟现实的利益摆在那里，谁不想立即官升几级？

但登基也是不容易的。作为天下之主，需要天下人承认，首先是江南的民意基础如何，也就是群众拥护不拥护，百姓答应不答应？当然百姓也不是好糊弄的，光层层开会，处处檄文，天天口号，实际效果却并不理想。吴人难附，并不专指江南门阀，更多的是指吴地百姓。老百姓心里可有一杆秤，不见兔子不撒鹰。要收拢民心，汇聚民意，可不是一朝一夕之功，于是王导想到了舆论引导。

王导首先放出去的舆论是"牛继马后"。老百姓并不太在乎官方怎么说，朝堂也总说假话，一来二去，百姓连真话也懒得相信了，但百姓相信"神仙"怎么说，"牛继马后"是几十年前魏晋时的谶语，当时司马懿当政，有一本流传很广的谶书叫《玄石图》，上面记有"牛继马后"的预言。后来他权倾天下，手下有个将领叫牛金的，为他出生入死，立下殊勋。司马懿忽有所触，想起"牛继马后"的预言，心里十分忌讳，怕牛金将来会对子孙不利，就派人请他赴宴，酒中下毒，牛金为人坦荡，没有提防之心，"饮之即毙"，就这样稀里糊涂地送了命。司马师不解，问道："牛金可堪大用，奈何杀之？"司马懿训道："谶书有预言，马后有牛，不毒死牛金，子孙将有后患啊！"

王导放出这首已被人遗忘的谶言"牛继马后"，给担负引导任务的笔杆子们说："谶言是千真万确的，如今北方的'马'已灭，南方辛勤工作的孺子牛司马睿理应奉天承运。"

这言论放出去一个月，效果非常好，江南遍地、建康满城都传遍了。让王导始料未及的是，谶言却严重走了样，传回王导耳朵里的故事精彩得多：

司马懿以为，牛金已死，子孙便可高枕无忧了。殊不知世事难料，司马懿的孙子司马觐袭封琅玡王后，其妻夏侯氏很风流，与琅玡王府一个小吏牛钦勾搭成奸，生下了司马睿，"牛继马后"终于应验了！

防民之口甚于防川，要收要堵也不可能。哭笑不得的王导转念一想，这未尝不是一件好事，皇帝出生一般都是千回百转，祥瑞满身，那刘邦就是金甲蛟龙的后代，曹丕出生时也有"圜如车盖"的青色云气，司马

睿要担当大任，出生就不能如此单薄清白，时不时弄点花边，上点色彩，让老百姓津津乐道也是提高知名度的好方式。

王导张弛有度，不多久又放出另两条谶言："五马浮渡江，一马化为龙"；秦时有望气者云"五百年后，金陵有天子气"。其实前一条谶言已经在江南流行几年了，王导分析，那是吴王司马晏为自己量身定做的，他其实早就想偏安江南，陆逊的子孙们都依附在他周围，有名望的吴士也围绕在他身边，他正好有五个儿子，所缺少的是机遇、胆识和人才。但时过境迁，新瓶旧酒，李代桃僵，大众只认可眼前的风景。没过多久，吴王及诸子均在战乱中覆灭，唯一存活的儿子秦王司马邺被裹挟到长安作了愍帝，王导的"鸠占鹊巢"之虑总算烟消云散。这些谶言无须创造，只传播开来就可以了。江南关于司马睿登基的呼声，一时间铺垫得满城皆知，浓得化不开。

（三）劝进很重要

中国是礼仪之邦，"登基"对权势者来讲，当然是心向往之，但又要表现出心恶拒之。这和中国人尊崇的人情事故一样，明明很喜欢一件宝贝，别人送给他，却要千推万阻，表示自己视金钱如粪土，非要别人诅咒发誓，说是自愿相送，甘愿"倒贴"，他才会"极不情愿"地笑纳。往往礼物越贵，拒绝的态度就越坚决。如今江南百姓都盼望着司马睿登基，但司马睿当然不愿意，需要大家一次又一次地"劝进"才行。当然，由于舆论汹汹，在江南天天找一大波人劝进都没问题，反正又不需要本钱，而回报却很丰厚。但天下是圆的，大半个天下毕竟在北方，光江南的人物劝进就少了一半的代表性，得有北方重量级的人物一起心悦诚服劝进才好，

这就是王导接下来费尽心思的布局。

此时的北方,坚持抗战的同盟军仍大有人在。八王之乱的最后一"乱",司马睿当时与司马越为一方,成都王司马颖为另一方,进行大对决。敌人的敌人就是朋友,此时司马颖原来所联结的匈奴刘渊、羯人石勒,陷两京,俘怀愍,成为北方的胜利者,当然是江左的敌人;另一方为东海王司马越及所联结的鲜卑拓跋部、鲜卑段部和"乞活"等,首领有刘琨、猗卢、段匹䃅、邵续、慕容廆等,他们当然是江左的天然朋友。这敌对双方阵线分明,冤冤相报,屠杀无已时,动乱愈演愈烈,仇恨愈结愈深。

于是王导派出了大批使者潜进北方,在茫茫战场中寻找抗战主帅,主要目的是代表晋室进行表扬和慰问,再奉上一批金银财富,再送上新封的官帽,任命慕容廆为龙骧将军、大单于、昌黎公等。之后让他们在劝进表上签个字,最好再派个特使到建康。就这样,川流不息的使者忙乎了大半年,终于万事俱备。

318年三月初七,愍帝死讯传至建康,晋王服斩衰丧服,别居倚庐。百官再次奏请晋王使用皇帝尊号,纪瞻代为朗读劝进表:

晋政权灭亡,至今已经两年,陛下应当继承大业。遍观皇室子弟,又有谁值得推让!陛下如果荣登皇位,那么祖先神灵和国民都能有所依凭;如果拂逆天命,违背人心,大势一旦失去,就无法挽回了。现在洛阳、长安两座京城被毁,国家无主,刘聪在西北自立国号,而陛下却在东南清高地推谢帝位,这就如同急于救火之时却恭礼谦让。

晋王看了看王导、王敦,还是不同意,让殿中将军韩绩马上撤去已摆好的龙椅。纪瞻呵斥韩绩说:"皇帝之座与天上列星相应,敢搬动的斩首!"晋王脸色为之一变。

这时奉朝请周嵩看了看王敦的脸色,出列上疏说:

古代帝王道义周全而后撷取，谦让顺成而后据有，所以能长久地统治国家，泽被后世。现在愍帝的梓宫尚未返国，故都耻辱尚未涤清，胸怀节义者痛心泣血，士子民女惶惶失措。应当广开言路征求良好的建议，训练士卒、整备兵器，先洗雪国家覆亡的大耻！

王导大怒，因周嵩的上疏用词不当，引据不妥，当即被贬黜出京。

没有什么事情不是一次酒宴来解决的，如果不行，那就两次。当晚琅琊王氏家又举行了隆重而热烈的家宴，王导、王敦等一众大佬，团结和谐地劝酒，兴高采烈地吟诗，在推杯把盏中，就将建国目标达成一致，就将爵位官帽分封完毕。

三月初十，是四十年来建康最兴奋热闹的一天。229年，孙权建东吴，九月迁都建康，直到280年，孙吴灭亡，建康自神坛跌落凡尘，城池焚毁严重，户口锐减，如今也没有恢复元气。现在好了，终于又有皇帝奉天承运，看来只有建康才是晋室的中兴之地。这时登基大典摆在了皇宫中间的广场上，平时议事的朝堂太小，一时容纳不了那么多人，而太多的人都想一睹登基的盛况，这么好的教育大片，怎么可以雪藏？

九时正，登基仪式隆重举行，除了穿靴戴帽那一套必有程序之外，重头戏是北方重臣的劝进表。只见温峤出列，他是北方刘琨的长史兼姻亲，为刘琨所遣专程赴建康上表的，和他一同出列的还有邵续的代表刘胤、邵续之婿刘遐，段匹磾的代表段实、慕容廆的长史王济等数人。只见温峤声如洪钟地宣布劝进名单：

——司空、并州刺史、广武侯刘琨；

——幽州刺史、左贤王、渤海公段匹磾；

——领护乌丸校尉、镇北将军刘翰；

——单于、广宁公段辰；

——辽西公段眷；

——冀州刺史、祝阿子邵续；

——青州刺史、广饶侯曹嶷；

——兖州刺史、定襄侯刘演；

——东夷校尉崔瑟；

——鲜卑大都督慕容廆；

……

一共是北方重臣一百八十人的联合签名，台下一众大臣惊讶得合不上嘴，没想到偏安江左的晋王，竟受到天下的如此拥戴！那咱们还有什么不服气的。

司马睿登基的总导演当之无愧是王导，等温峤念完，鼎钟响毕，他亲自引导晋王司马睿坐上龙椅，文武百官陪列于两侧，山呼万岁。看着龙椅足够宽大，司马睿拉着王导的手却不让退下，恳请王导登御床同坐，略显惊讶的王导坚决拒绝，元帝便不再坚持。

接下来就是元帝派人中气十足地念圣旨。首先是大赦天下，改年号为太兴，朝堂文武官员都晋升二级爵位，其余官吏都增加爵位一等，建康平民都提升为官吏，总计有二十多万人。

之后立王太子司马绍为皇太子，礼聘庾亮之妹为皇太子妃；任命贺循行使太子太傅职权，周𫖮为少傅，庾亮以中书郎身份侍讲东宫；提升温峤任散骑侍郎，刁协为尚书令，荀崧为左仆射，陶侃都督交州军事。

但此次登基，晋元帝还缺少一样至关重要的东西——传国玉玺。秦始皇统一天下称皇帝后，丞相李斯取蓝田之玉，制成传国玉玺，正面用虫鸟篆字雕刻有"受命于天，既寿永昌"八字，是中国历代正统皇帝的信物，否则就得国不正，天下不服。当初刘曜攻破洛阳后，玉玺被刘曜抢走，如今也抢不回来。当然不太正宗的玉玺也是有的，辽东鲜卑大都督慕容廆在与鲜卑宇文部相斗时，抢得一枚玉玺，此次派王济来建康劝进时，礼物就是那玉玺。但对于胡族的来路不明的玉玺，建康也不敢堂而皇之地拿出来使用。于是好长一段时间，江南百姓都悄悄称司马睿为——白版天子，这也一直是建康的软肋。但玉玺还是有的，不然频繁的公文来往，需要盖章怎么办？还是王导有办法，早已找到上佳的和田玉石，请匠人悄悄地私刻一印，字还是那八个字，反正也不用谁来批准。

（四）领土很重要

一般接受封赏，都是先轻后重。首先是三等奖，最开始是一大群人喜气洋洋地抢着登台，也得到了不菲的奖金、礼品或官帽。之后是二等奖，待获三等奖者下台之后，第二轮是一小部分人上台，看到更加丰厚的奖赏，最先上台的人才后悔刚才上台早了。且慢！好戏更在后边，待所有封赏完毕，压轴大戏才会到来，那就是特等奖开始了。

今天的特等奖当然属于王敦和王导。坐在龙椅上的晋元帝高声宣布：加任王敦以江州牧；王导以骠骑大将军、开府仪三司。

时下，元帝的领土、统治的核心地带就是长江的沿江三州，包括上游的荆州、下游的扬州（京畿），以及联系上、下游的江州，三州户口居江南之半。首先，王敦成功挤走了因平定杜弢之功而被任命为荆州刺史的陶侃，以其从弟王廙为荆州刺史；后来豫章太守周访平定杜曾后，朝廷又因功以周访为荆州刺史，征回王廙为散骑常侍，但为王敦所拒，周访便未到任，此次王敦干脆自领荆州，都督江扬荆湘交广六州诸军事，在与建康政权的"天下"几乎重叠的都督区内，王敦亲自就任荆、江两州刺史，控制了上游的沿江核心地带。

王导以扬州刺史、都督中外诸军事、录尚书事等头衔，控制了沿江下游的核心地带，并成为朝廷名义和事实上的宰相，而且，"都督中外"之任尤为权重。

除核心区外，名义上晋的疆域还是很大的。王导陪着晋元帝指点着巨大的神州沙盘：核心区之外的地方为拱卫辅助区，主要位于江北，上游为荆州北部的梁州，据点是襄阳；下游为江北徐州和江西的侨置豫州，据点分别是广陵和合肥；长江以南为上游的湘州，下游为三吴地区。元帝和王导合计着，向这些地区重新派出了地方长官。

他俩的眼光向外，忧伤地看着战火连天但面积更广大的边境区。不面临主要敌人且远离政治中心的地区，包括交州、广州，西南包括宁州和侨置于巴东的益州。自然地理上的秦岭－淮河这一南北分界线从地形、气候等方面影响了南北对峙双方的军事行动，从而决定了南北分裂政权的边境地带大致围绕这一界线划分，边境区大致在河淮之间、江淮之间和沔北汉东一带，北方南徙的流民帅具有天然的优势，元帝和王导又对祖逖等驻守将领进行了一番梳理。

眼光再向远处，就是曾经的京都洛阳等以前的繁华重镇，现在已是沦陷区了。在这里，仍然存在着汉族政权的残余力量，他们坚守弹丸之地，与胡羯进行着最后的抗争，其中以并州的刘琨、司州的李矩、幽冀的邵续和段匹磾等为代表。建康政权作为中原衣冠的代表，成为沦陷区的晋室遗民和周边政权的精神依托。对于这些孤守在中原的抗胡将领，目前建康的确爱莫能助，元帝和王导逐渐淡出了辽阔北方的空间视野，决定在江南侨置琅玡郡、东海郡等诸多政区，以纪念北方记忆中的一串地名。当然，为了照顾流落侨郡的北方人，侨人不算正式户籍，不负担国家赋役。

第五章　中流何击楫

五胡乱华是汉民族第一次面临亡国灭种危机。汉人有可能就此灭种，汉文明有可能就此中断。此前的八王之乱还属于阶级矛盾，晋室倾覆后，这场危机就演变成尖锐的民族矛盾了。在五胡的屠刀下，汉民十室九空，除了死之外，剩下的就是做牛做马：311年，刘聪派大将军呼延晏攻破洛阳，共杀晋朝军民六万余人；319年，石勒遣石虎在朔方重创鲜卑汉族联军，斩首二万，俘虏三万……胡族贵族集团把自己落后的部落制度强加于汉人，破坏晋朝原有的郡县编户制度，使用暴力纵掠各地民户集中至平阳（山西临汾）等地，将他们作为奴隶分配给各贵族将领。312年，刘聪驱掠关中士女八万余口退往平阳；刘粲攻下盟津，驱迁士民二万户于平阳。北方广大汉人的生活更是黑暗悲惨，"至于永嘉，丧乱弥甚。雍州以东，人多饥乏，更相鬻卖，奔迸流移，不可胜数。幽、并、司、冀、秦、雍六州大蝗，草木及牛马毛皆尽，又大疾疫，兼以饥馑，百姓又为寇所杀，流尸满野，"处处是"比屋不见火烟，饥人自相啖食"！

哪里有压迫，哪里就有反抗。当时胡人统治者高踞于广大汉人之上，汉族与胡族间的冲突日趋激化，反抗此起彼伏：310年，严嶷、侯脱等"各帅其党攻诸城镇,杀令长以应之,未几,众至四五万";311年,山西流民集团号称"乞活",一支在部帅陈午的领导下坚决抗击石勒军于蓬陂,一支由李恽率领,在青州抗击石勒;312年,石勒南侵江淮,遇到的全是坞堡战垒,"所过皆坚壁清野,虏掠无所获,军中饥甚,士卒相食"。

此时广大老百姓渴望的是什么?那当然是消灭地方割据,驱除异族侵扰,早日复归统一,恢复社会秩序。这是人民的期盼,也正是历史前进的方向。虽然,打小算盘的政客太多,但一心抗胡的志士也是有的,比如抗胡三兄弟祖逖、刘琨、桓宣。

(一)江心三结义

黄河汉水间的司州,处于雍州以东,并州以南,荆州以北,兖州以西,地理区域包括渭水和黄河交界处周围,和雍州以著名的潼关分割,北上便是并州境内的上党郡,东北和冀州的平原县接壤,东边是兖州陈留,南方紧接荆州新野县,东南接豫州许昌,境内包括首都洛阳、曹魏时期的实际政治中心邺城、开封等,自古是兵家必争之地,也是战争发生最多的地区之一。305年,司州已是风雨飘摇,兵荒马乱,八王的战火烧过无数遍,胡族的铁蹄又踏过无数次。同胡族相抗的军士们,牺牲了一茬又一茬,现在已经是全州的男女老少齐上阵,誓与司州共存亡了。

这天难得的风平浪静,只见汉江边的巨石上,坐着三人对饮。这块石头奇大,从岸边一直延至江心,名曰"镇虎(胡)石"。上边平坦宽阔,周边是巨浪冲激,轰隆隆的低沉声响不绝于耳,两岸山头高耸,河边大树密布。景是好景,酒是好酒,但胡骑横行,江山变色,这三人还是长吁短叹,以酒浇愁。

坐在浪花边的长者是司州主簿祖逖，他今年三十九岁，出身于北地名门大族范阳祖氏，世代都有两千石俸禄的高官。祖逖少年时生性豁荡，不拘小节，轻财重义，慷慨有志节，常周济贫困，深受乡党宗族敬重。他成年后发奋读书，博闻强记，涉猎古今，时人都称其有赞世之才。这时祖逖先开口："洛阳的沦陷就在早晚，司马家还在互相轧，这凶恶的胡族铁骑，何日才能驱逐干净？"

迎面相坐的是三十四岁的刘琨，也是司州主簿。和蜀汉之主刘备自称中山靖王刘胜之后不一样，他是真正的西汉中山靖王刘胜之后、光禄大夫刘蕃之子。他工于诗赋，少有文名，为金谷"二十四友"之一。此时他慷慨激昂，悲歌一首：

扶风歌

朝发广莫门，暮宿丹水山。

左手弯繁弱，右手挥龙渊。

顾瞻望宫阙，俯仰御飞轩。

据鞍长叹息，泪下如流泉。

…………

惟昔李骞期，寄在匈奴庭。

忠信反获罪，汉武不见明。

我欲竟此曲，此曲悲且长。

弃置勿重陈，重陈令心伤。

打横陪坐的是英俊青年本来是桓宣，还是二十五岁的小伙子，为司州参军。他是谯国铚县（安徽濉溪）人，义阳太守桓诩之孙，冠军长史桓弼之子，时人评价他"志操开通美好，性格淳厚朴实"。此时他也激情澎湃:"饥餐胡虏肉,渴饮匈奴血,此生我辈当斩尽胡虏,救汉人于水火!"

这三人平时性格相投,三观一致,在战火连天中,他们连晚上都是同居一室。每当夜半时听到鸡鸣,祖逖就踢醒刘琨和桓宣说:"这不是令人厌恶的声音。"于是三人就起床舞剑,苦练杀敌本领,是谓"闻鸡起舞"。

此时桓宣提议说:"两位哥哥,国难当头,团结同心更重要,我们三人何不学学百年前的刘关张,义结金兰如何?"

祖逖和刘琨大声叫好。于是三人跪在巨石上,面对滔滔江水,举杯发誓:"念祖逖、刘琨、桓宣,虽然异姓,既结为兄弟,则同心协力,救困扶危;上报国家,下安黎庶。不求同年同月同日生,只愿同年同月同日死。皇天后土,实鉴此心,背义忘恩,天人共戮!"誓毕,拜祖逖为兄,刘琨次之,桓宣为弟。之后他们也做了匡扶天下的分工:祖逖渡江南方,说动江南势力,举旗北伐;桓宣到家乡谯城一带,招兵买马,集储力量,以谋胡虏;刘琨逆势而上,在北方高举义旗,与胡虏血拼。之后三人歃血为盟,互道珍重,怀揣理想,各赴战场。最美的相遇,不言过往;最好的离别,休问归期。

(二)千里逆行者

分别已经八年,理想却未尘封。313年,祖逖领到了朝堂北伐的令箭,兴奋万分,英雄终有用武之地了!终于可以去营救并州的兄弟了!这时宰相府臣传召,说是王导要亲自为豫州刺史饯行。

宰相府既不豪华,也不宽大,和乌衣巷的民间四合院相差无几;食物也不丰盛,都是些青菜萝卜这样的家常菜,酒倒是好酒,老远就闻到

了绍兴花雕的香味。打横陪坐的还有桓宣，王导也知道他们江边结义的故事。

王导："祖将军心系晋室，普度苍生，实乃百姓之福，敬您一杯！"

祖逖："谢将军！今日朝堂，实赖将军力排众议，方有北伐定论。"

王导："如今南方未定，北渡士族众多，大家喘息未定，私心驱使，都不欲北伐！但家国之仇，不可不报，祖将军一定要高举义旗，永葆理想，我义无反顾地支持您！"

桓宣："还是将军英明。这南方的士族，也不愿招惹胡族，害怕引火烧身，如今朝堂之上，能支持北伐的，就只有将军了！"

祖逖："我准备明天就出发，还望将军多支持！"

王导："我已说动琅琊王，先给你调拨千人的口粮，三千匹布帛。至于士兵和兵器，只有你自己想办法了。但我还有一件最大的礼物相送！"

祖逖喜出望外："什么？"

王导："将桓宣从王含处调到你身边，任谯国内史，做你的副手！"

桓宣喜出望外，和祖逖一起，叩拜王导。

于是，两兄弟就迎着渡江的避难人流，向着远方，向着北方的谯城出发。在京口，他们聚集起骁勇强健的壮士，并带领自己的私家军队共一百多户人家渡过长江，在江中敲打着船桨说："祖逖如果不能使中原清明而光复成功，就像大江一样有去无回"，是谓"中流击楫"。后来到淮阴驻扎，建造熔炉冶炼浇铸兵器，在招募了两千多人后继续前进。这是江南的第一次北伐，一次高举义旗的北伐，不掺杂任何政治色彩的北伐。经过几年的招兵买马、准备物资、行军转战，317年，祖逖进驻芦洲，谯城就在眼前了。

据谯城。他们一路稳扎稳打地进军到黄河边，祖逖遇到的问题，首先是黄河南岸各地的坞堡主。这些坞堡主在反胡斗争上和人民是一致的，但因坞主各自为政，力量分散，不足以抗御胡族大规模的侵略。并且一些坞堡主被刘渊、石勒的军事优势所震骇，在晋胡集团之间观望。此时谯城就被坞堡主张平、樊雅等占据，还有董瞻、于武、谢浮等十余部，皆统属于张平。祖逖军与张平、樊雅相持一年胜负未决，于是争取张平部将谢浮，让他诱杀张平，之后"樊雅遣众夜袭逖，遂入垒，拔戟大呼，直趣逖幕，军士大乱，逖命左右距之，督护董昭与贼战，走之，逖率众追讨，而张平余众助雅攻逖"。由于祖逖力量有限，于是听从桓宣的建议，再次采用文攻，逖遣桓宣"单马从两人"，劝说樊雅："祖逖方欲荡平二寇，每依卿为援。前殷又轻薄，非豫州意。今若和解，则忠勋可立，富贵可保"。樊雅遂率众出降，祖逖终于进驻谯城，从而打开了北伐通道。

战石虎。当时"蓬陂（开封东南）坞主陈川投奔石勒，祖逖派军队截击，救回被掠的人民。石虎率兵五万渡河助陈川，祖逖军退屯梁国（河南商丘）；石勒又遣部将桃豹率兵侵占了蓬关，祖逖军则退屯淮南（安徽寿县），保持着军事上的主动与实力。但这石虎是天下第一的战将，这些年都是攻无不克，战无不胜，死在他如月弯刀下的猛将不计其数，更何况他还有五万如狼似虎的铁骑！320年，祖逖军主动出击，首先击败桃豹兵，夺得了陈川旧城的东台，但桃豹兵仍死守陈川旧城的西台，双方在一座城里相持达四十天。祖逖用许多布袋盛土，好像盛满粮米的样子，派一千多人输运到台上；又让一些人担挑真米，在路边休息。桃豹的士兵追来，祖逖的部下丢下担子逃走。桃豹的士卒挨饿已有很长时间，得到粮米，便以为祖逖的部众生活丰饱，心中更为恐惧。后赵将领刘夜堂

用一千头驴子为桃豹运来军粮，祖逖遣将在汴水截击，尽数截获，桃豹因此连夜遁逃。祖逖再进军封丘，威逼桃豹，并经常派遣士兵截击后赵军队，后赵镇戍的士卒归降祖逖的有很多，后赵的领土也日渐缩小。

抚周边。以前，忠于晋室的赵固、上官已、李矩、郭默等人，因利益不同而互相攻伐，祖逖派遣使者前往调解，剖析利害，这些人便都接受祖逖的调度，矛头一致对外。祖逖在军中与将士们同甘共苦，严于律己，宽以待人，鼓励、督促农业生产，抚慰、安置新近归附的兵民，即使是关系疏远、地位低贱的人，也能做到礼贤下士。黄河流域的许多坞堡，只要是此前被扣留在后赵的人质，祖逖便任由他们暂时听命于胡汉，还不时派遣流动作战的军队佯装抄掠，以表明他们并未归附自己。坞堡主们都感恩戴德，只要后赵有任何异动，即刻密告祖逖，因此战事常胜，俘获良多。黄河以南的子民大多背叛后赵，转而归附东晋。

感石勒。祖逖训练士兵，积蓄粮食，为收复黄河以北的失地做准备。后赵王石勒为此十分忧虑，于是下令让幽州守吏为祖逖修葺他母亲的陵墓，并安置两户人家看守坟冢，之后还写信给祖逖，希望双方互通使节、开放贸易。祖逖不回复他的信，但是默许了双方的贸易往来，因而获取巨额利润。祖逖的一个将佐杀死新蔡内史周密，投降后赵，石勒立即将这一将佐斩首，把首级送给祖逖，向他示好："叛臣逃吏，是我深以为恨的。将军憎恶的人，也是我所憎恶的。"祖逖深为感动，从此凡后赵叛降归附的人，祖逖都不接纳，并禁止众将侵犯、攻掠后赵民众。两国边境之间，逐渐得以休养生息。祖逖收复河南后，善待百姓，百废俱兴。一次，他设宴招待当地耆老。耆老都流着眼泪道："我们老了，却得到祖将军这样的父母官，虽死无憾"，并激昂地饮酒作歌：

幸哉遗黎免俘虏，三辰既朗遇慈父，

玄酒忘劳甘瓠脯，何以咏恩歌且舞。

（三）化为绕指柔

北伐得天下民心，却并不被所有朝堂大员欣赏。比如实力派王敦，他对北伐就充满了反感！

首先，大将军王敦对刘琨就很有意见。刘琨为并州刺史，当时晋阳南面是强大的匈奴汉国，北面是正在崛起的鲜卑代国，东面是和段部鲜卑结盟的幽州刺史王浚。刘琨在细小的夹缝之中，和前后左右的胡族铁骑大战数百回合，坚持抗战九年，这并州就像中国北方的灯塔，久久耸立而不倒。有次石勒亲率五万铁骑围困晋阳，刘琨见势不妙，如果与敌军硬拼，必然兵败城破。于是一面严密防守，一面修书请求援军。过了七天援军还未到，城内粮草不济，兵士恐慌万状。刘琨登上城楼，俯眺城外敌营，冥思苦想对策。突然他想起项羽"四面楚歌"的故事，于是下令会吹卷叶胡笳的军士全部到帐下报到。这些军士很快组成了一个胡笳乐队，朝着敌营那边吹起了《胡笳五弄》。他们吹得哀伤、凄婉，匈奴兵听了军心躁动。半夜时分，再次吹起这支乐曲，匈奴兵怀念家乡，皆泣泪而回。

九年的血战与坚守，刘琨对匈奴刘氏和后赵石勒的军队形成了极大的牵制，庇护了战乱中被异族侵害的汉人百姓，也为东晋朝廷收拾旧山河创造了良机，按理算是东晋的大功臣，应该得到无上荣誉和嘉奖，但王敦却并不认账。在洛阳时，刘琨与富豪石崇交好，同为"金谷二十四友"，刘琨的外甥女还是赵王司马伦的儿媳妇。不管是石崇，还是司马伦，都是司马越和王敦的政敌。除此之外，刘琨的使者温峤来到建康后，马上就成为了明星，现在官阶和军衔都快赶上王敦了。如果大名鼎鼎的刘琨来到建康，那定会盖过王敦的威名，"江东地狭，不容琨气"。如今刘琨终于敌不过石勒大军的围困，从并州逃到了段匹磾处，下个目的地应该就是建康。王敦赶紧给段匹磾修书一封，段匹磾迫不得已，只好听命将"负资产"刘琨斩杀。临终时，刘琨慷慨激昂，悲歌一首：

重赠卢谌（节选）

功业未及建，夕阳忽西流。

时哉不我与，去乎若云浮。

朱实陨劲风，繁英落素秋。

狭路倾华盖，骇驷摧双辀。

何意百炼刚，化为绕指柔。

搞定刘琨，接下来就是祖逖了。如今王敦的"霸府"在荆州，江南之兵几乎都在他的掌控之下，唯一例外的便是祖逖。这豫州就在荆州的后背，长期和胡族铁骑作战，祖逖军队的战斗力肯定很强。王敦如有什么想法，那祖逖便是劲敌，卧榻之侧，岂容他人鼾睡？于是，祖逖的上司戴渊便走马上任了。321年七月，以尚书仆射戴渊为征西将军，都督司、兖、豫、并、雍、冀六州诸军事，司州刺史，出镇合肥。这戴渊看祖逖，这也不是，那也不是，打着朝堂的旗号，对他的北伐事业，是这也指责，那也不许。县官不如现管，祖逖认为戴渊是吴地人，虽具有才能和名望，但没有远见卓识，而且自己披荆斩棘，收复北方大片失地，却仍不得朝廷信任，而戴渊却突然前来坐享其成，心中怏怏不乐。祖逖又听说琅玡王家与刘隗、刁协之间相互结怨，国家将有内乱，担心统一北方的大业难以成功。因此，受到很大刺激，引发了重病，九月死于雍丘。原本北伐连战连胜，进逼黄河，使"石勒不敢窥兵河南"的北伐军失去了祖逖的领导后，士气大减，北伐事业也就基本无望了。豫州的百姓都万分悲痛，豫州大地一时出现了许多祖逖的祠堂。王敦听说祖逖去世，终于舒了一口大气。

三兄弟去其二，悲痛万分的桓宣，义无反顾地接过了北伐的大旗。332年秋天，桓宣收复襄阳。335年，后赵将军石遇进攻襄阳，桓宣率军将其击退。桓宣在襄阳十多年，扩展、固守了北伐最前沿的根据地，后赵多次进攻，尽管他依靠既少且弱的士众抵抗防守，后赵却无法取胜。344年七月，庾亮之弟庾翼打着北伐的大旗，在桓宣丹水之役战败后夺走襄阳。八月初七，桓宣惭愤而死。

在国家处于危亡之际，金兰三兄弟按照誓约，一个坚守北方，两个主动北伐，双方互为表里，将一统山河的希望之火一再点燃。祖逖和桓宣敢于北伐，原因之一就是北方有兄弟刘琨，因为他们相信兄弟那颗赤诚之心。刘琨几乎以一己之力，以并州一城之地，辗转腾挪，在合纵连横中坚守晋朝在长江以北最后一块土地。所以，在三兄弟的配合之下，虽然五胡占据中原北方绝大部分土地，但是没人相信土地属于他们，而是坚信土地迟早会被汉人收复。

祖逖、刘琨和桓宣，三人在当时提出了团结一心、抵御外侮的概念。虽然自古"中国人是一家"，都源自"炎黄子孙"，但在历史上最早践行这个理念的，就是祖逖、刘琨和桓宣三人。三人从来没有自立为王的想法，也没有夺取天下的野心。他们平定天下，只是为让老百姓安居乐业。只要人心齐，天下没有做不成的事情，此三兄弟可谓是看得真真切切。

第六章　王敦何起兵

有序只是暂时，失序才是常态。坐在龙椅上的元帝司马睿，过了几年太平的日子，那埋藏在深处的竞争天性又开始萌动，在跷跷板的一端是不是该用些力了？

（一）皇帝的愤怒

目前建康最流行的歌谣就是"王与马，共天下"，市民百姓津津乐道，琅琊王氏也乐在其中。司马睿表面上一脸憨厚，"王爱卿上来坐"，但内心深处是万分痛苦的，是无可奈何的。权力当然不容别人染指，可是形势比人强，有时又不得不拿出来分享，但条件稍有改观，那肯定就要加倍收还。就拿"镇之以静"的政策来说，元帝从心底里是不认同的。318年三月，他刚坐上龙椅，七月就下达诏书，整饬吏治，和王导"宁使网漏吞舟"的想法截然相反：

> 王室多故，奸凶肆暴，皇纲驰坠，颠覆大猷。朕以不德，统承洪绪，夙夜忧危，思改其弊。二千石令长当祗奉旧宪，正身明法，抑齐豪强，存恤孤独，隐实户口，劝课农桑。州牧刺史当互相检察，不得顾私亏公。

长吏有志在奉公而不见进用者，有贪惏秽浊而以财势自安者，若有不举，当受故纵蔽善之罪，有而不知，当受暗塞之责。各明慎奉行。

司马睿现在最痛恨的是琅琊家族，他们有二十多人居于刺史级以上的高位，晋国的各个机构里分布有百余人！而渡江的却只有五马，单从数量上就不可同日而语。那王导似乎还好点，温文儒雅，笑容满面，说话做事总想着皇室，体现着忠心，维持着恭敬，虽然处处夹带着王家私货，但一切都在适可而止的"度"内，连当初阻止他喝酒、阻止他更改太子，元帝都可以忍让。那王敦就不一样了，处处蛮横无理，指手画脚，嚣张跋扈，不可一世，他的眼里丝毫没有皇帝，皇帝说的话，他总是推三阻四，不理不睬；而他说的话，皇上有条件要执行，没有条件创造条件也必须执行。

前期对荆州刺史的任命，以元帝的完败而告终。320年八月，梁州刺史周访去世，元帝就任命湘州刺史甘卓为梁州刺史，总领沔水以北地区所有军事事务，镇守襄阳。但同时王敦也派从事中郎郭舒到襄阳监察军队，任二把手。

蔡豹与胡族交战，战败之后，准备到建康领受罪责，却被北中郎将王舒制止，元帝派使者前往拘捕蔡豹，王舒派士兵包围蔡豹并送往建康，之后蔡豹被斩首。

320年十月，王敦斩杀武陵内史向硕。

元帝本性善良，又正值用人阶段，一年都很难得杀一个人，倒是王敦做事决绝，几乎天天杀人，并且从不汇报，都是先斩后奏。有时皇帝想起某个人有才能，想要提拔使用，让人去宣旨，那人却早就被王敦杀了！忍无可忍的司马睿，决定疏远琅琊王家。首先提拔刘隗、刁协等人作为自己的心腹，逐渐抑制和削弱王氏的职权。之后逐渐疏远王导，朝中大事也不再征求他的意见，而是与刘隗、刁协等密谋，如今刁协是尚书令，担负起了更重的职责。中书郎孔愉因为向元帝陈述王导的忠贤，认为他有辅佐皇室的功勋，应当加以珍惜和任用，直接被元帝贬黜为司徒左长史了。

刘隗是徐州彭城人，以彭城太守职务过江。他性格刚烈、不徇私情，被元帝委以刑宪重任。当时，建康尉收捕护军军士，却被护军府将擅自夺回。刘隗弹劾护军将军戴渊，奏免其官职；世子文学王籍之、东阁祭酒颜含在守丧期内进行婚嫁，刘隗也都予以奏劾。庐江太守梁龛在为妻子服丧期间，宴请丞相长史周𫖮等人，刘隗奏免梁龛官职，削其侯爵，周𫖮也被罚俸一月。后来，周𫖮之弟周嵩嫁女，其门生砍伤建康左尉，刘隗再次弹劾周𫖮，使得周𫖮被免去官职。当时的名士多被刘隗弹劾，但司马睿也不一棍子打死，有些加以宽容，因此大家都把怨恨集中到刘隗身上。南中郎将王含是王敦的哥哥，因为家族势强而地位显赫，骄傲放纵，有一次请求安排参佐以及郡守县令等官职达二十人左右，而且大多不称职。刘隗弹劾王含，罗列罪名，事情虽然被压了下来，但王氏家族已对他深怀忌恨。

刁协出身于渤海刁氏，以太常博士、颍川太守之职过江。因其曾在中朝任职，熟悉旧制，被委以创立宪章的重任，因此他制定的条条框框特别多，许多都是限制高门士族特权的，被朝堂大臣称为"刻碎之政""察察之政"。刁协生性强悍，待人接物不习苟且，凡事都崇上抑下，常借醉酒之机凌辱公卿，琅玡王氏等门阀都对他侧目以视。但他悉心尽力，极得元帝的信任，士族对他怨恨不已。吴地士族如周嵩等人更对刁协进行直接的人身攻击，称他为佞幸小人。后来史官在《晋书》中记载：

协性刚愎，与物多忤，每崇上抑下，故为王氏所疾。又使酒放肆，侵毁公卿，见者莫不侧目。

对于元帝默许下刘隗与刁协的步步进逼，王导性情澹泊，可以隐忍，能够听任自然，安守本分，妥善对待职位的升降。但王敦却不能，如果他总为别人撑伞，何苦非要久等雨中？他义愤填膺地向元帝上疏，首先指斥刘隗：

　　　　　上疏罪状刘隗

……自从信隗已来，刑罚不中，街谈巷议，皆云如吴之将亡。

其不满司马氏政权，直指"吴之将亡。"接着他又为王导鸣冤叫屈，什么"兔死狗烹""鸟尽弓藏"，言辞之间颇多怨恨。王导从琅玡王氏的渠道听说了这封奏疏，赶紧跑到刁协处，把疏文加封，退还给王敦。王敦却不管不顾，又遣使直接呈送皇上。元帝勃然大怒，于是夜间召见左将军、谯王司马承（于315年过江，司马懿六弟曹魏中郎司马进之孙），把王敦的上疏拿给他看，说："以王敦近年来的功劳，现在的职位已够大了，但他的索求却没有止境，说出这样的话，现在怎么办呢？"

司马承："陛下此前不对他早做处置，以至到今天这地步，再这样下去，王敦必定会成为国家的祸患。"

刘隗："皇上应派自己的心腹去镇守各地，以为藩篱。"

这时元帝又拿出王敦的另一封奏章，打算让宣城内史沈充代替甘卓任湘州刺史。元帝说："王敦的叛逆行为已经昭著，照这样的情势下去，要不了多久，朕就要遭受惠帝那样的命运了。湘州占据长江上游的地势，控制着荆州、交州、广州的交会处，我想让叔父您镇守那里，不知意下如何？"

司马承："我既奉承诏令，必定尽力而为，哪敢再说什么！不过湘州经历蜀人杜弢侵扰之后，人口稀少，物产凋敝，如果我去治理，得等到三年之后，才有能力参加战事。如果不到三年，即使粉身碎骨，也不能有太大的帮助。"

十二月，元帝下诏："自从晋王室建立基业以来，任命方镇大员，都是宗亲和贤良并用，现任命谯王司马承为湘州刺史。"确实是芒刺在背啊，下封诏书都要先说下理由，皇帝做到这份儿上，这日子实在没法过了！

刁协给元帝出主意说，如今帝国之兵大半都在王敦手里，前些年北方流民大量涌入，有不少沦为江南诸郡豪强士族的家僮、佃客，有百万之多，其中琅琊王氏家族的佃客就占到多数，这些人最渴望的就是自由！元帝一点就通，于是下诏，免除所有流民的奴仆身份，战争爆发时征召服役。

322年初，元帝下诏，任命尚书仆射戴渊为征西将军，都督司、兖、豫、并、雍、冀六州诸军事，司州刺史，镇守合肥；丹杨尹刘隗为镇北将军，都督青、徐、幽、平四州军务及青州刺史，镇守淮阴。此二人均持朝廷符节统领军队，一人征西，一个镇北，都在王敦荆、江二州的外围，他们名义上是征讨胡虏，真正防备谁，明眼人一看便知。

经过一段时间的运作谋划，元帝觉得一切准备到位。322年七月二十五日，元帝再下诏，任王导为侍中、司空、假节、领中书监。他的扬州刺史职务没有了，宰相职务没有了，都督内外诸军事也没有了。也就是说，实职均被剥夺，换了一堆虚高的帽子。当然，王导还是愉快地接受，笑呵呵地回府喝茶了。

（二）王敦的刀锋

史官记载，"终南山山崩，常山山崩"，这山崩恰如王敦的愤怒。如今江南的王敦，他是什么都可以吃，就是不能吃亏，那司马小儿就是王家树起来的，现在居然一再欺负到王氏家族的头上了，是可忍孰不可忍！对忘恩负义之人，当然得还以颜色。

这时刚好谯王司马承带着皇上的圣旨，雄心勃勃地到湘州去上任。路途中怎么也躲不开武昌。有大官路过，按多年的规矩，王敦都得设宴招待，酒过三巡，王敦："你平素是德才兼备的读书人，恐怕不是领兵的将帅之才。"

司马承："即使是铅刀，又怎能连一割之用都没有呢？"

钱凤坐在王敦旁边，紧盯着王敦的手势，埋伏的刀斧手随时会冲进来将王爷斩杀。王敦悄悄对钱凤说："他不知畏惧却要学豪言壮语，足以知晓他不通军事，不会有什么作为。"于是他听任司马承到任，但也将湘州境内的船只全部征用。当时湘州土地荒芜，财用短缺，司马承带头节俭，尽心安绥和抚恤民众，有能干的名声。

放走了司马承，王敦又想拉拢刘隗，毕竟一个战壕的朋友越多越好。此时刘隗虽镇守淮阴，但涉及朝廷的机密事宜、任免士大夫等，元帝都和他秘密商议。王敦送信给刘隗说："近来承蒙圣上垂青您，现在国家的大敌未能殄灭，中原鼎沸，我想和您同心合力辅佐王室，共同平定海内。此事如能行得通，那么国运由此昌隆，否则国家便永远没有希望了。"刘隗回答说："'鱼得处于江湖就会彼此相忘，人为追求道义也会彼此相忘''竭尽自身的力量，以效忠贞'，这是我的志向。"王敦得到这封信，勃然大怒。

320年，梁州刺史周访病逝；321年九月，豫州刺史祖逖病逝。王敦最为忌惮的两个人，至此全都去世，再无人能够在军事上威胁他，因此决意举兵入京。322年正月十四日，王敦在武昌（湖北鄂州）举兵，打出的旗帜当然是"清君侧"。他向元帝上疏，罗列刘隗的罪状："刘隗奸佞邪恶，谗言惑众，残害忠良，作威作福。随意发起事端，赋税和劳役负担繁重，动用百姓服劳役，使得士民疲惫扰苦，怨声载道……我担任宰辅的职位，无法对此无动于衷，于是进军声讨。倘若刘隗早上授首，众军傍晚即退。往昔商朝天子太甲败坏国家制度，幸好接纳了伊尹忠诚无私的处置，才使商朝国运重新昌盛。我希望陛下再三深思，那么将会四海安宁，国家长存。"

沈充也在吴兴起兵与王敦相呼应，王敦任沈充为大都督、督护东吴地区军事事务。不久沈充由吴兴攻入吴国（江苏苏州），斩杀吴国内史张茂，与王敦遥相呼应。王敦到达芜湖，又上表罗列刁协的罪状。

元帝勃然大怒，二十一日召集朝臣，下达《讨王敦诏》：

今亲率六军，以诛大逆，有杀敦者封五千户侯；召戴若思、刘隗并会京师。

对于王敦打出的"清君侧"，大多数门阀士族都态度暧昧，温峤表示王敦所为必有原因，不算过分；王导也是同意并默许的，那刁协、刘隗之流，目光短浅，不堪大任，长期在元帝身边，帝国的列车只会掉进万丈深渊；王敦的兄长、光禄勋王含也乘坐轻便小舟逃回到王敦身边。

王敦开始起兵时，派使者告诉梁州刺史甘卓，与他相约，共同顺长江向下游进发，甘卓同意了。等到王敦登船，甘卓却不来，派参军孙双到武昌劝阻王敦。

王敦派遣参军向谯王司马承游说，请司马承出任军司，承诺事成后还可大用。司马承立即囚禁王敦的使者，四处传布檄书，罗列王敦罪状，并斩杀王敦的姐夫——湘东太守郑澹，当初也是王敦安插在谯王身边的暗线，同时派遣主簿到襄阳游说甘卓，共同抗击王敦。

那甘卓确是一员身经百战的猛将，王敦怕甘卓在后方有变，又派参军乐道融去邀请他。乐道融一到甘卓大营，就将王敦的计划全盘托出，并劝甘卓讨伐王敦。甘卓原本就不想追从王敦，于是与巴东监军柳纯、南平太守夏侯承、宜都太守谭该等人，发布檄书数落王敦叛逆的行状，率领麾下军队开始征讨，并派遣参军司马奉上表送到朝廷，派参军到广州，约陶侃共同进讨。戴渊镇守在长江西部，先得到甘卓的信，用表文的形式奏上，朝廷内都欢呼万岁。陶侃见到甘卓的来信，随即派参军领兵北上。武昌城内传言甘卓的联合大军来了，老百姓都逃奔离散。王敦忙遣使向甘卓求和，请他罢兵退回梁州，甘卓再次犹豫，刚刚行至猪口（湖北仙桃）便停军不进。

（三）王导的负荆

王敦率领家族造反，跟随的有三十多人。作为宗长，王导是出奇的愤怒。如今儒家礼仪，孔孟之道，什么帽子都戴得，唯有造反的帽子戴不得，何况是天下数一的琅玡王氏？于是王导又开了一个宗族会议，确定了和王敦分道扬镳的路线。鸡蛋当然不能放在一个篮子里，何况是天下第一大风险的造反？从这天开始，态度诚恳的司空王导，率领堂弟中领军王邃、左卫将军王廙、侍中王侃、王彬以及在建康的各宗族有影响

的子弟二十多人，每天清晨就到朝堂外汇集，等待皇上的定罪和处理，要打要剐悉听尊便。当然，按照会议精神，还有一部分族人去了琅玡和会稽庄园等地，现在风声太紧，万一屠刀落下，琅玡的火种可得要好好保存！

这边王导每天在朝堂外负荆请罪，外边的王敦却不闲着。虽然附近的联军表面声势浩大，但他们都兵少将寡，还喜欢骑墙，现在不过虚张声势而已，王敦压根儿就不放在眼里。倒是那个司马承，那是乌龟吃秤砣——铁了心和他过不去，于是王敦派南蛮校尉魏乂、将军李恒率领二万士兵进攻长沙。长沙的城墙、护城河不完善，物资储备也不充足，一时间人人自危。有人劝说谯王司马承向南投靠陶侃，或者退守零陵、桂林。司马承不听，环城固守。不久，副将虞望战死，甘卓便派参军虞冲和邓骞带三千军马赴长沙，并致信谯王司马承，劝他固守，并称要进沔水以断王敦归路，解长沙之围。司马承回信说："足下如果能重军轻装来救，或许还来得及；如果犹豫迟滞，那么就只有求我于枯鱼之肆了"。但甘卓的力量也有限，当然保存自己最重要，哪有力量去援助别人？

消息传到建康，全城人心惶惶。二月初十，元帝封征召戴渊、刘隗来建康参与防卫。刘隗到达之时，百官们在道路上迎接，刘隗把头帻掀起露出前额，高谈阔论，意气昂扬。等到入见元帝，和刁协一起劝元帝将王氏宗族尽数诛杀，元帝一时还没有那么大的勇气和底气，于是召集重臣商议。

周顗奉召入朝。王导知道决定琅玡王氏命运、也是决定帝国命运的时刻到来了，守在朝堂门外呼唤周顗说："伯仁兄，我把帝国命运、王氏宗族一百多人的性命托付给您！"周顗连头也不回，直入朝廷。等到见了元帝，周顗说："王导忠诚不贰，是帝国命运之所系，如果他有差池，王敦的大军可是会更疯狂的！"元帝此前听到了相似的建议，于是不再采纳刘隗的建议。令人把朝服送还门外的王导，召王导进见。王导跪拜叩首至地说："叛臣贼子，哪一个朝代没有，想不到现在出在臣下家族之中！"元帝来不及穿鞋，赤脚拉着他的手说："王茂弘，我正要把朝廷政务交给你，你这是说的什么话！"

三月，元帝任命王导为前锋大都督，当然是名义上的，实际的军事指挥权肯定不放心给他，转而授予戴渊骠骑将军。元帝下诏："王导为大义灭亲，可以把我任安东将军时的符节交给他。"又任命周顗为尚书左仆射，王邃为尚书右仆射。元帝派王邃去告诉王敦，让他停止行动。王敦拒不从命，扣留了王邃，王邃又为王敦效力。

目前建康的防卫重点就在石头城，元帝当然不敢让王姓以及与王姓过从甚密的人去守卫，一看吴地士族、征虏将军周札还不错，就任他为右将军、都督石头地区军务。王敦军队日益临近，元帝让刘隗驻军金城，自己亲自披上甲衣，巡视郊外的军队；又任命甘卓为镇南大将军、侍中、都督荆州、梁州军务；任命陶侃兼领江州刺史，让他们各自率领所部，火速勤王。

王敦本想先攻打最可恶的刘隗。杜弘向王敦建议说："刘隗在边境招募了一批流民帅，手下不怕死的士兵众多，不容易战胜，不如进攻石头城。周札对人薄情寡恩，士兵都不愿为他效力，一旦遭攻击必然败走，只要周札兵败，刘隗自然会逃走。"王敦采纳了杜弘的意见，任命他为前锋，进攻石头城。周札果然未作任何抵抗，就打开城门直接让杜弘入城。王敦占据石头城后，感叹地说："我既为叛臣，再也不会做功德盛大的事情了。"

建康军事重镇石头城遗址

这石头城历来是建康的军事堡垒,是建康的最后依凭。石头城原名石头山,在建康城西二里处,"环七里一百步,缘大江,南抵秦淮口,去台城九里"。三国时,孙权稍加修理,改名石头城。后来朝廷加砖累壁,因山以为城,因江以为池,又名"石首城"。该城"其形胜,盖必争之地也","地形险固,尤有奇势",凡攻建康者,必先夺石头城。如此坚险固守之地,没想到还未听到兵戈声就易手了!惊慌的元帝令刁协、刘隗、戴渊率领兵众反攻石头城,王敦和周札、郭逸、虞潭等分三路出击,刁协等人的军队都大败。太子司马绍打算亲自率军决战,坐上战车正要出发,中庶子温峤抓住马勒头劝谏说:"殿下是国家君位的继承人,怎么能逞一己之快,轻弃天下而不顾!"抽出剑斩断马的鞅带,司马绍这才罢休。

刁协、刘隗战败以后,入宫觐见。在太极殿东侧阶梯,元帝拉着刁协、刘隗的手,流泪哭泣,呜咽有声,劝说并命令二人出逃以避灾祸。刁协说:"我将守卫到死,不敢有二心。"元帝说:"现在事情紧迫了,怎么能不走呢!"于是下令为刁协、刘隗准备随行人马,让他们自谋生路。刁协年老,难耐骑乘之苦,平素又缺少恩惠,招募随从人员时,大家都推诿不去。刁协好不容易出行至江乘,便被手下人所杀,首级也被献给了王敦,卖得一个好价钱。刘隗走投无路,逃回淮阴,遭到刘遐的袭击,只得率妻小亲信投奔胡族后赵政权,后来也当了高官,任太子太傅。

只几天工夫,忠于皇上的军队就全部被消灭或投降了。王敦聚集军队,并不朝见元帝,放纵士卒劫掠财物,皇宫、朝廷里的人奔逃离散。战战兢兢的元帝无可奈何地脱下军服,穿上朝服,环顾四周打气说:"王敦想得到我这个地方,应当早说!何至于如此残害百姓!"为了解王敦下一步的真实想法,一边派使者到王导府慰问,一边派使者到王敦府慰劳:"大将军您如果还没有将朝廷置于脑后,那么就此罢兵,天下还可以安然相处。如果还不行,那么朕将回到琅玡,为贤人让路。"

让司马睿回琅玡,其实王敦也是这么想的。但决定天下的未来,还得首先统一王氏的意志,那就再喝酒吧。

(四)王氏的家宴

如今建康名义的皇帝是元帝司马睿,但实际的掌权者当然是王敦了。待清理了"君侧"后,王敦排在第一的任务就是举行盛大的家宴。

话语权当然在胜者手中,王敦喝了几杯,终于开启话端:

"当初,西晋都城覆没,司马睿年龄较大,实在难以控制,绝不是立君的首选。后来司马越又派来其他的司马王准备替换,那西阳王司马羕就不错。你们不遵从我的意见,几乎全族覆灭。"

王导默默饮酒,并不搭话。其中部分王氏族人深表同意,纷纷赞同。

王敦:"如今司马睿不义于先,我们应该废其帝位。另立高人。"

众人一看王导还是饮酒沉默，也不敢亮明态度。毕竟，废立天子，不是小角色能多嘴的。

王敦一看皇帝换不动，又马上转移话题："那太子司马绍凶勇虚伪，于国不忠，于族不孝，应该废除太子之位，另立他人。"

侍中王彬："太子钩深致远，依照礼义看来，可以说是做到了孝。"

王含："周顗、戴渊都有很高的名望，足以蛊惑士众，是大将军进军的劲敌，近来的言谈也毫无悔悟之意。不除去他们，恐怕将来会有再次举兵讨伐的隐忧。"

王敦试探着说："周顗、戴渊，分别著称于南方和北方，升任三公之位应当是无疑的了？"

王导不置可否。王敦于是进一步试探："如果不为三公，只让他们担任令或仆射的职位如何？"

王导只喝酒不回答，看来还有前进一步的可能，王敦说："如果不这样，那正该诛戮他们！"王导还是不回答。

参军王峤劝慰说："'济济一堂人才多，文王安宁国富强'，怎么能诛戮名士呢！"

王敦勃然大怒，环立身后的武士要将王峤推出去斩首，众人中没有谁敢出言相救。王导终于举杯说："明公图谋大业，不屠戮一个人。现在王峤因陈献心声，便要杀戮，不也太过分了吗？"王敦这才放了王峤，当即下令，逐出宴席，贬职为领军长史。

这时王彬大哭起来，容颜凄惨，王敦便问其故。王彬说："我这是哭吊周顗周伯仁，情不自禁。"

王敦一扔酒杯发怒说："周伯仁自找刑戮，再说他把你当作一般人看待，你为什么悲哀哭吊？"

王彬："周伯仁是长者，也是兄长你的亲友。他在朝时虽算不上正直，也并不结党营私，却要遭受极刑，我因此伤痛惋惜。"尔后更加愤怒，数落王敦说："兄长违抗君命，有违顺德，杀戮忠良，图谋不轨，灾祸将要降临到门户了！"言辞情感激扬慷慨，声泪俱下。

王敦大怒，厉声说："你狂妄悖乱以至于此！以为我不能杀你吗！"环立身后的武士一拥而上，对王彬一阵拳打脚踢。

这时王导站了起来，推开众武士，劝王彬起来谢罪。王彬："我脚痛不能跪拜，再说这又有什么可谢罪的！"

王敦："脚痛与颈痛比起来怎样？"

王彬毫无惧色，始终不肯下拜。

王导："我替王侍中下拜！"说罢长揖跪拜。

就这么闹腾也不是办法，王导宣布宴席结束。他和王敦彻夜长谈。别说，还真是人多嘴杂，只两个人喝茶，效率就要高得多。到第二天天亮，东晋朝堂的大事就议得差不多了。

三月十八日，元帝升堂议事，连下七道圣旨：

一是实行大赦。这是让天下人中奖，意思是战争结束了，大家可以高枕无忧安居乐业了。

二是任命王敦为丞相、都督中外各军、录尚书事、江州牧，荆州刺史，赐封武昌郡公，食邑万户。

三是授予王导尚书令。

四是任命西阳王司马羕为太宰。

五逮捕周顗、戴渊，在石头城南门外斩杀。

六是命令天下之兵原地驻防。向甘卓发出驺虞幡，传旨解兵，回军至襄阳。此时甘卓率领五万大军，正在来勤王的路上，接到圣旨后就要回军。乐道融日日夜夜哭泣苦谏，甘卓不听，乐道融忧愤而死。

七是改换朝廷官员和各军镇守将，被降职、免官和迁徙的人数以百计。

王导后来清理中书省的旧有档案，才见到周颛救护王氏家族的上表，流着眼泪说："我虽不杀伯仁，伯仁却因我而死！"

其实王敦也闷闷不乐，他虽然取得了胜利，又可以控制建康，但他还是左右不了王氏家族，尤其是迈不过宗长王导这个坎。眼不见心不烦，还是回去吧，曹操当然不能和汉献帝同处一城，在邺城霸府待着多好！四月，王敦并没有朝见天子，便声势浩大地回到了武昌，开始遥控建康，心满意足地挥霍着皇帝的令箭。

第七章　王导何顾命

顾命，不是顾全性命，而是临终遗命，是指帝王临终前托以治国重任。"顾命"一词来自《尚书·顾命》篇，记载周成王病重召见几位大臣，任命他们辅佐其儿子康王嗣位。周旦公姬奭是最早的顾命大臣。

从秦朝的赵高开始，一直有"顾命大臣"摄政一说。摄政，是指代替皇帝处理朝政的人，可能是太后、皇后，也可能是摄政王、外戚权臣、辅政大臣，但有时权势在当朝皇帝之上，甚至可以决定皇帝的废立。能被选中做"顾命大臣"的人，才能、品德一般都是官中翘楚，再加上没有裙带关系做后台。他们做事一般都比较小心谨慎，整体表现远好于外戚，如蜀汉丞相诸葛亮。

如今，元帝司马睿终于开始思考这"顾命"的重大问题了。

（一）元帝崩了

322年十一月，元帝的身体一日不如一日，终日躺在病榻上，回味着跌宕起伏的人生。

他是被气倒的。今年他才四十六岁，正是风华正茂、干事创业的大

好时节,南边的皇权需要稳固,北边的江山需要收复。可那个可恨的王敦,集帝国之兵居于长江上游,每天向建康发号施令,自行封官许愿,随意斩杀将佐,视建康如无物。皇帝做到这个份上,那真是心灰意冷!

五月,王敦命令襄阳太守周虑,秘密斩杀甘卓。周虑诈称檀溪湖中有许多鱼,劝甘卓派身边的侍从下湖捕鱼。二十三日,周虑带兵偷袭,把没有护卫的甘卓杀死于寝室,将首级传送给王敦,同时杀掉甘卓第四子。王敦让从事中郎将周抚督察沔北地区军务,代替甘卓镇守沔中。

五月,王敦派人将抵抗过他的战将易雄暗杀。

六月,元帝下诏让陶侃兼领湘州刺史职。王敦却下令让陶侃返回广州,授予散骑常侍。

六月,王敦自任宁州、益州都督。

十月初九,荆州刺史、武陵康侯王死。王敦让王邃都督青、徐、幽、平四州军务,镇守淮阴;让王含都督沔南军务,兼任荆州刺史;让王谅出任交州刺史,并让他拘捕原交州刺史、新昌太守等,一并处死。

以前王敦还兼任司徒,虽然离开了建康,但司徒府仍在,并且建筑巍峨,侍从众多,进出的宾客络绎不绝。于是王导建议皇上取消司徒这种官衔,将其执掌的事务并入丞相府管辖。王敦也见招拆招,把原司徒府官属成员组成庞大的留守府,用于监督建康朝廷,传达王敦命令,传递重要情报。

王敦在武昌霸府,除了掌控帝国之兵外,最重要的就是要掌控天下珍宝。天下官吏都是嗅觉特别灵敏的,现在四方贡献的物品不再是送往建康,而是送往武昌,大多送入王敦的府邸,那样才能办成事。于是将相及地方的文武大员,大都出自他的门下。王敦任用沈充、钱凤为谋主，只对他们二人言听计从，凡被他们谮言诋毁之人无不遇害；又任用诸葛瑶、邓岳、周抚、李恒、谢雍等人为武臣。到后来，沈充等人竟然大肆建造军营府第，侵占他人田宅，公然拦路抢劫。

当然这样的事还有很多，元帝每天看着宦官们送上来的线报，心情的低落日甚一日，望着御医们胆战心惊的神色，他自知时日无多，得抓紧为太子物色一些顾命大臣。

历朝历代的顾命大臣都有几个特点：第一是老皇帝最信任的，这样才能扛着自己的旗帜继续前进；二是道德高尚的，这样才能民望所归、人心趋稳；三是权大势强的，这样才能有实力、有能力确保不出乱子。当然其他条件还比较多，元帝就在病榻上反复捉摸了几天，最后迫不得已宣布，由王导顾命！

元帝这一决定看似愚蠢。那王家已经尾大不掉，王敦已经挟天子以令诸侯，天下都已臣服在他的脚下。那王导并不是看上去那么忠心耿耿，王敦的谋逆他也是默许了的。在和王敦兵戎相见的日子里，王导也是整天喊口号、走过场、做样子、摆形式，只出工不出力，光打雷不下雨。如今任命他为顾命大臣，不用他哥俩合计，江山就是王家的了，"共天下"的局面也就寿终正寝了。

元帝这一决定其实聪明，这是死局中的唯一活路。按当今的形势和格局，江山已经是王敦的了，他随时可以到建康坐上龙椅。如要顾命，那非王敦莫属，元帝当然不愿意。其他人选至少两方都要满意，才不至于叫王敦马上斩杀，名单中无可奈何地只剩下王导了。转念一想，王导乃建康朝廷中最具威望的重臣，同时又是侨姓高门代表人物，拥有巨大的政治影响力。而且元帝得以即位，王导出力甚多。委任王导为顾命大臣，既是对他的抚慰和报答，又有利于将他争取过来，孤立王敦。此外，王导忠君守信的儒家思想还是深厚的，"谋逆"的千载骂名他肯定也不想背上。不入虎穴，焉得虎子？就他了，只有赌一赌了。

十一月初十，元帝驾崩。十一日，在王导的主持下，太子司马绍继承帝位，大赦天下。

（二）裴妃来了

对于王导的顾命，王敦并不反对，尽管自己作为顾命才最合适。毕竟，琅玡王氏是一个整体，在斗争中合作，在争议中前行，这是他俩一贯的行事准则。凡有利于琅玡王氏家族的，都是他们一致的目标。

对于太子司马绍继位，王敦是明确反对的。他和元帝势不两立，和太子也水火不容，这都是他前行的绊脚石。此前他数次谋求罢黜太子，均未得逞。在武力上，他确实可以办到，但臣服人心方面，却还技逊一筹。如今好了，他终于得到了技压群雄的珍宝——裴妃。

司马睿能到江南，能称帝，琅玡王氏、司马越、裴妃都是起了大作用的。裴妃出身高门士族河东裴氏，乃冀州刺史裴徽的孙女、太子左卫率裴康之女、徐州刺史裴盾之妹，深得司马越的宠爱。司马越死后，何伦、李恽等人簇拥着裴妃和世子司马毗往东逃跑，到达洧仓（河南鄢陵），遭遇石勒。双方发生交战，晋军毫无悬念地失败，东海王世子司马毗和宗室四十八个王全部被俘被斩。裴妃也为石勒所掠卖，从此开始了悲惨的遭遇，经历了不少屈辱和苦难，最后被卖到吴郡一家姓吴的人家当佣人，这户人家对她百般虐待。后来裴妃机智地找到了一个机会，将求救的信息传递出了吴宅，辗转到了王敦那儿。王敦自然出手解救，裴妃方得脱离苦海。

这裴妃可是倾国倾城的美人儿，在洛阳时王敦只能偷偷盯上几眼，心底的情愫那是一直在疯长，但司马越权倾朝野，一些不合适的想法只能埋藏心底。如今好了，司马越不在了，而那心心念念、时常出现在梦中的身影竟然就要来到身边！此时裴妃还不到三十，正是风华正茂、鲜花绽放的大好时节。待侍从们从大轿中迎出主角，差点让颤抖着心的王敦惊掉了下颌，怎么是个奇丑无比、满脸皱纹的老太婆？是不是被调包搞错了？熄灭了火焰的王敦耐着性子听完了裴妃九九八十一难的经历，有些经历裴妃还闪烁其词、难以启齿，知道眼前人还真是裴妃，从天上直接掉进地狱，一朵娇艳美丽的花，经不住各路恶魔的摧残，能剩一条命也完全是侥幸。于是王敦就当作礼物，将裴妃送到了建康。

裴妃到了江南后不久，各方就起了冲突。虽然司马睿出自东海王这一系，但他内心对裴妃是很戒备的，毕竟东海王才是洛阳政权的最后胜利者，是名义上的掌权者，司马睿只是东海王的"虾兵蟹将"。现在建康朝堂上站立的，多半是当年东海王的手下和心腹，司马睿好不容易做大做强，成为了江左的掌权者，不承想原先的掌权者夫人突然出现了，那绝不允许出现第二个山头。此时裴妃想要为司马越招魂下葬，晋元帝当然不许。在王敦的支持下，她未奉诏便在广陵将司马越招魂下葬。半年后，司马越墓被毁，当然老百姓是没那个胆量的。裴妃也不依不饶，又改葬于丹徒，这次王敦派了看守。

在为更换太子几番争执后，旁边人给王敦出谋划策，何不用裴妃作点文章？是啊，那老太婆来到江南，好酒好菜地招待她，如今又脱离苦海过上了常人的生活，是该让她出点力气了。在元帝弥留之际，王敦又上书，请求为东海王续后。是啊，东海王的后代全都被诛，我们都是东

海王带出来的，现在裴妃来了，我们怎么忍心让东海王绝后呢？司马睿和王导都认为这一提议天衣无缝，此时元帝的二儿子司马裒已去世，于是将十一岁的三儿子司马冲过继给裴妃，作为东海王世子司马毗的后代。

一切准备就绪。现在皇上过世，太子继位，王敦紧接着表态了：太子继位不合适，应该让司马冲继位！

王敦这一招还是非常厉害的！探索权力的源头，众所周知是东海王司马越，司马睿连同在座的都是东海王的臣属，原先司马越不在，由司马睿狐假虎威地坐在龙椅上大家也就认了，如今东海王司马越的孙子就在眼前，当然龙椅得物归原主了！

理论上确实完全正确，道理也是这个道理，朝堂上众大臣也完全认同，这回王导也说不过他。但王敦忘记了一件事情，那就是他在霸府，而司马冲却在建康和一群小孩子过家家，并不在王敦的掌控之中。就在当晚，司马冲这小孩子就不明不白地得了重病，几天昏迷不醒，反正大家都没弄清原因，司马冲也不知道。于是王导以司马冲病重为由，还将小孩子送到了武昌，让王敦寻医找药。王敦一看又聋又哑已经废了的东海王爷，天下也不可一日无主，改弦更张肯定来不及，也就不再坚持。司马绍就坐上了龙椅。

为东海王续后这一桥段，之后又在东晋反复上演。过继给东海王世子司马毗做儿子的司马冲，后来救活了，但也只活到了三十岁，同样也无后。后来的成帝司马衍将儿子司马奕过继给司马冲作为后代，再为东海王续命，又被权臣所废；晋安帝司马德宗又将会稽忠王司马元显次子司马彦璋过继给司马冲当曾孙，不久被权臣所害，东海国封国就此彻底被废除。司马越这一门的香火，奈何一直旺不起来，点了几次，灭了几次，冥冥之中，莫非这是天意？

（三）徐龛死了

323年正月，这时朝堂的目光不再看向王敦、司马冲，有另一个偏角——徐龛抢戏。割据泰山郡的徐龛终于死了，线报将消息不但送达了建康，更早一步送到了武昌，王敦也只好跟随众人的目光，上心地欣赏和处理这出经典的投降大戏。

说徐龛什么最著名，当然是他打仗很能干，有勇有谋，百十仗下来都是赢多输少；他嘴巴很会说，归属者众，是北方流民的首领之一。但他最著名的，是他的投降，前后达十数次之多，堪称前无古人，后无来者。王敦就坐在武昌霸府里，眼花缭乱地翻看那徐龛投降的帽子戏法。

西晋末年，徐龛聚集流民数千，最多时达三万，被推举为流民帅，在兖州一带劫掠百姓，几年后，割据泰山郡，被元帝封为泰山太守。319年二月，周坚在彭城举兵反叛，后赵石勒派骑兵援助他。徐龛在深山与周坚交战，周坚战败被杀。到论功行赏时，排在徐龛前边领赏的很多，都是大奖，还有许多都是挂名的，其实并未出征。徐龛却只得了象征性的鼓励奖！伤害性不大，侮辱性极强。四月，没想通的徐龛据泰山反叛，自称安北将军、兖州刺史。其实徐龛就是眼界低，觉悟低，当下无论是行军打仗，还是写诗作画，还是政务刑案，一切能够出名的，能够领赏的，还是挂名的多，不出力的往往名字在前边，你要忽略一长串的名单之后，有了，真正挥汗如雨、出力出汗出血的就是最后几名。不要前边的名单可不可以？当然不可以！战车跑得快，全靠头马带，没有老大的指挥，怎么能够战无不胜？能够得个鼓励奖也就不错了！

六月，徐龛侵掠泰山一带，攻破东莞（山东沂水）；八月，徐龛打败东莞太守，占据他的壁垒。此时，王导大力保举太子左卫率羊鉴前往征讨，同时后赵大将石虎也袭扰泰山，徐龛受到南北夹击，请求归降东晋，元帝同意。并送去大量慰问品。

320年，徐龛一看危机解除，复叛，反正越叛越获利。八月，蔡豹在檀丘（山东平邑）大败徐龛。九月，徐龛在檀丘失利以后，再次向后赵石勒投降，派使者前往襄国，向石勒请求救援。石勒象征性地派遣王步都率领三百骑兵作为先锋，另派张敬率领数百骑兵为后继。

王步都到了徐龛那里以后，并不把徐龛放在眼里，还奸淫了徐龛的妻室。徐龛怒火中烧，并担心随后的张敬是来偷袭自己，于是诛杀了王步都和他带来的石赵士兵，再次请求归降东晋。

徐龛的反复让元帝非常恼火，不予接受，下令蔡豹、羊鉴等抓紧进兵征讨。319年八月至320年五月，在长达十个月的时间里，羊鉴所部一直屯兵下邳不动，他们都胆怯软弱，畏敌如虎，不敢北上与徐龛的流民军接战。

待到后赵石勒听说徐龛斩杀了王步都的消息，大发雷霆，也派遣石虎率步骑兵四万讨伐徐龛。徐龛畏惧，自知不是敌手，忙派谋士刘霄，送重礼，并送自己的妻儿到襄国作人质，乞求再次归降石勒。石勒见钱眼开，立即接受。

蔡豹一直往北推进到卞城（山东济宁）的时候，突然发现局势已经发生了变化，不远处屯驻着来讨伐徐龛的石虎大军，但是现在石虎又与徐龛成了朋友。面临两路夹攻的不再是徐龛，而是蔡豹率领的北伐军。蔡豹自知不敌石虎，不得不连夜撤军到下邳，而檀丘的大批北伐辎重，来不及运走，徐龛趁势袭取，蔡豹部将留宠和陆党战死，辎重尽数落入徐龛之手。

321年二月，徐龛根据最新形势，再次投降东晋。

322年二月，石虎率领四万精锐再次攻击徐龛。徐龛坚守在泰山城，守而不战，石虎修筑长围与他长期相持。这时建康也不再支援徐龛，只坐山观虎斗。秋七月，石虎攻拔泰山，捉拿了徐龛，把他送到襄国。年底的宴会上，醉酒的石勒很气愤徐龛的反复无常，便把他装在一个皮囊里，从一百多尺高的城楼上抛下，把他活活摔死，还让死于徐龛手下的将领的家室，把他的心肝挖出来吃掉。石勒同时还活埋了徐龛的降卒三千人。

令石勒长期困扰的徐龛，作为东晋长期不齿的叛徒，他终于走了，长江南北难得一致地拍手称快。但作为流民帅，他只是当时形势下万千流民帅的一员，他们在夹缝中求生存，当真不易。其实他们的目标很简单，那就是活着。

人是要有理想的，并且还应该树立远大理想。但什么才是远大，可是各抒己见了。中国老百姓，尤其是分裂时代、战乱时代的老百姓，以及这些丢下农具拿起长矛的流民帅，他们的目标一般都是"活着"，这时候"活着"才是最高理想。因为要"活着"，陈胜吴广喊出了"王侯将相宁有种乎"口号，绿林赤眉喊出了"刘氏复起，李氏复辅"口号，黄巾军喊出了"苍天已死，黄天当立；岁在甲子，天下大吉"口号。正是他们想要活着，那些让他们活不下去的朝堂和皇帝，胡族和铁骑，被推翻在地！

是啊，"活着"这一最低理想是不容践踏的！

第八章　相煎何太急

退后一步天地宽，这是老百姓的朴素想法。老百姓一般都输得起，他们本身拥有的就少得可怜，什么米面柴油，草房牛羊，加在一起也不值几个钱，舍去也就舍去了，"一切从头开始"都来得及，所以他们就天生豁达，随时都可以退一步。但大人物就不一样，他们要么堆金叠玉，富可敌国；要么处尊居显，位极人臣；要么就是帝王将相，背负的是江山社稷。他们都是红了眼的赌徒，不能退后，退一步就失去了一切，甚至是身家性命、王朝荣光，再无出头之日。两强相争勇者胜，虽然是兄弟，以前是朋友，那也只能煮豆燃豆萁，相煎只能急！

（一）王敦出招

看罢徐龛的投降大戏，回过神来的王敦，觉得他很是浪费了时日。自己兴师动众，先要废除皇帝，之后要废掉太子，结果一个目标都没有达成，太子反而顺利地坐上了皇位。于是王敦决定不再与他们讲道理。这年头，"道理"在羽箭的射程以内，而他有的是羽箭。

323 年四月，一支羽箭射到了建康，王敦派出心腹，向皇上传达最新指示。才坐上龙椅不久的明帝，当然没有任何实力与王敦抗衡，只能马上照办。在第二天的朝堂上，明帝哭丧着脸宣旨，征召王敦入朝，授予王敦黄钺和班剑，允许他奏事不必通名，入朝不必趋行，佩剑着履上殿。王敦由武昌迁移驻镇到姑孰，兼任扬州牧，屯兵于慈湖，直接控制了京畿地区。

明眼人一看都知道，入朝不趋、赞拜不名、剑履上殿、黄钺班剑加九锡等等，是王莽、曹操之流，行将篡位前弄的鬼把戏，表示自己功劳大，和群臣不在一个档次，最后封无可封，只有皇帝让位了。何况姑孰和慈湖就在建康郊区，一炷香的工夫就到，更便于王敦控制整个京都。

之后，王敦进行了新一轮的排兵布阵，调任王含为征东将军、都督扬州、长江西部军务，王舒任荆州刺史、监察荆州、沔水以南军务，王彬任江州刺史。

这时王敦又认为皇宫中宿卫士卒太多，奏请停值三分之二。虽然管得太宽，但皇上也只能马上执行。

为了汲取上次进军建康时，甘卓在后方捣乱的教训，这次王敦认真审视了大后方，几乎全是他的势力范围，但也有不放心的，那就是吴兴周家。

会稽内史周札，一族之中有五人封侯，宗族势力强盛，吴地人士中无人可以比拟。按说，上次王敦举兵攻打建康，周札连箭也没放一支就打开城门响应王敦，导致王师败绩，算是帮了王敦的大忙，王敦应该感谢他才是。但此一时彼一时也，这周家实力太强，永嘉之初的周玘曾以一族之力"三定江南"，那么大的功劳应该重重封赏才对，但"帝疑惮之"，周玘也"内怀怨望"，打算和王恢一起起兵杀掉这些掌权的北方人，因密谋泄露，忧愤而死。其子周勰联合江东士族，以讨王导和刁协为名发动了叛乱，因周札的劝导才解兵，周家和王家的梁子，算是结上了。后来周嵩因为兄长周顗被王敦所杀，心中经常愤愤不平；王敦没有儿子，收养王含之子王应为子嗣，周嵩曾当众说王应不适合统领军队，王敦为此憎恶周嵩，两家仇恨的种子逐渐生根发芽。

义兴周氏和吴兴沈氏是江东最有势力的两大世族，时时都有吞并对方的欲望，此时沈充已为王敦的得力助手。周嵩和周札兄长的儿子周莚任王敦的从事中郎，适逢道士李脱利用妖术蛊惑民众，不少士民都相信追随。324年正月，王敦指使庐江太守李恒诬陷周嵩、周莚与李脱勾结，密谋不轨，因而收捕二人，杀害于军中。又让沈充把周札所有兄长的儿子尽数杀死，随即进兵攻袭会稽，周札抵抗战死。吴兴周氏随即消亡，富饶的会稽也进入了王敦的囊中。

为了庆祝胜利，王敦又开设家宴，现在王家以王敦、王导划线分作了两派，双方裂痕很深，虽还没有公开决裂，但再请王导去王敦府上喝酒，那还是算了。这王敦一派的就经常围在大将军身边饮酒，王敦喜欢咏唱曹操的《步出夏门行》：

老骥伏枥，志在千里。

烈士暮年，壮心不已。

他一边唱，一边用如意击打唾壶，以致壶沿被敲得全是缺口，"击缺唾壶"就留在了史官的记录里。关于那晚的家宴，史官后来还记载：

王敦和钱凤家宴后，商讨进军建康之事。王敦的侄子王允之，正当童年，王敦因他聪明机警，加上自己没有子女，异常宠爱，经常让他跟随自己。这机密内容被王允之听到，王允之以醉酒为由告辞先睡，随即在睡卧的地方大吐，衣物、脸面都沾上了污秽。钱凤走后，王敦突然想起王允之还在床上，大惊道："事到如今，只好杀掉这个小鬼了。"等掀开蚊帐，看到王允之睡卧在呕吐的污物中，以为他睡熟了，什么也没听到，王允之因而保住一命。不久，王允之请求归省探亲，便将王敦、钱凤密谋的内容全部告诉了父亲王舒。王舒又与王导一块儿禀报给皇帝，私下为应对突变做准备。

什么叫两面下注？王敦的反迹至为明显，天下共知，皇帝早就作了各方面的准备，并不需要一个小孩子来告密。但造反具有很大的不确定性，王导为了将尽可能多的鸡蛋放进不同的篮子，凡是从荆州返回建康的家族子弟，让他们一一到朝堂"告密"。故事当然绘声绘色，情节有板有眼，还要让史官记录在案。王敦赢了，家族也就赢了；王敦输了，家族子弟也已立功。

324年正月，王敦病情加剧，于是又放出"羽箭"，让明帝任命王应为武卫将军，做自己的副职，将来接替自己；任命王含为骠骑大将军、开府仪同三司。

看到王敦病重，当晚钱凤和王敦定策："倘若大将军您有不幸，是否将把身后之事托付王应？"

王敦："非常之事，不是平常的人所能够胜任的。何况王应年轻，哪能承担大事！我死以后，不如放下武器、遣散兵众，归顺朝廷，以保全宗族门户，这是上策；退回到武昌，集中军队谨慎自守，给朝廷贡献的物品无所缺废，这是中策；趁我还活着的时候，发遣所有的兵力攻打京城，寄希望于侥幸取胜，这是下策。"

钱凤："王公所谓下策，其实正是上策。"

（二）明帝防御

事业成功的关键，是身边要有一帮自己的人。六月初六，二十五岁的风华正茂的明帝，立妃子庾氏为皇后，让皇后的兄长中领军庾亮任中书监，天天让庾亮进宫密谋定策。之所以要密谋，那是因为琅琊王氏的眼线遍布。按理皇上有什么军国要事，得和顾命王导商量定夺，但王氏都欺负到司马的头上了，江山的最大威胁就是他们了，明帝当然不愿意和王导商议，于是只好密谋了。

和庾亮、桓彝商讨的第一个计策，是引郗鉴为外援。桓彝南下之初，不过为江北荒县一令，到司马睿为丞相之后，才过江成为丞相府属。不过桓彝见多识广，谋略无穷，"明帝拜彝散骑常侍，引参密谋。"而郗鉴和祖逖一样，既是流民帅，也是著名的抗胡名将，他在邹山一带坚持数年抗战，和石勒、石虎的大军恶战数十回。在王敦攻下建康后，由于江南内乱，不得不退屯合肥，结果"徐、兖间诸坞多降后赵"。势力单薄的江东士族要摆脱受制于王敦的困境，只有和其他反王敦的势力结合起来。他们看到郗鉴将是一个有力的合作者。江东士族尚书右仆射纪瞻以郗鉴"雅望清德，宜从容台阁，上疏请征之。"于是明帝拜授郗鉴为兖州刺史，都督扬州及长江以西的军务，镇守合肥。王敦忌惮郗鉴，否决了皇帝的任命，上表要求让郗鉴任尚书令。八月，明帝不得已下诏征召郗鉴回京，中途经过姑孰，王敦把他长期扣留，不让离开。谋士都劝王敦杀死郗鉴，王敦也没有同意，让郗鉴在自己身边待了几个月后，就放回了建康。

和庾亮、桓彝、郗鉴商讨的第二个计策，是引温峤为外援。温峤是北方抗战的代表，影响力巨大，明帝登基后就打算重用，但王敦肯定要和朝堂争抢人才啊，于是横刀夺爱，让温峤出任自己的左司马。温峤便假装勤勉恭敬，治理王敦府事，时常私下出些主意来附和王敦的欲望。又与钱凤结为深交，为钱凤扬名，常常说钱凤满身活力。温峤素来有善于知人、褒奖后进的美名，钱凤甚为喜悦，尽力与温峤结好。恰逢丹杨尹的职位空缺，温峤说动王敦，让自己赴任。这时庾亮悄悄征召，温峤到达建康，把王敦作乱的谋划和虚实原原本本告诉了明帝，请求事先有所防备。王敦听说后，勃然大怒说："我竟然被这个家伙欺骗！"便写信给王导说："温峤离开几天，竟然做出这种事！我要找人把他活捉来，亲自拔除他的舌头。"

和庾亮、桓彝、郗鉴、温峤商讨的第三个计策，就是起用和徐龛类似的流民帅。如今论武功，那是北虏第一，流民帅次之，江南之兵居尾。想那徐龛，和江南将帅作战，那是十打九胜，和石勒等胡族将领作战，也能打个平手。此前朝堂的政策，采取各种强硬政策处理流民。北方逃难的流民，在元帝称帝前，有几批过了长江，和南方士族及民众争夺土地和资源，就引发了多次动乱。经过几次镇压，领头的都被除掉，流民只能当奴仆和僮客。从此建康朝堂规定，流民不准过江，只能在江北一带挣扎。那些流民帅，也只能在江北及边境区和沦陷区内活动，封一个刺史、郡守之类的地方官，禁止进入江南，更严禁进入建康。郗鉴、祖逖都有流民帅的经历，温峤在北方更是直接与流民帅打交道。如今王敦打遍江南无敌手，要战胜王敦，只好破例请流民帅上台。

谋划得差不多了，也不和顾命王导商议，正月二十七日，年轻气盛的明帝升堂，私下连下六道圣旨。皇帝下旨怎么能说私下？那是此前有规定，皇帝的圣旨要先送到王敦大将军府征求意见，大将军同意的才能

正式下达，不同意的当然不准下达；同时还有规定，皇帝下达人事任命等重要圣旨，必须先征得顾命的同意。此次明帝铁了心，就让琅琊王氏站一边去吧，先把圣旨下达了再说。

第一道，授予司徒王导大都督、兼领扬州刺史。

第二道，任命温峤都督东安北部诸军事，和右将军卞敦同守石头城。

第三道，任命应詹为护军将军、都督前锋及朱雀桥南诸军事；任命郗鉴行卫将军都督扈从御驾诸军事。

第四道，任命庾亮领左卫将军职，吏部尚书卞壶任中军将军职。

第五道，征召临淮太守苏峻、兖州刺史刘遐共同讨伐王敦。

第六道，征召徐州刺史王邃、豫州刺史祖约、广陵太守陶瞻等入京师护卫。

这些圣旨下达时，郗鉴、苏峻、刘遐、祖约等身经百战的流民军已在路上。明帝当然不敢信任王导，但也要堵住他的口，至少不让他公开反对才好，就给予他最高统帅的虚职，给他下达的任务，不是到前线打仗，而是搞乱王敦的士气。

王导当然也很有办法，他现在已经与王敦水火不容了。于是王导第二天在朝堂上报告明帝，王敦重病不治，已经在营垒死亡。之后就在宰相府上，大张旗鼓地为王敦设置灵堂，带领王氏子弟为王敦发丧，灵车穿行大半个都城。建康的老百姓，尤其是那些将军士兵，最怕的人就是王敦，和他打仗更是没有那个胆量。现在王敦终于死了，于是军民士气振奋，都有必胜的信心。

（三）擂台对决

二月初一，朝堂的诏书传送到王敦的幕府，并广为张贴，诏书罗列钱凤的罪恶说：

上天不让奸恶之人长寿，王敦因而毙命；钱凤既已奉承奸凶之人，又再煽动作乱，现在派遣王导等率领军队三万人，诸路并进；平西将军王邃等率精兵三万，水陆齐发。朕亲自统领各路大军，讨伐钱凤之罪。有谁能够杀死钱凤将首级送来，封为五千户侯。文武官员即使是由王敦任用的，朕也一概不加过问，你们不要心存猜忌和隔阂，以至于自取诛灭。王敦的将士们跟随王敦多年，远离家室，朕非常怜悯。凡是独生子从军的，都遣返回家，终身不再征用。其余的人都给假三年，休假期满回到朝廷后，都将与宿卫的士卒一样，按三分之二的比例轮休。

建康朝堂都认为王敦已死，要讨伐的奸臣当然就是钱凤了。王敦见到诏书，十分震怒，但因病情愈加沉重，自己不能任将出战。将要发兵攻打京师以前，让记室郭璞占卦。这郭璞是天下著名的风水宗师，当初王导在乌衣巷定居后，就请郭璞推算家族命运，郭璞占了一卦，告诉王导："吉，无不利；淮水绝，王氏灭。"淮水当然是不绝，王氏所以不灭，在场的王导、王敦等数十人大喜。

面对奄奄一息的王敦，郭璞占上一卦说："凶，事情不会成功。"王敦怀疑郭璞在帮助庾亮，等到听说卦呈凶兆，便问郭璞说："你再算算我的寿命还有多长？"郭璞再占上一卦说："凶！由刚才的卦象推算，明公如果起兵，灾祸必定不久将至；如果仍旧住在武昌，享年长不可测。"王敦大怒说："你的命多长？"敦璞回答说"这个不用占卦，今天正午毕命。"于是，王敦拘捕郭璞，将他就地斩首，只留下他的五色笔。相传，百年后南朝吏部尚书江淹拾起五色笔，挥毫写下了《恨赋》《别赋》等名篇，之后江淹去宣城，在冶亭梦中见到郭璞，郭璞向他讨还五色笔，就此"江郎才尽"。只好背诵郭老师的名篇《江赋》了。

江赋

郭璞

咨五才之并用，实水德之灵长。惟岷山之导江，初发源乎滥觞。聿经始于洛沬，拢万川乎巴梁。冲巫峡以迅激，跻江津而起涨。极泓量而海运，状滔天以森茫。揔括汉泗，兼包淮湘。并吞沅澧，汲引沮漳。源二分于崌崍，流九派乎浔阳。鼓洪涛于赤岸，沦余波乎柴桑。网络群流，商搉涓浍。表神委于江都，混流宗而东会。注五湖以漫漭，灌三江而漰沛。滈汗六州之域，经营炎景之外。所以作限于华裔，壮天地之崄介。呼吸万里，吐纳灵潮。自然往复，或夕或朝。激逸势以前驱，乃鼓怒而作涛。

……

王敦让钱凤和邓岳、周抚等率领士众向京师进发。王含对王敦说："这本是我们王家的事，我应当亲自去。"

王敦便任命王含为全军的主帅。钱凤等人问道："事成之日，天子怎么办？"

王敦："还没南郊祭天，哪能够称天子！只管出动你们所有的兵力。"

七月初一，王含等率水军、步卒共五万人涌至江宁秦淮河南岸，京城人心惶惶。温峤移兵驻屯河北岸，下令烧毁朱雀桁用以暂挫敌方锋头，王含等人无法渡河。明帝想亲自领兵攻击，听说渡桥已断，勃然大怒，就要斩杀温峤。

温峤:"现在宿卫的士卒人少体弱,征召的援军没到,若叛军来犯,恐危及社稷,陛下何必吝啬一座桥呢!"

庾亮:"王含、钱凤的军队人数和战斗力都要强出百倍。苑城既小又不坚固,应当乘敌军强势未成之时,皇帝大驾亲自出城抗敌。"

郗鉴:"乱党来势恣纵,势不可当,只能靠计谋取胜,难以力敌。如果以现在弱小的兵力与强敌抗衡,期望一朝决定胜负,必然是瞬间辨别成败,万一再有所闪失,那就于事无补了啊!

明帝这才罢休。

这时王导送信给王含说:"近来听说大将军王敦病重垂危,有人说已遇不幸。不久知道钱凤大加戒严,想肆行奸逆不道之事。我认为兄长应当抑制他们,不使其得逞,所以应回军藩守武昌。大将军自从屯军于湖,便逐渐失去民心。临终之时,将重任委托给王应,王应年纪还小,再说凭他的名望,就能承袭宰相的职位吗?王导一门老小蒙受国家的厚恩大德,今天我出任六军统帅,宁肯身为忠臣战死,也不愿当一个无赖苟活!"王含不答复。

明帝统领各军出城屯驻南皇堂。初三夜间,招募勇士,派将军段秀、中军司马曹浑等率领士兵千人乘夜渡秦淮河,攻其不备。清晨,在越城与王含交战,大获全胜,斩杀其前锋将领何康。

王敦听说王含战败,勃然大怒说:"我这个兄长就是个老奴才,门户衰落,大厦将倾啊!"回头对左右说:"我死后让王应立即即帝位,先设立朝廷百官,然后再安排丧事。"王敦当日便死在姑孰军府,王应隐瞒死讯,用席子包裹王敦尸身,外面涂蜡,埋在议事厅中。

（四）打扫战场

七月十七日，流民帅刘遐、苏峻等率领流民精兵万余人到达建康，明帝夜间召见并犒劳他们，将士们各按等级，均有赏赐。沈充、钱凤想趁着北方军队刚到，疲困之机进行攻击。二十五日夜，沈充、钱凤从竹格渚渡过秦淮河，护军将军应詹、建威将军赵胤等人抵抗失利，沈充和钱凤攻至宣阳门，拔除防御栅栏。正要攻战，刘遐、苏峻的流民军从南塘侧面攻击，重创沈充、钱凤军队，渡河溺死的达三千多人。刘遐后来又在青溪战败沈充。

墙倒众人推，没有主帅的军队，就是一群无头苍蝇。二十六日，王含等人烧毁营帐，连夜遁逃。二十七日，明帝回到皇宫，大赦天下，唯有王敦的党羽不在赦宥之列。命令庾亮督察苏峻等人追袭逃到吴兴的沈充，令温峤督察刘遐等人追击逃往江宁的王含、钱凤，又分别令各位将领追捕王敦死党。

王含想逃奔荆州，王应说："不如去江州。"王含说："大将军王敦以往与江州王彬的关系怎样，你想到那儿去？"王应说："这是因为到那里合适。江州的王彬敢于坚持不同立场，现在看到他人遭受困厄，也必定会有恻隐之心。荆州的王舒循规蹈矩，哪能超出常规行事呢！"王含不听，于是两人逃奔荆州。

王舒刺史在长江的战舰上相迎，待王含、王应父子一行十八人上船后，只听刺史大喝一声："拿下！"周围大群刀斧手一拥而上，将其全部捆绑，堵上嘴，蒙上眼，每人罩上个大麻袋。王刺史大声宣布，今晚十时在船上行刑，请众将领到时观看，之后将罪犯押往底层船舱关押。

到了傍晚，王刺史带上心腹长史，屏退左右，到底层船舱审问罪犯。为首的王含、王应独关一室，王刺史忙将两人松绑，给二人耳语一番，那边长史就带进来两个衣衫褴褛的、已关押多时的抢劫犯，长史将四人对调了衣服，将抢劫犯再绑上，堵上嘴，蒙上麻袋，并将衣衫褴褛的两人从小门放入一条早已等候在此的小船。在朦胧的月光下，艄公划着小船快速驶离。

这晚，王刺史就在船舰上大摆宴席，荆州的头头脑脑都来了，大家推杯把盏，先把气氛预热。周围还有许多看热闹的船舰，大家喝着酒，放着礼花。到了十时，王刺史一声音令下，武士就将十八条麻袋推了上来，然后在每人的颈上牢牢地套上一个大石头。王刺史下令："行刑！"众武士就将这些罪犯一个一个像下饺子一样丢进了波涛汹涌的江心。围观众人一致拍手叫好。之后王刺史写了奏折，把处决罪犯一事及物证人证上报明帝。按规定，刺史当然没有私自处决犯人的权力，何况是朝廷追查的首犯。但天下动荡的非常时期，有些法度就难得到伸张，既然目的已经达到，明帝也就认了。

沈充逃跑时迷路，来到自己旧部将吴儒家，吴儒诱使沈充进入墙中夹层，笑着对沈充说："我可以被封为三千户侯了！"于是杀死沈充，把首级传送到建康。

明帝还不解恨，下令挖开王敦的瘗埋地，挖出尸体，焚毁身上所穿衣冠，摆成跪姿斩首，和沈充的首级一同悬挂在南桁示众。

有关部门奏报说："王敦的亲族王彬等人，都应当去职除名。"明帝下诏说："王导大义灭亲，尚且将世代宽宥他与王敦的兄弟身份，何况王彬等人都是王导的近亲呢！"于是全部不加查问。

十月初一，是大快人心的时刻，平叛成功的明帝，又连下六道圣旨：

第一道，王敦的重要党羽，助纣为虐或诱导作乱的人，应当依据典刑严惩不贷；如果是迫不得已，沦为奸党的人，应该加以宽宥。由王导主持鉴别。

第二道，任王导为司徒，以特殊礼仪相待。

第三道，令西阳王兼领太尉职，任应詹为江州刺史，任刘遐为徐州刺史，代替王邃镇守淮阴，任苏峻为历阳内史。

第四道，封庾亮护军将军，温峤为前将军。

第五道，任命陶侃为征西大将军，都督荆、湘、雍、梁四州军事，荆州刺史。

第六道，晋升郗鉴为车骑将军，都督徐、兖、青三州军事，兖州刺史，镇守广陵。

大封赏皆大欢喜，但也有人内心不平，却不是王导，他这些年宠辱不惊，进退自如，早已看淡一切，海纳百川。此次决定之仗，出力最多的还有流民帅苏峻，但几场生死血战下来，结果只得了个历阳内史！看来公平这东西，只存在于漂亮的理论上，只存在于王敦的羽箭里。

第九章　田园何其幽

"归去来兮,田园将芜胡不归?既自以心为形役,奚惆怅而独悲?悟已往之不谏,知来者之可追。实迷途其未远,觉今是而昨非。舟遥遥以轻飏,风飘飘而吹衣。问征夫以前路,恨晨光之熹微。"三十年后出生的陶渊明,刚好写出了此时王导的归隐心境。是啊,人生最重要的是悟透,是舍得,所谓"舍弃一切,于是拥有天下"。忙乎了大半辈子,东晋的天下已经牢固安稳,各项事业正蓬勃发展。既已成为重臣眼中钉,还是皇帝的心中坎。田园将芜胡不归?

(一)高帽一顶接一顶

司徒王导开始称病不上朝了。

此时他也上不了朝。此前江南的规矩是,皇上主祭,士族掌兵。以前琅玡王氏之所以一言九鼎,并不是说他王导威信高过天,而是王氏成员尤其是王敦,掌握着几乎整个东晋的军权,谁不服气就打谁,那些出头鸟都被灭光了,那还有谁敢不服气?现在好了,王敦作为反派被消灭了,掌兵的羽箭被温峤、庾亮、陶侃、郗鉴等将领迫不及待地瓜分。没了压舱石，说话轻飘飘，那还上朝干什么？再说，现在朝堂也没有他站立的位置。最亲密的人才是最可靠的人，现在皇后是庾文君，她哥哥庾亮就顺理成章地站在了最突出的位置，王导再上朝，那只能是自找没趣。当然，最主要的一点，是现在的明帝风华正茂，精力旺盛，他当然不喜欢总有人在他面前指指点点，一切都由自己做主多好？就让顾命见鬼去吧！

于是现在最奇怪的现象就是，王导只要称病不上朝，皇上就进行封赏以示鼓励，越躺平待遇越好，越懈怠奖赏越多。以下是史官的记录：

——此前名士桓彝刚从北方逃过来，发现南方的实力也不强，顿时着了慌："中原战乱，所以跑到这里求生。没想到如此势单力薄，何济于事！"待到拜访王导后，与之讨论局势，出来后精神立即振作："我见到了当代管仲，不愁了！"于是江南士族都视王导为管仲。春秋时期的齐桓公，尊称管仲为"仲父"。明帝如法炮制，也以"仲父"称呼王导。

——王导某天有要事去了朝堂，满堂大臣目瞪口呆，鸦雀无声，他们都已经习惯了没有"仲父"的朝堂，正在讨论的话题也立即中断。还是明帝聪明，他立即学习父皇，拍拍屁股下的龙椅："仲父，上来坐？"王导也只能尴尬地笑笑，重复以前的那句话："红太阳只能有一个。"之后就忙不迭地退出了大殿。

——王敦之乱平息后，明帝进封王导为始兴郡公，采邑三千户，赏赐绢九千匹，进位为太保，司徒如故，剑履上殿，入朝不趋，赞拜不名。但王导坚决推辞不接受。

——331年，成帝冬祭太庙，下诏把祭祀剩下的胙肉送给王导享用，并且令他不用下拜谢恩。

——成帝偶尔见到王导必下拜，给王导的手诏则说："惶恐而言"，中书写的诏书则说:"敬问"。负责官员议论说:"元旦大会群臣时,圣上应当礼敬王导吗?"秘书郎认为:"礼书没有君王拜大臣的记载,我们认为应当免除礼敬。"一侍中则认为:"天子驾临辟雍,拜见三老,何况是先帝的太师太傅?我以为应当倍加礼敬。"另一侍中荀奕认为:"元旦是一年中朝会中的第一次,应当显明君臣各自的身份,因此不应当礼敬,如果是另外日子的小朝会,自然可以倍加礼敬。"成帝下诏听从此意见。

——王导日常生活简单朴素,清心寡欲,家里仓库没有储备的粮食,衣服不穿多层绢帛,成帝知道后赐给他布一万匹,用来供他私人使用。

——王导称病,确实因患有风痹疾病。成帝在朝堂上好久没见到他了,心里不踏实,于是就亲自到他家中看一看,之后和他一起饮酒作乐,向王导及妻子曹氏行拜礼,然后和王导一起乘马车进入宫殿。

——成帝赏给王导鼓吹和伞盖等表示尊崇的物品,王导退还。

——每次得到成帝的赏赐,王导就去拜谒元帝陵墓,既表达感谢,又展示哀痛。此后皇帝下诏,命百官要拜谒先皇陵墓,由此成为惯例。

当然,一看平时威风凛凛的王导称病不上朝了,还有那么好的待遇,一些大臣就开始上眼药,都是同朝为臣,要找毛病都是一抓一大把。

——前年皇帝即位,群臣进献国玺,王导因病未到。"王公难道是关系国家安危的大臣吗!先帝停柩未葬,继位的皇帝未立,这难道是臣子以有病为由辞谢不到的时候吗!"卞壸在朝上表情严肃,厉声批评。

——王导称病不上朝,却私下送别郗鉴。卞壸又上奏弹劾:"王导破坏朝法以遂私欲,丧失了大臣的操守,请免除他的官职。"

朝堂上一些大臣看不下去了。阮孚:"卞壸您常常没有闲暇舒泰的时候,好像嘴含瓦石,不是也很劳累吗?"

卞壶："名位君子以道德恢弘博大、风流倜傥互相崇尚，那么表现庸俗、贪鄙的人，不是我还能是谁！"

谢鲲："王导为人正直，学为放达不经，正是我们学习的楷模！"

卞壶严辞厉色："违背礼义、有伤教化，没有比这更大的罪过了，本朝中途倾覆，实在是由此而起。"

卞壶奏请成帝治王导的罪，但成帝不听，本来也不想让他上朝，眼不见心不烦，但有人弹劾总是好的，也可让他知道天下是谁的，至于处罚就算了，何必硬要当真？再送去一些赏物倒是可以的。

（二）喜事一桩连一桩

称病不上朝的王导，终于发现了生活的美好。

以前是宰相，日理万机，权倾天下，每天头脑中思考的，是把这个提升，把那个贬斥，给这里增兵，给那里赈灾，向皇上进言，向大臣发话，今天批示各地的折子，明天拟写呈报的奏章，没有自己，真是要天下大乱。可是等到自己不上朝了，原来早上的太阳照样升起，江南的秩序依旧如一。这世界没有谁离不开谁，谁也不是谁的谁。王导想到这里，好几天心情低沉，好一阵失落。还好，生活还要继续，他天生是个豁达通透的人，是个拿得起放得下的人，适应了不上朝的日子后，王导望着堂前成群的燕子，就开始寻找接下来的人生目标。其实人生就像是一场消耗，王导也想把美好的时光耗在自己喜欢的人和事上。

平时在官场，都是拍马奉承的多，真正的知心朋友却很少，好歹郗鉴算得上一个。这郗鉴一看王导灰心失意，当天就来相府喝茶，朝堂上的事就不说了，那个卞壶特闹心，一天都在朝堂上阴阳怪气地说王导的坏话，郗鉴也不打算转告，免得司徒不高兴，还是说说书法道教什么的，聊着聊着就聊到了儿女们身上，聊到了谁还不婚、哪个不嫁之上。这郗鉴就想起，自己的女儿郗璿十六岁了，女儿都是父亲的心头肉，尽管来提亲的很多，但现在的行情是，提亲不看人，首先看家族，如今江南排在第一的门楣当然是琅玡王氏，于是郗鉴就提出，请司徒找个王家的小伙子？王导一听满口答应，双方约定第三天，由郗家上门挑选！同时王导也辟郗鉴之子郗昙为参军。

挑男朋友这事，当然不能由小姑娘亲自出马。当时高门大户的小姐都是束之高阁，养在深闺，非常矜持，特别讲礼，不要说不能亲自挑男朋友了，婚前自己的姣容都不敢让丈夫瞧一瞧，不知道后人是不是还这么闭月羞花，还能不能传承授受不亲的礼义？当然也不能由郗鉴亲自去挑，他当然是想去，给自己女儿把好关，是他最乐于做的事，但高门士族，特别看中脸面，那么着急地亲自上门挑女婿，说出去就不好听。于是第三天，郗鉴派出了他的心腹长史来到司徒府，王导也很是给力，把王家十六到二十岁的小伙子全部召到府上，读书、吟诗、喝茶。王府子弟听说郗太尉派人觅婿，又听说那少女长得也很好看，家教也很严，有着"女中仙笔"的美誉，于是都仔细打扮一番出来相见。长史寻来觅去，细心品味，看中的还真不少！正要满意而归，一数少了一人。王府管家便领着郗府长史来到东跨院的书房里，就见靠东墙的床上一个坦腹仰卧的青年人在看书，他本来是看热闹的，对太尉觅婿一事，无动于衷。郗府长史回到府中，对郗太尉说："王府的年轻公子二十余人，真是琳琅满目，风姿绰约，听说郗府觅婿，都争先恐后，唯有东床上有位公子，坦腹躺着若无其事。"郗鉴说："我要选的就是这样的人，走，快领我去看看。"

郗鉴也顾不着脸面，一口气来到王府，见此人既豁达又文雅，才貌双全，当场就下了聘礼，择为女婿。"东床快婿"王羲之就找到了。现在，王导趁自己有闲，于是和郗鉴相商，就在乌衣巷里迎娶新娘，大宴宾客，喜庆三日，大半个建康胜似过节，不沾亲不带故的都要想方设法去宴席上坐上一坐，反正随不随礼不要紧，富人穷人都欢迎。

写好字是男子谋生入仕的基本技能，朝堂上的人要是没有一手好字，那简直没法立足。现在有空了，于是王导在司徒府摆起架势，那笔墨纸砚一应俱全，召集有闲的后生一起挥毫泼墨。汉末、魏、西晋是诗、书、画结合的积蓄期，东晋是我国诗、书、画结合的真正开始。从诗与画结合的方面看，诗歌的抒情传统与绘画的传神精妙之处在东晋初次相遇，我国古代诗画相通的大门被叩开。从诗与书结合的方面看，以"二王"书帖为代表的东晋书法中的抒情，成为诗与书结合的纽带，可谓之"书法文学"。从书与画结合的方面看，东晋书法、绘画都要求体现书写者的人格理想和美学情趣，书画深入融合已经达到了我国古代文艺史上的最高潮。王导、王廙、王敦等都是书法大家，王廙几乎是全知全能者，精通琴、棋、书、画、属文、医方、杂伎，乃至阴阳术数等，无不掌握；王敦除掌兵之外，其书法也不让他人，他的《蜡节帖》一直摆放在眼前，时时令王导感叹、唏嘘。王导曾摹学三国时期书法家钟繇、卫瓘笔法，当初过江时，在诸多行李中，独将钟繇的《宣示表》缝入袖中，表示"帖在人在，帖亡人亡"。有空时就对着这些帖子，练笔锲而不舍，终成自创风格，擅写行、草书体，成为王氏家族书风的代表人物，此前他的《省示帖》《改朔帖》等数十名帖就藏于朝堂的藏书阁，今天他先写下几年前作的《麈尾铭》：

　　　　道无常贵，所适惟理。

　　　　谁谓质卑？御于君子。

　　　　拂秽清暑，虚心以俟。

之后拿出《礼记》中的《学记》，开始传抄。只见王导书迹的每一笔横竖撇捺、弯钩点划，都是书写规范，组字稳健，刚柔拙巧，笔法多变，每个字都写得俊朗舒展，疏密相间，书技娴熟，笔法超凡。有说书法如同文章，下笔就知道功底深浅，王导书迹笔笔显现真功夫，字字窥见硬实力，《学记》帖无疑是一件神工妙笔的佳作，站在一旁观看的王家后人纷纷赞赏，王羲之也提起笔来，写下了一幅《初月帖》。

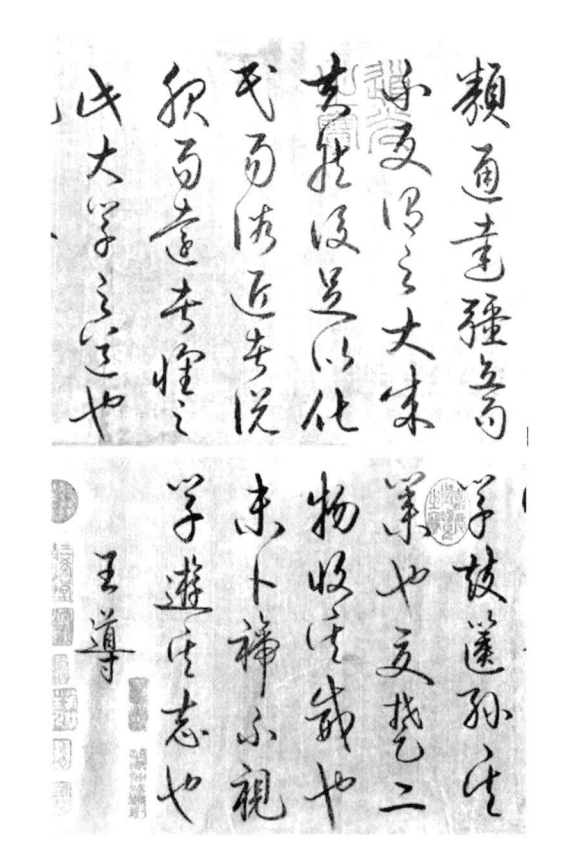

王导书帖

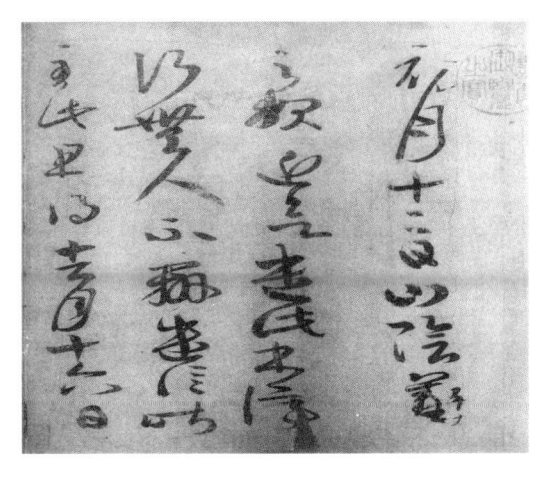

王羲之《初月帖》

王敦《蜡节帖》

东部滨海地区为天师道之发祥地，而琅玡王氏正生活在这一区域，自然也会接受这一普遍的地域性宗教文化的影响。即使王氏后来逐渐崇尚儒学，但在宗族内仍然信仰天师道。不仅王氏如此，本地域其他家族也多如此。"若王吉、贡禹、甘忠可等，可谓上承齐学有渊源，下启天师有道术，而后来琅玡王氏子孙之为五斗米教徒，必其地域熏习，家世遗传，由来已久。"后来王氏子弟名字多有一"之"字，父、子皆如此，如王羲之、王献之父子，这明显有违当时宗族内避讳的原则，但这是天师道信仰的符号，故照常流行。王导归隐期间，就常与名僧康僧渊、竺道潜等谈玄论道，交往相厚，视高僧竺法汰为至交，并为孙起乳名曰法护、僧弥。王导时时和众道友采药求丹，煮酒话仙，在袅袅青烟中将自己放归。在后来苏峻即将攻入建康时，还有众道士在王导府上"设靖室请祷，出语众侍从曰：'吾已请大道，许鬼兵相助，贼自破矣。'"王导虽入道，当然还是不相信鬼兵这一套，不问鬼神问正义，一切还得靠自己。

当时正值道教兴盛，佛教势头更旺。汉末以来的释家弟子，以老庄解佛理，已经成为一种趋势。一大批博学的佛教弘法者，锐志于佛道，兼研老子五千文，含玄妙为酒浆，玩五经为琴簧，在虚设问答之中广引老、庄、周、孔、诸子百家之说，以助说教。随着玄释合流，琅玡王氏的信仰也发生转变，由信奉天师道转而信奉佛教。如龟兹国沙门帛尸梨密多罗来建康，与王公大臣交游畅谈佛理，时称"高座"法师，王导及其孙王珉都曾拜高座帛尸梨蜜多罗为师，王珉作《论序高座帛尸梨蜜多罗》，称颂其德行：

然而卓世之秀，时生於彼逸群之才，或侔乎兹，故知天授英伟，岂俟於华戎？

此时王导与帛尸梨蜜多罗、释慧远、康僧渊、竺法义、竺法潜等高僧皆有多次来往，交谈佛理，这对佛学思想在江左的广泛流传起到了积极的推动作用。琅玡王氏子孙大多信奉佛学，世代不绝。王导之孙王珉，曾与释慧远交游，也曾向鸠摩罗什求取佛教教义等，并一一获得解答。

（三）灾难一件重一件

真是福不双至，祸不单行。王导荒芜的田园还没有锄上几锄，休闲的小苗还没有采上几株，朝堂上就忙不迭地传来了一阵阵惊慌的声音，归来吧，归来吧！没有王导的朝堂，还真是不行。

先是明帝崩了！好歹王导是唯一的顾命大臣，只好放下茶杯，到朝堂上去忙乎了一阵。在明帝咽气前，他再次顾命，毕竟太子只有五岁，还需要一众老臣扶持。当然，那庾亮的把戏，王导在龙井茶的烟雾缭绕中早就一眼看穿，不过"共天下"是江南最好的制度安排，王导也就假装看不见。

之后是气吞山河的庾亮出场了。作为七顾命之一的庾亮，却想独占权力的蛋糕，丝毫没有分享的概念，通过左挪右腾，上蹿下跳，把他妹妹庾文君弄到前台"临朝称制"，本来归隐不争的王导，再次回府喝茶。

后来是气势如虎的苏峻登台了。苏峻也是一流民帅，参与平叛王敦立有大功，既对庾亮的封赏不满，又对之后庾亮的苦苦相逼感到愤怒，索性就举旗造反了。流民帅的武力那不是盖的，光动嘴不动手的庾亮当然不是对手，不出几个回合就逃走了，留下了临朝称制的庾文君和八岁的小皇帝这一对孤儿寡母，面对风雨飘摇的建康朝堂，面对如狼似虎逼近京城的流民军，王导只好再次放下茶杯，进入朝堂。

328年二月初一，王导抢入宫中。他先是拜见了太后和小皇帝，这让六神无主、不知所措的母子终于有了主心骨，便将宫中的应对之策全部委托给王导了。王导召集少量留在宫中还未逃跑的大臣，进行统一思想和分工，之后再召集禁军首领开会统一意见。总体策略就是，敌众我寡，不和敌军硬拼；首要任务是誓死保护皇帝和太后。

此时百官逃奔离散，宫殿、朝省悄然无声。王导一会儿进入太极前殿，对侍中褚翜说："皇上太后正在正殿，你带领一百禁卫护卫他们急速出来。"褚翜立即进入内室，亲自抱着小皇帝，护卫太后进入太极殿。王导及光禄大夫陆晔、荀崧等一同登上御床，护卫成帝和太后。同时王导任刘超为右卫将军，让他和钟雅、褚翜侍立在左右，让太常孔愉带领侍卫守护宗庙。正午，苏峻的兵蜂拥而入，叱令褚翜让他退开。王导威风凛凛，稳步上前，呵斥他们说："王导在此，请苏峻前来觐见皇上，军人岂能侵犯逼近，再上前者斩！"

流民军一看还有反抗的，气焰还比较高，那就先让皇帝见识一下现在的建康谁是老大！皇帝旁边那个文质彬彬的侍中钟雅，就被流民帅任让一把拉了过来，接着手起刀落，一品大员的脑袋就滚落大殿；任让还没过瘾，一看拿着短刀的卫将军刘超，大喝一声："过来！"有皇帝为质，一柄短刀当然也不敢反抗，刘超弃刀趋前，任让再手起刀落，刘将军又倒在了血泊中。一时大殿气氛凝重，人人战栗自危，任让看着那个白胡子老头——怒眼圆睁的元老级别的荀崧，用手轻蔑地一指："过来！"

王导整理了一下衣冠，把正要向前的荀崧按了按，自己气闲若定地走上前来。这任大将军认识的朝臣很少，但大名鼎鼎的王导却是知道的，并且攻城前主帅苏峻也有特别交代，看到大殿庄严的气氛，反正血已溅，威已立,大殿好像也没什么珍宝可抢,好东西都在后宫呢!于是不再理会王导,带领如狼似虎的士兵奔进后宫,宫女及太后的左右侍人都被掠夺。

不一会儿,一个将军模样的人恭敬地前来说,我们苏大帅想请王丞相移步说话。于是王导随将军来到一箭之遥的东宫,这里已经成了苏峻的临时指挥所。见王导进来,苏峻忙迎上前来,满脸诚恐:"让丞相受惊了!"

王导:"大将军何故劳师动众?"

苏峻:"只为庾亮耳!"

王导:"如今北方沦陷,汉民涂炭,唯江南存晋民火种,将军同室操戈,胡虏指日渡江,将军是为胡虏先锋矣?"

这苏峻也是最恨胡虏的,他家族好些人都死于石勒军的乱刀之下,见王导责备,他赶紧辩白:"丞相说的是,胡虏之仇不共戴天,永世难忘。如今只诛奸臣,共扶晋室!"

王导听他表态,心中就有底了,于是就顺坡下驴,和苏峻商讨不擅废立、熄灭战端、禁止扰民等事项,之后就打道回殿了。看到王导回来,宫中一片欢腾,众人空落落的心中又才有了主心骨。

之后王导就跟在小皇帝身边,一刻也不敢离开。这时,各路勤王的大军都到了建康周围,周边的战事一天紧似一天,苏峻就将统帅部搬进了石头城,当然也把小皇帝和王导等一起请进了石头城,他们可是他手中最好的人质。

到了七月,祖约的军队瓦解,苏峻的军队也开始军心动摇。苏峻的心腹路永唯恐事业不能成功,力劝苏峻尽数杀死王导等大臣,但苏峻素来敬重王导,不同意杀害他,加上其他的矛盾,路永等人便对苏峻怀有二心。王导一看便知,那晚找到了机会,便和路永一席长谈,从盘古开天说到祖约呱呱坠地,从民族大义说到升官小节,反正是一堆大礼一送,一顶未来的乌纱帽一送,路永就死心塌地地归顺朝廷了。目前王导最要紧的是把小皇帝送出城去,送与勤王军统帅陶侃,于是二人作了周密安排。九月初三深夜,王导偕同两个儿子如约混到了石头城外,早有接应人员准备了几匹好马,焦急地等待另一路小皇帝的到来;一会儿城内杀声四起,原来路永带着小皇帝偷逃,不幸被发现,路永只好丢下皇帝,只身杀出重围,抢出城外,和王导一同逃奔附近的勤王军所建的白石垒。

在白石垒,王导会见统帅陶侃,向他详细介绍了内城中苏峻的军力状况和布置,并提出战略战术之意见。陶侃按图索骥,不久就平定了苏峻之乱,救出了皇帝,恢复了晋室。

此时建康的宫阙已化为灰烬,于是王导用建平园权充宫室,召集君臣商讨未来。

庾亮见不到妹妹,只见到成帝,顿首哽咽,叩头请罪:"祖约、苏峻肆行凶逆之事,罪过由我引发,即便将我寸寸斩割屠戮,也不足以向七庙的神灵谢罪,不足以平息天下人的责难,我又有什么脸面跻身于人伦呢!"

陶侃:"这是国家的灾难,不是哪一个人的责任。"

庾亮:"如果陛下真能赐降宽宥,那保全我的头颅也就行了,对我还是应当抛弃不顾,让我自生自灭,这样天下人才能粗知劝善惩恶的纲纪。"

成帝:"娘舅请起,此事再议。"

庾亮当然要把功夫做足:"我乞求免去自己的职位,投身于山林之中隐居。"

王导："庾亮你私心太过。建康再遭涂炭，晋室百废待兴，太后之遗命未成，庾亮你怎敢因私废公？"

见王导发话了，庾亮见好就收。这时陆晔出列："请温峤出任尚书令，居中辅政。"在勤王将士看来，庾亮被苏峻打得灰头土脸，是温峤收留了他；陶侃老迈，又是寒门子弟和流民帅；唯有温峤才能称得上平定动乱的头号功臣。而王导在都城日久，与苏峻相安无事，不清不楚，辅政显然不合适！

温峤马上大义凛然："先皇遗诏命王导辅政，我怎敢违逆呢？"温峤清楚，在这场动乱中，司马皇族和外戚庾氏都遭受重创，王导的力量不减反增。如果自己在此时进入朝堂，必然与王导直接竞争，温峤对此实在不敢太乐观。更重要的是，如果进入朝堂，肯定无法继续经营江州。因为一个未知的希望去和王导血拼，温峤才没那么傻。

由谁辅政的事再没人来竞争了。接下来江州刺史温峤再次出列："如今建康两次战火，损毁严重，供应不足，不如迁都至豫章？"豫章就在江州境内，温峤当然愿意做更大的贡献；在建康肯定斗不赢王导，在江州或许可以。

郗鉴："豫章地势不丰。三吴之地，唯会稽最佳，物产居冠，民风淳厚，实为建都之地。"

陶侃："其实荆州才是更好的选择。"

小皇帝看着破败的宫殿，想着骇人的敌军破城场景，频频点头认可："迁到哪里都可以，反正都比建康强！"

王导皱着眉，慢慢开导："孙权、刘备都说'建康是帝王的宅府'，古代的帝王，不一定因为物品的丰俭迁都。只要务本节用，暂时的凋敝又算什么！如果不认真从事农作，那么沃土也会变成荒墟。况且北方的寇贼游魂，在窥测可乘之机，一旦表现出虚弱，奔窜至蛮越之地。无论从声名和实际考虑，都不是好办法。现在应该保持宁静，人心自然安宁。"

道理还是这个道理。朝堂上众臣均认可此理，因此不再议迁都，纷纷打道回府，开启兵荒马乱后的又一次重建。

第十章　英雄何气短

神仙打架，百姓遭殃。老百姓最盼望的，是莫打架，过日子，过上太平日子。接下来的十年间，江南就神奇地进入了太平盛世，江左出奇地稳定，连史官都无大事可记了！究其原因，一是外部环境出奇地好，并不是说世界爱好和平，出奇地安静，相反是北方又乱成了一锅粥，前赵刘氏、后赵石勒和石虎、代王拓拔、燕王慕容、凉州张骏、成汉李氏、仇池王杨难敌等，逐鹿中原，争当老大。在你死我活中，就没有剩余力气染指江南了。二是江左有想法的豪杰已经沉没，王敦、苏峻已去，庾亮灰溜溜离开了权力中心养伤，没有了权欲太强的大臣挑事，天下就太平多了。三是此时跷跷板一侧的小皇帝正在成长阶段，本身没有力气，更不知道怎么用力，另一侧的王导更加谦虚忍让，于是东晋的平衡之木难得地长期维持着。朝堂上一时平静如水，长江里一时风平浪静。

（一）躺平的日子

现在王导在司徒府里，处理着江南的大事，他手下的佐吏也很多，一般的事情都由他们处理，卷宗呈至王导手里时，他也懒得看，签字画押即可,这就是"务存大纲,不拘细目"。间或有人批评,王导却说,"众人说我愦愦,后人当思此愦愦!"

但有些事王导还是乐于做的,比如"愦愦"。这时贵为国戚的羊聃,残忍刑杀二百余人,朝中群情激愤,本应处以重罚,王导于是上启于成帝:

请原羊聃启

聃罪不容恕,宜极重法。山太妃忧戚成疾,陛下周极之恩,宜蒙生存之宥。

相较于皇权强化时代君尊臣卑,君与臣间往来文书非常注重君臣礼仪,文书结尾处都有"顿首顿首""诚惶诚恐""死罪死罪"等敬语。王导就省下了这些"穿靴戴帽"的话,当然东晋臣子的奏折大部分也是这样。奏折中语段轻简,也没有恭敬语气。王导只三言两语,原因也很简单,就令成帝下诏仅将羊聃削爵,轻松化解了可能引起的巨大风波。

比如宴会。这时王导三天两头宴请宾客,在吟诗喝酒间,在推杯把盏间,就把大事化小,把小事化了。在他六十大寿时,在乌衣巷宴请了宾客数百人。连素不相识的建康百姓都挤进来坐一坐,一睹宰相风采。众宾客交谈甚欢,有临海一位姓任的客人和几位胡人宾客并不开口。王导便到那位姓任的宾客边:"君出,临海便无复人。"姓任的宾客大喜,一大杯酒干了。王导便又去到胡人宾客前,弹指云:"兰阇,兰阇。"听到此胡语,胡人皆笑,向寿星叩了头,再即兴跳起了胡舞,这场宴会的气氛就被王导调动了起来。当然,不光自己办宴会,王导还积极为别人办宴席,这时皇帝成人了,他的弟弟琅玡王司马岳也长大了。王导那天在自己府上看到一个少女,真是天生丽质,气度宽宏,一打听,就是自己司徒府的从事中郎褚裒的女儿,也是太常谢鲲的外孙女,名叫褚蒜子,年龄刚好比司马岳小两岁，她那天是来接她父亲的。就她了！于是由王导做媒，在皇宫大办宴席，为又一对新人举办盛大婚礼。

比如外交。在北方胡族蹂躏的夹缝中，也还有汉人建立的政权，比如前凉的张轨，他以前就是晋朝的凉州刺史，现在是"士族北上"的最大聚居地。这天，凉王张骏派遣的使者——治中从事张淳来到了建康，拜见了皇帝，"乞请敕令司空郗鉴、征西将军庾亮等泛舟于长江、沔水，与凉王互相呼应，同时发动"。之后王导就设最隆重的宴席招待，当然，席间江南众大臣最想听的，就是北方的消息。张淳就将凉王抗击胡族的英雄事迹一一讲述，后来说到路途的奇遇，倒是更加精彩。原来张骏想向蜀地的成汉借路去建康呈送上表，成汉主李雄不同意，张骏便派遣治中从事张淳向成汉称臣以便借道。李雄佯装同意，却又派盗贼准备将他沉于东峡。总之是经历九九八十一难，走走停停历时三年半，才抵达建康。在蜀地还经历了叛乱，此时的蜀主是篡位的李期，李寿于是率步骑兵一万多人偷袭成都，废黜李期。此时，张淳和一大批忠于晋室的大臣如罗恒、解思明、李奕等劝李寿自称镇西将军、成都王，向建康晋王室称藩。面对称藩称帝的两派意见，李寿令人占筮，占者说："可当几年天子。"李寿高兴地说："能当一天便可满足，何况几年呢！"张淳劝道："几年天子，怎么比得上百世诸侯？"李寿说："朝闻道夕死可矣！"于是即帝位。席间众臣都喝酒流泪，唏嘘不已。

比如带货。经过两次大的内战，朝廷财政困难，入不敷出，国库里只有几千匹卖相不好的粗布。有关部门想出售变现，却苦于无人问津。王导心生一计，用粗布做了些衣服，与大臣们穿着出街畅游。民间视为当季新时尚，争相效仿。粗布得以高价售出，财政收入大增。有位做官的同乡,被罢职后去见王导。王导问他带回了多少积蓄,同乡回答说:"那里很穷,盛产蒲叶,就只带了五万把蒲扇。"王导为了帮助他,就常常拿一把蒲扇握在手里。别人一看,都跟着模仿。建康士大夫与平民百姓都争着购买,不到一个月,同乡的五万把蒲扇就销售一空,而且卖了个好价钱。这明星带货,却也不是什么新鲜玩意儿。

比如藏娇。王导不是圣人,也喜欢美女,可是夫人曹氏很泼辣,管得很紧。老王就秘密购置别墅,用以安置几个漂亮姬妾。可是哪有不透风的墙,曹氏知道后,就赶往藏娇的金屋去踢馆。王导怕闹得不可收拾,慌忙驾着牛车赶过去救场。一路上担心落在曹氏后边,急得用手持的麈尾赶牛。这事传得比风还快,朝堂上,蔡谟就笑着说:"奇怪哦,所谓九锡,怎么只有短辕牛车、长柄麈尾呢?"

无为而治也是有好处的,老百姓不傻,他们知道怎么填饱肚子、养家糊口、发家致富、光宗耀祖,以往朝堂干预太多,今年该种啥,明年不种啥;这里立标语,那里试验田;山下五分税,山上三成役;这坟要搬迁,那房应重建。有了各色公差的指手画脚,就没有江南大地的五谷丰登。这下好了,官差躺平了,庄稼反而好种了。在江州的温峤也深谙此道,他也学习王导,开始躺平,开始追求美女。他的堂姑刘氏,因战乱和家人失散,只有一个女儿,美丽聪慧,落落大方。堂姑投奔江州,嘱咐温峤给女儿寻门亲事,温峤回答道:"好女婿实在难找,像我这样的如何?"堂姑说:"战乱中得以生存,就足以告慰我的后半生了,哪里敢奢望你这样的人呢?"事后没几天,温峤告诉堂姑:"已经找到人家了,门第还算可以,女婿的名声职位都不比我差。"随即送了一个玉镜台作为聘礼。结婚行礼后,新娘拨开团扇,见到新郎温峤,笑道:"早就怀疑是你,

果然不出我所料！"不久文人还将此故事写成了戏剧《玉镜台》上演。

（二）要命的大案

329年底，建康的朝堂照样无事可议。突然宦官来报，郭默将军有物送到，打开一看，竟然是一颗死人脑袋，再仔细一看，竟然是江州刺史刘胤的脑袋！

江州刺史本是温峤，前不久温峤去世。死前，就将江州刺史让副手刘胤代理了。这刘胤可不是普通人，他是汉高祖刘邦之后，同温峤一起到建康的劝进使者，曾先后任渤海太守、丞相参军、尚书吏部郎，现在是平南将军、都督江州诸军事、领江州刺史、假节。时人对他的评价是："容貌俊美，性格豁达，善交豪杰，深得士人仰慕。"有人胆敢私自斩杀朝廷命官刘胤，江南还有王法没有？

敢斩杀刺史的，当然也不是一般人。这郭默和苏峻一样，是流民帅，曾与李矩在北方合力抵抗刘曜、石勒，多次与其交战，之后投奔江南，平苏峻之乱时也有立功，拜为右军将军。

对于这样一起大案，尽管郭默将军附上了斩杀理由，但调查还是必须的。于是王导派出几路使者，或明或暗，交叉调查，不几日，一件谋财害命的案件便水落石出了。

原来那刘胤非常富有。战乱的苦日子过久了，现在岁数大了，就开始崇尚豪奢享乐，享乐当然要有本钱，于是刘胤专门从事商业贩运，当时主管官员弹劾的奏折还在王导手里："如今朝廷府库空竭，百官没有俸禄，只是借助于江州的漕运。而刘胤的商旅不绝于路，因私利废弃公事，请求免除刘胤官职。"由此可见，刘胤借机聚敛了家财百万，但他的钱财也有一半是抢来的。当时,豫章郡的莫鸿是南方豪族,趁着动乱,杀死县令,横行不法,百姓都十分惧怕他。刘胤到任后,诛杀莫鸿以及诸多豪门大族,顿时郡内肃然,那些豪门的财富,自然也进了刺史的腰包。

人比人,气死人。那右军将军郭默,驻军就在江州,级别和刘胤差不多,可朝廷供应的粮草、建康发放的俸禄,三顿吃饱尚且不能,就别谈致富享受了。但身边有个人财富无边,美女如云,这口气如何咽得下去?

郭默是流民帅,宁为鸡头,不为凤尾,最不愿意去朝堂做官。但朝廷最不放心的就是流民帅,时常有让他们脱离部曲的意愿。刚好这时郭默被王导征召进京,到建康肯定得到处拜码头啊,这冰敬那炭敬的名目繁多的孝敬,郭默哪儿来钱财?于是就向大财主刘胤请求资助。刘胤还真是出手"阔绰",派人送来一只小猪和一坛酒,意为送行,我就只有这些了!郭默勃然大怒,当着使者的面把这些玩意儿扔进了水中。

冰冻三尺,非一日之寒。刘胤和郭默的矛盾,由来已久。刘胤的长史张满等人素来轻视郭默,有时赤裸着身体就去见郭默,郭默对此恨之切齿。有寄宿此地的流民盖肫,强抢民女为妻,案发后由长史张满审查,张满看在流民帅的面上,仅仅是让盖肫送民女回家,盖肫仍然不愿意,便怂恿郭默说:"朝廷正在弹劾刘胤,已下达免官的圣旨,但刘胤不服命令,正在密谋大事,和张满等人日夜策划,只是忌惮您一人,正准备先除掉您。"

这盖肫平时吹嘘上面有人,郭默也就信以为然,既然朝廷已有结论,何不自己先行立功?于是率领自己的精锐部曲,待早上城门开启时就杀进城内,袭击刘胤。刘胤手下的将吏准备抵抗,郭默呵叱说:"我禀受诏书讨伐有罪之人,敢妄动者诛灭三族!"随即进入刺史府,把刘胤拉下床后斩首;到前厅抓获张满等人,诬陷他们谋反,全部斩首;又掠取了刘胤的女儿和侍妾，连同金银珠宝一同带回。起初想就此回返京城，转念一想又觉有危险，如今江州刺史空缺，何不等待朝堂的任命？于是将刘胤首级和请求留任江州的呈请，一同传送京师。

王导理清了事件的来龙去脉，自觉如何处置甚为棘手的。自317年建国以来，建康已历三次劫难，而苏峻的流民军破坏最大。如今郭默部曲较多，又拥有一州之富，真逼他造反，江南又要天无宁日了。330年正月初一，建康大赦天下，把刘胤首级悬挂在大航示众，任郭默为江州刺史，稳字当头，以作权宜之计。

公道自有人心在，太尉陶侃听说此事，袖子一甩站起来说："这必定有诈"，随即要率兵征讨郭默。郭默立即派使者送上珍宝、美女和绢物，并写密诏呈送给陶侃。陶侃神色严厉，派使者上表陈述郭默罪状，并且给王导写信说："郭默杀了刺史就任用他为刺史，如果害死宰相就要任用他为宰相吗？"王导这时也收起了刘胤的首级，给陶侃复信说："郭默占据长江上游的有利地势，再加上有众多舰船为其所用，所以只能包涵忍耐，暂且让他占据那地方，朝廷便能乘机秘密戒备，等足下大军到达，再风驰赴敌。这不就是先忍辱负重、再伺机而动的策略吗！"陶侃笑着说："这的确是对此贼屈从的佯装之策。"

这时豫州刺史庾亮也请求征讨郭默。成帝下诏授予庾亮征讨都督，率领步、骑兵二万与陶侃会合。五月十九日，郭默的部将捆绑着郭默父子出城投降，随即在军门将郭默斩首，同党四十人被处死，把首级传送到建康。朝廷随即下诏让陶侃都督江州，兼领刺史。

当然，郭默只是小菜一碟，陶侃心里有更大的谋略。他在和庾亮一起征讨的日子里，和庾亮推心置腹，想要再次进军建康，让王导下野，

"如果害死宰相就要任用他为宰相"就是此情此景之语。是啊,皇帝都那么大了,为何还要被王导拿捏?这世界之所以纷繁复杂,思前想后都是因为琅玡王家,趁现在兵多将勇,王导又无所依恃之际,索性将他废掉。但那庾亮有过前车之鉴,就是不敢答应,一次帝国的刀兵相见也就此作罢。

(三)庾亮的算盘

其实庾亮并不是不想,他只是不想和陶侃同行,平分果实就少了一半,独吞果实多好?现在陶侃兼有荆、江二州之地,破坏了平衡局面,更是庾亮的大忌,想来王导让郭默代领江州,就是不想出现一家独大的局面。当初庾亮在太极殿叩首哽咽,一定要归隐山林,可是他却没有停息一天,以退为进地成为豫州刺史,镇芜湖,他心里明白,在朝堂上说话一言九鼎,那是因为在江湖上身怀利器。他现在首先要学习王敦,埋头把利器打磨锋利。334年六月,陶侃死,庾亮如愿以偿,被授予征西将军,假节,都督江、荆、豫、益、梁、雍六州诸军事,兼领江、豫、荆三州刺史,自芜湖移镇武昌,一时军力大盛,兵多将广,志得意满,锋芒再露。

335年四月,刚上朝,就有十万火急的战报,原来是历阳太守袁耽的上表,说后赵王石虎率领骑兵,到达了长江边,前锋骑兵已到达历阳。皇帝和满朝大臣都惶恐不安,王导请求出征讨伐,"加司徒王导大司马,假黄钺,都督征讨诸军事以御之"。之后王导调兵遣将,遣将军刘仕救历阳,平西将军赵胤屯慈湖,龙骧将军路永戍牛渚,建武将军王允之戍芜湖。但是王大都督战袍也没穿几天就脱下了,因为后来历阳太守的军报又说,是虚惊一场,石虎是来南方游巡,到达长江边虚晃一枪就返回了,此前也忘了说骑兵的数量。但王导手下的将军们,已经各自率军,同时溯流而上，把庾亮豫州治所附近的要地夺取到手；同时"司空郗鉴使广陵相陈光帅众卫京师"，建康周边算是又回到了王导手中。

王导在建康执政，必须有相当的武力留在身边以为支持，因而不得不罗致苏峻手里的武将赵胤、贾宁、路永、匡术、匡孝等人。336年二月，尚书仆射王彬又去世了，此时王导兄弟辈既尽，实力已衰，子侄辈又深得高门传统，以武事为耻，以致琅琊王氏中少有事武之人，不得不蓄意庇护降将，以供驱使，虽受到士族名士的强烈反对亦在所不顾，这些人客观上都起了巩固琅琊王氏家族地位的作用。

庾亮不知不觉间就吃了个哑巴亏，丢掉了建康附近偌大的地盘，这口气如何能咽下？338年，庾亮觉得准备得差不多了，就以王导有篡晋之举为由起兵，派使者带重金游说京口的郗鉴，让他参与匡正天下的大事。庾亮给郗鉴的信说："皇上从八九岁以至长大成人，入内则由宫女守护，外出则只有武官、小人们侍从，读书无从学音句，顾视询问则未曾遇见君子。秦始皇想使百姓愚昧，天下人尚且知道不对，更何况有人想使君主愚昧呢！君主既然正当茂盛的年华，应当还政于贤明的主上。王导装模作样地归还政权，却又以太师太傅尊位自居，还豢养了许多没有才能的士人。你我都是身负先帝托付的佐政重任，这样的大奸之人不清除，又有什么脸面到地下去见先帝呢！"

这郗鉴也是流民帅，武功高强，目前手握重兵镇京口，没有他签发的通行证，庾亮插翅也难飞。郗鉴很有自己的主见，和王导是儿女亲家倒是其次，主要是群狼环伺，帝国实在经不起这样的内乱；加上内心还很理解和赞同王导的施政策略，那么多不同势力，诉求千差万别，许多时候都必须"和稀泥"，不然东晋的大戏就演不下去，相比于庾亮的明察秋毫与独断专行，还是王导的"愦愦"之政比较好。

有重要军事势力郗鉴的不赞同，甚至庾亮征西府内，也有反对意见，庾亮只好不甘心地退回驻地，等待时机。

其实庾亮举兵已经是天下共知了，但王导还是假装不知道，正所谓看破不说破，日子继续过。有南蛮校尉陶称报告庾亮的举兵动向，劝王导防备，王导说："我和庾亮休戚与共，像这种庸俗的谣言，必然会止于智者。即使真如你所言，庾亮到这儿来了，我就头戴方巾、归隐还乡也就罢了，又有什么可惧怕的！"王导又给陶称写信："庾公是皇上的大舅，你应当好好侍奉他。"人生已经如此艰难，有些事情就不要拆穿！此时庾亮虽然驻守于外镇，却遥控朝廷大权，权势显赫，又拥有强大的军队，趋炎附势的人大多归附于门下。王导心中不平，每当遇到西风扬起尘埃，便举起扇子遮蔽自己，缓缓地说："庾亮的尘土沾污人啊！"是啊，庾亮本想在西边弄起更大的风沙！

（四）巨星的陨落

历史上的"政争政争"，有"政"的地方就有"争"，只不过争的激烈程度不同而已，或是争论，或是战争。庾亮是一个不肯轻言放弃的人，他正在积蓄力量，准备彻底扳倒王导。殊不知滚滚长江东逝水，浪花淘尽英雄，时间才是解决一切问题的最好方法，指缝太宽，时光太瘦，一辈子原来真的很短。这边的庾亮还没来得及动手，那边的巨星们就纷纷陨落了。

温峤离世。相聚离开都有时候，没有什么会永垂不朽。329年四月，温峤从建康返回江州，之后中风，回到武昌没几天就去世了，终年四十二岁。其实温峤与庾亮是有深厚情谊的,他官位不高时,经常和扬州、淮中一带的商人在江中赌博,而且手艺不好常常赌输。有几次输得很惨,赌完回不了家,便站在船上大声喊庾亮:"卿可赎我!"庾亮立刻送去赎金,温峤才得以脱身。温峤南下之前,他辅佐刘琨治理并州,抵御前赵,尽心效力,疲于奔命。南渡之后,历元、明、成三帝,平王敦、苏峻两次叛乱,内涉中枢,外任方镇,为东晋王朝的创立和巩固,立下了丰功伟绩,充分显示了他出将入相、文要武备的过人才干,诚为挽狂澜于既倒的国之勋臣。

《温峤墓志》拓(温峤墓位于南京鼓楼区郭家山西南麓)

陶侃离世。孤单是一个人的狂欢,狂欢是一群人的孤单。年轻时陶侃做了个"折翼之梦",梦见自己生出八翼,因而攀登天门,在到达八重天时,却被守门人杖击,坠落于地,左翼也折断了。这场梦魇时刻提醒着陶侃,他深知物极必反的道理。334年,陶侃不再参与朝政,多次请求告老还乡,朝廷反而"进太尉侃为大将军,剑履上殿,入朝不趋,赞拜不名,侃固辞不受"。六月，陶侃病重，上表请求退位。派左长史殷羡归还持有的朝廷符节、麾、幢、曲盖、侍中貂蝉、太尉印章，以及荆、江、雍、梁、交、广、益、宁八州的刺史印传和戟，至于军资、器仗、牛马、舟船等，都有簿录统计，封存仓库，由陶侃亲自上锁。陶侃将后事托付给右司马，授予督护官职，统领文武官吏。十二日，陶侃乘车离开武昌，到渡口乘船，准备回长沙。十三日，在樊去世。陶侃领军四十一年，明智、坚毅，善于决断；见识纤密，别人难以欺蒙。自南陵到白帝，几千里的辖域内路不拾遗。陶侃去世后，尚书梅陶说："陶公的神机明鉴如同魏武帝，忠顺勤军好比孔明，陆抗等人比不上他。"后世的武成庙名将中，有陶侃的神像。在他即将离去的时节，得知朝廷封他为大将军，他马上上书辞让：

让拜大将军表

臣非贪荣于畴昔，而虚让于今日。事有合于时宜，臣岂敢与陛下有违；理有益于圣世，臣岂与朝廷作异。臣常欲除诸浮长之事，遣诸虚假之用，非独臣身而已。若臣仗国威灵，枭雄斩勒，则又何以加！

王导离世。指缝太宽，时间太瘦，一辈子真的很短。那些不忍放手的，念念不忘的，最终都定格成了风景。339年七月十八日，始兴文献公王导去世，丧葬的礼仪比照汉代博陆侯霍光和安平献王刘孚的旧例，参用天子的礼节。王导尊卑有序、勤劳素朴、文义自逸、风趣幽默。他既是东晋开国功臣，又是一代名臣。成功做人是其成功为官的重要基础。当初国家分崩离析，他积极劝说琅玡王渡江，在乱局中开新局；形势明朗后又带头劝进拥戴，并时刻遵守君臣之节，讲求尊卑有序。王导审时度势、宽宏大量、虚心纳言、敢于担当。他作为一代名相，其自身优秀为官品质，对为官者产生诸多积极影响，那些门阀士族，那些朝堂大臣，多以王导的为人处世

为榜样。他不仅才学渊博,文采出众,在军事方面也是技艺高超,谋略过人。王导正谏不讳、法不阿贵、忠素竭诚、鞠躬尽瘁。中国古代历朝历代都不乏有直言进谏者,但敢多次直接向皇帝犯颜进谏、正谏不讳者少之又少。王导作为东晋股肱之臣,多次冒死向皇帝进谏,也曾使得皇帝左右为难,比如让元帝戒酒。王导不仅敢直谏皇帝,对权贵也绝不包容,对景献皇后的亲戚也敢于除名,对手握军权的王敦更是毫不退让。我们当然可以这样说,没有王导,就没有东晋;没有王导,就没有"琅玡王氏";没有王导,就没有江南的百年繁荣;没有王导,就没有汉人的喘息地;没有王导,就没有汉文化的避难所。后来孙绰作《王导碑》:

玄性合乎道旨,冲一体之自然,

柔畅协乎春风,温而俟于冬日。

郗鉴离世。时间从来不回答,生命从来不喧哗。339年八月,南昌文成公郗鉴病重,将幕府事务交给长史刘遐,自己上疏乞求卸职。二十一日,郗鉴去世。他以"流民帅"身份南下,却两拜三公之位,为明帝托孤重臣。郗鉴的作用,除了自身军事力量提供直接援助外,更重要的是游走于朝廷和流民帅之间,弥合两者的关系,使流民帅兵力为朝廷所用。在两场建康之战中,郗鉴都厥功至伟。郗鉴的最大功绩,是将京口建成东晋的军事重镇,为东晋政治环境的平稳化创造了条件。陶侃和庾亮之所以都以废王导之谋询问郗鉴,固然因为郗鉴身居三公之位,威望极高,但更重要的原因在于,郗鉴扼守京口,是所有想左右朝政者绕不开的障碍和必须争取的盟友,如果不经郗鉴同意,势必遭到郗鉴的反对,这很可能意味着失败。郗鉴在东晋政权的动荡局势之中左右奔走,挽狂澜于既倒,协调诸门阀士族关系,对东晋偏安江左贡献极大。郗鉴的儒雅还影响到了族中后人,郗鉴虽身处乱世,身为统兵将帅,但他恪守家学,精研儒道,并且严格教育子孙。自郗鉴始家族中人才辈出,因多人擅书擅文而名噪一时,郗鉴、郗愔、郗昙、郗超、郗俭之、郗恢,更是号为"六郗",为时人所艳羡,这与郗鉴的家教以及郗氏儒雅门风密不可分。

（五）王氏的谢幕

随着王导的离世,琅玡王氏在东晋政局中就基本谢幕了。当然,琅玡王氏家族庞大,子孙众多,几乎个个都是一流人才。有许多在朝堂任职,但影响东晋政局走向的人物并没有再现。失之东隅,收之桑榆,要知道,当官并不是唯一出路,琅玡王家的流行语就是,"你在私塾再不努力,就只能去当官了。"接下来王家名垂青史的,却是书法、诗歌、音乐、艺术之类。

王羲之（303—361年）。字逸少,书法家,王旷的儿子,郗鉴的女婿。历任秘书郎、江州刺史、会稽太守,累迁右军将军,人称"王右军"。永和九年,组织兰亭雅集,撰写的《兰亭序》,成为"天下第一行书"。永和十一年,称病弃官,迁居于绍兴金庭。升平五年去世,安葬于金庭瀑布山。王羲之善书法,兼擅隶、草、楷、行各体,精研体势,心摹手追,博采众长,备精诸体,冶于一炉,摆脱汉魏笔风,自成一家,影响深远。在书法史上,称"书圣",与钟繇并称"钟王",与其子王献之合称"二王"。

王献之（344—386年）。字子敬,为王羲之第七子。少负盛名,高超不凡,放达不羁,迎娶郗昙之女郗道茂为妻,后被挑选为新安公主司马道福的驸马,屡辞不得,遂与郗道茂离婚。太元五年（380年）,授职建威将军、吴兴太守,征拜入朝担任中书令。隆安元年（397年）,王献之之女王神爱被立为皇后。王献之的书法艺术并不守旧,且与父不同,字

身喜带长形。王献之家学渊源，学习勤奋，其诗文书法，为东晋后起之秀。他笔下的草书，下笔熟练、润秀、飞舞风流，父子合称"二王"。传世草书墨宝有《鸭头丸帖》《中秋帖》等。

王恬（314—349年）。字敬豫，书法家，王导次子。年少爱好武艺，被起用为中书郎，后担任后将军、魏郡太守，加位给事中，领兵万人都督江州诸军事，镇守石头城。先后转任吴国内史（太守）、散骑常侍，后迁会稽内史。永和五年，王恬去世，朝廷追赠他为中军将军，谥号为宪。

王洽（323—358年）。字敬和，书法家，王导第三子。众书通善，尤能隶行，在王导的诸子中声名最大，深为时人所赞许，为晋穆帝所重。历任中书郎、司徒左长史、吴郡太守、领军将军、固辞不受中书令的任命。升平二年（358年）去世，时年三十六岁。王洽书兼众法，尤善行草，曾与王羲之一起研究书体，变章草为今草，韵媚婉转，大行于世，为时人所仿效，开创了中国书法史上的新纪元。

王彪之（305—377年）。字叔武，王彬之子。初任著作佐郎、东海王文学，累迁御史中丞、侍中、廷尉卿、会稽内史等职，官至尚书令、护军将军、散骑常侍，联合太傅谢安等人对抗权臣桓温。太元二年（377年）去世，获赠光禄大夫，谥号为"简"，著有文集二十卷。他的《二疏画诗》可能是我国古代最早的题画诗。

王珣（349—400年）。字元琳，书法家，王导之孙、王洽之子。初任大司马主簿，累迁中军长史、给事黄门侍郎。以才学文章受知于晋孝武帝，成为心腹大臣，累迁左仆射、征虏将军，领太子詹事。隆安元年（397年），迁尚书令。隆安四年去世，获赠车骑将军、开府仪同三司，谥号"献穆"，累赠司徒。著有文集十一卷。王珣工于书法，代表作有

《伯远帖》。

纵览琅琊王氏一门,虽然有西晋王衍的清谈为尚,王导南渡以后也以玄谈为名,其子弟中也不乏清谈名士;但是王氏家风仍是以儒为本,世代传承。自汉代王吉,魏晋王祥,西晋王戎、王衍,东晋王导、王彪之,甚至到南朝王筠、王俭等,皆以高超的文化学术和经学素养闻名于世。永嘉之时,儒教废弛,军旅未息,王导率先提出兴办学校,恢复教育,从而促进经学的复兴和人伦秩序的重建。王彪之"博闻多识,练悉朝仪,自是家世相传,并谙江左旧事,缄之青箱,世人谓之'王氏青箱学'"。王导四世孙王俭"弱年便留意三《礼》,尤善《春秋》,发言吐论,造次必于儒教,由是衣冠翕然,并尚经学,儒教于此大兴"。文史的积淀使王氏一族文士辈出,仅东晋一朝"琅琊王氏十二人有集,共一百四十八卷",如沈约所盛誉:"自开辟以来,未有爵位蝉联,文才相继,如王氏之盛者也"。这种儒风家学才是琅琊王氏冠盖六朝的文化根基。

东晋是中国政治上最混乱、社会上最苦痛的时代之一,却也是精神上极自由、极解放,最富于智慧、最浓于热情的时代之一,也可称之为最富有艺术精神的一个时代。政治的混乱繁复和精神艺术的蓬勃发展,既是生活在这个时代的人们各种行为合力的结果,同时又必定会塑造和影响当时和以后的很多代人。在当时的江南,众多世家贵族子弟无疑是时代的主角,他们的政治活动和精神活动始终代表着这个时期的主流。在这些世家贵族中,琅琊王氏无疑是举足轻重、也最富戏剧性色彩的一个大家族。

相聚离开都有时候,没有什么会永垂不朽。至此,"王与马"徐徐谢幕,"庾与马"闪亮登场。

第二卷

庾与马

（322—345年）

司马家的皇帝在江南已历三帝，龙椅算是坐稳了，虽然期间也波澜不断，高潮起伏，但总体上是有惊无险，平安过关。朝堂上的高门士族，平时心里揣摩的倒不是这头的司马，而是跷跷板那头的琅玡王氏，凭什么，赖在显赫的位置上不下来？他们家可是出了那么些逆贼的啊！按秦皇汉武的气魄，早将他们"夷九族"了，哪里还有三天打鱼两天晒网的王导在朝堂最显要位置站立的份？这不服的名门大臣多的是，但他们都善于躲在后面，引而不发，等着有人出头。好不容易等来了，真正出头的却是一位美女！

第一章 颍川有庾氏

318年十月,一场盛大的婚礼在建康举行,婚礼主持人王导高声宣布,请新郎司马绍、新娘庾文君上台,然后又宣布,请新郎父亲司马睿、新娘哥哥庾亮上台接受拜礼。对了,庾文君的父亲庾琛为会稽太守,前两年卒于任上,长兄如父,就由她哥哥庾亮上台受礼了。

(一)庾氏避政

颍川庾氏,兴于魏晋之间。东汉桓帝时颍川庾乘即为县伍伯,入魏始为襄城令。庾乘子嶷,魏嘉平年间官至太仆兼大鸿胪,被誉为当世令

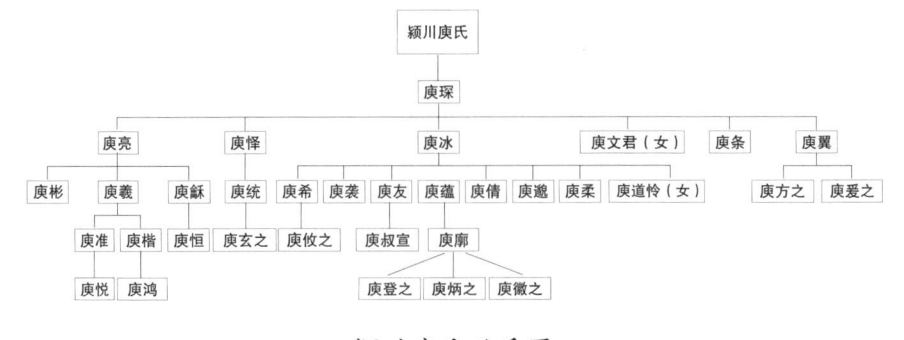

```
                颍川庾氏
                   │
                  庾琛
   ┌────┬────┬────┼──────┬────┬────┐
  庾亮  庾怿  庾冰          庾文君(女) 庾条 庾翼
 ┌─┬─┐  │  ┌─┬─┬─┬─┬─┬─┬─┐        ┌─┬─┐
庾彬庾羲庾龢 庾统 庾希庾袭庾友庾蕴庾倩庾邈庾柔 庾道怜(女) 庾方之 庾爱之
    ┌─┬─┐  │   │   │   ┌─┐
   庾准庾楷 庾恒 庾玄之 庾攸之 庾叔宣 庾廓
    ┌─┐                      ┌─┬─┐
   庾悦庾鸿                  庾登之 庾炳之 庾徽之
```

颍川庾氏世系图

器，嘉平三年奉旨持节命司马懿为相国，六年又列名于废齐王曹芳之奏，为司马氏功臣。庾氏门望之起，当自嶷始。

庾嶷有弟遁，遁二子峻、纯，庾峻魏末为博士，"时重庄老而轻经史"。入晋，庾峻为侍中。庾峻弟纯，"博学有才义，为世儒宗"。根据庾峻、庾纯等人行事，史臣赞"庾氏世载清德，见称于世"。

庾氏家族由儒入玄的转变，开始于庾峻之子庾敳。庾敳读老庄书，暗合己意，"自谓是老庄之徒"，作《意赋》以寄怀。庾敳参东海王司马越军事，与王衍、王敦诸人为友。他既居权贵之地，处名士之间，以显其门户位望，而又惧祸福无端，亟思观时养晦。这是其时高门玄学之士的一种自处之道。庾敳兄弟行辈有庾衮、庾琛。庾衮在八王之乱中率宗族邻里保聚林虑山。庾衮弟琛，永嘉初为会稽太守。庾琛子庾亮，"侍从父琛避地会稽"。

颍川庾氏家族，从庾敳"自藏"、庾衮"保聚"、庾琛"避地"看来，宗支兄弟辈飘零四散，消极处世，不足自存。与琅玡王氏兄弟辈"拔奇吐异"、乘时经营相比，是不可同日而语的。庾琛、庾亮父子，均为琅玡王司马睿所辟。亮辟在前，为镇东府西曹掾；琛辟在后，为丞相军咨祭酒。庾琛、庾亮父子并非踵司马睿之迹南来求官，而是客居会稽，在会稽初应辟召。

两晋之际，讲究"儒玄双修"。承继汉末"儒道兼综"的学风，至东晋时期，士人思想意识中的"儒道兼综"逐渐演变成士人学风与生活中的"儒玄双修"，并成为一种社会思潮。其典型特征是以儒家干政，以玄学交游；以儒学修身齐家治天下，以玄学穷理游娱自乐；以礼义规范家国政事，以玄谈追求心性自由。究其核心，可归结为一点，实际主要就是心性自由与恪守礼教的调节与平衡。但世乱时艰，祸福莫测，真正能做到"双修"的还真不容易，士族名士一般不拘礼法，不通世务。他们之中不乏在家世门第、历史渊源以及学术风尚等方面具备条件的人，可以出任政务，但是这些人或是缺乏从政的才能，或是没有从政的兴趣。要物色足以付托国事的人才，并非易事。庾亮则不然。他既以士族名士入玄风为世推重，又不废礼教，无处世意。庾亮出入玄儒，具有玄学表现和儒学内涵，这种个人素质，使他异于其时的多数名士，而颇类于王导。

进入建康朝堂的庾亮，和其他天天想升官的人不同，他主要是来混吃混喝的，还是以避世为特点。以下是当时史官的记录：

——每授一职，未尝不殷勤固让。

——（庾亮）风情都雅，过于所望，（元帝）甚器重之，由是聘亮妹为皇太子妃。亮固让，不许。

——晋明帝即位，试以亮为中书监，亮固让，上书曰："（王导）宰辅贤明，庶僚咸允。"

——"（王敦）事平，以功封永昌县开国公，赐绢五千四百匹，固让不受。"

让中书监表

陛下践阼，圣政惟新，宰辅贤明，庶察咸允，康哉之歌，实存于至公。而国恩不已，复以臣领中书。臣领中书，则示天下以私矣。何者？臣于陛下，后之兄也。姻娅之嫌，与骨肉中表不同。虽太上至公，圣德无私，然世之丧道，有自来矣。悠悠六合，皆私其姻。人皆有私，则天下无公矣。是以前后二汉，咸以抑后党安，进婚族危。向使西京七族、东京六姓皆非姻党，各以平进，纵不悉全，决不尽败。今之尽败，更由姻昵。

同其他人做做形式的"让"不同，庾亮是真的内心不愿意，许多职务一直不接受。连太子看上了他妹，他也是一直不许，不想让庾家进入权力的巨大漩涡，这样僵持了半年，在皇室和朝臣的巨大压力下，在他妹妹"偏要出墙"的坚定态度下，才不得不将庾文君嫁与太子。

（二）文君出场

虽然颖川庾氏总体上是避世的态度，但或者是机遇不好，似屈原一样，怀才不遇。无用武之地的人才也分高下，满世界乱嚷嚷的是一类，所以才留下了那么多牢骚满腹的诗文,连累全天下一起为之打抱不平,什么"我劝天公重抖擞，不拘一格降人才"，其实有些人口才可以，或者文才也可以，真让他们去治国平天下，却多半要坏事，历史上的教训可是万千重，政务和口才和诗歌可不在一个档次，"愤愤"之词是入不了诗的，王导也不屑于吟诗作画。

这庾氏就不嚷嚷，他家崇尚的是老庄，是玄学，没机会就先避世，现在机会来了，并且确实避不开，天将降大任于斯人也，那还等什么？庾亮站在婚礼台上，看着满脸幸福的新娘妹妹庾文君，知道颖川庾氏避世的日子到头了。

建康一大帮人很诧异太子娶庾氏，琅琊王氏才是第一名门呢？何况王导王敦等权倾朝野？有"包打听"就去明察暗访，原来庾亮和太子司马绍有布衣之好。庾亮的父亲已死，庾亮与小十二岁的妹妹相依为命，官阶还小且避世的庾亮就经常带着妹妹去长江边踏青赏景，吟诗垂钓，有时太子司马绍及一帮朋友也参与，一来二去，这司马绍与庾文君就对上了眼，秋波暗传，一个非你不娶，一个芳心暗结。后来王家也与元帝说过结亲这回事。王家一出手，结果肯定有。元帝当然满口应允，他也需要找王家结亲以增进实力，也只有这样才有面子，现在江南的士族都以娶到琅琊王家姑娘为最高荣耀。可是兴高采烈地给儿子司马绍一说，太子竟然一口拒绝，没有丝毫回旋的余地，后来逼迫紧了，太子只好说了庾文君之事，并说生米已经煮成了熟饭！万不得已，元帝只好又重重赏赐了王家，千不是万不是地赔礼道歉，让庾文君嫁了过来。王导也就算了，王敦当然咽不下这口气，认为这太子并不是经国立业之人，那就换个太子！终于和太子成了死敌。

都说一个好汉三个帮，作为龙椅上的明帝，确实是年富力强，有勇有谋，他现在的目标就是，做名副其实的掌权者。理想宏大，信心爆棚，但身边没有几个"狐朋狗友"呐喊助威，前进的气焰就熄灭了一大半。还好，上天送来了庾文君，这时皇上不太需要美女，他身边美女多的是，多一个少一个他也感觉不到。他最需要的是朝堂上有人帮忙，私下里有人协商，平日里有人拍马，遇事有人谋划，此女的哥哥庾亮显然各方面都合适，就他了！

明帝天天和庾亮而非庾文君如胶似漆，日夜相伴，将朝堂的一应大事细细谋划。明帝和庾亮的目标是一致的，振作皇室。于是庾亮一会儿联络桓彝，一会儿联络郗鉴，一会儿引进温峤，一会儿引进苏峻，反正谁能打败王敦就用谁，果然，有惊无险，好汉不敌人多，乱拳打死霸王，称霸江南的王敦就被消灭了，庾马组合势不可挡。

（三）王氏归隐

在庾与马的密谋下，王敦被消灭了，不久明帝下旨，升王导的官："晋

位为太保,司徒如故,剑履上殿,入朝不趋,赞拜不名。"太保是纯粹的尊崇之位,荣誉头衔,"司徒确与其他诸公不同,决非纯粹尊崇之位,尽管基本上已不算宰相。"真正的宰相则是录尚书事。王导也很是知趣,就以养病为由,归隐于田园了。

一看王家的老大都下台了,那王家帮的喽啰就是重点整治的对象。324年十月,就在王导归隐的同时,明帝命"应詹为平南将军、都督江州诸军事、江州刺史"。而此前的江州刺史是王导的堂弟王彬。东晋向来有上下游(即荆州与建康)之争,江州正处在上下游的缓冲之地,其战略地位十分重要,如今王彬的调离,无疑是对琅琊王氏的严重削弱。

与应詹被同时任命坐镇一方的还有流民帅刘遐,他则取代王导的另一位堂弟王邃,担任监淮北诸军事、徐州刺史。王邃在平王敦之乱中是立有大功的,他曾率军和祖约一起入卫建康,是建康守军的主力。此次他也明升实贬,被迁为下邳太守,征北将军,册封为海陵侯。

最大的调动当属荆州刺史。原本都督荆州之人乃是王舒,早在第一次王敦之乱时,王舒就已经是荆州刺史了,王敦二次起兵失败之后,王舒还将前来投靠的王含、王应父子沉入江中,以示划清界限。可以说,虽然王敦已败,但建康上游的荆州却依然在琅琊王氏的手中,这显然不是晋明帝能够容忍的。325年五月,晋明帝以征南大将军陶侃为征西大将军、都督荆湘雍梁四州诸军事、荆州刺史,王舒为安南将军、都督广州诸军事、广州刺史。

这就很喜剧了,以前王敦也是这么收拾陶侃的。晋明帝终于对荆州下手,将出身不高的陶侃调来,把王舒调任为不甚重要的广州刺史。陶侃此人,在朝堂上几番起落。当初陶侃为讨平荆州上游等地功劳甚著,是平定荆湘不可或缺的功臣，但却在功成之后被王敦贬走，"左转广州刺史、平越中郎将"，这一迁，就在广州整整搬了十年"砖"：

> 侃在州无事，辄朝运百甓于斋外，暮运于斋内。人问其故，答曰："吾方致力中原，过尔优逸，恐不堪事。"其励志勤力，皆此类也。

这十年的"搬砖"生活正是王敦造成的。这十年，不仅仅体现了陶侃与琅玡王氏的矛盾由来已久，更可见陶侃在朝中缺乏有力的依仗，他需要明帝的信任，作为自己在朝廷中的资本。早在第一次王敦起兵之时，晋元帝就试图使陶侃从广州回任江州刺史以应对王敦，但王敦很快得势，陶侃再次回到了广州。因此，此次明帝任命陶侃主政荆州，取代琅玡王氏，也是顺理成章的事情。

面对一刀刀削下来，琅玡王氏当然也不会听人摆布，其在朝堂树大根深，岂是明帝一纸调令就能真的完全削弱的，果然"舒疾病，不乐越岭，朝议亦以其有功，不应远出，乃徙为湘州刺史，将军、都督、持节如故"。王舒终究未能去到遥远的广州，湘州毕竟是一个相对贫弱的地方。

此时陶侃任荆州、应詹任江州、刘遐任徐州、王舒任湘州。陶侃出身最低而地位最重，应詹处于荆州与建康的中间地带，是最忠诚的保障，刘遐以流民帅身份镇守东晋北部也正合适，琅玡王氏居于最弱的湘州，也正好满足明帝对其的削弱目的。第二年明帝就征王舒为尚书仆射，夺其湘州军权。

都说夫妻很长，蜜月很短，明帝与庾亮的分歧马上就显现了。总体说来，他俩目标一致，都是振兴皇权，但途径相反。明帝恨透了士族，决定重用宗室。明帝真正倚重的宗室人物，则是南顿王司马宗，与之同时被信任的，还有元帝元敬皇后之弟虞胤。司马绍虽非元敬皇后亲子，但其生母位卑，仅是元帝宫人，明帝乃是元敬皇后抚养长大。或许正是这样一层关系，虞胤也深得明帝信任。明帝即位伊始，就对司马宗和虞胤委以重任，"明帝践阼，加长水校尉，转左卫将军。与虞胤俱为帝所昵，委以禁旅"。要知道，这一职位虽然不是很高但至关重要，直接负责保护宫廷安全。史官记载：

> 右卫将军虞胤，元敬皇后之弟也，与左卫将军南顿王宗俱为帝所亲任，典禁兵，直殿内，多聚勇士以为羽翼；王导、庾亮皆忌之，颇以为言，帝待之愈厚，宫门管钥，皆以委之。帝寝疾，亮夜有所表，从宗求钥；宗不与，叱亮使曰："此汝家门户邪！"亮益忿之。

毕竟司马宗力量的增强，实际上就是明帝手中掌握的力量的增强，是皇权伸张所需要的力量。因此，司马宗的"多聚勇士"与"连结轻侠"，正是明帝的授意或者支持，帝"待之愈厚"。

在大力扶持宗室的同时，明帝很快就发现，他对庾亮的信任与依靠并没有换得庾亮对其政策的无条件支持，相反庾亮此后一直在与皇族保持距离，其士族立场与明帝伸张皇权的需求是相违背的。王敦之乱平定后，正是明帝着力重新平衡朝堂，伸张皇权需要帮手之时，庾亮显然可以通过此次封赏再一次提高地位，以协助明帝，但他还是对明帝的取代王导之中书监封赏"固让不受。"于是明帝抛开庾亮，325年六月，下发诏书：

> 尚书左仆射荀崧为光禄大夫、录尚书事，尚书邓攸为尚书左仆射，钦此。

皇帝任命了新宰相。这荀崧已六十二岁，也是颍川人，曹魏太尉荀彧玄孙，辗转从北虏的屠刀下来到江南。这荀崧最大的特点是忠心，什么事都是以皇帝马首是瞻，加上年老资历高，平时站在朝堂上也就不太出名，更有名的是他的女儿荀灌，当时荀崧担任平南将军，镇守宛城，被杜曾重兵包围，荀灌单骑突围出城请来救兵。文学好事者就以此写下了剧本《花木兰》。

于是，明帝新的人事班子搭起来了，以明帝为核心，以宗室司马羕、司马宗为羽翼，以荀崧为朝堂主宰。这个班子辈分高，资格老，帽子大，当然能压服那些士族。核心突出，皇权昌升，尊卑有序，主次分明，明帝追求的目标终于实现了。

是啊，道不同不相与谋。这时明帝需要的，是废除"王与马"，换成"马与马"；而庾亮努力奋斗的，则是废除"王与马"，换成"庾与马！"

第二章　宫廷有斧钺

朝堂最危险的时候莫过于皇权交替之时。这就是重新洗牌的时候，手气好的就想继续巩固成果，让赌运一直延续，直到永远；手气差的就想趁机改变命运，努力抓到好牌，让赢家掉入深渊；一旁押注的也都在暗自用力，传眼神，使暗语，偷牌换注，暗度陈仓，无所不用其极。当然，最有决定权的是发牌的老大，他可以给你一把好牌，也可以给你一手烂牌，完全取决于他的心情和个人好恶。如今，奄奄一息的明帝拿着牌，想着命运多舛的江山，还真不知道该怎么发。

（一）皇上留诏书

都说好人命不长，说的就是明帝司马绍。322年底他才坐上龙椅，之后就是两年的紧锣密鼓、任务繁重的平叛，325年初刚立皇子司马衍为皇太子，六月刚任命了新宰相，他就彻底病倒了。此时，王敦之乱虽已平定，建康朝廷的权威有所加强，但在外仍有刘、石二赵与成汉的军事压力，在内则立国江左未满十载，加之战乱初息，根基不牢。即使在建康朝廷内部,亦有宗室外戚集团同高门士族的对立,甚至一度剑拔弩张。

明帝力图振兴皇权，重用宗室、外戚力量，南顿王司马宗、元帝虞皇后之弟虞胤是其代表。

皇帝病了，守卫就格外的严。七月的夜晚，庾亮有紧急上表呈送，此时是明帝最信任的左卫将军、南顿王司马宗执掌禁兵，在宫殿内当值。一看宫门紧闭，庾亮就到司马宗那里要钥匙，司马宗当然不给，庾亮硬是没进到宫门。

庾亮这时已就任中书监，他虽然避世不争，但对"有布衣之好"的明帝确实很上心。正在彷徨无计时，皇后的密使到了，送来的血书上说："事急，速进宫！"庾亮不敢丝毫停留，拿着皇后的玉牌赶到了皇宫。这回司马宗和虞胤就不敢阻拦，皇后的通行证还是管用的。

见到妹妹后，皇后屏退左右，耳语与庾亮："皇帝病重不治，司马羕、司马宗、荀崧等环伺病榻左右，皇帝已写下圣旨，准备将皇位传于司马羕！"

庾亮一听大吃一惊，但冷静下来一想还真是明帝的真实想法，明帝以司马家的江山为己任，以振兴皇室为抓手，目前颇有成效。那荀崧喜好文学，志趣高雅，办事特别讲究章法，刚当上宰相，昨天出台"朝堂准则十条"，今天发布"晋臣九不准"，明天张贴"建康市民行为规范二十条"，反正条条框框一大堆，动不动就扣俸禄，还在宫门口张贴，"王导上朝不到，扣俸禄半月"，"庾亮官帽戴错，扣俸禄一个月"……并不是在乎那两个钱，而是面子上挂不住，那些行为散漫的高门士族就老实多了。如今皇帝病重，而太子才五岁，面对尾大不掉的士族，这江山当然坐不稳，还不如找个司马家能干的，才对得起司马懿打下的大好江山！

庾亮和妹妹商量，决定冒死进谏，于是作好分工，假装庾亮有江北胡族入侵的重大军务要报告和商量，由皇后将环伺皇帝病榻的众司马请到外边喝茶。皇后的面子还是要卖的，何况任何时候，北房的入侵都是帝国最大的事务！于是司马宗等人便只好在外边耐心地喝茶。庾亮则乘机登上御床，见到明帝时流着眼泪，耐心地一一述说："晋室之乱源于众司马，重用宗室的弊端就在眼前；王与马共天下，有历史渊源，离开了士族支持，司马在江南也难以立足；如今只有太子才有称帝的法统，其他的司马上台，士族肯定不认，那就少不了刀兵相见，只会天下大乱；太子虽然年幼，但历史上年幼称帝的很多，只要臣子合力辅佐，江山一定稳固；庾家一定忠心耿耿，和皇后一起共保太子……"

明帝起初见到庾亮是反感的，这也避那也辞，还和士族成天打堆，早都烦了；既然决心已经作出，那就不容更改，皇帝可是金口玉言。后来听到喋喋不休的庾亮的详细分析，越来越觉得在理。现在想来，当初也是众司马在他病榻前，左说右说，什么司马大义，什么兄终弟及，才说动他起草诏书的，当然有他病情发作头脑不清醒的原因，也有众司马刀光剑影地暗中胁迫有关，如今宫中到处都是众司马的刀斧手，司马绍也不想血溅宫廷，也不想太子及他的至亲丢掉性命。但明帝是很有主见的人，让他马上认可庾亮的说法，也是有难度的，于是让庾亮出宫，让他再好好想想。看来，这年头，还是思想工作重要，天说天有道，婆说婆有理，就看哪个说，就看怎么说，三寸不烂之舌，当真敌过千军万马。

看着皇上的严重病情，庾亮知道明帝将不久于人世。于是又去了皇后宫里继续商量，皇上已经改变主意，但要下决心改写诏书，可能没时间了，何况还有那一帮人阻挠？他们有诏书，为皇后太子活命计，庾家手里必须也要有诏书！于是庾亮让妹妹以皇后的身份，马上去照顾皇帝，形影不离，之后想办法把玉玺拿过来，约定第二天晚上在后宫见面。

回府后，庾亮关起门来，苦想两个时辰，之后摆好纸笔墨砚，拿出明帝以前给他的诏书细细品味，这点横竖撇，捺提折钩，明帝的字那是非常讲究，很有特色。庾亮一笔一画地临摹好几个时辰，觉得差不多了，然后依样画葫，写下了诏书，再认真一看，也只有八分相像，形似而神不似。管他呢，死马当成活马医，天下大事都是赌一赌，谋事在人，成事在天，晋朝的未来就在这废诏上了，皇后太子的性命全赖于此，士族门阀的前途全赖于此！傍晚，再到后宫与妹妹汇合，盖上皇帝的玉玺，圣旨就算是加工完成！

（二）庾亮有诏书

庾亮回府后，紧锣密鼓、马不停蹄地谋划运作。当然首先是拜访了在田园喝茶的王导，如今朝廷的重要事务，没有王导的点头，要干成那是不可能的。其实庾亮和王导的关系很好，这些年来他俩爱憎一致，喜好相同，观点相似，说什么都能谈到一起。这次也不例外，三言两语，他俩就达成了一致，何况还有皇上的诏书？

接下来就是去拜访领军将军陆晔。这陆晔是吴郡人，东吴丞相陆逊的侄孙，因参与平定王敦之乱受封江陵伯。这江陵伯府很是气派，不枉江南首富之称，一看中书监大人亲自到访，就知道有要事，赶紧迎进了书房。

庾亮开门见山："江南的天就要塌了，可惜这大好河山！"

陆晔大惊："皇舅何出此言？"

庾亮："明帝病危，众司马掌控宫禁，又一场八王之乱就在眼前！望将军和我共同努力，匡扶社稷。前日进宫，明帝十分看重你，许你以顾命。"

陆晔对这也有耳闻，他是南方本土的士族代表，当然赞同"共天下"，对明帝近期的"振兴皇权"也很不满，对司马宗室的异军突起当然看不惯，一听到还能顾命，那可是千年等一回也等不到的荣誉！于是马上表态："皇舅可以力挽狂澜，吾等定当听命。"

要的就是这句话。这陆晔是领军将军，建康城所有的兵士都归他领导，宫廷禁卫也不例外，只是这陆晔也喜欢吟诗喝酒，喜欢美女佳人，喜欢享受人生，那些细枝末节的军事，他也懒得管。这时只听庾亮说："众司马将皇上囚禁于病榻，内外隔绝，与政变无异。当前需要解救皇上于水火，更换宫禁最紧要，让圣听达于众臣。"

陆晔一听有理，他也有好多天没见到皇上了，没有皇上的指示，心里一天都是空落落的，好像生活没有了主心骨。何况皇上有旨，更换禁卫！于是和庾亮商量细节和步骤，之后互道珍重，依依作别。

这天建康皇宫的宫门前骤然紧张，庾亮领着陆晔调拨给他的武装整齐的五百卫队前去换防。这司马宗就非常好奇，即刻下令宫廷守卫严阵以待，非常时期要随时准备消灭叛逆。这庾亮也不紧逼，只是让卫队长传话，让宫禁首领前来领旨。这司马宗心里就纳闷了，皇帝都在我手心里呢，哪来的圣旨？但既然是皇舅亲传，好歹也要会上一会，看看他葫芦里到底卖的什么药。

司马宗和虞胤大大咧咧地来了，后边跟来大队的刀斧手，这是准备随时抓捕谋逆者的。庾亮也不看他们，声音洪亮地大声念道：

今国之弥艰，着司马宗、虞胤、庾亮、陆晔、温峤各领禁卫若干，在宫门轮值，钦此。

司马宗和虞胤大吃一惊当然不信，把圣旨接过来翻来覆去看了又看，审了又审，确认真是皇上手书，这时皇上昏迷不醒，也不能拿去让皇上亲自甄别。那些卫队也都是一个战壕的战友，许多还是兄弟亲戚，他们都已经走到一起互相拥抱问候了，要打也打不起来，不得已就只好换防轮值了，到底是哪个环节出了问题，众司马一时也没搞清楚。

（三）司马有诏书

这轮值还没过几轮，七月二十五日，明帝驾崩，年仅二十七岁，由庾皇后带头，皇宫哭声震天。

二十六日，太极殿升堂议事，破天荒空着龙椅，一众大臣全部到齐，没有一人请假。这也是绝无仅有，此前的上朝，有威严的皇帝在龙椅上坐着，台下不是这个病了，就是那个有事，反正朝堂下边站得稀稀拉拉，一副松松垮垮的样子。考勤也是应付，随便你缺席几天，到时候都是满勤，并不会扣你一分皇粮。近期有宰相荀崧的大力整顿，政风好了不少，但还是有不少"官油子"，一时改不了懒散缺席的本性，要将朝堂站满几乎不可能。今天没有皇帝了，反而所有人都到了，连那些秘书郎和史官也到了。什么时候最关键，并不需要门口贴告示，衙门内的人，那都是拎得清的。

当然，朝会只能由宰相荀崧主持。他年龄大了，是真咳好几声，朝堂安静了，本来想按以前的惯例宣布："有事议事，无事散朝！"一转念今天不能这样说，于是将这话和口水硬生生地咽回去，就又咳几声，然后才说："今天肯定有大事要议，哪位先说？"

先机很重要，虞胤忙不迭地出列高声说："天下不可一日无主，明帝在时已作交代，大家请听遗旨！"

一听有圣旨，于是众臣跪下，听宦官念道：

时晋祚艰难，太子年幼，着司马羕即帝位，待太子成年，可再即位，钦此。

众臣一听，尤其是那些秘书郎和史官一听，虽感意外，却还很有道理，在众司马中，司马羕的确是最佳人选；这司马羕也不是长期占着帝位，等五岁的太子长大了，这司马羕就让位。可是一些大臣也明白，计划没有变化快，按照此遗诏的安排，按照历史定律，在血雨腥风的宫廷里，这小太子注定是活不到成人的。这时司马宗等一众司马纷纷表态赞同，宰相荀崧大声说："先皇圣明，请新帝上座！"就要簇拥着司马羕坐上龙椅。

"且慢！"

只听一声惊雷，把思绪纷乱的众臣吓得惊慌失措，对圣旨还敢说三道四？这是不想活了？只见庾亮出列，大声暴呵，顿了顿之后缓缓说道，我也有遗旨，请众臣接旨！

众臣面面相觑，疑惑不解，这明帝的遗诏这么多呢，怎么不一次写完呢，害得咱们要跪两次！那就只好再次跪下，只听宦官又念道：

时晋祚艰难，着皇太子即帝位，由太宰司马羕、司徒王导、尚书令卞壸、车骑将军郗鉴、护军将军庾亮、领军将军陆晔、丹杨尹温峤，共同辅佐太子，共克时艰。此前诏书作废，钦此。

这就喜剧了！我们不能用明帝的成绩否定元帝的成绩，也不能用明帝今天的诏书否定昨天的诏书！这些都是常识。现在竟然出现了两份彼此否定的诏书，一些跪着的大臣吓得大气也不敢出，公然有人争皇位，血雨腥风就在眼前，今天头上的脑袋能否保住就说不一定了！再说这份遗诏也不太像是明帝的，虽然顾命大臣有太宰司马羕挂名，但荀崧是明帝临死之前真正属意的顾命元辅，不久前还成为朝廷宰相，竟然并未在遗诏中成为顾命大臣，这实在是令人难以置信。那陆晔和明帝的关系很是一般，平时不显山不露水，如果他可以顾命，排在他前边的大将军有陶侃、祖约等一长串！这时司马宗就出列："此诏书一定有诈，当时明帝在病榻前立司马羕为帝，我们都在眼前，可以作证！"

这时司马雄、司马休等均出列表态，发誓"立司马羕为帝"是明帝真实意思的表达。这些司马都已封王，官大一级，当然是一言九鼎，还有宰相的肯定，谁敢不听！

在僵持不下时，司马羕和荀崧就想起第二手准备，宣布将庾亮拖出去斩立决。关键时刻就得使出霹雳手段，才能镇住场子。他俩望向殿外就要做手势，他们此前都作了安排，让五百刀斧手聚集于太极殿外围，一听号令就开始行动。可是现在门外的一众禁卫笑逐颜开，一团和气，大将军陆晔就在他们中间亲切慰问，有直接最高统帅在，所有军士都听陆晔的了，至于其他指令，当然一律作废。

武斗是斗不起来，文斗又是各说各有理，也不能让明帝活过来评评理。这时大家就想到了王导，一看他正坐在角落里打瞌睡，跳出三界外，不在五行中，荀崧忙小跑过来，推醒睡眼蒙眬的王导说："司徒公，明帝驾崩前的意愿您是知道的，让司马羕称帝的诏书我是看着明帝写的，晋之危局，就看您的了！"

王导从宦官手里拿过两份诏书看了看，向庾亮瞧过去扫了一眼，庾亮如五雷轰顶，胆战心惊，王导当然一眼就能看出诏书的真假，人生已经如此艰难,有些事情就不要拆穿。之后王导缓缓出列,走到龙椅旁边站定。是的,这龙椅元帝和明帝都恭请他坐过若干回了,虽然他一回也没坐上去,但最有资格坐上去的,就是他了,连皇帝都是这么认为的。他扫视了台下的君臣,气闲若定地说:"司马家的江山,岂可毁于一旦?明帝已明旨传位于太子,合乎天道。若有人兴风作浪,斩立决!"

是的,真假并不在于事物本身,而在于权威的认定。这王导也没有带刀,身边也没有武士,他的"斩立决"一出口,太极殿一时鸦雀无声。门口跃跃欲试的武士也立刻刀剑出鞘,肃穆站立,专等有人兴风作浪,好冲上去执行王导"斩立决"的命令。

于是这场扑面而来的血雨腥风就此消弭于无形。在场的史官再增添记录:

二十六日,皇太子司马衍登基,时年五岁。大赦天下,尊庾皇后为皇太后。

(四)太后有诏书

明帝指定的七位顾命大臣中,高门士族占了六人,宗室只有一人,西阳王司马羕虽被排在首席,差点还当了皇帝,但他毕竟是少数,孤掌难鸣。高门士族中又以侨姓士族为多,有五人,吴地仅陆晔一人,他立有大功当然应该受奖。通过这一顾命,侨姓士族名正言顺地控制了建康朝廷。当然,王导稳定了朝堂,就又归隐田园了。

五岁的小孩子当然不能当家作主,何况这家是天下?这也不要紧,有七位顾命大臣在,小孩子尽管去玩耍好了,这七个老江湖会把天下大事处理得井井有条的,这一点,天下人都是相信的。

但有一人不相信,那就是庾亮。在七位顾命大臣中,不仅有西阳王司马羕这样位居首席的宗室元老,还有两预顾命、德高望重的王导,即使是尚书令卞壶、车骑将军郗鉴的位次亦在庾亮之上,如果完全按明帝顾命来分配权力,庾亮是难以控制朝政,发挥主导作用的。但庾亮清楚,三个和尚没水吃,七个最聪明的男人在一起,有时不敌一条虫,自己的远大抱负,自己的聪明才智,不能埋没于集体之中。

于是庾亮搬出了他的法宝,就是他的妹妹——如今的寡妇庾太后。这庾文君的命运也确实很惨,"世界太大还是遇见你,世界太小还是丢了你",和文韬武略、聪明有决断的明帝的好日子还没过上几年,年轻帅气的男人就急匆匆地永远离开了。斯人已逝,生活还要继续,经过庾亮的不断游说和劝导,那天五岁的小皇帝上朝,破天荒地拉着妈妈的手,一同坐在了龙椅上!

这时宦官就咳两声,从庾太后手中接过诏书,高声宣布明帝遗旨:

时晋阼艰难,太子年幼,着庾太后临朝称制,钦此!

台下一众跪着的大臣都目瞪口呆,这明帝怎么学起了诸葛亮,总是锦囊无数?这诏书那诏书,都能在最紧要的关口出现?以前庾太后都是把小皇帝送到大殿边,就让小皇帝自己上台了,她则在大殿旁边休息等待儿子散朝,或者也可以回宫,让侍卫们送小皇帝回来,断没有女人去坐在龙椅上的,"内宫不干政"当是制度和传统。并且,太后临朝与大臣顾命都是解决新旧君主交替问题的方法,彼此是相互替代的关系,不该同时存在,既有顾命大臣又有太后临朝,这是汉代以来的第一次。而且魏晋既已任命顾命大臣,就不应再出现太后临朝之事。

这时小皇帝开口了:"父皇圣旨,从今天开始,太后助我处理国家

大事！"

庾太后："按照明帝的心愿，为稳固江山社稷，我当辅佐皇儿，共克时艰！"

见朝堂一时沉默，这时庾亮出列："太后临朝称制，臣等衷心拥护，一定勠力同心，共襄大业！"

陆晔看到庾亮表态，也赶紧出列："臣附议！"之后就是一众大臣纷纷表态支持。

王导确实还没搞清楚，自己在府上好好地喝着茶写着字，怎么庾亮又亲自来府，送来了大批珍宝，左一句右一句地闲聊，最后恳请王导明天上朝，说是小皇帝好久没见，特别想念；说是众大臣好久未拜，真不自在。王导的确也有很久未上朝了，去看看大家也好。现在一看这出大戏，就知道庾亮的伎俩。但看破不说破，他又扫了庾亮一眼，无可无不可地出列："辛苦太后了，一切以江山社稷为重。"

一看最权威的人物都表态同意，众朝臣赶紧表态，都是"热烈拥护、坚决贯彻、认真执行"之类。从此，建康的朝堂上，既有顾命大臣的制度运作，也有太后临朝称制的权力轨迹。不仅日常政务交由王导负责，当然是名义上的，王导只在家喝茶写字；而且"皇太后临朝，壶与庾亮对直省中，共参机要"，顾命大臣卞壶亦享有与庾亮共同掌管中枢机要的权力。

当然，最终的受益人是明白无误的，庾亮继续打击宗室力量，同时压制自己在朝中的竞争对手，将庾太后放在凌驾于顾命大臣之上的位置，自己再借太后意旨掌握大权。现在玉玺就在手边，圣旨就可随意下发，再也不用摹仿。时称"太后临朝，政事一决于亮"，"庾与马"，正式成形。

第三章　新官有猛火

都说新官上任三把火，那是一点儿也不假。但凡新官上任，最开始都是和和气气，笑容满面，一看就是很好相处的主，等他调查研究结束，掌握了足够的漏洞和缺点，就收敛笑容，满脸严肃，开始在主席台指点江山，这也不是，那也不是，还要抓住几个典型，烧起三把火，这才能立下威风，开启新征程。现在庾亮坐在了主席台，他也开始烧起大火，要把"庾与马"坐实。

（一）第一把火

一朝权在手，便把令来行。目前庾亮突然掌控了最大权力，就像穷人新得了一件稀世珍宝，如不经常拿出来炫耀一番，怎么能够按捺住极度兴奋的心情？一个新上台的老大，他最看不惯的肯定就是过气的老大，那荀崧路都走不稳当了，还当什么宰相？赶紧退休，于是在太子登基那天，荀崧就知趣地卷铺盖走人了。328年，荀崧去世，时年六十七岁，其文集中还有《与王导书》《与王敦书》。

是啊，平台是朝廷给的，事业是共同完成的，离开朝廷，你什么也不是，即使高位如宰相，能力也是有限的，一纸诏书，你就走下神坛，跌落凡尘，和普通老头毫无差别，最多你有离奇的故事可讲。

（二）第二把火

当初是哪个不让我进宫门的，站出来走两步？原来是宫殿守门人——南顿王司马宗。当初庾亮要进宫门见明帝，他就是不给钥匙，硬是不让见，让一件惊天阴谋差点儿得逞。于是在故纸堆里翻啊翻，终于找到几条错漏，就由小皇帝下旨，免去其左卫将军职务。

司马宗当然不服，心怀怨恨，就联络不服庾亮的大臣，准备废黜庾亮。司马宗派出的各路使者回来，结果都不大乐观，王导手摇峨嵋扇，笑而不语，卞壶、郗鉴、陆晔、温峤更是一口回绝。好消息也有，荆州刺史陶侃勉强认可，职位较低的流民帅苏峻更是满口应承，送来了签字画押的空白弹劾书，内容就由司马宗自己写了。这司马宗还在犹豫，写好弹劾书交给谁呢？本来应该交给皇帝，但他才五岁显然不知道这里面的是非曲直；当然应该交给临朝的太后，可是太后就是他妹妹；由朝堂众大臣秉公处置？可目前司马羕人微言轻，其他都是庾家的人；好歹王导敌得过，可他又不上朝，也未必能为自己仗义执言。这边司马宗还没想清楚，那边就有御史弹劾司马宗谋反，皇上就下旨派禁军拘捕司马宗。司马宗也是条汉子，率领数百卫兵抵抗。

这正是庾亮希望的，事越大越好，有皇上的圣旨在，你敢举兵反抗，谋反也就成了铁案。再说你区区五百兵有什么用，陆晔一上场，不一会儿，卫兵全部举手投降，司马宗当场被禁军斩杀。之后皇上下旨，其家族被贬黜改姓马氏，三个儿子司马绰、司马超和司马演，都被贬为庶人。

对了，记得当初的守门人是两个？另一个守门人——大宗正虞胤，正站在角落瑟瑟发抖，显然不适合留在建康，就降职为桂阳太守。

过了很久了，那天在朝堂上，小皇帝不经意地问庾亮说："往常那个白头公在什么地方？"

朝堂上众臣都知道白头公是指司马宗，以前他经常抱着小太子，带他玩耍，感情就比较深厚，这就有好多天没看见了。皇帝问话，庾亮只好回答说："因谋反已经伏诛。"

小皇帝很是惊异："舅父说他是叛贼，就轻易地杀了。如果别人说舅父是叛贼，该怎么办？"

旁边的庾太后赶紧伸出手捂住小嘴，再向嘴里放入一颗进贡来的葡萄说："这个好好吃哦！"

（三）第三把火

第三个整治的对象就是司马羕，他还痴心妄想，耍弄手段，差点儿当上了皇帝。大臣们都清楚，觊觎皇位的人，历来都没有好下场。

小太子刚登基的第二天，庾亮正在朝堂上滔滔不绝，司马羕就毫不客气地打断说："我有先皇遗诏！"

庾亮吓得一啰嗦，这年头最怕的就是有遗诏，自己口袋中的遗诏倒可以掌控，别人口袋里的遗诏就只好听天由命了！有了前车之鉴，再来个诏书否定诏书，来一个神奇的大反转也有可能。但先皇遗诏又不敢封杀，只好忐忑不安地让宦官开念了：

今国之弥艰，应尊崇司马羕，素依安平献王孚故事，设床帐于殿上，帝亲迎拜，钦此。

庾亮一颗悬着的心才终于放了下来，不就是要特殊待遇吗？那安平献王司马孚，是司马懿的弟弟，功劳很大，受到朝堂的特殊优待。这个好办，司马羕是皇族的尊长，元帝时在朝堂上也给他设有坐床。庾亮马上命令众侍卫，搬来已沾满灰尘的以前元帝时的坐床，在朝堂打横的地方安置，亲扶司马羕上去就座。

就这样相安无事了一个月，庾亮左观察右揣摩，知道那老头子已经山穷水尽，口袋里再也没有遗诏了，于是放心大胆地开始挤兑西阳王。司马宗出事了，这里面当然有太宰的份，当然份额还很大，就由小皇帝下诏，免除西阳王司马羕太宰职务，降低封爵为弋阳县王，这就是连降九级，断崖式下跌。他一天高居顾命之首，到处指手画脚，确实碍手碍脚，他走了，各位顾命名义上排名都前进一步多好。

司马羕当然不服，虎落平川被犬欺，不和你玩了。此处不留爷，自有留爷处，听说苏峻正在招募贤良，就到苏峻那里去做客了。

当然有些小喽啰也需要整治。阮孚一直喜欢和庾亮唱反调，于是调出建康，到偏远的广州任刺史。当然有降就有升，那么多空位置总得有人填补，于是任命成帝母后的弟弟（当然也是自己的弟弟）庾岳为吴王，任命温峤为都督江州诸军事、江州刺史，镇守武昌，算是对老交情和最新支持的回馈；任命尚书仆射王舒为会稽内史，算是给王导一个交代。

（四）第四把火

这庾亮嗖嗖嗖烧了那么几把火，最终目的是伸张皇权，是为司马家着想，此前他最大的一把火是烧给琅琊王氏的，是烧给王导的，奈何王导采取"三不"策略，不参与，不接招，不应战，只一味躲闪，拍屁股走人，没有了对手，这仗就打不起来，就只好换人了。这庾亮站在山巅放眼一望，目前最冒头的就是陶侃了。

目前陶侃官至太尉，是荆、江、雍、梁、交、广、益、宁八州的刺史，军势范围和此前的反贼王敦相当。想那王敦，以前还和司马家是一伙的，后来也有王导的束缚，而陶侃却不一样，他就像一匹脱缰的野马：一是自身的战力很强，如今江南的战将单打独斗，排在第一的就是他了。二是有勇有谋，他长期作战，以前平定江南时，许多仗都是他打的，那王敦只知道指手画脚而已。三是他有庞大的流民军团，当初义阳蛮张昌聚众在江夏起义，荆、江、扬等州大部分地区为张昌所控制，附近的丁壮及江夏一带流民纷纷投奔张昌。陶侃为南蛮校尉长史，屡次与张昌交战并大败之，前后斩杀数万人，他的部众全部投降陶侃，死心踏地成为他的部曲。四是他本人也为流民帅，尽管非高门士族出身，与庾亮和王导的行事格格不入。五是江南素有荆扬之争，建康朝堂防范的重点都是上游的荆州，以前对王敦的防范就是如此。

对于这样手握重兵的重量级人物，庾亮瞻前顾后，征召陶侃入朝的代拟的诏书写了改，改了写，怎么尊称用语，怎么遣词造句，怎么授予高官，怎么包藏目的，真是费尽心机，忐忑不安地思考了一晚。第二天，庾亮觉得自己的信心和胆量还是不够，那就先易后难，还是柿子先找软的捏吧，就把陶侃二字改为了苏峻，这把火就暂时雪藏，等段时间再烧了。但是准备工作得抓紧进行，一是下达诏书，征扬州奴为兵，以加强荆扬对抗的本钱；二是从国库中拿出巨款，加紧整修石头城的防备，竣工后再去征召那个尾大不掉的陶侃。

（五）第五把火

这宗室的司马羕和司马宗和哪个交情最好？当然是苏峻。都说敌人的朋友就是敌人，庾亮搞定了建康朝堂，避开主要对手陶侃，将怒火撒向了另两个流民帅，苏峻和祖约。

这历阳内史苏峻，自恃对国家有功（上次平定王敦就全靠他），威望日渐显赫，拥有精兵万人，军械也很精良，朝廷把长江以外的地区交付给他治理，当然主要也是防备胡族铁骑。但苏峻颇有骄纵之心，轻视朝廷，招纳亡命徒，人数日渐增多，靠国家供给生活物资，陆运、水运络绎不绝，稍不如意，就肆无忌惮地斥骂朝廷。当时抓捕司马宗时，其党羽卞阐逃奔苏峻，庾亮发下朝廷符令让苏峻把卞阐送来，苏峻竟然藏匿保护，拒不执行庾亮的命令。

这豫州刺史祖约，自认为是祖逖的儿子，在江北抗击北虏，"不让胡马渡长江"，名望和年辈都不比郗鉴、卞壶差，却未能参与明帝遗命，又希望能得开府之号，也未能实现，再加上许多上表辞请大多不获允准，于是心怀怨恨。等到明帝遗诏褒扬和提拔大臣，顾命中又没有祖约和陶侃，二人都怀疑是庾亮删除己名。庾亮既怀疑苏峻、祖约的忠诚，又惧怕陶侃的深得人心，于是加紧整修石头城。

卧榻之侧，有最能打的苏峻，并且还是不听招呼的流民帅，思前想后，327年五月一日，正是升堂议事的日子，在处理完帝国日常事务后，庾亮留下少数几位重臣，之后出列奏报："苏峻功劳较大，在历阳也很辛苦，应下诏征召他进京为官，享受生活。"

小孩子当然不清楚大人的葫芦里到底卖的是什么药，其实太后也未必知道，他们在龙椅上坐着，只是一边玩耍，一边想心事。如果此前庾亮有交代，她就说几句，如果没有，就让几个顾命大臣下结论了。这时只听卞壸说："苏峻猜疑心重，必定不会奉诏前来，不如暂且不动。"

庾亮豁出去了："苏峻狼子野心，最终必会作乱。今天征召他，纵然他不听从上命，造成的祸乱也还不大。如果再过些年，就无法再制服他，这就如同大汉朝开国时的七国对朝廷一样。"

卞壸争辩说："苏峻拥有强大的军力，又靠近京城，路途用不了一个早上便可到达，一旦发生变乱，容易出差错，应当深思熟虑。"

温峤："如果征召他，这是加速祸乱的到来，他必定会挺起毒刺面对朝廷。"

虽然议而未决，但风声却传得出奇得快，这就像任何一次的秘密会议，议的事越秘密，越强调保密，内容就泄漏得越多越快。不出几天，苏峻听说此事，便与庾亮修书一封："征讨贼寇，在外任职，无论远近我都唯命是从。至于在朝内辅政，实在不是我能胜任的。"

箭在弦上，不得不发。庾亮征召北中郎将郭默为后将军、兼领屯骑校尉，任他弟弟司徒右长史庾冰为吴国内史，都统领军队防备苏峻。之后正式颁下礼遇优厚的诏书，征召苏峻为大司农、授予散骑常侍，赐位特进。让苏峻兄弟苏逸代领属下部曲。苏峻又修书一封："昔日明帝拉着下臣之手，让我北伐胡寇。如今中原尚未平定，我怎敢贪图安逸！乞求给我青州界内的一个荒远州郡，让我得以施展北伐的作用。"

军令如山倒，"老大"的命令，岂能推三阻四，庾亮当然不同意。无可奈何的苏峻整装准备赴召，但又犹豫不决。参军对苏峻说："将军您请求出居荒郡都不获允许，事情已发展到这样，恐怕已无生路，不如领兵自守。"阜陵令匡术也劝苏峻造反，苏峻便不应从诏令。

庾亮派使者面谕苏峻催促，苏峻说："朝廷大臣说我要造反，我哪有命活呢！我宁肯由山头观望朝廷，不能由朝廷回望山头。现在狡兔已死，猎犬就该烹食了。我就是死也要向出谋者报仇！"

温峤听说此事，心里十分着急，他可是庾亮的铁哥们，立即想率士众下赴建康防卫；三吴之地的流民帅也想出动义兵，庾亮都不同意，写信告诉温峤说："我对西陲安危的忧虑，要超过对历阳苏峻的忧虑，足下不要越过雷池一步。"的确，多事之秋，上游荆州的陶侃，兵多将广，战力很强，此时他安的什么心，庾亮心里是没底的，温峤在江州，正可以作中流砥柱之用。

苏峻知道祖约怨恨朝廷，于是派使者拥戴祖约，请求共同讨伐庾亮。祖约原是平西将军、豫州刺史，防御北方的石赵。祖约在和石聪的大军作战时，却屡屡得不到东晋的援兵，直到石聪的军队打到长江对岸的阜陵，威胁到建康了，朝堂才派兵抵御。等到石聪退兵之后，朝廷又派他修涂塘，用来阻挡胡寇，这令祖约感到很伤心也很恼怒，让他觉得庾亮是在借胡人的力量削弱他，同时又在利用他，即使庾太后派了蔡谟去慰劳祖约，也已经抚平不了他对朝廷愤怒的情绪了。

从某种意义上来说，朝廷是祖约的异梦人，苏峻却是祖约的救命大恩人。石聪的大军猛攻坐镇寿春的祖约，祖约多次上表请求救兵，庾亮却装聋作哑，拒绝发兵。关键时刻，是苏峻拉了兄弟一把，发兵赶走了后赵军。祖约对苏峻的邀请大为高兴，侄子祖智、祖衍也一同劝说促成。十一月，祖约派兄长之子、沛内史祖涣，女婿、淮南太守许柳带兵与苏峻会合。庾亮听闻祖约之变，赶紧走马换将，下诏重新任命卞壸为尚书令、兼领右卫将军，让会稽内史王舒代行扬州刺史职务，吴兴太守虞潭督察三吴等郡的军事。

紧急形势面前，尚书左丞孔坦、司徒司马陶回向王导进言："乘苏峻未到之时，急速截断阜陵的通路，把守长江以西当利等路口，敌寡我众，一战即可决胜。如果苏峻还未到，可以进军威逼其城。如果现在不先行前往，苏峻必会先行到达，苏峻一旦到达，那么人心危惧惊骇，就难以与他交战了，这种时机不能失去。"王导认为很对，转告庾亮，庾亮却不听从。

于是，一把熊熊大火势不可挡地烧起来了。

第四章　江南有叛逆

江南哪个是叛逆？想都不用想就是庾亮！立司马羕为帝的诏书苏峻也是知道的，他也大力赞同，这司马睿可以到江南当皇帝，身为长房的司马羕就更加可以。再说，不管从年龄、资历、能力和威望来看，司马家最适合的就他了，可是这庾亮完全为一己私利，任法裁物，置司马家的美好前景于不顾，置江南的大好前景于不顾，在他的花样繁多的帽子戏法下，终于找个傀儡，自己过过曹操的瘾，过过王敦的瘾，这样的人不是叛逆，还有天地良心否？

（一）讨伐叛逆

苏峻坐在历阳的帅府里，和司马羕咬牙切齿地痛骂着叛逆庾亮，卞阐以及各位高级将领陪坐。

苏峻："各位王爷，各位将领，下面宣读皇帝诏书。"

一众将领一脸肃穆，别看他们平时桀骜不驯，但一听到皇帝诏书，马上齐刷刷跪下。是啊，在外做将领的，唯一底线不能跨越，那就是忠于皇帝。司马羕诧异万分，这年头皇上的诏书也太不值钱了，众司马有，庾亮也有，现在连苏峻都有！但听说宣读诏书，也只好先跪下再说。这时只听苏峻的秘书郎洪亮地宣读：

今国之弥艰，着西阳王恢复爵位为太宰。着苏峻为都督天下诸军事，即日来京，荡除叛逆庾亮，以清君侧，钦此。

跪下的众人一听，尤其是司马羕一听，东方不亮西方亮，这都是天大的好事，马上又官复原职了，当然是宁可信其有。

苏峻："先皇遗诏我们也知道，待荡平京城后就执行，立西阳王为帝。那废造诏书的反贼，一定按皇上的旨意，清君侧！"

司马羕："当年大帅以一己之力平定王敦之乱，功高盖世，可庾亮那贼贪天之功，任法裁物，将大帅发配荒野，是可忍孰不可忍！司马家一定为大帅的忠君事业鞠躬尽瘁！"

卞阐："为左卫将军司马宗报仇！"

清君侧的调子就算是定下了，司马的旗帜也举起了，怀揣皇上的圣旨也算是出师有名了，那还等什么？出发！

历阳离建康真的很近，只隔一道长江，长江南边的队伍和苏大帅都是友军，当然不会提防。再说流民的武功当然不是盖的，连王敦都是手下败将，那庾亮唯一的优势，就只剩下口舌之利了，但苏峻却是用拳头说话。现在庾亮最后悔的，就是引狼入室，悔不该当初召他来建康平定王敦，开始以为来了救星，结果却是一匹来自北方的恶狼。十二月初一，战争正式爆发，苏峻派部将一阵风渡过长江，只一炷香的工夫就攻陷军事重镇姑孰。

初二，早已恨透了庾亮任法裁物的宗室成员，彭城王司马雄、章武

王司马休等投奔苏峻。是的,此处不留爷,自有留爷处,说不定这里另有一番大场面呢?当初司马睿也没想到建康有大好前途呢。

庾亮的反应还是太慢,直到初十,才宣布京城戒严,小皇帝授庾亮符节,都督征讨军事事务,任左卫将军赵胤为历阳太守,让左将军司马流领兵据守慈湖,任前射声校尉刘超为左卫将军,由侍中褚翜总体执掌征讨军事,让兄弟庾翼守备石头城。

宣城内史桓彝起兵赴朝廷之难,十二月二十一日,桓彝进兵屯驻芜湖,苏峻的副将韩晃击败桓彝,乘势进攻宣城。桓彝退守广德,苏军大肆劫掠各县,然后还军。徐州刺史郗鉴想率领所部赴国难,朝廷下诏以北边寇贼不宁为由,不同意。当然,这主要也是为了防备陶侃,陶侃和苏峻都是流民帅,平时也意气相投,而现在陶侃的力量是苏峻的两倍,他俩是否已经联手,这是庾亮最焦虑的事。

328年正月,温峤救援建康,屯军寻阳。

韩晃偷袭在慈湖的司马流,司马流素来怯懦,临战时吓得吃烤肉不知道往嘴里放,结果兵败身死,韩晃的兵锋就到了建康附近。

(二)攻占京城

二十八日,苏峻带领祖涣、许柳等士众二万人,渡过横江,登上牛渚,屯军于陵口。朝廷军队抵抗屡败。二月初一,苏峻到达蒋陵的覆舟山,从小丹杨发兵进攻石头城。这陶回又预料到苏峻将绕过重兵驻守的石头城,于是向庾亮建议派伏兵在小丹杨南道伏击,但庾亮不听。随后苏峻果然绕经小丹杨南道进攻,更在其间迷路,靠一个当地人作向导才得以继续前进,这期间军队毫无阵形可言。

好不容易到了石头城，刚修好的城池确实坚固，守将正是庾亮的从弟庾翼。这庾翼也不怯场，派出五千军士在城门列队，苏峻还是让得力战将韩晃先行出击，只几个冲锋，庾翼就败下阵来，向石头城内逃跑，而韩晃军也乘机冲进城内，不到半天工夫，庾亮重金打造的石头城就破了。看来，军事堡垒的坚固，不在于建筑材料，不在于花费多少，只取决于守军的坚定意志与谋略智慧。对本该坚固的石头城，诗人萨都剌有感叹：

念奴娇·登石头城次东坡韵

指点六朝形胜地，惟有青山如壁。

蔽日旌旗，连云樯橹，白骨纷如雪。

一江南北，消磨多少豪杰。

于是，建康出现了更大的"逃跑"潮。此前半个月，百万人口已逃走一半，但部分市民对石头城还有信心，光从外表就能看出它的坚固，可是让老百姓不懂的是，正端个小板凳来看叛军出丑，还未坐下，官军的石头城却被攻破了！那还有什么希望，于是绝大多数市民只剩逃难一途，出城的大道堵塞了三天三夜。

手头边没人了，庾亮看看朝堂，于是下诏让卞壶都督大桁以东军事事务，与侍中钟雅率领郭默、赵胤等人的军队与苏峻在西陵交战。这卞壶是文臣，在朝堂上的确大义凛然，但打仗是个技术活，还是个力气活，光靠笔靠嘴是不行的。他刚和苏峻军一接仗，就大败，死伤数以千计。正月初七，苏峻进攻青溪栅，卞壶又率领各路部队拒敌，还是无法阻止其攻势。苏峻乘风势纵火，烧毁朝廷的台省及诸营寺官署。卞壶背部的痈肿刚好，伤口尚未愈合，支撑着身体率领左右侍卫苦战至死，两个儿子卞眕和卞盱也追随父亲赴敌战死了。

卞壶出身名门，不恋权势尊孝道；不畏权势，正纲肃纪严法度；洁身自好，勤于政事匡时弊。他位居高官，却没有一座像样的府邸，儿子结婚，都没有多余的钱财。皇帝听闻之后，特赐卞家五十万钱作为奖赏，但卞壶以无功不受禄为由坚辞不受。苏峻起兵后，朝廷命卞壶率军防御，卞壶知道敌强我弱，此去九死一生，却毫不犹豫，慨然出征。他的部下亲信劝他提前备好良马，以防战败时骑马脱身，也被他严词拒绝。卞壶身先士卒，冲锋陷阵，血战至死，时年四十八岁。卞壶夫人裴氏强忍悲痛，抚摸着两个儿子的尸体哭道："父为忠臣，汝为孝子，夫何恨乎！"

苏峻之乱平定后，朝廷下诏追赠卞壶为侍中、骠骑将军、开府仪同三司，谥曰忠贞，祠以太牢，卞眕为散骑侍郎，卞盱为奉车都尉。此后历朝皇帝对卞壶都有称赞和封赏：唐太宗称其为"忠烈之勋"；宋高宗专门赐其"忠烈"庙额；明成祖称赞其"千古忠孝表清门"；清康熙帝巡视江南，到其祠堂祭祀，赐御书"凛然正气"匾额；乾隆帝多次前往祭祀，并赐御"典午孤忠"匾额。历代朝堂人物也对他赞赏有加：唐朝名相房玄龄赞其"以匡正为己任，寋裳卫主，蹈忠义以成名"；宋代文天祥为其族谱题跋"数千年清白相传"；明朝兵部尚书史可法为其题"乾坤正气"。

纪念卞壶的卞氏宗祠

卞壶战死，其他将领武力更弱。丹杨尹羊曼领兵戍守云龙门，和黄门侍郎周导、庐江太守陶瞻都战死。庾亮帅士众准备在宣阳门内结阵，还没来得及排成队列，听说苏峻即将到来，士众都弃甲逃跑。如果当时能不那么倔强，现在也不那么遗憾！庾亮无计可施，自己也不想战死，只好抛下八岁的小皇帝和自己的太后妹妹，和兄弟庾怿、庾条、庾翼等一起，由敦默、赵胤率军护卫，从后门逃跑，跳上在秦淮河上早已等候的三只大船，急速开船逃跑。乱兵竞相掠夺抢劫，庾亮的左右侍从用箭乱射，结果误中船上舵手，应声倒仆。船上人都大惊失色，准备逃散。庾亮安坐不动，大家这才安定，方才逃出生天。

还没怎么用力，苏峻的军队就攻入了台城。为了树立权威，苏峻让士兵驱赶百官服劳役，只有王导除外。光禄勋王彬等都被棍捶鞭挞，命令他们担着担子登蒋山。又剥光成年男女的衣物，这些门阀士族只好用破席或苦草自相遮掩，没有草席的人就坐在地上用土把自己身体盖住，哀嚎之声震荡于京城内外。

当时官府拥有布匹二十万匹，金银五千斤，钱亿万，绢数万匹，其他物品价值与此相当，苏峻尽数耗费，当然大多数是用来奖赏。"当兵不发财，请我都不来"，作为流民，更是日夜盼望能攻下一座城池。作为主帅，攻城是第一，作为流民，攻城是第二，抢劫是第一。现在攻下皇城，不拿大把银子来奖赏，你这个流民帅就不要当了！当然，苏峻还留有数石粮米，以供小皇帝御膳。

一朝天子一朝臣，又到了封赏的时候了。二月初八，由庾太后牵着小皇帝升堂，那庾太后本在被清算之列，目前还要用她，苏峻一时就忍了。这次就由宦官宣读了五份诏书：

第一道，大赦天下，唯惟有庾亮兄弟不在赦免之列。

第二道，王导素有德行和名望，保持原职，排名在苏峻之上。

第三道，祖约任侍中、太尉、尚书令，许柳任丹杨尹，马雄任左卫将军，祖涣任骁骑将军。

第四道，司马羕任西阳王、太宰、录尚书事。

第五道，苏峻任骠骑将军、录尚书事。

（三）战云密布

苏峻只有兵锋，没有民望，更谈不上众望所归。于是苏峻下一步的重点就是捉拿叛逆，用武力让天下臣服；而庾亮、温峤等将领下阶段的重点也是捉拿叛逆。当然双方目标都是一致的，就是苏峻认为自己是老大，站在了擂台中央，目空一切，最好没有挑战者。而不服的观众正在急切地寻找老大，好让他上台，将那个霸主赶下擂台。

当然外围的老大不能再由庾亮来当，他本是老大，就是被擂台上那个新霸主赶下来的，他想复位也没那个能力。庾亮到寻阳后宣谕太后诏令，任温峤为骠骑将军、开府仪同三司，又授予徐州刺史郗鉴为司空。温峤素来看重庾亮，庾亮虽然战败奔逃，温峤却更加推重奉承他，分出部分兵力交给庾亮。

庾亮、温峤准备起兵讨伐苏峻，相互推举对方为盟主，虽然庾亮新败，但他毕竟官大，又有无数的圣旨或者太后懿旨可以拿出。旁观者清，温峤的堂弟说："陶侃职位重要，兵力强盛，只有他参加，事情才能成功，应当共同推举他为盟主。"大家一想也对，陶侃也是流民帅起家的，要打倒苏峻，还只能"以夷对夷"！

庾亮以前在防备苏峻的同时，重点更在提防陶侃，这陶侃当然心知肚明，也就恨透了庾亮。一看庾亮新败，正在开怀痛饮，如今却派出使者要让他帮忙，这个弯转得也太大了！于是他对使者傲慢地说："君侯修石头以拟老子，今日反见求耶！"

更何况，这苏峻的使者也不绝于道，说是要封陶侃为中书监，那西阳王司马羕还写来了热情洋溢的信件，诚邀加盟，这些使者正坐在陶侃的贵宾席上喝酒痛饮呢。

既然庾亮出面请不动，于是温峤便派使者到荆州，带着皇上的圣旨和太后的懿旨，邀请陶侃共赴国难。陶侃说："我是守成边疆的将领，不敢逾越职分。"温峤多次劝说，无法使他回心转意。不能成为同盟，至少不要成为敌人，温峤于是顺应陶侃的心意，派使者对他说："仁公暂且按兵不动，我当先行进讨。"使者出发已有两天，和谋士们一商量觉得不行，没有陶侃的武力，还真打不赢，万一陶侃再加入苏峻的阵营，那司马家的江山是彻底完蛋了。于是赶紧又快马加鞭追上使者更换书信，再次力邀陶侃结盟，后边签字者很多，庾亮还按上了血指印。陶侃终于被说动，他知道，现在加入苏峻，他寸功未立，只能成为附庸；但加入庾亮，却可以功高盖世。当然最主要的原因，是苏峻攻建康时，陶侃的儿子陶瞻是守将之一，羽箭又没长眼睛，在攻下建康时，陶瞻也被乱军斩杀，陶侃白发人送黑发人，那悲伤的眼泪是止不住地流，再看着才送来的儿子的头颅，为儿子报仇的决定就艰难地作出了！于是陶侃当即穿上盔甲登船，连儿子的丧礼也不参加，日夜兼行赶来寻阳。当晚各路英雄齐聚，大家一笑泯恩仇，发誓团结一致，推陶侃为大都督，统领军事，光复建康。此时，联合军团共有士卒四万人，旌旗延绵七百多里，征鼓之声震动遐迩。

陶公自上流来，赴苏峻之难，令诛庾公。谓必戮庾，可以谢峻。庾欲奔窜则不可，欲会，恐见执，进退无计，温公劝庾诣陶，曰："卿但遥拜，必无它，我为卿保之。"庾从温言，至，便拜，陶自起止之，曰："庾元规何缘拜陶士行？"毕又降就下坐，陶又自起要同坐。坐定，庾乃引咎责躬，深相逊谢，陶不觉释然。

陶侃会同一众大佬签署讨苏檄文，陈述苏峻、祖约的罪状，传告各地方长官，带领军队，齐聚建康，共同勤王。这时江南各地，都是只知有司马，不知有苏峻，何况还有此前王导让心腹谋士奔赴各地，传达勤王的指示。一时间，江南各州、郡、县，以及流民帅，不管力量多大，粮草多少，都纷纷上路，涌向建康勤王。

郗鉴在广陵，孤城缺粮，挨近胡寇，人心不稳。得到诏书后，郗鉴悲愤万分，于是设坛场、杀白马，向三军宣誓说："今主上幽危，百姓倒悬，忠臣正士志存报国。凡我同盟，既盟之后，勠力一心，以救社稷。若二寇不枭，义无偷安。有渝此盟，明神殛之！"他的言辞慷慨激昂，将士们人人奋勇争先。陶侃表荐王舒监察浙东军事，虞潭监察浙西军事，郗鉴都督扬州八郡诸军事，令王舒、虞潭都听从郗鉴的调度。郗鉴率士兵渡过长江，与陶侃等在茄子浦会合。雍州刺史魏该也领兵相会。会稽内史王舒让庾冰领兵一万人，向西渡过浙江，于是吴兴太守虞潭、吴国内史蔡谟、原义兴太守顾众等人都发兵响应。

兵来将挡，水来土掩。苏峻听说西方起兵，采纳参军贾宁的计谋，一是从姑孰返回占据石头城，以此为军事核心，分兵抗拒陶侃等人。二是逼迫成帝和王导等迁居石头城，以此为凭借。三是让亲信补任殿中监等职，加强对宫中的监控。四是让左光禄大夫陆晔守卫禁城，逼迫居民全部聚居在后苑,让匡术据守苑城。

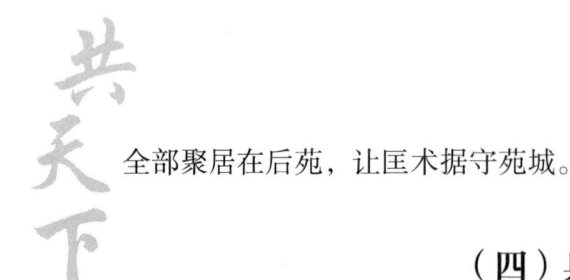

(四)兵刃相见

双方部署完毕,就该真刀真枪地上擂台了。第一战是抢粮。打仗打的就是粮食,建康本来存粮不多,苏峻把全城翻了个底朝天,把能吃的都搜集到了军营集中保管,连那个小皇帝,每天也只能喝点米粥充饥,至于那些老百姓,是饿死是讨饭,那就不管了,反正也没那个义务。而陶侃集合匆忙,来自四方,缺乏统筹,一时有四万张嘴要吃饭,粮食问题也很突出。当时陶侃屯军于茄子浦,因南方士兵熟悉水战,而苏峻的士卒则以步战见长,便下令:"将士有上岸者处死!"适逢苏峻赠送粮米一万斛给祖约,毛宝便率领一千人擅自前往岸上偷袭,尽数劫获粮米,斩首数千,祖约军队因此饥饿缺粮。陶侃并不追究毛宝私自上岸的罪行,反而隆重表扬了毛宝,并上表推荐其任庐江太守。后来毛宝故伎重演,烧毁苏峻在句容、湖孰的军备积蓄,苏峻军队开始缺粮。

二是接触试探战。庾亮派督护王彰突袭苏峻的门党张曜,反而被张曜击败,庾亮送去符节向陶侃谢罪。如今陶侃是大都督,败军之将是可以斩首的。宣城内史桓彝听说京城失守,进军屯驻泾县。当时州郡大多派使者向苏峻投降,苏峻派部将韩晃攻击;六月,城被攻破,桓彝被擒获,遇害。陶侃、温峤等人与苏峻长久相持不下,苏峻分别派遣多员将领向东、向西攻伐劫掠,多次获胜,联军一时人心恐惧不宁。

三是筑城对垒战。各路联军刚到,就想和苏峻决战。陶侃说:"叛贼气势正盛,难以与之争锋。应当待以时日,用智谋战胜。"此后,多次交战无所收获,监军部将李根请求在石头城附近修筑白石垒,获陶侃同意后，连夜筑垒，至天明即成。陶侃派庾亮率二千人据守白石垒，苏峻率步骑兵一万多人四面围攻，未能攻克。

四是后赵神助攻。祖约的根据地在边境寿春，以前石勒攻打多次，都未能攻克。这时祖约带领精锐和苏峻汇合，寿春就比较空虚，祖约手下将领私下与后赵勾结，许诺充当内应。后赵将领石聪、石堪领兵渡过淮水，进攻寿春。七月，祖约的士众溃逃，投奔历阳，石聪等掳掠寿春民众二万多户返回。不久苏峻战败，走投无路的祖约只好投奔石勒。

石勒统治的后赵通常是南方战败将领或政治犯的重要归宿。八年前王敦逼宫的时候，帮司马睿雄起的心腹刘隗战败后，就带着两百多人投奔石勒，被后赵作为政治标杆，刘隗也当上了后赵的从事中郎、太子太傅。这次祖约来投，本来觉得是有光明前景的，哪知时移势易，这位继承祖逖抗胡政治遗产的将军，不受石勒待见，直接被灭了满门。此时的石勒已是日薄西山，他知道自己时日不多，忙着为后代营造良好的外部环境，与东晋修好就成为新的国策。斩杀东晋的降将祖约后，333年正月，石勒遣使携重礼到建康，期望和东晋修好，这回朝堂上大臣意见非常一致，当即烧掉了数百万后赵送来的钱币，以示石勒的"刨坟掘墓毁我国祚"之仇不共戴天。看来，祖约的头颅是白砍了！

五是联军连败。苏峻派张健、韩晃等猛攻大业，壁垒中缺水，军士都开始饮用粪水了。郭默恐惧，悄悄突围而出，只留下士兵据守。郗鉴在京口，参军曹纳说："大业是京口的屏障，一旦失守，贼兵便可直接到此，无法阻挡。请求退回广陵，以待后举。"郗鉴大怒，将曹纳斩首。陶侃准备派郗鉴救援大业，长史殷羡说："不如猛攻石头，大业之围自然解除。"陶侃听从，二十六日，陶侃督领水军开赴石头，庾亮、温峤、赵胤率领步兵万余人从白石垒向南，进行挑战。苏峻统帅八千人迎战，派儿子苏硕和部将匡孝，分军先行逼近赵胤军队，将其打败。确实，联军真不是流民军的对手。

六是陶侃存退意。年底了，陶侃参与勤王已经大半年，经历的战斗都是败多赢少，目前军心涣散，进攻乏力，而苏峻和众司马一直反复游说。此时温峤的军队粮尽，向陶侃借粮。陶侃发怒说："你过去给我写信说，不愁没有良将和军粮，只是想让我出任盟主罢了。如今数战皆败，良将在哪里？粮食在哪里？"于是号令撤军回荆州。是啊，本来就不想蹚这道浑水的，在荆州坐山观虎斗多好？正要开船，庾亮赶到，一边代表皇上诚恳慰问，一边因自己的指挥不力而请罪，并从怀中掏出书信。陶侃并不理会，皇上的圣旨那都是你编造的，太后已逝当然没有懿旨了。陶侃懒洋洋地接过来一看，原来是王导手书，陶侃神情严肃地看完，对庾亮说："皇舅请回，吾当谨遵丞相教诲，鞠躬尽瘁，死而后已。"便发出五万石粮米让庾亮转赠给温峤的军队。

（五）马失前蹄

战场瞬息万变，你永远不知道未来和意外哪个先来。

眼看陶侃斗志全失，败局已定，而苏峻是志得意满，最开始攻击建康时，那是势如破竹，还没怎么用力，庾亮就逃跑了，看来那些门阀士族，只能清谈打嘴仗。后来他还有点忌惮陶侃，派使者去反复拉拢，他却要倒向庾亮阵营，可是一交手，战力和王敦一样，还是软绵绵地不经打，这江左再无将才，江南的锦绣江山只好收入囊中了！

这晚苏峻非常高兴，就在帅营大摆宴席，犒劳众将士。大营门口挂

着的才从前线送来的桓彝等将领的脑袋迎风飘荡，一众司马宗室陪坐左右，连小皇帝也弄来作陪，众位大将下首就座，那宫廷乐队就开始演奏音乐，苏峻高举酒杯，一饮而尽，豪迈地说："如今叛贼庾亮、陶侃已成强弩之末，不日就将他们的头颅挂上建康的城头！"

司马羕："大将军威武！荡平天下指日可待，到时当敕封将军以九锡！"

匡术："大将军坐拥天下，视九锡如无物！皇上以为如何？"

这小皇帝只顾埋头吃肉。苏峻进城的几个月里，他就像个囚犯，每天只有米粥下肚，还不管饱。今天好不容易看到了满席的猪牛羊肉，当真是两眼发光，放开肚皮吃，至于其他的场景，他就看不见了，众司马就有点尴尬。苏峻一挥手，一众美女鱼贯而入，一群到了宴席中央舞之蹈之，一些就到了每位将军身后，斟酒侍候。几位围在苏峻身后的，还是皇宫娘娘，原来是明帝守寡多时的众妃子，她们也不想饿死，在强权面前，庾亮的数万男儿尚且不能抵抗，弱女子的脸面哪还值钱？一时大堂热情高涨，宝剑和水绣齐舞，醇酒与美色共飞，宴席尽兴到凌晨，酩酊大醉的众将军才一一搂着身后的美女回营歇息。

胜利指日可待，第二天，还在醉酒的苏峻推开身旁的美女，决定亲自去慰劳将士。是啊，他们都是他在江北招聘的流民，这些流民其实就是难民，他们的素质其实挺高的，有的当过兵，一些还在八王的手下作过将领，有些是政府的基层吏员。为了逃离北国战火，历尽千难万险才逃到长江边，却被江南的官府阻拦，不准再前进一步。而江北未离战火，资源也有限，越来越多的流民和乞丐无异，吃了上顿没下顿，好在有苏峻。这苏峻少年时是一介书生，很有才学，十八岁时被推举为孝廉。

311 年，永嘉之乱爆发，苏峻纠合了数千家，在本县修筑堡垒，并派长史传檄文于各个屯落，宣扬王化，收拾无主的枯骨埋葬，远近之人感激他的恩义，便推举苏峻为主。于是在海边的青山中演习军事，招募流民，与北虏拼杀无数，都是胜多败少。由于看不到前景，苏峻才引众投奔江南，一大波流民都归于他的帐下。后来苏峻到历阳主政，又有部分流民投奔，他们都成了他军队的主力。

苏峻正在白木陂的演武场犒劳将士，给这个戴上红绶带，给那个发放慰问金，号召大家向先进学习，向英模致敬，正在滔滔不绝地讲话，这山下就战鼓齐鸣，杀声震天。苏峻于是刹住话语，站在观景台向下俯瞰，只见陶侃的部将赵胤带领千余人前来骚扰，苏峻的小将匡孝率领五百人与战，不几个回合就将赵胤打得大败。乘着醉意的苏峻得意地说："匡孝都能败敌，敌势完矣！"这匡孝以前就是他的牵马夫，他也有很久没有亲自上场作战了，看见打仗还是手痒痒的，何况自己的马夫都能稳操胜券。于是撇下士众，骑上自己的白龙驹，和数名骑兵向北堵击赵胤的逃兵。

兵法云，不逆击逃兵！本来为了保命才逃跑的，现在逃命都不可能，那就只有拼命了！还未醒酒的苏峻就忘了这一条，和十数骑挡在了逃兵的前边。陶侃的部将平时都反复看过苏峻的画像，再说那白龙驹也错不了。如今首先是为了保命，其次是面对那么高的赏金，这么好的机会哪能丢弃，于是拼尽全力，争相用矛投射，用箭射击，用刀飞掷，甚至用石头乱扔，反正有什么是什么，不要命的打法。苏峻一看敌军凶恶，准备回身奔向白木陂时，坐骑却失足颠簸，跌下马来，一时被万物击中，立即被乱军斩首，剐割肢体，争抢骨骸，转眼就分解干净，好拿回去领

赏，苏峻的左右骑兵均被斩杀。等到苏峻的援军赶到，地上只留下一摊血，连白龙驹都被分尸了。

本来是一场攻坚战，按战力陶侃一直处于下风，陶侃的目标也只是围魏救赵，哪知最后是失之东隅，得之桑榆。意外的惊喜让大家目瞪口呆，战斗竟然神奇地以这种方式呈现和结束。陶侃、庾亮、温峤、郗鉴、赵胤等将领，喜极而泣，开怀畅饮。

（六）建康光复

接下来的事就简单了，没有了主帅，这仗就基本不用打了，打扫战场也不费力气。

苏峻的余部共同推立苏峻兄弟苏逸为主公，关闭城门自守。329年正月，光禄大夫陆晔和尚书左仆射陆玩劝说匡术，献出苑城归附西军。赵胤则派部将在历阳攻击祖约，二十五日，祖约乘夜率左右侍从几百人投奔后赵，部将率众出城投降。

二月十三日，各路军队进攻石头，重创苏逸，苏硕率领骁勇士卒数百人渡过秦淮河作战，被温峤击败斩杀。西军擒获苏逸，将他斩首。部将抱着成帝逃到温峤船上，群臣见到皇帝，更加士气振奋。看到尾随在皇帝身后的众司马宗室，乱兵按开始接到的庾亮的指令，将西阳王司马羕、其子司马播、司马充、其孙司马崧以及彭城王司马雄一一斩首。至此，饱受摧残的京城又回到了庾亮手中。

这期间还有一段插曲，那些流民军也很是讲忠诚的。苏峻死后，他的部下想求得他的尸首，以将他下葬，但求而不得后，他们便发掘了庾亮父母的坟墓，剖棺焚尸。

三月初十，皇上升堂，评议平定苏峻叛乱的功绩，再下四道圣旨：

一是任陶侃为侍中、太尉，封长沙郡公，加授都督交州、广州、宁州等七州军事，加羽葆、鼓吹，食邑三千户，赐绢八千匹。

二是任郗鉴为侍中、司空、南昌县公。

三是任温峤为骠骑将军、开府仪同三司，加授散骑常侍、始安郡公。

四是陆晔晋爵为江陵公。

其余赐封爵位为侯、伯、子、男的很多。卞壶及二子、桓彝、刘超、钟雅、羊曼、陶瞻，都追赐谥号。

第二天，庾亮再次叩头至地请罪，乞求免去自己职位，想全家投身于山林之中隐居。成帝下诏劝慰，不同意。庾亮便顺水推舟请求外出镇守效力，出任都督豫州、扬州地段长江以西、宣城诸军事、豫州刺史，兼领宣城内史，镇守芜湖。

那庾亮确实再无脸面立于朝堂，只好到地方面壁思过了。如今的朝堂，龙椅上五岁的小皇帝长到了九岁，但还是个小孩子；以前与小皇帝同坐的庾太后已经作古，无法再临朝了；太宰司马羕已被斩杀、尚书令卞壶已战死沙场。王导看看空落落的朝堂，才卸下的千钧重担只能重新担上了。

第五章　江湖有论争

以退为进，素来是谋略家的好战法。庾亮貌似灰溜溜地退到了角落养伤，其实他一刻也不愿消停。他在与苏峻的战斗期间，经历了人生的起起落落，差点儿还被斩首，就更加感悟到老庄的微言大义：与其临渊羡鱼，不如退而结网；忍一步风平浪静，退一步海阔天空；拳头收回来，打出去才更有力量；将欲取之必先予之；留得青山在，不怕没柴烧……现在他才算是真正看懂了琅玡王氏，那王导在朝堂"羡鱼"，那王敦在江湖"结网"，于是才有"王与马，共天下"。自己在朝堂上貌似搞定了一切，"庾与马"似乎稳固如山，原来还是根基不牢，只一点儿风吹草动，就会大厦全倾。那还是老老实实学习王敦，先把江湖之网结好再说。

（一）退而结网

329 年，庾亮任豫州刺史，镇守芜湖。

334 年，陶侃离世后，一个巨大的问题凸显：陶侃留下的权力真空，应该怎么分配？当然陶侃的几个儿子最先出局，他们兄弟并没有很明显的高下之分，一直在内讧，无法联手接管陶侃留下的权力。最深层的原因是，陶侃是流民帅，一直不被朝堂信任，他的儿子们文学才华有限，儒玄都算不上精通，更上不了清谈的场合，进入不了士族的大门，当然就被高门士族排斥。

这时晋成帝还小，这么复杂的权力运作他还搞不懂，真正作决策的还是王导。当然，王导也想占据荆江二州，但他苦于家族已没有王敦式的人才，王允之还不错，但还需要历练打磨；王导的根据地为扬州，行使护卫建康之责，如果再接管荆江二州，那就成为众矢之的，此时行"愦愦"之政的王导，也就"以退为进"，只能先便宜庾亮了。六月，庾亮怀揣圣旨，溯江而上，接管荆、江二州，成为江、荆、豫三州刺史，都督荆、江、豫、益、梁、雍六州诸军事，离此前王敦的权势越来越接近了。

当然有得就有失，庾亮回建康王导的府邸中，双方以品茶为载体，以玄学为包装，唇枪舌剑，据理力争，在微笑中达成了一致：一是荆、江二州归庾亮，但庾亮让出建康附近的豫州；二是让出荆、江二州的人事权。那么多的空位置，那么多士族子弟都盯着呢，王导也要平衡众士族的利益，让大家都能分到一杯羹。于是在庾亮搬家武昌时，王导假称"石虎来犯"，让他的嫡系占据了建康周边，包括历阳和芜湖全部收入囊中，这历阳以前是苏峻和祖约的地盘，芜湖此前是庾亮的豫州镇所，庾亮就假装没看见。

让渡人事权就要痛苦一些。在荆州和江州的人事任命上，王导从来不用自己一系的成员，反而总是任命其他豪门士族的代表人物或优秀子弟，借此证明自己没有私心。于是史官记录庾亮的生活片段：

亮美姿容，善谈论，性好《庄》《老》，风格峻整，动由礼节，闺门之内，不肃而成，时人或以为夏侯太初、陈长文之伦也。

当时的条令和规矩是用来约束老百姓的，豪门士族当然例外，公事公办的样子，从来都是做给外人看的。如果荆、江二州的官员和仆从都是庾亮的人马，他干嘛整天强调律令和规矩？每天闲着没事对着心腹上课，他吃饱了撑得慌？面对不是一条心的下属，庾亮咬牙切齿又无可奈何，只好耐心地请出老庄来帮忙说教。

（二）庾亮北伐

受到王导的"石虎侵边"的启示，庾亮决心也来搞个大动作——北伐！

作为曾经的重量级人物，以前天天站在朝堂的中央，最怕的是"权力"把他忘了，于是天天琢磨的是如何指点江山。如今江南的主政者又换回为王导，他天天占据舞台的中央，一举一动都是众臣效仿的对象，连他堂前的燕子也成了明星，成了入诗的材料。偏居武昌的庾亮，就没人记得还有他这号人物。而要重入视野，就只有制造巨大的声响，"北伐"当属首选。

祖约之所以出名，就是"啃老本"，他老爹祖逖的北伐确实打动人心。339年，庾亮刚把"北伐"的旗帜举起，反对的人还真不少，太常蔡谟就直言不讳：

季龙必率其精兵，身来距争。若欲与战，战何如石生？若欲城守，守何如金墉？若欲阻沔，沔何如大江？苏峻何如季龙？凡此数者，宜详校之。

你庾亮有几斤几两大家都清楚，当初苏峻都能把你打得灰头土脸，还想去和石虎作战，这不是找死吗？当然王导不能这么说，失去北方是东晋的痛，更是汉民族的痛，北伐作为政治正确，无论是谁提倡，总能被加分。王导不干预更直接的原因是晋成帝已经十八岁了，与王导的矛盾日渐凸显；此时的王导也已经病入膏肓，时日无多了。于是庾亮抓住这一时机，以北伐为大旗，采取强力反攻。一是任用亲信，将芜湖周边夺取过来：

（毛宝）寻迁辅国将军、豫州刺史，进号西中郎将、监宣城庐江历阳安丰四郡军事、假节，镇芜湖。

二是斩杀异己，此时庾亮呈报《请放黜陶夏书》《斩陶称上疏》，将陶侃二子陶夏、陶称以不忠不孝罪名论处：

亮大会吏佐，责称前后罪恶，（陶）称拜谢，因罢出。亮使人于阁外收之，弃市。

这次被斩杀的建威将军陶称，就是陶侃的儿子，算是秋后算总账：一来跟他父亲的糊涂账一直没算清楚，陶侃那盛气凌人的架势，庾亮好几次还向他请罪，心里一直耿耿于怀；二是因为陶称就是建康直接任命的众多人物之一，他带头目无尊长，口含天宪，总觉得是庾家占据了陶家的基业，将"不服"二字写在脸上，带偏了一大帮人；三是他经常给建康打小报告，此前还给王导写信打报告。是可忍孰不可忍，只能杀鸡儆猴了。

三是抢夺势力范围。庾亮先将豫州抢过来，将豫州刺史之职授予辅国将军毛宝，让他与西阳太守樊峻领一万精兵，共守邾城；任命庾亮之弟庾翼任南蛮校尉、南郡太守，镇守江陵；任命武昌太守陈嚣为辅国将军、梁州刺史；之后上疏朝廷，表示自己愿意移防襄阳石城，以做北伐的准备。

既然举起了北伐的旗帜，总得有点儿行动才能塞众人之口。339年，庾亮以石勒去世为由准备北伐，虽然此时石勒早就死了快六年了，但北伐任何时候都不晚。其实庾亮还是知道自己几斤几两的，他当然是柿子先找软的捏，他北伐的进军线路并不是河对岸的石虎，而是巴蜀成汉政权。他令梁州刺史陈嚣率军进入子午道；又派偏师伐蜀，进入江阳，擒获成汉的荆州刺史李闳、巴郡太守黄植，将他们押送京师。

其实成汉政权也是汉族政权，他们对东晋的态度也比较友好，时不时还有归顺东晋的提议。此时的成汉刚经历了内乱，元气大伤，面对东晋的军事挑衅，自然暂时无法反击，庾亮借此说成汉弱小，不足为惧，没了后顾之忧可以北伐了，于是自己率十万大军，据石城，为诸路大军的后援，向朝廷上疏请求北伐。庾亮既然要北伐却还同时得罪成汉，有点儿两线开战的味道，其他人北伐一般都选择交好，先稳住邻居，庾亮却反其道行之。后来在朝堂的反对下，连郗鉴也认为"物质准备不充分，不可贸然行事"。于是庾亮顺坡下驴，反正真实目的已经达到，就宣布停止北伐。

但战争不是儿戏，你庾亮摆开架势要北伐，现在又说不打了，人家河对岸可不答应。已准备就绪的石虎展开强力回击，任用夔安为大都督，率领石鉴、石闵（冉闵）、李农、张貉、李菟五位将军，兵众共五万人侵犯荆州和扬州的北部边境，另派二万骑兵进攻邾城。其实占据江北的邾城对东晋有害无益，陶侃早就分析过，此地守无可守。毛宝向庾亮求救，庾亮认为邾城城池坚固，没有及时派兵。九月，石闵在沔南打败晋兵，杀死晋将蔡怀；夔安、李农攻陷沔南；朱保在白石打败晋兵，杀死郑豹等五位将军；张貉攻下邾城，邾城战死者六千多人，毛宝、樊峻等突围出逃，渡江时溺水而死；夔安进据胡亭，侵犯江夏，义阳将军黄冲，义阳太守郑进都投降赵军。夔安乘势劫掠汉水以东，挟持民众七千多户迁徙到幽州、冀州。

成汉政权当然也要进行反击。成汉将领李闳被晋军擒获后，不久就出逃到后赵国，石虎遣送李闳归国，将挹娄国向后赵国进献的矢石一弩转送成汉。当年十二月，东晋的巴东地区失守，将领劳杨兵败被杀。

庾亮只宣扬他的北伐胜利，至于前线一城一池的得失，也不怎么在乎。毛宝牺牲于战场后，庾亮马上推出庾怿代替毛宝任豫州刺史，监宣城庐江历阳安丰四郡军事、假节，镇芜湖。

（三）江州之争

庾王相争，最终以王导的去世而终结。王导的去世，似乎又让庾亮看到了胜利的希望，安排庾怿为豫州刺史后，又让另一个弟弟庾冰去朝堂站位，拜中书监、扬州刺史，进号左将军。当然，要完全替代王导也是不容易的，王导去世前强力推荐了另外的人选，那就是庐江的何充。这何充是王导姨姐的儿子，其妻是明穆皇后庾文君的妹妹，也就是庾亮的妹妹。正因为他既是王家的亲戚，也是庾家的亲戚，还是司马家的亲戚，才能被朝堂各方接受。此前何充因平定苏峻之乱，颇有功勋，授散骑常侍，册封都乡侯。在庾王的平衡下，何充转护军将军，与中书监庾冰都录尚书事，晋成帝诏令何充、庾冰入宫可各带披甲执杖的卫士五十人至停车门，于是朝堂上神奇地有了两位宰相。

"庾与马"的目标越来越近了，朝堂上有了宰相，江湖上全归了自己。也不对，庾亮一看帝国的地图，虽然地盘大半在胡虏手里，那些暂且不管，收复河山也不是一朝一夕之功，地图只看江左的就可以了，目前居然还有一块地盘姓王，作为有"洁癖"的庾亮来说，心里绝对不能容忍，

于是江州就成了他的下个目标。

庾亮丢失江州，就是王导"石虎入侵"事件的结果，335年，王导命王允之改镇芜湖，进号为西中郎将、假节。王导要合上眼睛前，任命王允之为南中郎将、江州刺史，硬生生地挡在了庾亮的上游与下游建康之间。于是庾亮举行了家族宴席，对收回江州进行了安排部署，可是天有不测风云，大事还未开始，庾亮就双眼一闭，在王导去世后的六个月，便追随王导而去了！

（340年）春，正月，庚子朔，都亭文康侯庾亮薨。以南郡太守庾翼为都督江、荆、司、雍、梁、益六州诸军事、安西将军、荆州刺史、假节，代亮镇武昌。

庾亮北伐自邾城失陷后，忧闷成疾，正月初一去世，享年五十二岁。朝廷追赠太尉，谥号文康；吊丧时，成帝亲临；等到下葬时，又追赠永昌公的印绶。

庾亮生病时问术士戴洋："上天为何对胡人（后赵）有利而对我不利？"

戴洋："石虎今年也将受死，现在担忧的不是贼寇，只是担忧您的病。"

庾亮："怎样才能治好我的病？"

戴洋："荆州受兵，江州受灾，您可以辞去这二州刺史的职务。"

庾亮沉默不语。

戴洋："当年苏峻作乱时，您在白石祠中祈福，答应会奉献一头牛，但到现在都未还愿，所以为这个鬼所困扰。"

庾亮："确实有此事，您是神人啊。"

庾冰问戴洋："庾公还能活多久？"

戴洋："到明年。"当时庾亮已经认不清人了，庾府众人都认为他乱说，而庾亮果然到次年的正月初一才去世。

当初庾亮的儿子庾彬也在苏峻之乱中被杀。诸葛恢的女儿诸葛文彪是庾彬的妻子,她守寡后,想要改嫁江彪,诸葛恢于是写信给庾亮谈到这件事。庾亮回信说:"令爱还年轻,这样做自然合适。只是我感念死去的孩儿,就像他刚刚去世一样。"

既有漂亮的皮囊,又有高贵的灵魂,说的就是庾亮。庾亮将下葬时,何充悲伤不已,叹道:"把玉树埋在土中,让人在感情上怎么受得了。"孙绰也写下了《庾亮碑》:

……公雅好所托,常在尘垢之外,虽柔心应世,蠖屈其迹,而方寸湛然,固以玄对山水。

生活还要继续,庾府一众人士擦干眼泪再出发,按照既定方案,豫州刺史庾怿动手了。当然,当先锋的都是小角色,大佬永远都是隐居幕后。

342年二月,正是风和日丽,江南春色,江州刺史王允之收到了一坛浓香四溢的好酒,是豫州刺史庾怿送来的。当时刺史间经常赠送礼品,互通有无,大家低头不见抬头见,多送礼品总是对头的。

王允之是个好酒之人,平时吟诗写字,斗酒才能诗百篇呢,没有酒还怎么活?一看好酒来了,招呼周围的兄弟伙就要开喝。还是长史多了个心眼,说声"且慢!"府外的食物还是按规定按程序进行,先来个例行检测。于是将酒淋在香喷喷的烤肉上,让桌下那只小狗先吃。王允之很是不耐烦,就你事多!等不及正要举杯饮酒,只见那只狗嚎叫一声就一命呜呼了!众人大惊失色,这下可好,想毒杀朝廷命官,这口恶气当然忍不了。王允之立即派人奔赴京城,把这件事这坛酒这条狗一同呈上

朝堂，让大家评评理，让皇上下圣旨。晋成帝司马衍当场大怒，"大舅已经把天下祸害了一回，小舅还想再捅娄子？"

庾怿闻讯，魂不附体，王允之趁机多方活动，施加压力。庾翼和庾冰有心保人，但无奈庾怿惹出的祸太大，当初让他当面请客，当场献酒，一切要消弭无形，他却只图省事，竟然将罪证送到敌人手中！还有另一宰相何充秉公办案，加上朝野上下的指指点点，为了维护庾家的良好名声，只好丢车保帅。庾怿无路可逃，自己喝了那坛苦酒，服毒自尽。

一计不成，那就再来一计。六月，庾冰以朝廷的名义颁布诏书，下令将王恬安排到江州的豫章郡。王允之随即上书，说："王恬是前丞相王导之子，应该优待，怎么能安排到边城荒郡？还作为我的下属？如果非得把他外调，就让他接替我掌管江州吧。"

醉翁之意不在酒，庾冰外调王恬，只是虚晃一枪。对于王允之的回复，他表示很抱歉，说："我没有考虑那么周详，以至于人事安排有误，我这就在扬州找一个富庶的郡，用来安排王恬。另外，既然你有意让出江州，那就遂了你的心愿吧，你去扬州出任会稽内史，兼任卫将军。"

王允之说让出江州是以退为进，庾冰则顺水推舟。王允之明白其中的底细，坚决辞让，无奈现在家族势力有限，他只达到了一半目的，辞了会稽内史，但必须到京城担任卫将军。会稽内史不如江州刺史的权力大，好歹是个实缺，卫将军则只是个虚衔，可以说王允之在这一轮交手中败得一塌糊涂。

十月，王允之忧伤地去往京城赴任，那晚住在驿馆，驿吏就照例热情招待，数杯酒下肚，昏昏大醉的王允之就去睡觉了，眼睛一闭就是一生，当晚四十岁的王允之就忽然离世，与庾怿的死亡时间也只相隔半年，就如庾亮追随王导一样。

这期间江州纷纭变幻。342年二月，庾怿毒杀江州刺史王允之不成，饮酒自毙；八月，以王允之入为卫将军；十月，王允之死；十二月，褚裒出镇江州，当然，这是庾家为了吃相好看一点儿，欲将取之，必先予之；343年十月，庾冰以北伐为名，自领江州刺史。江州在一年多的时间里经历了这样多的曲折变化，江州地位的重要和斗争的激烈就可想而知了。不管怎样，庾家前赴后继，花了血本，总算达成了庾亮的夙愿，沿江核心地带都归于庾家掌控，"庾与马"算是四平八稳了。

第六章　何处有尘埃

菩提本无树，明镜亦非台。本来无一物，何处惹尘埃？虽然佛家僧侣经常在庾府穿梭，但看空世间万物，无谓外界诱惑，"事物从心而过，不留痕迹"的观念从不为庾府所取。那庾府眼中揉不得一粒沙，好为"察察之政"，他们的处事态度是僧侣的另一些观念，比如做一天和尚撞一天钟，并且要把钟撞得很响亮。现在庾冰掌朝堂，庾翼掌军事，东晋的大船就在宽阔的长江上浩荡行驶。

（一）土改

东晋建国已近二十年，虽然天下总算太平了，但那只是从遥远的太空看地表。你只要拉近细看，简直是沟壑纵横，一些人在天上一些人在地狱。比如土地，这一最起码的生存资料，目前就掌握在大地主手中，一些是以前江东的本地豪族，他们占有土地、山泽、湖泊等最多；其次是北渡士族，如琅玡王氏等，他们或者收购，或者兼并，或者巧取豪夺，也拥有大量的土地。五马浮江之初，对门阀士族，对其成员在政治权力上的特权带来了利益上的优待，因而所占土地比重也较大：

其官品第一至于第九,各以贵贱占田,品第一者占五十顷,第二品四十五顷……第九品十顷……其应有佃客者,官品第一第二者佃客无过五十户,第三品十户,第四品七户,第五品五户,第六品三户,第七品二户,第八品第九品一户。

也有一些自耕农,他们自古就生活在这里,也拥有仅能养家糊口的土地。最惨的是大量的北渡流民,他们无田可占,青壮年男子一般都是参军成为流民军,老弱病残者和女子,只能成为奴仆,为庄园劳作。

虽然当初由官品的高低直接关系到其所占有的农田顷数、佃客数,划分详尽。但在利益面前,庄园主时时都有做大做强的趋势,各种兼并在悄无声息地进行。比如琅玡王氏家族,他们在会稽之地置办田产、修植果园,致仕后则在此间游历山水、颐养天年。王羲之在《与谢万书》中写道:

顷东游还,修植桑果,今盛敷荣,率诸子,抱弱孙,游观其间,有一味之甘,割而分之,以娱目前。

家族庄园经济带动了江南经济水平的飞速提升的同时,也带来了两个严重后果。一是贫富不均,阶级对立严重。土地越来越集中在少数家族手中,大量的农民和流民成为无土者,只能依附于地主家族庄园,他们看不到丝毫希望,只要世间稍有风吹草动,他们就是推翻旧世界的有生力量,这些年发生的起义此起彼伏。二是税收很少,国库入不敷出。东晋的税收是人头税,按说这些年来江南总体平稳,熊熊战火止于江北,加上大量北人过江,江南的户口应该暴增才对,可是恰恰相反,越来越多的流民和平民纷纷涌进庄园,成为庄园地主的附属品,那些庄园主势力强大,他们都是按规定报户口的。比如到了琅玡王氏的一个庄园,门

口的一个护卫说，我们家按规定是五十户，目前当然就是五十户，什么，一个小小县吏的税收官，还想进门核对？宰相的庄园是你随意进入的？简直是异想天开？

当时庾冰被朝野寄予厚望，上任后亦不分日夜处理政事，而且提拔后进，敬重当朝贤士，时人都以他为贤相。庾冰作出的重要举措，就是清查整理户籍，他派出各路钦差大臣到各州督促，规定各州由军队护卫，带着圣旨，到庄园内清点人头。江南一时鸡飞狗跳，人群躲藏山林。即使如此，成果还是相当可观，能躲藏的只是一部分，帝国的人口猛涨三成，国库税收当然多了三成，庾翼的兵源也有了充足的保障，"翼悉发江、荆二州编户奴以充兵役，士庶嗷然"。

（二）平反

庾家最看不上的是王家的"愦愦之政"，这里面有多少冤假错案得不到伸张！现在暂时有了精力，就准备抓几个典型，将官场的风气弄清醒点。

庾冰接到的第一个案子就是琅玡王家上诉的杀人案。首告者是丹杨丞王耆之，被告是谯王司马无忌。当时褚裒将出镇江州，司马无忌与丹杨尹桓景等人在版桥设宴为他饯行，时任丹杨丞的王耆之亦在座。酒过三巡，这司马无忌拿起烤全羊盘中的剔骨尖刀，朝王耆之猛扑过去，这王耆之一看不对劲，赶紧沿桌逃跑，在座的人也围过来劝阻，王耆之还是被划中了两刀。当众袭杀朝廷命官，何况是琅玡王氏，当然这个案不依不饶地告定了。原来王敦之乱时，谯王司马承为荆州刺史王廙所杀，司马无忌因为父亲死时还年幼，故此不清楚父亲死亡的真相，长大后更与王廙之子王胡之十分亲近。一次司马无忌与王胡之出游，并且告诉母亲赵氏为其准备食物，母亲却哭着将其父被杀的事告诉司马无忌，并说因为琅玡王氏门第强盛而一直不敢告诉他，以免招祸。司马无忌听后惊愤不已，当即持刀走出要杀死王胡之，当然王胡之赶紧逃走了。事情过了这么些年，司马无忌此时竟还图复仇。这时御史中丞车灌率领一大帮大臣弹劾，要治其谋杀之罪。但庾冰有不同的看法，父债子偿天经地义，司马无忌正是按孝道行事，于是让司马无忌交上一笔医药费完事。

庾冰接到的第二个案子是状告殷羡贪污的。如今东晋最有名的名士是哪个？排在第一当为殷浩，也就是殷羡的儿子。这殷羡以前也是一身正气，当初晋元帝的幼子司马昱出生后，晋元帝很高兴，就赏赐群臣。殷羡推辞说："皇子降生，普天同庆。而臣没有什么功劳，却能领到赏赐，实在惭愧。"晋元帝笑着说："此事怎么能让你有功劳呢？"后来殷羡在即将离开建康，赶赴豫章上任前，很多人都托他带信，他把信一一收下。殷羡船到石头渚时，启开这些书信慢慢观看，发现大多数都是拉关系、跑人情之类的事，他一时间甚为反感，于是将信全都抛进了长江，并说道："沉者自沉，浮者自浮，殷洪乔不能做致书邮。"然而，从正面典型到反面教材，往往只是一步之遥。殷羡任长沙相时间久了，就在郡中变得贪婪残暴，荆州所统辖的二十多个郡，唯有长沙恶迹最为昭著。他甚至派人偷石头城仓库藏米一百万斛，最后被发现，却只杀死仓库管理员搪塞责任。现在长沙是天怒人怨，官民相告者不绝于道，荆州刺史庾翼也汇报此事，要求朝廷严处，以儆效尤。庾冰思考了很久，如今什么人都可以得罪，唯名人不敢得罪。当然王导打击的，正是自己要平反的。于是赶紧给庾翼回信，说殷羡有"生子之勋"，托他庇护殷羡。

庾冰处理的第三个案子是以前的旧案，是几家士族联名状告余姚县令山遐。当时庾亮也曾推行"清查户口"之事,当时的官场,对朝廷发布的新政策一般都是骑墙观望,"让羽箭飞一会儿",之后再来评估这个政策执行的难度大不大,对自己有没有好处,会不会得罪境内权势者的利益,如果评估后效果不理想,那多一事不如少一事,许多政策就只停留在圣旨上。但也有例外,这山县令就是认真执行的楷模,有条件要执行,没有条件创造条件也要执行。接到户口清查令后,他敢负责有担当,"绳以峻法,到县八旬,出口万余。"其他地方都没有户口增长,他这里一个县就增加了一万多户口。其中大户人家虞喜百般阻挠,花样用尽,于是山县令就来抓一个典型,准备将虞喜绑了押到刺史府治罪。可是绑虞喜的绳子还没弄结实,朝堂的关于解除山遐职务的圣旨就送到了。原来是余姚的几家士族联名状告山县令,违规修造楼堂馆所,新建了几处县舍。会稽内史打抱不平,向朝堂申诉山县令的冤屈,不几日,会稽内史竟被一同免官。而庾冰部署了清查户口的工作后,各州刺史不来汇报工作进展,反而叫苦连天,推三阻四。现在发现原来榜样就在这里,于是发布公告,将赋闲在家的山遐提升为东阳太守,让他继续着手户口清查之工作。

(三)办学

北方胡夷来犯,中原难安,最遭难的当然是文化事业。东晋刚立时,百废待举,学校教育被废弃太久,亟待重建。此前琅琊王氏在官学与地方教育的兴办方面也有所贡献,王导就曾写过奏章《上疏请修学校》,还在建康主持兴办学校。现在江南承平,庾府开始考虑推动教育事业发展。

庾家除了在建康主导办理官学外,还大力倡设地方教育,尤其是在庾家的核心势力范围的荆州。此前庾亮就在武昌开办学校,还曾专门向朝廷奏报《武昌开置学官教》。像庾亮这样专为地方设立学校、开置学官而发布教文，东晋历史上还是第一次。庾家针对武昌的教育现状，主张选置学官，在地方建立学舍，命参赞大将子弟全部受业，庾氏子弟也命之入学。庾家还要求武昌下属的临川、临贺二郡一同修复学校。并制定条例，严格筛选师生，凡是有不合礼教只为免于赋役而来的，不得招入地方官学。庾家是东晋请求建立学校倡议者中，言辞恳切且做到"革清谈之俗，还孔孟之教"的官员，对东晋崇儒立学、培养人才、巩固政权有重要影响，也使得东晋地方教育兴盛一时。

此时东晋的另一文化盛事是收书抄书。历来战火是书籍的大敌，永嘉之乱，汉文明遭遇灭顶之灾，绝大部分的书籍、典章、诗歌、艺术、礼仪、传统，都消失于江湖。东晋既然以正朔自居，当然就要挑起文化复兴之重任。于是琅玡王家，以及庾家先后进行收书抄书活动，成绩也不小，尤其是此时《尚书》重现江湖。

孔子编纂的《尚书》，在秦末战乱中散佚。汉惠帝宣布撤销秦政权的禁书令，民间收藏之《尚书》遂得复出。汉文帝时，年过九十的故秦"博士"伏生于济南传授《尚书》，靠脑中记忆记诵二十余篇。汉景帝、武帝间，鲁恭王刘馀拆除孔子旧宅，于墙壁内发现孔子家族一批藏书，其中有《尚书》，以"蝌蚪文"抄写，比之伏生所传本，多出二十五篇。传写其书者，乃孔子后裔中之著名学者孔安国。永嘉之乱后，王室倾覆，文物沦丧，《尚书》也再度亡散。前不久，豫章太守梅赜收集到古文《尚书》孔安国本，计四十六卷五十八篇，另附《尚书孔氏传》十三卷，献予朝廷。庾家大喜，重赏梅赜及献书之人，之后命人誊抄多卷，既作为学校之教材，同时作为档案珍藏于不同的地方。

（四）辩佛

政务空隙，庾府以前最喜欢的客人就是僧侣。如今儒学衰微，玄风大倡，东晋初年门阀士族深受庄学思想影响，思想虚无，消极无为，赞赏庄子的"无名""无为""逍遥""齐物"思想，"一死生""齐彭殇"，认为生命短暂而毫无价值。后来佛学东渐，玄释合流，给高门士子带来的最直接影响，就是其信仰发生转变，士族子弟由信奉天师道转而信奉佛教。

最初信奉道教的世家大族有琅玡王氏、义兴周氏、吴兴沈氏、颍川庾氏、陈郡谢氏，当然还有南方土著士族顾、陆、张、孙氏等。东晋时道教世家并不排斥佛教，这是当时能够发生玄释合流的重要契机。但庾府很快决定必须限制佛教的发展，这些佛教徒都是晋民，可是他们只礼佛，并不敬官，也不敬皇帝，简直岂有此理。经过深入思考，庾冰提出了"沙门致敬王者"之论。何充和琅玡王氏一样，对佛教非常信仰：

性好释典，崇修佛寺，供给沙门以百数，靡费巨亿而不吝也。亲友至于贫乏，无所施遣。

庾冰抛出沙门应当致敬王者这一观点时，何充联合褚翜、诸葛恢、冯怀、谢广等大臣先后三次上奏，分别从"祖制，不会亏损王法，有利教化"三个角度阐述应允许沙门不致敬王者。而庾冰也作出了反击，甚至代晋成帝执笔诏书，用皇帝的权威强行压制反对派。

中宗肃祖升遐，王庾又薨，（竺法潜）乃隐迹剡山，以避当世，追踪问道者，已复结旅山门。

竺法潜是当时知名的僧侣，也是王敦的弟弟，前些年从屠刀下逃脱，成为琅琊王氏在佛教的代理人。有了前期的案底,他当然不想成为朝堂政争的焦点,还是赶紧避世吧。当然,一同避世的还有高门士族之常客的支遁,刚写完《道行般若经》《佛说慧印三昧经》,也黯然离开建康,准备找个清静的地方写他的《释蒙论》了。随着何充及琅琊王氏的失势,佛教在这次争论中遭受到了东晋建国以来的第一次打击。

"沙门致敬王者"之争其实与佛教无关,而是庾王两家的政治斗争,佛教只是导火索,实质是庾氏家族的北伐路线与琅琊王氏的维持现状路线之争。随着北伐受挫,以及庾冰、庾翼的离世,何充和琅琊王氏势力复苏,大批与佛教交好的士族上台掌权,佛教发展进入到一个宽松阶段,"沙门不必致敬王者"更是拔高了僧侣的政治地位。可以说第一次"沙门致敬王者"之争不仅没有削弱佛教,反而使佛教进一步壮大,为佛教日后能够与政治更加紧密结合奠定了基础。

第七章　闻君有他心

龙椅该由谁来坐？这你就不用操心了，儒家圣贤早就作出了明确而详细的制度设计："立嫡以长不以贤，立子以贵不以长。"这就是所谓的嫡长制：王位的继承人必须是正妻所生的大儿子，也叫"有嫡立嫡，无嫡立长"。后来由于情况复杂，又延伸出了四立——立嫡、立长、立贤、立爱。虽然章法科学严谨，奈何不讲规矩的太多，此前非正常登基的占了一半，目前这道考题又摆到了庾家面前。

（一）还是要立长

342年六月，晋成帝身体极度不适。此时他才二十二岁，虽然已在龙椅上坐了十八年。庾冰看着奄奄一息的皇帝，知道大限将临，于是十万火急地从武昌召来弟弟庾翼商讨。

庾冰："皇上将不久于人世！"

庾翼张大了嘴："怎么可能？前不久他还龙飞凤舞地写字，赠送了一幅给我，挂在我武昌行营的大堂里。他的草书颖悟通谙，光使畏魄，青疑过蓝，劲力外爽，古风内含，若云开而乍睹旭日，泉落而悬归碧潭……"

庾冰不耐烦地打断："还是说说他走后的事情吧！"

庾翼喝了口庾方之递过来的茶水："那何充也无甚依凭，天下还是东晋的天下！"

庾爱之："爹，可是'庾与马'可能就不在了！"

庾冰点头赞许："还是我贤侄聪明胜过爹！"

庾翼微笑着似有所省悟："立嫡立长当是制度，成帝有两个儿子呢！没得选。"

一旁斟茶的庾方之："成帝的儿子一个两岁，一个一岁，尚在襁褓之中，椅子还坐不稳呢！"

庾翼笑笑说："当初成帝登基也不到五岁，年龄不是问题。"

庾冰："一辈亲，二辈表，三辈四辈就算了！成帝登基，我们是皇舅，尚是至亲；如果两岁的小孩子坐上龙椅，庾家皇戚的身份就消失了！"

庾翼一想也对，这对庾家可是重大打击，忙问："可有良策？"

庾冰："兄终弟及。"

庾翼："皇上无子才会用到此法呢！阻力可大了！"

庾冰："所以让你到建康！"

于是他们商量了细节，就开始了各负其责。六月初二，庾冰准备进入皇宫面见成帝，一到宫门竟被禁卫阻拦，一眼生的宦官拿出尚书符令说："敕令皇宫门人不许让宰相入内"。跟随的众臣都大惊失色，庾冰说："这一定有诈。"六月初三，皇宫戒严，庾冰将宫廷禁卫全部更换，由庾翼的儿子庾爱之亲自带队护卫，皇上不再接见众臣，只专心养病。庾冰先是将伪造尚书符令的宦官和几个侍卫斩首，这事当然不能深究，关键时刻不能树敌太多。之后他一人守候在皇上的病榻前，端药递水，嘘寒问暖，这样过了两天，又饿又渴的成帝就和庾冰聊起了皇位。

成帝："皇舅，何劳你亲自服侍？"

庾冰："非常时期，当有非常之策！"

成帝："可惜了先帝打下的江山！"

庾冰垂泪："先帝创业辛苦，吾辈当珍惜之！"

成帝："我儿年幼，皇舅务要竭力辅佐。"

庾冰："先帝创业辛苦，北虏环伺在侧，江左不甚稳定，幼儿怎堪大任！"

成帝垂泪："想当年，我五岁即位，已历十八年！"

庾冰："此一时彼一时矣！"

成帝："那舅舅的意思是？"

庾冰："兄终弟及！"

成帝满脸愤怒，一时气晕过去。那庾冰也不理会，慢慢享用皇上的御膳。是的，非常时期就要非常手段。

六月初六，奄奄一息的成帝终于想通了，宁做胀毙的仙，不做饿死的鬼，反正舅舅说得也有几分道理，于是按照庾冰的意思写下圣旨，之后接过玉碗，好不容易吃上了一口热气腾腾的饭菜！

庾冰怀揣圣旨，不再理会皇上，让庾爱之好好守卫，连只麻雀也不许飞进去，之后兴冲冲地回府，让人请来另一个宰相——"榆木脑袋"何充到府上喝茶。

庾冰开门见山："如今皇上危在旦夕，请宰相过来商议新皇人选。"

何充大惊失色："皇帝还用选？按照祖制就可以了！"

庾冰："如今天下大乱，选选总是好的！"

何充:"江左风平浪静,宫禁戒备森严,你庾家又在演哪一出?"

庾冰:"危急关头,防备别有用心之人。你看,国有强敌,宜须长君,立琅玡王司马岳若何?"

何充:"父子相传,先王旧典,忽妄改易,惧非长计。社稷宗庙,将其危乎!"

庾冰:"成帝已下圣旨,只是让我通知你罢了!"

六月初七,晋成帝在西堂驾崩,享年二十二岁,谥号成皇帝,庙号显宗。六月初八,庾冰将二十岁的琅玡王司马岳扶上龙椅,之后宦官开念先皇遗旨:

皇帝诏曰,着琅玡王司马岳继承帝位。命武陵王司马晞、会稽王司马昱、中书监庾冰、中书令何充、尚书令诸葛恢一并接受遗诏,辅佐司马岳。

于是,琅玡王司马岳即帝位,是为晋康帝。大赦天下,封成帝儿子司马丕为琅玡王,司马奕为东海王,立王后褚蒜子为皇后。康帝居丧不言,把朝政委交给庾冰和何充处理,江南又开启了新天地。

(二)还是应立嫡

说新天地那是言重了,虽然换了"马","庾与马"的格局一点也没变。就这样顺顺利利地过了两年,转眼就到了344年金秋九月。

二十日,庾冰率领全族重要成员到了武昌,他们是应六州大都督庾翼的邀请,来风景秀丽的长江沿途调研的。从建康坐船逆流而上,过芜湖,观鄱阳,一路走走停停,吟诗品酒,指点江山,十天才到荆州重镇武昌。庾翼在总督府举行盛大宴会,为宰相一行接风。第二天的节目是荆州演

武,只见庾翼一身盔甲,手持宝剑,站立台前,庾冰一行数十人坐在主席台,台下数千将士手持长矛,整齐划一地表演,呼喝有声,金戈铁马。台上一行人的敬意油然而生,只要这威武雄师一出马,踏平北虏当是指日可待!

正观赏间,一骑快马飞驰而来,斥候气喘吁吁地仆倒在中书监庾冰的脚下就气绝而灭,一看身上还插着三支羽箭,显然是中了伏击。这朗朗乾坤,可有王法?庾冰来不及生气,赶紧从斥候身上搜出密封信函,是留守京师的长史送来的。庾冰一看大惊,忙传令,准备快马,赶赴建康!台前总指挥庾翼拿过信函,只见上面一行小字:

康帝重病不治,速回!

骑在马上的庾冰就在想,这司马家是怎么啦,似乎已经着了魔咒,除了开国之君司马睿活得久一些,有四十七岁,其余都活不过三十,明帝为二十六岁,成帝二十一岁,康帝二十二岁。走时这康帝还健壮如牛,登基才两年,怎么就"不治"了?罢罢罢,这个皇舅是当不成了,得抓紧安排一个新皇帝,拥立之功也是大功,主动权可不能交给何充,这可是庾家的专利!

有了!快马奔腾的庾冰想起了一个合适人选,会稽王司马昱。这司马昱二十四岁,是开国之君元帝司马睿的幼子,明帝司马绍的异母弟,算来是康帝的亲叔。司马昱幼年聪慧,深得其父宠爱。成年后,清虚寡欲,擅长玄学。当时著名的神算者郭璞就算卦说:"振兴晋朝的,一定是这个人。"

最关键的是,这司马昱的母亲郑阿春在他七岁时即去世,后来由太子妃庾文君倾心哺养,司马昱与庾文君异常亲近,这庾亮、庾冰也就成了他的亲人。如果由司马昱登基，他母亲早逝，已没有外戚，庾家就成了他唯一可依靠的外戚！这庾冰在飞驰的战马上打了四天的算盘，将司马家的人物一一梳理过，二十五日终于到了建康，一路跟随的庾姓家人将他扶下马，早已望眼欲穿的长史过来给他一番耳语，家人就准备扶他回府休息休息，那么远的路途，骑了四天四夜，养尊处优的宰相当然受不了。可庾冰推开众人，直接坐上官轿，心急火燎地向皇宫进发。

可是不一会儿，官轿就坐回来了！庾冰火冒三丈地直嚷嚷："反了反了！"

原来宰相的官轿压根儿就没进得了宫门，此前眼熟的宫廷禁卫全成了陌生面孔，一副公事公办的样子："非常时期，皇上有令，任何人不得进入！"

庾冰非常愤怒："我可不是任何人！我是宰相！"正在数着手指，猜猜幕后黑手是谁，中书令何充的长史就来了，说是请中书监到何府喝茶。果然是这个老妖怪在作怪，庾冰咬牙切齿，黑着脸进了何府。

何充："皇舅驾到，有失远迎，恕罪恕罪！"

庾冰："我才走十来天，建康就要变天了？"

何充："皇舅何出此言？"

庾冰："为何更换宫廷禁卫？为何不让我进宫面圣？"

何充："非常时期，依皇后懿旨而行！"

庾冰："皇上尚在，何来皇后懿旨？"

何充："依前朝庾太后惯例！"

庾冰就被堵上嘴了，这年头，不能只许州官放火，不许百姓点灯。于是庾冰绕开话题："皇上病情如何？"

何充:"已晕迷不醒,口不能言,将不久于人世,故只有皇后懿旨可请。"

庾冰:"应该抓紧商定帝位人选,我意,国有强敌,宜领长君,需立会稽王司马昱。"

何充笑笑:"中书监多虑了,昨日皇上清醒时,已立司马聃为太子,并已写下传位诏书,以备不时之需。"

庾冰惊讶地张大嘴巴:"一岁幼孩,何能为帝!"

何充再笑笑:"成帝当初登基也不到五岁,皇舅何苦此一时彼一时也?"

庾冰大怒:"中书令不听劝告,荆湘六州可不答应!"

何充还笑笑:"中书监言重了,褚刺史已枕戈待旦,以应北虏。"

庾冰一时就想起了,自己拥立康帝即位后,褚裒就以后父身份苦求外出,皇后父亲的面子总得给的,不得已将才从琅玡王家手里抢过来的江州交给他。343年十月,忍耐不住的庾冰自领江州刺史,使荆江核心区连成一片,将褚裒改授为左将军、兖州刺史,都督兖州徐州之琅玡诸军事、假节,镇金城,又领琅玡内史。徐、兖自郗鉴以来,一直是卫戍京师的重镇,褚裒以都督徐、兖而为征北,是集卫戍与北伐二任于一身。原来他一直不愿在朝堂上站立,经常苦求外放,都是在为这一天作准备!再加上何充领扬州刺史,如今建康附近的兵将都在他们手上,失算啊失算!

二十六日,康帝在式乾殿驾崩。二十七日,何充按康帝遗诏推奉太子即皇帝位,是谓穆帝,大赦天下。何充被加授为中书监,侍中,录尚书事。由此庾冰、庾翼深深痛恨何充。

（三）还是可称制

如今庾冰和何充的官位刚好对调了一下，排位当然是中书监第一，中书令第二。庾冰非常后悔，悔不该去游山玩水。玩物丧志啊，这哪里只是丧志，简直是丧官丧天下呢！本来看到建康平静如水，官民和谐，天下无事，这才决定出去饱饱眼福，可前脚一走，后边就是惊天动地。没有自己掌舵，这东晋的大船就开向了另外一个方向，方向错了，再好的设想也是白费。

这庾冰就想如何扳回一局。对了，才不到两岁的孩子，屁股在龙椅上还坐不稳呢，必须得有顾命大臣才行，想到自己在康帝朝就是顾命大臣，还是说一不二的，这一特权如何能丢？在第二天的朝会上，庾冰就准备好奏折，一定不能再后退。

十月初一穆帝升朝议事，两岁的小孩子当然坐不稳龙椅，就有一个女子陪着小皇帝在龙椅上坐下，这一幕怎么那么熟悉？庾冰想起来了，二十年前晋成帝五岁登基，就是由自己的姐姐庾太后陪同坐上龙椅的，庾冰心中暗暗叫苦。再细看这女子，原来是皇后、现在是太后的褚蒜子，今年不过二十岁，正是风华正茂之际，平时不显山不露水，总是面带微笑，落落大方，现在坐在龙椅上，不动声色地开口道："如今国事艰难，众臣有事请讲，一起共渡难关。"

庾冰出列："启奏皇上，如今皇上年幼，自元帝起历朝均安排有顾命大臣，为稳定晋室起了关键作用。先帝的顾命大臣为武陵王司马晞、会稽王司马昱、中书监庾冰、中书令何充、尚书令诸葛恢，臣以为，此六人当继续为穆帝顾命，望恩准！"

褚蒜子微笑着说:"大家议一议!"

会稽王司马昱:"罢了罢了,会稽秋来风景异,田园将芜胡不归?顾命就算了。"

司徒蔡谟:"中书令此言差矣!顾命当为先帝在世时亲口指定,岂能随便由臣子自行确定?此乃大逆之言!"

何充:"臣附议!"

这时大部分大臣都附议,有些还在犹豫的臣子一看这阵势,也只好站在了中书监何充这边了。于是褚蒜子微笑着说:"请黄宦官宣布朝议结果。"

这黄宦官就非常诧异,平时他只是读奏折,念圣旨,都是照本宣科,不需要动脑,自己会认字就行。现在无旨可念,却要他站出来说话,好久不用的脑袋就转得飞快,到底该说什么呢,这朝堂上随便哪个人都惹不起,说得不对可是要掉脑袋的,两双手脚就不知道该放哪里了!还好,庾冰再次出列:"不劳黄大人了,我收回顾命之提议!"

褚蒜子向庾冰赞许地微笑:"还有奏折没有?"

这时蔡谟拿出奏折出列:

太后陛下为妇道规范,女中楷模,超过文王之妃太姒。当今社稷危急,万民系命,臣等惶恐,一日万机之事,国家命运所期,天意所归,都在太后身上,恭请太后摄政。

散骑常侍王恬:"先后庾氏谦恭自抑,只想顺从妇道,所以不拒绝群臣请求而临朝摄政,为国捐躯,此乃楷模。如今皇上年幼,太后也应以司马江山社稷为重,临朝摄政。"

庾冰一听,这些话都是说给他听的,还真没法反对,都怪自己去游

山玩水，逍遥快活，他们才有机会私下建成反庾联盟。既然木已成舟，何不做个顺水人情，于是也出列："臣附议。"

众大臣纷纷出列："臣附议！"

褚蒜子微笑着说："请黄宦官宣布朝议结果。"

这下黄宦官已调整好情绪，一看没有争议，那宣布结果就很容易，赶紧上前几步，就像拿着圣旨照念一般："今国体事艰，经一众大臣共议，着褚太后临朝称制。"

褚蒜子微笑着说："我遵从先贤意愿，敬从群臣所奏，守护好大晋江山。还有奏折没有？"

这时庾冰递给黄宦官一份奏折，让其代念，原来荆州刺史庾翼说，万事俱备，请求北伐。

褚蒜子又微笑着让大家议事。

其实这北伐的奏折一直放在庾冰的怀里，以便他随时拿出来使用。如今的北伐早就变味了，成了权臣手中的工具，前边两盘棋大输，总要扳回一局才行。这年头，皇室一阔脸就变，还要我们庾家不？于是庾冰出列补充："北虏占我河山，江左夯基将到三十年，如今北方胡虏相互攻伐，实是我江南的大好时机，望朝堂恩准庾翼，总领兵马，即日渡江，救江北汉民于水火。"

散骑常侍王恬："庾刺史勇气诚可嘉，然四年前大都督庾亮的北伐大败，犹在眼前，如今局势未改，何苦又要耗散江南民力？"

诸葛恢："想我先祖诸葛孔明，神机妙算，鞠躬尽瘁，他六出祁山，连年北伐，最终国库耗尽，民穷国贫，从古知兵非好战，后来治蜀要深思。"

何充："庾刺史去年九月就奏请北伐，中书监还自领江州，以作申缓，如今已打到了哪里？"

看还有人要出列数落，这庾冰红着脸就下不了台，褚蒜子赶紧微笑着制止："北伐任何时候都是江南的头等大事，诸公当牢记先烈，不能数典忘祖。如今褚裒刺史以都督徐、兖而为征北，着褚刺史立即着手准备北伐事宜。散朝！"

第八章　北伐有深意

为何要出兵打仗？这一问题看似简单，敌国可伐。其实情况最复杂，往往是现象在国外，根子在国内。比如国内矛盾太大了，社会阶层不太稳定了，经济落后需要"抢劫"了，某一权臣需要争夺权力了，理由千差万别，口号千奇百怪，但实质往往只有一个：争权夺利，转移视线。

庾冰、庾翼深切感受到了"庾与马"的危机，感受到了庾方力量之不足，是时候压上"北伐"这一重磅力量了！虽然，朝堂上宣布让褚刺史北伐，但爱国不分彼此，北伐不论荆扬，那褚刺史北不北伐就不管了，反正这次庾家是铁了心要北伐。

（一）整合力量

庾冰看着眼前的地图，如今长江核心区基本都在庾家手中，扬州也有四郡归庾冰掌管，建康周边只有一小片儿在何充和褚裒手中，这倒不必为虑。需要顾虑的是后背，江北的襄阳，那个一心北伐的桓宣，秉承祖逖、刘琨的意志，手中有一大批能征善战的流民军，已与石虎家交战了十多个年头，胜多败少，在北江站稳了脚跟。再说了，这襄阳居荆州上游，顺汉水而下，足以威胁夏口、武昌，陆道南出，又可指向江陵，所以对荆州拥有极大的地理优势。而这桓宣是个死脑筋，从不为庾家所用，非常之时，必须先把后背清理干净。

庾冰和庾翼商量，此次北伐，一定要汲取此前庾亮北伐的教训，需要联络更多的力量支持。这时他们就想到了前不久北方战友慕容皝派有使者在建康，这时庾冰刚好收到北方来信，北燕慕容皝斥责他占据国家要职，专断权柄，不能够为国家雪耻。当然，这封信正是庾冰渴望得到的。

443年，燕王慕容皝派使者刘翔到达建康，请求敕许大将军及燕王的章玺。尚书诸葛恢是刘翔的姐夫，出列表态："夷族、狄族互相攻击，这对中原之国有利；只有礼器和名号，不能轻易相许。"朝廷众臣议论认为："按旧例，大将军不委派到边关；从汉、魏以来，不封异姓为王，所请求的事情不能许可。"

刘翔据理力争："石虎包揽八州的地城，有甲兵百万人，立志吞噬长江，只有慕容氏辅翼和拥戴晋室天子，却不能获得异于常礼的任命，这哪里是国家的长远之计呢！"一看目的达不到，于是刘翔去拜访庾冰。而庾家正在找理由北伐，于是双方一拍即合，刘翔赶紧飞鸽传书。不久庾冰收到了慕容皝的谴责信，同时朝廷也收到了慕容皝的上表："庾氏兄弟专权而不北伐，导致祸乱，应当斥退，用以安定国家。"

庾冰于是和何充上奏，同意刘翔的请求，任命慕容皝为使持节、大将军、都督黄河以北诸军事、幽州牧、大单于、燕王，所用的备物、典策，都以特殊礼节对待。又任命慕容皝的世子慕容俊为假节、安北将军、东夷校尉、左贤王，赐给军资器械数千万。又给有功之臣一百多人加官进爵，任刘翔为代郡太守，封为临泉乡侯，授予员外散骑常侍。在江边为使者饯别时，庾冰同刘翔对饮三杯，相约半年后共同举兵，平定中原。

同时，庾冰又派使者向西与凉州牧张骏相约，商定半年后大举行动；七月，后赵汝南太守戴开率领数千人向庾翼投降。于是庾翼向朝廷正式申请北伐，朝廷论议大多认为困难，大都认为不该庾家北伐，但箭在弦上，不得不发。

（二）北进襄阳

占据襄阳，一直是庾家的梦想，此前庾亮北伐，本来也想攻占襄阳，只因败得太快，后赵的反扑抵挡不住，只好让桓宣那颗钉子继续钉在江北了。现在庾翼直接去占襄阳就显得有点过分了，于是他先打起了歪主意。

庾翼在武昌，常有"怪异"的事情发生，一会儿日食、月食，一会儿妖怪乱象。他让人占卜，说是必须迁移镇所。当然庾翼的地盘够大，理论上他可以选任一地点作为他的大都督行营所在地，于是在地图上找啊找，离襄阳最近的是哪里？有个名不见经传的乐乡？就它了！山不在高，有仙则名；地不在显，有将则灵。于是向朝堂报告迁址。当然理由很多，怪异现象只是之一。于是宦官在朝堂上宣读庾翼的上疏：

北伐上疏

……辄率南郡太守王愆期、江夏相谢尚、寻阳太守袁真、西阳太守曹据等精锐三万，风驰上道，镇于乐乡，并勒平北将军桓宣扑取黄季……窃谓桓温可渡戍广陵，何充可移据淮泗赭圻，路永进屯合肥。

这就调动了天下兵马，把庾家认为不是一条线上的统帅比如何充、桓宣、路永等排挤得远远的。刚好有天庾冰有病请假不上朝，这临朝的

褚蒜子就又微笑着请大家议一议。

征虏长史王述："乐乡距离武昌有千里之遥，数万士众，一旦真的移徙，又要修筑城郭，对公家、对私人都是烦劳困扰。何况武昌居长江之中，可以万全策应。所以通达之人、有道君子，直道而行，都不采取禳避妖异的做法。"朝廷众大臣论议都认为很对，于是不予批准。

既然乐乡不行，朝堂诸公可能也不知道乐乡在哪里，那就再找个近点的著名点的地方，庾翼又在作战地图上找啊找，那就安陆了，刚好在武昌和襄阳的中间，于是又上表：

北伐至夏口上表

计襄阳安陆，荆楚之旧，西接益梁，与关陇咫尺，北去洛河，不盈千里，土沃田良，方城险峻，水路流通，转运无滞，进可以扫荡秦赵，退可以保据上流。

虽然太后和朝廷大臣都派使者晓谕制止，庾翼这回不管了，将在外，军令有所不受，庾翼率领兵众四万，违背诏令向北行进，到达夏口后，又上表请求，要大踏步前进，镇守襄阳。

北伐大事，既然已经开启，就不得不同仇敌忾，所有的不同政见，所有的扯袖掣肘，都必须收藏。眼看大军要到最前线了，十一月初二，朝廷任命庾冰都督荆州、江州、宁州、益州、梁州、交州、广州及豫州等四郡诸军事，兼领江州刺史、假节，镇守武昌，作为庾翼的后援；任命琅玡内史桓温为都督青州、徐州、兖州诸军事及徐州刺史，作为北伐前锋。

当然，褚蒜子也微笑着调兵遣将。大军在外，更要把京城的守卫夯实，于是征召徐州刺史何充为都督扬州、豫州、徐州的琅玡诸军事，兼领扬州刺史,录尚书事,辅佐朝政;任命褚衷任卫将军,兼领中书令。二十二日,东晋大赦天下。

(三)鸠占鹊巢

庾翼要到襄阳,那原来的襄阳刺史桓宣怎么办?

有人说,襄阳那么大,足够容下两个刺史。其实这是站着说话不腰痛,小人物不明白大场面。历来军队都有防区,那就是自己的地盘,是自己赖以生存的基础,几万张嘴要吃要喝,还要养家糊口,有些甚至还想要发财,是不容任何力量来插上一只脚的,哪怕友军也不行。

可是官大一级压死人,何况是带着尚方宝剑的大几级的大都督!更何况他还带了四万精兵强将!庾翼率军抵达襄阳,便召集将军僚佐,陈列旌旗铠甲,向众位将领亲授弓箭说:"我这次出征,就像这次射箭一样,"于是拉开强弓,三起三叠,射向远方,台下几万士卒高声叫好,士气空前高涨。台上的桓宣得到大都督庾翼的弓箭后,接下来的首要任务,当然是给钦差大臣和嫡系部队让位子,可是襄阳周围全是如狼似虎的后赵士兵,自己的三万兄弟往哪里去呢。这点庾家也早考虑好了,做人要厚道,要让别人挪窝,就得先给别人找地盘,出发前庾翼就表荐桓宣为都督司州、雍州、梁州、荆州的四个郡诸军事及梁州刺史,前赴丹水。原先桓宣只是一个州的刺史,现在管四个州了,算是大大的提拔,虽然这些州目前都在后赵敌军手上,但可以凭自己的英勇顽强去夺取,还将荆州的四个郡也给了,这个荆州可不是长江以南庾家的荆州,而是指后赵的荆州,也需要桓宣自己去接收。

这些年桓宣一个人一直在江北北伐。祖逖死后,322年,石勒趁机南侵豫州，祖约不能抵抗，而朝廷因忙于内乱而无暇顾及，祖约于是放弃谯城，退守寿春。332年秋天，后赵荆州刺史郭敬戍守襄阳，攻掠长江以西地区。桓宣乘虚进攻樊城，全数俘虏留守士众。郭敬回军救援樊城，桓宣在涅水与之接战，郭敬战败，桓宣夺回被郭敬劫掠的全部人员、物品，随即收复襄阳。335年，后赵将军石遇进攻襄阳，桓宣率军将其击退。桓宣招抚刚刚归降的民众，刑罚从简，威仪从略，鼓励、督促从事农桑生产，有时用轻便车装载耒等农具，亲自率领民众耕耘收获。桓宣在襄阳十多年，扩展、固守了北伐最前沿的根据地。后赵将领多次进攻，桓宣仅仅依靠既少且弱的士众顽强防守抵抗，后赵却无法取胜。

后赵不能取胜，并不是后赵的将领不勇敢，论战力后赵要强得多，他们人数可能要少一些，但均是骑兵，来去如风，飞箭如雨。而桓宣主要是防守，指挥得当，谋略过人，步步为营，稳扎稳打，看准时机才打一个进攻仗，再加上当地汉民的大力支持，这样就坚守了十多年，地盘逐步扩大。

虽然在前线屡立战功，但桓宣身上的标签是流民帅，这就不被容于各门阀。他久在疆场，自领部曲，被时人目为边将；他志在抗胡，不求权势，所以辗转为东晋各种势力所用，无所依傍。为了取信于人，他甚至不得将亲子桓戎辗转送与各势力为人质。当初祖约要参与苏峻之叛，桓宣与祖约之父祖逖义结金兰，和祖约也共事多年，于是多次派使者苦口婆心地反复劝导，什么忠心为国呀，什么逐胡初心呀，一看收获不大，又赶快派儿子桓戎到祖约大营为人质，相约共同抗击苏峻，胜利后向朝堂为祖约请功。后来终于翻脸成为敌人，于是和祖焕大战于马头山，鉴于两头受敌，桓宣又"使戎求救于（毛）宝"，战退叛军后，桓宣马上参与朝廷联军，接受温峤统一号令，"峤以戎为参军"，又先后以桓戎为郭默、刘胤参军；之后又"遣戎俱迎陶侃"，侃辟戎为掾属。

如今的襄阳，江南的将士成倍增加，武装精良，应该一举夺城、再举夺国才对。但情况恰好相反，一来指挥官换人了，新来的大都督庾翼既不熟悉情况，也不听取桓宣的意见，甚至连面都难得一见。庾翼要的就是襄阳这块地盘，至于那些对自己很有威胁的流民军，用他们和后赵大军以死相拼拿下几块更大的地盘固然更好，但退一步让这些流民军自生自灭也无不可。二来桓宣没有了根据地，北伐便成无本之木。344年七月，庾翼命令桓宣率领五千人，进攻在丹水的后赵将领李罴，说好桓宣只是先锋，其他几路进行合围。

桓宣认为后赵石虎虽然残暴，但其国仍非常强大，北伐并非适宜。同时以汉水为险，驻守襄阳尚有可能，一旦向北进攻，无险可守，地势平坦开阔，只能为骑兵所灭。但军令如山倒，桓宣只得含泪出发。待进军到后赵的樊城附近，李罴的一万多铁骑突然杀到，对桓宣所部几番冲击，桓宣下令就地筑营固守，同时派出飞骑报告方位，让其他几路合围之师赶快合围。开始李罴的铁骑也很小心，他和桓宣交手那么多次，知道他不会冒险，肯定是抛出的诱饵，待多方侦察，反复试探，过去了三天三夜，襄阳城也没再派出一兵一卒，这周围可疑的鸟都没一只，何况一马平川，也藏不住伏兵，千载难逢的机会，那还等什么？于是一万铁骑合围，这到口的肥肉，李罴吞进肚里也不知道为什么。

桓宣当然不敌李罴，带领残兵败将好不容易冒死突围，撤兵回襄阳，还没问大都督庾翼另外几路合围之兵到底在哪里，大都督就大喝一声："绑了！"就要推出去斩首，好在众将领一再求情，当即下令将桓宣贬为建威将军，让他前往戍守岘山小关隘。这小关隘有茅房四间，士兵二十人。八月初七，桓宣在茅草房里挨着饿，听着雨滴和雷声，想着夭折之北伐，口吐鲜血，惭愤而死。至此，北伐结义三兄弟全部落幕。

桓宣去世后，庾翼欢快地任其长子庾方之为义城郡太守，接管桓宣的部众。此前，前凉张氏和辽东的慕容氏的使者早已到了襄阳，一再催问大都督何时起兵，何时会师洛阳，他们好一起起兵，这大都督都是顾左右而言他，一副天机不可泄漏的样子，最后问得紧了，就干脆打发他们回去，说大都督出发前一定派使者前来告知。不久，大都督的大军确实出发了，不是往北，而是向南。北方的敌人那么强大，身经百战的桓宣就是楷模，于是他又向朝廷报告，说襄阳离前线太近，不利于大都督军事指挥，请求把镇所迁回夏口。当然他也不管龙椅上的太后答应不答应，先启程再说。当然，他也没在夏口停留，一股脑儿地撤退到了荆州武昌，算是从原点回到了原点。

除了占据襄阳外，此次庾翼还看中了路永的寿春。不对，现在应该叫寿阳了，元帝因避爱妃郑阿春之讳而改寿春为寿阳。这豫州刺史路永驻扎在寿阳，他是王导的心腹，当然不能被庾翼所信任。于是庾翼依葫芦画瓢，在回军途中，派出一支军队前往寿阳附近驻扎，准备如法炮制随时夺其地吞其兵，经过反复纠缠，走投无路的路永索性投奔后赵，后赵王石虎派来一万铁骑助守。

没有一丝成果当然不好写战报，庾翼想起当年庾亮北伐是从成汉开始的，后来成汉不服气又进行了反扑，不如此时索性再教训一下？于是在返回的路上，派益州刺史周抚与西阳太守曹据讨伐成汉，在江阳击败成汉将领李桓。

此次庾翼的北伐，更像是一场豪华的旅行，全程未歼一敌，未攻一城，就返回了。但是他的目的全部达到了，接管了襄阳，收编了流民军，彻底清除了后背的威胁。这次北伐声势浩大，东晋朝野都参与其中，连北方的友好力量也愿意联手，意图铁壁合围，消灭后赵帝国。但是相比较北伐的成果，庾家兄弟更加关注的，是怎么把襄阳搞到手里。方向不正确，使再大的力气，有再多的资源，结果只会越来越远。

此次北伐之后，长江一线的荆、江、豫、扬四州（庾家占据了扬州的四个郡）连为一体，颍川庾氏的实力达到了前所未有的巅峰状态，即使是全盛时期的王敦和陶侃也不能与之相提并论。目前，他们的前进目标只剩下建康周边的一小片地盘了。

第九章　不见有长存

弓满易折，水满则溢，说的就是颍川庾氏；盛极而衰，满世皆谤，说的也是颍川庾氏。344年，颍川庾氏的权势达到了鼎盛，走到了顶点。物质是守恒的，之后就是下坡了，这下坡的角度，取决于时势，取决于人心，更取决于你以前的所作所为，该还的终究要还，该来的始终要来。

（一）无可奈何花落去

人算不如天算。老天似乎见不得庾氏一家独大，庾家兄弟多年谋划，苦心经营，好不容易圆了梦，成功废除了"王与马"，"庾与马"算是牢不可破了。在庾亮去世短短四年之后，庾家遭到了第二次重创，344年十一月初九，庾冰故去，享年四十九岁。朝廷册赠侍中、司空，谥号忠成，以太牢之礼祭祀。

庾冰的棺材板还没有钉上，朝廷就发动反击，派遣谢尚出任江州刺史，但是大都督庾翼强力抵制，庾家好不容易控制了长江连片核心区，怎么可能轻易拱手让人？这褚蒜子历来让得人，就撤回了任命。但这时候的庾翼是一个人在战斗，精力有限，心力交瘁。不到一年，庾家遭到了第三次重创，345 年，庾翼背疽发作，七月初三逝世，享年四十一岁。朝廷追赠车骑将军，谥号"肃"。

时间是解决问题的最终钥匙。这庾家学的是王家，由两强联手，一人在地方掌控兵权，一人在京都掌控朝堂，如王敦与王导，后来王敦兵败去世，王导再去世，"王与马"就没有存在的基础了。此时，庾亮、庾冰和庾翼相继离世，并不是庾家没有人才。庾翼病危时，就上表推荐次子庾爱之代任辅国将军、荆州刺史，接替自己，此前庾冰也曾经推荐庾方之领中书令一职。但天下苦庾久矣，大晋帝国好不容易从庾姓的魔掌下挣脱出来，褚蒜子在龙椅上虽然一直笑容满面，但其实心里最害怕庾家。谢天谢地！位极人臣的三人终于为国捐躯了，朝廷当然会给他们一大堆的敕封。但庄家轮流坐，朝廷再要封官，尤其是一品大员和掌兵刺史，姓庾的就算了。

在后来的朝堂上，还有庾家子弟在角落站立。庾亮离世较早，有三个儿子，子孙均有保全，其曾孙庾悦在东晋朝末期任江州刺史十四年；庾冰树敌较多，结局最惨，七个儿子有六个被后起之秀桓氏所杀，只有庾友因娶桓氏之女独得免诛；庾翼有两个儿子庾方之与庾爱之，均为桓氏所废。

和琅玡王氏一样，庾家也注重家风的培养，"经学治国"与"崇尚玄虚"并存。在汉魏之际，颍川庾氏并非出身名门望族，若想在政治上获得出路的同时提升家族地位，除了需在政治经济方面与传统世家大族抗衡，在家族文化的建设上也得不落人后，这其中最为关键的便是家世学问的世代相传。

颍川庾氏自汉魏以来被奉为正统的儒学文化影响颇深。庾氏祖上庾乘因崇尚儒学、治经学官而从小门吏走上通经之路。西晋经学衰微，玄学兴盛，而庾峻潜心修典，精通儒学，往往"援引师说，发明经旨，申畅凝滞，对答详悉"，遂迁为秘书丞。庾敳是庾氏家族由儒入玄的第一人，他常"静默无为"，经常参与士子清谈集会，同时又继承了崇儒尊经之家学门风，使二者浑然相融。庾亮深受庾敳的影响，把家学渊源的影响根深蒂固地继承并发扬，一方面崇尚儒学，提倡以经学治国，另一方面，他也好玄谈，经常组织并参与清谈集会。庾亮著有文集21卷，包括《释奠祭孔子文》。他还擅于书法，后世书法大家米芾曾高度赞扬：

欧阳询度尚庾亮帖赞

渤海光怪，字亦险绝。真到内史，行自为法。

庄若对越，俊若跳踯。后学莫窥，遂趋尪劣。

庾冰也是文学大家，著有文集二十卷。庾翼有文集二十二卷，尤其工于书法，有行楷《故吏帖》传世。最初，王羲之的书法不如庾翼、郗愔，曾经用章草回信给庾亮，庾翼看到后深深叹服，写信给王羲之："我以前有张伯英（张芝）的章草十张，南渡过江后流离颠沛丢失了，常常感叹好的书法作品永远消失了。忽然见到足下的信，我的精神才又充沛，恢复到以前的状态。"

后世，江州和鄂州建有庾楼，江州还有"庾亮南路""庾亮北路"。白居易有诗曰"牢落江湖意，新年上庾楼""三百年来庾楼上，曾经多少望乡人"。

晋车骑将军庾翼书

故吏从事中郎庾翼死罪：军事刘遐死罪。日昨所启庞遣孟晨所请求述上事，须检校谘论光驾当出，请不从诣录事中郎共详襄别白谨启翼死罪死罪

庾翼《故吏帖》

（二）似曾相识燕归来

兴高采烈地从朝堂中央挤走了庾氏，心情格外轻松的褚蒜子这天升堂议事。宦官宣读了刚上任吴国内兄的庾亮之子庾羲的《上讽谏诗表》：

陛下以圣明之德，方隆唐虞之化，而事役殷旷，百姓凋残。以数州之资，经赡四海之务，其为劳弊，岂可具言！昔汉文居隆盛之世，躬自俭约，断狱四百，殆致刑厝。贾谊叹息，犹有积薪之言。以古况今，所以益其忧惧，陛下明鉴天挺，无幽不烛，弘济之道，岂待瞽言。臣受恩奕世，思尽丝发。受任到东，亲临所见，敢缘弘政，献其丹愚。伏愿听断之暇，少垂察览。

也有大臣对庾家上表进行了赞赏，都是"语气平和，语辞雅正"之

类，但绝大多数大臣都沉默不语。是的，是时候和庾家划清界限了。褚蒜子一看没人表态了，于是转移话题，将主要议题转到荆州刺史的人选上。是啊，这些年来司马氏最忌讳的就是荆州刺史，荆扬对抗似乎成了常态，但这一人选又不可或缺，这是一国的顶梁柱和压舱石，是用以对抗江北胡族侵扰的主要力量，所以大家就要小心翼翼地寻找一个打仗勇敢的、没有异心的、忠诚担当的、不讲价钱的一个完人。

这年头，各种才能的人都有，就是没有完人。首先开口的是庾亮之子——丹阳尹庾和："庾氏家族世世代代驻守西部藩镇，为人心所向。自古举贤不避亲，前中书令庾冰和大都督庾翼都推荐庾爱之，应当同意他们的请求。如今他已代理荆州刺史，军民上下一片赞许。"

朝堂上就沉默了好一会儿，算是对庾家的否定。打破尴尬的是中书监何充："荆楚是国家的西方门户，有民众百万，北边连结强大的胡虏，西边邻近强大的汉国，地势险阻，周边有万里之遥。推举合适的人则可以平定中原，所用非人则国家命运可堪忧虑，这就是陆抗所说的：'存则吴存，亡则吴亡'。怎能让少年人担当这样的职位呢！桓温英气、谋略过人，有文武两方面的才干，西边这个职位，没有比桓温更合适的人了。"

侍中刘惔："桓温不可以居于荆州这个制胜的位置，而且要常抑其位号。建议由司马昱出任荆州刺史，我可以作为他的军司。"

司马昱："桓温是司马家的女婿，当然心向皇室；他以前也是庾家最认可的人选，北伐时还是先锋；他也是褚刺史推荐的人选，关键他有很高的军事才能，我同意任用他为荆州刺史。"

刘惔："桓温有不甘为臣的志向，千万不能出任荆州。如果其他人不愿去，我请求自任荆州刺史。"

褚蒜子知道那刘惔的才能主要在嘴上。他迎娶庐陵公主司马南弟，成为永和名士的风流之宗，是清谈的主力干将，"居官无官官之事，处事无事事之心"。至于武功和谋略，当然是一片空白，怎么敢把荆州交给他？于是发问："庾爱之肯让给桓温吗？如果他率军抗命，国家所受的耻辱和惊惧都不会小。"

何充："不必担忧，桓温是庾皇后的女婿，和庾爱之当是一家人。"

这褚蒜子和桓温的夫人南康公主司马兴男的关系很好，经常在一起品茶赏花，于是笑容满面地下旨：任命徐州刺史桓温为安西将军，持节，都督荆州、司州、雍州、益州、梁州、宁州诸军事，领护南蛮校尉，荆州刺史；任命刘惔监察沔中诸军事，兼领义成太守，替代庾方之；任命庾方之、庾爱之为豫章内史。

（三）柳暗花明又一村

从出镇金城到庾翼去世，桓温的人生历程又不知不觉地过去了四年。表面上看，桓温在这四年里最值得一说的事迹，是响应庾翼北伐，但这并不是最大的收获，他学到的最重要的东西，是学会了怎么做人。

在桓温的仕途上，庾翼是他的领路人。短短四年，皇帝换了三个，外戚换了两茬。按照常理，当庾翼成为政治斗争的众矢之的的时候，寄身于庾家屋檐下的桓温难免要受到影响。然而，事实上，在这股翻腾了四年的政治风浪中，三十出头的桓温老练机敏，一次次避开了旋涡和礁石，既跟庾家保持着友好关系，又跟庾家的政敌打得火热，刀切豆腐两面光。

当然，桓温的确是个干才，所以才能成为庾家及其政敌都大力拉拢的对象。他的才能是本，长袖善舞是末。反过来说，是庾家及其政敌利用桓温，还是桓温在利用他们，这还得两说。

庾翼病逝之后，长江中游的江州和豫州回归朝廷，褚裒被任命为徐州长官，镇守京口。长江一线诸州当中，就只有上游的荆州还是庾家手里，同时，怎么安排让出徐州长官之职的桓温也是个问题。这时何充主张派遣桓温逆流而上，取代庾家接管荆州，也是有所考量的。

在桓温奔赴荆州的路上，他先略施小计，让庾爱之所部发生了一次小规模的叛乱。不过在桓温到任之前，这次叛乱就平息了，这也算是德不服众的一个现成实例。到任之后，桓温拿出圣旨一念，就成功地迫使庾爱之下野，让出了荆州长官的职位。是啊，这庾爱之未经风浪，挑头造反的事想都不敢想，再说把刺史之位让给自家人，这可能就是最好的结局了。这只是个开始，庾家经营荆州将近十年，盘根错节的势力网哪能那么容易就被摧毁？可是，对于桓温，这似乎不是个问题，他只用了短短一年多的时间，就瓦解了庾家的势力。

庾翼治理荆州，推行法家的政治理念，桓温反其道而行之，推行宽和之政。有一个小吏因为犯法而受杖刑，受刑时大杖只是擦衣而过，桓温的三子桓歆看到这一幕，跟桓温开玩笑，说你这大杖上打天，下打地，就是不打人。桓温却说，就这我还觉得打得太重。

东晋建国初期，南北门阀纷纷挤在建康，火药味十足，王导当时就是用宽和之政化解了他们之间的矛盾。其实，桓温用的这一套方法和王导的手法有些相似，同样是为了缓和他这个空降大都督和庾翼旧部之间的冲突。但他比王导高明的地方在于，王导是把祸水下引，只要大门阀之间相安无事，即使他们祸害百姓也假装看不见，然而桓温在化解内部矛盾的同时，还做到了政通人和，百姓安居乐业。

除了施政措施得当，桓温能够迅速扎根荆州，另外两个因素也起到了很大的作用。首先是庾翼的赏识，他曾经向朝廷推荐过桓温，建议晋成帝予以重用，他的旧部都知道他与桓温的交情很不一般，这就有利于他们在心理上接纳桓温。其次是桓温的身世，他的夫人是庾文君庾太后的女儿，是半个庾家人，由庾家人接班庾家军队，也算是顺理成章。还有桓温的性格温和，庾家家风甚严，宗族子弟的性格是出了名的严肃庄重，不苟言笑。而桓温少年时代混迹市井，不拘形迹，草根气比较重，随和豪爽，容易跟别人打成一片，这显然是个有利于增加个人魅力的加分项。

有了才能出众又很听话的桓温掌控荆州，掌控帝国的大部分兵权，朝堂一众王公大臣放心多了，东晋终于进入了皇权伸张的时代。

第十章　绝代有佳人

皇权伸张，并不是说东晋的皇帝在龙椅上颐指气使、一言九鼎，有了皇帝该有的模样。庾翼离世时，小皇帝才两岁，跷跷板两边的"庾与马"算是都离场了，暂时没有了角力，天下真是风平浪静了，东晋难得地过上了安稳日子。

这时朝堂上站立的权势者，都是一个比一个更牛的人，有太后褚蒜子，有几朝宰相何充，有太后之父征北大将军褚裒，有会稽王司马昱，有司徒蔡谟，有扬州刺史殷浩，当然还有荆州刺史桓温，豫州刺史谢尚，吏部尚书谢奕。他们团结一致，制衡向前，进入了集体领导的新阶段。

（一）三度临朝褚蒜子

到了345年，清谈家每每论及中国最有权势的女性，当有秦宣太后芈八子、西汉太后吕雉、西汉孝文窦太后、东汉光烈皇后阴丽华、东汉和熹皇后邓绥等，她们的身世跌宕起伏，故事绮丽多彩，但如果非要排个座次，论个第一，她们就都到不了榜首，冠军另有其人，那就是时下临朝听政的褚蒜子。

是的，没有褚蒜子，东晋就不能苟延残喘一百年。她一生扶立康、穆、哀、废、简文、孝武六代帝王，三次临朝听政，力保王朝四十年！当然，褚蒜子的才能很多，最大的才能是博采众长，平衡各派。

褚蒜子的祖父褚䂮，有器量，以才干突出著称，官至安东将军；爷爷褚洽，官至武昌太守；父亲褚裒，少有简傲高贵的风范，与杜乂齐名，声名冠于江南。褚蒜子出生后，天生丽质，大方优雅，作为贵族女子参加皇室的选美，后来被选为琅玡王司马岳的妃子。就在褚蒜子嫁给司马岳不久，晋成帝突然病逝，大臣们认为"国赖长君"，司马岳意外成为下一任皇帝，而褚蒜子则顺理成章成为皇后。但晋康帝司马岳继位不到2年，就一命呜呼了，于是年轻漂亮的褚蒜子抱着两岁的儿子司马聃登基，东晋实质上步入了女皇统治时期。当初褚蒜子出生时，她父亲就为她算过一卦：

初，裒总角诣庾亮，亮使郭璞筮之。卦成，璞骇然，亮曰："有不祥乎？"璞曰："此非人臣卦，不知此年少何以乃表斯祥？二十年外，吾言方验。"

褚蒜子执政长达四十年之久，没有稳定的政治根基是不可能实现的。褚蒜子的政治自信并不源于父族，褚家人丁稀少，处世原则为"不争"，朝廷多次征召褚裒为中书令，他则"以中书铨管诏命，不宜以姻戚居之，固让"。她的自信源于母亲——谢鲲之女谢真石。在东晋时期，王、谢两大家族的燕子都是特殊的，然而谢家起步却要比王家晚得多，而且多是因为褚蒜子的扶持。褚蒜子执政当年，便立即召谢家顶梁柱谢尚为南中郎将，不久转任西中郎将、督扬州六郡诸军事、豫州刺史、假节，镇守历阳，成为东晋屈指可数的封疆大吏。在朝廷内部谢奕出任了吏部尚书，掌握了朝廷人事大权，后来都督豫司冀并四州军事。在褚蒜子初期执政

十余年的跨度中，谢家兄弟快速崛起，成为当时的政治明星。在谢裒的五个儿子中，谢万还担任西中郎将、都督司豫冀并四州军事、豫州刺史、领淮南太守；谢安虽然隐居山林，但声望却远远超过了谢万，出任宰辅的声音越发高涨。此时朝堂上的士族大家有王家、庾家等，褚蒜子大力扶持谢家，成三足鼎立之势，自己执政的基础更加牢固。357年，已主政十二年的褚太后，高风亮节主动还政给十五岁的儿子晋穆帝，自己退居崇德宫，当时她下诏：

帝既备兹冠礼，而四海未一，五胡叛逆，豺狼当路，赋役日兴，百姓困苦。愿诸君子思量远算，勠力一心，辅翼幼主，匡救不逮。未亡人永归别宫，以终余齿。仰惟家国，故以一言托怀。

后来，褚蒜子还两度临朝。褚蒜子她有能力，有势力，也有机遇，但却从来不贪恋权力。纵观她的一生，每一次临朝，都是临危受命，为了维持政局稳定。而每一次还政，也是干脆利落，不玩弄权术，为风雨飘摇的东晋朝廷续命做出了很大贡献。

（二）怼人宰相何庐江

346年正月十四，都乡文穆公何充离世。世人对他的评价是，兼具才识和度量，上朝时面容端肃，以治国为己任，不为亲朋故友徇私情。读懂没有？说得直白一点，这个宰相就是专门怼人的。

何充当初为何能接王导宰相的班？原来也是靠关系：他既是王导妻之姊子，又是庾亮、庾冰的妹夫，当然也是庾文君的妹夫，也就和明帝成了亲戚，这样的宰相提名，当然大家都会赞同。从何充的政绩来看，其实没有什么特别值得一提的亮点，风评甚至还有点负面，认为何充毫无修正改革的作为，只不过是为人刚强、果敢、有度量而已。而他崇尚佛教，大建庙宇，花费巨资施舍僧人，更是遭人非议。检视何充一生做的最重要的事，那就是怼人。

首先就是怼名士。其实何充本来也是名士，是士族，清谈的知识基础是很牢靠的。魏晋以来崇尚虚浮，这种风气到东晋更是愈演愈烈。名士们占据官位却热衷于清谈，"居官无官官之事，处事无事事之心"，不屑处理公务。在这样的氛围中，何充算是一个异类，他在二者不可得兼的时候，能舍清谈而取公务，与主流格格不入。当时王濛、刘惔，还有僧人竺法深，曾经上门约何充清谈。这三人都是当时清谈界有名头的大腕，联袂相邀委实非同小可，这也说明何充有相当高的清谈水平。何充却忙着埋头处理公文，顾不上陪客。三人受到冷遇，感到非常不满，王濛出言嘲讽何充，竟然拘泥于俗务不应对清谈雅事，颇有责怪何充不识好歹的意思。何充气场很足，毫不客气地反唇相讥，说我要不干这些俗事，你们吃什么？王刘诸人纵然是辩论高手，却被这句话怼得没一点儿脾气。是啊，佛有拈花一笑，亦有金刚怒目，若都沉迷修己，不理世事，谁人来度众生？

其次是怼上级。如今怼名人的很多，有些人是哪个出名怼哪个，以此作为自己出名的捷径。但敢怼上级的很少，官大一级压死人呢，但何充不管这些。何充最初出仕，是在大将军王敦的幕府。王敦的兄长王含正在何充老家庐江任太守，为官贪污，名声很不好。王敦曾当大家的面洗白王含，睁着眼说瞎话，称其官声不错，庐江人都给予好评。大家都纷纷附和，何充却说，我就是庐江人，听到的可不是这样。其时王敦大权在握，这样当面打脸，大家都为何充捏了一把汗，何充却若无其事。

不但怼上级，皇帝照样怼。后来作为康帝的辅政大臣，庾冰和何充曾经一起侍坐，交谈中康帝恭维道，我能够继位，全靠你们两位。这话庾冰倒是受之无愧，何充却是康帝上位的反对派。闻听此话，何充当即就澄清，说全是庾冰的功劳，要是按我的提议，可没有您什么事。康帝言不由衷地扩大感谢范围，大概也是想拉近与下属的距离，其实本也无伤大雅。何充就算觉得自己配不上这一褒奖，委婉地说明一下也没问题。结果他倒好，直接顶了回去，言语中还有指责皇帝乱讲话讨好臣下的意思，让康帝热脸贴了冷屁股，一时间极为尴尬，直接把天聊死了。

司马家认可他的、王导直接看中他并选为接班人的地方，就是他的敢于怼。他的最大政绩，就是怼庾家。从门第和才干来看，何充似乎都没有办法和庾家抗衡。为什么选择何充来充当这个角色？大概是因为何充不仅相对务实，更重要的是敢说敢做，心里只要有话就不吐不快，谁的面子都不给，有那么一股子斗争精神。同时期的他人，或谨慎，或圆滑，或疏懒，或清谈，都没办法完成这个任务。

和庾氏家族作对，从庾亮去世开始，一直到庾家最后一位重要人物庾翼去世，真可谓是不死不休。这大概就是朝廷重用何充的目的，避免庾氏一家独大。刚刚吃过琅玡王氏坐大后王敦造反的亏，不想再来一次了。

在成帝死后选择继承人一事上，何充和庾氏就唱起了反调。当时庾亮已死，庾冰、庾翼兄弟代表庾家继续掌权，二人选择成帝的弟弟继位。其实庾氏的出发动机虽然为私，但在当时的形势下，选择年长一点的皇帝确实更加合理。虽说可能会让庾家更为强势，但权衡利弊，终究是国家安全更为重要。这样看来，何充的怼就有点儿对人不对事了。

不久何充就被任命为骠骑将军，都督徐州、扬州之晋陵诸军事，领徐州刺史，出镇京口。何充这次外任非常微妙，表面上的理由是为了避免与庾氏相争，其实恰恰相反，正是针锋相对。当时庾翼稳居上游，都督六州军事，何充外任后，就在下游形成了能制约庾翼的力量。一年以后，庾翼以北伐为名移镇襄阳，朝中的庾冰跟着都督七州诸军事，接替庾翼出镇武昌，作为庾翼的后援。二庾同居上游，改变了上下游的平衡态势。何充闻讯马上入朝上言，强烈反对庾冰外出，不过没有成功。朝廷旋即安排何充转任督扬、豫以及徐州之琅玡诸军事，领扬州刺史，仍旧以录尚书事的身份辅政。在掌控下游力量的同时居朝坐镇，这应该是朝廷在无力阻止庾冰外出的情况下，退而求其次的应对手段。

庾翼大举征发江、荆二州的编户奴，用来补充兵员，闹得怨声载道。何充便准备在扬州效仿庾翼的行动，对外声称要分担朝野对庾翼的指责。这个说明实在过于荒谬，有这样帮人的吗？为了避免别人干了坏事成为众矢之的，自己也跟着干坏事，体现大家都一样坏？唯一的解释就是庾翼在扩充兵力，何充被迫也必须照跟，不能被对方拉大了差距。

康帝病危时，又面临接班人的选择。何充这次吸取教训，将生米迅速煮成熟饭，总算是怼赢了。

345 年，庾翼病死，死前还安排自己的儿子庾爰之接任，由庾家继续掌控上流。还是何充出头相怼，坚决阻击了这一计划，在东晋政坛担任主演多年的颍川庾氏，终于谢幕下场。当然，何充全力相怼庾家，却是瞻前不顾后，他强烈推荐由桓温替代庾氏，后来桓温势力急速上升，对朝廷的威胁更在庾家之上。

这点刘惔似乎能看出来，何充为什么就看不出来？要是就此认为何充没眼光，有私心，却也不太公允。强敌在前，弃用有能耐的人物而选择平庸之辈，实在是拿国家命运开玩笑。所以作为在朝廷话语权比较大的几位人物，别说何充，就算是司马昱得到了刘惔的提醒，却也不敢做出轻率之举。从当时的形势来看，起用桓温真没毛病。

办完这件大事后，何充就去世了，享年五十五岁，恰好比庾翼晚死六个月，似乎他是专为克制庾家而生。

（三）五彩斑斓会稽王

345年，朝廷再次征召褚裒，"将以为扬州、录尚书事"。但褚裒还是"固辞归藩"，朝野咸叹服之。与此同时，他还举荐了时为会稽王的司马昱出任中枢，使得司马昱在这一年"进位抚军大将军、录尚书六条事"，成为继司马羕之后第二位分享宰相权力的皇族。346年何充病逝，临终之际隆重推介会稽王司马昱为继承人，执掌朝政，司马昱成为名副其实的宰相。东晋皇室中哪位人物最有传奇色彩？排在第一的当是司马昱了，他身上第一传奇的是与他相关的女人，第二传奇的是他的皇位，现在朝堂最看中的，是他的力压群雄的名声。

首先是司马昱的母亲很传奇。当初刚到江南的元帝司马睿，那时还是琅玡王，在王妃去世后，为了搞好和江南豪族的关系，司马睿决心和本地豪族联姻，听说濮阳吴府家美女众多，就传话给吴府，吴府也答应了。但司马睿还是不放心，对江南女子的成色心里没底，于是决定亲自去相看，那吴府当家的也心领神会地暗中配合，让吴府的适龄女子十多人都梳妆打扮一番，进入花园赏花。司马睿站在暗处睁大眼睛，一边欣赏，一边比较，心神荡漾间，一个成熟风韵的女子进入了他的视野，深深地打动了他，就她了！长史将相亲结果向吴府一通报，吴府却傻了眼，可以换一个不？那个女子可不姓吴，她只是来打酱油的！

司马睿当然不愿意换，不久，一顶轿子就抬进了王府成亲了。原来这个女子叫郑阿春，祖父郑合是临济县令，父亲郑恺是安丰太守。郑阿春年少时父母双亡,便成为孤儿。郑阿春先嫁给渤海人田氏，生下一个男孩。田氏死后，郑阿春孤苦无依，只好投奔舅舅濮阳吴府，不承想阴差阳错被琅玡王相中了。这司马睿对寡妇也不嫌弃，很解风情的郑阿春不久就集万千宠爱于一身，不是皇后胜似皇后，之后生下了司马焕和司马昱。

其次是司马昱的现任王妃很传奇。会稽王府的女人当然是很漂亮的，这些年一大群美女围在司马昱身边，为他生了五个儿子和一大堆女儿，可是很奇怪，竟然有四个儿子夭折，一个遭废！一看身边无子，后果当然非常严重，王爷的主要任务之一就是生儿子，为皇室储备可靠的人才。时间一晃过去了十年，膝下竟然还是无一子！眼看继位乏人，这司马昱就相当着急，于是专门找了著名的占卜者扈谦来看相，这王府的百十个女人都一个个地慢慢从术士面前走过，看看哪个还有着力的空间，术士一直摇着头，最后整个王府的女人都相看完了，竟然没有一个让术士中意。术士于是带着垂头丧气的司马昱在王府到处走走，开导说天下很大，眼界决定世界。这时厨房有一个干杂活的昆仑奴，是个胡族黑人，三十多岁了，正在挥汗如雨地烧火做饭。术士眼前一亮，找到了！生儿子包在她身上！这司马昱当然不愿意，又黑又丑，还是个不通语言的昆仑奴，怎么能做王爷的女人？但一想到后代要紧，儿子要紧，临幸了这个叫李陵容的厨奴。果然,扈谦的预言应验了,李陵容为司马昱生下两男一女，是为司马曜、司马道子和鄱阳长公主，后来司马曜还成了晋孝武帝，东晋王朝从此进入了混血儿为君的时代。这司马曜执掌东晋二十四年，成

为东晋开国以来最有权力的君主。

当然司马昱的皇位也传奇。这司马昱本来应该是东晋的第二任皇帝。一般，最小的儿子更容易得到父母的宠爱，司马昱也不例外。在司马睿登基为晋元帝之后，甚至打算废掉太子司马绍，改立司马昱为太子：

元皇帝既登阼，以郑后之宠，欲舍明帝而立简文。时议者咸谓："舍长立少，既于理非伦，且明帝以聪亮英断，益宜为储副。"

也就是说，如果不是王导等门阀的坚决反对，司马昱将担任东晋第二任皇帝。344年，在晋康帝驾崩后，庾家又打算立司马昱为第五任皇帝，只是在何充先下手为强的强力干预下，司马昱才又与皇位失之交臂。终于，到了372年，在他五十二岁时，司马昱看着兄弟侄子们走马灯似的轮番上台之后，皇位竟然神奇地又传回到了司马昱手中，他终于无可奈何地成了东晋第八任皇帝。

为何一直有人拥立他为帝？为何褚蒜子要让他当宰相？主要就是他的名声如雷贯耳。司马昱没有成为东晋第二任皇帝的最大收获，就是在谈玄风气盛行之时，完全把自己熏陶打造成为一位彻头彻尾的文化名士。如果说，支遁是一位"穿袈裟的名士"的话，那么司马昱则足可以称为"穿龙袍的名士"，史称司马昱"清虚寡欲，尤善玄言"。纵观东晋文化舞台，司马昱是最活跃的重量级文化大咖之一。帝王身份不是他本人的意愿和兴趣所在，但文化艺术追求却是他发自心底的生命需求和人生理想。

以玄学思想、理论探讨和学术切磋为主要内容的清谈活动，在价值追求的旨趣上具有时代变化的轨迹。何晏、王弼开创的早期清谈活动的旨趣在于追求"谈中之理"，即清谈双方要通过激烈的论辩分出高下，为的是一个"赢"字。当年天才少年王弼初出茅庐，在何晏主持的清谈会上，把之前大家认为已经无可辩驳的结论驳倒，然后又把自己刚才取胜的观点再驳倒，反复若干次，就是当时追求观点胜负的具体表现。而时过境迁，从永嘉开始，追求观点输赢的"谈中之理"逐渐淡化，被追求清谈美好姿态气质的"理中之谈"所取代，重点只在一个"谈"字。司马昱所面对和经历的，正是这样的清谈风气：

支遁、许掾诸人共在会稽王斋头，支为法师，许为都讲。支通一义，四坐莫不厌心；许送一难，众人莫不抃舞。但共嗟咏二家之美，不辨其理之所在。

支遁与许询清谈论辩的场面，历来为人们所热衷传颂。不过人们印象深刻的，或许只是论辩双方，而忽略了这场活动的东道主——当时被封为会稽王的司马昱。通过这场清谈辩论中司马昱的角色，大抵就能清楚司马昱在清谈活动中是何等位置，何等显赫！这种以司马昱为文化核心的审美性清谈活动还时有发生。

除了清谈玄学活动，东晋文化舞台上另一个沿袭前代的士人文化活动就是人物品藻，而司马昱同样也是这场重要活动中的主要领军人物和参与健将。人物品藻活动是中国文化史上的重要文化现象。它本来起始于汉代人物选拔机制，通过自上而下的征辟或自下而上的荐举，来选拔政府官员或才能人士。而征辟和荐举的依据则是"月旦评"，即对人物的评价议论。这个活动从汉代一直延续到东晋。从曹魏时期开始，"九品中正制"异化为保护门阀士族进入仕途的制度保证，人物品藻活动也就渐渐失去原有的实用价值，变为人物的社会审美性活动。司马昱所在的东晋时期，这种审美性人物品评达到了高潮。而司马昱本人既是当时人物品评活动的组织者，也是品评活动的参与者，于是就名满天下。而朝堂

上正需要这样的人站立。

司马昱没有经世方略,是个清谈家。如果说他与常见的清谈家有什么区别,那就是他是个货真价实的清谈家,清心寡欲,而不是把清谈作为仕途的敲门砖。这也就决定了他的执政理念——踏踏实实做个守成者,沿着何充制定的路线,不做任何改动。他有个怪癖,喜欢看小老鼠的脚印,觉得其中蕴含着一种难以言喻的美感。在他还没有担任执政的时候,为了便于欣赏小老鼠的脚印,甚至不允许侍从擦掉卧榻上的灰尘,闲来无事的时候,就悄悄地坐在卧室里查看鼠印,以提升美学修养。

(四)名震寰宇殷中军

会稽王当了宰相之后首先想任用的,当然也是自己的同类人,天下名士——殷浩。于是他几乎天天写信,屡次征召,并且在请求殷浩出仕的信中写道:"吾恐天下之事于此去矣!"言辞恳切,推崇备至。殷浩终于同意,赴任扬州刺史,不久又被任命为中军将军、假节、都督扬豫徐兖青五州诸军事,主掌了东晋的军事大权。

为何任命名士殷浩来执掌军权?因为褚蒜子熟知历史,此前东晋的内乱多源于荆州兵权太强,从上游压迫下游。不管是王敦还是庾翼掌权,都是如此。如今,朝堂又感受到了荆州传来的阵阵寒潮。桓温才掌管荆州几年,就有了尾大不掉之势,于是褚蒜子听取大家的建议,让名士殷浩来执掌兵权。这些名士最在乎自己的名声,当然就不会有丝毫的叛逆想法。

这殷浩的名气,首先是从清谈开始的。殷浩善谈《四本》,辩论起来无人可与之匹敌。一次谈到人之天性,殷浩问道:"大自然赋予人类什么样的天性，本来是无心的，为什么世上恰恰好人少，坏人多？"在座的人没有谁回答得了。只有丹阳尹刘惔回答说："这好比把水倾泻在地上，水只是四处流淌，绝没有恰好流成方形或圆形的。"当时大家非常赞赏，认为是名言通论。又一次，孙安国到殷浩处一起清谈，二人来回辩驳，尽心竭力，宾主都无懈可击。侍候的人端上饭菜也顾不得吃，饭菜凉了又热，热了又凉，就这样反复了好几遍。期间，双方奋力甩动着拂尘，以致拂尘的毛全部脱落，饭菜上都落得到处都是。到了傍晚宾主竟然也没想起吃饭。殷浩便对孙安国说："你不要做硬嘴马，我就要穿你鼻子了。"孙安国接口说："你没见挣破鼻子的牛吗，当心人家刺穿你的腮帮子！"

殷浩的名气，还是从见识得来的。殷浩的见识度量清明高远，年少负有美名，尤其精通玄理，与叔父殷融都酷爱《老子》《易经》。殷融舌战辩论斗不过殷浩，著书立说则胜过殷浩，殷浩因此被那些风流辩士们所推崇。有人曾问殷浩："将要做官而梦见棺材，将要发财而梦见大粪，这是为何？"殷浩回答说："官本是臭腐之物，所以将要做官而梦见死尸；钱本是粪土，所以将要发财而梦见粪便。"当时的人都将他的"视金钱如粪土"视为至理名言。殷浩不但见识广，还精通医术，但到中年就全都抛开，不研究了。有一天，一个常使唤的仆人，忽然给他磕头，磕到头破血流。殷浩问他有什么事，他说："有件人命事，不过终究不该说。"追问了很久，这才说道："小人的母亲年纪将近百岁，从生病到现在已经很长时间了，如果承蒙大人诊一次脉，就有办法活下去。事成以后，就算被杀也心甘情愿。"殷浩受到他真诚的孝心感动，就叫他把母亲抬来，给他母亲诊脉开药方。才服了一服药，病就好了。从此殷浩把医书全都烧了。

殷浩的名气，也是从隐居得来的。孤单是一个人的狂欢，狂欢是一群人的孤单。殷浩在祖坟处隐居了十年，却并不孤单。虽然征召的使者络绎不绝，太尉、司徒、司空三府征召殷浩为官，但他都推辞不就任。后来征西将军庾亮征召他为记室参军，多次升任至司徒左长史，安西将军庾翼又请他做司马，后任命为侍中、安西军司，殷浩都称病不就职。隐居荒山近十年，当时的人将他比作管仲、诸葛亮。王濛、谢尚还探察他的出仕和退隐的动向，来预卜江东的兴亡。二人一同前往看望殷浩，知道殷浩有坚定的避世志向，返回后叹息说："殷浩不问世事，如何面对江东百姓！"庾翼后来给殷浩写信说："当今江东社稷安危，内政委托褚裒、何充等诸位重臣，外事依仗庾氏等几户大族，只怕难保百年无忧，国家破灭，危在旦夕。足下少负美名，十余年间，内外任职，而如今却想隐退世外，不问国事，这于理不合。由此可知当今名实不符，空谈浮华之恶习未除。"殷浩还是执意不出山。

　　诸葛亮的隐居卧龙，目的并不是真隐居，他要待价而沽。殷浩也不例外，他一看卫将军褚裒极力推荐，又有宰相司马昱的几顾茅庐，再看所给的官职还是天下之军权，当然可以成就一番大事业了，于是告别祖坟，走马上任。

　　褚蒜子坐在龙椅上，看着朝堂上人才济济，名士齐聚，谈吐风雅，遵章守法，这东晋的江山总算是安稳了。

2022 年 8 月 30 日　于成都

——上集完——

共天下（上册）大事年表

公历	年号	中国（东晋）	东亚各国	世界
	晋惠帝			
290	永熙元年	武帝崩。惠帝司马衷继位。外戚杨骏执掌朝政。刘渊即匈奴五部大都督位。		
291	元康元年	贾后合谋楚王司马玮杀杨骏，大权尽握。		
292	二年	杨氏被诛灭三族，贾后迫害杨太后。	293年，鲜卑慕容廆攻打高句丽。	293年，罗马帝国开始四帝共治制。
296	六年	氐族酋长齐万年叛乱。翌年，周处战败阵亡。		
299	九年	平定齐万年叛乱。江统作《徙戎论》。	294年，鲜卑慕容廆占领大棘城。	296年，"高卢帝国"最终覆灭。
300	永康元年	赵王司马伦杀贾后一党。四月，复诛张华、裴頠等重臣。		
301	二年	赵王司马伦称帝，幽禁惠帝。"八王之乱开始"。三王联合伐司马伦，惠帝复位，齐王司马冏专政。氐族酋长李特入蜀，攻占成都。		
302	太安元年	长沙王司马乂杀齐王司马冏后掌权，被外戚羊玄之遥控。		
303	二年	李特被杀，李雄嗣，占益州。司马颖、颙二王讨长沙王司马乂。荆州张昌之乱起，石冰进军江南。长沙王司马乂被杀。琅邪王睿自洛阳逃至封地。	302年，高句丽进攻玄菟郡。	
304	永兴元年	刘渊称汉王，李雄称成都王。江南豪族共同平定石冰之乱。成都王颖占洛阳。		
305	二年	江南陈敏之乱起。		
306	光熙元年	李雄称帝，国号为成，建立成汉。成都司马王颖、河间王司马颙相继被杀。		306年，君士坦丁一世成为罗马皇帝。
	晋怀帝			
307	永嘉元年	陈敏之乱平定。司马睿出镇建业。慕容廆自称鲜卑大单于。		
308	二年	刘渊于平阳即帝位。江南豪族共推琅邪王司马睿。		
310	四年	刘渊卒，其子刘和继位。刘聪杀兄即帝位。周玘平定钱璯，传首建康。		
311	五年	石勒全歼王衍军。洛阳失守，怀帝被俘，迁于平阳。琅邪王司马睿诛周馥军。		

续表

公历	年号	中国（东晋）	东亚各国	世界
	晋愍帝			
313	建兴元年	刘聪斩怀帝。愍帝于长安称帝。琅琊王司马睿为丞相，出兵攻汉赵。王敦为总指挥。		313年，君士坦丁大帝颁布《米兰敕令》，承认基督教会合法存在。
314	二年	石勒据襄国，定户调，灭王浚，控制全河北。汉刘粲总百揆。江南豪族周勰作乱，迅速被镇压。		
316	四年	刘曜攻长安，愍帝投降，西晋彻底灭亡。		

	年号	中国（十六国至北朝）	中国（东晋至南朝）	
	晋元帝			
317	建武元年	刘聪杀害愍帝。	琅琊王司马睿为晋王。《抱朴子》编成。	
318	太兴元年	石勒杀刘琨。	琅琊王司马睿即帝位，为元帝。祖逖北进，与石勒军交战。	
319	二年	刘曜称帝，改汉为赵（前赵）。石勒亦称赵王（后赵）。		
320	三年	巴人反赵，自号秦王。刘曜立太学，罢营建。		320年，笈多王朝旃陀罗笈多一世即位。
321	四年	后赵控制山西以东。	祖逖卒。	
322	永昌元年		王敦举兵反晋。	
	晋明帝			
324	太宁二年	前凉张茂死，张骏嗣位。	元帝死。明帝即位。王敦之乱平息。	
325	三年		明帝死。成帝立。庾太后摄政。	325年，第一次尼西亚大公会议。基督教徒翻身做主人。决定放逐阿里乌斯派。
	晋成帝			
327	咸和二年		苏峻之乱爆发。	
328	三年	刘曜于洛阳战败死	苏峻控制首都建康。	
329	四年	石勒灭前赵，控制华北。	苏峻之乱平定。东晋议迁都，不果。	
330	五年	石勒称帝建后赵。		330年，君士坦丁大帝迁都拜占庭，更名君士坦丁堡。
333	八年	慕容廆卒，慕容皝嗣位。石勒病死，石弘嗣位，石虎专权。	陶侃病逝。王导、庾亮掌权。	

续表

公历	年号	中国(十六国至北朝)	中国(东晋至南朝)	东亚各国	世界
334	九年	成国李雄病死。李期杀班自立。石虎废杀石弘,自称为居摄赵天王。	陆晔病死,庾亮镇武昌。		
335	咸康元年	后赵迁都邺。大兴佛风,佛图澄为国师。			335年,君士坦丁一世之母巡游耶路撒冷,修圣墓教堂。
337	三年	石虎自称大赵天王。慕容皝自称燕王。			
338	四年	李寿杀李期称帝,改"成"为"汉"。鲜卑拓跋部什翼犍继位代王。			
339	五年	燕兵进攻高句丽。	王导、郗鉴卒。翌年庾亮卒。		339年,萨珊王朝开始迫害基督教。
342	八年	前燕迁都龙城,大赦。	成帝卒。康帝立。		
343	**晋康帝** 建元元年	成汉李寿死,子势立。			
344	二年	前燕灭宇文部。	康帝死。穆帝即位,褚太后摄政。		
345	**晋穆帝** 永和元年	张骏称凉王(前凉)。燕王皝自立纪年。	会稽王司马昱执政。庾翼卒。桓温掌西府。	346年,朝鲜百济建国。	

谯华平

著

共天下

GONG
TIAN
XIA

下

石油工业出版社

图书在版编目（CIP）数据

共天下 / 谯华平著. — 北京：石油工业出版社，2024.7

ISBN 978-7-5183-6715-3

Ⅰ.①共… Ⅱ.①谯… Ⅲ.①长篇历史小说－中国－当代 Ⅳ.①I247.5

中国国家版本馆CIP数据核字（2024）第106804号

共天下

谯华平　著

出版发行：石油工业出版社

（北京安定门外安华里2区1号楼100011）

网　　址：www.petropub.com

编 辑 部：（010）64523616　64523689

图书营销中心：（010）64523731　64523633

经　　销：全国新华书店

印　　刷：北京中石油彩色印刷有限责任公司

2024年7月第1版　2024年7月第1次印刷

710毫米×1000毫米　开本：1/16　印张：38.75

字数：500千字

定价：98.00元（上下册）

（如出现印装质量问题，我社图书营销中心负责调换）

版权所有，翻印必究

总序

"分久必合，合久必分"，这是中国历史的常态。其实这很好理解，世界总是处在不断运动之中。天下熙熙，皆为利趋；天下攘攘，皆为利往。每次大统一后，经过一段时间的发展，就会出现中央与地方或其他错综复杂的矛盾，从而造成分裂；分裂久了，矛盾解决了，社会又会整合到一起。

我们中国人比较熟悉的朝代是，秦、汉、隋、唐、宋、元、明、清，各种史实、教学研究，万千小说、满屏戏剧，真可谓著述巨万，汗牛充栋。这也很好理解，统一王朝时有史官详尽地记述资料，再加上野史的补缺，历史脉络就清晰可见，后世作者创作时就可以一气呵成，读者也能够轻松理解，长此以往，人们就以为神州只有这些统一的朝代了。

在中国历史上，虽然"合"是大势所趋、人心所向，但时间上毕竟分多合少。总体来看，华夏大地经历了三次大分裂、四次大统一、四次局部统一的时期。大众所不太熟悉的历史，除遥远的夏、商、周外，就是分裂时代。那时虽英雄辈出，但朝堂动荡、战火蔓延、哀鸿遍野，一来史官所记有限，二来故事眼花缭乱，更兼正朔之争、华夷之辨，加上书籍被毁，史料不存，随着时间长河滚滚而逝，久远的历史故事就在大众的记忆中所剩无几了！

历史是最好的教科书，以史为镜、以史明志，可一品再品，常读常新。分裂时代有更多的英雄，更重的担当，更大的抱负，但也有更熊的战火，更苦的人民，更苛的政令；因而有更跌宕的场面，更华丽的人生，更精彩的故事，更起伏的计谋。我们犯过的错误，都能在那里寻找到"相同的河流"；我们见过的阴谋，都会在那里发现蛛丝与马迹。大一统的历史我们要熟悉，大分裂的脉络我们更要读懂。

自秦始皇一统神州以来，秦汉间有短暂分裂；之后汉末出现了一个近四百年的较长分裂时期，统称魏晋南北朝。分裂之初的魏、蜀、吴三国，因《三国演义》而家喻户晓，之后的两晋南北朝三百多年的历史，大众还相对陌生。这就是一套该时期的系列历史演义小说，全书九部十二册，包括《共天下》上下册（东晋）、《五胡乱》上下册（十六国）、《女皇记》（北魏）、《下江流》（刘宋）、《立大梁》（南齐）、《六镇反》（北魏）、《斩明月》（北齐）、《哀江南》（南梁）以及《三国杀》上下册（后三国），时间从约300年到三国归隋的581年。主旨是让大家以最轻松的心情，熟悉那段朦胧而久远的历史。

本系列小说以《资治通鉴》为主要叙事蓝本，参考了同时代的一系列史书，同时参阅了大量的学界研究成果，在此一并隆重致谢！

是为序。

序

令人眼花缭乱、长达一百多年的东晋历史画卷神奇地展开了！

心神不定的司马氏皇帝坐在宽大的龙椅一端，看着朝堂下威风凛凛、气定神闲的宰相王导说："王爱卿，上来坐！"

战国与秦汉之际，专制君权形成。皇权凌驾于全社会之上，"朕即国家""朕即天下"，造成"一人为刚，万人为柔"的局面。皇权是超越法律、不受任何限制的至高无上的绝对权力，具有独断性、无限性、随意性等特点，但最大的特征还是一个"独"字，所谓天无二日、国无二主是也。

虽然台下的王导很谦逊很淡定地说，"若太阳下同万物，苍生何由仰照"，但奇葩的东晋显然是个例外。其他朝代的圣旨一般都是这么大气磅礴地开头："奉天承运，皇帝诏曰"，但东晋皇帝对宰相的诏书一般是这么小心翼翼地开始："惶恐言""顿首""敬白""敬问"。由此，"王与马，共天下"。从317年到420年的一百多年间，司马氏皇帝坐在跷跷板龙椅的一边，王、庾、桓、谢、刘等高门大族或威猛将帅轮流坐到另一边，小心而微妙地维持着天下的平衡，"祭则司马，政在士族"。

当然，平衡也时有打破，一会儿年轻有为的司马能力较强，一会儿欲望太甚的门阀用力过猛，偏安江左的东晋于是地动山摇。当王敦"惮帝贤明，欲更议所立"，于是兵入建康造反，皇帝也只能无可奈何地遣使谓敦曰："公若不忘本朝，于此息兵，则天下尚可共安也。如其不然，朕当归于琅琊，以避贤路。"当然，平衡肯定短暂，无序才是永恒，皇权的诱惑力实在太大，最后刘姓懒得节制，于是东晋彻底玩完，历史进入刘宋王朝。

本书是东晋南北朝系列历史通俗演义小说的第一部，分上下两册。本书以史为据，以时为序，以先后登场的门阀为主线，述说东晋一百多年间奇妙的历史。

东晋南北朝系列历史演义小说共九部十二册，其中《立大梁》（南齐）、《斩明月》（北齐）、《哀江南》（南梁）已出版，其余正在努力创作中，敬请期待。

是为序。

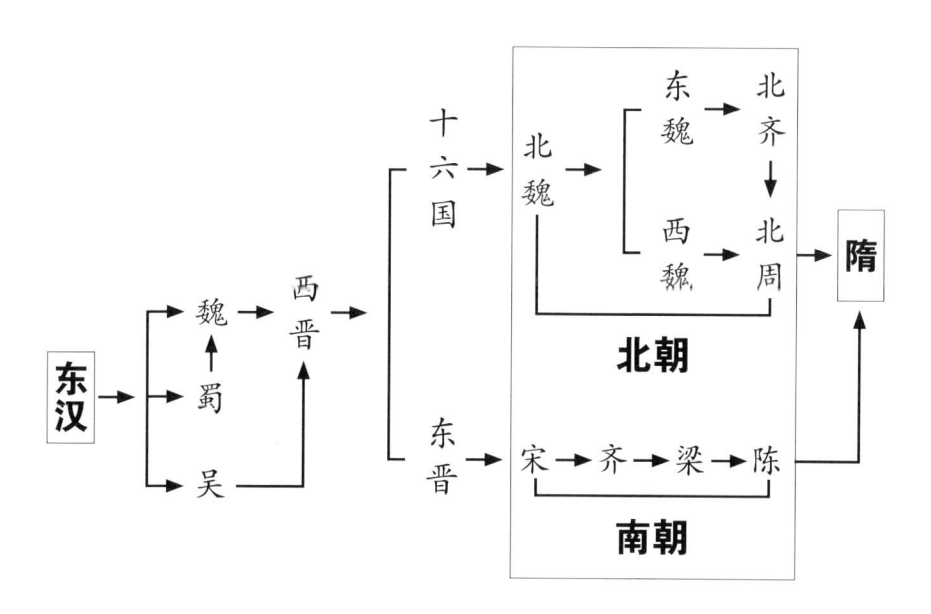

魏晋南北朝时期政权变迁示意图

两晋南北朝时期政权大事年表

		第一个10年	第二个10年	第三个10年	第四个10年	第五个10年
两晋	第一阶段 280—330年	三国归晋	八王之乱	八王之乱 李雄刘渊	西晋灭亡 东晋建国	王敦石勒 后赵辽阔
	第二阶段 330—380年	前燕建国	桓温灭成 北方大乱	前燕强盛 桓温北伐	三足鼎立 前秦灭燕	前秦苻坚 统一北方
	第三阶段 380—430年	淝水之战 前秦崩溃	参合陂之战 北魏败燕	刘裕掌权	气吞万里	刘裕建宋
南北朝	第四阶段 430—480年	北魏太武 统一北方	魏宋和平	魏宋交兵	魏宋交兵	道成建齐
	第五阶段 480—530年	冯后均田	孝文汉化	萧衍建梁	江表无事	六镇民变 庆之北伐
	第六阶段 530—580年	高欢宇文 东魏西魏	侯景之乱	北齐北周 霸先建陈	周占西南	北齐灭亡 隋吞周陈

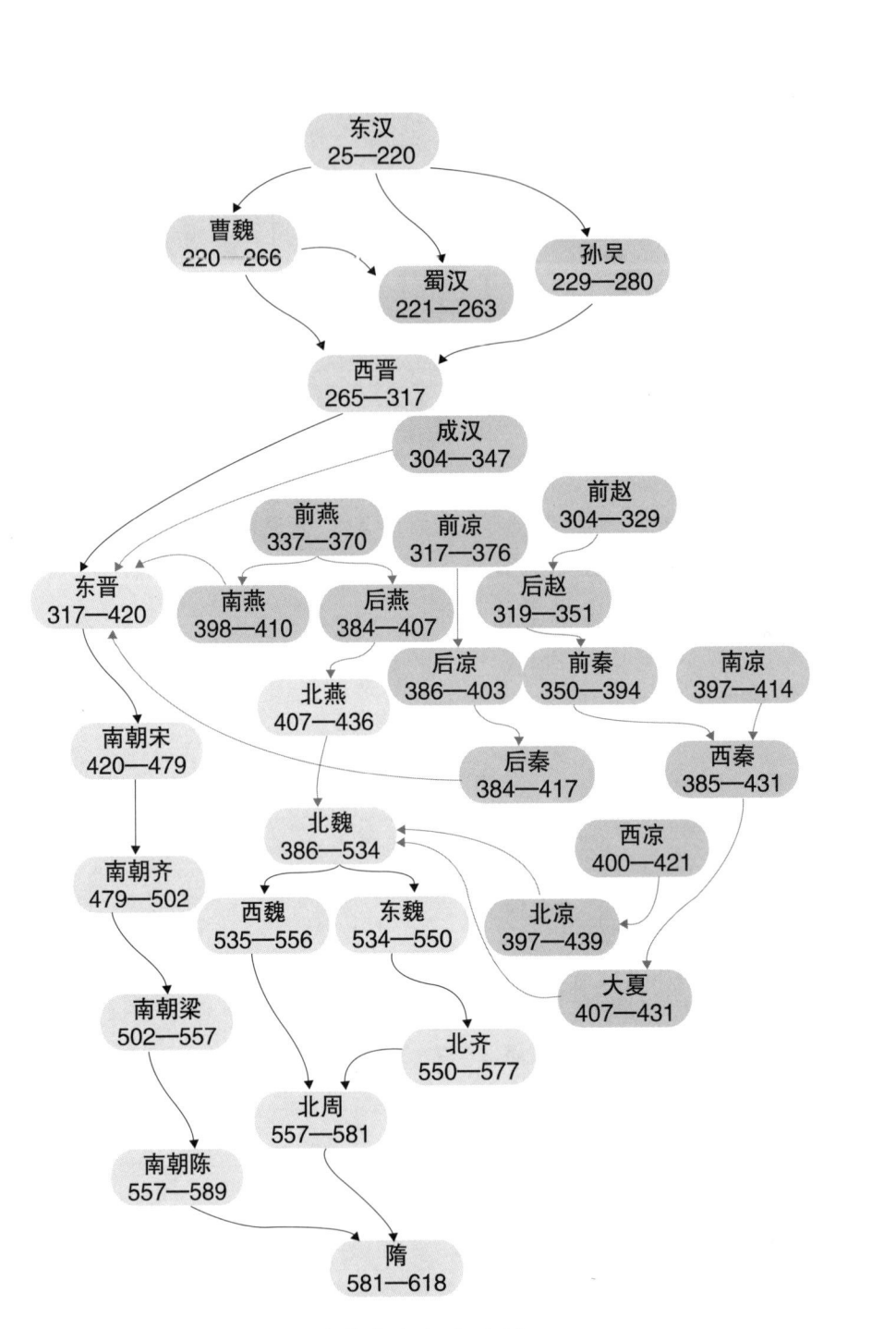

魏晋南北朝演进图

目录（下）

第三卷　桓与马　北伐大旗 ········· 1

- 第一章　西征·成汉·桓温 ··········· 2
- 第二章　北伐·彭城·褚裒 ··········· 14
- 第三章　北伐·玉玺·殷浩 ··········· 22
- 第四章　北伐·灞上·桓温 ··········· 37
- 第五章　北伐·洛阳·桓温 ··········· 46
- 第六章　东进·建康·桓温 ··········· 56
- 第七章　北伐·枋头·桓温 ··········· 64
- 第八章　东进·废立·桓温 ··········· 75

第四卷　谢与马　淝水大战 ········· 93

- 第一章　东山再起：淝水大战之家族 ····· 94
- 第二章　北府雄兵：淝水大战之铁军 ····· 107
- 第三章　侵占巴蜀：淝水大战之序幕 ····· 118
- 第四章　决战襄阳：淝水大战（一） ····· 127
- 第五章　牛刀小试：淝水大战（二） ····· 138

第六章　投鞭断流：淝水大战（三）……………145

　　第七章　风声鹤唳：淝水大战（四）……………161

　　第八章　巨星陨落：谢氏谢世………………………175

第五卷　众与马　江湖混战……………187

　　第一章　共享天下亲兄弟……………………………188

　　第二章　反目成仇龃王家……………………………200

　　第三章　合纵连横江湖客……………………………213

　　第四章　揭竿而起五斗米……………………………223

　　第五章　妄人移鼎桓楚建……………………………238

尾　声　刘与马　李代桃僵……………249

　　第一章　北伐：先攒名气……………………………250

　　第二章　西征：再攒名气……………………………261

　　第三章　北伐：还攒名气……………………………271

　　第四章　禅让：刘代马僵……………………………287

共天下（下册）大事年表……………304

参考文献……………308

第三卷

桓与马　北伐大旗

（345—373年）

几度风雨，数度春秋，东晋磕磕碰碰迈入而立之年。自307年元帝过江，到344年小皇帝司马聃坐上龙椅，东晋已历五帝，掌权的门阀换过两轮，京城建康的战火已燃烧过三次，北伐的大军已开拔三批，北边的国家已闪现了五个，什么成汉、前赵、后赵、前凉、前燕，阵线敌我分明，战争此起彼伏，那牛哄哄的劲敌——前赵匈奴刘氏已经烟消云散，目前主要是后赵羯族石氏不断扰边。当然形势比人强，敌友的头衔瞬息万变，战场的形态诡变多端。美女太后褚蒜子看着江南日渐稳固的锦绣江山，望着朝堂下一众名士侃侃而谈，想着江北五胡奴仆暗黑不见天日，得意之情显于姣颜。

第一章　西征·成汉·桓温

褚蒜子抱着小皇帝在龙椅上安稳地坐了两年，和朝堂下的名士们整天清谈，谈论的话题海阔天空：这石虎也太荒淫暴虐了，皇后就有五个，姬妾竟有一万多！前不久他一次征集了美女三万人，不情愿者被杀三千余人。为容纳美女，石虎分别在邺城、长安、洛阳兴建宫殿，动用人力四十万。燕王进围邺城，那数万宫女，不是饿死，就是被士兵当作粮食烹食，姓石的地盘越来越小。这燕王慕容皝雅好文学，常亲临庠序讲授，考校学徒上千人，慕容的政务越来越好。这凉王张骏伐焉耆取得大胜，分境内领土为凉州、河州、沙州三州，张骏的气势越来越足。这小仙翁葛洪升天了，他的《抱朴子》《玉函方》《正统道藏》前不久才摆放进皇宫的藏书楼里呢！怎么神仙也要死，他的长命仙丹呢？可见他的仙道越走越窄。这桓温年初开建的荆江大堤太耗钱了，现在是越修越有模样了。正清谈间，宦官来报，荆州刺史桓温有奏折上报，真是说曹操曹操就到，宦官展开奏折朗声阅读，原来是桓温请求西征——语气坚决，信心饱满，不到黄河心不甘——一时吓得满朝堂鸦雀无声，恰似大象闯进了瓷器店，满堂大臣名士不知道该如何应对才好。

（一）桓氏名位不显

时下朝堂诸公都知道，桓氏名位不显，不入门阀之列。但正是因为桓温和王、庾大族不太沾边，又和士族说得上话，还和流民帅"眉来眼去"，似乎左右逢源，上下认可，这才让他做了举足轻重的荆州刺史。哪知刚满一年，他就"不解朝堂风情"，耀武扬威地宣誓西征。这是唱的哪门子戏？这宰相司马昱在故纸堆里翻啊翻，大叫一声："有了！"

原来桓氏也并非寻常百姓。这桓氏家族起源于谯国龙亢，谯国又称谯郡，郡姓凡八，桓氏位居其一。

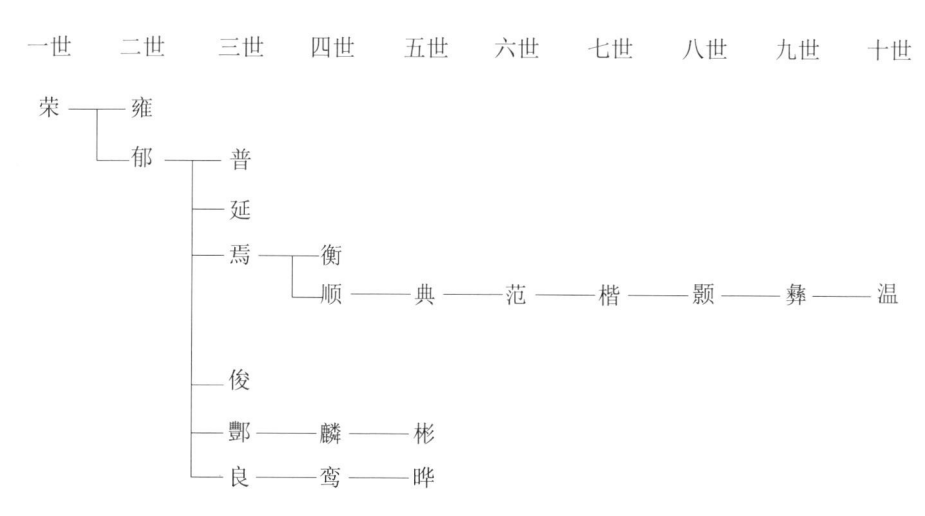

```
一世  二世  三世  四世  五世  六世  七世  八世  九世  十世
荣 ─┬─ 雍
    └─ 郁 ─┬─ 普
           ├─ 延
           ├─ 焉 ─┬─ 衡
           │      └─ 顺 ── 典 ── 范 ── 楷 ── 颢 ── 彝 ── 温
           ├─ 俊
           ├─ 鄷 ── 麟 ── 彬
           └─ 良 ── 鸾 ── 晔
```

龙亢桓氏世系图

汉武帝罢黜百家，独尊儒术，设立五经博士，博士与弟子传习经书，形成多个经学流派。"因有累世经学，而有累世公卿，于是而有门第之产生。自有门第，于是而又有累世之学业。"

桓温之先祖桓荣年少时到长安求学，跟从九江博士朱普，学习《欧阳尚书》。43年，已经六十多岁的桓荣，被光武帝刘秀召见。他解说《尚书》，深得光武帝赏识，于是被"拜为议郎，赐钱十万，入使授太子"。

桓荣入宫教授时,将章句从四十万减少到二十三万字。后来桓荣的儿子桓郁又进行了删减,删到十二万字,最终形成了桓家最著名的经典教材《桓君大小太常章句》,东汉谯国桓氏家族也由此兴旺繁盛。桓氏三代都成为帝师,桓荣为明帝的老师,桓郁为章帝与和帝的老师,桓焉为安帝和顺帝的老师。

东汉谯国桓氏家学渊源,世代不辍,成为当时最为显赫的经学世家。桓氏子弟在仕途上也平步青云。桓荣被朝廷任命为太子少傅、太常,封为关内侯,食邑五千户。桓荣的儿子桓郁,封为侍中、奉车都尉、太常。桓焉被拜为太子太傅,不久升为太傅,后迁为太尉。桓典被拜为御史中丞,赐爵号为关内侯,后迁为光禄勋。可以说,谯国桓氏不但名位最显,而且学业和事功两不误,是典型的成功的高门士族。

原来这桓氏是隐姓埋名。到了曹魏时期,主要是桓典这一支族系。桓氏第六世为桓范,与曹操同乡,于建安末年进入曹操的丞相府。桓范很有文才,与王象等人一起撰写《皇览》,正始年间拜为大司农。249年,司马懿发动了高平陵政变,天下权势开始站队,绝大多数站到了稳操胜券的司马懿一方,但桓范始终忠心于皇室曹家,他不仅没有接受司马懿任命的中领军职任,而且矫诏出城投奔曹爽,力劝曹爽振臂一呼以歼灭叛贼,但曹家早已没有了"志在千里"的英雄气概,曹爽兄弟忙不迭地向司马懿跪地投降了。之后司马懿大开杀戒,曹爽、曹羲、何晏、邓飏、丁谧、毕轨等一大批重臣名士,当然也包括桓范,均被诛灭三族。由此,曹氏朝堂的高门士族桓家,成了司马朝堂的刑家,桓氏子弟只好隐姓埋名,纷纷亡命天涯。

后来司马家的西晋政权建立后,时过境迁,高平陵政变逐渐尘封,但当年的案子随时还可以追究,不敢自报家门的桓氏第八世桓颢只能悄悄出仕。虽然桓颢有家族经学的深厚底子在,走到哪里都是人才,但朝中无人提携,他只当了个公府掾,仕途平平。

侥幸存活的后世子弟,一些逃到江南的宣城郡宛陵县避难,并且数代在此侨居,与南方大族通婚,建立了十分特殊的关系。桓温的父亲桓彝,生活在西晋末东晋初,为桓氏家族第九代,娶会稽大族的孔宪为妻,与孔氏结为世交。后来桓彝喜得一子,因得到大将军温峤的赞赏,于是取名桓温。桓彝游走于侨姓大族与江东大族之间,不仅成为沟通南北大族之间的桥梁,而且提高了自己的声望。桓彝最初出任豫州主簿,元帝过江后,授桓彝为逡遒令。不久,桓彝被任命为丞相中兵属,多次升迁至中书郎、尚书吏部郎,逐渐在朝廷上显名。王敦之乱时,桓彝立有大功,被封为万宁县男;苏峻之乱时,他不顾一切地奔赴战场,最终城陷被杀,时年五十三岁。桓彝坚守忠君的理念,身死而立名。他没有接受叛贼的劝降,也没有听从部下议和以自保的建议,而是孤军奋战,直至死去,表现出了不屈的意志和气节。后来朝廷平乱,追赠桓彝为廷尉,谥号简,后又追赠太常。

这桓温的历史也是很不清白的。他十五岁时,父亲桓彝被叛军将领韩晃杀害,泾县县令江播也曾参与谋划,桓温立誓报仇雪恨,重振家业。桓温十九岁时,江播去世,其子江彪等兄弟三人为父守丧。桓温假扮吊客,混入丧庐,手刃江彪,并追杀其二弟,终报父仇,以此扬名天下,并被皇室招为驸马,成为政坛新星步入仕途。晋廷虽然有"杀人偿命"的律令条款,但执行不严。春秋战国时期,复仇风气十分盛行。《春秋公羊传》称:"君弑,臣不讨贼,非臣也。不复仇,非子也。""孝"是伦理的核心道德，司马家也是以孝治天下，官员就采用"春秋决狱"，桓温不但因"孝"之名而免于偿命，还争得了名声，当上了驸马！

"这个夷三族的逃犯！这个本该偿命的杀人犯！"司马昱咬牙切齿地痛骂。显然，时间已过去一百年，司马已不是当年的司马，桓氏也不再是谯国的桓氏。那江氏刑案已过去十多年，舆论已经认可，公主已经下嫁，是非曲直不可断，爱恨情仇已翻篇，何况现在朝堂上的桓氏早已洗白，他们以实实在在的功名，博得了大家的普遍认同，再拿百年前的旧案说事，肯定不能以理服人。于是，对桓温关于西征的奏折，司马昱绞尽脑汁后仍难以回复。

（二）千里闪电之战

三十五岁的桓温踌躇满志，意气风发，他递交奏折后，压根儿就不愿意等，他知道时机稍纵即逝，等也等不起。一个奏折呈上去，先是宰相门房签收，如果没有另外的银子做路费，那就只好放在一边，就这样过去十天半个月，等到落灰之后再放到长史的案头。长史的事情很多，天天围在宰相身边当牛做马，好不容易把主子哄睡下了，自己还有好多花花草草的私事需要处理，如果没有另外的银子做润笔，想要让他们再去处理一下奏折，那真是太没有同情心了，就这样又过去十天半个月，桓温的奏折终于送到了宰相司马昱的案头。这司马昱的案头什么最多？那当然是奏折最多，真是堆积如山。宰相是个慢性子，批阅公文的时候慢慢腾腾，好像不是在看内容，而是在仔细研究每个字的构造，哪个的书法最好，哪个的辞章最佳。他每天忙得不可开交，连欣赏小老鼠脚印的时间都挤不出来，心情颇为郁闷。就这样过去十天半个月，他也不知

道桓温到底说了啥，只签下"请送朝堂商议"就完事了。就这样还过去十天半个月，桓温的奏折终于来到了宦官手里，在朝堂上让众大臣清谈品评，朝堂还是没有定论，奏折又回到了宰相府，让司马昱相机作答了。

桓温当然等不起，现在可是征伐西边成汉的最佳时机。在汉末三国时期，巴蜀就已具有与江南、中原长期对抗的军事经济实力，"其地四塞，山川重阻，水陆所凑，货殖所萃，盖一都之会也，昔刘备资之，以成三分之业"。304年李雄自称成都王，306年称帝，国号大成，李雄在位期间，为政宽和，与民休息，蜀地成为一时乐土。但好景不长，李雄去世，其侄李班即位，引发宗室之争，李班被李越和李期杀死，李期继位，不久李寿又废掉李期自立为王，改国号为汉。现在李寿已死，其子李势继位。这李势骄奢淫逸，不操心国家大事，常常深居宫中，很少与公卿大臣接触。疏远忌惮昔日的臣下，信任跟随在身边的人，于是谗言媚语并进，刑罚苛刻泛滥，因此宫廷内外的人全都与他离心。这时獠族人大量进入蜀地，从巴西郡至犍为、梓潼，十多万个部落布满了山谷，无法控制。再加上临逢荒年，国境之内，终于变得一片萧条。346年冬季，成汉太保李奕在晋寿起兵反叛，大多数蜀人都跟从他，兵众多达数万，于是成汉内乱再起。这桓温不等朝堂回复，就率领荆州的一万大军静悄悄地出发了。

临行前桓温召开军事会议，广泛商讨征伐谋略。桓温问："伐蜀决心已定，众位参谋将领有何建言？"

参军孙盛："成汉军力三十万，主公最多能出动的只三万兵，此去蜀地万里之遥，蜀道艰险，劳师远征，我看必不能成功！"

参军毛穆之："蜀道之难，难于上青天。成汉远在天边，后赵近在咫尺，且石虎历来是我们的主要敌人，为何舍近求远？"

南蛮参军郝隆："石虎荒淫暴虐，民众离心，可以一击。"

江夏相袁乔："攻取天下这样的大事，本来就不是按常理所能预测的，智慧高超的人自己在心中决定就可以了，不必非要等众人的意见全都统一。如今作为天下祸患的，只有胡、蜀二敌而已，蜀国虽然地势险固，但力量比胡人弱，如果准备除掉他们，应该先攻打容易攻取的一方，前朝庾亮、庾翼北伐先伐蜀，就是这个道理。再说李势毫无道义，臣僚百姓与他离心，而且他凭借着蜀地的天险与偏远，没有做交战的准备。"

孙盛："可是主公只能出动三万军力呢！"

袁乔："三万太多。应该派一万精锐士兵轻装迅速开进，等到他察觉的时候，我们已经穿过了他的险要之地，一次交战就可以擒获。"

毛穆之："闪电战确实太冒险！我们万里迢迢，能得到什么？"

袁乔："蜀地物产富饶，人口众多，诸葛亮用它与中原抗衡，如果我们能占有此地，对国家大有好处。"

参军龚护："我们击蜀，荆州势必空虚，石虎乘虚而入怎么办？"

袁乔："这是似是而非的说法。胡人听说我们万里远征，会认为国内定有严密的防备，一定不敢轻举妄动。纵然有所侵扰，沿长江布防的各路军队也足以抵御防守，肯定没有什么忧患。"

桓温很满意地听从了袁乔的意见，当然这都是先前便和他商量好了的，让他说出来以塞众口罢了。十一月初五，桓温率领益州刺史周抚、南郡太守谯王司马无忌讨伐成汉，将留守事务委托给安西长史范汪，让周抚担任都督梁州的四郡诸军事，袁乔率领两千人作为前锋。

（三）成汉误鼓所歼

桓温的军队人衔草马衔枚，快速避敌而行，并不与途中蜀地州郡的军队接触，目标直指成都，准备学一回邓艾，擒贼先擒王。一万将士一直走啊走，走了将近百日，脚都走烂了，347年二月，桓温的部队抵达青衣。成汉国主李势当然已经获得了大量情报和示警，于是大举出兵，派叔父右卫将军李福、堂兄镇南将军李权、前将军昝坚等人率领兵众，从山阳开赴合水。昝坚从长江以北的鸳鸯碛渡过长江，奔赴犍为。

三月，桓温抵达彭模，然而包围过来的成汉兵力越来越多，形势急转直下。有人提议兵分两路，分头并进，以削弱成汉军的威势。袁乔说："如今孤军深入，胜则建立大功，败则尽死无遗，应当聚合威势，齐心协力，以争取一战成功。现在应该扔掉釜甑一类的炊具，只带三天的军粮，以显示义无反顾的决心。"桓温听从了他的意见，留下参军孙盛驻守彭模，让他带领瘦弱的士兵守卫辎重装备，桓温亲自统率步兵直接开赴成都。

李福进军攻打彭模，留守的孙盛奋力反击，李福战败。进军成都的桓温则在半路遇上了李权，三战三胜，成汉的军队溃散逃回成都，镇军将军李位投降。昝坚率大军到达犍为，才知道和桓温走的不是一条路，于是赶紧掉头追击，从沙头津渡过长江，等到抵达成都时，桓温已经驻扎在成都的十里陌。看到桓温威武的军容，昝坚的兵众瞬时溃散。

成汉国主李势把全部兵众都调往成都的笮桥迎战，外围还有勤王的军队陆续赶来。望着远处高高的成都城墙，想着百年前的诸葛孔明，身无粒米的桓温心潮起伏：等的就是这一天，决战吧！

现在，桓温率领荆州的一万士兵站到了成都城下，他们没有辎重装备，许多士兵连铠甲都没有，经过百日急行军，士兵已经衣衫褴褛，甚至连鞋都没得穿，和乞丐难分伯仲。而成汉士兵是为抵御灭国之战而筹备，那是养精蓄锐，装备精良。面对眼前的一堆乞丐，城楼上的国主李势真还看不上眼，于是令旗一挥，十万支箭就嗖嗖嗖地射了过去。身处绝境，箭在弦上，桓温当然也不能示弱，下令前锋先行冲锋。参军龚护是一员猛将，但眼前这阵势却从未见过，心里叫苦不迭：当初苦劝不要伐蜀，结果姓桓的偏不听，现在就要死在异国他乡了！然而军令如山，龚护只得骑上战马，挥舞大刀，率领三千精锐，直向敌阵扑去。成汉是大将军昝坚纵马出战，他一贯自比张飞，用的也是丈八蛇矛，本来立誓要在江边剿灭晋匪，奈何情报不准，几万大军扑了个空。李势本来要将他在阵前斩首，但当下正是用人之际，于是让他戴罪立功，用实际行动赢回大将军的尊严。只见两员大将在城下砍杀争斗，你来我往三百个回合，众士兵也没时间观赏，只顾互相缠斗，两支队伍在笮桥直杀得昏天黑地，日月无光。这时只听一声断喝，昝坚一个回身斜刺，龚护就被挑于马下，被成汉士兵乱刀分尸，东晋战死几千人，剩下的士兵赶紧逃回阵营。

旗开不得胜，形势很严峻。昝坚带领成汉大军杀奔过来，桓温只得硬着头皮应战，双方杀得血流成河，难分难解。这桓温的兵士确实很有战斗力，他接手荆州刺史后，最主要的精力就花在训练军队、整顿纪律上，让本就强悍的荆州兵更加勇不可当。李势在城楼见状，让羽箭军再射。当年诸葛孔明的连弩可是让曹操都闻风丧胆的，成汉羽箭军出手，东晋前边的士兵瞬间倒下一大片，几支羽箭还射中了桓温的马头，桓温扑倒在地，赶紧让击鼓兵传令撤退。

这击鼓的兵士叫小黑，是个生手，那个老手刚被射死，他只好临时

顶上，见大将军传令击鼓，于是慌忙拿起鼓槌咚咚咚地使劲擂击，没想到竟把撤退之鼓敲成了进攻之鼓！雄厚沉闷之声瞬时传遍战场，桓温的战士纷纷从血泊中拾起武器，奋不顾身地向前冲击。桓温本想斩杀击鼓手之后撤退，但被众将士裹挟着往前攻击。昝坚虽然人多势众，经过一天的砍杀已成强弩之末，见到血肉横飞的"晋匪"居然奋不顾身地杀了回来，蜀兵一个个目瞪口呆，纷纷向后退却。很快，兵败如山倒，一浪盖一浪，最前边的兵士是小步后退，心里在盘算着怎么抵抗，后边不明就里的兵士以为打了败仗就疯狂逃跑，于是蜀兵瞬间崩溃。桓温乘胜长驱直入抵达成都，放火焚烧了城门，成汉人惊慌恐惧，再没有继续抵抗的斗志了。李势趁夜打开东门逃跑，到了葭萌，让使者给桓温送去了请求投降的文书，自称"略阳人李势叩头请求死罪"。不久便拉着棺材，双手反绑于身后来到了桓温的军营前投降。桓温为他松开双手，焚烧了棺材，把李势及宗室亲属十多人送到了建康，后来李势被封为归义侯。至此，立国四十三年的成汉巴氏族政权灭亡，巴蜀之地归并于东晋。

桓温在成都逗留了三十天，除了分路平定境内数起战事外，最重要的事情就是论功行赏。被表彰的将领有十多人，许多兵士也得到提拔和奖赏，反正成汉宫中多的是金银财宝，不用桓温私掏腰包。那击鼓手小黑破天荒地被提拔为千夫长，赏金锭十枚，并将成汉李氏的公主赏赐给他。又任用蜀中大族成汉司空谯献之作为参佐，举拔贤能奖掖善事，蜀人十分高兴。命令益州刺史周抚镇守彭模，征虏将军杨谦镇守德阳，之后桓温威风凛凛地率领大军凯旋。

军功之外，桓温也有收获。他将成汉李氏的公主赏赐给击鼓手小黑，当然是公主中最丑的那一个。李势还有一个妹妹，年方十六，生得姿容绝丽，桓温就将她掳到自己身边做妾，回荆州后藏于书斋后的院落中，并不敢将此事告知妻子南康公主。但世上没有不透风的墙，何况荆州府本就多风。南康公主盛怒之下带着数十婢女，提着钢刀，气势汹汹闯入后院就要杀人。李氏正临窗梳头，毫无惧色，盈盈而拜："国破家亡，无心以至。若能见杀，实犹生之年。"公主只觉李氏一袭白衣，姿容不俗，一下子心生爱怜，便丢下钢刀，上前抱住李氏："阿妹，我见犹怜，何况老奴？"

桓温敢于伐蜀，敢于藏娇，既有一股英雄气概，也带有强烈的豪赌意味。年少之时，桓温曾经好赌，和好友"赌神"袁耽志趣相投，桓温的连襟刘惔深知其本性。桓温伐蜀后，朝中大臣都十分担忧，"虑温兵少无继，骤入险地，恐难成功"，而刘惔恰恰认为桓温敢于豪赌，或有机会胜出。糊里糊涂的胜利总是令人不安，也难以持久。伐蜀成功让桓温有了路径依赖，他希望北伐也能通过"闪击战"取得简单而痛快的胜利。

348年四月，桓温回师一年了，东晋朝堂才懒洋洋地开始讨论平定蜀汉的功劳。这倒不是朝堂故意拖延，而是因为对于桓温的北伐，朝堂众口一词地反对，但是结果与衮衮诸公的预计大相径庭。灭国之功太显，在东晋还没有先例，大家都不知道该怎么封赏，于是王公大臣就掩耳盗铃，假装不知道，能拖一天是一天。现在终于拖不下去了，于是褚蒜子抱着小皇帝坐在龙椅上，微笑着让大家继续商讨。

前江州刺史王羲之："可把豫章郡赐封给桓温。"

尚书左丞荀蕤："桓温如果再平定了黄河、洛水一带，到时候用什么赏赐？"

司马昱："可以让桓温担任征西大将军、开府仪同三司，封为临贺郡公;让谯王司马无忌担任前将军;让袁乔出任龙骧将军,并封为湘西伯。"

褚蒜子很认同宰相的建言,便正式下旨。同时为了平衡桓温茁壮成长的威势,便提升荀羡为吴国内史,提升王羲之为右军将军,作为殷浩的辅佐。

第二章　北伐·彭城·褚衷

自345年庾氏谢幕以来，建康的朝堂是风平浪静，清淡如水。如今江南乔迁之地，已成"安乐之国"；中原故土，反成"习乱之乡"。"出必安之地，就累卵之危"，不是君子所为，能保有江南"安乐之国"，朝堂诸公就心满意足了。可恨的是那个异类桓温，不识时务地要西征，在一众王公大臣胆战心惊的目光中居然取得了灭国之胜！折腾了两年好不容易恢复了平静，司马昱正准备好好欣赏小老鼠美丽的脚印，这边又有长史来报：桓温有奏折！

（一）谁去北伐，真是个问题

349年五月，褚蒜子和小皇帝坐在龙椅上，今天打算继续议一议上期的避讳话题。有大臣上奏说，此前因皇后郑阿春的"春"字，天下含"春"的地名人名均已改名避讳，那寿春就改为寿阳。如今天下也应该避"蒜""子"二字之讳。当然褚太后是开明之人，"子"的用处太广，就不用避了；最多可以避讳"蒜"字，老百姓常用的"大蒜"改为什么还需要想想。哪知这个话题还没开始，宰相司马昱出列。

司马昱："奏报圣上，征西大将军桓温前日上奏，请求北伐。"

刚刚还眉飞色舞交谈甚欢的满堂大臣突然间鸦雀无声，大家似乎又听到了晴天霹雳，一时间震得大家晕头转向，六神无主。最近受封司徒的左光禄大夫蔡谟说："如果我当了司徒，必将为后人所耻笑，所以按照道义我请求辞去任命。"

众人大笑，知他有意缓解气氛。这时褚蒜子收敛起笑容，很严肃地说："大家认真议一议。"

陈沈："启奏圣上，去年前燕王去世，皇上派我出使，授予慕容儁使持节、大都督、大单于、燕王等官职。这燕王对晋室满含忠义，已任命慕容霸为前锋都督、建锋将军，选择精兵二十多万，讲习武艺，进入临战状态，为配合我们进攻石氏做好了准备。"

征北大将军褚裒："上个月羯贼石虎去世，太子石世即位，石虎的几个儿子互相争权，现在北方陷入大混乱，确是北伐的大好时机！"

蔡谟："胡人被消灭确实是非常值得庆贺的事情，然而恐怕这会给朝廷带来忧患。"

褚蒜子："您说的是什么意思呢？"

蔡谟："能够顺应天意、掌握时机把百姓从艰难困苦中拯救出来的事业，如果不是最杰出的圣人和英雄是不能承担的，有些人不如老老实实地衡量一下自己的德行与力量。"

殷浩："臣附议。反观如今讨伐赵国之事，恐怕不是有些贤达之辈就能办成的。如果只能步步为营，分兵攻守，这是以劳民伤财为代价，来炫耀个人的志向。最后会因为才能和见识粗陋平庸，难以遂心，财力耗尽，智慧和勇气全都变得窘困，怎么能不给朝廷带来忧患呢！"

吏部尚书谢奕："可是桓温才从成汉灭国之战中获得盛名。此次桓温上表后也没有等待答复，而是迅速出兵驻扎安陆，派遣手下几员大将去经营北方。后赵的扬州刺史王浃已拱手让出寿阳投降，桓温手下的西中郎将陈逵占据了寿阳。"

司马昱："这桓温一贯藐视朝廷，军国大事均不奉命行事，前次的成汉之战也只是火中取栗，侥幸取胜。前不久桓温派滕畯攻击小小的林邑王范文，反被范文打败，可以管中窥豹。"

褚裒："既然桓温是征西大将军，而我是征北大将军，属地当固守，术业有专攻，我请求领兵北伐，讨平后赵。"

看到众大臣取得一致意见，褚蒜子微笑着宣布："封征北大将军褚裒为征讨大都督，监督徐、兖、青、扬、豫五州之军务，率领三万兵众，即日北伐。"

（二）鹿死谁手，真是个问题

褚裒出征，那是众望所归。一是皇帝信任。如今能力是第二，忠诚是第一。这褚裒是太后的父亲，当然心系皇室，他做得再大再强，也是皇室最依赖的力量。二是门阀亲近。阳翟褚氏也是名门，他的祖父褚䂮，有器量，以才干突出著称，官至安东将军；褚裒的父亲褚洽，官至武昌太守。这样的人出征，才让高门士族放心。三是上下认可。褚裒没有权力欲望，女儿坐在龙椅上，每有封赏，他都固辞不受，并且不是做做样子，朝野上下都敬服他的谦让。他的声名冠于江南，被桓温的父亲桓彝称赞有"皮里春秋"。四是名正言顺。自褚蒜子临朝称制开始，褚裒坚辞朝堂高位，避于地方就任，先后担任豫章太守、江州刺史、兖州刺史、徐兖二州刺史、扬州刺史等职，具有丰富的军事阅历，之后朝堂为了防止有人乱打北伐大旗，把正义的旗帜紧紧地掌控在自己人手中，还进位褚裒为征北大将军。那桓温想要北伐，也只能先上奏"西征"，算是投石问路，曲线救国。

当然，忠诚是一回事，阅历是一回事，名正言顺是一回事，是骡子是马，需要拉到战场上遛遛。其实这桓温对北伐心中无底，胡族的铁骑确实战力太强，他上奏请求北伐只是使出激将法，现在朝堂果然反应强烈，生怕他再次立功，于是他也索性安坐荆州府喝茶练兵，只派出各路斥候探听前线军情，借机看看双方的军力就可以了。受累的是褚裒，他领受北伐重任后，不敢有丝毫懈怠，当天便进入临战的戒备状态。其实征北大将军也是很敏锐的：早在今年二月，就以赵主石虎杀其太子石宣为由，派出少部分兵力驻扎泗口，以观形势。现在再派出三千先锋部队到泗口会聚，准备随时逆泗水而上。

之后褚裒调兵遣将，遣督护麋嶷进军下邳，这里只有后赵的伤兵，几个回合就攻克；遣前锋督护王颐之等进攻彭城，这时彭城也几乎是一座空城，王颐之一到城下，彭城就投降了。仗还没开打就攻城略地，北伐大军信心大涨。七月，准备充分的褚裒率领三万兵众，浩浩荡荡进驻彭城前线。褚裒在大将军府一看地图：大汉皇帝刘邦的老家沛郡就在这附近，怎么忍心让胡族继续糟蹋？于是褚裒派出督护王龛进攻，仅半日攻陷沛郡，擒获后赵沛相支重，招降两千余人。

北伐之要义，首在消灭有生力量，次在攻城略地，之后才是抢劫发财。但是褚裒率领大军来到这里，似乎并不在乎这些目标，因为他被眼前的一幕幕所感动，每天都是热泪盈眶——每到一地，都有漫山遍野的后赵所统治的汉民前来投奔!"投降归附的士人百姓日以千计。"是啊,如今正是"王师北定中原日",在胡族铁骑统治下的汉民早就想归顺了。更重要的是,现在后赵大乱,和八王之乱、永嘉之乱有得一比,停在原地就是等死。有了前车之鉴,有了前来"迎接"的汉族王师,怎么可能不赶紧投奔?一路走来,一些士族首领献上族谱,举族投奔;一些老实巴交的百姓敬上米酒,送来儿郎参军,于是队伍越走越长,速度越来越慢。每到一地,褚裒都要留下大量的人员处理民务,对投奔之汉民登记造册,引导和护送他们向长江边会聚,相约大家共饮长江水,共享武昌鱼。

这天,有使者送来书信,原来是孔子故居鲁郡长老的血书,说是鲁郡的五百多家百姓相聚起兵,归附东晋,他们向褚裒求援,请求派兵接应。褚裒和左右参军佐吏感慨万千,想不到我们孔子先师的圣洁之地,竟然被胡虏连年糟蹋,救他们于水火,显然是无比光荣的责任。于是褚裒派部下猛将王龛、李迈率领精锐士兵三千人去迎接。

后赵的确大乱,石姓子孙相互攻伐,大家杀得昏天黑地,有生力量自毁十之六七。徐州一带现在分布着后赵南讨大都督李农的乞活军,在此讨生活。这一年李农马不停蹄,是真忙:正月,石虎即皇帝位,李农率军十万抵御叛将梁犊,将其斩首;四月石虎去世,太保张豺欲诛杀李农,李农出奔广宗,集合了乞活数万家,自保上白;五月,众将推举石遵为盟主,诛杀张豺,废杀皇帝石世,石遵即皇帝位,李农官复原职;六月,沛王石冲听说石遵篡位,率众十余万人南下宣讨,李农率兵讨伐石冲,大败叛军,坑杀降卒三万余人。这边厢还在杀降卒,那边厢就有斥候来报说"南蛮"有异动,一些队伍已经到了他的鼻子底下。那还得了!战无不胜的铁骑是现成的,那就再打一仗。于是率领两万骑兵一阵风似的向鲁郡赶去，在代陂望见长长的队伍，后边跟着的几千汉民全是老弱病残。李农嘴角蔑笑了一下，下令骑兵冲锋。结局当然毫无悬念，没人能逃过羯族铁骑的屠刀。李农斩杀了李迈，俘获了王龛，就赶紧去干石遵交代的更紧要的任务了。

（三）功过评述，真是个问题

原本顺风顺水的北伐戛然而止。前边的夺城都不费吹灰之力，江南的士兵就有点儿飘飘然，这下突然一记重拳过来，就把褚裒打蒙了。其实这是褚裒运气差，也因为他的选择不合时宜。石虎死后，能勉强保持军威的继任者，只有石遵和石斌俩人。石斌被杀，石遵篡位后，后赵内部依然大体上维持着稳定，军队的战力依然强大。等石遵一死，后赵的土崩瓦解也就不可避免了。而褚裒北伐不早不晚挑了石遵在位的短暂期间，正好踢在了铁板上。

当然这是外因，内因则是东晋的内耗，导致褚裒北伐时没能集中足够的力量。褚裒麾下扬州一带的兵力只有五万，并且扬州兵的职责历来是保卫建康，很少直接上战场，吓吓东晋的老百姓还可以，以前连王敦、苏峻都打不赢的，更别说羯族铁骑了。东晋最能打的是荆州兵，目前掌控在桓温手里，朝堂既然不准桓温北伐，当然也不要指望调遣荆州兵了。此时，彭城的后方寿阳还为桓温的部将陈逵占据，这里粮草充足，军力一万，听说前边褚裒吃了败仗，又听说朝堂征召褚裒班师，陈逵请示了老大后，把寿阳城里贮存的粮草武器付之一炬，破坏了城池，然后回到了荆州。

这时朝堂接连派出使者，诏令褚裒班师。褚裒是太后的父亲，德高望重，当然不宜涉险。身边的两员猛将一上阵就被灭了，褚裒也胆战心惊，没想到战场如此无情！又听闻后方的寿阳友军已撤退，后路即将被后赵军切断，褚裒两眼一闭，仰天长啸，下令急速回军京口——还是自己的老窝安全点儿。

这就苦了投奔王师的汉民了！就像一个望眼欲穿的新娘，终于找到了可以托付终身的新郎，哪知新郎却是个"采花大盗"，占了便宜就跑。前边褚裒的几万大军急匆匆地逃命而去，这时黄河以北大乱，二十多万晋朝遗民渡过黄河，要来归附东晋。但褚裒当然不能等，早已回到了京口，不能也不敢再去接应，结果遗民们陷于孤立无援的境地而不能自救，被后赵的铁骑大军当成叛民一路追杀，几乎全部死亡。

有意栽花花不成，无心插柳柳成荫。这边厢朝堂声势浩大的北伐静悄悄地落幕了，那边厢不显山不露水的北伐却成果斐然。此时后赵乐平王石苞的雍州也情况复杂，雍州的豪杰之士都知道他一事无成，于是就派人联络东晋梁州刺史司马勋，司马勋赶紧率兵出骆谷，攻克了后赵的长城戍，在悬钩设置营垒，只离长安二百里。他派治中刘焕攻打长安，杀掉了京兆太守刘秀离，又攻克了贺城。三辅地区的豪杰之士大多杀掉郡守县令等官吏，以响应司马勋。此时，司马勋共有三十多座营垒，五万兵众。石苞派部将麻秋、姚国等统领士兵抵抗司马勋，石遵也派车骑将军王朗率领两万精锐骑兵助阵。司马勋得知褚裒已退兵，左右缺少呼应，于是见好就收。十月，司马勋攻克宛城，杀掉了后赵南阳太守袁景，班师回到了梁州。

褚裒回到京口，梦中听见到处都是哭声，周围的人告诉他："这是二十万来投奔的汉民的哭声。"褚裒既惭愧又愤恨，因此就病倒了。之后他主动上疏请求贬职处分，穆帝下诏不予同意，只解除了他征讨大都督的职务。当然对于桓温和司马勋，朝廷没有任何奖罚的表示。十二月初七，褚裒在忧愤中去世，享年四十七岁。朝廷追赠侍中、太傅，本官如旧，谥号元穆。

第三章　北伐·玉玺·殷浩

350年的建康，悲伤笼罩，哭声四起，德高望重的太后之父去世了，的确应该天下同悲。这褚蒜子满面愁容地坐在龙椅上，头脑中追忆着父亲的音容笑貌，心中涌动着对桓温的深刻仇恨。是啊，没有可恶的桓温的挑唆，就没有那么仓促的北伐，江南风平浪静的幸福日子不好吗？正在埋头沉思间，宰相司马昱出列："启奏圣上，桓温奏报，请求北伐！"

（一）主动出击

眉开眼笑的桓温坐在荆州府里，惬意地品着茶。上一个回合的结果还算满意，虽然敌我双方都有消耗，但自己的力量在加速增长。此时北方大乱，一会儿冉闵即帝位，杀绝后赵石氏及羯族人；一会儿慕容燕王攻陷后赵多城，冉闵被俘获、斩杀；一会儿苻健即天王位，立国号为大秦；一会儿姚弋仲与苻健争夺关右……鹬蚌相争，正是渔翁得利之时，当然桓温还不想当这个渔翁，毕竟杀敌一千，自损八百，得再挑拨一个英雄好汉去北方争斗才好。于是桓温义正词严地再次高举北伐大旗，大义凛然地向朝堂上疏，请求出兵整治中原地区。一件事做久了就麻木了，现在朝堂看到桓温北伐的奏折，那是一点儿感觉都没有，纯粹是装聋作哑，装作没看见，也不予答复。于是桓温就更进一步，把动作做逼真。十二月十一日，桓温上奏章后就立即行动，率领五万人，战舰千艘，一路战鼓齐鸣，锦旗招展，浩浩荡荡顺江而下，驻扎在武昌，既似东进（建康），又做立即北伐之势。

这无异于一个惊雷，朝廷对此十分恐惧。褚蒜子赶紧又让众大臣议一议。

司马昱："目前正是用人之际，这可恶的蔡谟被朝廷任命为司徒后，并不接受任命，从早到晚，朝廷派去征召蔡谟的使者往返十多次，但他三年都没来就职。他狂妄傲慢地对待皇上的命令，罪同叛逆，请求将他送交廷尉依法论处。"

殷浩："非常之时，应该处蔡谟以死刑。"

徐州刺史荀羡："如果蔡公今天被处死，明天就一定会出现齐桓公、晋文公那样举兵问罪的行动。"

褚蒜子可不想多事："免官并贬为庶人即可。"

话题缓和后，言归正传，殷浩出列："那桓温以前和我是好友，看我受到重用，心中愤愤不平，故有惊世骇俗之举。我请求辞职，以躲避和安抚桓温。"

谢尚："殷公名冠天下，足以震慑桓温，时下更堪当大用，怎可因私废公？"

殷浩："那么应该急速派人高举驺虞旗帜，使桓温的部队停止前进。"

吏部尚书王彪之："这些举动全都是为自己考虑，并不能保全江山。在这种时候，一定要有人出来承担责任。"

褚蒜子："何责？"

王彪之："可以先让宰相给他写一封亲笔信，向桓温表示恳切的诚意，为他分析成败趋势，他就一定会率兵返回了；如果不听，那就由皇上亲自下达手诏；再不听，就应当用正义之师去制裁他。"

抚军司马于是替司马昱起草书信：

"兴师动众，重要的是以雄厚的财力物力为基础，辗转运输的艰难，正是古人最头疼的事。对于出乎寻常的举动，人们都感到惊骇，所以近来各种议论说法纷至沓来，足下也稍有耳闻。我与足下，虽然任职有内外之分，但安定国家，保卫皇帝，这个目标是一致的。天下的安危，与完美的德行相联系，应当先考虑使国家安宁，然后再图谋向外扩展，以使帝王的基业兴隆昌盛，道义弘扬彰著，这就是我对阁下的期望。"

当然，朝堂诸公都明白，桓温是个不见棺材不掉泪的主，如果没有朝堂的进一步，就不可能有桓温的退一步。养兵千日，用兵一时，殷浩之所以千呼万唤始出来，为的就是这一刻。这殷浩也是个明白人，于是出列上疏，请求北伐，褚蒜子马上同意。十八日，穆帝在郊外举行隆重的祭天仪式，之后任命殷浩为中军将军，假节和都督扬、豫、徐、兖、青五州诸军事；任命安西将军谢尚、北中郎将荀羡为殷浩的督统，率军七万北伐。

对于殷浩的北伐，桓温是大喜过望：见到浩荡的北伐大军，他立刻回复宰相的书信，诚惶诚恐地表示谢罪，率军返回了江陵。对于殷浩的北伐，王羲之是心急如焚：扬州之军，怎么干得赢胡族铁骑？褚太傅的坟墓还未长草呢！还是要赶紧劝说桓温，让他带兵参与，而不是只当看客。于是，一场盛大的和谐的大会召开。

（二）兰亭盛会

没有什么事是一顿酒宴解决不了的。353年二月中旬，众多名士都收到了右将军令稽内史王羲之的请柬，相约于三月初三上巳节，到会稽山阴的兰亭举行吟诗聚会。其实喝酒聚会在神州是有传统的，早在先秦时期，贵族阶层及士人群体就在聚会上宴饮赋诗，《诗经·小雅》中就有很多诗歌描绘了这些场景。汉景帝时梁孝王组织了著名的兔园之会，"游于兔园。乃置旨酒，命宾友，召邹生，延枚叟……王乃歌北风于卫诗，咏南山于周雅"。竹林七贤的聚会是魏晋文人风骨的开始，王羲之想效仿的盛会，不同于当年曹孟德横槊赋诗高唱"月明星稀，乌鹊南飞；绕树三匝，何枝可依"的那种壮志未酬的慷慨神伤；也不同于嵇康大骂司马昭"非汤武而薄周孔，越名教而任自然"的那种激愤放荡。他想举办的兰亭集会，至少在外表上是追求内心宁静和清淡忘我，让大家豪放地喝酒，忘情地吟诗，以营造最和谐的议事氛围。

这天一大早，名声响亮的人物就陆续到场：有琅琊王氏，王羲之的次子王凝之、七子王献之等七人；有陈郡谢氏，以司徒谢安为首，还有其弟司徒左西属谢万等五人；有颍川庾氏，庾友和广州刺史庾蕴联袂参加；有龙亢桓氏，荆州刺史桓温派其子桓伟参加；殷浩派来幕僚王彬之出席；出席盛会的还有徐兖刺史郗昙、陈郡袁氏袁峤之、太原王氏王蕴、玄学家左司马孙绰；等等。

每年的上巳日，官吏及百姓都到水边嬉游，这是古已有之的消灾祈福仪式。这个传统民俗称为修禊、袚禊："是月上巳，官民皆洁于东流水上，曰洗濯袚除，去宿垢，为大洁。"这些人中，约有一半人为军事首领，更有三人在前线身居要职,他们显然不是来"祓除旧病"的。

今天天朗气清、惠风和畅。大家在弯曲的小溪两旁依次而坐,上游一人将盛满酒的酒杯放在盘中,顺流而下。酒杯到谁跟前,谁就要作诗一首,如作诗不成,便罚酒三杯,这叫"流觞曲水"。古有"九雅"之说,包括寻幽、酌酒、抚琴、莳花、焚香、品茗、听雨、赏雪、候月,名士聚会在模式和内容上处处透露出雅的格调。这兰亭有优雅的山水胜景,众名士济济一堂,他们或饮酒品茗,或吟诗作文,或谈玄论道,或琴棋书画。很快,王羲之等人现场作了诗。

最后汇总为《兰亭集》,并请活动主持人王羲之现场作序。这时王羲之已经醉了,他用最擅长的中锋行楷写下序言,洋洋洒洒二十八行三百二十四字一挥而就。众人看王羲之行书时无不敛声屏气,看得心旷神驰,如痴如醉,更有人看得心惊肉跳,暗自惭愧。大家都认为,无论从文章的角度,还是从书法的角度看,这都是一篇前无古人的绝妙精品。

兰亭集序(节选)

永和九年,岁在癸丑,暮春之初,会于会稽山阴之兰亭,修禊事也。群贤毕至,少长咸集。此地有崇山峻岭,茂林修竹,又有清流激湍,映带左右,引以为流觞曲水,列坐其次……古人云:"死生亦大矣!"岂不痛哉!每览昔人兴感之由,若合一契,未尝不临文嗟悼,不能喻之于怀。固知一死生为虚诞,齐彭殇为妄作。后之视今,亦犹今之视昔。悲夫!故列叙时人,录其所述,虽世殊事异,所以兴怀,其致一也。后之览者,亦将有感于斯文。

天下没有不散的宴席,看过夕阳,赏过星星,这一热闹的盛会就结束了,史官记载说取得了空前的成果。的确,文化成果很丰盛,在兰亭的吃饭喝酒写诗书法这些都流传于江南,为门阀名士所津津乐道,并必将流芳于后世。但这年头酒席就是一个平台,没有人是纯粹想喝酒而大老远来参加宴会的,何况是平时连一位都难以请到的大佬?这些山珍海味、酒池肉林、吟诗作词、挥毫泼墨,只是聊天与谈话的掩体,真正所议之事是藏在厚厚果肉里面的小核,只有相关之人,只有关键之人,才有知情权。王彬之和桓伟,以及几位调停的大佬,在频频举杯间,在勾肩搭背间,就把关键的情节悄悄耳语清楚,信息传达到位。事后桓温并未听从桓伟的通报而"荆扬同心",他铁了心暂时只当看客,当然不会派兵去搅和,这顿盛大的酒席算是白忙活了。无心插柳,《兰亭集序》却成为书法界的千古绝唱!

(三)收获天降

没有荆州军的支援,殷浩也觉得无所谓,他还怕有人来抢功呢!他挑选的将领也主要是谈吐风雅、三观一致的高门士族,包括淮南太守陈逵、安西将军谢尚以及北中郎将荀羡。其中,陈逵出自颍川陈氏,谢尚出自陈郡谢氏,荀羡出自颍川荀氏。殷浩的大军不久进驻寿阳,那是真的开心,因为仗还没开打,来投降的队伍就络绎不绝。于是殷浩一手端着酒杯,一手拿着笔,饶有兴致地登记从天而降的巨大收获:

——351年二月,所据青州的段龛来降,经他请示朝堂后,任命段龛为镇北将军,封为齐公。

——五月,后赵国兖州刺史刘启率军从鄄城来降。

——八月,魏国徐州刺史周成、兖州刺史魏统、荆州刺史乐弘、豫州刺史张遇来降,并献出廪丘、许昌等城邑。

——八月，平南将军高崇、征虏将军吕护挟持着洛州刺史郑系来降。

——九月，姚弋仲派遣使者来降。经他请示朝堂后，任命姚弋仲为使持节、六夷大都督、督淮北诸军事、车骑大将军、天府仪同三司、大单于、高陵郡公；姚弋仲的儿子姚襄被任命为县公。

——十一月，逢钓战败后逃亡回渤海，召集过去的旧部兵众背叛了前燕，率众前来投奔。

——352年二月，姚襄在与苻健战败后，率领兵众来降，为显示诚意，姚襄把他的五个弟弟送来作为人质。殷浩令姚襄屯戍谯城，姚襄单人匹马渡过淮河，在寿春拜见了谢尚。谢尚久闻其名，命令撤掉仪仗侍卫，自己摘掉帽子，只以绢丝束发，热情地招待姚襄，就像见故友一样。姚襄很博学，善于言谈，江东的人士都很推重。

——三月，后赵国西中郎将王擢派遣使者请降，经他请示朝堂后，授予王擢秦州刺史官职。

在这些投降者里面，最让殷浩有惊喜之感的是石虎第八子石琨。那天一大群衣衫褴褛的叫花子来到寿阳都督府，说是来投降的，侍卫当然不让进：如今是个人都想来投降，目的就是想找口饭吃，或许还能得到一笔可观的路费。这争执之声就传进了殷浩闲来无事的耳朵，竟然还说到"赵王"的字眼，于是殷浩让人引进来，原来还真是后赵汝阴王石琨带着他的一大群妻妾前来投降。这时冉闵斩杀石氏和羯族的行动正开展得如火如荼，一些高额大头的汉民都被误斩，这石琨是唯一的漏网之鱼，他整天东躲西藏，可天下之大，竟然没有了藏身之地。都说敌人的敌人就是朋友，投降江南正当其时，或许还能保住荣华富贵呢！

但殷浩这边显然没拿他当"朋友"——这民族死敌，来得正好！

殷浩当即让左右将这一群人五花大绑送至演武场，又集合起所有军士，先对石勒石虎之羯族的罪行进行了鞭挞，之后大喝一声"行刑"，立即有刀斧手将这罪恶滔天的一群人的头颅斩落。当然，殷浩还是清楚礼数的，这石琨只是当众重打了四十大板，之后放入囚车，重兵押送至建康。那天由司马昱亲自监刑，建康人山人海，全民涌动，争相来到刑场，观看共同的敌人被斩的情形，以解心头之恨。随着这一刀落下，后赵石氏被彻底根绝了。

投降的多了，那也是鱼龙混杂，良莠不齐。那天尚书左丞孔严向正在喝酒的殷浩进言说："近来人们的情绪，真令人心寒，不知您将用什么办法使其安定。看看近来投降归附的那些人，全都是人面兽心、贪婪之极而且六亲不认，恐怕难以用道义感化他们。"当然殷浩正在享受胜利的喜悦，对投降之人怎么安排还没认真思考。

（四）北伐之败

现在的大都督殷浩确实感觉很好，比清谈快乐多了，比隐居满足多了。天天都有来投降的，就如同天天打了胜仗。这时北方战乱如同一锅粥，凡是打败了的，走投无路的，一看寿阳驻扎着东晋来的威武之师，不管先前立场如何，是敌是友，都纷纷跑过来投降。但殷浩也是个聪明人，醉酒的间隙也明白，来北伐就是要消灭敌人，攻城略地，最好能够光复洛阳，一统江山，那还是要带兵往前推进，光在这里等是等不来想要的结果的。在寿阳飘飘然半年后，殷浩不得已吹起了冲锋号。

许昌之败。殷浩最想拿下的就是洛阳。这洛阳是晋的京城，是天下之中。如今东晋在江南只能说是偏安，等到江山一统肯定要还都洛阳啊，如果现在一举攻占洛阳，那将是不世之功勋！刚好洛阳、许昌在后赵的豫州刺史张遇手中。这张遇名字还有点儿熟悉？对了，就在亲手书写的投降者名单中。那还等什么，立即派遣谢尚率领五千人前往许昌，之后接收洛阳。其实殷浩、谢尚想得很简单，既然投降了，大家就是一家人，让张遇挪个窝也就小事一桩。然而，理想很丰满，现实很骨感。地盘是军阀的命根子，他投降你，就是说名义上尊你为老大，让你"赏赐"他原地不动，如果你敢动他的地盘，那自然马上和你翻脸。这不，谢尚领军一过去，许昌城头就万箭齐发。当然张遇倒也不想把事情做绝，但那后赵的铁骑可不是吃素的，灭谢尚的五千人也就分分钟的事。张遇非常愤怒，认为老大既然不讲信用，那自己不如固守许昌反叛，并加派他的将领上官恩固守洛阳，派乐弘在仓垣攻打督护戴施。殷浩的军队无法前进。

许昌再败。殷浩再派谢尚联络北方姚襄一起在许昌攻打张遇。这次是殷浩亲征，他率领大军缓缓在路上推进。这姚襄才被东晋敕封为持节、平北将军、都督并州诸军事、并州刺史，当然应该为朝廷出力。前秦国主苻健派丞相苻雄、卫大将军平昌王苻菁攻占关东地区，率领两万步、骑兵去援救张遇。这苻健全家也刚刚被东晋朝廷封赏，苻洪还破例封为氐王、使持节、征北大将军、都督黄河以北诸军事、冀州刺史、广川郡公，但各路军阀是友是敌，并不看你那名义上的封赏，而是权衡利益，考虑地盘，何况苻姚两家是世仇，势不两立。六月二十九日，双方在颍水的诫桥交战，谢尚等大败，死亡一万五千人。谢尚逃回淮南，姚襄扔掉了军用物资，护送谢尚到了芍陂。谢尚把自己的后事全托付给了姚襄。殷浩听到谢尚失败的消息，又退到寿阳驻扎。七月，前秦丞相苻雄把张遇及陈郡、颍川、许昌、洛阳的百姓五万多户迁徙到关中，任命右卫将军杨群为豫州刺史，镇守许昌。殷浩不得不全军撤退，第一次北伐以完败而收官。

（五）战场刺杀

如今仗已打了两年，最受不了的是朝堂，主要是没那么多钱粮供应。不得已，殷浩以征集财物供给军用为由，停止了太学学生的学习，并将他们遣散回乡，学校从此也就关闭了。当然，通过两年在战场上的摸爬滚打，殷浩明白了一个道理：东晋的扬州军，和北方军团可不在一个档次上，硬拼显然是以卵击石。那战胜对手还有办法没有？当然有，那就是暗杀！于是殷浩开启第二次北伐，手段以小股队伍开展暗杀为主。

刺杀姚襄。殷浩要刺杀的第一个眼中钉，并不是战场上的劲敌，而是他的第一次北伐中与他并肩作战的姚襄。353年，姚襄驻扎在历阳，考虑到前燕、前秦势力正强，所以没有北伐的念头，就沿淮河两岸广泛开垦屯田，训练勉励将士。殷浩在寿阳，讨厌姚襄的日益强盛，于是囚禁了姚襄的弟弟们，并多次派遣刺客刺杀他。然而刺客们被姚襄的仁义所感动，全都把实情告诉了姚襄。殷浩又偷偷地派魏憬率领五千兵众袭击姚襄，但姚襄杀掉了魏憬，其兵众也被兼并。殷浩因此越发讨厌姚襄，派龙骧将军刘启守卫谯郡，把姚襄调到梁国的蠡台，上表请求授予姚襄梁国内史职务，朝堂没有答应。

刺杀苻健。姚襄亦敌亦友，需要的时候可以放过；苻健就是真正的敌人，绝对不能手软。经过认真研究，殷浩派使者带重金和一大堆子虚乌有的乌纱帽，劝诱前秦左仆射梁安和太尉雷弱儿，让他们去刺杀前秦国主苻健，并许诺把关右地区的最高官职封给他们。要说前秦还有忠臣的话，排在最前边的就是梁安和雷弱儿，只不过他俩性格耿直，经常在苻健面前直谏，常常惹得苻健脸红脖子粗。只知其表的殷浩以为他们与苻健之间有不可调和的矛盾，哪知这君臣之间信任着呢。梁安和雷弱儿笑嘻嘻地将礼物收下，满口答应了殷浩的天衣无缝的计划，而且请求派兵接应。之后殷浩听说张遇夜袭苻健，以为梁安等人的事情已经大功告成。十月，殷浩从寿阳出发，率领兵众七万人北伐苻健，想进攻占据洛阳，结果被早已埋伏在此的梁安和雷弱儿的大军打得大败。

　　刺杀殷浩。这苻健、姚襄都是归顺东晋之人，东晋也正式册封，可殷浩却分不清敌友，该伐的不伐，不该刺的猛刺。当然，这点儿小聪明别人一看就明白，以眼还眼、以牙还牙才是王道。这时殷浩和姚襄表面那层纸还没撕破，殷浩以姚襄作为北伐的前驱。姚襄率兵北进，当预计殷浩将要抵达时，便假装让士兵趁夜逃散，实际上却悄悄地埋伏起来等候阻击殷浩。殷浩听说姚襄形单影只，认为这正是歼灭对手的好时机，就追赶姚襄来到山桑。这时，姚襄突然发兵攻击，殷浩大败，丢弃了轻重装备，逃回谯城固守。姚襄俘虏斩杀了一万多人，全部收缴了他们的资财武器，派他的哥哥姚益镇守山桑，姚襄又回到了淮南。万分生气的殷浩派部将刘启、王彬之在山桑攻打姚益，姚襄从淮南出兵反击，刘启、王彬之全都战死。姚襄乘胜前进，占据了芍陂。之后姚襄渡过淮河，驻所在盱眙，招募掳掠流民，人数多达七万，分别设置地方长官，勉励督促他们从事农耕蚕桑。姚襄还派遣使者到建康报告殷浩的罪行，并且陈述自己的谢意。

　　从此，东晋"亲自"培养出了它的另一个强劲对手。殷浩的第二次北伐，也以完败而收官。

（六）传国玉玺

354年，殷浩北伐的第四个年头了，看看手里的收获，似乎什么都在减少：城池越来越少，虽然都是别人主动敬献的，但也逐渐被夺走；降将越来越少，许多人先降后叛，当初投降只是权宜之计；兵将越来越少，许多猛将都已为国捐躯；钱粮越来越少，七万张嘴，一吃吃四年，还需要源源不断的武器、军饷等各类供给。司马昱拨拉着算盘——这投入产出太不划算了！

当然要说没有收获那也不对，殷浩看看自己手头，能拿得出手的就是传国玉玺了。这玉玺真是命运多舛，311年前赵军队攻入洛阳，刘聪掳走晋怀帝，传国玉玺经前赵、后赵，辗转传到了冉魏政权手中。期间石勒还在玉玺的一边加刻了"天命石氏"几个字。

算起来，这传国玉玺还是殷浩哄骗来的。352年，殷浩派戴施据守枋头，时值后赵将领刘显向冉魏政权的常山发动进攻，冉魏皇帝冉闵命大将军蒋干留守邺城，亲率八千骑兵救援。四月，前燕政权慕容儁向冉闵发动总攻，冉闵被生擒，随后，慕容儁向邺城发动进攻。大将军蒋干向寿阳的殷浩求救，殷浩当然另有图谋，立即派遣都护戴施从仓垣赶到棘津，答应大军救援，要求邺城先交

传国玉玺复原图

出传国玉玺。六月，戴施率精锐士兵一百人进入邺城，声称协防三台（铜雀台、金虎台、冰井台）。戴施欺骗蒋干说："现在燕兵正在城外，道路不通，玉玺不敢贸然呈送，你最好先拿出来交给我，我自会派人飞马送给殷浩，殷浩知道玉玺在我这里，一定会相信阁下的诚意，派来大量的援军和粮草。"蒋干认为有道理，就把玉玺交给戴施，戴施声称要派都护何融出城迎接粮草，秘密派何融把传国玉玺送到寿阳。殷浩激动地把玩着传国玉玺，然后慎重地包裹上锁，派谢尚亲自率领三百精骑，昼夜传送数千里，把玉玺送到了建康。当然，答应的救援邺城就算了，那慕容铁骑可不是吃素的；再说，慕容家也是东晋敕封的燕王，算是友军，怎么可以坏他家的好事？

六月初六，蒋干率领精锐部卒五千人出城战斗，被慕容评彻底打败，四千多人被斩首。

与此同时，传国玉玺送达建康，褚蒜子携穆帝及文武百官出宫门迎接。时隔四十多年，传国玉玺重归建康，褚蒜子双手颤抖着捧起正版玉玺，东晋总算是摆脱了"白板天子"的称号了。

（七）咄咄怪事

用一枚玉玺来充当北伐成果，想要蒙混过关，这显然是不可能的。郁郁寡欢回到建康的殷浩图谋再一次出征，褚蒜子一手把玩着心爱的玉玺，一边微笑着让大家议一议。

王羲之："您出身于布衣百姓，承担着天下的重任，掌管着督察统管之责，却失败落魄到如此地步，恐怕满朝廷的贤士没人可以分担责任。如果您再去追求分外之功，那么虽说宇宙广大，恐怕也容不下您！"

司马昱："殷中军还是有所斩获的，如果再次北伐，机遇更好，或可成功。"

王羲之："成功未可预期，遗民损失殆尽，劳役毫无时限，征敛日益繁重，以区区吴越之地，去征服天下十分之九的广阔地区，未可想象！望殿下三思，先奠定不可战胜的根基，暂时放弃虚华高远的想法，以挽救眼前千钧一发的危急局势。"

正议论间，信使来报，荆州刺史桓温有奏折上报。拿给宦官一读，原来是桓温借朝野上下对殷浩的怨愤，上书列举殷浩的十大罪行，请求将他黜免。一时朝堂鸦雀无声，那桓温所列的罪状条条在理，所引的法度有据可依，按说他还是宽宏大量的，奏请夷三族或者斩首也不为过。为了平息众怒，褚蒜子一看朝堂再无异议，于是宣布：将殷浩免官，贬为庶人，流放到东阳郡的信安县。

殷浩年轻时就和桓温齐名，双方暗自争胜，不相上下，但桓温经常轻视他。在以清谈为要的东晋，后来殷浩的名头早已盖过了桓温。殷浩被废黜以后，内心对桓温的痛恨达到了极点，常常用手在空中书写"咄咄怪事"四个字。是啊，明明自己拥有那么响亮的名声，满腹经纶，口若悬河，起先率领装备精良的七万大军，后来陆续投降过来的有二十万，归顺的城池几十座，这么好的基础，怎么四年后事业越做越小，最后手中竟空空如也？连投降过来的那些虾兵虾将，都拉起队伍，抢占地盘，纷纷称王。一时间，北方赵王既去，十王复出，岂不是咄咄怪事？

过了很久，桓温对手下的属官郗超说："殷浩有德行，善言辞，假如以前让他出任尚书令或仆射，足以成为百官的楷模，朝廷对他的任用，配不上他本身的才能。"桓温准备推荐殷浩为尚书令，写信告诉了他。

自古由奢入俭难，权力可是杯毒酒，饮后是要上瘾的，需要更猛的酒才能解瘾，所以世上的官只能越做越大，降职撤职就如丧考妣。有没有主动辞职不想当官的？还真有，那就是陶侃之孙陶渊明。所谓"结庐在人境，而无车马喧""采菊东篱下，悠然见南山"，何等的自由洒脱？但芸芸众生是"只在此山中，云深不知处"。自威风凛凛的大都督陶侃去世后，陶家一直在走下坡路，还遭受了一连串的打击和杀伐，到孙子辈陶渊明时，早已家道中落。好不容易做了个江州祭酒，混了十多年也只是一个县令，朝中无人提携，当然升官不易。这陶侃耿直不弯的性格当然是要遗传的，陶渊明于是挂印而去："田园将芜胡不归？"

但殷浩不一样，以前是东清谈西辩论，这隐居那辞官，对朝堂的衮衮诸公都是嗤之以鼻。后来出仕了，还当了大官，这份权力、这种威风、这些享受、这样沉醉，简直让人无法自拔，怎么还可能容忍失去？正在万分悲痛时，一听能够东山再起，并且是担当大任，简直是欣喜若狂，不由得感慨：这年头，看来还是桓温关心和理解自己啊！于是字斟句酌地反复誊写了十多封回信，在准备送出时，担心信中还有不妥之处，便拆开信封又检查了十多次，就这样反反复复，最后忙中出错，送达桓温手里的竟然只是一个空信封！桓温勃然大怒：好心当成了驴肝肺，既然你断言于前，那我只好绝情于后。每天在寒风中焦躁等待的殷浩，不久绝望地死于流放之地。

第四章　北伐·灞上·桓温

弹指一挥间，世间已千年。自从殷浩及他的扬州兵覆亡，"桓与马，共天下"的谚语就传遍了江南。如今江南的熏香迷雾还浓得化不开，中原的血腥战局已乱得解不透，桓温笑眯眯地品味着那些不实的谚语，冷静地站在地图前，端详着北方的最新形势：如今东晋的仇敌——刘渊的前赵、石勒的后赵、巴蜀李氏的成汉都已烟消云散，北方的新霸主是燕王慕容和前秦氐王苻家，他俩正在全力以赴地瓜分后赵的地盘；活跃在舞台上的煮酒英雄还有羌族姚氏、凉州张氏、仇池杨氏等。按说他们此前都是东晋的同盟军，建康朝堂都先后多次册封过，现在共同的敌人消失了，应该共商建国大计才对。但敌人不重要，利益才是核心；仇恨不重要，地盘才是命根。为了天大的权力，父兄马上火拼；为了寸土的疆界，战友立即反目。于是，北方的一帮东晋盟友们，又你不让我，我不让你，昏天黑地战了几百个回合，当然东晋也插上了几脚，只不过并没有在任何一场争斗中分得一杯羹。

（一）建康危如累卵

354年一月，刚刚把那个有名无实的太不争气的殷浩赶出朝堂，司马昱还没来得及喘口气，长史来报：桓温有奏折，请求北伐！

当真是防火防盗防桓温，这年头朝堂什么都不怕，只怕桓温的奏折！这北伐就是建康的紧箍咒，桓温随时拿出奏折来念念，朝堂的王公大臣都要好一阵头痛，站立朝堂显要位置的两位名士已经给他念没了！再看看众人，确实再没人能够拿得出手。

再说，这些天朝堂关心的可不是北伐，而是建康的安全。这也是北伐的后遗症，那个被朝堂封赏、开始作为殷浩同盟军的姚襄，听说即将南征，而扬州之兵几乎全部葬送在殷浩手里，建康的防守就格外空虚。焦头烂额的宰相司马昱也没有心思正面答复桓温的北伐问题，反而给桓温一道情况通报："建康危急！"

这姚襄此前镇守在历阳，与建康隔江相望，历来是卫戍京都最重要的军事屏障，朝堂是把他当心腹看待的。后来殷浩姚襄反目，朝堂重派了谢尚守历阳，那姚襄才朝后稍微挪了挪窝，屯聚在淮南盱眙，当然也不远，到建康也就两三天。

这时，姚襄和东晋已经彻底撕破了脸，向前燕慕容送上了降表。五月，姚襄试探着向江南发展，他派遣淮河南岸地区的乞活郭敞等人，在建康堂邑聚合了一千多人，绑架了谯郡陈留内史刘仕，占领了陈留。这堂邑和建康近在咫尺，竟然都有姚襄的力量，建康城内一片惊恐。

这司马昱左等右等，就没等来桓温的答复，知道是指望不上荆州兵了，那只能死马当成活马医，于是命令吏部尚书周闵为中军将军，率领

五千兵马驻屯中堂；命令豫州刺史谢尚率军从江北的历阳渡江南下，保卫京师。

这姚襄目前也只有三万兵力，一看江南防卫紧密，目前以自己的实力根本难以渡过长江，那养精蓄锐的荆州军可不是吃素的；对于已经投降了前燕的姚襄来说，淮南也绝非久留之地，淮南紧邻东晋腹地，前后左右都是东晋的郡守和友军。在盘桓了一年后，周围都搜刮得差不多了，355 年春，姚襄开始率领部众北还，建康的警报才算是解除了。开始的时候，姚襄似乎是要北上投奔前燕，四月，姚襄所部抵达外黄，驻守在那里的东晋冠军将军高季率部大破姚襄军。姚襄收集散卒，军势复振；不久高季去世，姚襄则率所部在豫北一带游食。到 356 年三月，他率军南下占领了许昌，结束了游击生活。

（二）前秦如日中天

354 年二月，收到司马昱的战报，桓温哈哈哈大笑三声！一个小毛贼，还远在天边，就将建康吓成这样？说好的长江天险呢？说好的扬州铁卫呢？桓温不再拖延，大喝一声："出发！"

出发去哪里，这是个问题。如今天下再次大乱，先前那殷浩就没弄清楚谁是自己的敌人，以为来投降的都是朋友，不来亲近的都是敌人，于是在寿阳两眼一抹黑，最终颗粒无收。但是桓温清楚，继前赵、后赵、成汉之后，东晋的头号敌人就是——前秦！

其实在四年前的 350 年正月，氐族苻家还是东晋的座上宾，朝廷还任命苻洪为氐王、使持节、征北大将军、都督黄河以北诸军事、冀州刺史、广川郡公，任命其子苻健为假节、右将军、监黄河以北征讨前锋诸军事、襄国公。按理这苻家应该感恩戴德忠于朝廷才对！

但苻家不这样认为，现在封赏他家的可多呢，也不差建康一家，天下自有能者居之。西晋末年，王朝颠覆之际，略阳氐族推出贵族苻洪为首领。前赵主刘曜在长安称帝，就以苻洪为氐王。后来后赵主石勒灭前赵，苻洪降于石勒。333年，石虎徙关中豪杰及羌戎至关东，以苻洪为流民都督，居于枋头；石虎死后，苻洪遣使降晋，接受东晋官爵。350年，苻洪在枋头自称大都督、大将军、大单于、三秦王，不久为后赵石虎旧将麻秋所毒死，其子苻健代统其众。苻健自枋头而西，关中氐人纷起响应。十月，苻氏入长安，遂据关陇。351年，苻氏在关陇施行仁政，与百姓约法三章，废除后赵时期的苛政。关中百姓对苻氏很有好感，苻健称大秦天王、大单于，一年后正式称帝。秦始皇这个千古一帝德被四海，光耀千年，就算是刚刚开始汉化的少数民族也对其顶礼膜拜，为了"追星"，苻氏将自己的国号也定为"大秦"，定都长安，册立文武百官，改年号为"皇始"。史官为了记录不被混淆，就称之为苻秦、前秦。

如今北方大片领土都被前秦占据，许多还都是从东晋手中夺过去的，这就是和刘渊、石勒一样的贼子，当然是桓温的最大敌人。354年二月，桓温统率五万步骑，从江陵浩浩荡荡出发，分三路进攻前秦国都长安。三路大军中，有两路出自荆州，荆州水军取道襄阳，逆汉水北上，步军则从淅川直指武关（陕西商洛西南、丹江北岸）；第三路则由蜀中的建威将军、梁州刺史司马勋率领，出子午谷直趋长安。

此次北伐，桓温已经准备了六年之久。首仗攻打上洛（陕西商洛），就生擒了前秦荆州刺史郭敬，又攻破了青泥。司马勋也夺取了前秦的西部边陲地带；凉州方面张祚派后赵叛将、秦州刺史王擢攻打前秦西南重镇陈仓（陕西宝鸡），呼应桓温。

（三）蓝田两强激战

其实一开始前秦没太在意东晋的进攻，以为又像前两次一样只是来打打秋风，那主要精力还是攻击前燕慕容才对。后来一看东晋这回是来真的，三面夹攻的态势已成，前秦的局势岌岌可危，而且主帅似乎还有点儿头脑，于是才重视起来。那天苻健升堂，安排撤回秦燕前线的兵马，对前燕只采取守势，并派使者去和慕容氏讲和，最好能带回几个和亲的公主；之后苻健派太子苻苌、丞相苻雄、淮南王苻生、平昌王苻菁、北平王苻硕率领五万大军在峣柳（陕西蓝田南）抗击晋军。

蓝田之战。双方先在蓝田外围小规模接触，互有胜负。四月二十二日，正式在蓝田展开激战，五万对五万，战场公平见。第一回合照例是铁骑冲锋，这可是胡族撒手锏，也是使汉族军队闻风丧胆的招数。但桓温却笑容满面镇定自若，他只派出一千手无寸铁的士兵，全都粗腿矮小，宽袍低头，向前急匆匆地奔突。那高大威猛的前秦士兵都忍不住哈哈大笑，没想到南蛮如此羸弱。只见那全身铠甲的铁骑风驰电掣地飞奔过来，东晋这一千羸弱的士兵吓得全都趴下了，之后突然都从宽袖中拿出明晃晃的锋利尖刀，钻进胡骑的马肚下，向柔软的地方尽情下手。战马一匹匹向前急奔，尖刀倒可以紧握不动，只等奔腾过来闯在刀尖上就可以了。只眨眼的工夫，胡骑就倒下了一大半，栽倒在地的骑兵丝毫没有战斗力，只配成为桓温的开胃菜。这前秦的铁骑就这样败下阵去。

那就来第二个回合。淮南王苻生异常勇猛，惯使一柄百斤玄铁长矛，见自己的铁骑被破，非常愤怒，于是单枪匹马冲入晋军阵中来回冲杀，如此反复十几次，如入无人之境，杀死杀伤众多晋军将士。这桓温手下确实没有过硬的武功高强者，他们平时倡导的是读书，对舞刀使剑都要报以鄙视的眼光，谁还会去专心练武？这时单打独斗，当然就只能甘拜下风，没有一个敢去应战。

当然，单打独斗只能逞一时之气，丝毫也影响不了战局。接着就是两军的大混战。没有了铁骑，前秦的战力就打了折扣，加上前秦之兵是才从各个地方会聚而来的，行军早已疲惫，号令难以统一，战力又降低几分。反观桓温，他是东晋第一战将，平时对荆州兵训练很严格，官兵上下团结一致，战力就增强不少。面对混战，桓温毫不示弱，亲自督阵，率领晋军力战，至天黑时秦军大败，损失惨重。前秦太子苻苌也在战斗中被流矢射中，身负重伤，当年十月去世，追封谥号为献哀。

白鹿原之战。之后桓温趁热打铁，派弟弟桓冲进军白鹿原（陕西灞河附近），经过两场苦战，也击败了苻雄所部。

桓温乘胜推进到灞上（西安东），直逼长安。前秦军被桓温连续击败，士气受挫，皇帝苻健也只能带着六千名老弱残兵退入内城坚守，把手中最后的三万精兵交由大司马雷弱儿统率，抵抗桓温。

（四）灞上回望江南

这灞上是当年汉高祖刘邦打天下时约法三章的地方，现在桓温驻扎在此，号令所有军队原地驻防，前进的脚步戛然而止。

接连打了几个大胜仗，应该乘胜追击才对，如今为何在此停驻？众将领一时摸不着头脑，哪知桓温的心仍在江南，仍在品味那"桓与马"的谚语。这一次北伐，桓温的奏折虽然递上去，但是到现在也没有回音；打了将近半年的仗，捷报送去建康好多份了，可是朝堂仍然鸦雀无声，连个表扬鼓励的圣旨也没有。这场战事似乎就和建康无关，和江南无关——他们确实也不想打，只祈祷北方战场你死我活，最好能够两败俱伤，在消灭敌人的同时，也能消除建康的心头大患，能够一箭双雕最好。当然，桓温心里也明镜似的，如今建康龙椅的跷跷板一方正缺少一个人，他能不能坐上去，得用实力说话。他从低层起家，目前才走到荆州，朝堂还没有他大声说话的地方，他唯一能做的，就是尽量发挥自己的优势，高举北伐大旗，先消耗朝堂的作对力量，之后自己北伐立功，增强自己的声誉和功名。如果此次就恢复关中，也只能得个虚名，而地盘却是朝廷的；与其消耗荆州实力，失去与朝廷较量的资本，不如留敌自重？在虎狼环伺的境况下，他总有机会坐到跷跷板一头的！

按捺不住的将领也是有的。顺阳太守薛珍一看向往已久的长安洛阳近在咫尺，千载难逢的机遇可要抓住，就带领三千军队独自渡过灞水，一路过关斩将，很有收获。只是到了长安城下时，见到敌军势大，自己这点儿人确实还攻不了城，就慢慢撤退。当然龟缩于长安城里的苻健也不敢追：很明显这是桓温的诱敌深入之计嘛！薛珍满载胜利果实高兴地呈献给桓温，桓温大喝一声"斩了"，这不听指挥的薛珍就被左右推出营外斩首示众了。

纷乱的北方，其实也不是桓温心中的追求，那就先在灞上喝酒赏月吧！这时关中地区各郡县守令都前来归降，百姓纷纷带着酒肉犒劳晋军，男女老少夹道观赏晋军的军容军姿，不时有遗老流泪感叹："想不到有生之年还能见到王师啊！"

桓温既以北伐为志，自认为雄姿英发，就常以在北方坚持抗战的刘琨自比。这时得到了一个老婢，曾是刘琨的家伎。老婢一见桓温，便潸然泪下道："您长得很像刘司空。"桓温大喜，连忙整理衣冠，问她哪里像。老婢答道："脸庞很像，就是薄了点儿；眼睛很像，就是小了点儿；胡须很像，就是红了点儿；身材很像，就是矮了点儿；声音也很像，就是雌了点儿。"桓温怅然若失，"褫冠解带，昏然而睡"，好几日都闷闷不乐。不久，这老婢就不见了人影。

北海人王猛隐居于华阴，有诸葛孔明之才智。当他听说桓温入关后，便披着粗布衣服去拜访，边摸着虱子边谈论着当时的大事，旁若无人。桓温觉得他与众不同，便问道："我奉天子之命，统率十万精兵为百姓消灭残存的寇贼，然而三秦的豪杰之士至今没有人前来归附，这是为什么呢？"

王猛："您不远千里，深入敌土，如今长安近在咫尺，而您却不横渡灞水，百姓们不知道您的意图，所以不来。"

桓温沉默不语，无以应答，过了一会儿说："江南还没有人能和你相比！"

于是桓温安排王猛暂任军谋祭酒。八月，桓温裹挟关中的三千多户人家开始撤返江南时，又任命王猛为高官督护，想让他和自己一同返回，王猛却坚决推辞，不予接受。后来王猛成了前秦的宰相，成为东晋的劲敌，为前秦统一北方出力甚多。

在长安望眼欲穿的前秦守军，一直不见桓温攻来，这才派各路斥候打听，终于看穿了桓温的意图，这时也集结了更多的兵力，开始反扑，战局很快变得对桓温不利起来。桓温与苻雄再度在白鹿原展开大战，晋军失利，损失了上万人；司马勋在子午谷被前秦丞相苻雄打得丢盔弃甲，退守女娲堡；一度攻占陈仓的王擢得而复失，逃回了凉州。桓温原本打算在关中就地取粮，苻健识破了他的意图，抢先把麦子全部割完，坚壁清野。晋军由于战线过长，后勤补给跟不上，缺乏粮草，斗志全无，桓温只好班师回荆。关中的反秦势力呼延毒也率领部众一万多人跟随桓温撤退，苻苌等人率军在后面紧追不舍。晋军边打边撤，退到潼关时，又损失了上万人。

桓温在荆州举行了盛大的凯旋仪式，宣布北伐取得了胜利，对缴获物资进行了展览，对俘虏将士进行了巡游，让投诚的前秦将官进行了演讲；对参战的将士赏钱赏物赏乌纱帽，对为国捐躯者进行抚恤。看破不说破，褚蒜子也知道是咋回事，只派了一个黄门侍郎到襄阳进行慰问，算是走个程序。

前秦在长安也举行了举国欢庆胜利的仪式，国主苻健大摆宴席，封赏抵御桓温的功臣，任命雷弱儿为丞相，毛贵为太傅，鱼遵为太尉，淮南王苻生为中军大将军，平昌王苻菁为司空，一同受重赏的有两百多人。

于是，一场神奇的敌我双方都胜利了的战争，就此徐徐落下帷幕。

第五章 北伐·洛阳·桓温

费力不讨好——说的就是桓温,那殷浩北伐好歹还骗回一枚玉玺,桓温煞费苦心地去北伐,结果什么好处都没捞到,明面上北方的城池是得而复失,就像他没去过一样;暗地里他对朝堂的影响力没增加分毫,徒留笑柄而已。他躺在荆州府里认真回忆总结,他的前半生顺风顺水、一路飙升;两年前却遭遇北伐的小胜,当然也有人说是惨败,跌落到人生的低谷。在经历了锥心的苦痛和沮丧后,他渐渐抚平伤痕,顽强地站了起来。记得上次北伐,赢在宏观的目标找到了——前秦是敌人;输在微观的目标没有确立——剑指何地?痛定思痛,桓温反复查看地图,终于眼前一亮,有了,魂牵梦绕的洛阳!

(一)层层加码

356年,桓温四十五岁了,时光催人老,光阴不重来,是时候重铸辉煌了,那就赶快动手写奏折。桓温是个行动派,不像时下的清谈者,今天一个好想法,明天一个奇妙计,都是热血沸腾三分钟,之后躺平喝茶不行动。桓温叫来参军郗超,让他刷刷刷连写十二道奏折,当然落款

日期都是相隔三四日，措辞稍有不同，意义层层加码，内容只有一个，那就是建议东晋迁都洛阳，刻不容缓！如今什么事都要催着，操心啊！

请还都洛阳疏（节选）

……自永嘉之乱，播流江表者，请一切北徙，以实河南，资其旧业，反其土宇，勤农桑之务，尽三时之利，导之以义，齐之以礼，使文武兼宣，信顺交畅，井邑既修，纲维粗举……伏愿陛下决玄明之照，断常均之外，责臣以兴复之效，委臣以终济之功。

桓温上次从长安班师荆州时，建康朝堂曾大大地松了一口气：这个人实力减半，面子丢完，终于可以消停了吧；当然也有点儿遗憾，怎么就没有为国捐躯呢？于是荆州和建康之间，你不理我，我不烦你，双方相安无事了一年多。司马昱在这一年里静静地欣赏了好多天美丽的小老鼠脚印，突然又被桓温戳来许多飞刀，吓得跳了起来，这桓温怎么回事？他怎么成了打不死的"小温"？

后赵石氏灭亡后，北方版图名义上被划分为两部分：前秦在西，前燕在东。但实际上有十来个割据一方的"草头王"，彼此不搭理，各自为战。军阀周成便以洛阳为中心盘踞了一支势力，他本是冉闵手下的大将，冉闵被杀后，周成失去了靠山，思前想后就投降了东晋——当然是名义上的，这年头有奶便是娘。由于时逢乱世，洛阳又位于前秦和前燕"两不管"的交界处，所以周成"无人打扰"，日子安稳。这时桓温"迁都洛阳"的大招，让建康哭笑不得——洛阳作为西晋昔日的都城，东晋恢复故都，就能在名义上"继承祖业"，桓温仿佛又下了一步"恢复荣光"的"妙棋"。

但下棋除了看门道，还要看成效。建康的门阀士族一直窝在南方喝酒清谈，没人愿意主动跳到迁都洛阳的"火坑里"。面对桓温一道急似一道的奏折，于是褚蒜子长吁短叹地让大家议一议，要大家集思广益地找到一个"妙招"，"名正言顺"地回绝桓温这步"臭棋"。

太宰司马晞："黄河以南，东晋并没有太多的主力部队，但是，豫兖州南部地区，包括青州的段龛都对东晋称臣，如今洛阳以东、黄河以南已经名义上收归我东晋。早在五年前张遇归顺之后，桓温就曾有迁都之议。"

司马昱："如果真的能够迁都洛阳，对于周边地区民心士气将是一个巨大的鼓舞。但时下迁都洛阳不是一蹴而就的事情，尚不具备可行性。"

谢尚："洛阳地处四战之地，周围无险可守，西面的前秦势力已经延伸至洛阳近郊的宜阳，函谷关、潼关均在前秦控制之下；北面黄河北岸的河内、上党、河东、太原均为大大小小的军阀占领；东北前秦控制的邺城距离洛阳也并不遥远。迁都洛阳，无疑是将皇帝置于最前线。"

尚书令周闵："中原地区饱经战乱，农业生产停顿，如果迁都洛阳，就必须从江东地区漕运粮草，或者就地屯田。"

王彪之："虽然桓温军队将士不少是南渡流民子弟，但经过数十年的时间，流民渐渐适应了南方的生活，北归的愿望不再像以前那样强烈；建康上层士族已经习惯了江南的生活，更是不愿北还。"

褚蒜子："桓温的奏折来了十多道，总得答复呢！"

司马昱："如今姚襄是大敌，他盘踞在洛阳附近的许昌，中原地区尚不稳定。"

于是朝堂下旨，不予迁都。授予桓温征讨大都督，督察司、冀二州之军务，相机讨伐姚襄。

（二）漫漫征途

种瓜得瓜，朝堂看似轻而易举地把皮球踢给了桓温：如今包含洛阳在内的司、冀二州已封赏给你，就请你先光复河山，将江山打扫干净，再议迁都。此举却正中桓温下怀，"迁都"只不过是烟雾弹，以前不管是西征还是北伐，朝堂反正是不同意。此次干脆就顾左右而言他，他先漫天要价，朝堂果然讨价还价，令桓温北伐的圣旨终于送达。

356年四月，桓温率军再次从江陵北上，他要为过去的失败一雪前耻，重树孤军灭蜀的"威名"。他的宏观目标虽然是前秦，但微观目标却剑指周成、姚襄两人，而此时两人正陷入"狗咬狗"的僵局。

这周成是冉闵的旧臣，但在五年前就投降了东晋，桓温迁都的理由也与此有关。不过，摆在周成案头的乌纱帽除了东晋的，还有前燕的和前秦的。帽子多了，那就想戴哪顶戴哪顶，该戴哪顶戴哪顶，如今一看前秦势大，那就暂且戴上前秦那顶再说。这姚襄以前也投降过东晋，他的帽子同样很多，现在表面上归附前燕，前燕也给了他一堆官职，但姚襄不仅领不到一分钱的"军饷"，地盘还是要靠自己拼老命去抢。于是他先攻占许昌，随后一看周成的帽子颜色不同，马上围攻洛阳。这周成也还是有两下子的，虽然前秦没来援军，但过去了一个多月，洛阳还是没有被攻下。姚襄的长史谏言说，强攻洛阳的损耗太大了，一直硬攻不下的话，如果再遭遇其余敌人，我们将背腹受敌，危在旦夕，当下最好的办法是绕开洛阳，袭取黄河以北的地盘，再慢慢做打算。姚襄当然不听：洛阳居天下之中，是兵家必争之地，纳入囊中才能谋划天下霸业。

于是，桓温趁着"好运气"率军出击，一路未遇一敌，畅通无阻就到达了洛阳伊水。正在攻城的姚襄察觉不妙，赶紧调整军队布防，在伊水对岸抗击桓温。当然姚襄也是深具谋略的，他把精锐部队埋伏在河岸的树林里面，然后派使者告诉桓温："我本来就是东晋的将军，现诚心请降，只要您腾让点空地给我，我就率军跪拜在路边投诚。"

姚襄的计谋是，只要桓温稍一后撤，姚襄的军队就从树林里冲出，迅速过河，发起突然袭击，这叫兵退如山倒。但桓温不是"书呆子"殷浩，一眼就看穿了这种雕虫小技。他笑呵呵回应："我此行主要为收复洛阳，拜谒皇陵，不曾想收服你与否。你若诚意投降，就自己出来，不要耍什么花招。"无奈之下，姚襄只能率军与桓温在洛阳伊水边大战一场。桓温亲自披甲上阵，指挥弟弟桓冲率将冲锋死战。姚襄失了先机，加上和周成缠斗日久，兵疲将乏，已成强弩之末，不久就败下阵来，数千人战死，仅剩数千骑兵逃往洛阳北面的山中。

这姚襄也是个苦命人，丢掉根据地后，他知道前燕不信任他，又逃往西边，和前秦军大战。遇到前秦名将邓羌，兵败撤退时，坐骑突然跌倒，他从马上摔下，被乱刀砍死，年仅二十七岁。姚襄看起来没有取得太大成就，但当时声望极高，和三国时期蜀汉的刘备有点儿相似，俩人的外貌特征都是手臂都很长，垂下来能过膝盖。别人评价他"勇略赛孙策、仁义如刘备"。前秦皇帝苻生以公爵的礼仪安葬了他，他的弟弟姚苌投降了前秦，此后还将书写羌族的好一段传奇。

桓温打败了姚襄，声望如日中天。当他的军队才到洛阳城下，周成立马就换了顶乌纱帽以迎王师。桓温进城后，拜谒了西晋诸皇帝的陵墓，对毁坏的部分加以修复，还设置了看守陵园的陵令。

当初为什么攻洛阳？想起来了，是为了迁都。于是桓温再次上书，

要求迁都洛阳。朝廷衮衮诸公都惊呆了，没想到桓温真打下来了，怎么兑现诺言呢？扬州刺史王述说，桓温也只是虚张声势，不要理他。建康装傻充愣，不予回复，用好了一个"拖"字诀。而王述确实看得准，桓温身临其境，看到洛阳破败的现状，就如同几十年后看到魂牵梦绕的初恋情人已然老去，心中臆想的美梦转瞬即灭，他上书纯粹是为了面子，表表姿态，实现"闭环"。他没像出发前一样多次打报告，自己也不想在这里久待，就把洛阳周边的老百姓三千多户迁到江汉平原，留下颖川太守毛穆之、督护陈午、河南太守戴施以二千人的兵力戍守洛阳，保卫皇陵，自己就班师回到了荆州。

躺在荆州府的太帅椅上，桓温终于感到舒服了。一想到洛阳至少在名义上很重要，于是上表请谢尚都督司州诸军事，镇守洛阳。但谢尚此时病重，朝廷就任命王胡之（王导的堂侄）任司州刺史，担任洛阳的最高指挥官。没承想，王胡之不久也死了，洛阳又无人管辖，再次沉沦。这次北伐耗时三个多月，看起来大获全胜，然而留下了洛阳这个大"鸡肋"，食之无味，弃之可惜。前燕经常骚扰洛阳，东晋的士兵太少，一直被动挨打，叫苦连天。桓温则装傻，缩在荆州不吭气。

对于洛阳被攻克，东晋朝堂不能再无动于衷，于是穆帝下诏，派司空、散骑常侍车灌等人带着符节前往洛阳，修整先帝的五座陵墓。十二月十九日，穆帝和群臣全都身穿细麻布衣服，在建康太极殿哭泣遥拜三天。

（三）昏昏朝堂

接下来的十二年，又到了江南风平浪静的时候，平静得连史官都无事可记，每天只在角落里昏昏欲睡，年底一看史册，就没记录两条，这怎么交差？于是先空着，过几年再托使者带回北边的史册，将北边的混乱史传抄传抄，当然要改写改写，以东晋为正朔，内容不就充实了！其实事后一查，东晋的好多大事在晋史上都无记载，那周成挟洛阳而降，象征着首都洛阳回归，这么大的事，史官居然给忘记了。不光史官昏昏欲睡，朝堂诸公也无事可干，只能每天清谈享福，他们一致认为，这主要是拜桓温所赐，如今江南就他会折腾，但经过两次北伐，他也有所省悟，终于偃旗息鼓了。

十二年太久，朝中即使没有人出来捣乱，遇到的大事也不会少。

褚蒜子功成身退了。357年穆帝十五岁时，褚蒜子为穆帝举行盛大的加冠礼。终于算是成人了，她陪他在龙椅上坐了十四年，遮风挡雨，殚精竭虑，心里真是苦。之后太后下诏，归还大权，让穆帝亲政，实行大赦，改年号，三十八岁的褚蒜子迫不及待地迁居崇德宫颐养天年去了。

晋穆帝年少驾崩了。这东晋的皇帝确实头顶魔咒，自第二任帝明帝起，就没有活过三十的，明帝二十七，成帝二十二，康帝二十三。这穆帝两岁就继位，如今在龙椅上坐了十六年，亲政也有了四年，361年五月二十二日，才十九岁的穆帝突然驾崩，也没来得及生儿子。于是褚蒜子只好再次出面，这次说什么也不能再立一个奶娃娃了，不然，不知猴年马月才能把他养大，才能过上清闲安逸的日子——必须立一个年长的，一上台就可以独当一面的。褚蒜子默默地下定决心。在她的几番审视下，两岁时就应该登基为帝的司马丕进入了她的视野，于是下达太后懿旨："琅琊王司马丕，是朝廷中兴以来的正统嫡传，不论是道德名声，还是族亲地位，没有人能和他相比，让琅琊王奉接帝位！"这司马丕是成帝的太子，成帝驾崩后就应该成为皇帝，只是当初庾家强烈反对，才改为兄终弟及，由年长的康帝即位。现在皇冠落到司马丕头上，可以说道路是曲折的，过程是简单的。于是朝廷百官备好皇帝的车驾去琅玡王的宅第迎接他。二十五日，司马丕即皇帝位。

褚蒜子再次临朝了。这褚蒜子优点很多，比如美丽漂亮，温柔可爱，仁慈忠孝，善知进退。但和任何人一样，她也是有缺点的，就是不识人。你看她任用的司马昱、殷浩、蔡谟之流，那是只讲名声，不重实绩，有些连班都不来上，还长达三年之久，她这个老大的薪俸也太好骗了。这次她点名的皇帝，懿旨里给他说了一大堆好话，结果一条都没说中，可见老大的赞语，有时也是言不由衷的，只在于和当时的政局合拍。这个新任皇帝司马丕不信老大信方士，不信朝臣信鬼神，他坐在龙椅上心无旁骛，一心追求升仙之术，以致朝堂不再是大臣议事的地方，而是道士仙人满天飞。到364年，司马丕只相信方士的话了，不吃饭仅吃药以求长生不老。三月二十二日，司马丕因为药性发作以致重病，不能亲临政事，褚蒜子不得不第二次临朝摄政。当然，第一件事就是把那些神仙给宰了。美女也有发怒的时候。

晋哀帝驾崩成仙了。这司马丕字"千龄"，也许因为看清楚了司马家皇帝短命的现实，便希望自己千年千岁，他是多么渴望摆脱"短命鬼"的宿命和魔咒！这些年本该他当皇帝，但他不争不抢，不哭不闹，只整天好吃好喝，游山玩水，一不小心就熬死了两个皇帝，这皇冠便如空中掉馅饼一样，又神奇地落到他的头上！他并不高兴，而是无限紧张，毕竟"皇帝的命不长"！时下吃仙丹和吃五石散一样已成风气，没有吃过"仙丹"都不好意思说自己是"名士"；家中没有备点儿存货，在招待客人的时候，都不好意思说自己是热情待客的好主人。这仙丹大概是由道士采自石钟乳、石硫黄、雄黄、雌黄等奇奇怪怪的原料，放入密封的鼎中，如太上老君般烧上七七四十九天，热气腾腾的仙丹就新鲜出炉了。别人吃仙丹是为了留名，只偶尔为之；司马丕却是为了续命，为了解除"魔咒"，为了"长生不老"，把仙丹当饭吃。他和王皇后恩爱无比，"好东西"自然要分享，365年正月，皇后率先升天，二月二十二日，二十五岁的哀帝司马丕在西堂驾崩，成为历史上第一位服食仙丹中毒而死的皇帝，空前而不绝后。"我命由天不由我。"褚蒜子千算万算，却始终算不过老天，又一个烂摊子需要她去收拾。

司马奕登基为帝了。哀帝只有一个儿子已早夭，二十三日，褚蒜子下达诏令，让司马丕的弟弟、二十四岁的司马奕继承帝位。朝廷百官到琅琊王的宅第去迎接他，当天，司马奕即皇帝位，立庾冰的女儿庾氏为皇后。司马丕在龙椅上只有短短三年，除去吞云吐雾不清醒的时间，能理政的时间微乎其微，但他却为民做了两件好事。一是庚戌土断，主要是划定州、郡、县领域，居民按实际居住地编定户籍，这一政策有利于行政统一和节省开支。二是关注民生，司马丕登基不久，下诏减轻田税，一亩只收二升；令袁真运送五万斛米到洛阳，赏赐大米给贫穷的人，每人五斛。司马丕也有很高的文学素养，他的书法就很好，《中书帖》一直藏于皇庭。

众大臣替换一批了。司徒司马昱这些

晋哀帝《中书帖》

年一直身处宰相高位，日理万机，夙夜奉公，这与他所追求的幸福相差太远，也就想学习皇太后。他的兴趣是清谈，是欣赏老鼠脚印，于是在358年正月，他请求归还朝政，回到会稽隐居，但穆帝没有同意。朝堂对司马昱一如既往地信任和重用，司马昱一直想避世而不得。366年十月，朝廷任命司徒司马昱担任丞相、录尚书事，并给予他入朝不趋、拜赞不名、履剑上殿的礼遇。王氏仍受重用，364年五月二十日，任命扬州刺史王述为尚书令；十二月二十九日，任命尚书王彪之为仆射；任命抚军司马王坦之为桓温的长史。对老门阀庾家、郗家都有任用，郗鉴的儿子郗昙被任命为北中郎将，都督徐、兖、青、冀、幽五州诸军事，徐、兖二州刺史，镇守下邳；任命征西掾郗超为桓温的参军。几年后庾冰的儿子庾希为北中郎将，徐、兖二州刺史，镇守下邳。对新出门户谢家的恩宠更隆，期间豫州刺史谢奕去世，就任命吴兴太守谢万为西中郎将，监司、豫、冀、并四州诸军事及豫州刺史；360年，隐居中的谢安出山，任征西大将军桓温的司马。

第六章　东进·建康·桓温

声东击西，说的就是桓温的想法。他一会儿西征，一而再地北伐，但最终的目的是东进，为了从荆州进入建康，从地方进入朝堂，从基层进入核心。当然，桓温不似司马昱，不似王庾世家，他没有含着金汤匙出生，那就只好格外努力。在朝堂众人过着家家、皇帝只求成仙、名士忙着清谈、江湖忙着享受之际，桓温跨上战马，南征北战，恢复河山，建功立业，为的就是积累功绩，积累名声，积累威信，好让自己的人微言轻转化为一言九鼎。当然，功夫不负有心人。

（一）徐徐图之

虽然这些年朝堂觉得无事可做在昏昏欲睡，但桓温一刻也没闲着，步步为营。他的西征及两次北伐令他声望大增。但是从结果来看，他对内既未能插手中枢政柄，建康朝堂还没有他的一席之地；又未能获得豫州、徐州，离王敦、庾翼还有相当的差距。这十年间，桓温就向着这两个目标，徐徐图之。

桓温不急，饭要一口一口地吃。当然王庾两家，都是先有荆州，之后占据江州，再图徐豫，将天下之兵均掌控在手中，才有了指点江山的底气。363年，桓温上奏折，再请北伐。现在他有了经验，报告写上去，就不用管批不批了，反正朝堂对北伐一直抱持抵触态度。此次北伐，他不愿再走一如既往的老路，也不愿走笔直平坦的近路，而是要探索一条蜿蜒曲折的新路。此前桓温命西中郎将袁真等凿杨仪道以通水运，之后桓温亲自率舟师自长江到达合肥，在此盘桓不前，既似北伐，又可南进。朝堂惊惧，唯一的办法就是加官封赏——既然在徐豫间徘徊，就加桓温都督中外诸军事，这袁真的豫州之军名义上自当在其属下。桓温虽得偶一涉足合肥，但未能排斥豫州袁真的势力，因而也未能真正把豫州控制起来，一个月后，桓温就回到了荆州。

至于徐州，对桓温进入建康的障碍更大。桓温在荆州的二十余年中，先后居徐州之任者为褚裒、荀羡、郗昙、范汪、庾希、郗愔，他们都出自高门，各有背景，不易屈服。桓温只有徐徐寻找口实，逐个对付。361年二月范汪接替去世的郗昙任徐、兖二州刺史，当年十月，桓温佯称准备北伐，命令范汪率领兵众短期内向梁国出发。范汪犯了延误期限的罪过，被黜免为庶人。桓温是下棋的高手，一般都是欲取先与，一步分作几步走，让人看不透他的真心，并不像其他权势者那样，急吼吼地一把抢夺过来了事，那吃相就很难看。虽然他很想取得徐州，但还是奏请让庾冰的儿子庾希代之。至367年正月，庾希因不能救援鲁郡、高平郡的罪过，被桓温奏请免官，并以郗愔为继。桓温以郗愔居京口，不是引为羽翼，而是利用郗氏平抑庾氏在京口的潜在力量，然后再相机处置郗氏，夺得徐州。

这范汪、庾希真是哑巴吃黄连，有苦说不出。这年头，老大要找你的毛病，那真是维吾尔族姑娘的辫子———一抓一大把。这范汪出身顺阳范氏，是西晋名臣范晷之孙，父母早逝，少时孤贫，庾亮辟为参护军事。后随桓温征蜀，先任徐、兖二州刺史，又任梁州刺史。此次北伐，范汪也知道桓温是"虚伐"，且要求的时间太紧，粮草和大军的到达也只晚了几天，何况后来根本没有一兵一卒会聚，范汪就又原路返回了。范汪还没来得及弹劾主帅劳民伤财的"瞎指挥"，主帅却给他安上了延误军机的"散浮拖"，皇上就下旨将范汪削职为民。这年头官大即口大，哪里还有刺史说话的地方？不过阴差阳错，东晋少了一个刺史，世上多了一名神医，解职后的范汪专注于爱好，当起了货真价实的神医，撰有《范汪方》一百七十余卷，为此后研治伤寒之范本，于外科治疗亦有较高水平，陶弘景谓其书"勘酌详用，多获其效"。他在文学、书法、围棋等方面也都有很高的造诣。

庾希是晋明帝皇后庾文君的侄儿，父亲庾冰又嫁了女儿给司马奕，庾氏兄弟都十分显达尊贵，又都在朝内或方镇任官，桓温十分忌讳。362年，庾希被任命为北中郎将，徐、兖二州刺史，假节镇守下邳。同年前燕将领吕护进攻洛阳，桓温命庾希领三千人支援。366年，前燕将领慕容厉进攻兖州，攻陷鲁郡、高平郡等数个郡，桓温于是指责庾希不能救援各郡，庾希因而被朝廷免官。后来庾希又被征为护军将军，但他怒而辞让不受，寄住在暨阳。洛阳附近是北方军阀纷争之地，天天有兵戈，庾希当"救火队长"，腿都跑软了，再说兵将也少，资源有限，总有救不过来的时候。再说了，救援的责任也不只是他才有，荆州之兵最多，为何不救？

（二）滔滔不绝

史官打理着档案，统计着书册，一看结果就惊掉了下巴，一屋子的奏折，大半都是桓温上奏的；而上奏的内容，又多半与北伐有关。这年头，最心忧天下的，最关心社稷的，最苦口婆心的，最滔滔不绝的，只有桓温了，连史官都不免为之心痛三分钟。

当然桓温不觉得辛苦，威信威信，首先要立威，于是在各种战场上杀伐；其次要通信，让朝堂时刻知道自己的存在。于是建康朝堂和桓温之间心有灵犀，这边桓温上几道奏折，那边朝堂就赏赐一顶乌纱帽，如果有时朝堂搞忘了或者舍不得，那桓温就派出人马到北边真刀真枪地杀伐一番，以此提醒朝堂。

那就北伐吧。上次桓温北伐攻取了洛阳，朝廷也没顾得上封赏，于是朝廷派出另外的人马也去北伐，以便抵消荆州的影响。这次北伐也是无心为之，导火索是个小人物。358年十月，因受不了前燕的屡次侵边，泰山太守诸葛攸攻打前燕的东郡，失败。359年，诸葛攸统率两万水兵、步兵再次攻击前燕，从石门进入，驻扎在黄河的小岛上。前燕上庸王慕容评率领五万步兵、骑兵和诸葛攸在东阿交战，诸葛攸的军队大败。当然建康也不好完全置之不理，也不敢让不受控的桓温前往助阵，于是派谢万率兵支援，进入涡水、颍水间，郗昙因病后退，驻扎在彭城。谢万以为郗昙后退是因为前燕的兵势强盛，随即也率兵撤还，于是兵众惊慌溃散。逃回建康以后，穆帝下诏黜废谢万为庶人，把郗昙的封号降为建武将军。此后，许昌、颍川、谯、沛等城邑相继覆没于前燕。看来北伐也不是哪个人都可以的，朝堂这时才想起前次桓温的北伐还没有封赏，

360年，朝堂讨论收复洛阳之功业，封桓温为南郡公，封桓温的弟弟桓冲为丰城县公，桓温的儿子桓济为临贺县公。

那就迁都吧。362年，桓温又上疏迁都洛阳，并奏请把自从永嘉之乱以来迁徙流落到长江以南的人，全部北还，以充实河南地区的力量。此议桓温倡之多年，至此更咄咄逼人。朝廷害怕此提议，更害怕持此议之人，不敢持异议。只有孙绰冒险陈词，力言："舍弃安乐的家园，到凌乱的乡邦，必将死于路途，葬身江河，这是施行仁义的人所应该悲哀怜悯、国家所应该深深忧虑的！"扬州刺史王述则料定"桓温是想虚张声势来威胁朝廷罢了，并非真想迁都。只要依从他，他自己就不会去了"。毫无底气的朝堂就让征西大将军桓温兼任侍中、大司马，至此，桓温终于可以在朝堂的显要位置站立了。

那就反抗吧。朝廷的乌纱帽也是有限的，于是也想主动作为。荆州太近，司马昱认为交州、广州比较遥远，就下旨改授桓温都督并、司、冀三州官职，桓温义正词严地上表辞让，不予接受。异常气愤的桓温于是派兵渡过长江进入洛阳，目前东晋在洛阳的兵力很少，周围的军阀当然都心痒痒的。361年四月，桓温任命他的弟弟黄门郎桓豁为都督沔中七郡诸军事，兼任新野、义城二郡太守，统率军队攻取了许昌，打败了前燕将领慕容尘。362年，前燕吕护攻打洛阳；三月，东晋河南太守戴施逃奔到宛城；五月二十七日，桓温派庾希及竟陵太守邓遐率领水军三千人帮助守卫洛阳。在血战的同时，桓温再上奏折，提议迁移洛阳的礼器钟和钟架到建康。桓温的威胁很快收到实效，363年，朝廷加桓温都督中外诸军事、录尚书事、假黄钺，桓温有了名义上的军政大权。"假黄钺"则专戮节将，非人臣常器。

那就平叛吧。364年，桓温复议迁都，朝堂久无动静，于是听说蜀地叛乱，那就派兵平叛吧。这反叛者不是别人，正是司马家的梁州刺史司马勋，桓温写的一份奏折说："司马勋为政残酷暴虐，左右参谋将佐以及州内的豪强大族，只要说话不合他的心意，他就在座位上命令将他们斩首示众，有时则亲自把他们射死，他一直有占据蜀地自立的心思。"桓温写的另一份奏折说："益州刺史周抚死后，365年，司马勋起兵反叛，自称梁、益二州牧，成都王。十一月，司马勋带兵进入剑阁，攻下涪城；十五日，司马勋在成都包围了益州新任刺史周楚。"于是桓温派江夏相朱序为征讨都护，前去平叛。366年三月，荆州刺史桓豁也派督护桓罴攻打梁州驻地南郑，讨伐司马勋。桓罴、朱序、周楚不几个回合就抓获还在梦中的司马勋以及他的同党。这司马勋和元帝时的湘州刺史谯王司马承一样，是皇室唯一掌兵的，算是司马家的得力助手，当然不容于士族。这司马勋这些天正闲来无事，听说好友益州刺史周抚去世，于是带领两千骑慢悠悠地踱到成都，一来祭奠老友，二来祝贺新刺史。可是还没进到益州城，就莫名其妙地被大军包围。桓罴将其心腹全部解送到荆州，桓温立即将他们全都斩杀，把首级传送到建康。叛逆当然为天下所不容，桓温"不小心"又立了大功，不得已，朝廷立即加授桓温为录尚书事、扬州牧，召桓温入朝参政。七月二十日，在桓温的暗示下，朝堂下达诏令，再次征召大司马入朝。同时桓温被加羽葆鼓吹，该衔号亦为重臣专享。

（三）步步为营

对于朝廷的宣召，桓温固辞不来。不是他不想去建康，去中枢和核心正是他梦寐以求的，只是他还不敢。这些年树敌太多，皇室跟他也不是一条心，那朝堂周围的兵都听皇上的，他贸然前往，到底还是心虚。于是，桓温放心地将荆州交给家族打理，自己小心翼翼地向东出发，小步快走，向建康权力中心摸索。

364年八月，桓温率精锐一万人从水路抵达芜湖附近的赭圻。正休息间，有建康使者拜访，原来是尚书车灌。和桓温酒过三巡，车灌说明来意，隐约地说出他是司马昱派来的，如今桓温在江湖名声鼎沸，朝堂也是大司马定鼎，朝堂上为桓温专门准备的位置还未打扫干净，不如保持原样，以安人心？桓温一想也对，行军不能太快，得让建康有个适应的时间。于是桓温就以赭圻为城住了下来，并按朝堂的意思一而再再而三地辞让录尚书事职务，但也固执地接受了扬州牧印信。桓温既为内录，又牧扬州，于理应当入朝。朝廷犹豫再三，既征又止，执政的宰相司马昱惶惑无主，举措失态，只好在封赏之后又秘密派人去劝导，让桓温固辞。而桓温此时亦不敢贸然入朝，朝中他少有同党和耳目，力量不够，只身犯险是不值得的，因此顺势辞掉"录尚书事"；但军权却需要牢牢抓住，有了扬州牧，他从荆州到建康才能畅通无阻，才能名正言顺地扎实向建康迈进。

在赭圻的桓温尤其小心翼翼，不敢造次，唯恐孤军受敌：

赭圻下流十许里有战鸟圻，孤立江中，本名孤圻山。昔桓温驻赭圻，恒惧掩袭。此圻宿鸟所栖，中宵鸣惊。温谓官军至，一时惊溃。既定，乃群鸟惊噪，故相传谓战鸟山。

桓温之所惧，并非敌军，那北虏尚远，不可能悄悄杀到江南；他所惧的是官军，当指京口的徐、兖军及此时在寿阳、合肥的豫州军，朝廷像对待苏峻一样对待他，那完全是有可能的。

365年一月，赭圻小城突降神奇大火，牧府被烧，桓温只得再往前移驻姑孰，距建康更近。姑孰城南有姑孰溪，故名之。姑孰作为南北门户，是重要的军事战略重镇，"自上游来者则梁山当其要害，自横江渡者则采石扼其咽喉，金陵有事，姑孰为必争之地"。"东晋立国以来，尝谓京口为北府，历阳为西府，姑孰为南州，而南州关要，比二方为尤切，地势然也。"桓温居姑孰，扼制了建康南门，重现了当年王敦、苏峻所造成的局势，也颇似庾亮之居芜湖。不过此时朝廷还有豫、徐兵在，桓温虽有危惧之感，但既已下驻，后路荆、江二州又已委其弟桓豁、桓冲分督，他自然只能有进无退，力求解决豫、徐问题，消除进入中枢的障碍。而欲解决豫、徐问题，假北伐的名义最为堂皇，当年庾家就是如此。

365年，洛阳被晋军放弃。这一重要事件的处置，朝廷需要和桓温当面会商，桓温还是不敢入朝，于是就像两国谈判一样，双方选定中间地带，司徒司马昱便和大司马桓温在洌洲会面，共同商议征讨事宜。由于桓温率精锐之兵一直驻扎在姑孰，朝廷切实感觉到了越来越逼近的威胁，368年，朝堂给予大司马桓温特殊的待遇，地位在诸侯王之上。

第七章　北伐·枋头·桓温

离建康一步之遥了，到中枢近在咫尺了，进核心指日可待了。但这就像登山，行百里者半九十，走到姑孰的桓温，似乎力气用尽，又似乎遇到了一堵墙，没有非常之举，根本无法跨越。办法还是老办法，那就把雪藏了十多年的旗帜举起来：北伐！

（一）轻赚徐兖

369年三月，大司马桓温再次上奏，请求与徐兖二州刺史郗愔、江州刺史桓冲、豫州刺史袁真等讨伐前燕。

桓温遇到的一堵墙，就是徐兖二州。这么多年都没把此二州收入囊中，他也渐失耐心，决定毕其功于一役，因此点名让郗愔和袁真参与，夹在中间的桓冲只不过是打掩护的。朝堂接到桓温北伐的奏折可谓不计其数，皇帝司马奕只征求了一下宰相司马昱的意见，就不置可否地丢在一边，只让人通报给郗愔和袁真，让他们知道有这么回事就可以了。

皇帝不当回事，那是因为他有更重要的事：那么多美女和男宠在等着，要做到雨露均沾也是很伤脑筋的。但这北伐毕竟是建康的特等大事，朝臣和百姓都在关注。江南已经承平十多年，不闻兵戈之声，猛然间要北伐，犹如平静的长江水掉进一块巨大的石头，不管是朝堂诸公，还是江湖百姓，都是议论纷纷。出师前，宰相司马昱应约来到涂中，和大司马密谈，在推杯换盏中就将徐、兖之归属、建康石头城之防守等重大事宜商定。司马昱临走时还找神算卜了一卦，确定北伐日期为三月二十六日。

二十四日，京城到姑孰的官道上，浩大的官员队伍数十里相连，全建康城的王公大臣，除了皇上和褚蒜子外，都争先恐后地前往桓温的大司马府，为即将北伐的桓温送行。桓温酒是没喝几杯，来送行的官员他也不一定能都记住，但没来的他肯定记住了。

这豫州刺史袁真就没有来。豫州夹在荆州与扬州之间，北与游牧民族政权相对峙，南与江州隔江相望，近在建康肘腋，既是扼守长江中下游的重镇，又是衔接南北势力的要冲。这豫州刺史袁真是个埋头打仗的主，还经常打胜仗：晋康帝时就跟随庾翼北伐；穆帝时作为庐江太守攻打合肥，克之，执南蛮校尉桑坦，迁其百姓而还；哀帝时进攻汝南，运米五万斛以馈洛阳。经常和北虏死磕的他，接到朝廷传来的又要北伐的书简，也就和往常一样，并没有多想，只踏踏实实做好出兵的准备。正事都还忙不完，哪里有闲去喝酒？

那徐兖刺史郗愔就兴高采烈地来了。郗愔是太尉郗鉴的长子，也是王羲之的内弟，颇有一番报国情怀。郗愔的徐兖二州刺史府就在京口，又称北府，自郗鉴时就开始经营。这京口地势险要，据有建康与三吴之间的枢纽地位，担负着控制三吴、抵御海盗、拱卫京师的重任。这京口一直是荆州与建康间的障碍，一直为桓温所垂涎。桓温经常说"京口酒可饮，兵可用"，对郗愔身居北府深为不满。而郗愔看到朝堂北伐书简后非常高兴，认为又到了报国之时，于是赶紧给桓温写了封热情洋溢的信，当然是表决心、展信心之类，有"共同辅佐王室，督领自己的部队渡越黄河北上"等语。但大司马太忙，这几天没空专门呈交，在大司马府喝酒的同时，郗愔就将此信交与儿子转呈。此时郗愔的儿子郗超是桓温的参军兼心腹，当然知道桓温所思所想，一看父亲来信，自己先来把把关。等阅毕，郗超吓得身心乱颤，连忙把信撕碎，重新改写了一封，信中诉说自己不是将帅之才，不能胜任军旅重任，而且年老多病，请求找一个悠闲的地方休养，劝说桓温把京口的部队一并统领。

男人也真是奇怪，一边挖空心思拉良家妇女下水，一边苦口婆心劝风尘女子从良，看似矛盾，实则统一，都是为了"得到"。为了得到徐、兖二州，桓温挖空心思，一步分作几步走，由范汪接替郗昙，再由庾希接替范汪，后由郗愔接替庾希。见到郗愔拱手相让的信件，桓温大喜过望，当即把郗愔升职为冠军将军兼会稽内史，让他去会稽安享清福。而正准备上路北伐的郗将军丈二金刚摸不着头脑，桓温则遂了"郗愔的心愿"，自己兼任徐、兖二州刺史。

四月初一，桓温率步骑兵五万人，浩浩荡荡从姑孰出发，半个月后到达金城。大司马跳下马来，看着自己早年担任琅玡内史时栽种的柳树，已经有十围那么粗壮，感慨道："木犹如此，人何以堪！"他攀着树枝，握住柳条，不禁潸然泪下。周围的将士更是摩拳擦掌，发誓杀敌报国。

（二）大胜前燕

东晋的敌人是前秦？错！虽然前两次北伐，桓温的敌人是前秦苻家

和姚羌，但历史的车轮滚滚向前，舞台的变幻让人眼花缭乱，转瞬间，登台的演员如走马灯似的转换，如今占据洛阳一带的正是前燕慕容，前次北伐的成果，已经全部被慕容抢夺，如今桓温要做的，就是把被抢走的胜利果实再抢回来。

慕容鲜卑是辽东地区鲜卑部的一支。慕容廆之父慕容涉归是慕容鲜卑部首领，并受西晋官爵封号。慕容廆任鲜卑单于之初，慕容鲜卑一度与西晋敌对，但实力尚弱，故慕容廆遣使降晋，接受西晋官封，再次向西晋称臣。永嘉之乱起，晋室南渡，司马睿于江左立国，慕容廆趁机占据辽东，多次遣使东晋，与东晋建立臣属关系。慕容皝被封燕王后，东晋与前燕建立了宗藩关系，前燕仍奉东晋为正朔，晋燕关系尚属友好。直至慕容儁称帝，占据中原，东晋与前燕走向全面对立，冲突、战争不断，双方关系骤然敌对。

六月，桓温抵达金乡，召开一次军前会议。

桓温："如今大军讨伐前燕，各位有什么计策？"

郗超："路途遥远，因为天旱，汴水又浅，运送粮食的水道难以畅通。"

桓温："冠军将军毛虎生，在巨野开凿三百里水路，引来汶水汇合于清水。我们还可以带领水军从清水进入黄河。"

袁真："从清水进入黄河，运输难以畅通。前燕骑兵来去如风，如果不与我们交战，运输通道又断绝，只能靠敌人提供给养，那又会一无所得。"

桓冲："不如让现有部队全部径直开向邺城，他们害怕大司马您的威赫名声，一定会闻风溃逃，北归辽东、碣石。如果他们能出来迎战，那也可以立见胜负。"

郗超:"现在粮运不畅,径往邺城,不如停兵于黄河、济水,控制水路运输,等到明年夏天储备充足再进军?"

桓温:"绵延百里的军队北上,必须迅速取胜。如果敌人故意与我方周旋,渐渐就到了秋冬季节,不但水路更加难以畅通,而且三军将士都没有冬装!"

大家听懂了一个意思:速战速决!那就冲啊!

——建威将军檀玄攻打湖陆,一日攻克,擒获前燕宁东将军慕容忠。

——前燕国主慕容暐任命下邳王慕容厉为征讨大都督,率领二万骑兵在黄墟和桓温主力相战,双方大战十多天,死伤无数,后来桓冲的策应部队从两翼冲击,慕容厉的部队大败,他本人只身匹马逃走。

——前燕高平太守徐翻带领全郡向东晋投降。

——桓温的前锋邓遐、朱序在林渚打败了前燕将领傅颜。

——慕容暐又派乐安王慕容臧统领众军抵抗桓温,经过几日的对决,慕容臧抵抗不住逃跑。

一看众慕容败退,桓温就让将士扎营,先休整休整,看看南北的反应再说。

(三)燕秦联军

都说敌人的敌人就是朋友。这几年前燕和前秦在北方打得你死我活,他们在后赵的地盘上,争抢地盘,争夺资源,争取民心,争当老大。哪知螳螂捕蝉,黄雀在后。这慕容暐认真思考——以前东晋也伐过前秦,那就赶紧派散骑常侍李凤向前秦表示友好并求救。

七月,桓温驻扎在武阳,前燕过去的兖州刺史孙元率领他的亲族同党起兵响应桓温，桓温抵达枋头。慕容𬀩及太傅慕容评十分恐惧，谋划要逃奔到草原深处的和龙。吴王慕容垂说："我请求去攻打他们。如果不能取胜，再逃奔也不晚。"慕容𬀩于是任命慕容垂代替乐安王慕容臧为使持节、南讨大都督，率领征南将军范阳王慕容德等兵众五万人去抵御桓温。慕容垂上表，让司徒左长史申胤、黄门侍郎封孚、尚书郎悉罗腾全都跟随部队一同前往。

封孚："桓温兵众强壮整齐，顺流直下，如今大军只在高岸上徘徊，兵不交锋，看不到取胜的迹象，事情将会怎样呢？"

申胤："以桓温今天的声势，似乎能有所作为，然而在我看来，肯定不会成就功业。"

慕容垂："为何？"

申胤："晋室衰微软弱，桓温专擅国权，晋王室的朝臣未必都与他同心同德。所以桓温的得志，是众人所不愿看到的，他们必将从中阻挠以败坏他的事业。"

慕容垂哈哈大笑："我也看出来了，桓温倚仗军队人数众多，正值有机可乘的时候，他却让部队在中途徘徊，不出击争取胜利，指望相持下去，坐取全胜。如果运输误期，粮食断绝，衰落的威势就会如实地显露出来，肯定是不战自败，这是当然之理。"

这时，心急如焚的慕容𬀩又派散骑侍郎乐嵩去前秦请求救援，许诺把虎牢以西的地域送给他们。前秦王苻坚召群臣商议。苻坚可不是偏安一隅的小角色，他是大帝，此前在史书上能被尊称为大帝的仅有两位，即秦始皇和汉武帝。

护军将军梁成："过去桓温讨伐我们，到达灞上，燕国不救援我们；

如今桓温讨伐燕国，我们为什么要救援？"

卫将军孟高："燕国不向我们称藩，我们为什么要去救他们？"

王猛："燕国虽强，但慕容不是桓温的对手。如果桓温占据了崤山以东，进军驻扎在洛邑，收揽幽冀的兵力，调来并豫的粮食，在崤谷、渑池炫耀兵威，那么陛下统一天下的大业就全完了。眼下不如与燕国会合兵力来打退桓温，等桓温撤退以后，燕国也就精疲力竭了，然后我们再攻取前燕，不是很好的事情吗？"

苻坚听了王猛的意见，大喜。八月初一，苻坚派将军苟池、洛州刺史邓羌率领步骑兵两万人去救援前燕，从洛阳出发，到颍川后驻扎，又派散骑侍郎姜抚出使前燕报告，任命王猛为尚书令。

和第一次北伐一样，现在又到了桓温走下坡路的时候了。

——桓温派前燕降将段思充作前锋，前燕悉罗腾与之交战并活捉了段思。

——桓温派赵国的旧将李述带兵巡行过去的赵魏之地，悉罗腾又攻击并斩杀了他。

——桓温派豫州刺史袁真攻打谯郡、梁国，开辟石门以使水运之路畅通，袁真攻克了谯郡、梁国，但时间太紧，没能攻克石门，水运之路堵塞。

——九月，前燕范阳王慕容德率领骑兵一万人、兰台侍御史刘当率领骑兵五千人驻扎在战略要地石门，前燕的豫州刺史率领本州士兵五千人截断了桓温运粮的通道。

——慕容宙率领骑兵一千人作为前锋，与檀玄的军队相遇，他让二百骑兵前去挑战，其他骑兵则分别埋伏在三处。去挑战的骑兵未交战就退逃，晋兵追击，慕容宙率领埋伏的骑兵展开攻击，晋兵战死的很多。

桓温交战屡屡失利，粮食储备已经空竭，又听说前秦的军队将要到来，于是在九月十九日焚烧了舟船、丢弃了装备武器，从陆路向回逃奔。同时，任命毛虎生督察东燕等四郡的各种军务，兼任东燕太守。

桓温从东燕出了仓垣，一路上掘井饮水，走了七百多里。前燕的众将领都争着要追击桓温，慕容垂说："不行，桓温刚刚溃退，惊恐未定，一定会严加戒备，选择精锐士兵来殿后，攻击他未必能有收获，不如暂缓一下。他庆幸我们没有追上，一定会昼夜急行，等他的士兵们力量耗尽，士气衰落，然后我们再去攻击他，必定攻无不克。"于是慕容垂率领八千骑兵跟在桓温的后边慢慢前进。桓温果然带着军队兼程行进。过了几天，慕容垂告诉众将领说："可以攻打桓温了。"前燕众将迅速追击，在襄邑追上了桓温。范阳王慕容德先率领精锐骑兵四千人埋伏在襄邑东面的山涧中，与慕容垂夹击桓温，桓温大败，军队被斩首三万多人。前秦人苟池在谯郡迎击桓温，又攻破了他，战死的兵众又数以万计。

（四）逼反袁真

十月二十二日，且战且退的大司马桓温收拢溃散的士兵，驻扎在山阳。这次桓温学乖了，吃了败仗不能像第一次北伐一样自己顶着，得找一个"替死鬼"。这次北伐的目的是什么来着？当然是光复河山，而最隐秘的目标则是占有徐豫，北伐只是个幌子。那郗家还算懂事，出发前就将京口拱手让出；这袁真就太不懂事了，一路像模像样地杀敌，没有破绽，豫州如何到手？那干脆来个一箭双雕：袁真也打过败仗，正是他的败仗，才导致此次北伐的枋头大败？于是桓温召集三军大将，将袁真狠狠批评一番，之后向朝堂奏报袁真的罪行，请求黜免袁真的官职，将其贬为庶人，同时奏请罢免不是同路人的冠军将军邓遐的官职。不久后就任命毛虎生兼任淮南太守，代替袁真戍守历阳；任命自己的长子桓熙为豫州刺史、假节。

这袁真是太气愤了：这年头的好官，都是把奖赏和荣誉让给下属，自己背负责难和罪过，以便让下级放手杀敌。这桓温倒好，好处占尽，坏事做绝，明明我袁真立功无数，可是他偏偏鸡蛋里面挑骨头，厚着脸皮诬陷下属，把北伐失败的责任推给我！于是袁真也写了奏折陈述桓温的罪行，并且陈列人证物证，但朝廷久久没有回音。十一月二十五日，丞相司马昱和大司马桓温在涂中会面，袁真满怀希望地递上申诉材料，可宰相的批复是："请大司马酌情处置。"是啊，这些年朝廷就是个窝囊废，欺软怕硬，唯桓温马首是瞻，要寻求公正，此路不通。

无路可走的袁真，于是便占据寿阳反叛，投降了前燕，而且请求前燕救援，也派遣使者去了前秦。前燕国主慕容暐很高兴，马上授予袁真使持节、都督淮南诸军事、征南大将军、扬州刺史，封为宣城公。

370年二月二十八日，满怀委屈的袁真去世。众将拥立袁真的儿子袁瑾为建威将军、豫州刺史，以保全寿阳。前秦国主苻坚也立即任命袁瑾为扬州刺史。这时前燕、前秦全都派兵帮助袁瑾，东晋这边，大司马桓温派督护竺瑶等进军抵御。前燕的军队先到达，竺瑶与他们在武丘交战，完胜；南顿太守桓石虔攻下了寿阳的南城。之后桓温从广陵出发率领两万兵众讨伐寿阳，打败袁瑾，包围了寿阳。前燕左卫将军孟高统领骑兵救援，到达淮河以北，没想到这当口儿前秦讨伐前燕，孟高只得立即返回，奔赴更重要的战场。

袁瑾也是一员猛将，被围近一年都未屈服。371年正月，袁瑾再向前秦求救，苻坚就任命袁瑾为扬州刺史，派武卫将军王鉴、前将军张蚝率领步骑兵两万人前去救援。桓温派淮南太守桓伊、南顿太守桓石虔等在石桥迎击，前秦战败，军队后退驻扎在慎城。十七日，桓温攻下了寿阳，擒获了袁瑾，连同他的宗族亲属一起送往建康，全部斩杀。

这边桓温忙着平叛，北方却在忙着争夺天下。桓温北伐对前燕的打击是多维度的。击退桓温的前燕英雄慕容垂，在胜利后并未受到前燕朝局的褒奖，反而备受猜忌，引起了慕容垂的出逃，前燕朝局更加混乱。鹬蚌相争，渔翁得利，这次北伐的间接参与者前秦苻坚，意外地成了一匹异军突起的黑马，在两大帝国都陷入内讧而无暇他顾之际，前秦苻坚在王猛、苻融等人的辅佐下开始了强大前秦的事业。当初，前燕许诺把虎牢以西的地域送给前秦，桓温的军队撤退以后，前燕反悔，于是燕秦继续开打。371年，北燕慕容基本被灭，各州州牧、太守以及六夷首领全都向前秦投降，前秦共得到一百五十七郡，二百四十六万户，九百九十九万人。至此，北方最强大统一的敌国，站在了长江的对岸。

枋头大败的历史，史官会怎么记录？"流芳百世"的记载，当然也是桓温关心的事情。当时桓温征派徐州、兖州的百姓建筑广陵城，征调劳役已经很频繁，再加上瘟疫流行，死亡者十之四五，百姓们慨叹怨恨。秘书监孙盛正在著《晋春秋》，就真实地记述了当时的事情。桓温那天翻看《晋春秋》，之后很是愤怒，对孙盛的儿子们说："在枋头确实是失利了，但哪至于像你们父亲所说的那样！如果这部史书最终流行开来，自然是有关你家门户的事情！"孙盛的儿子们也听懂了桓温满含威胁的话语，急忙叩拜谢罪，表示回家后立即修改。当时孙盛年老居家，性格方正严肃，做事严守规矩准则，子孙们虽然也已头发半白，但孙盛对待他们却更为严厉。到这时，儿子们便一起痛哭叩首，请求他为整个家族上百口的生命着想。孙盛勃然大怒，没有答应。儿子们于是私下做了修改，呈报大司马交差。孙盛早有防备，在此前另外抄写了一部，并已传送到北方。到东晋孝武帝求购珍本图书时，从辽东人手中得到了这部抄本，与当时所见的版本不同，于是二者并存，枋头之败才露出冰山一角。

第八章　东进·废立·桓温

胜利和失败,词性鲜明,伯仲分明,鸿沟巨大,难以逾越。第三次北伐,桓温显然是失败了,这不仅表现在丢城失地上,表现在损兵折将上,还表现为"望实俱损"。在东晋朝野,桓温的名望和实力因北伐之败受到了挑战和损毁。可这都是摆在明面上的,有些隐藏的账一时还算不了,正是第三次北伐,桓温才取得了徐、豫,彻底扫清了进入建康的障碍,天下之兵,尽归桓氏,"政由桓氏,祭则寡人"才会名副其实。从北边苦寒之地回来后,桓温的权势却达到了顶点,途经王敦墓时,连声说:"可人,可人!"如今他的座右铭已是:"既不能流芳后世,不足复遗臭万载邪!"

(一) 伊尹霍光之事

元帝江左立国以来,某一士族秉权而能久于其任者,一般都是兄弟众多而且名重一时,分居内外,彼呼此应,以维持家族势力不衰。于琅玡王氏,敦总征讨,导专机政,群从子弟,各居显要;于颍川庾氏,亮入相出将,冰、翼等亦内外相维。只有谯郡龙亢桓氏由于族单势孤,虽桓温居上游二十余年,兄弟中仍无一人得居朝廷显职。现在桓氏子弟已成长壮大，是该改变这种状态了！

北伐期间，桓温坚定履行当初和宰相商定的诺言，迫不及待地派心腹将军刘波东进，率领五千军士接管建康的防务，尤其是进驻石头城和白石垒。这宰相司马昱也是痛苦，当初商谈好的前提是"胜利"，如今胜负未分，怎么荆州军就提前进入了建康？是不是他已经胜券在握？后来枋头大败，大司马应该履行承诺，将兵退出建康，退还徐、豫。但看到满脸怒容从战场上归来的大司马，司马昱也不敢吭一声。是啊，老大战败之后，肯定有满腔怒火，正要杀一批人出气，大家都躲得远远的，实在躲不过的都是报喜不报忧，全说恭维顺耳之话，哪个还敢去要账？哪个还敢触逆鳞？就在桓温的黑脸怒目中，徐、豫及建康之兵权，尽入大司马掌中，当真是"大败于枋头，大胜于江左"。

桓温坐在跷跷板一侧，冷漠地望着另一端的司马，沉思良久。于是在广陵的大司马府召来方术士杜炅，问自己的官位能做到什么地步。这杜炅神妙莫测地上下审视后说："明公的功勋举世无双，官位能到大臣的顶峰。"桓温阴沉着脸，将"神仙"扫地出门，召来左右心腹喝酒解闷。

桓温又念起这一年来的口头禅："既不能流芳百世，不足复遗臭万载邪！"

郗超："为尔寂寂，将为文、景所笑。"

桓冲："大司马枋头不顺，威名陷于困顿，现既已攻克寿阳，足以雪耻了吧？"

郗超："树威百年，一朝雪崩，怎可胜败相抵？"

桓温："如之奈何？"

郗超："明公承担着天下的重任，如今以六十高龄，却在一次大规模的行动中失败，如果不建立非常的功勋，就不足以镇服百姓、满足百姓的愿望！"

桓温睁大眼睛："该如之何？"

郗超："明公不干伊尹放逐太甲、霍光废黜昌邑王那样的事情，就无法建立大的威势与权力，镇压四海。"

桓温一听正合心意，但东晋立国以来还没废黜过皇帝。再说要废黜皇帝，一般也是因为这皇帝毛病一大堆，行事太出格，天理难容，人神共愤。可是这皇帝司马奕循规蹈矩、谨小慎微，话不多说，少有决断，一生并无过错，如之奈何？还是郗超继续点拨："凡大人物，均谬误难免，唯角度耳！"

桓温大喜，立即派出各路探子，或者动用早先部署的眼线，带着"敏锐的目光"，天天围绕在皇上周边，看看鸡蛋里面有多少根骨头。

（二）惊世骇俗之奏

功夫不负有心人，不到半个月，一份关于废立的奏折就呈上了朝堂。

这简直是晴天霹雳！建康的百姓津津乐道——又有好戏可看了；朝堂的王公大臣惊慌失措——天要塌下来了！大臣们这天纷纷站立朝堂，开始品味大司马的闻所未闻的关于罢黜皇帝的奏折。

奏折的第一句话是：司马奕患有痿疾。男人阳痿又怎么了，阳痿也就是一种病嘛，宫里那么多御医，治治也就好了！司马迁说："最下腐刑极矣。"对文人士大夫如此，对一个三宫六院七十二妃，掌握天下亿兆臣民的皇帝，痿疾是个多么大的耻辱！或许，司马奕宁可直接被废为庶人，也不愿遭受这样的侮辱。但他现在是"被告"，只能在角落站立，没有他说话的权利，何况好像他也没法在朝堂上自证没有痿疾吧？但公道自在人心，满朝大臣当然不以为意。

奏折的第二句话是：司马奕酷恋男宠。男人喜欢男宠又怎么了，男宠也需要爱嘛。东晋的风气，是高门士大夫吃着五石散，喝着跟头酒，豪放清谈，女仆男童绕膝围坐，在耳鬓厮磨间，缱绻旖旎的情爱就产生了。这时许多庄园大地主都养男宠，朝堂上好些大臣也有，皇上把美女看腻了，养个男宠当然符合潮流。对这第二条理由，满朝大臣更是嘘声一片。

奏折的第三句话是：司马奕绝育龙种。不孝有三，无后为大，在以孝治天下的晋朝，不能生孩子确实是最大的不孝，如果女人不能生孩子，尤其是不能生儿子，都可以立马领到一纸休书。可是大臣们更加奇怪，这大司马不是睁眼说瞎话吗？明明皇上生有三个儿子，公主也有好几个，前段时间一直在议论立太子的事呢！对这第三条理由，满朝大臣更加嗤之以鼻。

奏折的第四句话是：司马奕秽乱后宫。大臣们知道，前三句都是引子，这句才是重点。奏折继续解释说，皇上早就患有阳痿，宠恋男宠相龙、计好、朱灵宝等，参与服侍起居床第之事，遂与皇帝妃子田氏、孟氏两位美人生下了三个儿子，将要设立太子赐封王位，转移皇上的基业。这套说辞太过凶猛，的确匪夷所思，转移晋鼎当然为天地所不容，但是大家清醒过来后，又被清醒的现实所质疑，三位皇子，怎么辨别真假？难道要将皇妃大堂审问？对这第四条理由，满朝大臣也当天方夜谭。不过朝堂之上的斗争，其实也跟升斗小民的互相叫骂差不多，出手角度指向脐下三寸的话，杀伤力最为强大。

371年十一月初九，桓温递上奏折之后，就不紧不慢地带领精锐一万人向建康推进，桓氏是该站立朝堂了。他先从广陵返回姑孰，再前进到白石，十三日，抵达建康，住进石头城，等待朝堂给一个公平的说法。

当然，奏折送达朝堂主要是制造舆论的，这奏折同时送达褚蒜子，路上又给褚蒜子呈报了好几份奏折，并将太后懿旨都替她写好了。奏折的主要意思是表达对晋室的忠心，这司马奕想要移鼎，对不起司马的列祖列宗，必须废黜；这司马昱是元帝的儿子，丞相当了这么些年，名声和能力那是相当的强，立他为帝再合适不过。这漂亮的褚蒜子为人正派，最恨床笫之乱，她年轻时就守寡，从来没传出过什么绯闻。如今司马奕的床笫之乱，既不能自证为非，也不能采信为是，但后宫秘闻历来是最能下酒的好菜，过些天就能吹遍江南的每个角落，令司马家颜面扫地，这样的人怎么还能坐在龙椅上？这司马昱她也认同，当初就是她亲自挑选的丞相，他这么大的年纪，想必那桓温也不可能驾驭他。最主要的是，这天下之兵都在桓温手中，听说他带领的一万精兵已到京城，想不答应也没有这个底气。这褚蒜子思前想后，反正在她手上皇帝已经更换好几个了，再换一个也无妨，最后终于在太后懿旨上盖上了大印。

十五日，桓温把百官召集到朝堂。废立皇帝既然是历代所没有过的事情，所以没有人知道过去的典则，百官们都震惊恐惧。桓温也神色紧张，不知该怎么办。尚书左仆射王彪之知道事情不能半途而废，就对桓温说："您废立皇帝，应当效法前代的成规。"于是就命人取来《汉书·霍光传》，程序和礼仪仪制很快就决定了。

废黜皇帝其实是很讲程序的，首先是宣布前任皇帝"恶行"昭著，可以笼统地概括为"失德"，这一步桓温已经完成，先前那份奏折就是。

之后的步骤就有：权臣倡言废立，与群臣议论，建言于太后，太后同意，废帝，权臣与群臣商议新君人选，请示太后，太后同意，被拥立者即位。王彪之身穿朝服面对群臣，神情沉着，毫无惧色，文武仪规典则，全都由他决定。

第二个节目是宣布太后的诏令，废黜皇帝司马奕为东海王，以丞相、录尚书事、会稽王司马昱继承皇位。

下一个节目是送行。没有人给皇帝以解释的机会，百官进入太极前殿，桓温让督护竺瑶、散骑侍郎刘亨收取了皇帝的印玺绶带。司马奕戴着白色便帽，身穿大臣的朝服，走下西堂，乘着牛车出了神虎门，群臣叩拜辞别，纷纷哽咽落泪。侍御史、殿中监带领一百多名卫兵把他护送到东海王的宅第。十一月十九日，桓温杀掉了司马奕的三个儿子和他们的母亲。二十日，御史中丞谯王司马恬秉承桓温的旨意，请求依据法律斩杀司马奕。简文帝下达诏令说："悲痛惋惜，惊恐不安，不忍心耳闻，再仔细商议吧！"二十一日，桓温再次进上表章，坚持请求杀掉司马奕，言词非常激烈恳切。简文帝于是亲手写下诏令："如果晋王朝的神灵悠长，你就不必请示，尊奉执行以前的诏令；如果晋王朝的大运已去，我就请求避让贤人晋升之路。"桓温只好作罢，于是奏请将司马奕降封为海西县公，将其家人迁徙到新安郡。起初，司马奕曾经召见术人扈谦以龟策卜筮之，卦象显示："晋室有磐石之固，陛下有出宫之象。"司马奕到新安郡后，桓温还不消停，早就安排好自己的心腹，日日监察汇报。后来有个妖人术士姓卢，想要挟持司马奕作乱，扬言说自己是殿中监许龙，奉太后密旨，特来迎接海西公回朝，光复帝位。司马奕还挺心动，幸好保姆在一旁劝阻，许龙这才赶忙跑路。自此司马奕更加小心谨慎，闭门谢客,最后还很庆幸自己从龙椅上下来了,算是摆脱了皇帝活不过三十之魔咒。那司马昱坐上龙椅才八个月就一命呜呼了,而司马奕于386年四十五岁时才长寿而去。

再下一个节目就是奉迎。这司马昱想当皇帝吗?当然不想,他连丞相都不想当,一连辞了好几回。他就是一个清谈客,只想在王府享受,欣赏小老鼠脚印,如今没有人征求他的意见,就给他送来了皇冠。其他人他都可以拒绝,桓温例外,尤其是带着大军的桓温。于是桓温率领百官准备好皇帝的车乘,到会稽王的官邸去迎接会稽王司马昱。会稽王在朝堂更换了服装,戴着平顶的头巾,穿着单衣,面朝东方流涕,叩拜接受了印玺绶带。这天,会稽王司马昱即皇帝位,改年号为咸安,是谓简文帝。桓温临时住在中堂,分派兵力屯驻守卫。桓温的脚有毛病,简文帝诏令可以让他乘车进入殿堂。桓温事先准备好辞章,想陈述他黜废司马奕的本意。简文帝引见,一见大司马皇帝便号啕大哭,泪流不止,桓温也就战战兢兢,始终没能说出一句话。

(三)疾风骤雨之斩

现在说起桓温的威名,在北方那是如雷贯耳,妇孺皆知,连相斗甚酣的前燕和前秦也要暂时停下手中之仗,先团结一致,掉转矛头共同对付桓温,先把这个不要命的"南蛮"赶走了再说。可是一到建康的朝堂,再说起桓温的威名,那是名不见经传,言不传江湖。朝堂上是有理走遍天下,清谈胜过一切,对于不帅无才之人,木讷口笨之徒,就毫无名声、毫无威信可言,即使你废立了皇帝。

桓温这些天认真审视了朝堂:朝廷主要由三大家族及其附属成员组

成，即琅琊王氏和太原王氏（其实他们可以算一家，祖先都为王剪）、颍川庾氏、陈郡谢氏，朝堂上整天滔滔不绝发表政见睥睨天下的都是这些人，如果不压服他们，朝堂上他便说不上话，说了话也没人听。分析了"症结"，他用的当然还是老办法，即战场上的杀伐手段。

既然要立威，那必须得打老虎，拍死几个苍蝇只会损伤他的荣誉。首先祭刀的还是司马家，上次那个掌兵的司马勋已经被他斩杀，这次他选中的"幸运儿"是太宰武陵王司马晞。一是这司马晞喜好习武练兵，胸中有沟壑，袖里藏乾坤，一直有掌兵的经验，自326年起就先后任左将军、镇军将军、镇军大将军等武职。二是他资格老，威望高，被成帝敕封为顾命大臣，352年升任太宰，366年被授予"入朝不趋、赞拜不名、剑履上殿"之礼遇。有这么高威望的人天天站立朝堂，桓温的威风刹那间就消弭于无形。桓温于是将废黜之事告诉尚书令王彪之，以争取同盟，但王彪之明确表示反对。桓温于是在石头城约见皇帝司马昱，表达了斩杀太宰之意，司马昱看到满堂武士刀剑出鞘，一个个怒目而视，只好一个劲地抹泪，哽咽得一句话也不能说。二十一日，桓温进上表章："司马晞收罗招纳轻浮之士，儿子司马综自负残忍。袁真叛逆，事情与他有牵连。近来他猜疑恐惧，将会成为祸乱的缘由。请求免除司马晞的官职，将他遣返回藩地。"看到并没有斩杀的字眼，简文帝赶紧同意。二十二日，桓温又黜免新蔡王司马晃为庶人，将他迁徙到衡阳。

如今建康大部分地方都在桓温的掌控之下，但有一处例外，那就是皇宫。皇宫的宫廷禁卫是司马晞亲自安排的，这些年他们一直只认司马，只认皇室。桓温眼里可揉不得一粒沙，于是他以加强宫廷禁卫为由，向皇上再上一道奏折，"请求"任命自己的心腹、魏郡太守毛安之为宫廷总管，让毛安之率领心腹卫队宿卫皇宫。

接下来是殷家，那有名无才的殷浩，还敢跟他争北伐之名，幸好殷浩死得早！当初殷浩去世的时候，大司马桓温派人送信吊唁他。殷浩的儿子殷涓知道当世仇人是谁，当然就没有答复。对这些驳面子的事情桓温可是记得清清楚楚的，于是又罗列殷涓的罪行，简文帝又流着眼泪批准。简文帝对殷浩还是很有感情的，以前一同清谈辩论，一起同堂为臣，许多观点相似，现在要下旨诛灭他的满门，司马昱确实于心不忍。

这前边的只是小试牛刀，钢刀没有落到这朝堂上的王、庾、谢家的头上，他们满不在乎的神情就不会收敛。桓温认真分析，这琅琊王氏树人根深，枝繁叶茂，朝堂和地方的任职太多，新近又加盟了太原王氏，何况尚书令王彪之在明面上也还配合，这样的群狼家族最好先放一放。而谢家是新晋门户，有实权有军权的不少，关键是有褚蒜子在背后撑腰，她可是个很好的"橡皮图章"，许多时候都用得着，现在最好也别惹。还剩下一个庾家，桓温早就看不惯了，那就他了！

此前庾希已被桓温借故罢免了徐、兖二州刺史的职务，但庾希兄弟七人都在朝廷任职，分量不容小视。十一月二十二日，桓温下令，将包括庾希的弟弟庾倩、庾柔在内的一帮"逆党"全部满门抄斩。消息传出，朝野哗然，眼看庾氏家族将有一场灭门之祸。

庾希有个叫庾蕴的弟弟任广州刺史。庾蕴惊闻京师传来的噩耗，害怕桓温杀了庾倩、庾柔全家后，会对自己动手。为保全家性命，庾蕴最终选择了服毒自杀。可庾希不甘心束手待毙，庾倩、庾柔被杀后，他赶紧和弟弟庾邈、儿子庾攸之一起逃到海陵（江苏泰州）的荒僻乡村，躲了起来，以图东山再起。

庾希另有个弟弟叫庾友，他并没有逃走。庾友和桓温的三弟桓豁是儿女亲家，庾友的儿子娶了桓豁的女儿。眼看庾友全家祸事临门，桓豁的女儿赤着脚跑去叩拜桓温，号啕大哭，为庾友求情，桓温最终赦免了庾友一家。

为了斩草除根，桓温自然不会轻易放过躲藏在外的庾希、庾邈兄弟，不断派人四处搜捕。曾担任青州刺史的武沈是庾希的姨表兄弟，他很同情庾家的遭遇，偷偷给庾希兄弟送了些食物。日子一晃到了第二年（372年）的六月，桓温终于发现了庾希兄弟的行踪，于是派军队前去。眼见祸事临头，武沈的儿子武遵和庾希一起，集合部众，抢掠长江北岸的船只，随后于深夜渡过长江，突袭京口。

桓温兼领徐、兖二州刺史之后，并未驻守京口，故京口兵力较为空虚。见庾希的人马突然袭来，毫无准备的守将卞耽逃往曲阿（丹阳），手下兵士纷纷逃散。占据京口城之后，庾希将城内的数百名囚徒全部释放，给他们分发武器，武遵则在京口城外设置堡垒，对外宣称接到了皇帝的密诏，讨伐逆贼桓温。京口乃是京师建康的门户，闻此消息，"京师震扰，内外屯备六门"，朝廷派高平太守郗逸之等赴京口平叛。

庾希在京口起事，和他此前曾任徐、兖二州刺史，镇守过京口有关。不过庾氏在京口的根基，远远无法和郗氏比肩。加之这次起兵，一来没有足够的人马；二来时间太短，很难实施周密的军事部署，因此从起兵的那一天起，就笼罩着失败的阴影。

庾希虽占据了京口，可他没能控制住周边地区。见朝廷派出大军平叛，逃至曲阿的卞耽和当地的弘戎等人一起，征发各县部队拼凑了两千人，与朝廷大军合兵一处，共伐庾希。面对朝廷大军，庾希组织的"临时军"虽然力战，但很快败退，庾希遂闭城不出。桓温又派东海太守周少孙前往讨伐，七月一日，朝廷夺回了京口城，武遵及其手下均被杀。庾希、庾邈以及子侄五人，被押送至建康，桓温下令将他们处斩。

晋明帝时期，由于庾文君被立为皇后，庾氏家族权倾一时，民间有"庾与马，共天下"的歌谣。庾文君是庾希七兄弟的姑姑，此时早已谢世，无法成为娘家人的"保护伞"；后来庾冰的女儿是司马奕的皇妃，但司马奕已被废掉。经桓温一场血洗，庾氏家族仅庾友一家和自杀的广州刺史庾蕴的儿子们得以保全。

桓温一番诛杀，威势显赫至极，侍中谢安看见桓温，在很远的地方就开始叩拜。桓温假装吃惊地说："谢安，你为什么要这样呢？"谢安说："没有君主叩拜于前，臣下拱手还礼于后的。"

（四）一波三折之旨

朝堂上的杀伐结束，二十四日，东晋实行大赦，为文武官员增加品位二等。二十五日，桓温到白石，上书请求返归姑孰。二十六日，简文帝下达诏令，晋升桓温为丞相，大司马职位仍旧。二十七日，桓温留下心腹郗超在皇帝身边形影不离，自己从白石返回姑孰，学曹操和王敦，开始遥控朝廷。

桓温在建康只不过半月，这雷霆杀伐就臣服了天下，但臣服只是表面上的。当时朝廷在位的士族人物，多数曾居桓温军府，是桓温的故吏，如谢安曾为桓温司马，王坦之曾为长史，郗超曾为参军，王珣（王导子王洽之子）曾为主簿，等等，他们都深知桓温的政治志向。但是他们之中愿意协助桓温、为桓温所用的，只有郗超一人。当简文帝立，郗超为中书侍郎入值宫省之时，谢安、王坦之为侍中，都在简文帝左右。所以桓温并不放心朝局，一直居于姑孰而不入朝。这简文帝也是个仁慈之人，他擅长的是清谈，坐上龙椅后，桓温并不与他逞口舌之利，只用拳头说话，司马昱只好时而哽咽，时而泪下，成天与血泪相伴。那天心虚的简文帝对郗超试探："命运长短，本来并不计较，应该不再出现前不久废黜皇帝的事情了吧？"郗超说："大司马桓温正在对内稳定国家，对外开拓江山，不会发生那种事变。"

战战兢兢、不时哽咽哭泣的司马昱在龙椅上坐了八个月，突然就重病不治了——这龙椅的确施有"魔咒"。他得知自己时日不多，急召大司马桓温入辅，一日一夜连发四诏。桓温惊疑：事出反常必有妖，一定是建康挖了什么坑，等着自己往下跳呢。关键时刻，那郗超却因父亲病重回老家去了，桓温只好另外派出探子，等掌握了情况再说，对皇帝的急召"固辞不至"。

一看等不来真正掌控乾坤之人，然而阎王可不讲任何道理，夺命的时间不容丝毫更改，于是司马昱召来王彪之、谢安、王坦之等重臣，开始写遗诏，当然也主要是写给桓温的。第一份遗诏是这样的：

吾遂委笃，足下便入，冀得相见。不谓疾患遂至于此。今者慨然，势不复久，且虽有诏，岂复相及？……天下艰难，而昌明幼冲眇然，非阿衡辅导之训，当何以宁济也！国事家计，一托于公。少子可辅者辅之，如不可，君自取之。

这司马昱本来共有七个儿子，前五个儿子早死，后来好不容易和昆仑奴生了两个儿子，老大就是司马曜，字昌明，今年十岁。司马昱知道桓温内心的想法，此时也就不敢立太子，不敢立新帝，只能听天由命，托桓温阿衡辅导，则明知昌明为其掌中物，不得不作此态，或者意在求桓温阿衡辅导如伊尹，而求其勿为王莽耳。

魏晋以来，帝王托孤时任臣属自取天下，简文帝此诏以前尚有两回，一为刘备，一为孙策，都是创业伊始，局势未稳之时的事。《三国志·诸葛亮传》中，刘备病笃，谓亮曰："若嗣子可辅，辅之；如其不才，君可自取。"刘备托孤语，盖效法孙策托孤。《三国志·张昭传》载，孙策临终，以弟孙权托张昭曰："若仲谋不任事者，君便自取之。"刘、孙二例虽各有其历史背景，但皆是君臣肝胆相照之词，与简文帝之被迫作此表示者，情况大不一样。

司马昱将遗诏交给侍中王坦之，王坦之和谢安阅后，于帝前毁之！王坦之说："这天下，是晋宣帝（司马懿）、晋元帝（司马睿）之天下，陛下何得专之？"

一看有强势的大臣作后盾，司马昱思前想后，咬咬牙将"少子可辅者辅之，如不可，君自取之"修改为"大司马可依周公居摄故事"。这居摄之意，是说皇帝年幼不能亲政，由权臣代居皇帝之位处理政务，皇帝成年后再交还权柄。王坦之和谢安看后还是不满意，谢安说："昌明已十岁，聪明有智慧，谋略有决断，怎能说其年幼，怎能让人居摄？"

这奄奄一息的司马昱颇感欣慰，看来忠臣还是很多的！于是强打精神，再重写遗诏，将"大司马可依周公居摄故事"修改为"如诸葛武侯、王丞相故事"。写罢，司马昱安详地驾崩。

九月十二日，简文帝驾崩，群臣在太极殿上六神无主，并不知道接下来该做什么。他们都知道，非常之时，才是检验一个人的时候；天塌下来了，这个主只有桓温能做，"当须大司马处分"，哪个错说一个字，日后传到桓温耳朵里，可能脑袋就会搬家。这时尚书仆射王彪之出列正色说："天子崩，太子代立，大司马哪里会有异议？如果要先当面请示，延误了日期，必定反被大司马所责难！"众大臣其实也是这个意思，他们早就看不惯大司马了，只是不敢说出来，如今有人出头，那就赶紧附和，反正附和者是不会有危险的。于是朝议乃定，就在当天，太子司马曜即皇帝位，是为孝武帝，大赦天下。

其实司马昱病重，太后褚蒜子也是忧心忡忡，她经过综合考量，在太子即位的当天下达了太后懿旨："因为孝武帝年幼，加上他得居丧，命令桓温依据周公摄政的旧例行事。"命令已经公布，王彪之却说："这是非常大事，大司马桓温一定会固执地辞让，从而导致政务停顿，耽误先帝陵墓的修筑，我不敢遵奉命令，谨将诏书密封归还。"于是懿旨也就没能实行。

（五）翻江倒海之悔

接到建康送回的快报，桓温口吐鲜血，大叫："完了完了！"他这么多年的精心布局，就此毁于一旦！

简文帝死，至孝武帝立，其间不过五日。这天大的事，怎么能够不由大司马做主？他们怎么敢擅自做主？但这还真怪不了朝堂，重病时司马昱来旨四道，让大司马火速进京辅政，是桓温自己不去的。这桓温真是太后悔了，后悔自己的多疑，后悔放自己的心腹郗超出京，后悔自己在朝堂没有多部署人手，后悔石头城和皇宫禁卫的将军情报不灵，后悔当初的杀伐范围太窄……

桓温当初进入建康，也是在下一盘大棋的，通过一废一立，威望就

立得差不多了，本来指望简文帝临终禅位于己——群臣未敢立嗣，须桓温处分者，就是等待桓温做出是否自取的决定，桓温不取，太子始得即帝位。即使不能马上禅代，那也可成为"周公居摄"，先坐上龙椅再说，至于以后能不能还政于司马家，则"且待下回分解"了。而现在居然只落得个"如诸葛武侯、王丞相故事"，让自己鞠躬尽瘁，死而后已，真是岂有此理！想到这里，六十一岁的桓温一大口鲜血又喷涌而出。

"不可天下人负我"，正是桓温性格的总结，当初手刃杀父仇人是如此，诛灭不回信的殷涓满门也是如此。373年二月，桓温由姑孰来朝，是该将王、谢之挑头闹事者"绳之以法"的时候了。大司马桓温借口来晋见孝武帝，带领一万精锐，向建康浩浩荡荡而来。二十四日，惊魂未定的孝武帝诏令吏部尚书谢安、侍中王坦之率百官到新亭十里相迎。这时，都城里人心浮动，人们都说桓温要杀掉王谢，接过晋王室的天下。桓温抵达朝堂后，百官夹道叩拜。

之后桓温在大司马府部署重兵守卫，刀斧手夹道站立，开始接待会见朝廷百官，有地位名望的人全都惊慌失色。谢安从容就座，对桓温说："谢安听说诸侯有道，守卫在四邻，明公哪里用得着在墙壁后面安置人呀！"桓温笑着说："正是。"于是让左右的刀斧手撤走，与谢安笑谈良久。桓温安排郗超藏在帐子中偷听，以便之后分析参谋，风吹开了帐子，谢安笑着说："郗超可谓'入帐'之宾。"

通过几天的会客与交谈，桓温觉得王谢的实力强大，名声响亮，品行高雅，心境开阔，一时还不敢下手，就在心里收回了对十多名重要成员的斩杀令，待时机成熟时再下手。当然这口气还是要出的，着手处则是去年十月卢悚的案子。

彭城妖人卢悚，自称是大道祭酒，效忠他的人有八百多家。十一月，卢悚派弟子许龙去海西公司马奕门口，称太后下达密令，奉迎海西公复兴大业，司马奕没有听从。初五，卢悚率领兵众三百人，攻打建康广莫门，诈称海西公回来了，从云龙门突入宫殿的庭院，夺取武器库中的盔甲兵杖，守卫云龙门的卫士十分惊骇，不知所措。游击将军毛安之与左卫将军殷康、中领军桓秘奋力讨伐，打死贼党数百名。桓温就快刀斩乱麻，拘捕了尚书陆始，送交廷尉处置，株连坐罪的人很多；罢免了桓秘的官职，派他来就是监督朝堂的，结果天塌下来也没收到他的只言片语，这还是龙亢桓氏的族人？

一看事情办得差不多了，桓温就庄重地去简文帝陵前祭拜，回来时诚惶诚恐，说是见到了简文帝和殷涓，从此一病不起。随后赶紧召见王谢家族为首者，做了一番亲切的叮嘱交代。之后桓温的病越来越重，有些还是医不好的心病：冷眼看着龙椅上那幼小的身影，大司马就更是来气。那还是眼不见心不烦，回到霸府姑孰去等待吧！

桓温可不是一个认输的人，这从他的无止境的北伐就可以看出。他要等待的，是此前他就应该得到的——加九锡，既然一步到位已然不可能，那还是退而求其次，一步分作几步走。这"加九锡"就是权臣篡位的先兆，此前王莽、曹操就加有九锡。谢安、王垣之、王彪之等重臣当然都满口答应，于是开始慢慢起草诏书，文章之事当然得让大秀才袁宏来执笔。袁宏挖空心思写了十多天，交给王彪之审阅，王彪之赞叹他文辞的优美，连声说："写得好哇写得好，但是……"王彪之接着说，"你本来是杰出的人才，怎么能写这样的文章让别人看呢！"袁宏不得要领，只好硬着头皮进行修改，又熬了几个通宵，呈报上去，王彪之看都没看，

就连声夸奖说："袁公太辛苦了，传世文章如绣花之功，需要时间的沉淀，你几天就交卷，可见功夫磨炼得还不到家。"于是再修改，这次是谢安见到了草稿，他也是隆重表扬一番，之后说："文章者，经国之大业，不朽之盛事，望君重之。"让他彻底修改。

如今写文章是太难了！本来"加九锡"就一句话的事，下达一份言简意赅的圣旨就可以了，现在却要洋洋洒洒著华章。王彪之明明称赞袁宏写得好，实际上是让他修改修改，也不指明该怎么修改，专考他的"悟性"。袁宏煞费苦心引经据典字斟句酌，觉得终于修改到位了，结果却换了个领导来审核，要知道每个领导的风格那是千差万别的，美丑肥瘦各有所好，上个领导觉得是篇千古奇文，下个领导却觉得很"肉麻"。当然领导也有一种风格是相同的，那就是绝不会将就——于是只好推倒重来，重复一次"万丈高楼平地起"的历程。于是新领导拍拍他的肩："辛苦了袁公！"最无语的是，历经千转百回，索引万卷千诗，这呕心沥血的华章再次交上去，领导却轻描淡写地说：这文章暂时不用了！

得不到的永远在骚动，被偏爱的都有恃无恐。就这样，诏书反复起草了几个月，总是还差一点儿才能修改好，奄奄一息的大司马桓温始终没有等来"加九锡"。七月十四日，南郡宣武公桓温去世，终年六十二岁。整个朝堂都狠狠地舒了一口气，孝武帝舒坦地流泪下诏：安葬大司马桓温依据汉代霍光及安平献王的旧例，以小儿子桓玄继承南郡公的爵位，由其弟桓冲代替桓温的职务。

听说桓温去世，谢安终于松了口气。桓温被称为一代枭雄，见识和才干，在如今江南的朝堂上，当真出类拔萃。但他也有短板，就是严重的不自信。诸葛亮不太自信，因此事事谨慎，所以永远不能够大胜，但也不致大败；桓温只有一次大胜，但那也是误鼓所致。在灞上，跟长安相距咫尺，桓温不敢挺进；在枋头，跟邺城数里之隔，他也不敢进攻；在建康，一夜四次诏书，他也不敢担当。在必须冒险时，却出奇地畏缩。要知道，自信，正是英雄事业的必要条件。

北方苻坚听说桓温去世后就对群臣说："桓温先前被先帝（苻健）惨败于灞上，后又被慕容垂大败于枋头，不能反思过错自我贬责以向百姓谢罪，反而干出废帝的举动自我辩解，六十多岁的老头，做出如此荒唐的事，哪来的脸面容身于天下？谚语常说，'对自家妻子发火，实则甩脸色给父亲看'，说的就是桓温这种人吧！"

第四卷

谢与马　淝水大战

（360—385年）

江山代有人才出，各领风骚数十年。这名言许多人是不听的，尤其是那些大佬。自己坐于龙椅之一端，集万千权势于一身，日理万机，十分繁忙；规划千年，造福百姓；一言九鼎，定于一尊。没有他的存在，天就塌下来了，百姓肯定都不知道该怎么过日子了。可是，功劳簿记得再多，赞美诗积得再厚，奉承话听得再深，神仙丹吃得再勤，命岁之神悄然而至，云端神坛轰然坍塌。世界就完了？不要担心，太阳照常升起，生活还要继续，人民大众才是真正的英雄，求九锡而未得的桓温刚刚谢幕，陈郡谢氏就闪亮登场了。

第一章　东山再起：淝水大战之家族

山不在高，有仙则名。东山，和南山、北山、西山一样，是一座毫不起眼的小土山，嘉泰《会稽志》载，"凡山之处东，皆可称东山也"。绍兴的确有多个东山地名，时人以为会稽、剡中、石堰、若耶、云门等山，皆可称为东山。但会稽曹娥江畔的东山如今风头正劲，声名鹊起，它岿然特立于众峰之间，下视沧海，天水相接，已成为靠近杭州湾的一大绝景。众星捧月处，是山头的一座豪华别墅，有名士谢安在此隐居高卧；别墅旁有蔷薇洞，是当今东晋顶级名士的游宴之所。王羲之如果有段时间未到，就会吟叹："不到东山久，蔷薇几度花。"后人游东山也有诗为证：

东山吟

李白

携妓东土山，怅然悲谢安。

我妓今朝如花月，他妓古坟荒草寒。

白鸡梦后三百岁，洒酒浇君同所欢。

酣来自作青海舞，秋风吹落紫绮冠。

彼亦一时，此亦一时，浩浩洪流之咏何必奇？

陈郡谢氏世系

谢衡	谢鲲	谢真石（褚裒妻）	褚蒜子（康献皇后）		
		谢尚	谢康（谢奕子，过继给谢尚）	谢肃（谢静子，过继给谢康）	
	谢裒	谢奕	谢泉		
			谢靖		
			谢道韫（王凝之妻）		
			谢玄	谢琰	谢灵运	谢凤
			谢静	谢虔		
		谢据	谢朗	谢重	谢绚	谢世基
					谢瞻	谢绍
					谢晦	谢世林
					谢㬢（嚼）	谢世平
					谢遁	
			谢允	谢裕	谢恂	谢稚
				谢纯		谢沈
				谢甝		
				谢述	谢综	
					谢约	
					谢纬	谢朓
		谢安	谢瑶	谢瞻		
				谢肇		
			谢琰	谢峻	谢弘微（谢思子，过继给谢峻）	谢庄
				谢混		
		谢万	谢韶	谢思	谢曜	
		谢石	谢汪	谢明惠（谢冲子，过继给谢汪）		
		谢铁	谢邈			
			谢冲	谢方明	谢惠连	
					谢惠宣	
	谢广				

（一）玄学名士之谢鲲

谢安住着豪华别墅，整天吟诗宴游，那是他现在有了享受的条件。回溯三代，陈郡谢氏可是寂寂无闻、穷困潦倒的。陈郡，和当初的琅玡郡一样，都因家族的带动而出名。陈郡为秦初置，领九县，或为陈国、淮阳国、淮阳郡，汉初属韩信之楚国，西晋时并入梁国。东晋时在合肥侨置陈郡，属豫州。这陈郡大概以前陈姓居多，只是到东晋时，因谢氏家族的出色表演，才使"陈郡谢氏"而非陈氏之名如雷贯耳，连带他家的燕子。

时人也讲出身，也挖祖宗历史。谢氏家族以前真是寂寂无闻，不像琅玡王氏可以追溯到战国时的名将王翦，谢家其先世只能上溯两代。谢衷跟随兄长谢鲲的足迹，跨越长江来打拼，而谢鲲最终埋葬在建康城南的石子冈处，这是三国孙吴时期的乱葬岗，其中冢墓众多，难以辨别，由此可见当时谢氏家族还力有不逮，连选择墓地的条件都不太具备。在谢氏发达了的时候，"诸葛恢大女嫁太尉庾亮儿，次女嫁徐州刺史羊忱儿。于时谢裒求其小女婚，恢不许"。诸葛为高门士族，最讲究门当户对，因而看不起此前毫无名望的谢氏家族。

谢鲲祖缵，起自寒微，不为世人所重，魏典农中郎将，算是他家族当官第一人。虽然官不大，但万事开头难，有了起步就好办。谢鲲父谢衡，好歹属于官二代，就有条件读书了，于是拼命寻找着书中的黄金屋和颜如玉，因才学仕于晋武帝、晋惠帝之时，先为博士，晋惠帝时为国子博士，旋迁国子祭酒，元康中擢太子少傅，太安元年为散骑常侍。谢衡学识，"以儒素显"，"博物多闻"，其文章多为议论丧服之礼。

谢鲲是谢家飞出的第三只燕子，也是改变飞行路径的燕子。他全然不读老爹书房里的儒学巨著，而是追赶"时尚"，专好《老》《易》，能歌，善鼓琴，弱冠之年就成为中朝"八达"名士。而西晋末年，士族名士通常都求仕于宗室王公，争权夺势的八王手下各有谋士武将。谢鲲没有底蕴雄厚的家世背景，又是后进名士，自然没有得到众多王公贵族的赏识看重。好不容易到了长沙王府，"（王）又不礼鲲，曾执之欲加鞭挞"。后来谢鲲在东海王越府充作掾吏，甚至因为官职太小而被除名。谢鲲一生受到了很多曲折和屈辱，士族名士王玄、阮修都叹息其生不逢时、未遇名主。永嘉时期，谢鲲南渡到豫章避乱，曾担任王敦的长史一职。谢鲲弟谢裒，成帝时担任吏部尚书，后因"算军用，税米空悬"而被免官。在洛阳随行军中，那天悄悄攀爬院墙，偷看邻家织女，反被梭子打掉二齿。为此诗人颇感兴趣：

百步洪二首（节选）

苏轼

佳人未肯回秋波，幼舆欲语防飞梭。

轻舟弄水买一笑，醉中荡桨肩相磨。

不学长安闾里侠，貂裘夜走胭脂坡。

独将诗句拟鲍谢，涉江共采秋江荷。

不知诗中道何语，但觉两颊生微涡。

我时羽服黄楼上，坐见织女初斜河。

谢鲲与时俱进，舍弃儒素习尚，渐入元康玄风，"由儒入玄"，开启了谢氏家族发展的重要转折。但谢氏与桓氏一样，家族地位的上升单靠"由儒入玄"，却还不够。通常的玄学世家崇尚虚无，摒弃世务，重视解，轻事功，居官无官官之务，处事无事事之心，对于维持士族门户势力来说帮助甚微。谢鲲事功不显，但他为王敦长史时，看准刘隗、刁协乃城狐社鼠之辈，曾劝阻王敦打消"清君侧"谋划，并且"推理安常，时进正言"，最终让谢氏家族没有因为王敦逆反而遭受牵连，这充分证明谢鲲还是具有战略眼光，不是单一纯粹的宅心方外之人。

一代人有一代人的使命。谢鲲全身心投入在将家族由儒入玄的宏大工程中，那在事功上的经营就十分有限了，因为这两者历来就不能兼得。谢鲲跟随王敦一同上朝，"明帝问谢鲲：'君自谓何如庾亮？'答曰：'端委庙堂，使百僚准则，臣不如亮；一丘一壑，自谓过之。'"他认为，丘壑之间与庙堂之上，是难以兼有的境界。324年，谢鲲病逝于豫章太守任上。

（二）封疆大吏之谢尚

这年头太守如过江之鲫，在朝堂上也无足轻重，人微言轻。能真正改变世界的，还是美女，就像庾文君之于颍川庾氏一样，真正改变谢家命运的，是谢鲲太守之女谢真石，她嫁给褚裒，生下女儿褚蒜子。褚蒜子三次临朝，扶立六帝，自身无所凭借自然是不可能的，但褚家人丁不旺，且骨子里隐退避世，一看母亲这边子侄众多，个个帅气灵光，这递到手里的量身定制的拐杖，当然得用一用才能显示出价值。褚蒜子执政当年，便立即召谢家顶梁柱谢尚为南中郎将，不久转任西中郎将、督扬州六郡诸军事、豫州刺史、假节，镇守历阳，成为东晋屈指可数的封疆大吏。

谢尚兼有儒玄的气质，幼时曾被视作儒家复圣颜回，稍长又被比之"竹林七贤"之一的王戎。谢尚起家司徒掾，后从黄门侍郎升为建武将军历阳太守。此时庾冰外镇，并将上下游争夺焦点的江州纳入囊中，再加上与庾翼联合，使得荆州、江州联为一体，军权更重。不久庾冰死，褚蒜子趁此良机，拆分荆、江二州联盟，任命谢尚为江州刺史，用以抑制荆州的庾氏势力。但是庾翼却针锋相对，以庾冰之子为寻阳太守，统领庾冰之兵，镇守夏口，抢先下手，强力抵制谢尚。谢尚在江州无立足之地，也不敢得理不饶人，拿着圣旨和老大硬拼，只好后退一步，还镇历阳为豫州刺史。虽然还在历阳，但是官升一级，权重尺厚，谢氏遂得列为方镇，并且成为一支朝廷最信得过的非常重要的武装力量。

如今方镇的重新组合，实际上就是门阀士族的权力格局再造。自王允之死后，琅玡王氏已丧失了竞逐的力量；颖川庾氏以庾亮之死为标志，不断超越其家族发展的顶峰。庾翼极力倡导北伐，气势颇为盛大，但色厉内荏，"举朝谓之不可，议者或谓避衰"，所以庾翼正式动兵的时候，庾亮已经过世三年有余。庾冰陈兵外镇，主要是帮助庾翼守卫上游领地，并不是要开拓疆域。乱世之中，既然王、庾力量不断衰落，势必会有其他士族应运而生、乘势而起，故桓、谢两家士族就是在此刻同时兴起。桓、谢两大家族在朝廷没有根基，与其余当权党派不存在破坏平衡的风险，这也是中枢及其他士族愿意让这两大家族兴起填补空缺的重要原因。

桓、谢家族的后生子弟可以担任武官，守卫边郡，在当时也是颇具活力的社会力量。谢尚担任豫州刺史前，曾有戎旅经历。他曾入补给事黄门侍郎，后晋升为建武将军、历阳太守，再改任江夏、义阳、随郡军事都督，江夏相。江夏等郡经常被后赵军队骚扰，康帝时有诏谓"（谢）尚往以戎戍事要，故辍黄散以授军旅，所处险要，宜崇其位望。今以为南中郎将，余官如故"对谢尚作为士族子弟愿舍清谈以事军旅的事迹予以了肯定和嘉奖。谢尚的戎马经历，深得朝廷信任，在庾冰病逝之后，任命他以原职都督豫州四郡军事，兼任江州刺史；争夺江州不果，又用他为豫州刺史，以为京师南藩。

永和元年路永叛降石虎，赵胤继为豫州刺史，镇牛渚。再后则为谢尚，驻所随形势变化而屡有迁徙，计有历阳、芜湖、寿春、马头等地。自此谢尚镇豫州十二年，继谢尚为豫州者，为谢尚从弟谢奕和谢万。在此期间，豫州是谢氏家族的地盘，是谢氏家族得以兴旺发达的实力基础。

谢尚曾配合殷浩北伐，进兵中原，于邺城得传国玉玺，又于寿春采拾中原乐人以备太乐，这在当时都是大事。谢尚还数度被征，供职京师，一度被征为给事中，戍石头，署仆射。桓温曾赞许他"入赞百揆，出蕃方司"，也就是有入相出将之才，并于北伐平洛后请谢尚进驻洛阳，谢尚以疾不行。表面看来，桓、谢彼此还得相安，其实自殷浩被桓温废黜以后，谢尚就是桓温发展势力的最大障碍。桓、谢之间的矛盾时有表现。桓温请谢尚驻洛阳，就是调虎离山之棋，谢尚当然不应其请。

继为豫州刺史的谢奕、谢万，与兄谢尚有所不同，俱以清谈放达为高。谢万尤非将才，矜豪傲物，无自知之明，亦不察上下游的形势，卒以对北用兵不当，兵败逃归，授桓温以柄，被废为庶人，谢氏至此不得不离开豫州。

谢氏在豫州经营十余年，树立了谢氏家族的威望，发展了谢氏家族的势力。这个时期，谢氏以豫州势力维持着上下游的平衡和各士族门户的平衡，特别是在桓温坐大的条件下，使东晋各种力量和平相处，作用是显著的。

谢尚最让人津津乐道的不是他的官职，而是他的博学。谢尚对于儒玄二家的解读才华和领悟能力在他幼年时就已显现，"幼有至性"，深感孝亲之情。"八岁神悟凤成",显得机敏、聪明又早熟。"鲲尝携之送客,或曰:'此儿一坐之颜回也。'尚应声答曰:'坐无尼父,焉别颜回!'席宾莫不叹异。"谢尚也是玄谈大家,和顶级谈客殷浩、司马昱经常清谈,并著有《谢尚集》十卷。谢尚善音乐,博综众艺,钟情于琵琶,也善吹笛;最知名于世的是他的鸲鹆舞。为此诗人赞曰:

对雪醉后赠王历阳(节选)

李白

历阳何异山阴时,白雪飞花乱人目。

君家有酒我何愁,客多乐酣秉烛游。

谢尚自能鸲鹆舞,相如免脱鹔鹴裘。

清晨鼓棹过江去,千里相思明月楼。

谢尚不但有"有趣的灵魂",他更有"妖冶的身姿"。在他任刺史之时,被自家小妾宋祎称赞为"妖冶"。对的,就是绿珠的随身侍从宋祎,曾为王敦侍妾,有国色,善吹笛。甚至曾经入晋明帝宫,后来明帝患疾病危笃深,群臣进谏,恳请将宋祎放出后宫。后为阮咸的儿子阮孚所得;谢尚此时年岁已高,因善吹笛,故取以教歌伎,因此晚年归属谢尚。成熟是给生疏人看的,幼稚的一面展示给所爱之人。那天谢尚问宋祎:"我何如王?"答曰:"王比使君,田舍贵人耳。"尚究其原因,答曰:"君妖冶故也。"宋祎死后,葬在金城山南,谢尚每逢酒醉,则乘舆上宋祎冢,作《行路难》歌。

相比之下,谢尚的容貌气度异于常人。宋祎在去谢尚府邸之前归属于阮孚,他们因宋祎之故,交往甚密也相知甚深。谢尚被阮孚称赞为"德行高尚,通达事理,美好旷达",不仅仅基于容貌,外形的优势让个人魅力显得更突出,王导呼其"小安丰",殷浩称其"谢郎",桓温赞他有"天人"之姿,其中很大一部分原因是其才色出众。

(三)东山再起之谢安

真正使谢氏成为江左最高门第之一的,是谢安。谢安本来高卧东山,完全是隐居世外的高人,"六七年间征召不至,虽弹奏相属,继以禁锢,而晏然不屑"。

这天,谢安高坐东山,与支道林、王羲之、孙绰、许询饮酒聚会,谢安环顾各位说:"今天可说是名士聚会,光阴不可挽留,这样的聚会也难常有,我们大家应一起畅所欲言,抒发各自的情怀。"许询便问主人:"有《庄子》吗?"找到《渔父》一篇,谢安定好题目,就让大家各自阐发。支道林先讲,说了七百多句,叙述论说精致优美,才思文辞非凡出众,大家纷纷赞扬。王羲之、许询把自己的意思都表达完毕,谢安问道:"诸位觉得言尽了没有?"大家都说:"今日清谈,无不罄尽胸怀。"谢安于是简单地设难,然后自己陈述见解,作了万余言的宣讲,才智超凡,俊雅飘逸,达到他人难以企及的境界,再加上他寓意深远,怡然自得,众人无不心满意足。支道林对谢公说:"您一语中的,直奔佳境,实在是太妙了!"酒浓谈兴中,孙绰吟诗一首:

赠谢安诗(节选)

缅哉冥古,邈矣上皇。夷明太素,结纽灵纲。

不有其一,二理曷彰。幽源散流,玄风吐芳。

芳扇则歇,流引则远。朴以雕残,实由英剪。

捷径交轸,荒涂莫践。超哉冲悟,乘云独反。

这天，谢安带着一群人游览东山，携带的当然都是美女，"谢公东山三十春，傲然携伎出风尘"。谢安今年四十了，他喜欢琴棋书画，喜欢清谈高论，当然也喜欢美女，更欣赏真性情的女子。他曾听说梁山伯与祝英台的故事，后来上奏请求表其墓为"义妇冢"。他的嫂嫂曾经不顾礼节从席上带子退场，谢安不以为忤，还大方地说：她不顾礼貌地打断，转身留给我们一个特美的背影！他所欣赏的诗人侄女谢道韫，曾当着全家人的面鄙薄自己的丈夫王凝之（王羲之儿子）。这些不合"礼法"的行为在谢安看来却是出自真性情，非常值得欣赏。谢安为吏部尚书时，王导的嫡孙王珣娶谢万的女儿为妻，王珉娶谢安的女儿为妻，均夫妻不和。谢安鄙薄王珣的为人，在桓温"雄武专朝，窥觎非望"期间，王珣始终属其心腹且为之趋走，这简直有辱门楣。谢安不惜与琅琊王氏嫡系一支交恶，径自让侄女和女儿离婚改嫁，王谢家族因此不通往来许多年。

对于丈夫的"携伎游东山"，钟夫人当然也在队伍之中，一双眼睛不看风景专盯人。她自己有时候也看歌舞，但谢安一进来，她就让人拿帐子把舞姬挡起来，让谢安看不成。在东山谢安熬不得，想讨个妾，但是自己又张不开嘴，就安排那些名士做老婆的思想工作。这些人就缠着钟夫人，给她讲解《关雎》："关关雎鸠，在河之洲；窈窕淑女，君子好逑。"大家解释说外面有许多"窈窕淑女"，谢安应该去"逑一逑"。钟夫人就问："这是谁写的诗？"大家都说："这可是圣人周公写的呢！"钟夫人说："怪不得，要是周婆，肯定就不会这么写了。"

佛有拈花一笑，亦有金刚怒目，若都沉迷修己，谁来普济众生？这天，谢安和几个好友正在清谈人生要义，顺便聊聊"君子好逑"的最新进展，书僮来报，谢万送来家书。展开一看，这谢万竟然被废黜了，天塌下来了！

如今士族门户的社会地位，虽然在一定程度上具有世袭意义，但在法律上毕竟与封爵世袭不同。要维持士族地位于不坠，要使士族门户利益得到政治保障，必须有本族的代表人物居于实力地位才行。谢安未仕时，名望在谢万之上，但是保障谢氏家族利益的，不是靠谢安的名望，而是靠谢万在豫州的势位。谢安在屡辞征辟的同时，已在观察政局。所谓高卧东山，只不过是一种登高望远的姿态而已，和诸葛孔明隐居隆中异曲同工。

沈周《临戴进谢安东山图》（局部）

出山易，择良枝难。自从桓温和谢尚分据方镇以后，桓谢两个家族的关系越来越具有政治性质。谢氏不少人物曾居桓温军府之任，这是桓、谢家族彼此联系的重要渠道。谢奕与桓温有布衣之好，为桓温司马，谢奕之子谢玄曾为桓温掾属及桓豁司马。谢万被废黜，谢氏家族结束了对豫州的统治，此事当出于桓温之意，因为取得豫州是桓温的宿愿，而废黜又是桓温此一阶段压倒对手的重要手段。桓温促成谢万之废，意在摧毁谢氏实力的基础，桓温理所当然是谢氏的大仇家。

作为政治家族，恩仇的计算却是复杂的，并不能用算盘算清楚，并不以两三子的得失划分楚河汉界。谢安的眼界在全局，目前江南是"桓与马，共天下"，如果径直走向非桓阵营，即使自己没有恨桓之心，那桓温也会马上在心里给谢氏家族树立更高的坎。解铃还须系铃人，谢安要去投靠的，只能是桓温，他要解除大司马心中对于谢家的不快。360年，谢安到了桓温军府任司马，借此表示谢、桓通家之谊，成功消除了因谢万被废而出现的家族之间的紧张状态。

谢安的才能是全方位的，不久就打消了大司马的顾虑，桓谢消融心结，相处融洽。之后谢安任吴兴太守，征拜侍中，迁吏部尚书、中护军。这十余年，是桓温势力大发展时期，事件层出不穷，如打击范、郗、殷、庾等士族，改易帝位，直至桓温居姑孰都督中外、录尚书事，等等。这个时期，桓温是炙手可热咄咄逼人的，但却不见桓、谢纠纷，说明谢安长袖善舞，善避桓氏锋锐而韬晦自处，以保全门户为第一要务。谢玄答谢安戒约子侄之问，盖承孔子之言："欲使生于深林幽谷的芝兰，得隐于谢氏庭阶之内，而芬芳依旧。"暗谓谢氏子弟当隐忍而不外露，不竞权势，不求非分。

自从谢万离开豫州以来，谢氏门户失去凭借，谢安在朝，亦不居枢要之位，所以谢氏自然不足以为桓氏掣肘之患。在这种条件下，谢安韬晦自处，使桓、谢暂得相安。桓温诛殷氏、庾氏人物后，气焰极盛，谢安见桓温，则遥拜之，面子首先要给足。谢安曾与王坦之共同拜访桓温心腹郗超，等了很久也未获得召见，王坦之心里不痛快："堂堂两个朝廷一品大员，去见大司马的小秘书，竟然还吃闭门羹！"马上愤愤然就要离开，谢安却见怪不怪，把王坦之拉住："不能为性命忍俄顷耶？"谢安隐忍不发的态度，使他得以保全谢氏门户，并得以在简文帝死后的关键时刻，与其他士族人物共阻桓温九锡之请，扭转了朝局。

如今，桓温大司马终于心心念念地追随于司马昱，留给谢安的，是无限可能的世界。

第二章　北府雄兵：淝水大战之铁军

江南的内斗只是擦伤，胡族的南征才关生死。前些年北方大乱，桓温不断挑起事端，声言北伐，确实令朝堂烦恼不已，在兴师动众、损兵折将、丢城失地、劳民伤财之后，"桓与马"两败俱伤，江南在北方颗粒无收，一事无成。如今谢安执宰，在东山之巅一览江南，还是香雾弥漫，安静祥和；但放眼北方，战火已经熄灭，疆域已经一统，那氐族前秦首领苻坚，正在会聚百万兵马，意图投鞭断流，饮马长江，期天下混于一统，置东晋万劫不复。谢安置身于风暴来临的前夜，惊心于无所事事的朝堂。俗话说，兵来将挡，水来土掩，当务之急，江南抵御百万胡族铁蹄的雄师在哪里？

（一）军旅之途

知道要锻造军队，知道该怎样建造军队，光是理论家纸上谈兵不行，得在军队里摸爬滚打过才行。谢安虽是高门名士，虽是清谈高手，出山后在"文事"上是一把好手，而且对兵事也不陌生，许多时候还亲临一线。

当谢尚还在豫州之任时，谢氏门户有靠，无陨越之虞，谢安自可矜持不出以图名誉。谢奕"立行有素",继谢尚为豫州刺史,还可以勉力维持。谢奕之后为谢万,谢万虽有才气,但"善自炫曜",缺乏担任一方要职的器识与才能。所以谢安为谢氏门户计,汲汲于扶持谢万,随在谢万身边以求匡正,唯恐谢万有失,影响谢氏门户利益。谢万为吴兴太守时,谢安即随弟谢万赴官:

兄安随至郡中。万眠常晏起,安清朝便往床头扣屏风呼万起。

谢万赴豫州之任,谢安亦随在豫州:

谢万北征,常以啸咏自高,未尝抚慰众士。谢公(安)甚器爱万而审其必败,乃俱行,从容谓万曰:"汝为元帅,宜数唤诸将宴会,以说众心。"万从之,因召集诸将。都无所说;直以如意指四坐云:"诸君皆是劲卒。"诸将甚忿恨之。谢公欲深着恩信,自队主将帅以下,无不身造,厚相逊谢。

能和军队将领打成一片的,还是谢安。后来谢万兵败寿春之时,谢安犹在左右:

谢中郎在寿春败,临奔走犹求玉帖镫。太傅(安)在军,前后初无损益之言,尔日犹云:"当今岂须烦此?"

要学会游泳,不亲自下水,只海阔天空是不可能的。虽然在谢万身后紧紧跟随辅佐,有时也指挥一二,但刘禅非才,即使累死诸葛亮,亦无济于事。但正是这些经历,让谢安了解了真正的战场,认识了真正的敌人。从此,天下大势,南北战场,都在他胸中深藏。

(二)将相睦和

抵御百万胡族铁蹄南下,得举全国之力才行,首要的是同仇敌忾。东晋建国以来,更多的是荆扬之争,这两边的力量一抵消,江南就没多少力气了。谢安心怀天下,并不走庾氏方正严峻的老路,而是学王导镇之以静的更老的路。他摒弃荆扬相争的传统,倡导江南一家的团结,在桓温死后的几年中,大家都认为谢安的主要对手是桓冲。谢安在朝在野均没有党援,一味退让肯定得不到团结,更牢固只能在斗争中获取。作为第一顾命大臣,他也学习一回庾亮,虽然被选为顾命,但还是搬来妹妹庾太后临朝称制,自己才方便全掌权柄。谢安要找的人是现成的,那天他去崇德太后宫进行了拜访,认真请示了褚蒜子关于天下、关于北方、关于权威、关于危机等话题,褚蒜子一听就明白了,反正轻车熟路,扶上马送一程,那就再次临朝称制。

退后一步天地宽,那不是桓温的性格,但桓冲却在认真思考。此前桓温"冲顶"失败,不但自己跌落谷底,还连带着桓氏家族。桓温病亡之际,桓氏家族内讧,一派以桓温之子桓济为核心,一心继续争取老爹的"冲顶"事业;一派以桓温之弟桓冲为核心,认为应走和平发展的道路。千载难逢之机,谢安当然要拉一派打一派了。在各派势力的推波助澜下,两派终于火拼,桓济与兄桓熙、叔父桓密图谋杀害桓冲。事情败露,仗也没怎么打起来,桓济与桓熙被擒,俱徙长沙处斩,连桓济之妻新安公主都改嫁了王献之。一场桓家火拼之后,虽然,军权名义上都还在桓家手中,但那已是强弩之末。面对并不咄咄逼人的谢安,面对倡导团结一心的朝堂,面对保家卫国的大形势,桓冲开始思考后退的优雅与从容。

375年,桓冲先退一步,以扬州让谢安,自己出就徐州刺史镇京口,这一方面出于桓冲顾全大局的气度,一方面也是迫于形势,不得不为尔。377年,镇荆州的桓豁死,桓冲再退一步,又还督江、荆、梁、益、宁、交、广七州军事,荆州刺史。原来桓温死后,桓冲代温居任,本是位重势强,也想完成大司马的遗愿。可是时移世易,"桓与马"已随桓温一同死去,谢安挟太后之箭,虎虎生风而来。镇京口的桓冲不得不逐步撤离中枢,退出京口,放弃姑孰,直到回归桓氏经营已久的荆、梁旧地,建康周边全归朝堂掌控,全归谢安调度。

桓冲回镇荆州以后,东晋消除了桓氏步步向建康进逼的威胁,恢复到长江上下游的桓氏和谢氏在对峙中求稳定的局面。此时前秦苻坚已经在紧锣密鼓地准备南征,上下游关系中虽然还存在某些冲突,但主要的一面却是相互支援以抗苻坚之军,呈现了难得的"将相和"局面。

桓温经营荆州地区长达二十九年,掌握晋廷军政大权已十一年,谢安率众臣取得桓氏改弦更张斗争的胜利,是极其艰巨的。谢安联合朝臣对桓氏家族的专权,采取硬顶、软磨、讽谏等策略,最终使桓氏家族严重威胁晋廷的局面彻底消除。在此漫长过程中,没有使晋廷、谢王与桓氏家族之间的矛盾激化,避免了内战的发生,这些都是谢安所采取的灵活巧妙的斗争策略所收到的成效。

(三)谢安觅帅

一个好统帅,胜过百万兵。什么时候都不缺人,缺少的是人才。江南当然不缺人才,高门名士满朝堂,清谈论客遍江南,但说到行军布阵、指挥杀敌,那就屈指可数,像周瑜陆逊类的统帅,更是凤毛麟角。谢安居宰相之位,兼领扬州刺史,却并不去抢夺上游兵权,而继续让桓温的两个兄弟桓豁、桓冲相继都督荆州,都是帝国之兵,夺过来力量并未增长,反而会多有损益。同时,那桓温数次北伐,最多也只能和胡族打个平手,现在这些桓家统帅战力如何,谢安心里无底。再说,如今前秦举国为兵,战力无穷，已经在北方打遍天下无敌手，目前苻坚正双目炯炯，虎视眈眈，不找到与前秦相匹敌的帅才，江南危矣！

谢安这些天苦思冥想，要找到一个帅才，就把朝堂名士和封疆大吏都梳理了一遍，真没有找到理想的人选。正在惶然无计时，长史来报，侄子谢玄回府看望他来了。真是踏破铁鞋无觅处，谢玄！就他了！

谢安看中谢玄，那是有原因的。一是信得过。当时用人的标准，排在第一的，当然是信得过。如今朝堂最高的政治准则，就是把自己的人搞得多多的。想当初琅玡王家，王导居中枢，王敦掌兵权；到了颍川庾氏，也是庾亮执宰，庾冰、庾翼掌兵。谢安执政，最大的弱点是没有可靠军事力量的支持，建康既不能与上游桓氏维持一种较稳定的平衡，更不能应付北方前秦的压力，找到可信的掌兵之人是当务之急。当然，他是海纳百川，并不以谢家鼎盛为唯一目标，只要是忠心朝堂的有能力胜任者，都会纳入他的考量范围。但他左看右看，就是没找到一个合适的。这谢玄就不一样了，他是谢安最心疼之人，其父是豫州刺史、安西将军谢奕，母亲阮容是西晋名士阮籍的族人。由于谢奕去世较早，自幼失父的谢玄由谢安一手养大，与之感情深厚。同时谢安悉心教育，让其茁壮成长。谢玄少时，曾喜爱佩戴紫罗香囊。但谢安认为，香囊本应是女孩佩饰，担心谢玄如此下去，会失去男子的阳刚之气。不过，考虑到侄子敏感的性格，谢安并未直言劝阻，而是通过以紫罗香囊为赌注的方式，与谢玄做打赌的游戏。当然，小小年纪的谢玄，肯定赌不赢谢安这个"老手"。谢安赢得香囊后，立即当着谢玄的面把它烧掉。聪慧的谢玄马上明白了叔父的意思，从此再也不佩戴这类物件。再有一次，谢安曾在子侄们面前违心地夸赞弟弟谢万，而谢玄听后则直言自己的这位长辈虽然优秀，但"衿抱未虚"，心胸并不开阔。还有一次，谢安曾问谢玄在《诗经》中最喜欢哪句，他回答说是"昔我往矣，杨柳依依；今我来思，雨雪霏霏"，他因此被认为是性情中人。

二是有本事。上有所好，下必甚焉，现在江南是清谈客的天下，只动口不动手的君子遍天下，动手动脚的武者就为门阀士族所不齿，于是又让朝堂放心、又是高门士族、又能冲锋陷阵的狠角色，在江湖中几乎绝迹了。当然也还有几个，比如谢玄，他长大后很有治国才略，朝廷屡次征召都不去。后来与王珣一同被桓温召为属官，并受到桓温的礼遇和器重，转任征西将军桓豁司马、领南郡相、监北征诸军事。谢玄长期在军队摸爬滚打，磨炼出了过硬的军事能力。这样的人，正是谢安心目中锻造北府新军的合适统帅！377年，受谢安的调遣，谢玄离开桓府，白手起家，到京口去开创新的天地。

中书侍郎郗超历来与谢玄不和，但听到谢安的这一举荐，也不得不感叹说："谢安敢于冒触犯众怒的危险举荐亲侄子，确实是英明的；谢玄一定不会辜负他叔叔的推荐，因为他确实是难得的人才！"当时许多人都不赞同郗超的看法，郗超说："我曾经与谢玄共同在桓将军幕府做事，亲眼见他用人能各尽其才，即使是一些细小事务，安排人也非常恰当。因此我知道他一定能成功。"

377年秋，荆州刺史桓豁卒。荆州重镇，兵力"割天下之半"，谢安此时本有权安插谢氏家族人员或亲信，但他为协调各大家族之间的关系，能顾全大局，以桓温弟桓冲领荆州刺史，以冲子嗣为江州刺史，以皇后父王蕴领徐州刺史，以谢玄为兖州刺史、领广陵相、监江北诸军事。使得长江中下游的军政大权，分由桓、谢、王三大家族掌握，使得朝廷与方镇之间，上下团结和睦。

（四）北府点将

一个篱笆三个桩，一个好汉三个帮。谢玄再有本事，也不能一个人拳打前秦斑斓虎，脚踢江北苻家龙。376年，孝武帝正式下诏，移淮北流民到京口。拿到宰相谢安的令箭，谢玄高高挂起"保家卫国、驱逐胡族"的大旗，做的第一件事也和谢安一样，那就是寻找人才，点兵点将，筹建北府兵。

北府始创于晋元帝建武元年。自汉末至两晋，徐州都督例以东为称，如陶谦牧徐州，冠以安东将军；晋室南渡后，京城易地，视徐州为北境，凡出督徐州者皆以北为号。王舒督徐州，始加北中郎将，继王舒为徐州刺史者先后有王邃、刘遐、郗鉴、蔡谟、郗愔、王坦之等人，均称北中郎将，他们的军府也就都以北府相称了。

时人又谓京口为北府，原因有二：一是由京口的地理位置所定，建康在京口之西而稍南；二是因京口长期为东晋徐、兖二州较固定的驻所，亦是北府所在地，故京口遂有北府之别称。

魏晋以来，主要实行世兵制度。士兵世代相传，父死子继或兄亡弟及。世兵之家被称为士家或军户，其身份低于平民，只能相互通婚，不得与平民混淆。世兵逃亡，妻子要被没为官奴或者处死。世兵制的实行，虽然保证了较稳定的兵员，但它的强制性和奴役性特点，不可避免地影响了士兵战斗力的发挥。

谢安举贤不避亲，谢玄慧眼善识人。他要招募新兵，就绝不走世兵制的老路。在谢安的授意下，谢玄带领心腹数十人，各领一队，到处摆摊设点，招募新兵，对象均是北来流民。凡报名者，都要展示武艺，或拳脚散打，或大刀飞舞，或百步穿杨，或兵法背诵。谢玄则在一旁观看，凡是才艺特别出众者，就引到一旁亲自交谈。通过近半年的选拔，一支八万人的队伍逐渐成形，何谦、诸葛侃、高衡、刘轨、田洛及孙无终等，因才艺出众相继被任命为参谋、百夫长、千夫长等职。

最闪耀登场的是刘牢之。刘牢之，字道坚，彭城人，他的太爷爷刘羲是当时一流的"神箭手"，能拉动三五百斤的强弩硬弓，所以深受司马懿孙子、"三国终结者"、西晋开国武皇帝司马炎的器重，一直作为其贴身保镖，扈从左右。后来人到中年，晋武帝才放他到北地和雁门这些边关重镇做太守，关外的游牧胡人也非常惧怕他的箭法和骑术。刘牢之的父亲刘建也是个赳赳武夫，且还精通兵法，晋武帝称其"颇有武干"，曾经做到过征虏将军的职位。征虏将军虽然在魏晋时期只是杂号将军，但却不轻易授人，就如三国时代做过征虏将军的，最出名的就是张飞，可见刘建的武力值在当时确实不低。最关键的是，刘建为征虏将军时，受豫州刺史谢尚的节度，还曾被谢尚调遣修建过马头城池，算是和谢家知根知底，有了很深的渊源。

刘牢之长大成人后，长相也十分让人感到惊异，"面紫赤色，须目惊人"，也就是比关羽的脸还要红，而且是红得发紫！其他相貌特征则与张飞有七分相似。他的武艺也不比他爷爷逊色，且性情十分深沉坚毅又多计谋，当时人们都知道他家世代以壮勇著称，很少有人敢去招惹。

一直报国无门的刘牢之，听说老东家招兵买马，当然是欣然前往。这刘牢之并不是只用拳头的一介莽夫，而是"沉毅多计画"。此前刘牢之因家世旧谊为谢玄所知，谢玄在亲自考核过刘牢之的十八般武艺之后，再摆酒设宴，和他一边豪饮，一边论述战场谋略，这刘牢之竟然说得头头是道，见解独特，对古代名将的战略战术颇有研究。谢玄大喜，立马任命他为北府参军，并将北府兵交给他实际训练和统领。于是，一代名将冉冉升空了。

何谦也是北府旧人，早年是徐州刺史庾希的部属。362年七月，"庾希部将何谦与慕容部将刘则战于檀丘，破之"。此次和刘牢之一样，他也带着以前在北方战场见过大阵仗的北府旧人，一起投奔谢玄。

（五）京口练兵

帅再好，将再精，没有顽强的兵士冲锋陷阵，仗怎么也打不赢。如今这"保家卫国、驱逐胡族"的大旗在京口迎风招展，江南江北的民众口口相传。谢安选择广陵、京口一带作为筹建新军之地，取决于徐州的地理形势和战略地位，这是北府兵产生的必要条件。上游之边防在荆襄，下游之边防在淮南，史家所谓"江左大镇，莫过荆扬"，然就地理、军事形势而言，上游之荆州与下游之徐州最为重要。徐州作为下游重镇，从直接捍卫京师建康来说，实有着更为特殊的意义。该州地处江淮下游之南北冲要地区，向为兵家必争之地。而州治京口望海临江，西北有金山，东北有焦山、北固山，回岭斗绝，地势险固，是天然的军事屏障。它与长江下游另一军事重镇广陵隔江相对，互为犄角，又离都城建康"不盈二百"，近在咫尺，战略地位极其重要。

徐州又是当时北来侨民最集中的地区。永嘉之乱中，南迁的北人约九十万，占当时江南人口五百四十万的六分之一，占西晋初年北方人口的八分之一。而涌来徐州的北方流民就有二十二万，占该州总人口四十二万的半数以上，广陵、京口一带的流民尤多。此次来投奔的将领何谦、诸葛侃、高衡等人本身就是流民帅，自带成百上千人的部曲。戴遂（遁）后来进入谢玄北府兵系统时已是沛郡太守，田洛则是幽州刺史，他们也自有兵卒。

流民在江北往往是半武装性质，他们的首领即流民帅，多受东晋名号。流民帅曾助朝堂讨平王敦，也曾酿成苏峻之乱，是江南政局中具有很大影响的一个因素。东晋视需要而处置流民，徙淮北流民于淮南而用其人力。此等流民多系淮河一带有一定社会地位的阶层，由他们组成的军队，与魏晋旧式的世兵相比，有许多新的特点。首先，它的领导权不是掌握在门阀之手，它创建的本来目的不是用于割据，而是由尽忠王室的谢安子侄所控，用以加强王权、制止封建割据和抵御北方胡族统治者的南侵。其次，它是采用招募的方式集结军队，改变了世兵制下兵士人身依附关系强烈、社会地位低下的状况，提高了士气，增强了部队的军事实力。再次，它的基本成员是受胡族压迫、背负家国仇恨的士族，现在之所以一无所有，都是拜胡族所赐，"回家"正是他们梦寐以求的理想。毕竟和所有其他的因素比起来，仇恨的力量是最强大的。当家园被毁、亲人被杀之后，再厚的赏赐、再美的享受，也比不上拼死把刀捅进造成这一切的仇人的身体里。还有，这支军队集结后，谢玄给的待遇相对较高，分别封闭于不同的群山之间，每天不干别的，只是训练再训练。这支新军组织周密，充满信仰，纪律严实，作风过硬，只准前进，后退斩首。基于上述特点，北府新兵在数年之内成长为一支"百战百胜"的军队。

从326年郗鉴镇北府起，直到369年桓温逼郗愔离开北府为止，其间四十余年，居北府之任者尽管有十人之多，王、庾诸士族执政者俱在其中，但北府始终在郗氏影响之下。后来桓温虽取得了北府的控制权，其后桓冲也一度出镇徐州，但桓氏家族势力始终未在北府植根。377年，谢玄正式组建北府兵，这支军队由谢氏通过刘牢之掌握，北府雄兵就成了纵横天下的劲旅。

第三章　侵占巴蜀：淝水大战之序幕

"天下未乱蜀先乱，天下已治蜀未治。"作为天府之国，作为鱼米之乡，巴蜀历来是各方英雄垂涎的对象。夏、商、周时，这里还是"蚕丛及鱼凫，开国何茫然"，三星和金沙王国在这里创建了高度发达的文明。战国晚期，秦灭巴蜀，自此巴蜀纳入中原一统。汉末三分天下，刘备诸葛亮挟巴蜀天险以自守；曹魏灭蜀汉后，随即被晋朝取代。西晋末年，巴蜀之乱再起，流民在齐万年之乱后实力日趋扩大，逐渐形成以李特为首的流民起义，随后建立巴氏族成汉政权。347年桓温灭成汉，巴蜀算是回到了东晋手中，虽然也有如范贲、程道育、萧敬文等人先后自立为王，但旋即被灭。当然，自汉末以来，巴蜀大的改朝易代频繁发生，小的动乱几乎年年都有。霸主太多，劫匪横行，天府太富有，巴蜀怀璧其罪，哪里能有一天平静闲适的日子？

（一）前秦取蜀汉

诸侯混战，南北对峙，众多霸主都想抢占巴蜀，既能抢占钱粮之利，又能坐拥兵源之广。373年，桓温病死，朝堂和桓氏家族的明争暗斗更加激烈，秦王苻坚双眼西向，决定寻觅最佳时机，夺取蜀汉。

前秦王苻坚素有统一天下之志，现在已经收获了北方，统一的障碍就只有偏安江左的东晋了。这苻坚之所以战力无边，除了他的内政外交都多有亮点外，最主要的是寻觅到了他的"卧龙诸葛亮"——顶级猛人王猛。对，就是桓温354年北伐时在灞上招揽到的王猛，可惜桓温不识货，到手的奇才却不珍惜，王猛最后成了敌营的军师。后来这王猛成了前秦事实上的宰相，尽心辅佐苻坚，苻坚也对他言听计从，君臣二人实行了一系列改革措施，并收到了显著的效果。在政治上，王猛以"治乱邦以法"为出发点，雷厉风行地推行法制，打击豪强权贵。他执政"数旬之间，贵戚豪强诛死者二十有余，于是百僚震肃，豪右屏气，路不拾遗，风化大行"。在经济上，实行"劝课农桑，发展农业生产"的方针，在统治区内兴修水利，实行区种法，促进了社会经济的发展，使前秦境内出现了"田畴修辟，帑藏充盈"的景象。在文化上，实行"推崇儒学，广兴学校"的方针，苻坚执政之暇，常常亲临太学考试学生经义，依其优劣定品第。此外，苻坚还实行了禁奢侈、与民休息等有利于社会生产发展的措施。由于王猛的辅佐得力，前秦数年间便取得了巨大发展，政治清明，经济繁荣，国力增强，最终灭亡前燕、仇池杨氏、前凉、代国等政权而统一北方。目前的前秦版图东到大海，西并龟兹，南至襄阳，北极大漠，"九州百郡，十有其七"。

当然，这些政策有利于缓解民族矛盾，减轻人民的痛苦。但是，苻坚毕竟是氐族人，他将自己的族人迁移到各地，当起了太上皇，这剥削压迫是狠毒的；加上连年混战，兵役劳役无穷，租税征费如山，用"民不聊生"来形容当时的情景，言犹不及。当时汉民都想避秦，但普天之下，莫非秦土，成功者难觅一二，倒是北方南阳附近之弘农和上洛一带，就有桃源人藏之于山涧，过着与世隔绝的悠闲生活：

桃花源记（节选）

陶渊明

晋太元中，武陵人捕鱼为业。缘溪行，忘路之远近。忽逢桃花林，夹岸数百步，中无杂树，芳草鲜美，落英缤纷。渔人甚异之，复前行，欲穷其林。

……自云先世避秦时乱，率妻子邑人来此绝境，不复出焉，遂与外人间隔。问今是何世，乃不知有汉，无论魏晋。

其实，江南也可以说是最大的避世之所。375年，东晋孝武帝刚刚坐上龙椅，双眼蒙眬，正在避世，苻坚就发出令箭，先从东晋的边沿蜀汉试探，抽调五万兵马，分两路攻击：一路让益州刺史王统、秘书监朱彤率领两万士卒从汉川出征，先攻汉中；一路让前禁军将军毛当、鹰扬将军徐成率领三万士卒从剑门出征，入侵益州。

这时东晋根本无暇顾及西边的蜀汉之地。373年桓温死后，桓氏家族便出现了内乱，桓温之子桓熙及桓济等人不满桓冲接任桓温的职位，欲图推翻桓冲。桓冲早有察觉，忙于整肃家族内部的反叛力量，以及料理桓温的后事，根本无暇顾及益梁。而彼时的朝堂正忙着"收复扬州"，填补建康周边的权力真空，也没有余光瞄向西边。

要说前秦攻蜀汉，主动挑起事端的还是东晋。东晋新上任的梁州刺史杨亮很想立功，命令其子杨广从汉中出发，攻打长期归顺东晋、不久前才被前秦攻占的仇池。此时驻扎仇池的是前秦的精锐力量，统兵者是杨安。"两杨"交手以杨广的惨败而收场，而杨亮在听说前线大败之后，吓得也退守磐险（陕西阳县）。杨亮此举也让前秦出兵东晋有了一个借口，更重要的是，前秦摸清了东晋在梁益的底细。

当初桓温仅用两万兵将拿下蜀汉，离开时留下的驻兵也不多。蜀汉在东晋根本没有发挥其战略价值，益州的存在感一直很低，这天府之国的主要用处，是征钱征粮征兵，以补贴荆州和朝堂之用，哪里有多余的钱粮来养巴蜀之兵？再说这巴蜀之地讲究的是天险，是"黄鹤之飞尚不得过，猿猱欲度愁攀援"，何况那时的北方，各割据政权都是半斤八两，没有强敌环伺，少量的兵驻守蜀汉也就够了。这冷不丁五万彪悍的铁骑杀到了眼前，才打了败仗的惊慌失措的梁州刺史杨亮临时抱佛脚，赶紧募兵征粮。重赏之下必有勇夫，好不容易凑足一万多巴獠人，可连兵器都不齐全，许多都是手握锄头。双方在青谷交战，毫无悬念，杨亮的军队瞬间被打败，少部分残兵败将逃奔到西城固守，朱彤于是就攻下了汉中。

毛当、徐成的三万军队猛扑剑门关。这剑门关是益州的第一个要塞，素来是"一夫当关，万夫莫开"，三国时姜维就曾在此拖住了钟会的十余万伐蜀大军。关还是那个雄关，人已不是牛人，前秦还没怎么用力，益州的守军就不战而溃了！前秦马不停蹄，再派杨安进攻梓潼。梓潼太守周虓固守涪城，派步骑兵数千人护送母亲、妻子自汉水到江陵，被朱彤半路截击擒获，胁迫之下，周虓投降了杨安。

前秦各部有条不紊地继续执行攻占益州的作战方略：杨安所部占领川北重镇梓潼，切断和成都方面的联系，使其首尾不能相顾；徐成驻守剑门关；毛当则迅速挥师南下，兵锋直逼成都。危机之时，荆州刺史桓豁不得不派遣江夏相竺瑶西上救援益州，毕竟梁益是他桓氏攻取的，是他们家的势力范围；益州刺史周仲孙则派兵固守成都的最后一道防线绵竹关，以阻击前秦大军。

竺瑶还未进军到蜀地，听说广汉太守赵长战死，就带兵撤退了。益州刺史周仲孙在绵竹关防御，毛当却并未从正面进攻，而是迂回穿插，绕过绵竹关直插成都，这一举动直接让周仲孙的防线崩溃，因为一旦毛当穿插成功，不但成都不保，自己的退路也将被切断，还会面临腹背受敌的危险。周仲孙狼狈之下只得率五千骑兵逃向南中（大渡河以南）。至此益州之战结束，前秦仅用一个月，就占领了梁、益二州。前秦王苻坚任命杨安为益州牧，镇守成都；任命毛当为梁州刺史，镇守汉中；任命姚苌为宁州刺史，驻扎在垫江；任命王统为南秦州刺史，镇守仇池。

前秦王苻坚想任命新投降过来的周虓为尚书郎，周虓说："我蒙受了晋朝厚重的恩宠，只是因为老母亲被擒获，才丧失气节，落身秦国。母子得以全身，这是秦国的恩惠。即使给我以公、侯的高贵地位，我都不以为荣，何况是一个郎官呢！"于是拒绝就任。每当见到苻坚，周虓有时就叉开腿傲慢地一坐，喊苻坚为氐贼。有一次正当正月初一的朝会，仪仗隆重，卫士众多，苻坚问周虓："晋朝正月初一的朝会，与此相比怎么样？"周虓捋起袖子厉言正色道："犬羊相聚，怎么敢和天朝相比！"前秦人因为周虓不恭顺，多次请求把他杀掉，而苻坚却对待他更加优厚。

周仲孙因益州失守坐罪而被免官。桓冲任命冠军将军毛虎生为益州刺史，兼建平太守；任命毛虎生的儿子毛球为梓潼太守，当然地盘需要自己去收复。毛虎生与毛球讨伐前秦，已经到达了巴西（四川阆中），因为缺乏粮食而退到巴东驻扎。

（二）东晋援成都

失去的才是最宝贵的。以前梁、益二州在东晋眼里，只是只生金蛋的母鸡。那些大佬，当然是只占有金蛋，不知有母鸡，如今鸡之不存，蛋将焉附？为了再有金蛋，还是努把力把母鸡再抢过来！

哪里有不平，哪里就有反抗。毕竟是胡族，毕竟是用法家统治，严刑峻法的制度与闲散安逸的蜀民就不大合拍，于是对前秦的统治反抗者众。374年，前秦刚刚占领成都一年，巴蜀民众张育就挑起了反秦的大旗。五月，张育自称蜀王，与杨光起兵两万人，联兵巴獠酋长张重、尹万的一万多人，进围前秦拥有的成都。前秦王苻坚派镇军将军邓羌率披甲军士五万讨伐，张育派使者向东晋请求援军。东晋的益州刺史竺瑶、威远将军桓石虔率军三万攻垫江，为前秦宁州刺史姚苌所阻，未能及时赶到成都。六月，张育改元为黑龙。七月，张育、张重等人争权内讧。前秦杨安、邓羌打败张育、杨光，张育退守绵竹。九月，杨安在成都以南打败了张重、尹万，斩首两万三千人，张重战死。另外，张育、杨光被邓羌、杨安攻杀于绵竹，益州又归前秦所有。东晋援军竺瑶在年底方才攻破垫江，沿涪水（沱江）而上趋成都，至涪西（绵阳西）为邓羌所败，退回巴东。

张育是梓潼本地人，汉末至此一百七十年间，都是外来的"各路神仙"在益州这片土地上你方唱罢我登场，蜀人都是陪场看戏的，都是配角。这回好不容易有了本地人为蜀王，虽然一闪而过，但也曾划亮夜空。于是，蜀地梓潼人在七曲山建张育祠，尊奉他为雷泽龙神。当时，七曲山另有梓潼神亚子祠，后人遂将两祠神名合称张亚子，张亚子便成为梓潼神。《太平寰宇记》又记有龙神显灵：张亚子曾经在长安见到姚苌说，"劫后九年，君当入蜀,若至梓潼七曲山,幸当见寻"。当然神仙也可以转行,后来张育在天界居然成了文昌帝君,专管考试录取之业。世道轮回,勇武的姚苌没去七曲山见寻,倒是莘莘学子络绎不绝地去虔诚朝拜。只知打仗的武将张育,怎么保佑别人考中状元,要解释清楚确实需要大费周章。虽然叩拜上香的秀才们是深信的,但反正孔子不信,孟子不信,老子也不信。

(三)再战魏兴郡

占领梁、益,只是万里长征第一步。苻坚看着万里山河图:现在离建康还很远,徐徐图之也不是他的个性,那就抓紧前进。看看前边挡道的,就是东晋的魏兴郡(陕西安康)了。

这魏兴郡最初为东晋统治,后来被前赵于324年夺取;329年后赵攻灭前赵后,则归后赵统辖;339年又归东晋统治。349年,前仇池国首领杨初再次向东扩展其疆域,他先从成汉手中夺取汉中,然后顺汉水东进并攻占了魏兴郡,从而控制了整个汉水上游,氐人在陕南的势力一时达到极盛。桓温伐成汉后,东晋再度占据魏兴郡。

378年秋,苻坚诏令梁州刺史韦钟率军攻打魏兴郡,围西城(安康)。巴西人赵宝乘机宣称自己是东晋巴郡太守,聚众反秦。翌年三月,东晋右将军毛武生率军三万,沿江而上攻秦,企图"围魏救赵"以解魏兴郡之困。进至巴郡后,毛武生派先锋赵福率一万水军沿西汉水北上,企图挥师巴中,此时蜀人李乌也聚众两万进逼成都。然而,赵福至巴西郡南充国(四川南部)为秦军击溃,损兵大半,毛武生遂借口粮草不济退回巴东。那赵宝、李乌更不经一战,不久也就烟消云散了。

碰到了猪队友的援军,魏兴郡太守吉挹只好自认倒霉,只有独自苦撑。

于是相度地势,在魏兴汉水上游九里处魏山筑垒御敌。魏山地势,东、西、南三面皆险绝,只北面略通人行,宜于防守。韦钟自汉中浮舟前来,兵至魏山遭遇吉挹之兵的抵抗,被迫连樯接舻屯于汉水上,与吉挹军战于魏山。吉挹据高凭险,屡败韦钟军,韦钟不得进,相持两年多,吉挹斩杀韦钟将士七百余人,韦钟军的士气不断低落。见屡攻不下,韦钟一面传催援军,一面绕道东走。吉挹又派兵截击于江北。韦军久困魏山,兵士疲惫,毫无战意,被吉挹兵杀伤甚众,又"斩首五千余级"。

搞了两年山地游击的韦钟也学聪明了,他铁了心不再到大山里与吉挹捉迷藏,只是用大军围住魏兴城池,并时时怒而攻城。吉挹率得胜之兵,又打了几次胜仗,"屡屡挫其锐气"。后来韦钟援军继至,而东晋援军却毫无身影,吉挹外无救助,内少资储,兵士越来越少,粮草几近于无,在守城三年之后,终于被韦钟攻破城池:

城将陷,挹引刀欲自杀,其友止之曰:"且苟存,以展他计,为计不立,死未晚也。"挹不从,友人逼其夺刀。会贼,执之,挹闭口不言,不食而死。

魏山之战,吉挹以一郡之兵力,牵制苻坚东进之军达三年之久,是史上有名的以少胜多的战例。时人为了纪念吉挹,将其控山为垒处命名为"吉挹城",并将急水改名吉河,立庙建祀,供人拜祭。有诗云:

曾游

戴叔伦

泊舟近城下,低徊顷芳轨。

莫此一杯浆,凭吊夕阳里。

在苻坚的巨型地图上,梁、益之地当然只是跳板。382年四月,苻坚改任其弟车骑大将军苻融为征南大将军,为将来的对晋战争做准备。

同年八月，苻坚又以堂侄苻朗为都督青、徐、兖三州诸军事，青州刺史；同时以谏议大夫裴元略为巴西、梓潼二郡太守，并密授机宜，命其在蜀地大量备办舟师，准备顺流东下进攻东晋。

第四章　决战襄阳：淝水大战（一）

分久必合，合久必分，这历史大势，苻坚当然懂得。望着地图上近在咫尺的江南，这里是才占领的魏兴郡，苻坚手指向右一划，附近就是襄阳，应该马上去攻取。

苻坚确实是军事天才，他自然知道襄阳的特殊地位，这里自古以来就是兵家必争之地。战国后期的秦灭楚之战，就是从蓝田、武关出发，进入襄阳。东汉年间，作为荆州的首府，襄阳始终都是魏蜀吴三国争夺的主要位置。赤壁之战中，襄阳就是曹军的后方基地。刘备借荆州，其实借的不是整个荆州，而是与曹操作战的襄阳，隔着汉水与曹魏军队驻扎的襄城对峙。关羽水淹七军夺取襄城，造成南阳、许昌乃至洛阳震动。现在江南取得襄阳，就拥有向北进军的能力，当务之急，就是要进军襄阳。

（一）巡航救友

"过慧易夭"，太有本事的人，可能都不容易活得长。因为他们看不惯别人的慢慢腾腾，还是自己来比较过瘾，又快又好，凡事都亲力亲为，这样就很容易累死。375 年，猛人王猛死了！他死的时候才五十，这个智谋跟诸葛亮在同一水准的天下第一谋士，寿命也跟诸葛亮差不多：他五十，诸葛亮五十三，同样的难兄难弟。人比人气死人，南方那个跟他齐名的宰相谢安，就走的和他完全不同的路子，只动嘴巴不动手，手往袖里一笼，什么事也不干，过得清闲多了。而且，谢宰相虽然基本上没干过什么实事，但稀里糊涂之下所取得的成就，居然和王导齐名，也比王猛小不了太多。这个人，怎么看怎么像是上天派来应劫的。

劳碌命的王猛在临死之前，留下了两句遗言给苻坚：第一是不要伐晋，第二是尽早除掉国内的鲜卑人。虽然苻坚很听宰相王猛的话，但那是宰相还活着的时候，现在他死了，苻坚就像一个长期被管束得很严的孩子，一旦离开了家长，所做的第一件事就是"反着来"，进攻东晋。

战略家的眼光都是相似的，苻坚看重襄阳，当然谢安也十分看重。此前苻坚咄咄逼人地攻占了魏兴郡，兵锋直指汉水，如果襄阳不保，荆州危在旦夕。

谢安看着巨型地图，以前晋之江山，呈递进式的二三级阶梯，分界线是大兴安岭、阴山、太行山、巫山、雪峰山。这一线以东，以平原、丘陵为主，以西则以高原、盆地为主。襄阳恰恰就是这一条线的中点，不管是第三阶梯的防守，还是第二阶梯的进攻，襄阳都成了重要的战略节点。同时，襄阳也是交通中心，是江汉平原的北大门，从襄阳向南，可以顺流而下到达长江，进而到达长江流域的任何一个地方。而从襄阳向北，就能到达南阳盆地，进而到达豫东平原、洛阳盆地。襄阳向西，就能到达汉中谷地、关中平原。襄阳连接了中原各盆地，还连接了整个长江流域，这样的战略位置，当然十分重要了。

襄阳所在的汉水更是重要。长江的八大支流中的雅砻江、岷江、嘉

陵江、乌江、沅江、湘江、赣江，流向都是从南向北；而汉江是唯一一条从北向南的支流。陕西、河南等中原人进入长江流域，最好的水路，只能是汉江。襄阳在汉江中上游，正好可以作为造船基地和粮草转运基地，一旦船只、兵员和粮草到位，就能顺流而下，拿下整个长江流域。

376年，苻坚加紧向凉州用兵，这是北边最后一块分裂之地。前凉张氏一直是建康的铁杆盟友，为了减轻前凉的压力，同时也为了巩固江北，谢安同荆州的桓冲进行了数次密谋，最终达成主动出兵江北的意向。

376年九月，朝廷派兖州刺史朱序、江州刺史桓石秀与荆州督护桓罴率兵三万进军沔水、汉水一带游巡，声援凉州，又派豫州刺史桓伊率兵一万开赴寿阳。淮南太守刘波的水军乘船在淮水、泗水巡游，扫荡江北一带的前秦势力。377年，谢安任命兖州刺史朱序为梁州刺史，镇守襄阳。

这朱序是个官二代，也是个很有能力的官二代。朱序，字次伦，义阳人氏。父朱焘，以才干历任西蛮校尉、益州刺史。朱序接战无数，素有名将之名，累迁鹰扬将军、江夏相，以战功升职为征虏将军，封襄平子。374年，朱序改任兖州刺史。其时长城人氏钱弘聚集党羽数百人，出没原乡山。朱序到吴兴郡后，率兵讨伐并生擒了钱弘。

苻坚的军力无疑是强大的。经过几个月的围剿，前凉王张天锡与数千骑兵逃回姑臧，八月二十七日，前秦的军队进抵，孤立无援的张天锡，只好以白车白马载着棺材，双手反绑于身后，在军营门前投降。苻坚为他松绑，送他到长安，凉州的郡县全都投降了前秦。

荆州刺史桓冲考虑到前秦威势强盛，而江北却无险可守，就移师固守长江以南，从江陵移镇上明，让冠军将军刘波戍守江陵，谘议参军杨亮戍江夏。至于凸显于边境的襄阳，就只好自求多福了。

（二）抢人大战

要进攻襄阳，当然也是要有理由的，战争的道义必不可少。当然，由头很好找，每次出兵，理由总是千差万别，此次苻坚的出兵，虽然实际上是夺取江北，饮马长江，为最终拿下江南作铺垫，但明面上的理由却十分高尚——恭请大和尚和大文人到长安弘法讲经！

大和尚就是闻名天下的释道安，大文人是桓温主簿习凿齿。365年，高僧释道安为躲避战乱，率四百余僧徒自陆浑（河南嵩县）南下襄阳，在襄阳建成檀溪寺。在这个相对安定的环境里，释道安用儒家文化注释佛经；创六家七宗之首的"本无宗"，写就神州第一部佛经目录——《综理众经目录》；制定僧尼规范，首开僧姓释氏，发扬四海一家的真精神。诸如此类，均属佛门之首创。经大文人、以前桓温的首席参谋、东晋别驾习凿齿的推荐，孝武帝下诏书褒扬释道安，称释道安"居道训欲，徽绩兼著"，令"俸给一同王公"。这习凿齿曾被桓温辟为从事、西曹主簿，精通玄学、佛学、史学，著有《汉晋春秋》，是闻名天下的史学名著，时下敢以春秋为书名的，也就只有他了。因桓温已去，他就避居襄阳，一边著书立说，一边同释道安弘法讲经。在茶桌旁边，道安手拿拂尘说："弥天释道安。"习凿齿手握毛笔回应："四海习凿齿。"前秦苻坚也知道释道安和习凿齿的名气，尤其看中大和尚，却苦苦得不到。他不止一次地对他的大臣说："襄阳有位释道安法师，简直不是凡人，而是神器！有什么办法能使他来到我这里？"苻坚提的问题，在大臣中间成了热门话题。有说重金聘请的，有说为其量身打造金光宝寺的，但是，谁也没有拿出个好办法来。最后，还是苻坚自己拿定主意：抢人！晋以我为敌，如果

以礼去请，晋肯定不会允许。武力虽是下策，但只有这一个办法。

378年二月，苻坚于是一箭双雕，派征南大将军、都督征讨诸军事、尚书令、长乐公苻丕，武卫将军苟苌和尚书慕容㬂率领七万步、骑兵进犯襄阳；派荆州刺史率领樊州、邓州的兵众作为前锋，征虏将军石越率领一万精锐骑兵出鲁阳关；京兆尹慕容垂、扬武将军姚苌率领五万兵众出南乡，领军将军苟池、右将军毛当、强弩将军王显率领四万兵众出武当，会合攻打襄阳。大军临行前，苻坚交代苻丕：这场战争，公开宣布是争取释道安北来弘法，实际是夺取襄、樊、沔肥美土地。苻丕心领神会，大军火速前进，直逼襄阳。

（三）夫人筑城

苻丕大军行进迅速、悄密。渡过黄河，进逼新野，朱序才探得消息。听到斥候说十多万大军只为抢一个人，朱序心里想"哄鬼呢"！他一方面加紧备战迎敌，另一方面也派人到檀溪寺通知释道安离开襄阳，不管敌军用什么幌子，反正都要让对方得不到。释道安则以退为进，想把他的徒弟分散到长江流域，在更广阔的领域传播佛教种子。释道安把徒弟们一批一批地叫来，让法遇、昙翼等一批和尚到江陵长沙寺；僧辅、昙戒等一批和尚到上明东寺；慧永率等和尚到庐山西林寺。道安正筹划着自己与慧远等南渡长江事宜，朱序就派兵控制了檀溪寺。原来，朱序觉得自己守土有责，只能死守襄阳城，他的僚属向他献计说："秦兵是不会害安法师的，有安法师在，秦兵也就不会害刺史了，他就是个最好的肉盾。"朱序觉得这话有理，奇货可居，便派了一队人马到檀溪寺，不让道安离开。

苻丕大军兵临樊城，并在上游渡江，逼进了郊区。朱序感到情势危急，便又很快让释道安进入襄阳城,同大家共同抗敌,檀溪寺里只剩下道安的高徒慧远了。正在这时,一位村民急匆匆地跑来说:"秦兵已到我们庄上,马上要来檀溪寺抢安法师,其余的法师有反抗的都要捆起来。"慧远也赶快离开了檀溪寺,他们刚刚走上一条小路,秦兵也就到了,结果偌大一个檀溪寺里,竟空无一人。

苻丕的十多万大军到了襄阳城下,把襄阳城围得水泄不通,朱序也调集了全部两万兵力死守。刚开始时,前秦的军队抵达沔水以北,朱序认为前秦的军队没有舟船,未做周密防备。等到石越率领五千骑兵很快顺流渡过汉水,朱序惶恐惊骇,固守中城。石越攻克了他的外城,缴获了一百多艘船只,用来接运其余的兵众。长乐公苻丕统领众将领攻打中城。热血男儿在守城,女人们也没闲着,朱序的母亲韩氏亲自到城墙上巡视,发现秦兵最容易从城西北角攻破!由于朱序接管襄阳时间太短,那里的城墙年久失修,也很低矮,还没来得及加固。于是"领百余婢并城中女子于其角,斜筑城二十余丈",城中兵民谓新筑城墙为"夫人城"。不久,秦兵果然从西北角发起猛攻,守城兵将虽然顽强抵抗,但秦兵一边进攻一边挖墙角,老城墙果然被秦兵攻破,大量秦兵一拥而入,朱序将兵很快退至新筑之"夫人城"固守,终于化险为夷。就这样反反复复攻防一个月,朱序胜多败少,前秦军还是不能前进一步。心急的苻丕因粮草即将用尽,不断率众苦攻,朱序也坚守御敌,屡战破秦。又过去一个月,苻丕屡攻不破,死伤三万余人,只好退兵到市郊休整。朱序兵将日夜坚守,能上城墙防守的也仅剩一万人,并且十分疲劳,物资短缺。秦兵退得较远,朱序估计其不会很快再来,于是也抓紧休整,以恢复战力。

苻丕想要急攻襄阳,苟苌说:"我们的兵众十倍于敌人,储备的粮食堆积如山，只要逐渐把汉水、沔水一带的百姓迁徙到许昌、洛阳，阻塞他们转运的通道，断绝他们的援军，他们就如同坠入罗网的鸟，还怕抓不到他们吗？何必要以将士们过多的伤亡为代价，而急切地求取成功呢！"苻丕听从了他的意见，于是一边品酒，一边赏月，顺带攻城。这时，慕容垂攻下了南阳，抓获太守郑裔；慕容暐攻下顺阳，抓获了太守丁穆，双双与苻丕在襄阳会合。

襄阳的苦苦支撑，并没有等来任何救兵。这朱序是在盼望救兵，苻丕也在盼望东晋的救兵，他率领十七万兵将，包围襄阳是迟早的事，他是在等待东晋的救援大军到来，好一并歼灭，消灭敌人的有生力量，这可比夺取城池更加有效。可是敌我双方望眼欲穿的救兵，就是没有来到。原本谢安是想救，可是一来太远，建康周边的兵卒到襄阳，至少要走一个月，远水救不了近火；二来北府兵刚刚组建，形成战斗力还需时日；三是前秦的十多万步、骑兵正在进攻淮阳、盱眙，形成了两线作战，建康危在旦夕。于是宰相谢安快马指令冠军将军、南郡相刘波率领八千兵众救援襄阳。刘波推进到枣阳一带，畏惧前秦势大，不敢前进。那荆州刺史桓冲却是压根儿不想救，他要保的是江南，在江北他也打不赢前秦的虎狼之师，现在只好丢车保帅了。

（四）不缺内奸

苻丕的十七万大军，把襄阳围了里三层外三层，可是从年初的二月围到年底的十二月，这襄阳城还是坚如磐石，于巨浪中屹立不倒；这朱序也是越来越有章法，越来越有信心，他气定神闲，天天在城上指挥调度，这里应该多置弓箭，那里可以再添滚石。相对于城内的镇定，那城外却是心急如焚。十二月，前秦御史中丞进上弹劾奏章说："长乐公苻丕等人拥兵十七万，围攻小城，每天耗费万金，但久围而不见功效，请求召回送交廷尉加以追究。"苻坚认为有理，但也留有余地："苻丕等人确实应该被贬责斩杀，只是特别地宽恕他们一次，让他们以成就战功来赎罪。"苻坚于是派黄门侍郎持符节严厉地责备苻丕等人，并赐给苻丕一把剑说："明年春天还不能取胜的话，你就可以自杀，不要再厚颜无耻地来见我了！"

苻坚还是气不过，小小一个襄阳，十七万人吐口唾沫，也会将城淹没，怎么一年也攻不下来？于是就想亲自统领军队前往攻打，诏令阳平公苻融率关东六州的兵众会集寿阳，令梁熙率黄河以西的兵众作为后继部队。苻融劝谏说："陛下想要夺取长江以南，本来应当广泛征求意见，深思熟虑，不可仓促行事。如果仅仅是攻取襄阳，又怎么值得亲劳大驾呢！没有动用整个天下的兵众而仅仅是为了区区一城的。"梁熙也一再劝谏，苻坚于是作罢。

苻丕等人见到诏令和宝剑后十分惶恐，又听说皇帝要御驾亲征，这就压力山大，于是召集众将开会，除了加大进攻之外，还派出各路斥候，探听各路消息，努力寻找朱序的襄阳城的漏洞。人无完人，城无完城，漏洞真还不少，苻丕经过认真研究，决定就在襄阳城的二把手身上做文章。

堡垒最容易从内部攻破。这时，襄阳的二把手是督护李伯护，他早就看不惯朱刺史了，不为别的，就为挡了他的官道。本来他一直是襄阳的老大，结果朝廷硬生生派来一个顶头上司！并且这朱序还是个不好伺候的主，今天要练兵，明天要备战，这边修城墙，那边挖地道。本来这李伯护的"太上皇"当得好好的，每天喝酒吟诗，左拥右抱，好不逍遥

快活！这朱刺史一上任，那是看他这不顺眼，那不对头，这也限制，那也批评，现在一看前秦大军压境，苦日子总算熬到头了！这边的人在苦寻投敌之路，那边的人在侦察内助是谁，功夫不负有心人，两边就一拍即合。苻丕许以高官厚禄，对李伯护的所有条件照单全收，并商定里应外合，一举拿下襄阳城。在一个月黑风高的夜晚，苻丕的十多万军队按照约定，半夜悄悄上路，从早已打开的侧门杀进。襄阳城一夜易手，释道安、习凿齿、朱序等都当了俘虏。

桓冲因为襄阳沦陷覆没，上疏请求解除他的职务，谢安当然没有允许，大敌当前，同仇敌忾更加重要；当然也需要杀鸡儆猴，谢安同时下达诏令，免除退缩不前的刘波的官职。为了筹集更多的资源补贴军需，三月初十，东晋下达诏令："边境多有忧患，谷物收成不佳，供奉御用所需，一律节俭；九族的供给，百官的粮俸，暂且减掉一半；各种劳役费用，如果不是关系到军队和国家事务的关键，全都停止支出以求节省。"

（五）论功行赏

总算是拿下了襄阳城，苻坚大喜，当然首先是赏罚。只见苻坚大帝一声暴喝："绑起来斩了！"朱序知道早晚会有这一天，他本来也是抱着必死的态度，现在就以身殉国更好，免得受胡族的侮辱和折磨！苻丕知道早晚会有这一天，小小的襄阳城攻了一年，损兵折将五万，他确实没脸见人了，现在被斩杀了也好！只见十多名刀斧手雄赳赳走过来，顺着苻天王的手指，越过苻丕、慕容暐等一众南征大将，越过释道安、习凿齿、朱序等俘虏，在众人惶恐疑惑的目光中，将满脸得意正在盘算要争取什么大奖赏的督护李伯护五花大绑，随后就推出去斩了！

是啊，世人都讨厌叛徒内奸，苻坚也不例外。这苻坚是个仁君，坚持以德服人，是个心胸最宽广的老大，只要是人才，不管来自哪个阵营，他一概加以笼络和重用；只要是人渣，不管立有多大功劳，也要按照《春秋大义》将其斩首，以树正气于宇内。他集合了汉族、羌族、鲜卑、匈奴等各路人马，像慕容垂、姚苌这些他多年战场上的敌人，他都舍不得杀掉，还委以重任，让他们领兵打仗。当慕容垂前来投奔时，他对慕容垂说："天生贤杰，必相与共成大功，此自然之数也。"这是英雄惜英雄；当魏兴太守吉挹被俘后，绝食而死，苻坚感叹："周孟威不屈于前，丁彦远洁己于后，吉祖冲闭口而死，何晋氏之多忠臣也！"这是对忠臣守节的赞叹。这是好风格，在和平年代里是好模范；但在群狼环伺的乱世里，一切都是靠实力说话，他这样的性格注定活不长。

朱序的名声苻坚早已听闻，他固守城池，顽强抵抗，还杀了不少前秦官兵。苻坚认为这是一个刺史应尽的职责，对其以礼相待。可是，朱序却深怀忠君之心，不愿心甘情愿事秦。那天他趁看守不备，一路逃出长安，奔到宜阳，藏在朋友夏揆家，准备择机逃回建康。苻坚派苻晖率领队伍追击，根据蛛丝马迹判断，逮捕了夏揆。朱序不愿连累朋友，也知道无法再逃跑了，就向苻晖自首。苻坚也并不追究，反而任用朱序为度支尚书。

对释道安、习凿齿，苻坚的态度更是亲热。当苻丕偕同释道安、习凿齿俩人，朝见苻坚时，苻坚立即走下殿来，亲自扶着道安赔礼，并把道安安置在长安五重寺里，任由他招收门徒。道安正好在黄河流域施展才华，没过多久，皈依他的僧众，竟有好几千人。苻坚对道安恭维备至，对道安的修持和学问更是佩服不已。他还下了一道诏书，令所有的文武百官，如果有不了解的事情，都要去请教道安法师。他本人出外游览也要道安同坐他的车子。他对仆射官权翼说："我用十多万大军攻取襄阳，所得到就只是一个半人。安公（指道安）算一个完人，习凿齿算半个。"后来释道安建议请西域龟兹国鸠摩罗什法师前来一起研讨佛教教义，因龟兹国王不同意，苻坚便派吕光、姜飞两名将军讨伐，要去绑那个大和尚过来。

当然苻坚大帝想要招揽的人才包罗万象，他甚至已经为江南的君臣预留了位置，预封晋孝武帝当他的仆射，宰相谢安做他的侍中。苻坚看看朝堂上空出的位置，随即命令苻丕，抓紧在长安建造几座有江南风格的豪华宫殿，用以安置东晋的最重要人物。

是啊，凡事预则立，是时候启动对江南的灭国大战了。

第五章 牛刀小试：淝水大战（二）

人是要有一点理想的，这是苻坚的口头禅。他经常教育群臣，要立大志，有理想，敢冲锋，不懈怠。他是这么说的，也是这么做的，这些年来，按照天下混于一统的寰宇大志，南征北战，东奔西走，终于有了北方一统的良好开局。虽然朝臣们都有喘口气歇歇脚的想法，但怎么可能阻止苻坚前进的脚步？苻坚手指地图，伐晋战略大致分两步：先取襄阳、彭城，然后以襄阳、彭城为前哨，饮马长江、投鞭断流，直逼建康。这不，西边正在猛攻襄阳，那东边也不要观望，大家赶紧上啊！

（一）西方不亮东方亮

苻坚咬牙切齿地望着襄阳，那苻丕是太不中用了，十多万兵硬是啃不动襄阳。那西方不亮东方亮，顺手再派出十四万大军，到东边淮南一带骚扰骚扰，也可以探探建康的虚实。目前东晋淮南一线最前线的有彭城、淮阳、盱眙等军事要地，苻坚当即派前秦兖州刺史彭超、后将军俱难、右禁将军毛盛、洛州刺史邵保等率军攻略。

兵来将挡，水来土掩。虽然建康周边没有多少兵将，但面对灭国之战，

所有的家底都必须拿出。谢安于是调令右将军毛虎生，率领五万兵众镇守姑孰以护卫建康；当然，光守姑孰还是比较担心，最好的防守是进攻，不得已，谢安命令谢玄，将新招的北府兵练练手，是骡子是马，得拉出去遛遛。

谢玄于是停止了最先召集的部分北府军的训练，让刘牢之率领两万人增援淮南，让何谦率一万人在淮泗一带游击，支援西路之襄阳。

379年二月，前秦攻下襄阳。三月，前秦毛当、王显率两万精锐之师自襄阳东会俱难、彭超，合攻淮南。俱难部见援军到来，士气大盛，顺利攻克淮安，又架桥渡淮，留邵保守淮安。五月十四日，俱难、彭超率众两万攻占盱眙，晋将毛璪之被俘。

东路前秦兖州刺史彭超立功心切，立即率兵五万进攻东晋的重镇彭城。彭城守将为戴逯，他手下虽然只有一万人，但是和襄阳的朱序一样，守城很有一套，坚固冰冷的城墙让你慢慢啃。转眼也是几个月过去，西边的襄阳城都失陷了，彭城还是岿然不动，彭超没有别的法子，只好催促兵士，不要命地往城墙上爬。谢玄的军队才出动，也不想陷新兵于十四万大军的包围圈，于是心生一计，先派遣将领田泓潜水去彭城，以向戴逯报告军情，让其稳定军心，坚守城池。但田泓从水里上岸时，不小心被巡逻的前秦军抓获，前秦许诺他高官厚禄，让他向彭城报告说，晋军已经失败，赶快投降。田泓佯装同意。到达城下近处，望见了戴逯将军，田泓大声喊叫："北府军快要到达，田将军努力报国！"话音未落，前秦人一刀砍落了田泓的脑袋。

彭超率领大军包围彭城，自己的州府留城（沛县东南）守备就十分空虚。此时前秦已在留城准备了许多轻重装备，都是按照苻坚的诏令，准备用来大举进攻东晋的器材，丢失了可是要掉脑袋的！这谢玄再施计谋，派斥候到处扬言说，东晋的北府军正在开赴留城。彭超听说后，马上放弃了对彭城的包围，率兵返赴留城保护。前秦兵刚撤，谢玄就派游击的何谦来到彭城外围，将彭城的军队、民众、物资来个"大搬家"，前来与谢玄汇合，一起退守广陵。是啊，留得青山在，不愁没柴烧，保存有生力量才是王道。彭超知道中计，半路率大军又返回彭城，结果得到了一座空城。

（二）五战五捷北府兵

前秦的十多万大军，在淮南左攻右击，经过十个月的努力，终于一一扫除了东晋的军事据点。于是，几路大军会聚到了下一个重要目标——三阿。

三阿，距广陵仅百里，是东晋的北大门。如果三阿有失，广陵（扬州东部）就成了最前线，建康就近在咫尺了！当时，东晋将兖、青、冀、幽州侨置于三阿（江苏宝应），这里成为北方侨民会聚的大本营，也是抵御北方侵扰的最重要的军事重镇。

前秦的六万军队在三阿包围了幽州刺史田洛。建康朝廷十分震惊，谢安沿长江部署了戍卫力量，派遣征虏将军谢石率领水军驻扎在涂中（安徽滁州）；派右卫将军毛安之等率领四万兵众驻扎在堂邑（南京六合）。并派出使者，让谢玄加大游击力度，以策应江南的防守。

是啊，一夜之间，淮南尽失，十四万大军眼看就来到了江边。虽然淮南一带也有东晋近十万的防守力量，且都是与北方长期抗战的经验丰富的老兵，但在前秦的铁骑面前，仍是弱不禁风，不堪一击。对于新招募的正在江北"实习"打仗的北府兵,建康朝堂谁也没当回事,连谢安也并未放在心上,只是聊胜于无。

这时前秦的毛当、毛盛率领两万骑兵攻袭堂邑,东晋大将毛安之还未接敌,听到排山倒海的得得马蹄声,四万大军心惊胆战,落荒而逃,前秦不费一兵一箭就占领了堂邑。这里离江边只有五十里了,江对面就是南京了!前秦的一众将军,于是在江边豪饮,对江南指指点点,这狭窄的小水沟,怎么能够阻挡苻天王前进的脚步?

堂邑轻描淡写地丢失了,宰相谢安甚至能看到江对面如狼似虎的前秦骑兵的身影!建康朝野一片震惊,这比王敦、苏峻攻下建康严重多了,这王敦、苏峻毕竟是东晋的臣子,他们反的是皇帝,即使龙椅有变,大家该作臣子的还是作臣子,老百姓更是与此无关。这胡族就不一样了,蜂拥而来的北方侨民就是例证。幸福的人生总是相同,悲惨的经历却各有千秋。百万人都有自己的悲惨故事,经过口口相传,似瘟疫一样将胡族的血腥特征种在了每个人的心中,它时时放大,人们日日惊醒,现在终于到了临界,就要爆发。可是,北方有难,生民还有逃处;江南失守,人生只剩归途。面临绝境,江南是出奇得团结一致,同仇敌忾,王公大臣纷纷捐钱捐物,市民百姓踊跃送子参军。建康的抗敌形势,有了一个大转折。

当然最着急的还是谢玄,养兵千日,用兵一时,朝堂用最多的军费、最充足的给养、最锋利的兵器、最优厚的政策来养育北府兵,关键时候可不能掉链子。见形势危急,谢玄立即亲率三万北府兵从广陵救援三阿,迎击前秦军。五月二十五日,谢玄部进至白马塘时,与前秦将领都颜的五万兵遭遇。前秦兵太看不起东晋兵了,他们跑得比风还快,当然是向南逃跑，连个耳朵也割不到，就没有领赏的凭证。大家正在垂头丧气，好不容易看到对面来了三万送死的东晋兵，那还等什么，快上去收获战利品啊！

血腥之战就开打了！这北府兵都是新兵，从来没见过这架势，以前的训练那都是虚的，再凶险也不会要命，可现在青面獠牙的前秦兵挥舞着砍刀就扑过来了，最前面的军士下意识地就想往后逃跑。可是一想确实不敢逃，因为北府兵纪律的第一条就是："只准前进，后退斩首。"并且有详细规定，凡逃跑者，除就地斩首外，全家充作奴仆，永世不得翻身；如果战死，可得一笔可观的抚恤金，全家还会受到许多优待。反正是死，这冰火两重天的待遇却完全不一样。于是站在最前边的新兵蛋子闭着眼睛不要命地往前冲，后边的队伍就跟上。这下前秦军倒是好诧异，他们怎么还不逃跑？两军越来越近，前秦军心态就越来越差，只好真刀真枪地干上了。这前秦军在北方是打遍天下无敌手，可是现在遇到了不要命的，而且还是身强力壮的新军，训练有素，颇有章法，不出几个回合，北府战将何谦奋力斩杀了都颜，前秦军竟然奇迹般地败下阵来！

谢玄一颗悬着的心彻底放了下来，他顾不得庆贺，亲率大军乘胜推进到三阿，对前秦军构成反包围，双方于三阿再次展开大战。东晋军内外夹击，敢死队一浪接一浪地向前冲锋，俱难、彭超的四万人战力不支，只好率残部退保盱眙，谢玄率部收复了三阿全境。

现在前秦兵和北府兵快速转换了角色，轮到北府兵秋风扫落叶了。六月初七，谢玄与田洛率众五万从三阿出发，进攻盱眙。俱难、彭超又败，退屯淮阴。

谢玄又遣何谦等率舟师沿邗沟北上，夜焚淮桥，邵保战死，俱难、彭超又逃。

最后，谢玄又穷追猛打，率何谦、戴逯、田洛等共追之，再战于盱眙君川，复大破之。俱难、彭超北遁，仅以身免。刘牢之部夺得前秦在留城的大量辎重及运输船只。

三阿大战，北府兵五战五捷，前秦兵开始对晋军刮目相看并望而生畏。十多万大军，在数十天之内几乎全军覆没，尸骨漫山遍野，这是前秦军自出道以来跌的第一个大跟头，摔得太惨。回逃路上，还没回过神来的大将军俱难与彭超相互指责，俱难一气之下斩杀了彭超部下柳浑。苻坚闻败大怒，竟然还打不过南蛮！七月，苻坚派囚车去征召彭超，要将他送交廷尉，彭超只好自杀；俱难被免除爵位降为庶民。同时任命毛当为徐州刺史，镇守彭城；毛盛为兖州刺史，镇守湖陆；王显为扬州刺史，戍守下邳。前秦势力遂被控制在淮河以北，东晋得再与前秦划淮为界。建康好不容易解除了警报，朝野对谢安刮目相看，对谢玄称赞有加。谢玄返回广陵，朝廷下达诏令，晋升他的封号为冠军将军，授予兼领徐州刺史的官职。

（三）打虎小将桓石虔

受到东边战场的鼓舞，缩居荆州的桓冲也看到了希望，那前秦也没传说中的那么可怕，连小小的谢玄都可以搞定，这长年统兵的桓家的脸往哪儿搁？为了挽回面子，为了扳回此前丢掉襄阳的败局，桓冲就准备寻找机会，反攻襄阳。

机会说来就来，381年十一月，前秦荆州刺史都贵准备再立新功，他最看不惯江对面不远处还有一个荆州，还有一个荆州刺史，不打过去灭掉那是怒火难平。于是派遣其司马阎振、中兵参军吴仲率领两万兵众进犯竟陵（湖北江门）。桓冲有了谢玄这样的榜样，也派南平太守桓石虔、卫军参军桓石民等率领两万水、陆军抵抗。

这桓石虔虽然只是太守，可是论武力却是一等一的。354 年，桓温北伐前秦时，桓冲与前秦苻苌、苻雄、苻菁等率领的五万军队遭遇，桓冲几乎全军覆没，眼看桓冲就要被敌人俘虏，此时只见一名少年跃马杀入，在乱军中左突右杀，无人能敌，近看才看清是自己的侄子桓石虔。最终桓温的大军赶到支援，前秦战败。年龄不足二十的桓石虔一战成名，威震三军。更让人惊讶的是他虎身拔箭的事。桓石虔跟随父亲桓豁围猎，一只猛虎被射中数箭倒地不起，众位将领便怂恿桓石虔上前拔箭。桓石虔镇定上前，从老虎身上拔下一支，惊得老虎猛然跳起。桓石虔也迅疾跳起，跳得比老虎还高，随后将老虎摁倒在地，又从其身上拔下一箭才返回，众将领无不叹服。于是在东晋军中，只要有人高喊"桓石虔来了"，得了疟疾的人立即就会被吓好。后来，"桓石虔来"便成为镇邪去恶的典故。

十二月初八，桓石虔兄弟率军迎敌，桓石虔身先士卒，终于逼迫前秦军放弃竟陵，退回管城。但是前秦蓄谋已久，绝对不会受到挫折就放弃。桓石虔决定以攻为守，夜袭管城。趁着夜色，晋军在桓石虔带领下渡河，队伍全部过河才被前秦发觉。桓石虔力战不退，二十七日，终于攻克管城，斩杀阎振和吴仲。此战斩杀前秦军七千多人，俘虏上万人，马牛羊几千头，铠甲三百多具。此战之后，桓石虔加领河东太守，封桓冲的儿子桓谦为宜阳侯。

382 年初，桓冲再派扬威将军朱绰攻打在襄阳的前秦荆州刺史都贵，焚烧破坏了沔水以北用以征收军饷的屯田，掳掠了六百多户百姓后返回。

第六章　投鞭断流：淝水大战（三）

老大当久了，就会判若两人，一般是前期英明能干，后期昏庸无能。这并不是因为老人的本性在变，而是环境在转化，温水煮青蛙。老大的特点是天下第一，一言九鼎，无可匹敌，无人对话。以前的兄弟伙，那是直言不讳，话中带刺，而老大一般都是能力最强，功劳很大，需要时时夸奖，天天拥护，猛表忠心，山呼万岁，久而久之，耳朵里只能听甜言蜜语，对那帮没大没小的"烂"兄"烂"弟早就不耐烦了，对那些逆耳之言更是怒火万丈。于是，察言观色者、溜须拍马者、投其所好者、别有用心者，大行其道。现在，眼看就要一统天下的苻大天王的身边，就是这么一群人，比如鲜卑慕容垂和羌人姚苌，他们天天在苻坚耳边夸奖、鼓励、赞叹、吹嘘，飘飘然的苻坚于是坚定了进兵伐晋的信心和决心。

（一）志坚如磐

382年，苻坚已经在位二十五年，二十多年的励精图治，让他的国家从四面受敌的关中一隅之地，发展成了这个天下的至强者，国土东到大海，西到葱岭，南到江淮，北到大漠，占据了天下三分之二的版图，整个北方归于一统，只剩下晋朝在江南瑟瑟发抖。拿下它，天下就一统了。当然，苻坚还是要讲民主的，一统天下这么大的决策，统一思想很重要。十月，苻坚在太极殿会见群臣，主要议题就是伐晋。

不过大臣们对伐晋可能不太赞成，上次襄阳之战时，他就想御驾亲征，结果朝堂一片反对之声，他也未能成行。为了增加胜算，此前他换了个角度，派吕光去远征西域，去绑大和尚回来。朝廷上有反对的声音，但并不是特别大，大家只是说，西域太远，就算打下来，也是民不可用，地不可征，得了个大和尚也划不来，但远征西域的兵上个月还算顺利地派出去了。有了成功的案例，苻坚信心百倍，他决定趁热打铁，无不自豪地说："自从我继承大业，已经三十年了，四方之地，大致平定，只有东南一隅，尚未蒙受君王的教化。如今粗略地计算一下我的士兵，能有百万之多，我想亲自统率他们去讨伐南蛮，怎么样？"

秘书监朱肜："陛下奉行上天的惩罚，一定是只有出征远行而不会发生战斗。南蛮国君不是在军营门前口含璧玉以示投降，就是仓惶出逃，葬身于江海。陛下让中原的士人百姓返回故土，让他们恢复家园，然后回车东巡，在岱宗泰山奉告成功，这是千载难逢的时机。"

苻坚非常高兴："这就是我的志向。"

尚书左仆射权翼瞄了眼朱肜："过去商纣王无道，但微子、箕子、比干三位仁人在朝，周武王尚且因此回师，不予讨伐。如今晋朝虽然衰微软弱，但还没有大的罪恶，谢安、桓冲又都是才识卓越的人才，他们君臣和睦，内外同心，以我来看，不可图谋！"

苻坚恼怒地沉默许久。他现在只能听顺耳之言，记得前不久举行宴会，令群臣赋诗比赛，秦州别驾姜平子的诗词中有一个"丁"字，笔直地写下来，不带弯钩。苻坚看了觉得很奇怪，姜平子回答说："我的丁字是不能弯曲的，弯曲是不端正之物，没资格拿来献给陛下。"苻坚大笑，当即提拔姜平子为第一名。对于现在遇到的阻力，苻坚非常不理解，也非常愤怒：以前秦之强，伐晋明显就是走上一遭的事，为什么所有人都要反对我？但意见还是要继续听取："诸君可以各自发表自己的意见。"

太子左卫率石越："臣夜观天象，木星、土星居于斗宿，福德似在吴地，如果讨伐他们，必有天灾。而且他们凭借着长江天险，百姓又为其所用，恐怕不能讨伐！"

苻坚："过去周武王讨伐商纣，就是逆太岁而行，也违背了占卜的结果。天道隐微幽远，不容易确知。夫差、孙皓全都据守江湖，但也不能免于灭亡。如今凭借我的百万兵众，投鞭断流，又有什么天险足以凭借呢！"

石越流汗继续劝谏："商纣、夫差、孙皓这三国之君，全都淫虐无道，敌国攻取他们，就像俯身拾遗一样容易。如今晋朝虽然缺乏道德，但没有大的罪恶，愿陛下暂且按兵不动，积聚粮谷等，等待他们灾祸的降临。"

群臣各言利害，大都持"不宜进攻"之论。

苻坚："这正所谓在道路旁边修筑屋舍，始终无法建成。我要自行决断了！"

苻坚气愤地宣布散朝，唯独留下了阳平公苻融继续探讨。苻坚："自古参与决定大事的人，不过是一两个大臣而已。如今众说纷纭，只能扰乱人心，我要与你来决定此事。"

苻融："如今讨伐晋朝有三难：天道不顺，此其一；晋国自身无灾祸，此其二；我们频繁征战，士兵疲乏，百姓怀有畏敌之心，此其三。群臣当中说不能讨伐晋朝的人，全都是忠臣，希望陛下听从他们的意见。"

苻坚脸色一变:"你也是如此,我还能寄希望于谁呢!我有强兵百万,资财兵器堆积如山;我虽然不是完美的君主,但也不是昏庸之辈。趁着捷报频传之势,攻击垂死挣扎之国,还怕攻不下来?怎么可以再留下这些残敌,使他们长久地成为国家的忧患呢!"

苻融哭泣着说:"晋朝无法灭掉,事情非常明显。如今大规模地出动疲劳的军队,恐怕不会获得万无一失的战功。况且我所忧虑的,还不仅于此。陛下提倡'六合一家',宠爱养育鲜卑人、羌人、羯人,让他们布满京师,这些人都对我们有深仇大恨。如果大王领兵百万南征,太子独自和数万弱兵留守京师,我害怕有不测之变出现在我们的心腹地区,到时后悔不及。"

苻坚怒而不语。苻融继续说:"我的愚妄之见,确实不值得采纳,大王所器重的宰相王猛,是一时的英明杰出之人,陛下常常把他比作诸葛亮,为什么唯独不铭记他的'不可攻晋'的临终遗言呢!"

苻坚依然没有听从。这时陆续来向苻坚进谏的朝臣很多,苻坚说:"以我们的力量攻打晋朝,比较双方的强弱之势,就像疾风扫秋叶一样,然而朝廷内外都说不能攻打,这确实令我百思不得其解!"

太子苻宏:"如今木星在吴地的分野,再加上晋朝国君没有罪恶,如果大举进攻而不能取胜,在外威风名声受挫,在内资财力量耗尽,这就是导致群臣们产生疑问的原因!"

苻坚:"过去我消灭燕国,也违背了木星的征兆,但取得了胜利,天道本来就是难以确知的。秦灭六国,六国之君难道全都是暴虐的君主吗!"

冠军将军、京兆尹慕容垂进言说:"弱被强所并,小被大所吞,这是自然的道理与趋势,并不难理解。像陛下这样神明威武,适应天意,威

名远播海外,拥有强兵劲旅百万,韩信、白起那样的良将布满朝廷,而江南弹丸之地,独敢违抗王命,岂能再留下他们而交给子孙后代呢!"

武卫将军苟苌:"《诗经》云,'谋者多,事不成'。陛下自己在内心做出决断就完全可以了,何必广泛地征询众朝臣的意见!晋武帝平定吴国,所倚仗的只有张华、杜预两三位大臣而已,如果听从众朝臣之言,难道能有统一天下的功业!"

苻坚十分高兴:"与我共同平定天下的人,只有你我而已。"赏赐给慕容垂和苟苌各五百匹帛。

苻坚专注于想要攻取长江以东,连睡觉也不能睡到早晨。苻融劝谏:"'知道满足就不会感到耻辱,知道停止就不会出现危险。'自古以来,穷兵黩武的人没有不灭亡的。况且我们的国家本来就属戎狄之人,天下的正宗嫡传大概不会归于像我们这样的外族人。长江以南虽然衰微软弱,残喘生存,但他们是中华的正统,天意一定不会灭绝他们。"

苻坚:"帝王更替之道,怎么会有一成不变的呢,上天只看道德在哪里。刘禅难道不是汉朝的后裔吗?但最终被魏国所灭。你之所以不如我,毛病正在于不了解变通的道理。"

苻坚历来信任重视从襄阳抢过来的大和尚道安,群臣于是让道安寻找机会向苻坚进言,而道安也是心系天下苍生,当然希望苻大王放下屠刀,立地成佛。十一月,苻坚与道安同乘一车在东苑游览,苻坚说:"朕将要与你南游吴越之地,泛舟长江,亲临沧海,不也是很快乐的事情吗!"

道安:"陛下顺应天意统治天下,身居中原而控制四方,自身的昌隆就足以与尧、舜相比,何必栉风沐雨,经营远方呢!而且东南地区低洼潮湿,容易造成灾害不祥之气,虞舜前去游猎就再也没有返回,大禹去了一趟就再也没有第二趟，有什么值得劳您大驾的呢！"

苻坚："上天生育了民众而为他们树立了君主，是让君主统治他们，朕岂敢害怕辛劳，唯独使那一方土地不承受恩泽呢！如果一定像你所说的那样，古代的帝王就全都没有征伐之事了！"

道安："一定要干的话，陛下应该在洛阳停驻，先派遣使者给他们送去书信，众将领统领六军跟随于后，他们就一定会叩首称臣，您不必亲自涉足江淮。"

苻坚没有听从。众大臣又找来苻坚特别宠爱的张夫人劝谏："妾听说天地滋生万物，圣王统治天下，全都是顺其自然，所以功业无所不成。黄帝之所以能驯服牛马，是顺应了它们的禀性；大禹之所以能疏通九川，挡住九泽，是顺应了它们的地势；后稷之所以能播种繁殖百谷，是顺应了天时；商汤、周武王之所以能率领天下人攻下夏桀、商纣，是顺应了他们的心愿。这全都是顺应则成功，不顺应则失败。如今朝野之人都说晋朝不可讨伐，唯独陛下一意孤行，妾不知道陛下是顺应了什么。"

苻坚笑而不答。张夫人又说："《尚书》曰，'上天的聪慧明察来自于民众的聪慧明察。'上天尚且要顺应民意，何况是人呢！妾又听说君王出动军队，一定要上观天道，下顺人心。如今人心既然不同意讨伐晋朝，请您再与天道验证一下。俗谚说，'鸡夜鸣时不利于出师，犬群嚎时宫室将空，兵器响动，圈马蹶惊，军败难归'。自从秋季、冬季以来，众鸡夜鸣，群犬哀嚎，圈马多惊，武库里的兵器自己响动，这些都是不能出师的预兆。"

苻坚说："军旅之事，不是妇人所应当参与的！"

苻坚的小儿子、中山公苻诜最受宠爱，他也劝谏苻坚："我听说国家的兴亡，与对贤明之人的弃用相联系。如今阳平公苻融，是国家的主谋，然而陛下却不听他的意见；晋朝有谢安、桓冲，然而陛下却要讨伐他们，我私下里感到大惑不解！"

苻坚："天下大事，小孩子知道什么！"

当然，苻坚放不下心中的理想。对于一个帝王来说，一统江山的诱惑，要远远强过乞丐见饼、凡夫见钱。天下已定，只剩江南的晋朝，只要把那个弱不禁风的朝廷打下来，整个天下就将再次归于一统，他将拥有与秦始皇、汉高祖相同的地位，"秦"之称谓才名副其实。

（二）投鞭断流

老大有个最大的特点，就是一旦下定决心干一件事，那是白头牛的力气都拉不回来，何况百个人的"轻飘飘的"劝谏？接下来，苻坚就开始全国总动员，发动百万雄师过大江。

为何迫不及待地对江南开展灭国之战？一来苻坚确是雄霸天下之主，素有一统天下之志。他370年灭前燕，燕王慕容暐降；371年灭仇池国，首领杨纂降，吐谷浑入贡；373年取梁、益二州；376年灭前凉。苻坚杰出的军事才能，天下共睹，目前他也占据了东晋的襄阳和彭城，为攻晋打下了基础。二来前秦的国内矛盾比较复杂，365年前秦淮南公苻幼袭击长安；367年苻坚同辈赵公苻双、晋公苻柳等联合叛乱，分兵谋攻长安；380年北海公苻重、行唐公苻洛叛；之后东海公苻阳叛，总的来说，前秦内部他族和同族的叛乱层出不穷。苻坚非等闲之辈，当然知道转移国内矛盾的最佳方式，就是发动对外战争。383年四月，苻坚下达诏令：

吾统承大业垂二十载，芟夷逋僣，四方略定，惟东南一隅未宾王化。吾每思天下不一，未尝不临食辍哺，今欲起天下兵以讨之。

同时诏令：百姓中每十个成年人选派一人充军，良家子弟中年龄在二十岁以下，有才能勇气的人，全都授官羽林郎。诏令又说：大秦任命司马昌明为尚书左仆射，谢安为吏部尚书，桓冲为侍中；以此形势来看，凯旋的时间不会太远，(让谢安等人)可以先行起身,(来前秦)出任官职。为了传播这"优待士族"的声音，苻坚还释放了此前被俘的东晋高密太守毛璪之等两百余人。

此次征兵，良家子弟应征的有三万多骑兵，步兵有二十万，苻坚任命秦州主簿赵盛之为少年都统。这时，满朝大臣都不想让苻坚出征，唯独慕容垂、姚苌及赵盛对此加以鼓励劝勉。苻融壮起胆子再次向苻坚进言："鲜卑、羌族的虏臣，是我们的仇敌，经常盼望着风云变化以实现他们的心愿，他们所陈献的办法，怎么能听从呢！新募的良家少年全都是富豪子弟，不熟悉军事，只是苟且进上阿谀奉承之言以迎合陛下的心愿。如今陛下相信并采纳了他们的话，轻率地进行大规模行动，臣恐怕既不能成就战功，随之还会产生后患，悔之不及！"苻坚当然不会听从。

八月初二，苻坚正式下达出征令，派遣阳平公苻融督帅张蚝、慕容垂等人的步、骑兵二十五万人作为前锋；任命兖州刺史姚苌为龙骧将军，督益、梁州诸军事，率梁益步、骑兵和大量水军十万人顺流而下。初八，苻坚御驾亲征，发兵长安，率步兵六十万，骑兵二十七万，浩浩荡荡出发，旌旗遥遥相望，战鼓天边相接，绵延千里，震动寰宇。九月，苻坚抵达项城，同时出发的凉州军队刚刚到达咸阳，蜀汉的军队正由长江顺流而下，幽州、冀州的军队才首尾相接地到达彭城。前秦之兵东西万里，水陆并进，运输军粮的船只多达万艘。阳平公苻融等人的部队三十万人，先期抵达颍口。

面对超过百万军队的投鞭断流之势，东晋朝野震动，人心浮动，确

实被江北岸的滚滚铁流所吓倒，大家都没见过百万铁甲作灭国之战的地动山摇，满朝文武不知所措。倒是谢安出奇地镇静，北府兵首领谢玄惊慌失措地飞驰建康，向叔叔谢安讨教应对之策，谢安一副平静的样子，回答说："已经另有打算了。"紧接着就闭口无言。谢玄不敢再问，就让名士张玄重新请求指令。谢安携带张玄驾车出游山间别墅，亲戚朋友云集，与谢玄在别墅玩围棋赌博，赌注就是一座别墅！谢玄很高兴，他的棋艺本来就高过谢安，平日常常获胜。但因为忧虑战事，急着问话，在非常有利的进攻形势下，却投子后退打劫，结果满盘皆输。谢安获胜，非常高兴，他对外甥羊昙说："这别墅就送给你啦。"说罢，便带着随从登山游玩去了，直到夜晚。回来后才把谢石、谢玄等将领召集起来，进行战事部署。谢安笑盈盈地吩咐谢玄："北府兵已集训六年，应该大有可为，要立即进入紧急状态，作好战前动员！"

谢安不急，是因为他心中有数。此时江南正处于政治上空前团结的阶段，谢安与桓温之弟桓冲、王彪之等大臣推诚相待。经济上东晋也有能力应对前秦，所谓"百姓乐业，谷帛殷阜，几乎家给人足"。在军事上，桓冲的荆州一带尚有强悍的十万军队，建康一带也有十多万军士，加上令人刮目相看的八万北府兵，这三十万军队守住长江天险，应该还是有把握的。

八月，东晋朝廷下达诏令，任命尚书仆射谢石为征虏将军、征讨大都督，任命徐、兖二州刺史谢玄为前锋都督，与辅国将军谢琰（谢安的儿子）、西中郎将桓伊等人，率兵众八万人到江北抵抗前秦。同时，为了加强宗室的力量，防止有人闲话谢氏专权，朝堂也任命琅琊王司马道子为录尚书六条事，和谢安共执宰相之责。

（三）声东击西

进攻是最好的防守。既已探知前秦百万大军的主攻方向是建康对岸的淮南、寿阳一带，谢安也不想完全被动挨打，四月底，前秦兵还未出发，他就派出使者，带着诏令，让桓冲跨过长江，在西线主动出击，进攻此前被前秦占领的襄阳，以扰乱前秦的部署。最开始桓冲很是担忧建康不保，主动要求派遣精锐主力来建康帮助防守，谢安从战略全局考虑，就没有应允。现在，是时候动用荆州之军了。

五月，前秦进攻的军队还未出发，东晋桓冲的进攻军队就在路上了。桓冲也想雪耻，就按照谢安的部署，率领十万兵众攻打襄阳，同时分兵四路，派戴罪立功的前将军刘波等攻打沔北各城，派辅国将军杨亮攻打蜀地，派鹰扬将军郭铨攻打武当。不出几日就小有斩获，攻下了蜀地五座城池，又进军攻打涪城。六月，桓冲的别将又攻克万岁、筑阳。

果然，前秦正准备开赴寿阳的百万大军，不得不分兵西边，苻坚派遣征南将军钜鹿公苻睿、冠军将军慕容垂等率领五万步骑兵救援襄阳，派兖州刺史张崇救援武当，派后将军张蚝、步兵校尉姚苌救援涪城。桓睿驻军于新野，慕容垂驻军于邓城，桓冲后退驻扎在沔南。七月，郭铨及冠军将军桓石虔在武当打败了张崇，掳掠了二千户百姓后返回。苻睿派慕容垂作为前锋，进军来到沔水。号称战神的慕容垂，夜晚命令军中士兵每人手持十个火把，光照数十里。桓冲害怕，退回江南的荆州府。

十月，前秦苻融等攻打寿阳，十八日攻克，擒获了平虏将军徐元喜等人；慕容垂从西边回军，顺手攻下了郧城（湖北安陆）。胡彬按照谢安的派遣，率领五千水军增援寿阳，听说寿阳被攻陷，后退守卫硖石，苻融进军包围并攻打硖石。前秦卫将军梁成等率领五万兵众驻扎在洛涧，沿淮河布防以遏制东面的部队。谢石、谢玄等在距离洛涧二十五里的地方驻军，由于惧怕梁成而不敢前进救援。胡彬的粮食耗尽，秘密地派遣使者向谢石等报告说："如今贼寇强盛而我的粮食已经耗尽，恐怕不能再见到将军了！"不久前秦人擒获了胡彬，把他押送给苻融。苻融通过审判，获知了一些东晋军队的情况，就急速派使者向前秦王苻坚报告说："现在贼寇力量不足，容易擒获，只是怕他们逃走，应该迅速让大军前来。"

（四）千里单骑

苻坚闻讯大喜，就抛开项城（河南周口）的大部队，让他们继续缓缓进军，自己带领八千轻骑兵，日夜兼程赶赴寿阳与苻融会合。

如今战场上的大将军最怕什么？那就是御驾亲征。皇帝到了前线，前方统帅最大的精力和心思都放在了皇帝身上，怎么确保安全，怎么用心服务，哪里还有多余的力气去打仗？苻融往后方送信的本意，是想把后方的数十万大军调上来，信一送出他就后悔了，苻坚可是个好大喜功之辈，恐怕等来的不是大军，而是皇帝本人了！记得上次伐燕，军队已经围住了邺城，马上就要破城灭燕之际，苻坚一道圣旨从长安发过来，要求暂停进攻，等他亲自赶到战场了，再取邺城。为了得到亲自破燕的荣誉，苻坚七昼夜奔驰千里，只带了少量的骑兵就敢在敌国境内一路狂奔，这个人对功业有着异乎寻常的热情，而且是个天生的乐观主义者。

现在，有机会可以亲自见证东晋这个强敌的覆灭了，苻坚的表现欲又开始发作，他要再一次展示自己的勇敢无畏，让后世谈到秦帝苻坚的传说时，可以有更多的素材。于是，苻坚做了跟伐燕那次一模一样的事：

抛下了身后的八十万大军，抄小路赶来跟苻融会合。

当苻融看到苻坚的时候，他的心情是复杂的：既想活活掐死自己这个老喜欢制造"惊喜"的哥哥，又担心苻坚路上出乱子，弄出什么不可收拾的后果来。他作为前秦大军的先锋官，也知道坐镇寿阳，居中指挥，苻坚还是皇帝，怎么就非要丢下大军，到处乱跑呢？而且苻坚还只带了八千轻骑兵，谢玄的八万北府兵就在不远处，万一苻坚跑岔了路，撞到谢玄的刀口上，立即驾崩的概率是非常大的。

苻坚就是这么的浪漫。这种浪漫，不仅体现在他敢丢下军队在敌境内乱跑，也体现在他对待敌军的方式上。他到了寿阳之后，接管了军队的指挥权，所做的第一件事，不是趁自己亲至、秦军士气大振之际，给对面的晋军来一记狠的，而是派出了使者，去招降对面的晋军。

（五）劝降使者

苻坚派出的劝降使者是朱序，没错，就是前不久从襄阳俘获过来的朱序。苻坚对朱序很信任，除了给他一封劝降信以外，还让朱序认真劝劝东晋的统帅，识时务者为俊杰，前秦的朝堂虚位以待。

接待朱序一行的是东晋前线总指挥谢石。

朱序满脸傲慢："拜见大都督，别来无恙！"

谢石一脸不屑："恭喜朱尚书，升官发财！"

朱序让随从拿出劝降信，一字一句地认真朗读，之后义正词严地说："我苻天王率军百万，御驾亲征，你们区区几万人，就不要螳臂当车了！"

谢石："宁为玉碎，不为瓦全，我大汉族的锦绣河山，岂可送与豺狼？"

朱序："天王已在长安为各位设置了官位，添置了豪华官邸，一切都虚位以待！"

谢石朗声大笑："苻坚愿意投降的话，东晋绝不亏待，至少也会封王。"

朱序："苻天王有几句话想跟大都督一个人说。"

于是双方屏退左右，大厅里只留下谢石和朱序俩人。

朱序跪下连磕几个响头："投降前秦，有家母为质，实乃万不得已，我心未尝不一日在晋。我有破秦计策，不知大都督听与不听？"

谢石大喜，连忙转变态度："东晋一定善待朱刺史的亲人。"

朱序向谢大都督认真介绍了前秦的军力部署，之后建议："如果秦国的百万兵众全部抵达，确实难以与他们抗衡。如今寿阳只有三十万人，洛涧只有五万，趁着各路军队尚未会集，你们应该主动出击，迅速攻击他们。如果能打败他们的前锋部队，那他们就丧失了士气，最终就可以攻克他们。"

谢石非常惊讶，以卵击石他可从来没有想过。这时朱序又说："后面我还会派人向大都督送出情报，希望能用特殊的方式报效国家！"

朱序走了，谢石一边火速将情况报告宰相谢安，一边继续开会。

从朱序的过往人生看，这是一个气骨凛冽的传统士大夫，行事准则之坚定，几乎不可动摇。这样的人值得钦佩，但你要是不幸站在他的对立面，就要准备好被他的刚强和固执所折磨。苻坚以为自己已经降服了朱序，但其实朱序的心，自始至终，都是属于东晋的。人生总是好无奈，不管是感情还是用人，都是如此。

来自内部的敌人最可怕，这是朱序身处前秦的心腹之中，所想出来的破秦之策，直指前秦的最大弱点，威力非常恐怖。恐怕连朱序自己也没想到，他原本想的只是缓解一下前秦的攻势，打击一下秦军的士气，根本就没料到会有天崩地裂的效果。

谢石是谢安的弟弟。这个人非常有特点，他虽然也出自世家门阀，但跟那些不知民间疾苦、飘在天上的同类完全不一样。他生在谢家，明明天生就有享不尽的荣华富贵，只要张嘴等吃就可以了，但他偏偏对钱有着无比的热爱。史官记录说："聚敛无餍"，爱财到了无边的地步。在传统的印象中，贪财往往跟好色连在一起，但其实，贪财跟胆小也是一对好朋友。在军事会议上，谢石满脑子思考的是战神苻坚已到寿阳，这仗还能怎么打？

谢石："朱序之言，或许有诈。"

谢琰："敌众我寡，或可一试！"

谢玄："先攻破洛涧之敌，给前秦一个下马威。"

谢石："苻坚已到寿阳，他战无不胜，攻无不克，威名遍天下。再说他有百万之众，我们坚守尚感吃力，怎么可以冒险掉入陷阱？"

谢玄："可是等待，只会是死路一条。"

谢石："我们采用拖字诀，全军安营扎寨，把营盘修结实，据营坚守，把野战打成守城战。"

不几日，飞马来报，宰相谢安的手令送达："着谢玄率兵五万，歼灭洛涧之敌。"

宰相之令不敢违。其实，不但大都督谢石害怕，这么严峻的形势，这谢玄也是害怕的。十一月，谢玄没有亲自领军前往，他派大将刘牢之代劳，兵士也只给五千，肯定会是败仗，人少点损失也少点，逃跑也能快些。

时势造英雄，战场上的丰功伟绩往往令人心悦诚服，而有些人的军事才能天生而来，一上战场，便能创造出奇迹，刘牢之无疑就是这样的人。当他领军行至洛涧十里处，秦军探马就汇报了他的行踪，于是梁成调遣秦兵，据河布阵，以逸待劳。

攻守之道，从来守方占优，加上刘牢之行军数十里，将士体力消耗大，而且梁成一方地利在手，优势更为明显，因此他非常有信心将这支小规模的晋军当成点心。不过，战争的魅力，就是充满变数，充满惊喜。

刘牢之查探到秦军在河边的布防情况，按理说他就可以回去了。谢玄只是让他过来打探一番，好向朝堂和宰相交差。现在明显没有可乘之机，他撤兵退回，并不算违抗军令，更是对老大指示的深度执行。但刘牢之并没有按部就班，他现在压根不知恐惧为何物，看到面前有敌人，他的第一反应就是冲阵杀敌，不管对方人数多少、是否勇猛。

他在河边看到对岸严阵以待的秦军，毫不迟疑——可能连思考的痕迹都没有，就挥军直进，强行渡河，鲁莽而直接地向数万敌军冲打过去。这看起来简直就是军事小白的举动，"半渡而击"是所有将领都梦寐以求的进攻良机，一支军队在渡河的时候最为脆弱，因为阵势无法展开，且在水下无根，一旦遭遇攻击，必然掉进河里，战斗力跟着就大打折扣。

这梁成也是一员猛将，手下有兵将五万，且两万是精锐骑兵，一看这么孤零零的队伍过河，这不是明显送死吗？于是双方开打。可是奇了怪了，以前晋军最怕北方铁骑，只要一听到马蹄声，晋军只有丢盔弃甲逃命的份。但这次的北府兵却并不害怕，只雄赳赳向前，这北府兵从377年开始训练，如今已经六年了，怎么破解北方骑兵，那是重点练习的部分。这两军对阵，只半天工夫，梁成大败，刘牢之斩杀了梁成及弋阳太守王咏。

出人意料的是，刘牢之赢得非常漂亮、十分彻底，不仅以绝对劣势大胜十倍之敌的秦军，而且还掌控了秦军北归的渡口，这个渡口可是决定秦军退路的战略要地。在秦军巨大兵力的严防死守之下，他们也没能在刘牢之的五千精兵面前守住。打一场败仗，对秦军来说不算什么，胜败乃兵家常事，有的是机会再打回来，但渡口的退路被断就不一样了，军队斗志瞬间崩溃。秦军面对魔鬼一般的晋军，背靠波涛滚滚的河水，毫无退路的他们被挤在中间，往哪里走呢？被吓破了胆的秦军，最终选择往水里走。五万秦军，争先恐后地投河，只为躲开杀红了眼的晋军。落水而死者，超过一万五千人。刘牢之还顺带抓获了前秦扬州刺史王显等人，全部收缴了他们的武器军粮。

把各种战场禁忌都犯了一遍的刘牢之，却创造了谁都没能想到的奇迹，或许只能说，北府军太强悍，刘牢之太勇猛。

第七章　风声鹤唳：淝水大战（四）

风声很快，比风声更快的是人声。"秦军败了"的声音转瞬间就传遍了寿阳的大街小巷。苻坚当然不信，在北方都从未遇到敌手，这羸弱的晋军更是看不上眼，再说秦兵百万，听说那晋军人数很少，无论从哪个方面来讲，失败只可能是晋军。一开始苻坚还斩杀了几个造谣传谣者，可几匹飞马一会儿送来了确切的军情："秦军败了，统帅阵亡。"

（一）草木皆兵

大都督府的谢石和谢玄正在作撤回江南的准备，这五千兵送到洛涧，可能引来前秦的大军到来，决战迟早要进行，而怎么看晋军都没有在江北决战的资本，还不如退到江南，和宰相手里的军队汇合，凭借长江天险，或可一赌。

不久就有谣言传来说："秦军败了！"谢玄本来想斩杀几个造谣传谣者，但对敌方不利、对自己有利的谣言，那还是由他们传去吧，至少也能暂时鼓舞军心呢！正在犹豫不决要不要下达命令，立即撤营渡江，那刘牢之就不用等了，只好祈祷他自求多福。这时就有前线快马风驰电掣地驶来，身中乱箭的信使从马上摔下，气若游丝地说出"秦军败了"就断气了！

大都督非常惊讶，谢玄也不明就里，一想是不是信使搞错了？又不能让死人开口，但是大营的军士都明显松了一口气，长期压抑紧张的气氛欢快了起来，一场迎接凯旋英雄的仪式就开始准备了。在随后进行的高级军事会议上，先由刘牢之作简要总结，大家也想听听五千步兵战胜五万铁骑的精彩故事，只听刘将军说："这次洛涧之战，是我大晋正义之战，司马是天下正朔，邪不压正的天理永远昭显；有我们宰相决胜千里的谋略，时时传递锦囊妙计，再多的秦兵也是飞蛾扑火；有我们大都督的运筹帷幄，神机妙算，那秦兵也就不堪一击；有我们北府兵统帅的呕心沥血，精心部署，居中调遣，靠前指挥，哪里还有控制不了的战场！"

刘将军的战场总结就结束了，大家报以热烈的掌声。虽然在座的将军们还是不过瘾，不知道战场上到底发生了什么事，但会场之上只讲精髓，只重意义，高屋建瓴就可以了，有时祸从口出，多说一句话怕是要杀头的。而真实的战场握于基层，精彩的魔鬼藏于细节。那些血肉横飞的惊险战场故事，只会在手拿钢刀的士兵中间口口流传，那是他们用生命写就的。

刘牢之率领北府兵所创造的这一场大胜，迅速让两军的军心有了微妙的变化，让谢大都督有了更明显的改变，原本打定主意退回江南的谢石和谢玄，开始有胆子趋前了。是啊，反正有刘牢之在。于是大都督一声令下，原先都准备向南的大军，在洛涧数十里外盘桓了一个多月的各路晋军，开始调头拔营向北，漫山遍野地往寿阳城挺进。

当然，心理变化最大的是苻坚，他在北方征战无数，从来就没有"害怕"二字，历来都是他攻城，别人守城。这次他也是这么部署的，之所以率领百万之众，就是准备一路攻城，从寿阳攻到建康。现在听到寿阳周围动静太大，在野鬼一般的秦军把惨败的消息带回来的那个黄昏，苻融陪同苻坚登上了寿阳城头的塔楼，从高处眺望远方，观察敌情。他们看到了已经挺进到城外数十里之遥的晋军，阵形严整，旗鼓森严，分明是一支百战强军。而这支强军，仅仅是前锋而已，在他们的身后，层层叠叠的晋军主力铺满整个大地，一直蔓延到视线尽头的八公山上，遮蔽了整个视野。

一直都是乐观主义者的苻坚，终于感到一丝惧意，对身旁的苻融感叹道："都说南蛮柔弱，这也是一支劲旅啊，哪里弱了。"苻坚在黄昏中远眺，由于光线不明，他看到的近处的晋军，和远处八公山上的树木融为一体，它们随风摇动，草木皆兵，看起来晋军就遮天蔽日了。

城头上的这一眼，直接影响了苻坚应对晋军的战术。亲自感受到晋军的战力之后，亲眼见识到晋军的强大之后，苻坚的策略变得保守起来，他没有延续自己一贯的作战方式——主动进攻，而是在敌境内采取了守势，在城外的淝水岸边摆下了严整的战阵，拒敌于河外。形势跟早前的洛涧完全一模一样，秦军同样的倚河布阵，晋军同样得长驱而来。

淝水，又名肥水，源出安徽肥西县和寿县之间的鸡鸣山将军岭。淝水向北流二十里后，分为两支，其一为东南支，经巢湖注入长江，为南淝水；另一为西北支，绵延两百里，出寿县而流入淮河，为东淝水。东南淝水交汇处，是谓合肥。

当然，秦军之所以重复倚淝水布阵这个战术，是因为对守方来讲，这个战术是最保险的。自己人多，战力也强，骑兵也多，据河而守，可以给自己带来巨大的优势。上次之所以会败，可以说完全是个意外，到底哪里意外了，因为作战的统帅都丧生了，苻坚至今也没闹个明白。当然听说刘牢之实在是太生猛了，但不可能人人都是刘牢之，而且刘牢之也是五尺之躯，论战力、论经验、论威望，许多秦军将领都能碾压他。于是战局出现了诡异的一幕，本来是雄赳赳来灭国的秦军，出人意料的变成了防守方，而对北方胡族长期都打防守战的晋军，则短暂地掌握了进攻的主动权。

谢玄此时也有点骑虎难下，他气势汹汹地率领八万北府兵而来，现在终于走到敌人面前了，对岸却是黑压压的五十万大军，而且增援的队伍正源源不断汇入，连接到了天边，而且二十七万的铁甲骑兵整齐排列，二十七万只冷光闪耀的尖矛一齐直指自己。和秦军相比，自己这点孤苦伶仃的队伍简直不值一提，有点想打退堂鼓的大都督和谢玄，一想到如果突然来个急刹车的话，被鼓舞起来的士气可能就会瘪下去，苻坚也正好来个秋风扫落叶。更何况，他已经在洛涧逗留了一个多月，现在到了淝水，又扎营接着盘桓？目前淝水东岸这地方倒是最适合的扎营之地，为八公山、淝水、淮水间的三角地带，并向八公山纵深延伸，水军部署在下弧部，背山临水，极是防御之地。但显然朝堂不是派他们来防御的，朝中的大人们看着呢，宰相催着呢。再说，即使想盘桓，苻坚也不会给他这个机会。"战神"是最会捕捉战机的，不管怎么样，都只能打一下了。只是秦军就在河对岸虎视眈眈，自己根本走不过去，这仗怎么打？

（二）锦囊妙计

正在谢石和谢玄彷徨无计、进退两难之时，宰相的信使到了，送给谢石一份手令和一封密信。谢石和谢玄一看手令，是让谢石不畏强敌，敢于斗争，放开手脚，勇于一搏，御敌于江北，且告知江南的防守已准备就绪。这谢石和谢玄就开始满口叫苦，真是站着说话不腰痛，意思就是舍弃江北的八万将士，和秦军拼个你死我活，最好让秦军没有力气渡江了。当然，舍不得孩子套不住狼，江北的八万将士就要有舍生取义这个高尚情操！接着再打开密信一看，就更加不着调，说是也已将密信送与朱序将军，让其配合实施。

军令如山倒，反正没别的计策，那就死马当成活马医，只有按宰相的计谋试一试了。此时秦晋双方各占据了淝水的一岸，隔河相望，你过不去，我过不来，这仗还怎么打？于是，谢玄派出了使者，将宰相的亲笔信给苻融送过去。当然是送给苻融了，那苻坚到没到寿阳，都要假装不知道。苻融展开一看，简直是闻所未闻，只见信上说："您孤军深入，然而却紧逼淝水部署军阵，这是长久相持的策略，不是想迅速交战的办法。如果您能移动兵阵稍微后撤，让晋朝的军队得以渡河，以决胜负，不也是很好的事情吗！"

这个提议，非常有想象力，并不是没人想得到，而是正常人不会这么想，因为它严重违背军事常识。没有指挥官会指挥部队在敌军面前渡河，尤其是面临五十万严阵以待的大军，这相当于无偿给予敌军一个"重伤己军"的大好机会。因为"半渡而击"之下，全军大概率就可以享受水葬的待遇了。

强渡获胜的概率极低，基本上不存在。历史上唯一比较有名的案例，是春秋时期的楚军强渡泓水，打败了列阵对岸的宋军。但获胜的主要原因得归功于那个倡导大义的春秋时代。当时凡事都要讲礼，宋襄公更是极力宣扬仁义，认为"正人君子，不应趁人之危"，非要等楚军过完河、列好阵之后再开打。这"蠢猪式"的仁义也让他名垂青史，从此，"成列而鼓"的"礼义之兵"寿终正寝。看来，春秋大义虽是圣典，但你真正遵从了，反而可能会被史官嘲笑为"蠢猪式"。那些不依照经典、灵活应变甚至采用一些不光彩手段的胜利者往往会被歌颂。我们的道德准则就是这样一步一步地在史官笔下滑向了深渊。

苻坚当然不蠢，他是氐族皇室出身，从小读过很多书，当然知道宋襄公的故事。他于是跟左右参谋和大将商议一番。统一北方的历次战斗，苻坚多以王猛、吕光、邓羌等统兵，自己至多率军作为后援，此次参战的苻融以前连副将都没当过，这左右的主将，也相对缺少临战的经验，那骁将慕容垂也不在帐前。也有偏将提出异议："我众彼寡，不如遏之，使不得上，可以万全。"但大家劳师远征，也想速胜，都觉得好运气终于来了！是时候修复宋襄公的行事规则了，苻坚坚定地对身边的武将们下令："一会儿晋军渡河到一半的时候，你们就挥军掩杀上去，千万别讲礼。"这时加上陆续到来的军队，前秦集结于淝水北岸的兵力有五十多万，后边还在源源不断地汇集，而谢玄只有八万人，六比一以上，苻坚心中有底，胜券在握。于是苻融领命，令旗一挥，下令军队后退。

淝水并不宽阔，自东南流向西北，秦军所在的西岸平原地带，自西岸向纵深延伸，呈前窄后宽状，为秦军的后移部署提供了充足的空间，便于重整军阵。就在对阵的前一夜，朱序接到谢安的密信，他对即将采取的部署进行了深入思考。对于此前洛涧劝降的不成功，苻坚大帝暂时还没有怀疑，或许是战事太多吧。在夜深人静时，他秘密召来几十个心腹，他们都是陪同朱序在襄阳坚守城池的，后来又一同被俘到前秦，心

里时刻思念着江南。朱序就向他们低声交代明天在阵前要做的事情。同时，几个心腹带上毒药，悄悄摸向了统帅的马厩。

战场上的命令，只会告诉怎么做，不会告诉为什么。士兵也从来不需要有想法，只需要执行就好了。秦军下达的命令是简单生硬的，对于普通士兵而言，即使收到无法理解的命令，他们依然会执行，但肯定要发散思维，免不了在心里嘀咕这么做的原因。当在淝水岸边布阵完毕的前秦士兵执行撤退命令时，整个军阵如同五十万只蚂蚁一般，开始慢慢地掉头。排列河边最前边和聚在将领周围的士兵，大概是明白情况和原因的，他们只是慢慢后退，等着看令旗再一挥下，就将返回河边奋勇杀敌。然而，其他绝大部分士兵，只看得到身边的战友，看不到前线的情况，心中不禁疑惑：沿河阵地这么好的位置，只要盯在这里，就可以凭借天险战胜晋军，为什么突然要撤退？数日前，五万战友被五千晋军在洛涧杀得大败的消息，此时已经传遍军营，而现在他们的处境简直是洛涧战役的"翻版"，难道又有什么神秘莫测的变故发生？军队新败，军心敏感，士兵边后退，边议论，越议论就越害怕，脚步就越快，步频不一，方向混乱，军队的阵型开始走样。

渡河的速度是关键。苻坚正在对岸审视，苻融举起的令旗就要随时挥下。谢玄昨晚就作了充分准备，他按照宰相的密令，派出少量工兵，悄悄地对淝水河底进行了摸排，搬去大的石头和障碍，填平深处的沟壑，让河底尽可能平坦无阻。同时任命刘牢之为先锋，挑选八千勇士，唯一的要求就是跑得快，要让苻融的旗帜还没有挥下，勇士们就迅雷不及掩耳地击穿了敌阵！就这样，一大早这八千勇士吃饱喝足，齐刷刷站在了河边，看到苻融的撤退的令旗一挥，箭也似地飞向了对岸。西岸的秦军还未来得及走上几步，东岸的晋军已经抵达追赶！是的，八千人可以快，但五十万人却没法快起来。指挥五十万人打仗是个无比巨大的力气活，苻融在最前面将撤退的令旗一挥，百米之外的数十名传令兵接着再将令旗一挥，待几百传令兵挥完令旗，时间已流逝了好多。之后各部队开始执行命令，"向后转，齐步走，"还没走上几步，战场形势早已风云转向。

这时接到谢安密信的朱序上场了。他和他的心腹们骑着战马，带头大喝一声："秦军败了！"这几十人就打马向后猛逃，边跑边一齐大喊"秦军败了！"榜样的力量是无穷的，何况每个人都想保命？正在后退的秦兵也看到了晋军的追赶，当然信以为真，他们一边跟着大喊，一边加油猛逃。这时不远处的寿阳城也燃起了熊熊大火，当然也是朱序派人放的，烟火冲天蔽日，对秦军造成心理上的恐慌无以复加，世界末日已经到来。一时，战场形势变得波云诡谲，混乱不堪，所有人的命运，在一瞬间都被尽数改变。于是，一次小小的移营后撤，突然变成了炸营式的崩溃，士兵们从有组织的后退变成了混乱的狂奔，为了跑得更快，他们还甩掉了手上的武器和身上的甲胄。当然谢玄的八万北府兵也已顺顺当当渡过淝水，这一切都像是在做梦，这几天都一直在思考，到对岸了这个仗还能怎么打？二十七万严阵以待的骑兵怎么破？五十万人的消耗战怎么可以赢？还有几人能回江南？谢家的坟墓是否还能保得住？可人算不如天算，那些都是杞人忧天，对岸并没有遮天蔽日的决战，一切就只是追逃兵那么简单！

（三）风声鹤唳

苻坚简直做梦一般，目瞪口呆地看着自己的五十万大军炸营式崩溃，

瞬间从威武雄狮变成了无头苍蝇，拥挤着逃离战场。螳臂当车，试问谁能挡住五十万逃命大军的滚滚洪流？危急时刻，苻融展现出了一个统帅的担当，在连续挥舞进攻的令旗后，纵马上前掠阵，试图制止军队的崩溃。一支军队，如果已经溃散，就算五十万训练有素的士兵，战斗力也并不比五十万头猪强多少，少量的严整军队就可以轻松击杀他们，苻融想阻止这一场悲剧的发生。可是部队一旦溃散，想要重新聚拢列阵，基本上不可能实现，更何况大家的心已散了！不过聚拢身边的一些人，还是可行的。尤其苻融作为全军统帅，久经战阵，威望极高，有他出面，总可以拉回来一部分人马，要挡住还在河面行进的晋军，仍然有希望。不过问题在于，苻融一出场，就无巧不成书地遭遇祸事，他久经沙场的战马突然口吐唾沫倒下了。这倒也没关系，苻融行伍出身，弓马娴熟，跌打损伤已经习惯了，摔了一跤，爬起来换匹马再战就是了。可是他刚换过副将的战马，还没跑几步，这匹马又神奇地口吐唾沫倒下了。幸运之神没能再次眷顾苻融，他没能再次爬起来，因为当他还在地上翻滚的时候，看到了一柄弯刀正向他的脖子切下来，正是刘牢之的刀。之后，他就永远地、绝不甘心地闭上了眼睛。

接着就是失去统帅的秦军的彻底崩溃。"秦军败了"像瘟疫一样种进了每个秦兵的心间，大家只有一件事要做，就是尽快逃离这被诅咒的死亡之地。淝水一带河流纵横，湖泊广布，并不是逃跑的好路径，秦兵来到这里人生地不熟，只好像没头的苍蝇一样乱窜，一刻也不敢停息。这时风在怒刮，鹤在鸣叫，逃跑的人听到"风声鹤唳"，都以为是东晋的军队将要来到，昼夜不敢停歇，慌不择路，风餐露宿，冻饿交加。最可恨的是路太窄，路面上向南行进的，是络绎不绝的前来参战的前秦的后续五十万大军；向北行进的，是只想逃命的五十万大军，再后面，则是见一个杀一个杀得手软的八万追击的北府兵。可是路只有一条，而且大部分还是羊肠小道，再宽也容不下几匹战马并列，于是逃跑的和前进的秦军，就像两头巨兽，猛烈在撞在了一起，你不让我，我不让你，绝大部分士兵都被活活踩死了，"秦军自相蹈藉而死者，蔽野塞川"。晋军并没有追杀太远，追到寿阳城西三十里外的青冈就停下来了，但是秦军活下来回到长安的，只有十万人。《晋书》记载：

坚众奔溃，自相蹈藉投水死者不可胜计，淝水为之不流。余众弃甲宵遁，闻风声鹤唳，皆以为王师已至，草行露宿，重以饥冻，死者十七八。

接着就是善于长途奔驰的苻坚大帝的逃亡。作为最核心的保护对象，苻坚也未能全身而退。他在混乱中被射中一箭，当然可能是朱序射的。看到朱序袭杀过来，他赶紧逃跑，连所乘坐的装饰着云母的车乘都被朱序缴获。所幸他的伤势不重，虽然损失了全部卫兵，成了孤家寡人，但他还是从地狱般的战场上成功脱身。不过，他中的这一箭对精神状态的影响十分巨大，仿佛所有的精气神都被这一箭冲得烟消云散。事实上，也不单是中了这一箭的缘故，而是这场战败让他近三十年来励精图治的功业和努力付诸东流。重创之下，他难免心灰意冷，破罐子破摔。

苻坚孤身脱险后，只召集到一千多残兵，放在以前，他是敢于脱离大部队，只率少量骑兵在敌国境内一路狂奔、奔赴前线的猛人。但淝水一败后，这种锐气从他身上消失了。苻坚带着这一千多人，当然不敢返回长安，就去与附近的慕容垂的大军会合。途中又遇到了晋军，这支晋军像长了眼睛一样，怎么都甩不掉。战斗中，左右战死的很多，最后苻

坚慌不择路，落单而逃，岂料一失足掉进了山洞。喊又不敢喊，爬又爬不上来。就这样饿了三天三夜，苻坚已经奄奄一息，在这千钧一发之际，他的已跑得很远的宝马终于寻到了洞边，将缰绳垂下，苻坚抓住缰绳爬上来，才脱了大难。"马有垂缰之义，羊有跪乳之恩"，从此载入史册。落单的苻坚终于又集结了一些秦兵，开始再次寻找大部队。此时，秦国的前锋诸军皆溃，只有慕容垂因被派去开拓当阳战场，没有在淝水列阵，所以毫发无损。苻坚此刻人在前线，想要平安返回关中，身边如果没有一支劲旅的话，已经是一种奢望：这条回家的路，身旁是晋国的追兵，身前则是原本的臣子、现在不知道有没有心怀鬼胎的各族兵马。

他相信慕容垂不会背叛他，此人以前宁可逃亡，也不肯和燕国的权臣互相残杀，可见他的心中是有底线的。事实也证明，苻坚没有看错，慕容垂仍然想成全这段君臣之义，他热情地接待了苻坚，把军队也交给了苻坚。在慕容垂的军帐中接过大印之后，苻坚长出了一口气，有了这三万大军，他才算是彻底安全了。十二月，前秦王苻坚抵达长安，痛哭祭奠了阳平公苻融之后才入城，给苻融定谥号为哀公，实行大赦。

率百万之众无坚不摧的苻大天王竟然败了？！这让大江南北的各路清谈世家惊掉了下巴，一时挖根刨底，追根溯源，众说纷纭，莫衷一是。当然最接近的谜底可能是："民心向背。"西晋末年，统治者对流亡的少数民族采取了极端歧视的态度，江统的《徙戎论》强调"非我族类，其心必异"，主张用兵威驱逐少数民族的流民。于是，各州刺史或派兵强迫流民归乡或诱杀流民，导致了流民的反晋起义。各少数民族豪酋也以"非我族类"来发动种族战争，对汉族和其他少数民族进行野蛮的大屠杀。这样，汉族与少数民族之间、少数民族与少数民族之间的矛盾日益尖锐，心理隔阂越来越深。如匈奴族刘曜攻破洛阳时，"害诸王公及百官以下三万余人"；进攻长安时，又进行了大规模的屠杀，弄得"长安城中，户不盈百，墙宇颓毁，蒿棘成林"。羯族石虎"于降城陷垒，不复断别善恶，坑斩士女，少有遗类"。冉闵又挑唆起大规模的民族仇杀，"自季龙末年，闵尽散仓库以树私恩，与羌胡相攻，无月不战，青、雍、幽、荆州徙户及诸氐、羌、胡蛮数百余万，各还本土，道路交错，互相杀掠，且饥疫死亡，其能达者，十有二三"。氐族前秦在统一北方的过程中，分氐户坐镇各方，推行军事殖民，并当众宣布，只有氐人才是维护其统治的真正的"磐石之宗"，这无疑把包括汉族在内的各族人民都放到了氐族的对立面。尽管苻坚执政时也采取了一些缓和民族矛盾的措施，然而，苻坚登位距离冉闵的民族仇杀只不过七年，此时民族对立的情绪仍然很严重。在淝水之战中，前秦失败的根本原因在于丧失人心。前秦内部，汉族降臣有归晋之心，其他少数民族豪酋有复国之心，部分氐族贵族有怨恨之心，朝廷上下有惮敌之心，指挥者有轻敌之心，士兵有厌战之心。这些汇聚在一起，使得前秦人心涣散，斗志尽失，不战自败。没有民心作基础，再高的王城也只是空中楼阁。

（四）屐齿之折

这段时间最辛苦的是宰相谢安，他的眼光可不光在淝水。淝水对峙就是个死局，不管从哪个角度看，前秦都是必胜之局势，国力、兵力、人才、资源等，都是前秦占据压倒性优势，何况苻坚久负盛名，手下哪一位大将都是独当一面的战场高手。这谢安苦思无计，也不能让北府兵在江北送死，正打算写手令让他们退回江南，死守长江天险，那天晚上突然想到和谢玄走过的那盘棋：明明谢玄能够赢棋，奈何他心中慌乱，无可无不可地后退一子；谢安得理不饶人，马上上前站位。于是形势突变，乾坤斗转。有时决不能小看后退那一小步，它对人产生的心理作用是巨大的。即使北府兵能顺利退到江南，这给江南造成的心理压力都是巨大的，何况窄窄的一条长江，当真能挡得住气势如虹的前秦百万大军？惊醒过来的谢安，又深思熟虑了一晚，一个让前秦后退一小步的胆大如天的计谋就生成了。

这个计谋的关键是要多方协调，环环相扣，好在这些基本条件都具备。在送出了几封密信后，谢安得马上操心其他战场。得马上给西边的桓冲下达手令，蜀地的十万水师即将驶过三峡，进入荆州地界，得将他们在上游就控制和消灭，不能让他们到建康形成合围之势；江北的军民要加紧撤退，沿岸各军事据点由精锐坚守，不得后退半步；江北要多准备船只待命，可以接应命运难测的北府兵……淮南各道路要加紧破坏，让秦兵不管是抵达还是败退都不顺畅；如果当真胜了，可以派一队将士紧盯苻坚，最好能捉活的，也不知道他精通围棋不；淝水河底的情况要弄清楚，搞得尽量平整些；寿阳城里的大火一定要点上，这对秦军的心理压力才会更加巨大；渡淝水的勇士一定要快，这是成功的关键……想着想着就又想到了淝水，那就再给谢石、谢玄送去密信强调一下重点。罢罢罢，谋事在人，成事在天，但愿上天庇佑，索性就不要再想淝水了。当然，最要紧的是去司马道子府上喝一次酒，他是皇上的弟弟，也是宰相，早就看谢安不顺眼了。这谢安一天到晚到处指手画脚，调兵遣将，谢府整夜是通宵不眠，门口水泄不通，军报络绎不绝，人员川流不息，这江山到底是姓司马还是姓谢？宰相姓谢前线军队也姓谢，变色还不是迟早的事？

谢安乐呵呵地就登门拜访了，带着各色宝物及数坛美酒。在美女的轻姿妙舞间，在美酒的推杯把盏间，谢安就将这些天的焦虑与谋略，安排与细节，恰到好处地娓娓道来，并不断为司马道子斟上美酒，送上美词。藏于司马宰相心中的不平就慢慢融化了，为了加深两人牢固不破的友情，决定再来围棋对弈。正兴致勃勃间，门外信使说有军情报与谢宰相，谢安拿到情报，轻描淡写地一瞄，接着与司马道子继续对弈，一盘结束，谢安告辞时，慢条斯理地对司马道子说："孩子们在淝水已经最终攻破了寇贼。"

谢安回到府上，过门槛时，高兴得竟然连屐齿都被折断了。没关系，打了大胜仗，重新换一双新鞋子还是可以的！

第八章　巨星陨落：谢氏谢世

立功，是万千士民的追求；立大功，更是有抱负士子的毕生向往。桓温的一再北伐，就是想要积累功名，三十功名尘与土，八千里路云和月，一生都在争相立功的路上。但谢安例外，他显然不在乎功名，他是隐居之人，习惯于闲云野鹤，放松于山水田园，不得已才站立于朝堂，本想把这点事情办完就早点回家，但一不小心立下了不世之功勋，这就盖过了司马的风头，比下了其他高门士族，傲视于江南，震耳于江北。虽然"谢与马"已经名副其实，陈郡谢氏已经登临山巅，无限风光在险峰，但山顶风高路险，半点不由人，哪有东山的别墅风味？

（一）功高不赏

时下事多，一会儿举行吉礼，祭天祭地祭四方；一会儿聚会凶礼，丧葬灾荒和寇乱；一会儿遇到宾礼，西凉前秦使者来；一会儿开始军礼，出征狩猎师凯旋。名目繁多的会还形形色色，反正都是陪坐，至于台上的老大天花乱坠地讲了什么，下边的小角色反正一贯地开小差，不知所云。但大家都烦这会那会，却很向往一个会——庆功会，有大奖可期，参会者至少也有鼓励奖。

淝水大捷已经两年了，参战将士盼星星盼月亮，就是没盼来庆功会！桓冲确实熬不过，虽然他没有首功，但至少也能得个二等奖，毕竟在西线牵制了大量秦军主力。既然没有奖励，那索性就先"走"了，384年二月二十七日，桓冲去世。这桓冲长期服用五石散，加上年事已高，因而发病逝世，享年五十七岁。朝廷追赠太尉，谥号为宣穆。

其实，褚蒜子也熬不过。384年六月初一，褚太后在显阳殿去世，终年六十一岁。这个权重天下的女人，三次临朝，扶立六帝，终于在帮东晋度过最大劫难后，含笑驾鹤西去了。如果要评最对得起东晋司马皇室的女人，排第一的永远是褚蒜子；如果东晋还有最称职的掌权者，那也只能是褚蒜子。但孝武帝并不觉得她有掌权的资格——虽然她在他年幼时，也替他掌控天下，成年后又立即归还，但她在辈分上仅是嫂子，并无血亲之亲。于是仅行以丧礼中的第二礼——齐衰礼，并把她合葬于康帝的崇平陵。是啊，女人还是老实点，去本分地陪伴丈夫吧！

其实，苻坚也已经熬不过。最近两年，苻坚提着五千人为他铸造的"神术"宝刀，在无限悔恨中度过。近百万大军命丧淝水，他还有什么威风？他还有什么可凭的资本？还未逃回长安，已经统一的北方马上大乱——机会来了，抓紧复国去。于是重复晋末的老调，各路诸侯，你来伐我，我来打你。385年，苻坚在五将山被老部下姚苌包围，姚苌索要传国玉玺，但硬气的苻坚不给；姚苌又提议苻坚将帝位禅让给他，苻坚大骂。八月二十六日，姚苌将苻坚绞死于新平佛寺内，时年四十八岁。所有人都看到，塔尖上那个坚毅华贵、杀伐予夺、说一不二、似乎永远都坚不可摧的大帝，犹如一片枯叶，永远地随风逝去了。随后，后秦给苻坚定谥号为壮烈天王。后来有诗凭吊：

> 暑往寒来春复秋，夕阳西下水东流。
>
> 将军战马今何在，野草闲花满地愁。

其实，谢安也已经熬不过。天下顶级的对手，在战场是杀得你死我活，暗地里却是惺惺相惜，他们互为知音，生死相许。就在苻坚在北方走投无路之际，他竟然将求救信递到了老对手谢安手里。谢安从不亲自带兵出征，但这回破例，他立即请求亲自率兵去救援苻坚。四月十五日，他离开朝廷到达广陵的步丘稍事休整，建造了叫作新城的营垒。八月二十二日，就在苻坚去世前不久，谢安去世，享年六十六岁。两位顶级对手，只有到另一个世界去较量或者相救了。

（二）北伐良机

宜将剩勇追穷寇，不可沽名学霸王。苻坚新败，百万雄师十余其一，北方大乱，正是北伐的千载良机！这道理谢安当然知道，可是他现在是众矢之的，哪里还敢出头？

原来，这孝武帝今年二十二岁，正是风华正茂、精力旺盛之际，他最痛恨的不是北方胡虏，而是当傀儡，毕竟他没有亡国灭种的经历。十岁刚继位时，他是桓温的傀儡，之后有褚蒜子临朝。376年，太后归政后，朝堂实际上就是谢安说了算。如果对桓温和褚蒜子还能原谅的话——那时自己毕竟还小，对权力也没有那么强的渴望；但成年后，自己是九五之尊，还有人在面前指手画脚，心里烈的反叛意识就越来越愤怒地表现在了脸上。谢安本不想染指朝堂，奈何江南危急，只好无视皇帝的眼神，集中精力指挥起这场灭国之战。好不容易淝水大捷，谢安就呈上奏折，宜将剩勇追穷寇,请求授权荡清苻坚在北方的残余势力,遭到了严词拒绝,他从皇帝和司马道子的眼中,读出的是轻蔑和嘲讽,是对淝水之战的无视。战战兢兢的宰相,只好时时装病,懒得上朝了。

当然,孝武帝正求之不得。你本是司马朝堂的人,皇帝用你是看得起你,为朝尽忠也是你的本分,离开朝堂,你可能啥也不是。于是,英明的孝武帝让其弟司马道子亲自指挥北伐事宜,这立功的大好机会怎么能交给外人?当然,追穷寇也不是个技术活。384年:

——刘牢之攻克前秦的谯城。

——上庸太守郭宝攻克前秦的魏兴、上庸、新城三郡。

——将军杨期进军占据了成固,攻克前秦梁州。

——东晋梁州刺史杨亮率领五万兵众伐蜀,派遣巴西太守费统统率三万水军、陆军作为前锋。杨亮驻扎在巴郡,前秦益州刺史王广派巴西太守康回等人抵抗。康回多次失败,退回到成都,梓潼太守垒袭率涪城投降东晋。

——六月,东晋将军刘春攻打鲁阳,都贵逃回长安。

——荆州刺史桓石民进据鲁阳,派河南太守高茂北进戍守洛阳。

淝水大捷,东晋境内群情振奋。晋初以来,王导梦寐以求的"克服神州"的愿望,大有实现的可能。当然,和北方的乱局相比,东晋现在的成效算是捡了颗芝麻。谢安一看,主要还是指挥无方、用兵分散之故。终于还是忍不住,九月,谢宰相再向皇上进上奏章,请求开拓中原地区。孝武帝也不太满意这进军的速度和效果,于是任命谢安担任都督扬、江等十五州诸军事,并授予他黄钺。谢安重新拿起令旗:

——任命徐、兖二州刺史谢玄为前锋都督,率领豫州刺史桓石虔讨

伐前秦。谢玄抵达下邳，前秦徐州刺史赵迁放弃彭城逃走，谢玄进军占据了彭城。

——九月，谢玄派刘牢之攻打前秦兖州刺史张崇，十一日，张崇放弃了鄄城投奔后燕，刘牢之占据了鄄城。

——谢玄派阴陵太守高素攻打前秦青州刺史苻朗，军队抵达琅玡，苻朗前来投降。

——谢玄派晋陵太守滕恬之渡过黄河戍守黎阳。东晋朝廷认为兖、青、司、豫各州已经平定，任命谢玄为都督徐、兖、青、司、冀、幽、并七州诸军事。

机遇稍纵即逝，由于前期的停顿，现在的北方几乎已由各路豪杰再次瓜分完毕，要从列强嘴里分食，那是太不容易了。385年，北伐遇到挫折：

——四月，刘牢之进军抵达邺城，后燕王慕容垂迎战失败，于是就撤除了对邺城的包围，退到新城驻扎。初八，慕容垂从新城向北逃走，刘牢之率军追击。十三日，刘牢之在董唐渊追上了慕容垂。慕容垂说："前秦才是你们的敌人。"刘牢之放弃慕容垂，率军队急速行进二百里，到五桥泽争抢后燕的轻重物资，慕容垂迎头攻击，大败东晋，斩首数千人。刘牢之只身匹马逃跑。

——前秦王苻坚派信使前来求救，谢安亲自率兵前往。八月二十二日，谢安去世。二十五日，诏令司马道子兼扬州刺史、录尚书、都督中外诸军事，完全排除了谢氏在中枢的存在。从此，军政大权全部收归司马。

淝水之战，使前秦一蹶不振，使东晋转危为安。原先的以淮河－汉水－长江一线为界的局面改成了以黄河为界。整个黄河以南地区重新归入了东晋的版图，而且为东晋赢得了几十年的和平环境。当然，从更远处回望，

淝水之战更是对中华正统的拯救。

（三）谢氏谢幕

谢安死后，需要盖棺定论，皇帝终于记起还有淝水大捷这档子事，始"论淮淝之功"：

追封谢安庐陵郡公，封谢石南康公，谢玄康乐公，谢琰望蔡公，桓伊永修公，自余封拜各有差。

封赏有差，时距淝战大捷已近两年了。现在谢安薨了，那就抓紧安葬啊，这王献之多事，还要上书为谢安争取殊礼：

……伏惟陛下留心宗臣，澄神于省察。

醉醺醺的孝武帝懒得理他，只赐棺木、朝服一具，衣一套，追赠太傅，谥号"文靖"，守冢六家。五十年前并无特别功勋的大将军陆晔去世时，朝廷是"给兵千人，守冢七十家"，孝武帝给的待遇确实是陡转直下。谢安下葬时，其葬礼规格与桓温相同。由于"时无丽藻"，或者"其事难以用言词表述"，又或者"及谢安薨，论者或有异同"，皇上为东晋谢太傅立了高高的墓碑，"但树贞石，并无文字"。这无字之碑，当为后来人效仿。当然后来凭吊者不绝，赞誉早已写满了墓碑：

永王东巡歌

李白

永王正月东出师，天子遥分龙虎旗。

楼船一举风波静，江汉翻为雁鹜池。

三川北虏乱如麻，四海南奔似永嘉。

但用东山谢安石，为君谈笑静胡沙。

谢安在新城病重时，上书朝廷请求估量时局停止进军，并召其子征虏将军谢琰解甲息兵，命龙骧将军朱序进据洛阳，前锋都督谢玄与彭城、沛县之敌对峙，委任谢玄为督察。如果二城守敌凭借地形顽抗，待来年涨水，东西夹攻。孝武帝看到宰相重病上书，就诏令侍中赴新城慰劳，谢安获准返回建康养病，听说自己的车驾已进入建康的西州门，自以为壮志不成，功业未就，因而感慨万分："从前桓温执政时，我常常担心不能保全自身。忽然有一天梦见自己乘坐桓温的车驾走了十六里地，看见一只白鸡后停了下来。乘坐桓温的车驾，预兆将代替他执掌朝政。十六里，从我执政到今天刚好十六年了。白鸡属酉，如今太岁星在酉，是凶兆，我这一病大概再也起不来了！"

谢宰相回建康，当然还是要欢迎一下，这孝武帝最喜欢的就是喝酒，天天都有酒宴，于是将今天的酒宴就叫作欢迎宴了。喝得兴起时，孝武帝大声说："右军可否吹笛为大家助助兴呢？"右军将军桓伊也是淝水大战的功臣，他不仅能征善战，而且精通音乐，以吹笛见长，有"笛圣"之称，琴曲《梅花三弄》就是根据他的笛谱改编的。桓伊于是拿出东汉名家蔡邕亲手制作的"柯亭笛"放在嘴边，清脆的音乐随即飘扬而出，抑扬顿挫，令人心醉，可谓"妙声发玉指，龙音响凤凰"。桓伊放下笛子，又开始弹筝，仰头唱道：

> 为君既不易，为臣良独难。
>
> 忠信事不显，乃有见疑患。
>
> 周公佐成王，金縢功不刊。
>
> 推心辅王室，二叔反流言。
>
> 待罪居东国，泣涕常流连。

桓伊所唱，正是曹植的《怨歌行》。谢安听罢，不能自已，"泣下沾衿"，起身向桓伊致谢，这也是谢安的唯一一次掉泪。

谢安谢世，谢玄也不能自安于北府之任。淝水之战后，尽管晋廷未及时封赏有功战将，但北府兵在谢玄、刘牢之率领下，士气高涨，他们乘胜追击，对前秦展开了北伐。正当谢玄率军挺进幽冀，捷报频传之时，传来了叔父谢安被挤出朝廷，忧疾而卒的噩耗，谢玄"痛百常情"。但他"含哀忍悲"，以"隆国保安"为要，继续驰骋沙场。但为司马道子所操纵的晋廷朝议，却以"还京口疗疾"为名，解除了他的兵权。谢玄退居会稽的第二年便告别了人世。《晋书》记载谢玄说："庙算有余，良图不果，降龄何促，功败垂成。"其叔谢石也在同年去世，而此时的谢琰则"遭父（谢安）忧去官，服阕"在家。

在淝水之战后不到五年时间里，谢氏家族的军政大权被一一剥夺，并从此与政治要位无缘。面对家族地位的变化，谢氏的后裔不得不弃武从文，寄情山水，把注意力转到庄园的开拓，以求得在经济领域中的地位和发展。谢玄之孙谢灵运在《山居赋》中描述：

余祖车骑（玄）建大功淮淝，江左得免横流之祸。后至太傅（安）既薨，建图已辍，于是便求解驾东归，以避君侧之乱。废兴隐显，当是贤达之心，故选神丽之所。

不得不弃武从文的谢灵运，只好"脚著谢公屐，身登青云梯"，即使选择了诗与远方，也取得了很高的成就。其诗与颜延之齐名，并称"颜谢"，谢灵运是第一位全力创作山水诗的诗人，被称为山水诗派鼻祖。他兼通史学，擅长书法，翻译佛经，并奉诏撰写《晋书》，辑有《谢康乐集》。

登池上楼
谢灵运

潜虬媚幽姿，飞鸿响远音。薄霄愧云浮，栖川怍渊沉。
进德智所拙，退耕力不任。徇禄反穷海，卧疴对空林。
衾枕昧节候，褰开暂窥临。倾耳聆波澜，举目眺岖嵚。
初景革绪风，新阳改故阴。池塘生春草，园柳变鸣禽。
祁祁伤豳歌，萋萋感楚吟。索居易永久，离群难处心。
持操岂独古，无闷征在今。

还有谢琰，他是谢安之子，也参与了淝水大战的指挥。谢安死后十余年间，谢琰在政治上受到压抑，无所作为。397年，王恭反于京口，之后孙恩兵起，朝堂才想起还有谢琰这号人物，才想起他们家对于北府兵的影响力，于是"召之即来"，算是又使用了一回，不久谢琰战死。

陈郡谢氏的男人无疑是出众的，他们家的女子当然也不逊色，许多女子嫁与司马家或王家，培养出了许多响当当的人物。谢道韫就是其一，她的父亲是安西将军谢奕，伯父是谢安，弟弟是谢玄。这样风华绝代的一家人，家中最为怜爱的却是这个小女儿。在这个小姑娘年幼之时，才情便已全然表露出来。有一日下大雪，谢家的一众儿女在雪中观景，谢安兴致大起，指着洋洋洒洒的雪问孩子们："白雪纷纷何所似？"这时侄儿谢郎答道："撒盐空中差可拟。"而道韫悠然神想后道："未若柳絮因风起。"这就成了时下文人墨客津津乐道的典故"咏絮之才"，《三字经》中也就有了这句："谢道韫，能吟咏。"

谢道韫具有很高的思辨能力，对玄理有很深的造诣。一天，其夫王凝之的弟弟王献之在厅堂上与客人"谈议"，辩不过对方。谢道韫在房中听得一清二楚，就让婢女在门前挂上青布幔遮住自己，然后就刚才的议题与对方继续交锋，她旁征博引，论辩有力，最终客人理屈词穷。她还长于诗文，有诗集两卷。下为留存的诗歌：

泰山吟

峨峨东岳高，秀极冲青天。

岩中间虚宇，寂寞幽以玄。

非工复非匠，云构发自然。

器象尔何物？遂令我屡迁。

逝将宅斯宇，可以尽天年。

毋宁说，正是在政治上分裂与大动乱的时代，华夏才确立了最华丽、最富于韵律的完善文章体系——"骈俪体"。这如实地反映出华夏知识人的强韧精神：即使在政治分裂与战乱最严重的时刻，他们仍然能在珍重守护文明的同时，更进一步将其发展得更加丰饶。

与琅琊王氏家族侧重儒学传承的"儒玄双修"略有不同的是，陈郡谢氏家族的"儒玄双修"明显侧重玄谈，并直接导致了谢氏家族以文为长的家风。相较王氏家族而言，谢氏家族中善于玄谈清论又有所建树的子弟比比皆是。谢安、谢玄、谢惠连等人皆是清谈名士，玄学造诣深厚。谢安能够成为《世说新语》所记述的最重要的名士之一，与其独特的人格魅力有着极大的关系，而这种风流高举的人格魅力之下，又是以尚玄为倾向的人生选择。他与王羲之的一番关于清谈是否误国的对话颇能见出王谢两家不同的精神指向："王谓谢曰'……而虚谈废务，浮文妨要，恐非当今所宜。'谢答曰：'秦任商鞅，二世而亡，岂清言致患邪？'"虽然同为清谈名流，王氏仍笃信清谈误国，而谢氏却极力为之辩护，由此

可见二者旨趣之异。《晋书》也记述谢安"人皆比之王导,谓文雅过之"。显然,谢氏家族受玄风影响更盛一些。这种崇玄慕道使得谢家子弟呈现出风流潇洒的神韵,饱含有趣的灵魂。人们评价陈郡谢氏,往往以"谢家子弟"相称,正是对这种独特门风的赞许。

谢安作为一位出色的政治家,其才能为家族博得了声望。当谢安于360年离开会稽出仕,便给了当时凭借军队对东晋朝廷虎视眈眈的桓温一种无形的道德压力。谢安更值得大书特书的拯救国家之功绩,是他和侄子谢玄一举粉碎了前秦氏族的入侵。"淝水之战"被视为对中华正统的拯救,为中华后世儿女所铭记。除了这次胜利外,谢安为人尊崇的英雄形象与其坚决拒绝专权徇私息息相关。他完全可以充分利用自己凭救国得来的权力与盛名,但他却选择退隐。不论谢安的归隐出自何种原因,他都留给后人一种在世事烦扰之中不为所动、心神平和的形象。

第五卷

众与马　江湖混战

(383—405年)

"王与马，共天下"，这一跷跷板要此起彼伏地荡下去，得有几个条件：要有一个成熟的有力量、有影响的高门士族的存在，要有一个丧失了权威但尚有一定号召力的皇上存在，要有民族矛盾十分尖锐这样一个外部条件。谢安好不容易死了，坐在龙椅上的孝武帝内心窃喜，如今淝水大捷，北方再度混战，江南不再有外敌之患，是时候重振皇权了。即使要保留跷跷板，那也要变成"马与马"！

第一章　共享天下亲兄弟

物以稀为贵。帝王的女人无数,所以子女众多。兄弟多了,亲情被稀释而淡薄,在权力的魔剑下,诛兄杀弟遂成为皇室宫廷常态。但孝武帝例外,他只有一个弟弟,是当年喜欢欣赏老鼠脚印的简文帝和昆仑奴李氏所生。独一无二者都是宝贝,这司马道子被孝武帝所珍视,如果一定要让跷跷板另一侧坐一个人,亲弟弟当然是不二人选。

（一）皇权相权

但凡天下大治,一般有两个模式。一是皇帝英明,宰相能干,如秦皇汉武,千年等一回。皇帝英明,宰相不英明的有没有?很少,宰相混不了几天就会被撤职。二是皇帝羸弱,宰相能干,这种情况比较多,皇帝多是享受型,皇宫集天下之珍,汇江湖之美,入眼都是艺术,细节都呈极致,难得有人能保持清醒,不去享受。这不要紧,皇帝本来就是权力象征,他垂拱而治就可以了,一切大事有宰相安排。如果宰相能干,天下一样大治。永嘉南渡以来,东晋的宰相都是不错的,王导、庾亮、桓温、谢安,哪一个不是顶尖人才?正是他们的极力维持,虽然外部环境恶劣，皇室更迭频繁，但是江南一直保持较高的发展水平，维持了"王与马，共天下"的门阀政治格局。奈何，天下许多时候都不是这两种状态，而是皇帝混蛋，宰相愚钝，那江河日下，离末世就不远了。

孝武帝并不是个干事创业的好皇帝，他的特点是"耽于享乐"；司马道子也并不是个鞠躬尽瘁的好臣子，他的特点是"湎于酒色"，这对天下最有权势的活宝，爱好出奇地一致，在深宫里没日没夜地喝酒，偶尔清醒之时，想法也出奇地一致，那就是——振兴皇权。

振兴皇权，首先就得从压制相权开始。是啊，这天下是司马的天下，又不是王、谢的天下。这兄弟俩看谢安的眼神，就越来越有敌意。谢宰相在朝堂上如芒在脊，汗流浃背，虽然他还没有伟大到需要如此谦卑的程度，但保命要紧，全家为要，于是更加谦卑，萌生退意，哪里还敢提封赏？淝水之战一结束，他就很少上朝了；大战结束仅五年，陈郡谢氏基本退出朝堂，销声敛迹，东山又开始热闹了起来。

当然，有退就有进，权力不能有真空。皇上现在最相信的人，当然是亲弟弟了，于是，在把酒言欢中，在莺歌燕舞中，司马道子的官是越做越大，相权收归于司马：

——372年七月，受封琅玡王，食邑一万七千六百五十一户，兼摄会稽国，领会稽内史；

——380年，加开府，领司徒；

——383年，录尚书六条事，和谢安同为宰相；

——385年，谢安去世，诏令司马道子为扬州刺史、录尚书事、假节、都督中外诸军事，原来谢安卫将军府的文武部属皆拨入了骠骑将军府；

——386年，罢谢玄北伐军军权；

——387年，加司马道子为徐州刺史、太子太傅，遥领北府军权。

这样，司马道子就既是宰相，又是元帅，文武大权集于一身，孝武帝就可以放心大胆地专门享受了。

当然，众人拾柴火焰高。除了司马道子，孝武帝还重用宗室以强化皇权：

——386年四月，以谯王司马恬为尚书右仆射；

——387年九月，以新宁王司马遵为武陵王，立梁王子司马龢为梁王；

——388年四月，以谯王司马恬为镇北将军、青兖二州刺史；

——390年，司马恬死，其子尚之、恢之、允之、休之皆得司马道子父子重用。

"谢与马"的组合，无疑具有现实的合理性。这些年司马的皇族有能力者也很少，并且绝大部分都活不过三十，龙椅的主人换得出奇的勤。中央集权政体的特点，每次龙椅主人的变动，都伴随着惊天动地的杀伐和内乱，但江南的皇上换来换去，建康基本风平浪静，这与"共天下"的治理结构有很大关系。那王、庾、桓、谢高门士族，都是有能力的贵族，他们学富五车，才高八斗，站位高远，视野宽阔，办事讲原则，争斗讲风格，一切都约束在"礼"的范围以内，他们在乎名声，在乎风评，在乎史官的记载，在乎盖棺定论。这样的人定鼎中枢，所制定的政策，所施行的律令，必定符合大势，切合社会，着眼长远，利于苍生。这样的人担当宰相，必定万民称颂，天下臣服。

旧时王谢堂前燕，飞入寻常百姓家。一个中央集权的政体要转型，无疑是漫长而痛苦的，这需要外部环境，需要内部动力，需要上下共识，更需要特别有能力的人来主导。但司马曜非才，却硬要撤下高门士族的坐椅，放飞他们堂前的燕子，既要垄断皇权，也要占有相权，从此，跷跷板彻底失衡，门阀政治逐步走向终结，暴风雨就要来了。

（二）老子孔子

其实，司马曜内心最痛恨的，却是老子！"道可道，非常道；名可名，非常名。道生一，一生二，二生三，三生万物。"这些似是而非的语录，留下了太多腾挪诠释的空间，那些高门士族，天天将老庄的哲语挂在嘴边，随意解释，任意发挥。魏晋以来，门阀士族逐渐成形，他们所依凭的、所看重的、所标榜的、所成名的，就是口若悬河，就是清谈辩论，就是玄谈，就是老庄。这司马皇室就很痛苦，他们需要把大量的时间和精力花在享受上，哪里还有精力去思考"一生二，二生三"里边的哲理？于是，每每士族之间的谈话，司马曜都听不懂，更不要说加入清谈和辩论，在文化心理上，司马曜就自觉矮了半截，就无法自信。想想还是孔子好，"三人行，必有我师焉，"说的都是结论，不需要再去解释，大家按此遵从就行了，汉武之时，都是"独尊儒术"。看来应该把变换过来的思想再变换过去，是时候把老子换成孔子了！说干就干，375年，经过认真准备，十四岁的孝武帝开始在崇学殿讲《孝经》：

孝武帝尝讲《孝经》，仆射谢安侍坐，尚书陆纳侍讲，侍中卞耽执读，黄门侍郎谢石、吏部郎袁宏执经，胤与丹阳尹王混摘句。

《孝经》是儒家十三经之一，是孔子"七十子之徒之遗言"，阐述孝道和孝治思想，是历代儒家研习之核心书经。"夫孝，天之经也，地之义也，人之行也。"国君可以用孝治理国家，忠是孝的发展和扩大，"孝悌之至"就能够"通于神明，光于四海，无所不通"。

孝武帝"换思想"、伸张皇权的另一表现，是恢复国学。此前王导和庾亮都曾经倡导恢复国学，但"世尚庄老，莫肯用心儒训"，桓温之时，国学就以军兴而废罢了。孝武帝讲《孝经》的翌年，诏令兴复国学，以训胄子。其年"选公卿二千石子弟为生，增造庙屋一百五十五间"。学校之废，儒学之衰，时间已经很久，恢复起来也非一朝一夕之功。国子学如此，大学可知。至于地方之学，均无成功。

教育是千年大计，立竿见影也不可能。孝武帝"威权己出"，也不愿久等，为加强皇权，排挤高门士族，需要借助于其他社会阶层或群体的士人。不换思想先换人，孝武帝就先从人换起，从此凡是吏部报上来的官员任用名单，有王、庾、桓、谢等高门子弟的，那是一律不用。当然，这年头想当官的人太多，大家都为此挤破了脑袋，哪里还需要皇上去寻找？

最开始皇上选中的，是士族社会中门第稍低的非权势家族的士人，他们也是士族，腹有诗书，苦于报国无门，现在皇上抛出橄榄枝，万千寒士俱欢颜，得到孝武帝与司马道子奖掖、拔擢的很多，其中徐邈、范宁、王雅等人尤受重用。这徐邈是永嘉之乱时渡江的，父藻，都水使者。作为出自次等士族的寒士，徐邈以擅长儒学而为孝武帝之中书舍人、散骑常侍、中书侍郎，"在西省侍帝"，"前后十年，每被顾问，辄有献替，多所匡益，甚见宠待"，甚至一度"专掌纶诏，帝甚亲昵之"。后来孝武帝以之为前卫率，领本郡大中正，授太子经。

在孝武帝及司马道子所拔擢之寒士中，还有一些南方人物。作为低级士族中的寒士，原本仕途受到限制，而在东晋侨寓高门占据主导地位的背景下，南方寒士之仕进便更显困难，此时一些南方寒士也获得了进

入中枢的机会。比如车胤，任中书侍郎，领国子博士；孔安国，官至侍中、太常；虞啸父，官至侍中。由此，寒门也有机会掌机要，东晋的朝堂从此为之一变，影响深远。

（三）爪牙赵牙

这司马两兄弟天天喝酒之余，总还是觉得不过瘾，为何？因为他们所需要的快乐，没有人来成全。那些寒士都是读书人，也比较清高，有儒家的行为规范时时约束，皇上的"离经叛道"的想法就没有人来实施。那天，皇上和宰相照例昏天黑地地喝酒，宦官从外边找来一个戏班子唱戏。那个"大花脸"在台上踢腿翻跟斗，活力无穷，之后还主动跪行台前，一边殷勤地向他们献酒，一边逗趣魔术，惹得两位哈哈大笑。一打听，这人叫赵牙，刀山火海都见过，五湖四海都去过，当真是见多识广，情趣无穷，于是司马道子就把他留在了身边。

还别说，这赵牙还真好用，他不久就成了宰相肚里的蛔虫，司马道子想要什么，还没说出口这事已经办成了。而且这赵牙办事效率特高，执行力特强。赵牙知道司马道子喜欢豪宅，于是亲自主持，在建康新建一处大宅院，国库里的银子反正多的是，如今赵牙需要什么，国库保管双手热情地送上来。这宰相新邸"长宽千丈，筑山穿池，列树竹木，功用巨万"，建成后，孝武帝"御临"喝酒，大声赞誉："府内有山，可得瞻视，确实不错，但也修饰太过啊。"司马道子闻言，连声说："陛下喝酒，喝酒。"孝武帝一走，司马道子忙对点头哈腰、跟在自己身后的赵牙讲："刚才真危险，如果皇帝知道府内这些山都是人工堆垒的，你肯定要被砍头的。"赵牙一笑，也仿颜回对孔圣人的回话："公在，我赵牙怎敢先死呢?"于是赵牙"营造弥甚",又把大宅子增扩了一倍。

久居芝兰而不知香,漂亮姑娘天天看也会觉得稀松平常。皇帝对快乐的渴求日渐迫切,还好,民间的智慧是无穷的,民众的快乐也是多元的。还好,有赵牙在,他通晓民间,那些眼花缭乱的新奇玩意就是他邀宠的工具,一会儿来个狮虎斗,一会儿上个人妖戏,今天布置一台五胡杂耍,明天呈现一场九龙戏珠。皇上和宰相品着酒,慢慢地就睡着了,第二天醒来,又有不同的快乐,这逍遥神仙的日子就越过越快乐。

其实,皇上和宰相天生就和下人有亲近感,他们的母亲是昆仑奴,成天生活在下人堆里,即使后来贵为太后,一样与宦官杂役相亲近。遗传密码是强大的,这哥俩与阳春白雪天然陌生,难怪他们对高门士族非常抗拒,乐于与市井俚人为伍。孝武帝、司马道子平日在宫内与寒人过往甚密,史官记载:

于时孝武帝不亲万机,但与道子酣歌为务,凡所幸接,皆出自小竖。

寒人在宫内的频繁活动,必然将民间的风俗、游戏传入宫廷,这对于皇帝和司马道子而言,颇为新奇和刺激,因而或潜移默化,或刻意摹仿,他俩的生活方式逐渐寒人化。他俩最乐此不疲的,是宫廷集市的建立:

司马道子于府北园内为酒垆列肆,使姬人酤鬻酒肴,如裨贩者,数游其中,与亲昵乘船就之饮宴,身自买易,因醉寓寝,动连日夜,以为笑乐。

皇上和司马道子平日亲密不可须臾离身的,除了优倡出身的赵牙,还有"捕贼吏"出身的茹千秋等人。茹千秋一伙,也依凭最大靠山,"卖官贩爵,聚赀货累亿"。于时朝政既紊,将军许荣上疏曰:

今台府局吏、直卫武官及仆隶婢儿取母之姓者,本臧获之徒,无乡邑品第，皆得命议，用为郡守县令，并带职在内，委事于小吏手中；僧尼乳母，竞进亲党，又受货赂，辄临官领众。无卫、霍之才，而比方古人，为患一也……

赵牙这类寒微小吏出身的权佞，极尽奉承之能事，便于驱使。当然，由于他们缺乏士大夫的品质，甘愿成为司马氏皇族的工具，其种种作为也加剧了当时的乱政，受到了世人的普遍批评，虽然谏议不断，但"帝不纳"。

（四）知音妙音

这孝武帝和司马道子除了对世俗之事颇有兴趣外，还特别喜欢神仙。这不，眼前就有一个，叫作支妙音，年方二十，长得国色天香，满身风韵。她幼而志道，游历南北，通内外之学，善为文章，精通琴棋，长于歌舞，于阿弥陀佛甚是精通，于观天看地占卜相命之预测术也很在行，可谓是一位才貌双全的美女。特别是她的那双眼睛，望向孝武帝时，虽未刻意传情，但孝武帝却已为之倾倒，他赶紧吞下一大杯酒，随即吟诗一首：

赠妙音

袅袅钟山云雾开，婷婷妙音画中来。

楚楚裙摆伴雪舞，痴痴眼波随影在。

孝武帝深感妙音之魅力，于是让赵牙赶紧在建康为其兴建简静寺，该寺巍峨高耸，直逼皇宫。孝武帝常召"女神仙"到后宫弘法品酒。那天酒浓之处，孝武帝终于修成正果，获得丰收。是啊，从神仙处吸取精华，于情色又提升了好几个档次，心理得到了极大满足。其实裸体一旦成为艺术便是最圣洁的，道德一旦沦为虚伪就是最下流的。上有所好，下必甚焉，其时宫中后妃多信佛，妙音就常常出入宫中，甚至参决政治：

于时孝武帝不亲万机，但与道子酣歌为务，姆姆尼僧，尤为亲暱，并窃弄其权。支妙音"内外才义者，因之以自达，供嚫无穷，富倾都邑。贵贱宗事，门有车马，日百余两"。

皇帝迷恋妙音，时时引为知音，凡军国大事、职务任免都要咨询预测一番。有了巨大需求，这更大的市场就自然悄悄形成了，妙音的简静寺"门有车马，日百余两"，要想见"神仙"之面，已经千难万难，要想找"神仙"消灾弥难，那更是难于上青天。

当然，千难万难，说的是平头老百姓，历来官府第一，如有官员来拜，"神仙"也很殷勤。那天，一群官府大员来到了简静寺，下来的是司马道子的亲信、中书令王国宝，他受到孝武帝亲信范宁的攻击，孝武帝也就对他产生怀疑，中书令一职眼见不保，于是给妙音献上两车珍宝，再在菩萨面前烧烧香，忐忑而去。没过几天，妙音进宫，相约给太子母亲陈淑媛讲经，现在陈淑媛很受孝武帝宠爱，讲经间隙的闲谈中，不经意说到了中书令，妙音于是赞扬王国宝忠谨，定能使国运昌隆，宜见亲信。不几天，孝武帝就收回了对王国宝的撤职圣旨。

那天一群鲜衣使者来到了简静寺，下来的为首者是南郡公桓玄，他不是为自己祈福，而是为别人求官。原来荆州刺史王忱死了，孝武帝意欲以王恭代之。时桓玄在江陵，处处为王忱所限制，王忱死了当然高兴，所不高兴的是替代者是王恭，这王恭也不是善与之辈。桓玄将朝堂上的人梳理了一遍，觉得黄门侍郎殷仲堪为最佳人选，虽然他爹殷浩和桓温是仇人，但桓玄和殷仲堪私交甚好，尤其是那晚两人推杯换盏展望了荆州前景后，就更加坚定了桓玄的想法。当然，荆州是江南最重要的州，只有足够重量的财宝才能匹配。那晚孝武帝又兴致颇高地和妙音喝酒，在"神仙"的温柔乡里，孝武帝又开始占卜国运："荆州地处上游，控制胡虏，为国藩屏，历来皆以重臣坐镇。今欲移（王）恭当此巨任，而又虑无人代恭，何如？"

妙音："王忱死，西镇未定，朝贵人人有望。"

孝武帝："荆州缺，谁宜接替？"

妙音："贫道道士，岂容及俗中论议。如闻外内谈者，并云无过殷仲堪。以其意虑深远，荆楚所须。"

帝然之，遂以殷仲堪代忱。

当然，时下官场上牢不可破的友谊压根儿就不存在，只存在牢不可破的利益。这殷仲堪投桃报李，一改王氏压制桓玄的做法，处处迎合势力强大的南郡公，以致桓玄势力坐大，不再可控，朝廷于是顺水推舟，欲以玄代殷。急不可耐的殷刺史，也来到了简静寺，一阵烧香拜佛，一阵财宝许愿，"女神仙"再次答应为殷刺史消灾纳福，稳坐荆州。可是"女神仙"又收到了桓玄更多的礼物，于是不小心走漏了消息，"玄知其谋而逼殷自杀"。

（五）酒鬼冤鬼

上有宰相掌舵，下有爪牙开道，中有"神仙"护航，那杞人还有什么忧天的，唯有继续把酒喝起，才不负如来不负卿。

这世上没什么问题不是用一次酒宴来解决的，如果不行，那就两次。那晚，天空出现长星，星官认为这是凶兆，一般解释为尊贵者寿数不长。司马曜非常厌恶，晚上在华林园大摆宴席，喝酒解闷。有点醉意后，孝武帝向天举杯说:"长星,劝尔一杯酒!自古何时有万岁天子?"

孝武帝崇尚佛教的名声远播异域,师子国(今斯里兰卡)王听说后派沙门昙摩向孝武帝进贡玉佛,途中历经十多年。此玉佛巧夺天工,"高四尺二寸,玉色洁润,形制殊特,殆非人工"。于是孝武帝又摆酒大庆,佛界首领均来参加,一时诗歌与梵音交织,凡身与仙影乱动,好一幅仙凡合一的武帝宴饮图!

那天桓玄去拜见太博司马道子,太傅又已喝得大醉,看到桓玄就很生气:"桓温晚年要叛乱,怎么回事呢?"桓玄吓得伏在地上不敢起来。第二天时过中午,宿醉未醒的太傅要喝水,床前一人赶紧递上一碗,太傅喝了一口,"噗"地一声喷到床前人的脸上,随即一记耳光扇过去:"你要烫死我吗?"侍者赶紧递去温水。原来太傅平常所喝之水也是很有讲究的,冷热基本一致。睁开眼的司马道子一看床前端水的桓玄,有点摸不着头脑:"尔为何在此?"侍者连忙解释,昨晚太傅提及桓温之事,恼怒异常,令桓玄长跪床前,明早再推出去斩首。司马道子揉揉脑袋,确实记不起来了,于是让桓玄退下。魂飞天外的桓玄飞也似地逃离建康,躲回了荆州老巢。

时间到了396年十月,江南秋色,稻米满仓。建康清暑殿内,丝竹阵阵,曼舞翩翩,三十五岁的孝武帝召来太傅司马道子、宰相王国宝和妙音神仙,一起品酒赏乐。孝武帝每次喝酒都要找一个对手,一个劲儿地向对方劝酒,只有喝倒一人才提得起兴致。这次他找到的对象是张贵人,是近段时间最受宠的美女。这张贵人刚好身子不舒服,酒量也不行,记得前几年王皇后就是天天陪皇上喝醉,才二十一岁就一命呜呼,她可不想步王皇后后尘。可是一个劝得起劲,一个就是不喝,局面顿时尴尬。孝武帝气愤之余半开玩笑地说:"你都快三十了,年老色衰,又无子女,明天就把你废了。"自古人无千日好,果然花无摘下红,张贵人痛苦变色,惊疑仇视;司马道子两眼放光,缜密盘算;女神仙以膝为枕,抚摸劝导;王国宝临危解难,自罚三杯,气氛终归缓和。这酒喝到深夜,孝武帝酩酊大醉,上床进入梦乡;宰相和妙音先行告辞,司马道子与张贵人认真商议谋划了一阵,也惊魂未定地退下了。

暗影红烛之下,望着孝武帝沉睡的面孔,想着两个时辰前这位帝王竟然要废黜自己,想着那妙音的春宵暗度,想着司马道子的暗示与保证,张贵人杀心顿起。她万分冷静地站在床前,指挥手下四个贴身婢女,把数床锦被蒙在孝武帝身上,并命她们按紧四面被角,自己亲自坐在孝武帝的头部。孝武帝痛苦地挣扎,一会儿就没有了动静。黎明,张贵人先让司马道子派来的近侍斩杀了这四名贴身婢女,再对外声称皇帝"因魇暴崩",婢女伺候不周施救不力已被斩杀。孝武帝遂成为历史上第一个死于老婆之手的帝王,成为死得最窝囊的帝王。看来,许多时候,酒可以乱喝,话不能乱讲,即使是对最亲密的人。

第二章　反目成仇齇王家

在孝武帝和司马道子大秀恩爱时，他俩经常一起连天喝醉，而他们任用的寒士和爪牙却定不了大事，万一强敌攻来了，哪个来决策部署？看来高门士族目前还缺不得，至少在他俩一起醉酒的时候缺不得，这次他俩一起看上的，就是齇王世家。

齇者大也，就是鼻子很高挑；王氏，并不是琅琊王氏，而是太原王氏，虽然他们都有王翦作为共同祖先，五百年前的确是一家，但渡江后，他们有不同的功利路径，两族也就并不亲近。如今那琅琊王氏早已是过眼云烟，是该英俊的高挑鼻子太原王氏上场了。

（一）太原王氏高挑鼻

东晋的高门士族，最推崇的当然是有趣的灵魂，他们满腹诗书，清谈高论，羽扇纶巾，潇洒飘逸，他们就是贵族的化身。当然，他们也不抗拒好看的皮囊，能成为万众仰慕的美男子多好？但上天是公平的，一个家族不能两者得兼，好处占尽。当然也有例外，江南就有这么一族——太原王氏。

太原王氏也称齇王世家,他们家的特点就是鼻子高挑,光这点就秒杀了江南的一众俊男俏女。崔浩出自北方豪门清河崔氏,是北魏拓跋的宰相,他们也早已听说齇王的名头,刚好王湛六世孙、王坦之曾孙王慧龙犯事而出奔后秦,又奔北魏。王慧龙北奔,身无信物,来历难明,谓其"自言如此也"。宰相崔浩弟崔恬以女嫁给王慧龙为妻。既婚,崔浩见王慧龙,一则曰:"信王家儿也",再则曰:"真贵种矣。"原来,"齇王"之称,北方悉闻,崔浩见"王慧龙鼻大",遂以定其家世为太原王氏无疑。

北方宰相钟情"贵种",南方宰相也不能免俗。谢安的宝贝女儿也到了适婚的年龄,他可不想让女儿去司马家,那地方太消磨人性,更摧残女性,从小娇生惯养的女儿,可吃不了这千般苦。一征求女儿的意见,竟然剑指太原王氏,看来女儿也喜欢俊俏郎君。于是一打听,和自己同殿为臣、官阶一样的王坦之的儿子王国宝,竟然和女儿年岁相配,这王国宝是建康数一的美男子,在乌衣巷一站,大家都认为这是一位极品美女!时时引来无数帅哥美眉的媚眼,想来谢家千金也就一见钟情。于是托人给王家一说,这时王坦之和谢安正在合力抗拒桓温,俩人合作得很好,为加深友谊计,也就愉快地答应了这门婚事。

当然,太原王氏并不以颜值立世,他们此前之所以不出名,那是他们不敢出名。他们也是王翦的后代,始显于三国时的王昶,曹魏之宰相。王昶子浑,以灭吴之功为西晋重臣,王昶、王浑、王济,是太原王氏在中朝的嫡宗,北方的华族。他们祖孙三代,都与并州匈奴贵族刘氏关系密切。匈奴刘氏在并州势力非常强大,一则与并州望族利害相关,二则于西晋朝廷举足轻重,所以并州望族官僚与之曲意相结,以求缓急得其助力。八王之乱末期,在纷纭局势中逐渐形成以成都王司马颖、匈奴刘渊、羯石勒等为一方，东海王司马越、鲜卑拓跋部、鲜卑段部等"乞活"为另一方的尖锐对立，然后又形成由司马越势力派生出来的江左司马睿政权，并出现江左政权坚决不与党附司马颖的刘、石通使的国策。司马睿初建的东晋政权，由于历史原因，一贯仇视刘、石，那么，对于太原王氏长期与匈奴刘氏有深交，尤其是王济一支，自然是不能相容的。太原王氏也知道这点，只好埋头著书立说，不敢闻达于朝廷。

时过境迁，现在登上舞台的太原王氏，不是出于王济后嗣，而是出于其家族中与匈奴刘氏没有瓜葛的另外的支脉，即王湛一支。陶渊明《群辅录》谓太原王氏"五世盛德"，所列五世为昶、湛、承、述、坦之。王湛后嗣得显于江左，除了与匈奴刘氏没有瓜葛以及有"盛德"之誉的原因以外，还有一个重要的原因，即王承与司马越有密切关系。当时司马越于荡阴败后逃奔下邳之时，在其危难之际，王承亦南出洛阳，入司马越府，所以司马越对王承"雅相知重"，王承过江后司马睿甚见礼待，就是必然之事了。王承之子王述，虽然与其祖父王湛一样少有隐德，人谓之痴，但终于在桓温见逼之时接替殷浩为扬州刺史。王述还短暂地当过宰相，又为其子坦之贵达，以及为坦之诸子操持政柄创造了条件。

太原王氏的男子很美，女子就更漂亮，光高挑鼻子这一项，就可以辗压江南群芳。于是太原王家的美女就成了高门士族追捧的对象，也是皇室纳妃的首选。太原王氏在东晋的进阶之路，最初也是从美女开始的。当初王穆之嫁给了本该成为皇帝的司马丕，通过司马岳、司马聃两位皇帝的串台，后来司马丕又做回了皇帝，王穆之就成了皇后。王穆之的老爹王濛，可是东晋名士，别看人家官位不高，可说话的分量很重。第二位美女是王简姬，她嫁给了司马昱，司马昱登基时已经53岁，王简姬没

有活到这一天，但还是追封成了皇后。第三位美女是王法慧，是孝武帝司马曜的皇后，王法慧的爷爷是王濛，父亲王蕴是晋陵太守。

除了三位皇后和一群乱世枭雄外，太原王氏出得更多的，反倒是宰相。光在两晋，太原王氏就出了十一位宰相，他们是西晋的王济，东晋的王述、王恭、王爽、王恺、王愉、王绥、王蕴、王欣之、王坦之、王国宝。可以说在"谢与马"之后，形势又发展成了"王与马"。

（二）跳槽宰相王国宝

谢安无疑是视野最开阔的人，他纵观天下风云，掌控百万军队混战，谈笑间，樯橹灰飞烟灭。但在儿女私情上，谢安无疑是没有眼光的，他的掌上明珠，不几天就以泪洗面，逃回娘家。原来那好看的皮囊的保鲜期很短，话不投机，三观不正，没有灵魂，更奢谈有趣的灵魂，和这样的人相处无疑是最痛苦的，尤其是熏陶于风华绝代的谢家美女。

王国宝之无灵魂，最大的问题是频繁跳槽。有奶才是娘，本来他老爹官及一品，是他最可靠的靠山，可是死得早，于是他选中了谢安作靠山，热情地投入了宰相的怀抱，毫不犹豫地答应了谢府的婚事，结婚后更是天天到宰相府陪谢安喝酒吟诗，不断表达说自己想为朝廷服务。对这样的有志青年，谢安也乐于成全，于是让他作尚书郎，并不是从基层，而是从中层干起。可是王国宝既不去上班，从此也不再到岳父家喝酒了，原来他是看不起"尚书郎"这种小角色，认为以自己的门第和当朝功臣之后的身份，非吏部官职不就，不屑在其余府曹任职为郎。通过多方了解，谢安对女婿这种投机善变的官场作派非常厌恶，以致"每抑而不用"。

东方不亮西方亮，王国宝选中的第二个老板是司马道子。时逢其妹嫁入会稽王府，做了司马道子的王妃。王国宝这边谢绝了谢府的酒席，转身就天天坐到了司马道子的酒席上。刚好这时司马道子经常要陪皇帝喝酒，确实没有精力再去处理江山社稷这些乱七八糟的事，就有心培养既是高门又很听话的王国宝。当然，投名状很重要，醉意朦胧中，王国宝常常借机说老丈人的坏话，搬弄是非。当然，女婿说的话，一般都有所根据，许多都是听谢府讲的故事，自己再添油加醋，也就活灵活现，不由得司马不信，使本已疑忌谢安功高盖主的孝武帝对之更加疏远。谢安在小人的诋毁中，步步后退，后来干脆疏请辞官，不久病故。谢安退出政坛，司马道子辅政后，王国宝跟着得势，先当上秘书丞，"俄迁琅玡内史，领堂邑太守，加辅国将军，入补侍中，迁中书令、中领军"，成了朝堂的宰相，与司马道子"扇动内外"，共持威权。

可惜，以权力为基础打造的友情并不牢靠，以酒肉为纽带结交的朋友也不真情。其实太原王氏在江南分两支，王蕴、王恭一族为一支，王坦之、王国宝等一族为另一支。当初孝武帝司马曜纳后，谢安推荐了王蕴之女；后来会稽王司马道子结亲，王坦之之女嫁给了司马道子，这太原王氏的两支分别成为后党和妃党。孝武帝和弟弟司马道子天天亲密无间地喝酒时，太原王氏也是亲情至上，团结无间。可是对于宰相司马道子挥舞权力之剑独步天下，对于那些腐化堕落、卖爵鬻官的传闻，孝武帝也逐渐愤怒，尤其是司马道子过于放纵自己，每次陪同孝武帝宴饮，都喝得酩酊大醉，有时竟然有失对孝武帝的礼节与尊敬。孝武帝对此越发不满，和弟弟的感情终于裂了一条缝。这时王国宝的舅舅中书郎范宁也劝谏孝武帝废黜王国宝，以免贻患。王国宝发觉自己地位不稳，便通过袁悦之转托妙音，去消解危机。王国宝自以为干得隐秘巧妙，岂奈却所托非人、弄巧成拙。这袁悦之自倚熟读《战国策》，专爱四处鼓舌如簧，替人游说划策。他频繁出入司马道子亲王府，专为司马道子揽权擅政支招，早已引起孝武帝警觉，此番竟暗使妙音通过后宫替王国宝游说，更令天子恼怒。于是"托以他罪"，将袁悦之杀掉。

主席台上的两位掌权者天天看似亲密无间，左拥右抱，但他们心里早生龃龉，但是他们在台前永远都是一团和气，激烈的战斗总是在台后的细枝末节中展开，并且是你死我活，刀刀见血。389年六月，荆州刺史桓石民死；390年，镇守京口的司马恬死。面对江南两大军事力量所在——荆州和京口，激烈的争夺战就此打响。双方争夺的结果是，司马道子以王国宝的弟弟王忱为荆州刺史镇江陵，孝武帝司马曜以王恭为青州、兖州刺史镇京口，护卫建康。太原王氏的两支力量，因为皇权和相权之争，再次呈现荆、扬彼此对抗的态势。司马家两兄弟的感情缝隙越裂越大，但他俩仍在一起快乐地喝着酒，最直接的反应却是太原王氏的分裂，王恭的后党与王国宝的妃党簸扬其间，各为其主，遂成死敌。平衡总是短暂的，392年荆州王忱故，还是孝武帝棋高一等，他不经中书和吏部，直接在内宫起诏，将自己和妙音所信任的晋陵太守殷仲堪任命为荆州刺史，荆、扬重镇均为孝武帝所掌控；再任命郗恢为雍州刺史，代替年老的朱序镇守襄阳。

咄咄逼人的攻势不光在州府，更体现在朝堂。看到司马道子受压制，王国宝就在背地里鼓动朝中众臣，暗示大家联名上奏章给孝武帝，请求擢升司马道子为丞相兼任扬州牧，赐给他皇帝诛杀时专用的铜斧，并加以特别尊崇的礼节等。车胤说："这是周成王尊敬他叔父周公旦的办法。而现在主上在位，不能和成王相比，相王处在这地位怎么能成为周公呢！"

于是托辞有病，没在奏章上签名。奏章呈上后，孝武帝勃然大怒，而夸奖车胤有自己的节操；同时下旨，立他的儿子司马德文为琅玡王，把原琅王司马道子改封为会稽王。要知道，在江南，历来都是琅王排第一的。

来而不往非礼也，在王恭的授意下，王国宝遭到御史中丞褚粲的两度参奏，他的恶行当然是一抓一大把。一次是王国宝的弟弟、时任荆州太守的醉仙才子王忱卒于任上，皇上赐假准许他前往奔丧并迎回母亲，但王国宝贪恋才觅得的佳人，在建康"盘桓"良久，不欲前去，于是褚粲奏他违诏。王国宝一时畏惧，竟着女子衣，扮为王府家婢去见司马道子，终得求情免罪。又一次是酗酒闹事，以盘盏乐器掷砸尚书左丞祖台之，被褚粲弹劾，皇上下诏"并坐免官"。这时司马两兄弟的矛盾已经白热化，连李太后都实在看不下去了，于是在太后府举行酒宴，让两个不省心的儿子喝酒谈情，大家一起回味老爹司马昱的艰难，回味被桓温所逼的窘态，在母亲最直白的劝告下，两兄弟重归于好，王国宝又官复原职。

杀鸡儆猴很有成效，王国宝感到"大惧"，他敏感地参透孝武帝对掌握朝廷大权的司马道子正日增疑忌。他终于清醒，司马道子虽然是万人之上，但他也是一人之下，并不是真正的掌权者，这年头，既然是使劲拍马，哪匹马不是拍？那就要拍掌权者的马。于是王国宝再次跳槽，不再去司马道子府报到，而是天天到皇宫陪孝武帝喝酒。对于不务正业的两兄弟，王国宝一流的溜须拍马的手段都是杀手锏，"谄媚于帝，而颇疏道子"，这百试不爽的一招，在孝武帝身上当然见效，不久王国宝就成了皇上的贴心人。最得心应手的总管跑了，着实激怒了把他一手提携上来的司马道子，"道子大怒"，曾在朝堂上指着王国宝的鼻子狠狠责骂，仍不解气，更"以剑掷之"。虽未当场要了王国宝的小命，但二人确已闹到恩断义绝,"旧好尽矣"。

孝武帝遇到了马屁精,真就把王国宝当成了"国宝",晚上睡不着,也要将他召进宫中夜宴,甚至要纳其女儿为皇子司马德文的王妃,但"未婚,而帝崩"。396年九月二十日,堂堂孝武帝竟被张贵人和几个宫女用锦被捂死在床上。其实那晚喝酒王宰相也在场,他的高鼻子还是挺灵敏的,后宫也有他的眼线,酒宴散场后他就觉得不对劲,"司马道子和张贵人在商议什么呢?"半夜他得到后宫事变的消息,就急着入宫打算撰写遗诏。是啊,历来危难之时都是宰相掌控时局,肯定不能让司马道子抢了先,这遗诏得让自己作为唯一顾命大臣才行,反正太子就是白痴,以后天下就是自己的了!可是人算不如天算,以前他进宫都是畅通无阻,无人敢拦,今天却破天荒地有大臣守在门外,就是死对头——后党一派的侍中王爽,虽然他们是本家,虽然他现在已经投靠了孝武帝,成为后党之一员,但后党的王氏一支却并不认可他。王恭一族保持了清高坦荡的性情,对王国宝的所作所为非常痛恨,现在他要进皇宫,王爽根本就不通融:"皇太子未至,敢入者斩!"王国宝没有法子,只好悻悻而回,美丽的计划就此胎死腹中。

二十一日,太子司马德宗继位,史称晋安帝,当时史官记载:

帝不惠,自少及长,口不能言,虽寒暑之变,无以辨也。

司马皇室的血液是独特的,成分里既有特别的聪明,还有异常的痴呆,既有较稀有的长寿,更有高浓度的短命,到底继承什么,冥冥之中就看你怎么选了。西晋末年的晋惠帝,被白痴的头脑玩没了江山,现在又有了白痴晋安帝,历史当真是在轮回?司马德宗小的时候便很痴呆,有嘴不会说话,甚至到了连冷热饥饱也都不能分辨的程度,他喝水、吃饭、睡觉、起床都不能自己料理，前不久娶了王献之的女儿为太子妃。他的弟弟司马德文，性情谦恭谨慎，经常在司马德宗的身边帮忙照顾，替他安排调度，使他的行事才勉强合理。

当然就像当年贾南风皇后一样，被压制了很久的司马道子异常高兴，未经江湖的司马德文不足为虑，他又顺理成章地成了最有权势的人，虽然此前也最有权势，可是心里毕竟时常怕一个人，而现在这个白痴皇帝明显无任何可怕之处，他只配做自己的傀儡。时移世易，丧家之犬的王国宝却异常苦恼，自己追随的掌权者，竟然抛下自己离开了；自己抛弃的主子，却成了名副其实的掌权者，看似已成死棋的局，在"人才"王国宝面前丝毫没有难度，他再次使出"变脸"的绝活，重新投靠。反正膝盖永远是肿的，多跪一次又何妨？于是作为宰相的王国宝，再次拿出此前的奏章，二十三日，他就浑水摸鱼地下达了圣旨：

会稽王司马道子晋升为太傅，任扬州牧，赐予黄钺，朝中朝外的一切大小事务都要请示司马道子。

这张投名状当然管用，这张"旧船票"依然有效——"道子复惑之，倚为心腹"。是啊，这年头人才难觅，王国宝离开后，司马道子非常不适应，他手下那帮寒士和爪牙，要么只会埋头做事，要么只会不着边际地阿谀奉承。既能出色地干事，又能把贴心话说得天衣无缝的，还只有王国宝了！大家看到没有，这"变脸"的绝活，含金量是相当的高，能轻松掌握和运用的人，那都是绝世高人，是顶级人才，虽然你未必看得起，但你永远也学不会，毕竟，三百六十行，行行出状元。

（三）京口王恭清君侧

397年，王国宝被任命为尚书左仆射，加后将军、丹杨尹，司马道子又将东宫兵士全交给王国宝掌管。一朝权在手，便把令来行。重新上任后的王国宝，决定先收拾一个人以解恨，那就先免除侍中王爽的官职，就是他坏了自己的大事。本来是想斩杀的，无奈后党势力强大，先放放再说。但不杀不足以平其恨，那就先找个软柿子来捏捏，左看右看还是苻坚的侄子苻朗顺眼，他是前不久前秦灭亡时投降过来的，很受孝武帝的重视，玄学造诣很高，还著有《苻子》三十卷，与《列子》《庄子》并列。有才华的人就会放旷，他在一次宴会上，曾经这样形容王忱及王国宝兄弟："无非一狗面人心（王忱貌丑而有才），又一人面狗心是邪？"王国宝如何咽得下这口气？临刑时，苻朗还谈笑风生地吟诗：

　　临终诗

　　四大起何因？聚散无穷已。

　　既过一生中，又入一死理。

　　冥心乘和畅，未觉有终始。

　　如何箕山夫，奄焉处东市！

　　旷此百年期，远同嵇叔子。

　　命也归自天，委化任冥纪。

权倾一时的王国宝第三个要收拾的，当然就是后党太原王氏的老大王恭了。这王恭回来参加孝武帝的葬礼，经常面色严肃地对司马道子直言劝谏，让他远离王国宝。于是王绪向王国宝建议说，趁王恭上朝时，设伏兵杀了他，王国宝当然没那个胆量。当然另一边也有人劝说王恭趁着去朝见皇帝的机会,动用北府兵精锐杀了王国宝。王恭因为豫州刺史庾楷兵马精壮强盛,他与王国宝结为死党,对他心存顾忌不敢贸然动手。

十月十四日,孝武帝埋葬在隆平陵。王恭准备返回京口,临行时对司马道子说:"主上守丧,相国身上的任务更加繁重,希望您亲自料理军政要务,疏远奸佞小人。"王国宝更加害怕,于是劝司马道子削减其兵权,赶尽杀绝。当然内心更感到恐惧的是王恭,他们以前有孝武帝撑腰,眼看将奸臣司马道子一伙扫进垃圾堆,他们再努把力,就可以廓清环宇,匡正时弊,哪知皇上竟被害死,那张贵人竟然不被追究,后来还悄悄出宫,不知所终。据探子来报,说后来司马道子新纳一妾,虽然年龄大点,但道子很是宠幸,样貌和张贵人神似。目前,孝武帝所信赖的大臣都纷纷被贬斥或流放,眼看就要轮到自己了,那还是先下手为强!

397年四月,王恭以清君侧之名在京口起兵,并派使者联络、游说荆州刺史殷仲堪、琅玡王氏王廞(王导孙)同举义旗。殷仲堪早已看不惯司马道子和王国宝,再说荆州的大咖桓玄更是恨透了多次侮辱他的司马道子,也一再劝说殷刺史出兵。但临出兵前,殷仲堪还是犹豫不决,于是只在名义上支持王恭,向建康发出檄文。在三吴居丧的王廞起兵响应,三吴豪杰万余人响应王恭起兵,断绝了建康的物资供给。

京荆的檄文传到建康,吓死了朝廷的"国宝们",那王恭手里的兵可是大名鼎鼎的北府兵,派出来进攻建康的将领可是刘牢之。王国宝先派了几百个精壮士兵驻防建康东北,想扼守王恭来的要路。哪知道突然刮风下雨,居然把这数百勇士"吹散"了,他们趁机偷偷跑回老家。王国宝头脑里全是浆糊,找不到方向。他兄弟王绪参谋:先把孝武帝的心腹王珣(王导之孙)、车胤两个人杀了,他们和王恭处得好,不杀是祸患。

车胤就是"囊萤夜读"的主角,很受孝武帝的赏识,曾任过侍中等职务,因为和王国宝不和,一直称病在家。王国宝恍然大悟,点头说:"还是你想得周全。"

王国宝气势汹汹地把两个人召了过来,刚要喊人动手,看到两个人一脸威严,顿觉矮了三分,不由低声下气地问:"王恭谋反,把二位请过来,是想请教有什么好办法可以应对?"

王珣:"你应当解除兵权,迎接王恭,保证没有事。"

王国宝:"当年曹爽也是这样投降的,后来被杀了,我要重走老路吗?"

王珣:"即使大人您有曹爽的罪过,可是王恭能有司马宣王(司马懿)的威望吗?"

王国宝又问车胤。车胤说:"如果荆州的兵顺流东下,您怎么办呢?"

王国宝瘫坐在椅子上,随后他听从了俩人建议,想学习前宰相王导"负荆请罪",上疏请求辞职,并且带着全家跪到了皇宫门口,愿意接受一切处罚。跪了一会又觉得上当受骗了,想想怎么能束手就擒呢?又愤怒地爬了起来,把全家人都喊回了家,并对外宣称:"皇上已经赦免了我,我现在已经官复原职。"

司马道子一见有大军压境,开始以为"清君侧"清的是自己,正惶惶不可终日,还在四处抓救命稻草,现在才搞明白有人主动顶罪,内心大喜,还是国宝体己啊!马上下令逮捕王国宝,当天赐死,并且在街头斩杀王绪。这离王恭起兵才不过七天。后来抄家发现,"国宝贪纵聚敛,不知纪极,后房伎妾以百数,天下珍玩充满其室"。

于是司马道子给王恭写了一封热情洋溢的信,并附上王国宝等妃党王系一支的许多头颅。王恭一见荆州兵并没有出动,见到那些头颅气也消了，于是顺坡下驴，主动退兵回到京口。

王恭这边和司马道子的仗没有打起来，那边倒是和盟友打起来了。原来王恭退兵后，这边通知了荆州，那边通知了王廞。荆州好办，殷仲堪本来就按兵未动；这王廞就困难了，王廞为何答应起兵，那是他秉承爷爷王导的意愿，用心守护江南的安危。这奸臣当道的时局，他早已忧心，只可惜人微言轻，报国无门，索性就回老家为母亲守丧了。现在一看人品还算端正的王恭首举义旗，立即热血沸腾，聚兵响应。可是一万多兵马刚刚开动，王恭竟然儿戏一般说散就散，这队伍怎么散得下去？再说，在起兵的时候，已经诛杀了很多贪官污吏和反对起兵的人，已经不能半途停止，于是不禁大怒，拒绝接受王恭的命令，并且派儿子王泰带兵前去讨伐易反易覆的王恭，又写信给会稽王司马道子，历数王恭的罪恶，建议朝廷出兵讨伐。司马道子才息了兵戈，哪敢再生事端，于是顺水推舟，把他的信转送给了王恭。五月，王恭派刘牢之统领五千人迎击王泰，乌合之众当然不敌北府兵，王泰被就地斩杀。刘牢之又与王廞在曲阿展开激战，王廞的部队溃散，王廞一个人骑马逃走，下落不明。

终于，江南可以喘口气了。

第三章　合纵连横江湖客

一朝把兵起，十年无绝期。当年白痴皇帝上台，引出八王之乱，天下混战，西晋灭亡。现在说话不算数的白痴皇帝又坐上龙椅了，何况他还不能说话？这时江南并非没有能干之臣，高门士族的子弟还是能挑选出有能力的，只要有王导、谢安之类的宰相，天下也无虑。可是司马已经将相权收归皇室，这司马道子就是成天喝酒，无恶不作，哪里还能号令天下？这时江南各州除了分为后党和妃党外，还有置身事外的第三方，大家你不服我，我不服你，前期王恭的兵锋一指，这眼花缭乱的混乱局面就止不住了，关键是没有能止住乱局的人物。

（一）联盟

海纳百川，那是说的大海，朝堂之上的大人们，追求的是睚眦必报，不是不报，时间未到。时间又过了一年，司马道子觉得酝酿得差不多了，决定开始报复。

398年，司马道子任命谯王司马尚之为建威将军，豫州刺史，镇守历阳；任命司马休之为襄城太守。在司马家，这俩人相对有能力，司马道子引为心腹,一起谋划。不久,司马道子依从他俩的计策,任命妃党王氏之王愉为江州刺史,都督江州及豫州之四郡军事,以此作为自己的呼应和援手。

首先跳出来反对的是王国宝的心腹、豫州刺史庾楷。他本来应该算是和司马道子一路的,但王国宝一死,他就失去依凭,这仇当然应该算到司马道子头上;这次司马道子割除了他所统辖的四个郡,交给江州刺史王愉掌管,明显是拿他开刀!便上奏疏说:"江州地处内地,而西府历阳却在北方与贼寇相连接,不应该让王愉分管这四郡。"朝廷当然没有采纳他的意见。

有了上次荆州的异动,司马道子非常忌惮桓玄,不打算让他长期居住在荆州,便任命桓玄为督交广二州军事、广州刺史。桓玄以前没有实职,就愉快地接受了这个任命,但是却不愿离开他们桓家的大本营——荆州。

有了上次京口的异动,司马道子更害怕王恭和殷仲堪,于是在建康周围设置重重营垒,安插亲信掌控军事,大量招募流民入伍,并在政论上对其威逼。

哪里有压迫,哪里就有反抗,一个"江湖联盟"就在司马道子的威逼下形成了。联盟的发起人是庾楷,他派遣儿子庾鸿去向王恭游说,相约共同举兵。王恭同意,再次邀请殷仲堪和桓玄参加。于是四方共同推举王恭作为盟主,约定日期,一起率领大军前往京师剿除奸佞,旗号同样是"清君侧"。一时间,朝廷内外疑虑纷纷,水路陆路交通阻塞,关卡林立,形势异常严峻。

（二）对垒

形势异常严峻，但司马道子还是天天喝酒天天醉，成堆的军报都没人处理。趁着那天稍稍清醒，会稽王的长子司马元显向父亲司马道子进言说："上次我们没有讨伐王恭，因此才有今天这场灾难。今天如果还像上次那样满足他们的要求，您的杀身之祸可要到了。"司马道子此时已经慌得不知所措，索性就把事情全部交给司马元显办理，自己每天只是痛饮美酒而已。司马元显今年十六岁，少年老成，聪颖机警，颇晓文章义理，志向气度果敢敏锐，把天下的安危当做己任，于是坐于父亲的桌前，就一应文书认真处理，还确有真知灼见。于是王府从此分成东府和西府，东府的司马道子负责喝酒和醉酒，西府的司马元显负责军国大事。从此，西府每天人潮涌动，川流不息，东府门可罗雀，无人问津。司马尚之、司马休之等一批有为青年都聚集在西府周围，摩拳擦掌，跃跃欲试。九月，朝廷授予司马道子黄钺，任命司马元显为征讨都督，派遣卫将军王珣、右将军谢琰、谯王司马尚之带兵讨伐护卫。

王恭首先进军。殷仲堪用斜纹的绢绸给王恭写了一封书信，藏在箭杆之中，然后装上箭头，涂上油漆，托庾楷转交给王恭。王恭打开信，因为绢的角上抽丝，不能确切地辨出是殷仲堪的亲笔手书，怀疑此信是庾楷伪造，况且想到去年讨伐王国宝时，殷仲堪曾经违反期约，按兵不发，这次也许会同去年一样，因此不再等待。七月，王恭向朝廷呈报檄文，先行向建康大举进兵，讨伐王愉和司马尚之兄弟，派何澹之和孙无终率兵至句容，以作策应。庾楷也在王恭发出的讨伐奸佞的檄文上签字用印，立即征召兵马。朝廷上下一片忧虑恐惧，京城内外戒严。

殷仲堪也终于行动了。他听说王恭已经向京师大举进兵，自己因为去年拖延了出兵的期约，也马上集结部队，尽快出发。殷仲堪素来对带兵打仗很不熟悉，把指挥军事行动的权利，完全委托给了南郡相杨佺期兄弟，派遣杨佺期统率五千水军做前锋，然后派桓玄率军一万人做第二队，自己统率兵士二万人，紧跟他们顺流东下。

八月，杨佺期、桓玄的部队进军到湓口，江州刺史王愉根本没有防备，惊慌失措，匆匆逃往临川。桓玄只派遣小股部队追赶并生擒。

九月初十，庾楷的一万人进军到牛渚，与谯王司马尚之混战，庾楷大败，单人匹马投奔桓玄。

九月十六日，桓玄进军到白石，将朝廷的部队打得大败，桓玄与杨佺期开进到了横江，司马尚之退兵逃走，司马恢之所统领的水军全军覆没。

九月十七日，建康全城戒严，司马道子搬到中堂去居中指挥，司马元显驻守石头，王珣驻守京师北郊，谢琰则在宣阳门屯下重兵以防意外。

（三）离间

通过几次真刀真枪的比划，可见朝廷的部队确实不是对手，目前王恭的北府兵、殷仲堪的荆州军，已对建康合围，江南再无与之匹敌的势力。会稽王府一阵猛过一阵地慌乱，深知世界末日就要来临。但司马元显、尚之、休之和恢之还是不甘心，他们悲伤地聚在一起，苦思对策。

当然，硬碰硬已经证明是行不通的，必须曲径通幽才行，这几个年轻的"司马"头脑也很灵活，就想到了"离间之计"。用计的途径不外乎"动之以情、晓之以利"。他们的第一个离间对象是庾楷，毕竟以前是一条线上的。他们派出使者代表司马道子，向庾楷游说："过去我和你，恩情如同骨肉，在帷帐中尽情欢饮，通宵密谈，可以说是再亲近也没有的了。你今天抛弃了过去的好朋友，结交了新的援手，难道你忘记王恭过去欺凌、侮辱你的羞耻了吗？"

庾楷大怒："王恭过去到京师参加先帝的葬礼，相王忧愁恐惧，无计可施，我知道事情的紧急，才带了兵马前来，使得王恭不敢当时发作。去年的事情，我也是随时等候命令行动。我事奉相王，没有一点对不起他的地方。相王无法抗拒王恭，反而诛杀了王国宝与王绪，从那时以来，谁还敢再去为相王尽心尽力呢！我庾楷是实在不能把全家交给别人来屠杀消灭呀！"看来在战场上，感情这东西不值一提，别人并不为情所动。当然，也是这帮年轻人出道不久，没有看清"立间"的软肋，从道理上讲，并不是庾楷背叛了司马家，而是司马家对不起庾楷，现在是司马道子有求于人，再居高临下地讲感情，也就无本之木，只能适得其反。这离间就没有成功。

他们的第二个离间对象是刘牢之。目前江南战斗力最强的就是北府兵，第一猛将就是刘牢之，可是南北战争结束后，大家就都把他给忘记了，直到此次出现在战场。为何北府兵非刘牢之指挥不可？原来这也是朝堂一直想破解的秘密。自从八万北府兵打败苻坚的百万铁骑后，北府兵一直是各位老大激烈争夺的对象：先是孝武帝解除谢玄的兵权，由朱序任青、兖二州刺史，有指挥北府诸将的权责与资望，但并不为北府诸将所接受；于是司马道子亲自出马，以执政地位兼领徐州刺史，想亲手掌控北府兵，但实际上是徒有其名，鞭长莫及；天天醉酒的司马道子就任刘该为徐州刺史，谋求实际控制久在荒裔的北府诸将，这当然也不会有效。孝武帝和司马道子生隙后，孝武帝决定亲自掌控北府兵，派出亲信司马恬在京口，以子司马尚之为广陵相，父子隔江相望，企图牢固地掌控北府兵；司马恬死后又以王恭为接替。铁打的营盘流水的兵，主席台上的掌权者换了一波又一波，刘牢之还是刘牢之，没有人能夺走他对北府兵的实际控制权，为何？

原来北府兵除了第一条著名的纪律是"只准前进、后退斩首"外，他们还有第二条著名的纪律，那就是"逐层负责、严禁越级"。士兵向百夫长汇报和负责，百夫长向千夫长汇报和负责，千夫长向偏将军汇报和负责，二十多位偏将军向刘牢之汇报和负责，反向也是如此。朝堂上的掌权者只能指挥刘主帅，那些偏将只听刘牢之的。此前，刘牢之无疑是忠心耿耿于谢家的，谢玄指东打西，上刀山下火海，北府兵是勇往直前，听从指挥。谢氏谢幕，北府缺少主心骨，面对各种争夺，眼见各种诱惑，但北府兵还是坚持纪律，只听主帅的。于是刘牢之在波云诡谲的政局中，艰难地维系着这支铁军的完整。

名士王恭历来是看不起寒士的，更看不起行伍之人。他仗恃自己的才能和地位傲视凌辱同僚，在逼杀王国宝之后，更自以为声威没人敢违逆。他有一句名言："名士不必居奇才，但使常待无事，痛饮酒，熟读《离骚》。"他既依仗刘牢之作为自己的将领，又只把他当做自己的下人对待，经常在公开场合批评侮辱。刘牢之对自己的才能很自负，为此深感羞辱和气愤。司马元显便派遣庐江太守、北府兵老将高素去游说，这次他们决定"晓之以利"。

高素："拜见刘帅，别来无恙乎？"

刘牢之："还是老样子，混口饭吃而已。"

高素："大帅战胜苻大天王百万雄兵，绝世无双，京口欠将军的太多，朝廷督促得也不够哇!"

刘牢之:"冯唐易老,李广难封,自古皆然,认命吧。"

高素:"大帅的命运当有转折,那王恭无才无德,朝廷想要重用大帅。"

说着,高素递过去右将军谢琰的亲笔信。要知道,刘牢之可是谢家的人,对谢玄是言听计从,北府兵就是谢家缔造的,谢玄是刘牢之一直认可的主人。此次朝廷重新让谢安之子谢琰出山,也是从谢家和北府兵的渊源来考虑的。信中指令刘牢之反击王恭,并且说朝廷答应事成之后,便把王恭的职位、封号全部转授给他。去年王恭起事时,刘牢之当然不愿意打内战,北府兵是用来和胡虏作战的,于是苦苦劝谏,王恭当他人微言轻,只轻蔑地耸耸肩。看罢谢琰的亲笔信,刘牢之又和儿子刘敬宣商量,儿子完全赞成父亲反水。能够当上刺史,是寒士从来不敢奢望的,能得到千倍的利益,当然可以百倍的付出。

世上没有不透风的墙,高素刚走,王恭的参军何澹之就知道了他们的打算和计划,十万火急地把这些密告了刺史王恭。王恭知道何澹之与刘牢之历来有矛盾,认为这可能是何澹之在"用间",关键时期,主帅生隙,可是军家大忌,就不敢轻易相信何澹之的话。为了稳妥起见,适当安抚一下长期不受待见的粗人刘牢之,也是可以的。于是他破天荒地备下酒席,宴请刘牢之,当着众人的面,拜刘牢之为义兄,又把自己的精锐部队和一切好的装备,全部配备给刘牢之,并将心腹颜延派作他的副将。

刘牢之率领一万精锐作为先锋,当然这些都是他的老部下,进军到竹里,便开始行动,首先斩了颜延祭旗,宣布报效朝廷。派他的儿子刘敬宣和他的女婿东莞太守高雅之(高素的同族),率五千骑兵回击王恭。王恭此时正在城外阅兵示威,当然不会提防自己的手下。刘敬宣驱使骑兵拦腰进攻，王恭的军队瞬间溃败。王恭想要返回城内，但高雅之已关闭城门。王恭只好单人匹马逃奔曲阿，他平时不怎么习惯骑马，以致把大腿内侧都磨破了。曲阿人殷确是王恭过去的下属，他用船载着王恭，打算前去投奔桓玄，刚到长塘湖，却被人告发，王恭被抓，押送京师。九月十七日，司马元显将其在倪塘斩首，首级挂在建康城门示众。王恭临受刑时，还吟诵佛经，自己理顺胡须鬓发，毫无惧色，对监刑者说："我王恭愚昧无知，过于相信他人，以致有今日败局，但我的内心，岂是不忠于国家社稷！"王恭子弟和党众都被处死，死后家无钱财布帛，惟有书籍而已。这回朝廷是讲信用的，立即任命刘牢之为都督兖、青、冀、幽、并、徐、扬七州诸军事。

（四）分化

有了第一猛将和北府兵在手，司马元显就有底气多了；有了"用间"的成功案例，司马元显就有信心多了。现在剩下的是荆州兵，猛将是桓玄和杨佺期，看来也可以在他俩身上做点文章。

不久，杨佺期、桓玄进军到石头城，殷仲堪也进军到芜湖。司马元显从竹里快马回到京师，派遣丹杨尹王恺等征发京邑的百姓几万人据守石头城，以抵抗荆州军的进攻。杨佺期、桓玄包围了石头城，向朝廷呈上奏章，为王恭申辩讲理，请求诛杀刘牢之。刘牢之则统帅北府军迅速赶到京师，驻扎在新亭；杨佺期和桓玄一看神军从天而降，大惊失色，马上撤退到蔡州，呈两军对垒之势。这时司马元显并不了解殷仲堪部队的虚实，在城楼上看到殷仲堪拥有几万人，遍布京郊的山野，顿感势态严峻。

于是司马元显依葫芦画瓢，分别派出使者。这边向桓玄说，朝廷将任命他为江州刺史，任命他堂弟——桓冲之子桓脩为荆州刺史，条件就一条，撤军。桓玄大喜，此前他一直郁郁不得志，勉强做了个宜兴太守，常常跟别人讲，"父为九州伯，儿为五湖长"。他平生有两大理想，一是不能离开荆州大本营，桓家在荆州经营了几十年，他的全部家当、人脉都在这里；二是能当上荆州刺史，接续桓家的威望，此前朝廷封他为广州刺史，虽然没有去上任，总算是有了刺史之实，这次就什么都得到了，他家还多赚了一州。打仗不就是为了争取利益吗，不然为何兴师动众？于是满口答应。那边向杨佺期承诺，朝廷准备用他代替郗恢任都督梁、雍、秦三州诸军事，雍州刺史。杨佺期自己认为从他的祖先东汉太尉杨震一直到他的父亲杨亮，九代都以才能仁德而著名，始终以自己的门第为骄傲，认为这是东晋的所有世家都赶不上的。但是因为他们家族逃亡到江南的时间较晚，所以婚姻与仕途都不得志。杨佺期兄弟性格都很粗犷豪迈，经常受到别人的排挤压抑，杨佺期对此常常衔恨切齿，慷慨激昂，正打算找一个机会痛快施展，实现自己的抱负。现在抱负就有机会实现了，有什么理由不答应？

当然，司马元显也不一棍子打死，只贬黜殷仲堪为偏远的广州刺史，派殷仲堪的叔父太常殷茂去宣读诏书，敕令殷仲堪马上撤回部队。殷仲堪勃然大怒，于是召开军事会议，部署向京师进攻的事宜。

殷仲堪："今朝堂腐败，王恭被斩，我们宜催军前进，为王刺史报仇！"

桓玄："刘牢之和北府军就在附近，他们的内外夹击之势已成！"

杨佺期："听说司马道子已归政于朝，司马元显却风头正劲，我们应该避其锋芒。"

殷仲堪阴沉着脸:"那你们的意思是?"

桓玄和杨佺期哈哈大笑,都想说"只好接受朝廷的任命了!"笑了半声就都止住了。原来殷刺史也不是吃素的,议事大厅里刀光剑影,那些横眉怒眼的刀斧手眼看就要上前,桓玄忙说:"这朝堂也太不叫话了,我们应该联名上书,恢复殷刺史荆州刺史的职务,否则,决不撤军!"

那桓冲此前就和桓温的儿子们不是一条心,为此还发生了激烈的内讧,现在两家都还有若干心里上的疙瘩,桓玄也并不十分想让桓冲的儿子桓脩来荆州上任。杨佺期也看出了端倪,连声附和:"如不答应,我们就攻下建康,以清君侧!"

于是一纸联名奏章就摆到了司马元显的案头,元显叫来桓脩商量。这桓脩是简文帝之女武昌公主的丈夫,现在是左卫将军,前不久才在句容打败何澹之和孙无终,这次到会稽王府,一看这阵势就明白了。有时候领导征求你的意见,那是看得起你,是给你台阶让你优雅地主动后退。桓脩马上表态说,自己并不想离开建康,荆州之任最好另寻高才。元显感激地拍拍桓脩的肩,于是起草诏书,重新任命殷仲堪为荆州刺史。

这殷仲堪一直学他父亲殷浩的样,一副名士风范,徒有口舌之利,而无战场之矛,行军打仗,他只能依靠杨佺期和桓玄,一看他俩风向突变,只好偃旗息鼓地撤军了。杨佺期和桓玄也兴高采烈地走马上任了。

九月二十日,东晋实行大赦。

第四章　揭竿而起五斗米

五斗米，绝不比四斗米多一斗，也不比八斗米少三斗。在时下的江南，三吴人都知道，五斗米是指五斗米道，加入五斗米是席卷三吴的潮流。成大都有人闹在陶渊明耳边，劝他入教，以增大其影响。道不同不相为谋。诗人实在太烦了，只好在门口贴上"不为五斗米折腰"的牌子。

五斗米道又称正一道、天师道，是道教最早的一个派别。据史书记载，在东汉顺帝时期，由张道陵在蜀郡鹤鸣山创立，凡入道者须出五斗米，故得此名，官府又称为"米巫""米贼""米道"，因教徒尊张道陵为天师，又称"天师道"。这些年"五斗米"顺江而下，在偏安的江南蓬勃发展，上至王谢高门，下至百姓奴仆，都是他的忠实道友。然而，教在一个地方发展得太快，就会产生一定冲突。

（一）孙泰斗米教主

目前在江南，儒释道三路神仙正在努力打架。儒家解决"忠于谁"的问题；佛家解决"我是谁"的问题；道教解决"永远希望我是我"的问题。他们努力争取高层，争夺信众，希望独步天下。目前看来还是五斗米做得最好，不但高层普遍支持，广大老百姓也热烈拥护。顶层的琅琊王氏、陈郡谢氏、高平郗氏、会稽孔氏、义兴周氏，都是五斗米道的忠实信徒，连简文帝司马昱生不出儿子，也只好去咨询五斗米的道长许迈。

当年蜀地的五斗米道传到了汉中，张鲁教主利用五斗米道，将汉中治理了三国初期唯一一个人口上升的地区。这让五斗米道在曹操眼中，完全成为一个为百姓服务的好宗教，张鲁极为罕见地成为了曹操封的唯一一个万户侯。后来汉中的五斗米道随着张教主的信徒，北迁长安洛阳邺城，之后又随永嘉南渡来到了江南，和蜀地顺江而下的五斗米完成汇合。

到了淝水大战前夕，五斗米道的教主是钱塘人杜子恭。他手中当然也有"秘术"，通常就是药到病除的方子、导气修仙的本领、阴阳合和的诀窍。杜子恭把五斗米教办得影响力极大，几乎整个三吴的中高层家族全都充当了他的会员。杜子恭死前，把弟子孙泰确定为接班人，这位孙泰由于自身的成分问题，对待自己的信仰远比他师父要复杂得多。

杜子恭是本地人，因道教改变命运，一生受尊重，在本乡本土一呼百应，所以他的梦想是保持这种状态，认为这日子已经没法再好了。但孙泰明显不这么想。孙泰是琅琊孙氏的人，他的老祖是孙秀，靠着赵王司马伦扳倒贾南风的历史机遇手掌天下权柄，权倾朝野。但是孙秀在八王之乱中被迅速打倒了，自己被杀，同族兄弟一直没搞清楚第二条大腿在哪里，就错失了司马越那班车。孙家过江很晚，东晋立国已经稳当后才举家南渡，所以琅琊孙家在东晋跟他们的老乡琅琊王家比起来，那就实在是一天一地了。看着老乡如此呼风唤雨，生下来就是高官备选梯队，孙家一直不甘心。直到孙泰拿起自家世代的信仰，靠着道教崭露头角后，终于剑走偏锋，渐渐进入了时代的高层。

孙泰先是利用其秘术，开始蛊惑百姓吸纳钱财人口，在仙气笼罩影响力剧增后，孙泰成为了司马道子的座上宾。不过道路是曲折的，孙泰在进一步往上爬的时候，被王珣挤兑流放到了广州。等到了岭南，孙泰又成功打开了两广市场，广州刺史王雅对孙泰相当不错，又将他推荐给了孝武帝，虽然司马曜正在专注喝酒的事业上一路狂奔，但长生不老一直是帝王的永恒追求，于是孙泰被征召回京，还靠着秘术当上了新安太守，并且在王国宝被逼死后，再次搭上了老主顾司马道子以及司马元显。

在第二次王恭逼宫时，孙泰更想立功，开始聚拢他的教徒数千人讨伐王恭，但没多久，孙泰发现了新商机。随着东边的王恭内乱，西面的殷仲堪、桓玄大兵压境，三吴自己的教徒们趁着这股子乱劲也闹腾起来了，他们不听官府听道长，破坏力量惊人，于是孙泰开始煽动百姓，聚集教徒，来实现自己的目的了。最终会稽内史告密，司马道子随即诛杀孙泰及其六子，孙泰全族被通缉。

孙恩是孙泰的侄子，他反应还算迅速，和五斗米教核心层的十多人赶紧逃跑，可是天下虽大，莫非王土，最后一叶孤舟逃到了东海小岛中，捕鱼捉虾，苟延残喘。孙恩在岛上建起简陋的孙泰道观，宣扬孙泰羽化成仙，岸上的很多信众纷纷乘船赴海，为孙恩送粮，孙恩渐渐聚集起了一百多道友，他们相约同守孤岛，了此残生。

（二）孙恩孤凶逃犯

可是理想就像是小姑娘的心情，随时都会变化，久了还会"判若两人"。司马元显斩杀王恭、化解荆州之兵的危机后，他悟出了一个最重要的道理，自己手上得有兵！得组建自己的嫡系部队！虽然现在刘牢之的北府兵看似听他的调遣，但这么多年北府兵就一直没归顺于司马之手，可见关键时候也不一定靠得住。399年，司马元显下令：征调因三吴门阀免除官奴身份成为佃客的广大民众，进入建康以充实兵员，称作"乐属"。

"乐属"本该是很快乐的差事，当然是朝廷这么认为的，却激起当地门阀、广大奴仆甚至自由民的一致激烈反对。这些奴仆一直在门阀的田间劳作，到了一定时限后才免除了奴仆身份以示奖励，现在仍然是庄园里的一把好手，许多还当上了管家，司马元显却要硬生生地把他们抢去当兵！这么多年培养一个熟手容易吗？没有他们，自己的庄园怎么栽种？这些佃客更加愤怒，这么多年当牛做马，好不容易获得自由民身份，现在待遇好点了，有些也成家立业了，在庄园里也有了一定的地位和收入，突然就要把他们强征去当兵，他们怎么能够忍受？

其实司马元显还是太嫩了，他只从故纸堆里翻看，以前在王敦之乱、苏峻之乱等国家动乱年代，朝堂不得已出台了"免僮客为兵"的政策，效果还较好。但那时流民才过江，有些才征为僮客，有些还在"找饭碗"，相对来说当兵还是一种更好的选择。但是时过境迁，现在流民早已落地生根，生活稳定，日子有了盼头，却要硬生生地征他们为兵，他们当然不愿意。于是三吴的广大佃客逃跑，士族门阀抗议，官差到处抓丁，完不成任务就"枉滥者众"，逼迫自耕农充当荫客以充兵役，于是三吴地区早已饱受"役调深刻"的自耕农也深受其害，天下一时大乱。

天下大乱，正是孙恩的好机遇。本来孙恩替他叔报仇也就是说说，可能性基本没有，但现在司马元显为他亲自送来了反攻的弹药，那就不一样了。于是孙恩率领他的全部家当——一条破船加一百多人，胆战心惊、偷偷摸摸地登陆海滩，准备来看看情况，哪知那些正奔逃无门的佃客看到教主，当真以为是菩萨显灵于乱世，前来拯救他们来了，于是纷纷纳头便拜，一路跟随。这孙恩反应也快，于是赶紧拉起五斗米教主的旗帜，高举替天行道的大旗，几天内就聚集起一万多人，经过简单的分组，让岛上的人担任骨干，开始反攻上虞。先是带队杀了上虞令，然后对三吴腹地的会稽展开了猛攻。

王凝之，王羲之之子、谢道韫之夫，此时正担任会稽内史。他也属于五斗米道世家，看到教主孙恩杀过来后，既不顺势而降，又不下令抵抗，每天要做的首要大事就是去道堂磕头念咒。其实神仙也很难当，都是自己的信徒，到底该保佑哪个？索性睁只眼闭只眼算了。王凝之下属大力请战，想要迎战孙恩，被他成竹在胸地一番呵斥："请大家放心，我已请动大仙，数万鬼兵已占据险要关口，孙恩此贼必然无功而返。"他的消极备战影响了一众兵士，士兵们也都上行下效。当然，结果可想而知，孙恩的部队基本上兵不血刃攻占了会稽。王凝之见势要逃未果，全家被抓后，除了其妻子谢道韫和一名外孙之外，全部惨遭灭门。吴兴太守谢邈、永嘉太守谢逸、嘉兴公顾胤、南康公谢明慧、黄门郎谢冲和张琨、中书郎孔道、太子洗马孔福、乌程令夏侯愔等人也没来得及逃走，被孙恩乱军杀掉。孙恩军威势大，剩下的吴国内史桓谦、临海太守新蔡王司马崇、义兴太守魏隐等非道教世家纷纷弃郡逃走，会稽、吴郡、吴兴、义兴、临海、永嘉等地八郡豪族和百姓拉起队伍响应孙恩，三吴地区仅仅十天便聚集了几十万人。

谢道韫曾经多次劝丈夫要整军备战，结果王凝之不予理会，谢道韫便亲自带领数百家丁进行训练，在迎战孙恩时还斩杀数名兵士，孙恩久闻谢家才女名气，又亲眼见证其英武气概，大加佩服，也因此赦免于她。就像蝴蝶飞进了沧海，没有谁忍心责怪。

（三）王谢堂前之燕

大名鼎鼎的王凝之竟然被杀，这对朝堂引起的震动无疑是巨大的，司马元显派出了最大的王牌——打赢淝水之战的北府兵和第一猛将刘牢之，亲自前往镇压，当然和淝水之战的阵容一样，派谢安的儿子徐州刺史谢琰挂帅。

孙恩无疑是很有帅才的。他此前是以教主的身份攻城略池，但名不正则言不顺，现在他已经自封为"征东将军"，所统之兵号称"长生人"。"征东"者，舟山群岛位于东晋东部，征东的范围包括建康在内的整个扬州地区，意味着以孙恩为首的徒众与东晋政权形成对抗。在道教的理论中，"东方"具有神圣的地位，仙人所居的仙岛就在东方茫茫的大海之中，而孙恩也是来自东方海岛，征东在此就含有神秘色彩，代表着对长生的追求和向往。"将军"者，早期的宗教起义就有称"将军"的传统。宗教之将军与普世之将军的含义是不同的，将军的称号在道教中只有首领才能自称，其他的军事首领只能称大帅或者小帅，意味着对徒众的绝对掌控。"长生人"，算是对孙恩徒众集体意识的一种唤醒，简单的口号便于传播与记忆，更易于区分敌我。"长生人"属于孙恩对徒众的一个许诺，保证徒众在道首的带领下获得长生，代价则是徒众对道首的绝对服从，死亡在"长生人"看来则是微不足道了。

总体来说，孙恩所领导的乱军有了政治纲领，与太平道"苍天已死，黄天当立，岁在甲子，天下大吉"的口号类似，五斗米道也有自己的谶语："庚子之年其运至，千无一人可得脱"，而隆安四年（明年）恰好是庚子年。于是，上承天命的征东将军——孙恩，率领一众信徒，致力于拯救天下

的崇高理想，在完成天命的同时获得长生。

孙恩在得八郡响应下原打算攻陷建康，知道刘牢之兵临钱塘江时就打算割据会稽，以钱塘江与朝廷分庭抗礼。不久，刘牢之渡江，孙恩知道北府兵的厉害，决定"打得赢就打，打不赢就走"。于是，率领二十多万民众，浩浩荡荡地开着前不久才制造的千艘军舰，载着满满的物资，到他的老巢——海中的岛屿上去享受了。自此，规模最大的最古老的海盗集团诞生了！离开前，他还不忘上书安帝，开出的还是老方子——清君侧，一一列举司马道子与司马元显的罪状，给自己的行为找一个高大上的名义。

这边孙恩撤退了，那边谢琰来了。淝水之战中作为辅国将军的他也和堂哥谢玄一起击败过前秦军，这次灭孙恩，他觉得简直是小菜一碟，这不，他人还没到，米贼就逃得无影无踪了！开局也确实不错，他与刘牢之带领的北府兵很快打败了孙恩手下的两个郡的头目，迎回了太守。为了防止孙恩卷土重来，朝廷任命谢琰为会稽内史，接替了王凝之。

在会稽的谢琰是很飘的，他觉得孙恩根本不敢打回来。于是，学习王凝之，不整修军队，不设防备，为的是逗引米贼前来受死。手下的人劝谏他的时候，他便说："苻坚百万之众，尚且送死淮南，何况仓皇逃到海上的孙恩，怎能东山再起！如果孙恩再来，正是上天不容国贼，让他快来送死而已。"总之就是无比轻视孙恩！觉得打过淝水之战的自己，打谁谁都得死！

400年五月，孙恩真的卷土重来了。他不得不来，虽然才离开九个月，但是二十多万人，天天要吃要喝，又不可能天天吃海鲜，眼看拉到岛上的物资越来越少，征东将军别无他途，只好发挥海盗的特长——抢劫！

他率领着十万部下出浃口,攻余姚,破上虞,抵山阴县北之邢浦。

谢琰初遣参军刘宣之击退了孙恩,但不久孙恩再进邢浦,上党太守张虔硕战败,孙恩于是一直向会稽进发。当时的人看孙恩这个架势,都很慌。谢琰的部将都认为应该严密防备,在南湖设水军列阵,并分派伏兵突击来袭的叛军,然而他都没有听取。他始终觉得,但凡动动手指,孙恩就立马被他碾碎了,用不着担心。

孙恩真的来了,他再次兵临会稽城下。

当时,谢琰还在吃饭,一听到这个消息,就想着太好了,赶紧出去碾死他!于是,放下碗筷就出发,都不带部署与思考的!他先遣广武将军桓宝为前锋,杀了不少敌人。但乱军之中,他被孙恩的部下给射中了,又被身边的张猛砍中了马蹄,堕地被杀,他的两个儿子谢肇和谢峻也跟着被斩杀。原来孙恩还在他身边埋了张猛这个卧底,他却啥也没发现。到最后,不得不说他比王凝之还要惨,连口饱饭都没吃上。这王谢的堂前之燕,就彻底被五斗米放飞了。

(四)刘裕闪亮登场

谢琰的牺牲,震动了建康,震惊了江南,司马元显责令北府兵全体出动,务必要消灭米贼。

其实这个时候的孙恩,俨然一个大海盗,作战策略很明智,上岸后专拣官军少城防差的城市进攻,能抢就抢,打不过就跑,不想着占领一个地方当基地,也从不在乎一城一地之得失。而且每到一处,就号召当地百姓加入,队伍像滚雪球一样越滚越大。这样的军队自然战斗力不高,但孙恩也根本不在乎折损兵力屡打败仗,反正只要我孙天师在,换个地方转一圈又能拉扯起十几万人。所以官军追剿起来甚是头疼，只好在沿海的城市分兵驻防。

十一月，刘牢之亲戍上虞，当下正是用人之际，一看新兵蛋子刘裕还算灵光，就派他当斥候，带领数十人去探听五斗米的动静。路上遇到一支数千人的五斗米，按说他的任务是探听消息，打仗不在他的任务菜单中，但早已按捺不住的刘裕，立即迎上前去攻击，跟他同来的士兵不久全部战死，刘裕也跌到岩下。教徒准备下去擒杀，刘裕奋勇地挥舞长杆大刀，仰面朝上砍杀了数名教徒，才得以重新登上山来，仍然大声吼叫着追杀，五斗米教徒吓得全部逃走。刘牢之一看刘裕很勇敢，就派刘裕驻守句章城（浙江余姚）。这是刘裕独自统军的开始，虽然手里只有数百人，城墙又破又小。打起仗来，刘裕总是披坚执锐，身先士卒。当时东征的各支官军，军纪都相当糟糕，无不暴掠百姓，而刘裕却能够约束将士，法令严明，因此没过多久就声名鹊起，成为新一代北府兵当中出类拔萃的将领。

孙恩攻句章攻了两个月，半点便宜没占着，干脆脚底抹油，往北溜了。刘裕却引军悄悄追蹑其后，一直追到了海盐境内,刘裕凭借海盐故城，继续跟孙恩周旋。孙恩没想到自己绕了杭州湾一个大圈，还是没把这个名叫刘裕的小将甩掉,心下大怒，引军来攻。刘裕组织了几百个敢死队员，人人光着膀子，手拿短刀，从城里鼓噪而出。贼兵大惊失色，弃甲而逃，米帅姚盛被斩。

刘裕深知，自己虽然连战连捷，但毕竟众寡悬殊，容不得犯任何一个错误，于是心生一计。一天夜里，刘裕命士兵偃旗息鼓，伪装成弃城而去的景象。到了早上，叛军发现城门大开，城墙上只有两三个老弱残兵在打瞌睡。孙恩就派人到城墙下喊话，问刘裕何在，老兵说昨晚上就开溜了。孙恩稍加盘算，心说难道刘裕在学诸葛亮摆空城计？诸葛亮区区空城一个，就吓退了司马懿，我孙恩可不上这个当。来呀，城中一定无人，进城！众叛军在野地里睡了几个月，听说这下有城可占，有东西可抢，不觉都放松了警惕。哪知道刚到城门口，突然锣声大作，伏兵尽出。叛军毫无防备，被杀得大败，丢下千余尸首，狼狈而回。

孙恩经此挫折，知道刘裕真是不好惹。那我惹不起你，我躲还不行吗？于是孙恩又拿出了他的拿手道术——土遁，一溜烟向北奔向沪渎（苏州东部）。刘裕得势不饶人，也拿出"牛皮糖"的功夫，你退我就追。当夜，刘裕派了几个小队出去，拿着军旗锣鼓在外设了十几处伏兵，其实每处不过三四人。次日一早，孙恩万余人前来进攻。双方前锋始交，按照事先的约定，刘裕的十几处伏兵旌旗招展、锣鼓喧天地出现在阵前，远远望去不知有多少人。孙恩以为刘裕来了援兵，无心恋战，匆匆退走。很快就发现后面的追兵很少，于是转身再战，很快刘裕军便被米军团团包围，形势变得万分险恶。刘裕且战且退，身边的士兵越来越少，忽然发觉已退到了设置伏兵之处。刘裕急中生智，换上死人衣裳，躺在死人堆里，这才拣了一条命。

这是刘裕亲自指挥作战遭遇到的第一次失败，同时也是最后一次。通过与孙恩的战斗，刘裕意识到，自己当初离家从军是一个正确的选择。他不惧战斗，甚至热爱战斗，只有在战争中，他才能最大程度地发挥自己的潜力，也只有在战争中，他才能感觉到自己生命独特的价值。从海盐战场归来的刘裕，擦拭掉刀上的斑斑血迹，浣洗掉身上的厚厚征尘。总结经验，以利再战。

（五）孙恩穷途末路

401年五月，孙恩破沪渎，杀吴国内史袁山松，死者四千人。六月，孙恩乘胜浮海，"战士十余万，楼船千余艘"，直扑长江下游的军事重镇——京口。

京口内控江、湖，北拒淮、泗，因山为垒，缘江为境，既能控制太湖流域的经济基地，又能抵御沿淮水、泗水而下的胡族铁骑。更重要的是，由京口向西至首都建康不过二百里，京口有失，则建康危矣！朝廷一听说孙恩舰队奔京口而来，紧张得要死，马上发布了戒严令，命文武百官不准回家，全都搬到宫城里值班，又派冠军将军高素镇守石头城，辅国将军刘袭栅断秦淮河入江的河口，丹阳尹司马恢之戍守长江南岸，冠军将军桓谦防备白石垒，左卫将军王嘏入屯中堂，还征调镇守历阳的豫州刺史司马尚之火速回援入卫京师。

朝廷的震惊是有原因的。当时北府精锐都在刘牢之的统领下，在会稽一带戍守，最近的刘裕也在海盐一带，孙恩的庞大舰队由海上溯长江而至，刘牢之他们除非肋生双翅、脚下生风，否则是无论如何来不及赶到京口的。

当烟波浩渺的江面上显现出京口一带山岭的轮廓时，高坐于楼船之上的孙恩不由得心下窃喜，为自己这一手直插对手心脏的妙招暗自得意。观察了一番地形后，孙恩决定在京口城西北的西津渡登陆，抢先占领渡口旁的制高点、北固山旁边的——蒜山。从战略意义而言，耸立在京口西北的蒜山如同一座俯瞰全城的要塞。得蒜山则得京口，得京口则都城建康便门户洞开！

鉴于此战的重要性，孙恩孙天师亲自督战，在夏日烈阳的炙烤下，率领数万人下舟登岸，鼓噪而前，向蒜山山顶发起了冲锋！此时东晋方面的京口守军只有老弱病残，主力都被调虎离山了，此时皆"莫有斗志"。即便京口守军事先在蒜山山顶设了防，京口城里的百姓也不相信守军能够获胜，这时候全城百姓"皆荷担而立"，把金银细软都打包装了扁担，站在街上抬头观望，一旦蒜山失守，就准备弃城而逃。

在京口百姓惶恐的注视下，头扎绛巾的孙恩叛军如同红头蚂蚁，密密麻麻地爬满了蒜山山腰。身穿氅衣法服、手持七星宝剑的孙恩立于高处，一边掐诀念咒，一边密切关注着战局的发展。眼看自己的徒众就要登上山顶，京口即将成为自己的囊中之物，孙恩得意地眯起了双眼。就在这时，半山腰的松林里忽然杀出一队人马，当先一人手舞长刀，率领众人从旁侧猛击爬山的孙恩军。孙恩手搭凉棚，定睛一看，不由得眼前一黑，一口老血差点喷出来。

刘、刘、刘……刘裕！又是刘裕！怎么老是你？

原来刘牢之自知救援京口不及，急令驻扎海盐的刘裕火速回援。上次刘裕战败，休整了两个月，这时手里总共还不到一千人。但接到刘牢之将令，听说孙恩由海路入寇丹徒，刘裕当即整军星夜兼程，风风火火奔京口而来。京口是刘裕的老家，继母萧氏、发妻臧氏和女儿兴弟还住在那里，刘裕眉头紧锁，心急如焚；京口也是刘裕麾下大多数士兵的老家，他们同样惦记家里的亲人，因此虽然疲惫不堪，但却无人说累。这一路将近一千余里，刘裕军紧赶慢赶，终于几乎与孙恩军同时抵达了京口。眼看叛军于西津渡登陆，战略意图是占领蒜山。刘裕来不及休息，便率军从另一个方向上山，这才来得及半路杀出，给孙恩军以拦腰重击。

这场战事，刘裕军既远来疲敝，数量又占绝对劣势，以此迎敌本来大为不利。但北府将士为了保卫家乡守护亲人，完全忘记了疲劳，爆发出了惊人的战斗力！孙恩手下这些乌合之众，早已经被北府兵打怕了。他们只见冲过来的这些青徐大汉个个面孔扭曲、双眼血红，如同地狱里的恶鬼，恨不得将自己生吞活剥，嚼得骨头渣都不剩，只觉心里发毛、腿肚子发软，不由得掉转屁股，玩命般向山下跑去。刘裕率军紧追不舍，许多叛军慌不择路被撵下了悬崖，摔死的、淹死的不计其数。山下的孙恩见大势已去，慌忙收起作法道具，狼狈不堪地逃回到船上。这一战，刘裕军大获全胜，彻底粉碎了孙恩攻占京口的计划。

不过，虽然孙恩损失了数万人马，但仍有十万之众，而且他的舰队毫发无伤。于是孙恩决定跳过京口，直接由长江进攻建康。可偏巧连日来刮的都是西风，孙恩的楼船重量大、吃水深，本来速度就不快，这一逆风就更加慢了。从京口到建康西北的白石垒这二百里地，孙恩的船队走了十天！这一来，就给了东晋朝廷充分的准备时间，谯王司马尚之率领豫州兵已经入屯京师，就连刘牢之也从会稽赶到了建康附近。孙恩自觉攻击建康也没有好果子吃，只好悻悻然返回了他的海上基地郁洲。

402年三月，桓玄消灭司马道子父子的势力，执掌朝政，孙恩乘时再度来攻，但进攻临海郡时被太守辛昺击败，孙恩屡次所掳的三吴士民，经上年大败给刘裕和此战后，至此死亡殆尽，仅余数千人。孙恩害怕被朝廷俘获，于是投海自尽，他的妓妾和数百名信奉他的部众皆随之而死，孙恩更被其信众称为"水仙"。

（六）卢循悲壮谢幕

孙恩死后，其妹夫卢循率领余众继续战斗，402年，桓玄进入建康，为了"安抚东土"，封卢循为永嘉太守，但"循虽受命，而寇暴不已"。同年五月，卢循带领几千人从临海出发，攻占东阳，南克永嘉。次年八月，在永嘉与刘裕交战不利，泛海退到晋安。其后从晋安出发，经海路南下，404年夏进入广州，经过一百多天的艰苦战斗，终于在十月占领番禺，活捉了广州刺史吴隐之。接着又派徐道覆攻占了始兴，建立了以广州为中心的根据地。

405年，刘裕利用北府兵攻入建康，杀死桓玄，扶晋安帝复位，自己掌握了东晋的军政大权，封卢循"征虏将军、广州刺史、平越中郎将"等官衔，对五斗米表示"安抚"，卢循遣使送刘裕"益智粽"，刘裕还以"续命汤"，以示礼尚往来。409年四月，刘裕带兵北伐，后方防务空虚，卢循乘机向建康进攻，十多万信众分兵两路：一路由卢循率领，从广州出发，越过五岭，取道湘江，下长沙，攻巴陵，向江陵前进；一路由徐道覆率领，跨过大庾岭，取道赣江，攻南康、庐陵、豫章，直指建康。五斗米所过之处，东晋诸郡守竞相望风而逃。徐道覆在豫章战役中大败官军，击毙北府兵名将、江州刺史何无忌。卢循在长沙打败荆州刺史刘裕之弟刘道规，进至巴陵，与徐道覆会师，合兵十万，连续东进，直扑浔阳。

同年五月，五斗米打响了桑落洲战役，大败北府兵统帅刘毅，缴获大批武器和辎重，驻守桑落洲的晋军全军覆灭，刘毅单枪匹马狼狈逃跑。沿途的东晋官吏，如晋安太守张裕，建安太守孙虬之等，纷纷来降，起义军声威大震。这时，五斗米的两路大军有十余万人，船只上千，舟车百里不绝,士气十分高昂,而守卫建康的晋军兵力较少。面对卢循的强大攻势,刚刚灭了南燕的刘裕,急忙南下,赶回建康布防。刘裕因灭南燕始还,士卒疲惫不堪,形势对五斗米十分有利。此时绝大部分朝臣劝安帝到江北以避其锋芒,但刘裕不准,北府将孟昶愤而服毒自杀!

然而五斗米最怕的却是刘裕,只要刘裕在,卢循不用思考就只能撤退,现在他就一再后退,在荆州、豫章、雷池等地进行过多次战斗,结果全部失败。在江西都昌西南的左里,卢循率起义军与刘裕决战,结果也未获胜,一万多将士壮烈牺牲。在这种情况下,不得不退保广州和始兴。刘裕一面陆上追击,一面派水师南下,提前占领了广州番禺,截断了五斗米的后路。

411年二月,徐道覆在始兴战死。三月,卢循反攻番禺,苦战二十多天,没能得胜。四月,卢循带领三千人向交州转移,与交州刺史杜慧度战于龙编,五斗米信徒大多牺牲,卢循投水而亡。至此,历时十二年的五斗米大起义虽然失败了,但他给摇摇欲坠的东晋朝堂的打击无疑是巨大的。

第五章 妄人移鼎桓楚建

还记得当年桓温的格言吗?"既不能流芳后世,不足复遗臭万载邪!"桓温功亏一篑,格言就成了"遗言",和爵位一起传给了最小的五岁儿子桓玄。妄人,这是众多史家对桓玄的评价。"玄骄淫狂竖,绝无才能,乘晋不纲,反覆得利,竟行篡窃,旋致歼夷。观其行事,昏惰恒怯,鄙陋诈伪,妄相造饰,以伪蘖之盗干,比贼莘之降瑞。"比较公正的评价也有:"然其纵侈,好虚名,喜佞媚,不知政理,虽稍负雄名,而实则怯懦,乃一妄人也。"

(一)桓玄吞并江湖

398年,王恭之乱平定后,司马元显利用分化瓦解之策,任命桓玄为江州刺史,殷仲堪为荆州刺史,杨佺期为雍州刺史,于是江湖再次平静,大家相安无事地去当刺史去了。之后殷仲堪担心附近的桓玄,就与杨佺期结成姻亲,互为助援。

399年初,桓玄向朝堂呈上奏折,请求扩大其辖区。司马元显首先很愤怒,你桓玄本来是个"五湖长"的小角色,年前才提升你为刺史,

一个考评期都还未到，就急不可耐地要扩权？回到府上又一想就很高兴，这殷杨桓三兄弟和王恭那厮就是一路货色，两次造反都有他们的身影，还怎么能和朝廷一条心？还是趁此机会让他们狗咬狗吧。

这分化瓦解之策在巨大利益面前都是屡试不爽的。司马元显马上做个顺水人情，下令加桓玄都督荆州长沙郡、衡阳郡、湘东郡及零陵郡四郡诸军事，并改以桓玄兄桓伟代杨佺期兄杨广为南蛮校尉。杨佺期兄弟祸从天降，无端失权失地，当然对桓玄愤怒万分，于是杨佺期以支援后秦围攻的洛阳为名起兵，当然他们也希望和老主子殷仲堪联合伐桓，但殷仲堪的利益未受损，他有自己的想法：与其除掉桓玄，不如让他俩互相牵制，自己好从中渔利。杨佺期孤掌难鸣，只得偃旗息鼓。

399年，荆州一带洪水泛滥，平地之水达三丈，庄稼几乎颗粒无收。面对如蚁的饥民，刺史殷仲堪还是想当称职的父母官的，就把府库中的储备粮食全部拿出来赈济饥民，但是积谷有限，难以持久。桓玄则趁火打劫，以救援洛阳为名，派人袭击粮库重地巴陵，夺取粮仓积谷，使殷仲堪陷入缺粮困境。殷仲堪派殷遹率七千水军至西江口夺粮，桓玄派郭铨出战并打败殷遹，而后殷仲堪又派杨广及殷道护进攻，桓玄再在杨口击败他们，直逼至离江陵二十里的零口，震动江陵。江陵缺粮，兵士只得以胡麻充饥，殷仲堪急忙派出使者，请杨佺期救援。杨全期风闻江陵缺粮，料想援军去了只好挨饿，于是要殷仲堪前来，共同防守襄阳。殷仲堪不肯放弃根基，派人欺骗杨佺期，说是储粮已经运到江陵，不愁军粮不继。杨佺期信以为真，领兵八千赶赴江陵。

到了战场，殷仲堪却无粮供应，杨佺期知道上了大当，一怒之下率军离开江陵，径直向桓玄的军队进攻。桓玄知他勇悍，命令大军后撤，只留郭铨戍守江口。杨佺期领兵杀到，不费吹灰之力便将桓玄的守军击溃。夜半时分，桓玄率领大军突然杀到，杨佺期毫无防备，军队顿时溃散。他急忙上马逃跑，只有他哥哥杨广紧紧相随。兄弟二人慌不择路地逃窜，途中被桓玄的部下捉住送往帅帐，桓玄岂肯留得他俩性命，立即将他俩斩首。殷仲堪闻报杨佺期兵败被杀，急忙带着随从弃城出逃。桓玄派兵紧追，终于将他捕获。桓玄也不肯饶他，逼他自尽。

400年，桓玄向朝廷求领荆江二州刺史。现在完全是丛林法则，打得赢是老大。这朝堂完全是寺庙里的泥塑菩萨，并不为江湖的战端发一言，只为胜者出具获奖证书。朝廷下诏以桓玄都督荆司雍秦梁益宁七州诸军事、后将军、荆州刺史、假节，另以桓伟为江州刺史。但桓玄坚持要由自己领江州刺史，朝廷唯有让桓玄加都督江州及扬州豫州共八郡诸军事，领江州刺史；桓玄又以桓伟为雍州刺史，朝廷碍于当时孙恩叛乱恶化，不能违抗。桓玄于是趁机在荆州任用心腹，无时无刻不在磨砺兵器，训练部队，严密注视着朝廷内部所出现的每一个对自己有利的微小变化。当他听说孙恩逼近京师，便赶紧树起军旗，集结队伍，向朝廷呈上疏奏，请求带兵去征讨孙恩。司马元显对此大为恐惧，正好赶上孙恩的军队撤了回去，于是，司马元显以诏书制止桓玄起兵，桓玄无奈，只好命令部队解除戒备。

401年，孙恩循海道进攻京口，逼近建康，桓玄浑水摸鱼，再次声称勤王起兵；孙恩北走远离京师后，司马元显诏命桓玄解严。但请神容易送神难，桓玄的勤王之兵完全控制了东晋核心区，他开始调兵遣将，任用自己的官员：调桓伟为江州刺史，镇守夏口；以司马刁畅督八郡，镇守襄阳；桓振、皇甫敷、冯该等驻溢口；新设立武宁郡和绥安郡为侨郡，分别安置迁徙的蛮族以及招集的流民，以充兵员。朝廷曾下诏征广州刺史刁逵和豫章太守郭昶之，亦被桓玄所留。

（二）牢之一人三反

402年一月，忍无可忍的司马元显下令讨伐桓玄，以镇北将军刘牢之为前锋都督，以前将军谯王司马尚之为后部。桓玄在京的堂兄桓石生密报给他。当时桓玄已封锁长江漕运，收到密报后，桓玄甚惧，打算坚守江陵。不过谋士卞范之却劝桓玄出兵东下，先下手为强。

桓玄觉得有理，他现在睥睨天下，惟惧一人而已。那司马会用间，他桓家才是用间的高手。于是留桓伟守江陵，移檄上奏司马元显之罪，亲自率兵东下。桓玄到姑孰时，派冯该等击败并俘获豫州刺史司马尚之，并夺取了历阳。当时孙恩的五斗米道起事已大伤朝廷元气，建康附近兵力有限，此前"免僮客为兵"的招募令也未能执行，只有才跟五斗米道缠斗的北府兵还算拿得出手，于是刘牢之又成了平叛先锋。猛将刘裕请求进攻桓玄，刘牢之没有允许，他这时显然有自己的想法，和五斗米苦战数十场，并未获得什么像样的封赏，那司马家显然是只白眼狼。前不久有人还给司马元显建议："桓谦久居上游，可令刘牢之杀桓谦兄弟，以示其并无二心；牢之如不受命，应立即斩杀他。"这话像风一样就刮进了刘牢之的耳朵里，如果再击败桓玄，只会是兔死狗烹的结果；如果和桓玄商量商量，想要的结果当然可以探讨。

刘牢之兵屯溧州，不再前进，派儿子刘敬宣外出游击，寻机接近桓玄军营。当然，桓玄也是这么想的，当真是英雄所见略同，刘牢之的儿子才出发，刚好桓玄的使者——刘牢之的族舅何穆到了，他呈上了桓玄的密信:"……越国的文种,秦国的白起,汉朝的韩信,还免不了遭到诛杀,您这一次如果打了胜仗,就会被杀了全家,如果打了败仗,您的家族自然更会遭到夷灭。依我看,不如反过来改变主意,那样就可以永远保住您的荣华富贵了。"刘牢之于是相约"共富贵",让刘敬宣留在桓营作人质。桓玄毫无阻碍地逼近建康,惊慌的朝堂派齐王司马柔之持驺虞幡到桓玄军中展示,请其退兵,桓玄斩杀齐王以祭旗;司马元显试图守城但溃败。桓玄入京后,称诏解严,并带领五千全副武装的侍卫入内面见皇帝。第二天白痴安帝坐于龙椅,战战兢兢下达三道圣旨:

——任命桓玄总掌国事,受命侍中、都督中外诸军事、丞相、录尚书事、扬州牧,领徐州刺史,加黄钺、羽葆鼓吹、班剑二十人。

——历数会稽王司马道子及其子司马元显的罪恶,流放到安成郡(三个月后桓玄派人杀死司马道子、司马元显、司马尚之和庾楷、太傅府中属吏)。

——迁刘牢之为会稽太守。

最让人目瞪口呆的是刘牢之。签订的协议呢?说好的重赏呢?以前自己还是刺史呢,是北府兵老大,怎么还降级成了太守?最关键的是剥夺了他对北府兵的掌控。可朝堂不是讲理的地方,刘牢之在桓玄的催促和监督下,只好悻悻上路了,当然也没走多远,就和一众老将在一间破屋密谋:

刘牢之叹曰:"始尔,便夺我兵,祸将至矣!"

刘敬宣:"应该挑选数百精锐,冲进相府暴揍桓玄。"

参军刘袭:"事不可者莫大于反,而将军往年反王兖州,近日反司马郎君,今复欲反桓公。一人而三反,岂得立也!"

刘敬宣："我们可以北上，到广陵和高雅之会合，匡扶社稷。"

刘裕："将军以几万精锐的实力，对桓玄也还望风降服，现在他刚刚得志，威震天下，你们要去广陵，怎么可能顺利到达呢？"

刘裕一众偏将转身诀别。刘牢之勉强站起身来，眉目之间没有半分豪气，他抚摸着架子上的盔甲，低声重复道："我能怎么办……"是啊，一个军武世家的小孩，淬炼出筋骨强健的体魄，在淝水之战中拔得首功，凭借机缘而统领北府精兵。生逢内外交困的乱世，皇族和门阀的内斗不断，战功卓著却又出身卑微，只能在夹缝之间谋求生存。现在什么都没有了，幸好还有个优秀的儿子。

此时刘敬宣前往京口，将老家的东西打包运回，他四处搜寻苻坚的金背开山刀，那是父亲在淝水大战中的战利品，现在可以作为到北方的最佳投名状，之后相约司马休之和高雅之北逃南燕。时间一天天过去了，刘牢之始终等不到儿子归家，每天望着西山残阳如血，内心不祥的预感愈来愈烈。他以为儿子被杀了，觉得很快就会轮到自己。此生征战换来满身伤痕，再也没有地方承受刀砍斧剁。万念俱灰时，刘牢之捧起一根麻绳，吊死在空空荡荡的破屋里。桓玄得知后轻蔑一笑，"令斫棺斩首，暴尸于市"。随后，桓玄先后杀害吴兴太守高素、竺谦之、高平相竺朗之、刘袭、彭城内史刘季武、冠军将军孙无终等劳苦功高的北府军大将，只有职务较低的不知名的刘裕等少数偏将，得以漏网幸存。即使如所向披靡的北府战将，如果没有坚定的目标导向，他们的命运也如一片树叶，它无法控制风的方向，更无法适应季节的更替。他们的人生，也只是一片树叶，即使在翠绿的时节，也无法预知是否会遭受暴风雨的洗礼。在命运面前，人们太过卑微。

桓玄在三月攻入建康时就废除了元兴年号，恢复隆安年号，不久又改元大亨。此后，桓玄自让丞相及荆、江、徐三州刺史，以桓伟出任荆州刺史、桓修为徐、兖二州刺史、桓石生为江州刺史、卞范之为丹阳尹、桓谦为尚书左仆射，分派桓氏宗族和亲信出任内外职位。自置为太尉、平西将军、都督中外诸军事、扬州牧、领豫州刺史。另外又加衮冕之服，佩戴三公以上的绿綟绶带，增班剑至六十人，授剑履上殿、入朝不趋、赞拜不名的礼遇。

四月，桓玄出镇姑孰，辞录尚书事，但朝中大事仍要咨询他，小事则由朝中桓谦和卞范之决定。自晋安帝继位以来，东晋国内战祸连年，人民都厌战不已。桓玄上台后，就罢黜奸佞之徒，擢用俊贤之士，令建康城中一片欢欣景象，希望能过安定日子。不过很快，桓玄凌侮朝廷，豪奢纵欲，政令无常，连安帝也不免挨冻受饿，故令人民失望。此时三吴地区发生大饥荒，住户人口都减少了一半左右。其中，会稽郡十人之中，能减少三四人；临海、永嘉两地人口则几乎全部死亡。即使是富贵人家，也都穿着绫罗绸缎，怀里抱着金玉，关起门来相互之间看着饿死。

403年，桓玄要朝廷追论平定司马元显和殷仲堪、杨佺期的功勋，分别加封自己为豫章公及桂阳公，并转让给儿子桓升及侄儿桓濬。又下诏全国避其父桓温名讳，同名同姓者皆要改名，又赠其生母马氏为豫章郡太夫人。不久又上请率军北伐后秦，但随后就暗示朝廷下诏不准。桓玄本身就无意北伐，就装作出尊重诏命的姿态停止。同年，桓伟去世，桓玄孤危，不臣之心已露，同时全国对其有怨气，于是打算加快"禅让"工作。桓玄的亲信殷仲文及卞范之当时亦劝桓玄早日上位，连朝廷加授桓玄九锡的诏命和册命都暗中写好。桓玄于是晋升桓谦、王谧和桓修等人，让朝廷命自己为相国,更划南郡、南平郡等共十郡封自己为楚王,加九锡,并设置楚国国内官属。

桓玄及后又假意上表归藩,却又自己代朝廷作诏挽留自己,然后再请归藩,又要晋安帝下手诏挽留,只因桓玄喜欢炫耀这些诏文,故此常常做这些自编自导的上表和下诏事件。桓玄亦命人报告祥瑞出现,又想像历代般有高士出现,不惜命皇甫谧六世孙皇甫希之假扮高士,最终竟被时人称作"充隐"。而桓玄对政令执行办无坚定意志常改变主意,导致政令不一,改变起来乱七八糟。

（三）桓楚昙花一现

403 年十一月,桓玄加自己的冠冕至皇帝规格的十二旒,又加车马仪仗及乐器,以楚王妃为王后,楚国世子为太子。十一月十八日,由卞范之写好禅让诏书并命临川王司马宝逼晋安帝抄写。二十一日,由兼太保、司徒王谧奉玺绶,将晋安帝的帝位禅让给桓玄,随后迁晋安帝至永安宫,又迁太庙的晋朝诸帝神主至琅玡国。及后百官到姑孰劝进,桓玄又假意辞让,官员又坚持劝请,桓玄于是筑坛告天,于十二月三日正式登位为帝,改元"永始",改封晋安帝为平固王,不久将其迁于寻阳。

桓玄坐上龙椅后,骄奢荒侈,游猎无道,通宵玩乐,有时甚至一日之间多次出游。此外桓玄性格急躁,呼召时都要快速,当值官员都在省前系马备用,令宫禁内烦杂,已经不像朝廷了;另桓玄又兴修宫殿、建造可容纳三十人的大乘舆。百姓因而疲惫困苦,民心思变。北府旧将刘毅、刘裕、何无忌等二十七人于是乘时举义兵讨伐桓玄。

其实桓玄矫诏为楚王后,令其从兄桓谦了解北府将领的态度,刘裕对桓谦说:"楚王,宣武之子,勋德盖世。晋室微弱,民望久移,乘运禅代,有何不可!"因此,刘裕赢得了桓氏的信任,桓玄为了拉拢刘裕为其效命,对刘裕"引接殷勤,赠赐甚厚。"但是楚妃看问题很独到,劝导说:"刘裕龙行虎步,视瞻不凡,恐终不为人下,不如早除之。"

404年二月二十七日,刘裕等人正式举兵,计划在京口、广陵、历阳和建康四地一同举兵。其中刘裕派了周安穆向建康的刘毅兄刘迈报告,通知他作内应,然而刘迈惶恐,后来更以为图谋被揭向桓玄报告。桓玄初封刘迈为重安侯,但后又以刘迈没有及时收捕周安穆,于是杀害刘迈和其他刘裕于建康的内应。原于历阳举兵的诸葛长民亦被刁逵所捕,但刘裕等最终成功夺取了京口和广陵,镇守两地的桓修和桓弘皆被斩杀。

刘裕率义军进军至竹里,桓玄任桓谦为征讨都督。桓谦请求桓玄派兵攻打刘裕,但桓玄畏于刘裕兵锐,打算屯兵覆舟山等待刘裕,认为对方自京口到建康后见到大军必然惊愕,且桓玄军坚守不出,对方求战不得,会自动散走。在桓谦的一再坚持下,桓玄才派了吴甫之和皇甫敷迎击。404年三月,刘裕军与吴甫之军相遇于江乘,吴甫之是桓玄的骁将,其兵善战。刘裕手持长刀,大呼冲击,敌众披靡,即斩甫之,遂进兵至罗落桥。皇甫敷率军数千迎战,宁远将军檀凭之战死,刘裕奋战更勇,皇甫敷军围之数重,刘裕倚大树坚持战斗,皇甫敷对刘裕说:你想怎么死?遂拔戟刺之,刘裕瞪目视之,毫无惧色。皇甫敷避开他的目光,就在这顷刻之间,刘裕的援军赶到,数箭射中皇甫敷的额头,皇甫敷倒地,被刘裕杀死。

很快就损失了最拿得出手的两员猛将,桓玄大惧,一边学习五斗米道的方法,召见一众会道作法召集巫师术士推演吉凶祸福,一边命桓谦、何澹之屯东陵，卞范之屯覆舟山西，以二万兵抵抗刘裕。刘裕的部队早晨进食一饱，悉弃余粮，以示必死之心。进至覆舟山下，刘裕先派羸弱之兵多带旗帜登山，作为疑兵吓唬敌军。接着，又把军队分成无数小队，数道并进，布满山谷。桓玄得报，以为刘裕"军士四塞，人多无数"。桓谦所统军士，大多是北府兵旧人，以前大多受过刘裕指挥。进攻开始，刘裕、刘毅身先士卒，手下将士皆死战前冲，无不以一当百，呼声震天动地。桓谦军队一时大溃，许多先前的北府兵也不战而降。

"虽稍负雄名，而实则怯懦"，这就是桓玄的真实写照。前线在苦战，桓玄在后方已经做好了逃跑的准备。他让殷仲文在石头城附近预留数艘大舟，接到桓谦败讯，立即率亲兵数千人，带着儿子桓升和侄子桓浚，以赴战为名，从南掖门往外逃奔，一直逃到寻阳，得江州刺史郭昶之供给其物资及军队，才算稍喘一口气。之后挟持晋安帝至江陵，署置百官，大修水军，不足一个月就已有兵二万，楼船和兵器都显得很强盛的样子。不过桓玄却一直埋怨诸将无能，轻怒妄杀，使属下之人纷纷离怨。这桓玄不在乎人心，在乎的是成败，自己打遍天下无敌手，怎么能够失败？有了，历史也可以自己来写，于是他并没有再想如何抵抗刘裕这等小事，反而盯上了"起居注"，于是从史官处要来，从此自己编写，他记载说，自己算无遗策，只因诸将违背节度，以致败局，并非用兵的过错，云云。

后来何无忌击败桓玄所派何澹之等军，攻陷湓口，进占寻阳，然后与刘毅等一直西进。桓玄亦自江陵率军迎击，两军于五月十七日在峥嵘洲相遇，当时桓玄兵多船坚，刘裕兵仅有几千人，但因桓玄经常在船侧泛舟，预演败走时的动作，所以士众毫无斗志，在刘毅的进攻下溃败。桓玄于是焚毁辎重，挟晋安帝继续西走，抛下皇后何法倪及安帝皇后王神爱于巴陵。五月二十三日，回到老巢江陵后，冯该劝桓玄再战，但桓玄不肯，更想投奔梁州刺史桓希。不过当时人心已离，桓玄的命令都没有人遵行了。次日，江陵城中大乱，桓玄与数百心腹出发。到城门时随行之中有人欲暗杀桓玄，但不中，于是这些亲信彼此厮杀。桓玄勉强登船，身边人员因乱分散，只有卞范之跟随在侧。当时正值益州刺史派了毛祐之和费恬等军士百人至江陵，五月二十六日在江陵城西的枚回洲与桓玄相遇，二人于是进攻桓玄，箭矢如雨。益州都护冯迁跳上桓玄坐船，抽刀向前准备刺杀桓玄，桓玄拔下头上玉饰递给冯迁说："你是什么人，竟敢杀天子？"冯迁说："我这只是在杀天子之叛贼而已！"

这个每顿要吃二十斤肉的五百斤的大胖子、仅当了八十天皇帝的桓玄遂被杀，享年三十六岁，自篡晋建楚"凡八旬"。桓玄死后，堂弟桓谦在沮中为桓玄举哀，上谥号为武悼皇帝。桓玄头颅则被传至建康，挂在大桁上示众，桓氏一族也几乎被砍杀殆尽。

尾声

刘与马　李代桃僵

（399—421年）

"夕阳无限好，只是近黄昏"，说的就是公元400年前后的司马家。此时北方混战，仍看不到尽头，江南的王庾桓谢高门士族已经谢幕，正该是司马家振兴皇权、努力作为之时。但现实很骨感，跷跷板一旦失去平衡，重建秩序却是艰难的，一旦出现很有想法的桓玄之流的人物，跷跷板就可以扔进历史的垃圾堆里了。当然，想当皇帝的人永远都有，比如开始没有想法的小人物刘裕就是。

第一章　北伐：先攒名气

刘裕不再是小人物，现在在建康可谓家喻户晓，比如街谈巷议提起，大家都会这么说："大将军刘裕？就是以前那个卖草鞋的嘛！"对于王谢高门的家宴，大家更是绝口不提刘裕之名，那是会污染口舌的！在朝堂之上，王公大臣也不会主动提及刘裕，虽然他才在建康城外赶走海盗孙恩，歼灭篡帝桓玄，正要来到朝堂与大家同殿为臣。但是百年才能养成一个贵族，那昙花一现的暴贵之人，大家在心里都不以为意，与其同列都深以为耻。

（一）无名之辈

404 年三月，望着远远逃跑的桓玄的身影，刘裕既惊喜万分，又惶恐不安。赶跑了以前京城的主人，自己却从来不敢奢望成为新的主人。可是世界之大，总得有人做主。建康朝堂一众高门士族射出来的阴森森的严重怀疑的眼光，让刘裕心里发毛，踯躅不前。

是啊，三十六岁前的刘裕，不登大雅之堂，无资格进入帝国的任何记载之中。他于 363 年四月出生，其时家境贫苦，母亲在分娩后去世；

父亲无力请乳母，一度打算抛弃他，后来寄养在别家，所以小名叫"寄奴"。虽然成年后的刘裕人高马大，"身长七尺六寸，风骨奇特"，但生在穷乡僻壤，身材高大只会多费粮食而已。刘裕长大后，靠砍柴、种地、打渔和卖草鞋为生，遭乡里轻鄙。399年，三十六岁一事无成的大龄青年刘裕从军，在刘牢之的新兵簿上，第一次庄重地写下了自己的名字。

刘裕的名声完全是靠打出来的。他首先成为五斗米孙恩的克星，每次都是以少胜多，甚至一个人也敢追着几千人拼杀，直到将孙恩赶进大海淹死。接着他又成为桓玄的克星，北府军首领刘牢之都投降了风头正劲的桓玄，最后绝望而上吊自尽，但作为基层将领的刘裕却偏不信这个邪，敢于振臂一呼。404年二月，刘裕聚集北府兵残余兵将一千七百余人，在京口举兵起义，歼灭了桓楚在此的势力。接着，他挥一挥手，就斩杀了桓玄手下两员猛将吴甫之和皇甫敷；三月又在覆舟山击败桓玄，派副手刘毅、何无忌等奋勇追击，自己则站立在建康巍峨雄伟的皇宫门外，一时不知如何是好。

从一个小兵到成为建康的一号人物，只有短短五年，这成长的脚步确实太快，他的心智当然跟不上。是啊，从小连县官的公堂都不敢进的小人物，如今却要进天子的朝堂，左右都是才高八斗、口若悬河的高门士族。大字不识的刘大将军，那分忐忑，那分惶恐，那分不知所措，都毫无保留地展现在他焦躁不安的脸上，展现在他的汗流浃背的身上。还是战场得心应手，只认刀枪，不管学历，小人"动手不动口"。站立一旁的刘穆之读出了大将军心中的不安，安慰说："历史总是胜利者写的！"

如果说刘裕很简单，那刘穆之就真不简单。刘穆之家境贫寒，出身卑微，被门阀济阳江氏相中为婿，四十岁才进入仕途成为琅玡内史之府主簿,刘裕攻克京口后。四十五岁的刘穆之立马回家,脱掉儒服换上便装,前往投奔刘裕军营,对于满营武将急缺文士的刘裕来说,那当真是如获至宝,从此开启"二刘"最佳组合。刘穆之的才能堪比汉朝萧何,工作能力很强,"目览辞讼,手答笺书,耳行听受,口并酬应,不相参涉"。后来刘穆之"内总朝政,外供军旅,决断如流,事无壅滞",正是由于他的存在,刘裕的事业才如日中天,越走越远。

今天,"二刘"又见证了历史。是的,那一众王公大臣在宰相王谧的带领下,正站立在大殿两侧,连大气也不敢出,来迎接胜利者到大殿主事。原来,建康徒有空城,白痴皇帝已被桓玄掳走,大家正群龙无首,不知所措,刚好来了主心骨,一切当然就要刘大将军拿主意了。当然,刘大将军还未说话,倒是宰相王谧先开口了:"呈报刘大将军,大家一致推举您兼领扬州刺史。"

刘裕也知道,东晋朝堂的规矩是,由宰相兼领扬州刺史。看来这乌纱帽来得也太容易了,一步登天的他一时还不能适应,于是连忙推辞:"使不得!使不得!"

见刘大将军真诚推让,王谧赶快接口:"那就由我继续录尚书事,领扬州刺史。刘大将军为使持节、都督扬徐兖豫青冀幽并八州诸军事、领军将军、徐州刺史。"

刘裕一看刘穆之使劲地示意,知道不能再推辞,不小心一句话就将宰相之位让出去了。何况他必须有这些军职,指挥起来才名正言顺。于是刘裕一行住进了宏伟壮丽的东宫,掌控了整个建康的城防。此时政局混乱,百官放纵,百业废弛,穷苦出身的刘裕以身示范,先以威严约束宫廷内外,百官都开始认真供职,在二三日内,朝廷风气为之大变。

当下最急的有两件事，一是建康无主。如今皇帝在桓玄手上，桓玄就有了命令建康的令箭，刘裕要想不听命于桓玄，就必须在建康树立一个司马家的临时负责人，使自己的命令看起来具有合法性。刘穆之左看右看，还是找到了一个，那就是和桓家最有仇的武陵王司马遵。这司马遵之父司马晞颇有军事才干，为桓温所忌，371年桓温诬其谋反，逼迫简文帝废其为庶人，流放新安郡。后来司马遵受爵，历任散骑常侍、秘书监、太常、中领军，桓玄杀进建康后又将其贬为彭泽侯。于是，刘裕假称受晋安帝密诏，以司马遵承制统率百官，加侍中、大将军。

当然，更急的是怎么立即在这帮高门士族心中树立威信，光靠军功是不行的，他们又不知道战场长哪样，得让他们看到身边的鲜血才行。在刘穆之的建议下，刘裕诛杀了反对自己的"江左冠族"、尚书左仆射、太原王氏的王愉及其子、荆州刺史王绥（桓氏亲党）。此外，光禄勋丁承之、左卫将军褚粲、游击将军司马秀等与桓家亲近的人，被全部免官。

十月，刘裕兼领青州刺史，获准带"甲仗百人入殿"。405年正月，刘裕收复江陵，驱逐桓氏势力，迎回安帝。安帝下诏褒奖刘裕的功绩，擢升他为侍中、车骑将军、都督中外诸军事，持节、徐青二州刺史如故，共都督十六州诸军事。

406年三月，刘裕获封为豫章郡公，食邑一万户，获赏绢三万匹，镇军府的僚佐规格只比原太傅谢安府低一等。十一月，安帝重申前诏，加刘裕为侍中、车骑将军、开府仪同三司。408年正月，因宰相王谧已在上年十二月逝世，朝中无人，刘裕遂听从刘穆之劝言，入朝接受辅政的诏命，获授侍中、车骑将军、开府仪同三司、扬州刺史、录尚书事，兼徐兖二州刺史，掌朝政大权。东晋的大船，算是正式驶入了"刘与马"

的河流。

百年来，东晋均实行九品中正制，阶层固化严重。士族门阀制度烜赫宇内，掌控一切。连上层士族之间也有高低之分，下层士族几乎无向上发展的可能。众多上无片瓦遮盖、下无立锥之地的平民，若是想改变自身处境,希望渺茫。此前在朝堂曾任宰相（录尚书事）一职者共十九人，其中皇族四人，高门士族十三人，有个半寒族的是苏峻，但他是靠拳头占领建康后自封的；唯一例外的是刘裕，他来自最底层，在极短的时间内，就抵达了人臣的最高位。时代所赋予的开天辟地的转机,似乎已若隐若现。

（二）定海神针

在建康，刘裕的名字是如雷贯耳，家喻户晓。在朝堂上，面对"甲仗百人入殿"的刘宰相，满朝文武都是战战兢兢，行礼如蚁，但从他们满不在乎的眼神里，刘裕读出了"蔑视"，读出了"不服"。

的确，这年月，要让一个普通人信服，那还是挺容易的。如今江南的老百姓，都对刘宰相交口称赞，因为他带来了秩序，带来了希望，何况他是"卖草鞋"的，代表的肯定是劳苦大众的利益，以百姓拥护不拥护为尺度，他当然是最合格的。可是当时老百姓没有发言权，拥护不拥护还得由朝堂诸公说了算。这年头，要让高门士族心服口服，那还真挺不容易。即使你匡扶了江山社稷，即使你挽大厦于既倾，但你出身是低微的，军队的职业是下贱的，你的口舌是笨拙的，你的言谈是木讷的，于是他们对你的决策，是无意义地点头，是懒洋洋地同意。他们臣服的，只是你手中的暂时的权柄。

刘裕虽然没读过书，但他生于基层，历经苦难，当然什么都懂。不

就是名声吗，要读书要玄谈是不大可能了，毕竟已经过了读书的年龄，何况给他书他也读不进去！这年头士族大儒所崇拜和臣服的，并不是道理，而是拳头。你看那改朝换代的王莽，只是摇动口舌，在政治上腾挪斗转，运用高超的手腕，兵不血刃地完成了政权转移，在史家眼里却成了千古篡臣，为万民所不容；而那嬴政、刘邦等开国之君，杀人如麻，血流漂杵，在数十百万尸骨上接过了政权，史家反而赞美为"得国最正"。天下臣服的是拳头，此前桓温就深谙此理，一个劲地北伐西征，让满朝堂的大臣整天战战兢兢，差点拱手奉上"九锡"之桂冠。刘裕要想征服人心，别无他途，于是重拾桓温之老路，率军北伐。

别忙，出发之前得找一个最信任的人掌控朝堂，就像王敦之于王导，谢尚之于谢安，没有这个朝堂之上的定海神针，出发的大军也就是汪洋中的一叶扁舟，满世界找不着北。想来想去，人物也是现成的，那就是刘穆之了。

刘裕是军事奇才，也很有政治眼光。他明白，自己没文化，可他尊重文化人，更明白政局的稳定、江山的治理是离不开读书人的，于是欣然接受并完全信任刘穆之。这刘穆之是京口人，算起来是刘裕的远亲，曾为济阳建武将军、琅玡府主簿，一路跟随刘裕到了建康。此时在即将出征的刘裕的建议下，刘穆之奉命留守建康，总掌朝廷事务，成为实际上的宰相。

后来事实证明，刘穆之这个留守宰相干得不是一般的好，从军政大事到私密点滴，他都为刘裕打理得妥妥当当。重大的治国方略和军事部署，刘裕对他几乎言听计从，东晋宽泛废弛的朝政也显现了一片振兴气象；而生活中的小事，刘裕也能接受自己军师的建议。刘裕没什么文化，大权在握后恶补了一阵，但速成的效果和从小饱读诗书的士族相比，区别肯定相当大，首先那手歪歪扭扭的字就对不住观众。对此刘穆之向他建议，大能掩拙，更显霸气，建议刘大将军在批示公文意见时把字写大。刘裕欣然接受，从此刘大将军的公文批示，一纸只写六七字，堪为史上最大字批示。

刘穆之对自己的上司也是知无不言。穆之幼年家贫，苦日子过够了，跟随刘裕发达后，生活起居过得相当豪华，一个人吃饭，也得上足够十多个人享用的美宴。对自己的缺点，刘穆之也直言不讳，说我也想节约，不过穷怕了，真不愿再过苦日子。除了这点，真没什么对不住老大的了。刘裕对刘穆之的这点"不良"嗜好很是理解，很大气地说，跟着我混难道这点嗜好也满足不了你吗？于是每年给刘穆之布万匹、钱三百万，竭力满足其物质需求。有了刘穆之为刘裕操持政务，刘裕能把更多的精力放在外事，开启了他精彩的北伐征程。

（三）剪灭南燕

五胡割据的北方，经由前秦苻坚短暂统一，在淝水之战后又迅速陷入分裂，先后出现了北魏、后秦、西燕、南燕、后凉、夏等割据势力，东晋又迎来了北伐的最佳时期，刘裕当然不能错过。

刘裕的第一个北伐目标是南燕。南燕由鲜卑慕容德所建立，395年，后燕攻北魏，被北魏拓跋珪在参合陂大败，拓跋珪夺取后燕都城中山（河北定州），将后燕一分为二，后燕大将慕容德率户四万南徙滑台（河南滑县东），自称燕王，史称南燕。滑台后为北魏所占，慕容德又攻取青、兖，入据广固。南燕邻接东晋，在诸胡中实力较弱，慕容德死后由其兄子

慕容超即位。此人一天到晚不理政事，只知游猎玩乐，本来就是刘裕眼中北伐的第一盘开胃菜，谁知道这道开胃菜自己找上门来了。409 年二月，慕容超主动进攻淮北（据说是因为宫廷乐师太少，想到南方抓几个），俘获了阳平和济南郡太守，掠走男女数千人。

409 年三月，刘裕上表请伐南燕，朝中大臣多不同意，这一幕在桓温在时也反复上演，大家都想安稳踏实过日子。刘裕当然不为所动，他的正义之师开始上路了。409 年四月，刘裕率十余万步骑兵从建康出发，从水路自淮入泗。五月，到达下邳。刘裕留下船舰、辎重，率军徒步取道琅玡北进。所过之处，皆筑城堡，分兵留守，以防南燕骑兵袭击粮道和退路。

南燕在得知东晋即将出兵的消息后，朝中大臣分为两派，一派以公孙五楼为主，提出上、中、下三策。上策是占据大岘天险来阻击晋军，坚守不出，消磨晋军的锐气，然后分兵断绝晋军粮道，再以兖州之兵东下袭击晋军侧翼。中策是各地根据当地地势城池，坚守不出，晋军不得进而退兵时，再派精兵追击。下策是放弃大岘之险，诱敌深入，在平原地区利用骑兵优势与晋军决战。慕容超认为，恰恰下策才是上策，让那晋军主动前来领死就可以了，自己懒得出动。慕容超认为鲜卑骑兵天下无敌，他要在平原上马踏刘裕。

从琅玡至广固共有三条道路，一是经沂水北上，经东莞翻越大岘山，此路虽最为便捷，但大岘山地势险要，通道只能容下一辆车的宽度；二是经过莒城、东武，再向西走，此路路途较远，耗费时日；三是越过泗水，经梁父再转向东北逼近广固，但此路多为山路，运输困难。五月，刘裕率军越过大岘，没有见到燕军的动静，大喜。部将问其原因，刘裕说："我军如今已经越过敌人险要之地，士兵都抱着必死的信念，田地里都是庄稼，我不必因断粮而担忧，敌人已经尽在我的掌握之中。"

六月十二日，刘裕率军抵达东莞。在此之前，慕容超与公孙五楼及贺赖卢等人率兵五万驻守临朐，在得知刘裕越过大岘山后，慕容超留下老弱守广固，自己再率领四万步骑前往临朐。巨蔑水在临朐城西四十里处，慕容超随即命公孙五楼先行占据，但刘裕的先锋孟龙符此时已经抵达了巨蔑水边，双方因此展开激战，南燕大败。

在临朐南，南燕的九万大军与刘裕的十万大军展开决战。在平原上，南燕鲜卑的骑兵是有巨大优势的，当初不可一世的"战神"冉闵，就是倒在了鲜卑铁骑的铁甲连环阵下。刘裕深知鲜卑铁骑的威力，晋军在骑兵方面的劣势只能通过极高的战术素养来弥补。刘裕向古人学习，在此战中使出了特殊兵种——战车，晋军有车四千辆，分车为两翼，方轨徐行，车悉张幔，御者执槊；又以轻骑为游军。步兵在车兵中间行进，骑兵在队伍两侧及前后担任警戒及侦察。刘裕充分运用庞大的战车队形，来抵御鲜卑铁骑的冲击和掩护晋军的步骑兵，有效减弱了鲜卑骑兵的威力。半日已过，双方杀得惨烈，胜负难分。这时刘裕接受了参军胡藩的建议，派兵潜出燕军之后，直取空虚的临朐城。城中守军毫无准备，很快就被晋军占领。

晋军攻占临朐城，燕军军心大乱，死伤无数。慕容超率残部逃往广固，刘裕乘胜追击，并于六月十九日占领了广固大城。慕容超收缩兵力固守小城，晋军强攻不下，刘裕改为筑垒掘堑，实施围困，并就地取粮，停止了后方江淮漕运的补给。

慕容超被围后，举步维艰，就派尚书张纲向邻居后秦求援，过了几天，再派韩范到后秦催促。后秦姚兴也不想看到南燕被灭,但此时后秦正与夏国赫连勃勃激战,抽不开身,只派出一万步兵,另一边派使者威吓刘裕说,将派十万大军援燕。姚兴的威胁没有吓住刘裕,刘裕回话说,三年后我们关中见,如果你现在来更好,省了我鞍马劳顿。

七月,南燕尚书垣遵及京兆太守垣苗出城投降,告诉刘裕,去后秦求援的张纲擅长制造攻城器械,若是擒之,广固可破。正巧,张纲在从长安返回途中,被晋泰山太守俘获。刘裕让他登上楼车,绕城喊话说后秦已经被赫连勃勃打败,无力救援。慕容超见求救不获,张纲还被俘,十分忧惧。而且,每当江南派出的使者和援军抵达时,刘裕都大张旗鼓地迎接,导致广固城中人心惶惶。于是,慕容超就想割大岘山以南地区予晋,并向晋称臣,以此换来和平,但被刘裕拒绝。十月,张纲制造的攻城战具完工,刘裕开始强攻广固城。公孙五楼挖地道袭击晋军,但均遭失败。多日的围困早已让广固城中弹尽粮绝,许多南燕官吏纷纷出城投奔刘裕。

410年二月,南燕尚书悦寿开门迎晋军入城,慕容超率亲卫数十骑逾城突围出走,被晋军追获,送至建康斩首,南燕灭亡。围攻广固长达八个月后,刘裕最终灭亡南燕。后来有词人专门赞扬刘裕的英雄气概:

永遇乐·京口北固亭怀古(节选)

辛弃疾

千古江山,英雄无觅孙仲谋处。

舞榭歌台,风流总被雨打风吹去。

斜阳草树,寻常巷陌,人道寄奴曾住。

想当年,金戈铁马,气吞万里如虎。

有作诗词的，还有作画的。我国诗歌从一开始就形成源远流长的抒情传统，绘画从一开始就是以线条塑形从而传神的传统。因此，绘画重在传神与诗歌重在抒发内在情感是可以产生共鸣的，是可以融合的，这就是艺术的独特之处。中国绘画，自诗人顾恺之始，标志着文人进入画坛，逐渐酿造出中国画浓浓的诗情。看到这么多年来偏安江左的朝堂终于北伐有成，号称画绝、文绝和痴绝的顾恺之欣然作了《祭牙（旗）文》《洛神赋图》呈送给刘大将军。

灭燕行动结束得恰到好处。东晋国内，卢循、徐道覆的五斗米教徒乘刘裕外出之机，率军从广州南上，连克长沙、豫章，杀江州刺史何无忌，大败刘毅，锋芒直指建康，东晋皇帝吓得差点跑北方投奔刘裕了。刘裕及时地杀了个回马枪，稳定了局势和民心，用了一年多的时间平定卢循徐道覆的五斗米，将他们逼死海中。

第二章　西征：再攒名气

那桓温积攒名气，最先捏的"软柿子"是谁？对的，是巴蜀。刘裕现在也省悟了，北伐要费的力气确实很多，胡族的武力都比较火爆，要是有个闪失，不但增加不了声誉，还会使好不容易镀上的金身蒙尘。他也赶紧看了看西边，刚好，蜀地现在仍然是个最好捏的"软柿子"。

天下未乱蜀先乱，自秦灭巴蜀以来，蜀地断断续续出现了多个割据政权，西汉末年，公孙述据蜀建立了成家政权；东汉末年，刘璋父子建立割据政权；三国时期，刘备父子建立蜀汉政权；西晋末年，李雄建立成汉政权。之后桓温伐蜀，蜀归东晋，不久被前秦苻坚吞并，苻坚淝水之战战败后，东晋又维护起对蜀地的微弱统治。不久前，又有本地豪族谯纵，建立起谯蜀政权。

巴蜀之所以频繁出现割据政权，首先与地理环境有关，四川盆地北有秦岭东有三峡，"蜀道之难，难于上青天"，当真是一夫当关，万夫莫开，天下大乱时，总会有英雄豪杰跳出来割据巴蜀。巴蜀出现割据局面的第二个因素是富庶。成都平原的粮食产量非常高，天下粮仓看四川，天府之国名副其实，割据养兵的本钱没有问题。能征善战是第三个特点，巴蜀的少数民族较多，自古善武，蜀民拿上武器只要稍作训练就可以上战场。

（一）谯纵据蜀

眼花缭乱的豪杰据蜀，并非蜀中没有英雄，而是巴蜀"不争"的风气使然。古史记载的四川民风是，"乐于享受，安逸淳朴"。其实巴蜀也是藏龙卧虎，人才济济，比如早期的豪族谯氏。

两汉至两晋时期，谯氏就已经成为嘉陵江流域的名门望族，这不仅在于它有着西周皇家姬姓血统，更在于涌现了诸如谯隆、谯玄、谯周、谯秀等一批在中国历史上有着一定影响的代表人物。比如"蜀中孔子"谯周，就与诸葛亮同殿为臣，其祖上谯隆，在汉武帝时期做过上林令；先祖谯玄曾拜议郎、迁中散大夫。谯周对《尚书》《礼记》很是精通，成了博古通经的大儒，著述多达百篇，《论语注》《巴蜀异物志》《后汉记》等都影响一时，《古史考》更是被誉为能与《史记》并行于世的史书。后世蜀中饱学之士，大半师承于谯周，他的学生陈寿就写出了《三国志》。

"蜀中孔子"谯周墓

309年，谯周的孙子谯登，为父报仇而斩杀成汉巴西郡（阆中市）

郡长马脱，进而占据涪城（绵阳市）并归顺晋国。桓温伐蜀后，曾任命成汉政权的司空谯献之为参佐，以安抚民心。这谯纵就是谯献之之孙，他聪明好学，很有智谋，为人低调，做事谨慎，见到有人遭难，往往倾囊相助。后来，谯纵怀着济世安民的抱负当了兵，由于武艺高强，打仗又颇有谋略，不断地建功升职，一直做到平西府参军的高位。他的上司，就是益州刺史、平西将军毛璩。

毛璩是将门之后：祖父毛宝曾任征虏将军、豫州刺史；父亲毛穆之曾任右将军、益州刺史。403年桓玄篡晋，毛璩义愤填膺地向远近各州郡传布檄文，让各部进军讨伐，成果是喜人的：其手下益州督护冯迁斩杀了桓玄；巴东太守柳约之等击败桓希，率军屯驻白帝城。晋安帝下诏升任毛璩为征西将军，加任散骑常侍，都督益、梁、秦、凉、宁五州军事，代理宜都、宁蜀太守。

位高权重、显赫一时的毛璩加大进军力度。404年六月，毛璩攻占汉中，斩杀了桓玄手下的梁州刺史桓希，并乘胜挥师顺流东下，准备攻打占据汉陵的桓振。他另遣两路大军配合进攻：一路由其弟弟毛瑾、毛瑗顺外江而下；一路由参军谯纵率领巴西、梓潼二郡军下涪水，约定与毛璩大军在巴郡会合。

令毛璩到死都想不明白的是，他下达的东进命令竟然成了自己的索命符咒。谯纵接到进军令，便整顿兵马，准备顺涪水东下。但他手下的侯晖却老大不乐意。身为巴蜀之人，凭啥子要去下江卖命？不光是他，手下的大部分兵众都是土著巴蜀人，他们只想在蜀地"安逸"，并不想去江南打仗。侯晖于是与巴西人阳昧密谋，打算起事反叛。

到了五城（中江县）水口，侯晖和阳昧带兵闯到谯纵船上，逼迫谯纵为盟主，带领他们反晋自立。是啊，造反这事，首先举事者就要名头响亮，得是带头大哥才行。谯纵是个本分人，只想靠自己的奋斗升职当官，做点利民之事，哪里想过造反起家？他见二人相逼，不由心中大骇。他知道，如果造反不成，必定死无葬身之地，与其遗臭万年，还不如自行了断。于是，谯纵乘二人一不留神，咚地一声，纵身跳入江中。侯晖等人连忙跟着跳下江去，把谯纵从水里捞了起来。见湿淋淋的谯纵并无大碍，侯晖、阳昧等人又齐刷刷跪下，请求他务必同意领头造反。侯晖对谯纵说："不反，我们可能在江南战死；反，可能被毛璩兄弟杀死。既然反不反都是死，还不如反，也许还有一丝活的希望。"谯纵心想，这词怎么和陈胜、吴广的相似？虽然也有一定道理，但嘴上仍是坚拒。侯、阳二人也不再啰嗦，"嗖"地拔出亮晃晃的宝剑，直指谯纵咽喉，并扬言会杀了谯纵全家老小，逼着他坐上车驾，命众兵士跪下，山呼"盟主万岁"。谯纵被逼无奈，只好勉为其难。于是谯纵与众人约法三章：一不准残害百姓；二要听从指挥；三不得滥杀无辜。大家一齐允诺，就这样，老大的头衔就在一阵强迫中戴上了。

405年二月，谯纵命侯晖领军，突然袭击涪城。镇守涪城的是毛璩的弟弟西夷校尉毛瑾。他哪里想到谯纵和部下会反叛呢，仓促之下，毛瑾迎战不力，被乱军杀死，涪城陷落。谯纵在众人拥戴下，自称梁、秦二州刺史。

当时毛璩正在略城，距成都有四百里之遥。他听说军中发生叛乱，星夜快马赶回成都，急令参军王琼率三千兵马征讨谯纵；又派弟弟毛瑗率兵四千后续接应。谯纵派弟弟谯明子及侯晖在广汉抵御王琼，并吩咐他们依计而行。

王琼率军气势汹汹地向广汉攻击，谯军侯晖正好迎面接战。战不多时，侯晖抵敌不住，连忙溃退。王琼乘胜追击，哪里肯舍，一直追到绵竹。

谁知突然一声炮响,两面伏兵齐出,为首闪出一员猛将,正是谯纵兄弟谯明子。此时的王琼军,本已追得疲惫;而谯家军却以逸待劳,生龙活虎一般。谯军如砍瓜切菜,将王琼兵士杀得血流成河,死者十之八九。谯纵军乘势追击,包围了成都。

谯纵也不急着强攻,他知道城墙坚固。那天他对侯晖道:"强攻不如巧夺,若能里应外合,成都唾手可得。我有一故友,姓李名腾,现任益州营户,你可派人混进城去,重金利诱,许他事成之后封侯拜将。此事谐矣!"侯晖依计而行。几天后,李腾率手下几名兄弟,果然大开城门,谯纵大军一拥而入,突袭斩杀了毛璩和他的弟弟毛瑗,并灭了毛氏全家。

谯纵占领成都,在侯晖等拥立下称成都王,号称西蜀,史称谯蜀政权。谯纵任命堂弟谯洪为益州刺史,镇守成都;封弟弟谯明子为镇东将军、巴州刺史,率军五千屯驻白帝城。

(二)谯蜀东征

益州反叛,刘裕当然不能容忍,于是任命司马荣期为新任益州刺史,令其率兵讨蜀。要当官么,自己带兵把地盘夺回来,晋廷这一招还是挺绝的。406年正月,司马荣期大军出动,如今东晋攻蜀,只有三峡水路可走,山路隔着强敌后秦,不像桓温西征时有路可选。即便东晋这破船烂了三千钉,毕竟还有三千破船攻来,谯纵立国新成,小船也还没有几艘,没有水军的白帝城不久被攻破,谯明子仓皇败逃。

司马荣期虽然击败谯明子,但杀敌三千,自损八百,所领兵力也有很大伤亡,于是请求暂缓对谯蜀的攻击。主政宰相刘裕又派将军毛修之,入蜀配合司马荣期。两军会合后,依然由司马荣期为先驱,毛修之作后应,由水路向成都攻击前进。谯纵故技重施,派使者悄悄去见好朋友——

司马荣期的参军杨承祖，诉说毛家统治的残暴，解析巴蜀百姓的期盼，回忆儿时友谊的珍贵，憧憬美好巴蜀的未来。司马荣期名字是个好名字，但也许他命里就是没有坐拥成都的那个"荣期"。当司马荣期抵达巴州时，突然被参军杨承祖所杀，按约定，杨承祖自称巴州刺史，成为谯蜀臣下。等到毛修之兵抵宕渠，才得知荣期遇刺的消息。他孤掌难鸣，只好仓皇退兵白帝城。这时，原益州督护冯迁已升任汉嘉太守，主动发兵来相助毛修之。俩人合兵一处，很快将叛军消灭，斩杀了杨承祖，夺取了巴州。

现在，冯、毛二将踌躇满志，正拟乘胜攻蜀。没想到东晋朝廷新任命的益州刺史鲍陋为，突然"空降"，哼着歌喜滋滋地驰到前线成为新主帅。这些年益州都是毛家的地盘，那毛修之为啥和谯纵打得那么起劲？除了为家族报仇之外，更大的动力是"益州刺史"这顶乌纱帽。可是刚种下桃树，摘桃子的人就来了，毛修之心里十分不爽。原来东晋朝堂从来都不是铁板一块，虽然刘裕风头正劲，但反对派也不少，比如北府兵"三剑客"的刘毅就是。这刘毅比刘裕资格更老，打仗当然也很在行，又是和刘裕一同起义反桓玄的，现在一看刘裕把持朝政，那这朝政为什么不应该由刘毅来把持？他现在为持节、开国公，都督荆宁秦雍四州及司州之河东河南广平、扬州之义城四郡诸军事、卫将军、开府仪同三司、荆州刺史，驻扎在荆州，和刘裕再次形成"荆扬对峙"的局面。益州从来就是荆州的势力范围，这个益州刺史鲍陋为就是他任命和派遣的。道不同不相与谋，鲍陋为与毛修之的会面协商自然不欢而散，一时军令不知所出，几万大军每天只吃饭睡觉，就在军营里久久逗留。刘裕对军事非常敏感，于是任命刘牢之的儿子刘敬宣为襄城太守，令他率兵五千赶往蜀地，同时任命刘道规为征蜀都督，协调指挥各路人马。

谯纵闻报晋军大至，觉得还是只有找个靠山才有能力抗击东晋，看来看去，邻居就只有后秦了。敌人的敌人就是朋友，407年九月，谯纵向后秦遣使纳礼，蜀中美色美物多的是，商量共同抗晋大计。后秦主姚兴大喜，多个朋友多条路，立马遣部将姚赏率兵二万驰援谯纵。姚赏会同谯道福，据险死守。刘敬宣率部从垫江（重庆合川）逆涪江而上，进至遂宁郡（遂宁市蓬溪县境内）黄虎岭，此地山路险绝。蜀秦联军坚壁守御，刘敬宣屡攻不下，双方相持六十余日。刘敬宣军粮食已尽，饥疲交并，只好引军退还，蜀秦联军一阵追杀，晋军死亡过半。回江南后，刘敬宣被撤职查办，刘道规降号为建威将军，刘裕的威望也受损几分。

最好的防守就是进攻，谯纵审时度势，既然能在蜀地战胜晋军，看来晋军的实力也不咋样，于是决定也派兵去江南看看风景，来个"东征"也是可以的。当然，谯纵也会连横合纵，这边派使者联络了江南的海盗头子五斗米教主卢循，那边派使者联络后秦，相约一同出兵，瓜分东晋。

410年，谯纵任命桓谦为荆州刺史，当然也是有样学样，地盘需要桓谦自己去抢。这桓谦也愿意去抢，他当然想恢复桓家在荆州的荣耀。同时任命谯道福为梁州刺史，起兵二万顺江而下，进攻东晋的荆州。后秦姚兴令前将军苟林统一万骑兵从陆路前往相助；卢循更是从海上率十万众向建康进发。

战争初期，谯蜀军进展顺利。谯道福攻破巴东，杀死晋军守将时延祖等；桓谦率兵进入荆州，召集旧部，得二万余人，进驻江陵西北的枝江；苟林的骑兵在寻阳击败入援建康的司马镇之，进军到江陵东南的江津；卢循更是打败了北府三剑客之一的刘毅，斩杀了北府三剑客之一的何无忌，目前正在踌躇满志地包围建康。东晋的荆州江陵处在谯纵的两面夹击之中；建康受到卢循的进攻，不但没有援兵，音信也阻隔不通；镇守江陵的荆州将士人心不稳，大都在另谋去处，形势十分危急。才在蜀地打了败仗的主将刘道规，经过深思熟虑，决定大开城门，任百姓去留。这样一来，不但官员、部众没有人走，连城里的居民也不愿离开。恰好，这时天降救星，雍州刺史鲁宗之率五千军士由襄阳南下驰援建康，正好路过荆州。刘道规大喜，在酒宴上不断劝酒游说，反正在哪里都是保家卫国，先干了荆州这一票再一起去建康也不晚。鲁宗之耳根一热，就主动挑起了镇守江陵的重任，刘道规则统率荆州全军主力，水陆并进，猛攻桓谦。桓谦的两万名士兵毕竟多数是新近招募，一些士兵武器都还没有，怎么能抵挡凶猛的荆州兵？刚一接仗就大败，桓谦逃跑途中被刘道规击杀。苟林本来要从另一方冲杀过来，还没来得及发动，桓谦就战死了，他并不是来拼死力的，一看没有好处可捞，赶紧率骑兵逃跑。刘道规命部将刘遵追击，终于在巴陵将苟林斩杀。谯道福探知前线接连战败的消息，也就偃旗息鼓，退兵返回了蜀地。

（三）刘裕征蜀

412年十二月，消灭了南燕、斩杀了卢循、终于腾出手来的刘裕决定再次伐蜀。他力排众议，任命刚三十出头的朱龄石担任元帅、建威将军、益州刺史，发大军两万人马，从江陵出发。本来刘裕是要亲征的，他的特长是打仗，他也喜欢打仗，无奈他有更重要的事情需要办理，当然是可以更让他出名的事，那就是接待大名鼎鼎的大和尚法显。

399年，已六十五岁的大和尚法显，与"同契"慧景、道整、慧应、慧嵬等十一人，离开后秦长安，踏上了赴西天取经的漫漫征途。他前后历时十五年，行程四万余里，在游历了二十九个国家之后，在佛教的发源地印度觅得真经戒律，才回归东土。在中国历史上，他是比唐僧玄奘早两百多年去西天取经的第一人。回到东土后，法显本欲返回长安，因得知僧众宝云等受到后秦姚羌的排斥，而转赴江南，在建康道场寺住了下来。这是闻名江南的大事，经过一番精心准备，正在积累声誉的刘裕率领文武百官，以及江南的著名僧侣，一同正式迎接法显一行，并设宴款待。在梵音唱颂中，在香火缭绕中，法显呈上了他潜心翻译的印度梵本《摩诃僧祇众律》等。后来，法显在建康共翻译佛经、戒律六部，达一百多万字，填补了译经事业中戒律方面的空白。法显还把游历天竺及所到二十九国的取经见闻，融合佛学智慧，写成了不朽的世界名著《佛国记》。

　　这边刘裕在迎接僧侣时高唱和平的赞歌，那边他派出的伐蜀统帅朱龄石正在奋力推进。这朱龄石出身将门，自幼习武，善于使用飞刀。他曾长期跟随刘裕东征西讨，屡建功勋。刘裕在考虑伐蜀领军统帅时，力排众议，提出起用朱龄石。此议一出，满朝哗然。大家都认为平蜀统帅，绝对应该是资历深厚，有雄才大略的人，而朱龄石这个小字辈儿显然压不住阵脚。众人纷纷劝谏刘裕亲征或者另选干将。但刘裕认定了朱龄石，毫不动摇地赋予他独当一面的大权，并将自己的一半部队划拨给朱龄石。臧熹是刘裕的小舅子，资历和地位都在朱龄石之上，但刘裕也令他接受朱龄石的调度。

　　朱龄石出发前，刘裕曾暗授机宜："四年前刘敬宣伐蜀兵出黄虎，没有成功而败退。谯纵此人颇有计谋，想得比较多，他会认为我们这次本应从外水进军，但又料想我方将出乎他们意料之外，仍然从内水进军。因此，他们一定用重兵守卫涪城（四川绵阳），用以防备内路。如果我们仍向黄虎进军，正中谯纵之计。故而我们此次要以大部队从外水（岷江）进取成都，以小部队出内水（涪江）作为疑兵。这才是克敌制胜的奇计。"担心提前走漏消息，刘裕又写了一封密信，要朱龄石到了白帝城才能拆开。

各军开拔虽然都沿长江逆流而上,但不知道后来会从哪里展开攻击。到了白帝城,朱龄石打开密信,只见信中说道:"主力从外水进取成都,臧熹、朱林从中水(沱江)进取广汉,派老弱士兵乘十余艘大船,从内水驶向黄虎。"众军于是日夜兼程,倍道前进。

谯纵按照自己的推断,果然在内水做好防备,派大将谯道福以重兵守卫涪城。令大将军、秦州刺史侯晖,尚书仆射、蜀郡太守谯诜等率领一万多人驻扎彭模(眉山市),沿岷江两岸构筑了城垒。

413年六月底,朱龄石沿岷江逆流而上,兵锋直指彭模,距离成都二百里。谯蜀军沿岷江两岸建起高楼重寨,晋军暂时不能攻破。朱龄石想要养精蓄锐暂时休战,参军刘钟连忙劝止,于是朱龄石准备一鼓作气攻克彭模。在具体打法上,诸将认为谯蜀军北岸城垒险阻,兵士众多,攻击难度大,而应该先攻稍弱的南岸城垒。朱龄石却反其道而行之。七月初,朱龄石强攻北城,从早晨开始进攻,一直战至中午,晋军烧掉谯蜀军瞭望台,众军从四面一起登上北城,斩杀侯晖、谯诜。晋军掉头攻打南城,南城谯蜀军即刻奔散溃逃。此役一共斩杀谯蜀军大将十五人,沿江营垒纷纷土崩瓦解。东晋军队弃船登岸,从陆地向成都攻击前进。

听到彭模失守的消息,谯纵部下各地守军相继瓦解。七月五日,谯纵放弃成都出逃,最后走投无路自缢身亡。守卫涪城的谯道福不久也城破被斩,存续九年的谯蜀政权灭亡。后来有诗人张弘范到谯王城凭吊:

木兰花慢·题亳州武津关(节选)

忆谯都风物,飞一梦,过千年。

羡百里溪程,两行堤柳,数万人烟。

伤心旧家遗迹,谩斜阳,流水接长天。

冷落谯祠香火,白云泪眼潸然。

第三章 北伐：还攒名气

名气这东西，并不真实。首先在于不好攒，对于东晋门阀，攒名气的途径是学问，是谈玄，是隐居，是吸引人眼球的五斗米，是吞云吐雾的五石散。每一项做到极致，你就出名了，但刘裕一项也不会，他会的只有战场上真刀真枪的搏杀。而这些高门士族最痛恨武功，社会潮流最藐视战将，这刘裕的名气一时半会儿积攒得并不理想。其次在于不靠谱，名气就像雾气，并不能像珍宝一样一直紧紧地攥在手心，它在你身边飘一会儿就会消散于无形。想想也是，当年那桓温三次北伐，一路高歌猛进，却并未积攒起尺厚的名气，反而被司马家时时责骂，一个"篡"字就成了桓家的标志，桓氏子孙也在重名之下烟消云散。是的，名气是表，高位是里，刘裕时时警醒，与其追求虚无缥缈的名气，还不如探寻本我，向桓温未竟的事业隐秘前进！

（一）光复洛阳

前些时在战场上积攒的名气也消散得差不多了，刘裕闲暇无事，就在巨型地图前欣赏，看看他最适合重拾名气的下一个点在哪里。对的，就是后秦！

后秦是十六国时期羌族姚苌建立的政权，传三世三帝，共三十四年。前秦苻坚淝水兵败后，关中空虚，原降于前秦的姚苌在渭北叛秦，384年自称"万年秦王"，擒杀苻坚后于386年称帝于长安，史称后秦，统治地区包括今陕西、甘肃东部和河南部分地区。

后秦一直都是一个令刘裕头大的国家。姚兴能力很强，自从他称霸北方以来，无时无刻不想着南侵东晋，但由于北边的胡夏时不时骚扰，担心后防线的姚兴也就暂时断了南征的念头。即便如此，姚兴依旧在恶心着刘裕。但凡是刘裕要收拾的人，一般都是逃跑到后秦，如司马休之、鲁宗之父子、司马国璠兄弟、桓氏宗族等，姚兴都向他们敞开怀抱，提供优厚待遇。

就在刘裕咬牙切齿、磨刀霍霍之时，姚兴也很配合地去世了，他那"无经世之用"的儿子姚泓主政，那些姚姓王爷并不臣服，内乱火拼箭在弦上。当然趁火打劫的也不少，夏主赫连勃勃就是后秦的死敌，409年，秦夏两国接连发生战斗，赫连勃勃率骑兵两万攻秦，掠夺平凉的杂胡七千多户，攻占了后秦的敕奇堡、黄石固、我罗城等地；410年，夏攻占后秦之定阳城、白崖堡；411年，夏南攻安定，俘其吏民四万五千人；416年，夏军攻占上邽，安定五万户降于大夏。除大夏外，后秦周围的邻居也想分一杯羹，西秦趁机进攻后秦，侵占周边土地；西南的仇池杨氏进攻后秦的岐山，境内各地羌人豪酋也纷纷起兵叛乱；北魏的势力也已经侵入到了后秦统治的河南地区。这么甜美的蛋糕，刘裕怎么可能错过机会不去咬上一大口？

刘裕继续研究着地图，目前后秦深入在中原的重要据点大致有七个：

一是许昌。许昌东南距离项城、西北距离洛阳均二百余里,属颍川郡。如果说河南是天下之中,那么许昌就是河南之中,这里不仅是进攻洛阳的必经之路,而且是北伐军的辎重中转站,地理位置十分重要。二是滑台。滑台是黄河的重要渡口,在此驻军可以监视魏军,又可以保护大军水路的畅通。三是商丘。它是联络淮河流域与黄河流域的重要节点。四是仓垣。它在开封的西北,为汴河尽头的重镇。五是荥阳、汜水关、阳城。此三地均为屏护洛阳东面的重镇。六是洛阳和洛阳以西的渑池及潼关,这是进入关中的门户。七是武关。这是关中平原向东南发展的缺口,又是东南势力进入关中的奇径。经过深思熟虑,刘裕召开了军事会议,进行了正式的调兵遣将。会毕,刘裕拿出令箭,调派五路大军,由步军、水军两部分组成。

第一路为步军前锋,由王镇恶、檀道济统兵,从淮河、泗水向许昌

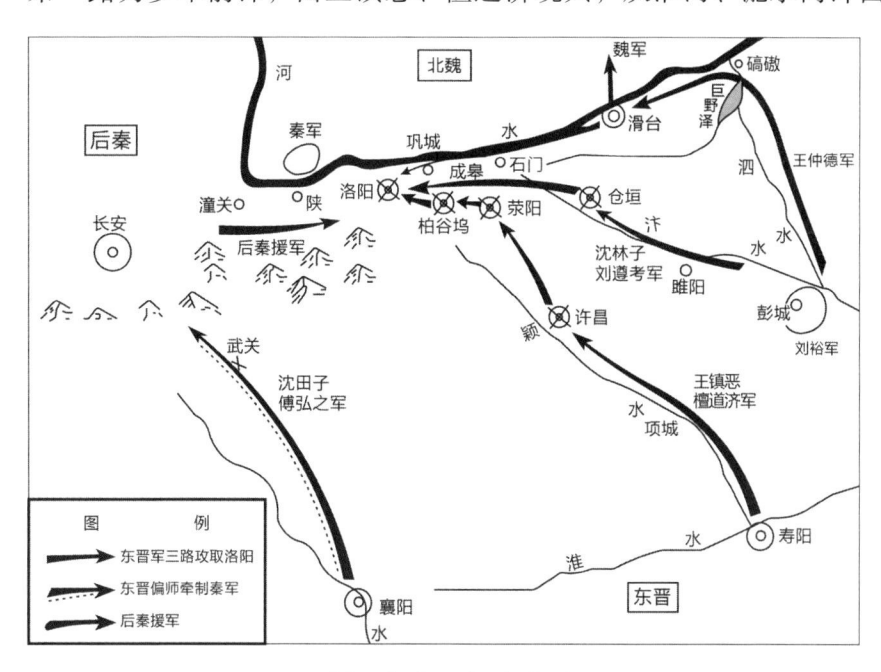

刘裕进军后秦路线图

和洛阳进发。王镇恶是前秦宰相王猛的孙子，苻坚战败后，王镇恶投奔到东晋，他对骑术不是很擅长，拉弓射箭的能力也很弱，但是却有深谋远略，善于对事情作出果决的判断，很喜欢谈论军队的大事。有人把王镇恶推荐给刘裕，刘裕和他交谈一番后，很喜欢他，便任命他为中军参军。前秦是被后秦所灭，王镇恶当然对后秦怀着刻骨的仇恨，在大军出发之前，王镇恶就立下毒誓：此番北伐，如果不攻克关中，绝不再过长江。

第二路由朱超石、胡藩率领，自襄阳进攻阳城（河南登封东南），以期策应王镇恶的前锋主力。

第三路由沈田子、傅弘之率领，自襄阳进攻武关（陕西商县西南）。

第四路是水军，由沈林子、刘遵考率领，从石门出发，自汴水进入黄河，直逼洛阳。

第五路也是水军，由王仲德率领，开通巨野被淤塞的旧河道进入黄河。

总体上来说，刘裕的行军路线，就是从山东、鄂北东、南两个方向朝关中进攻，目的就是为了形成一种半圆形合围后秦的架势，以期首先拿下关东地区，再合兵一处攻潼关，最后拔掉后秦的首都长安。当然，前边五路都是先锋，压轴的还在后边，刘裕亲率十万大军，进驻彭城，观而不发，以为前锋的策应。

目前后秦的大部分兵力都在西北和正西方向，东边和南边由于和东晋做了很长一段时期的友好邻居，平时就是小打小闹，没有爆发过大规模的流血冲突，所以这部分地区兵力相对空虚。王镇恶和檀道济的先头部队进入后秦境内后，大小战事都打得相当称手。部队行进到漆丘（河南商丘）时，奉行"识时务者为俊杰"的漆丘守将王苟生首先举起了白旗。有了表率，后秦境内很快就涌现了一大批识时务者，徐州刺史姚掌投降后，其余要塞守兵，也大多投降。唯一不降的，是新蔡太守董遵，但新蔡城小兵少，在强大的晋军面前不堪一击，檀道济很轻松地攻下了新蔡，董遵兵败被杀。

取胜的王镇恶和檀道济稍事休整后，继续向前挺进。很快携得胜之势攻克许昌，擒获后秦颍川太守姚垣等人，继而又占领阳城、荥阳等地。

王、檀二人在前面高歌猛进，沈林子等人同样捷报频传。沈林子的水军在进入黄河以后，同样碰到了一个"识时务者"，这个人是襄邑豪强董神虎。董神虎纠集的主要是一些乡绅武装。董神虎作为地头蛇，他给沈林子做了一回称职的向导。在董神虎的帮助下，沈林子攻克仓垣，兖州刺史韦华投降。总之，几路大军都打得有声有色，除了王仲德。

王仲德进入黄河以后，浩浩荡荡地沿着黄河西进。这一带隶属于东晋、后秦、北魏三国的交界地区。基本上三个国家在这一带都设有兖州刺史，只不过由于国土限制，各自管的兖州不一样而已。当大军经过北魏的滑台附近时，北魏的兖州刺史尉建看到东晋的瞳楼大舰，心生畏惧。想了半天，尉建终于做了一个很不英明的决定：弃城逃跑。这一跑，就跑出大问题来了。

眼见滑台成了一座空城，王仲德也不管这是谁的地盘了，大军正要找地方休整，就将军队带入了滑台城。北魏国主拓跋嗣听说兖州丢了，这还了得，领土主权神圣不可侵犯！拓跋嗣立即派出大将叔孙建、公孙表领军渡过黄河，在滑台城外堵住了还没跑多远的尉建，直接把他丢进黄河喂了鱼。当然还没完，事是东晋这边引起的，虽然对方军容鼎盛，但北魏目前基本已经取代后秦，成了北方新一代的霸主，他也不是那么好惹的。叔孙建、公孙表带领大军，来到滑台城下，向王仲德喊话，质问他为什么不打招呼就进入了魏国的国土。

王仲德在城楼上礼貌地回答:"刘公派我去到洛阳给晋朝的祖先扫墓,并没有准备攻打魏国。只不过你们的守将太胆小,自己放弃滑台跑了,我们也很意外。为了休整,我们只好在这里暂时住了下来,由于找不到负责人,也来不及通知你们的老大。我们很快就会向西开拔,不会影响到晋、魏两国的关系,你们也不必这么紧张。"

拓跋嗣听说后,还是不甘心。又派人去质问还在彭城的刘裕。刘裕也很重视,历来战场的目标就是一个,多头作战是兵家大忌,他不想招惹后秦周边的国家来参战,最怕现在的北方老大北魏加入战团,所以出发时小心翼翼,让几路大军千万不能招惹北魏,自己也坐镇彭城,就是对北魏飘浮不定的态度进行认真审视,以备不时之需。于是亲自向北魏写了一封道歉信,详细解释了一下原委,说得和王仲德差不多,当然一同送上的,还有厚重的金银珠宝。拓跋嗣接到信后,鉴于刘裕的"黄雀在后",也就只好退后一步天地宽。

一次小小的摩擦因此结束。王仲德也算有惊无险地避免了一场预料之外的战争。王仲德在滑台逗留的这些时候,后秦的关东战局仍然在持续恶化。在成皋,王镇恶、檀道济与沈林子的两路大军胜利会师,这儿离关东大城洛阳相当近。镇守洛阳的姚洸向姚泓求救,意识到问题严重性的姚泓,立即派姚懿向南屯驻陕津,支援洛阳城。但遗憾的是,即便这些援兵跑得飞快,等他们赶到洛阳时,洛阳城头也已经换了旗帜。

原来,守卫洛阳的统帅是姚兴之子——陈留公姚洸,他的部下分成了两派。以后秦猛将——宁朔将军赵玄为主的打算固守金墉城,最好是守到朝廷援军到达以后,再组织反攻;而平时战力一般的姚禹却主张出城拒战。姚洸本着少数服从多数的原则，最终采纳了姚禹的建议。

只要有援军，在敌我实力差距过大的情况下就应该死守城池，出城决战是一个加速死亡的建议，姚禹有此建议，因为他是"识时务者"。眼见晋兵倾国而来，一路上摧枯拉朽，洛阳随时面临朝不保夕的境地，姚禹为了给自己留一条活路，当然也是对当今皇帝的不满，就偷偷写了一封降书，给王镇恶送去。在王镇恶的授意下，姚禹开始很卖力地敦促姚洸出城对战，同时，他还拉拢了一些志同道合者，向姚洸发起了舆论攻势。

姚禹的工作很快就见到了成效。姚洸派猛将赵玄带领一千多士兵出城南守柏谷坞，广武将军石无讳出城东守巩城。事情异乎寻常的顺利，一切都在王镇恶、檀道济的预料之中，当然也在赵玄的预料之中。赵玄明白，这一去是回不来了，他只好"不识时务"，无奈地用鸡蛋去碰石头，尽管结果可想而知，不求其他，唯洒一腔热血而已。

刚刚赶到柏谷坞的赵玄，连水都没喝上一口，就看到了晋军的部队。赵玄领着自己的一千多部曲立即吹响了冲锋的号角。无奈晋军太多，赵玄很快就陷入了晋军的包围圈，尽管如此，赵玄仍拼力苦战，身中十余箭兀自战斗不息。如果是遇上孙恩、桓玄的部队，像赵玄这样拼命三郎的打法尚会有一线生机，刘裕就是这样混过来的。但时移势易，现在赵玄面对的恰是久经战阵的刘裕的北府军，他的猛，换来的也仅仅是悲壮的牺牲而已。

而石无讳还没有到巩城时，就被气势如虹的晋军吓得退了回来。姚洸坐不住了，于是干脆加入了姚禹一伙，在洛阳城头举起了白旗。

刘裕在给北魏的道歉信中，说过自己讨伐后秦是要给西晋以前的皇帝扫墓的，现在洛阳回来了，这个墓总还是得扫扫的，毕竟自己还是司马家的臣子。当然自己军务太忙，就不亲临了，派出了高密王司马恢之去拜祭，和桓温一样设置了陵墓的守卫部队。同时，还任命毛修之为河南、河内两郡太守，代理司州政务，镇守洛阳城。

前次桓温克复洛阳，还是六十年前的事了，江南再次轰动，建康当然热议。在留守宰相刘穆之的示意和众朝臣的建议下，司马皇帝加封刘裕为宋公，位列诸侯之上，加九锡。这桓温瞑目也未得到的"九锡"，就这么轻易地到了刘裕之手。当然，说到手也不对，我们是礼仪之邦，做什么都得讲礼，越是宝贵的，越是想得到的，越要赌咒发誓地严词拒绝，这刘裕就叫来一帮秘书，从君臣大义到三纲五常，用满篇的仁义道德将"九锡"坚决拒绝了，再次为东晋的春秋大义树立了良好的榜样。

（二）攻克潼关

三个月，这是北伐前锋军王镇恶等最宝贵的整休时间。此时，后秦宗室为了争夺最高统治权，不惜兵刃相见，完全不顾忌刘裕这外敌。因此东晋的大军攻克洛阳后，得到了很好的休整，为西进潼关做了充足准备。到现在为止，刘裕的十万大军在彭城观察形势三个月，现在一看，洛阳已克，北魏也已稳住，于是放心大胆地从彭城开赴洛阳，准备对后秦展开灭国之战。根据刘裕的命令，暂时停留在洛阳一带的先头部队，要等到刘裕的大军到来以后，方可一起向西攻击，因为刘裕还是担心北魏会与晋军开战。王镇恶、檀道济等众将当然没有刘裕那样的大局观，大家一致认为，面前的后秦军往返于潼关、长安之间，早已疲惫不堪，前线战机瞬息万变，"将在外，君命有所不受"，应该赶快给后秦军致命一击！

王镇恶的决策当然有道理，此时的后秦已经情势大变，原本驻守在

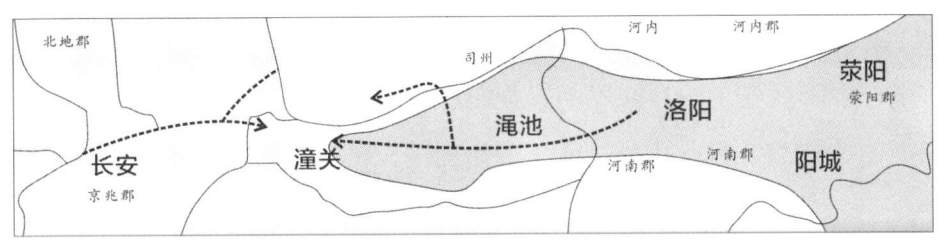

晋军从洛阳进军路线图

洛阳与潼关之间崤函险要的后秦军，因为姚恢的叛乱而被西调，后秦军不得不放弃了崤函险要，仅仅退守潼关。王镇恶敏锐地捕捉到了战机，以较少的兵力未经激战便顺利突破了崤函险要，直接进抵潼关之下，并试图乘虚攻下潼关。在洛阳休养了三个月的北府军将士们早已按捺不住，求战心切，不待刘裕大军的到来，即朝着潼关方向猛扑而来。王镇恶率军迅速推进到渑池，又派军进攻蠡城，后秦守军溃散而逃，晋军生擒后秦弘农太守。此时，从渑池一直到潼关之间，后秦军队已经组织不起有效的抵抗，北府军浩浩荡荡朝潼关杀去。

在向潼关行进的途中，在陕城，这支晋军又一分为二，王镇恶率领本部人马继续朝潼关挺进，檀道济、沈林子则率领其本部人马从陕城以北渡过黄河，进攻襄邑堡。这当然还是进攻潼关的老套路：以一部正面进攻潼关，以另一部渡过黄河占领蒲阪，再由蒲阪西渡黄河跃入关中，让潼关天险失去作用。

檀道济、沈林子所部北渡黄河，初战告捷后，即以大部兵力向西，进攻蒲阪。但蒲阪是河东重镇，后秦经营很久，即便是北魏道武帝拓跋珪取得柴壁大捷后，以全师之力也未能攻破蒲阪。虽然北府军作战勇猛，但怎奈蒲阪守备严密，晋军无法攻破。而且渡河以后，檀道济派出一支部队，北上进攻后秦囤积军粮的匈奴堡，也被后秦击败。

后秦主姚泓对晋军的攻击立即作出反应。他先派武卫将军姚驴解救蒲阪，胡翼度增援潼关，然后又加封此前被打倒的能人姚绍为太宰、大将军、大都督、都督中外诸军事、假黄钺，朝政大事全部由其做主。姚绍于是率领五万步骑，进居潼关，阻挡王镇恶之军。而此时已经来到蒲阪城外的后秦姚驴所部，与城内的并州刺史里应外合，一起夹攻檀道济之军。檀道济见此情形，转攻为守，固守营垒不战。

王镇恶、檀道济等将领的行动，已经使该部晋军陷于十分危险的境地：首先，从全局上看，刘裕的大军刚刚离开彭城，原本进攻中原的数路军队，因为进抵洛阳而失去了原有的层次，整个晋军防线已经成为一字长蛇。自西而东是洛阳、荥阳、石门、滑台等若干个孤立的据点，在这些孤立的据点背后毫无纵深。如今，王镇恶等人又离开长蛇的一端洛阳西去，让这一薄弱的长蛇战线更加凶险。一旦北魏与后秦联手，北魏军队突破黄河防线，后果将不堪设想。

其次，从西进局部看，担任晋军前锋的各位将领，显然是因为前期的屡次胜利和神速推进，过低地估计了对手的实力，他们以为关中之敌也会像关东之敌一样，遇到晋军要么望风溃散，要么弃城投降。殊不知，由于北魏与后秦和亲、大夏一直侵扰关中，后秦的兵力主要放在关内，晋军前期遇到的后秦军并非精锐部队。基于轻敌的原因，人数本来就不多的晋军前锋部队，又一再分兵，很容易被各个击破。

再次，从"一字长蛇"战线上看,在晋军檀道济部兵临蒲阪城下的时候,晋军沿着黄河的防线已在北魏军队的压力下,出现了松动。二月二十九日,荥阳的晋军守将傅洪献出了虎牢关，投降了北魏。北魏帝国军队随时可以突入洛阳，将王镇恶等人的军队与刘裕的大军一分为二，也可以与后秦协同，将王镇恶等人的晋军杀得片甲不留。

万幸的是，此时的北魏明元帝拓跋嗣，一直在救与不救之间犹豫，北魏初期的名将大多都在道武帝晚年被杀，剩下的都是一些循规蹈矩之人，具有战略洞察力的宰相还没有出现；而后秦此时则惊魂未定，只敢采取守势，姚泓、姚绍也失去了对战场的判断力，没有抓住战机，以优势兵力攻击黄河以南或者以北的敌人。

此时的沈林子意识到了问题的严重性，他对檀道济建议说："蒲阪城墙坚固，短时间无法攻破，不如离开此地，先专心进攻潼关一地。"檀道济于是改变了原有计划，主动放弃进攻蒲阪，又渡过黄河南下，在潼关与王镇恶所部会师。同时，后秦太宰姚绍率领后秦大军也来到潼关，将王镇恶、檀道济、沈林子之军层层包围，企图一举将这支晋军消灭掉。

晋军悬军深入，粮运困难，经历了蒲阪、匈奴堡之败，又看到姚绍大军前来，晋军上下都非常恐惧。檀道济与众将商议，打算先率军渡过黄河，暂避后秦军锋芒，也有人说抛弃辎重，东逃寻找刘裕大军。在这紧要关头，沈林子手按佩剑："相公勤王，志清六合。如今，丢掉将要胜利的趋势，抛弃将要成功的基业，敌人人数很多，即使想要逃回，也是不可能的！今日之事，我自能为将军办成。"沈林子说毕，命令自己麾下的数百人将营垒的水井填埋，焚烧了营舍，表示了视死如归的决心和勇气，然后他亲自率领数百名壮士，朝后秦军的西北角杀去。

区区数百人置身于后秦五万大军之中，无异于沧海之一粟，原本无关大局。然而，正是在这支敢死队的冲击下，后秦军西北阵脚稍微松动了一下，这种松动很快像瘟疫一样波及全军。就在这一瞬间，王镇恶令北府军全军悉数压上，那"后退者斩"的军令当然还在，后秦军整体向后退却，并最终大溃败，被晋军斩杀两万人，俘虏数千人，晋军缴获了后秦军大量的军资，取得了至关重要的胜利，也极大地鼓舞了全军的士气，扭转了不利的态势。

此战后，晋军占领了潼关，战败后的姚绍率军退守定城（陕西华阴东），命令武卫将军姚鸾率领精锐部队守住一处险要之地，以切断晋军粮道，并令辅国将军胡翼度率领部队驻守东原，为掎角之势，与晋军大营距离很近。

从渑池入关，原本有两条道路，第一条是从回黔阪往西，汉代以前都是从这里经过，被称为南路；第二条是大路，是汉末曹操讨伐关中诸将的时候，感到南路太险恶了，就在北面另外开凿了一条大路，被称作北路或者大路。由于主帅姚绍判断晋军不敢主动发动攻击，因此，姚鸾的这支奇兵并没有采取隐蔽战术远离晋军大营，而是明目张胆地卡在大路之上。姚鸾命令尹雅率军与檀道济在潼关以南交战，尹雅再次战败被擒，刘裕再次释放了他。三月四日，沈林子率领部队衔枚夜袭后秦军固守的城池，后秦军猝不及防，姚鸾被斩杀，投降的九千后秦军全被活埋。

一计不成，姚绍又生一计。他派遣姚赞率军屯驻在黄河河中的小岛之上，以切断晋军的水路，并派遣姚难率军从蒲阪运输军粮接济姚赞。姚难的运输队行至香城，被晋军击败；姚和都前去营救姚难，也被北府军击败，晋军顺势进屯蒲阪。姚赞率领的后秦军，在河中小岛上的营垒尚未构筑好，沈林子率军发动突击，接连将后秦军战败，姚赞骑马仓皇逃脱，返回定城。

在潼关相持阶段，北府军总体上是胜多败少，逐渐站稳了脚跟。

（三）后秦灭国

417年二月，刘裕从彭城出发，自引十万大军和水军，亲自参加北伐。刘裕水军入清河后，将溯黄河西上，为避免与北魏军摩擦，就假装客气，遣使魏国，表示要借路。

姚泓窘急，因后秦与北魏有姻亲关系，他忙遣使求魏国发救兵。魏国君臣议事，大臣崔浩表示说："姚兴已死，姚泓懦弱。刘裕乘危攻伐，其志必取。如果我们遏止其军，刘裕心生愤恨，上岸北侵，我们魏国就是代秦受敌。不如听任刘裕西上，然后屯兵以塞其东。如果刘裕取胜，会因我们借道而心存感激；如果刘裕战败，我们又有救秦之名，趁其撤退时还可攻击取利。"拓跋嗣不听，以司徒长孙嵩督山东诸军事，遣步骑十万屯黄河北岸，以待晋军。

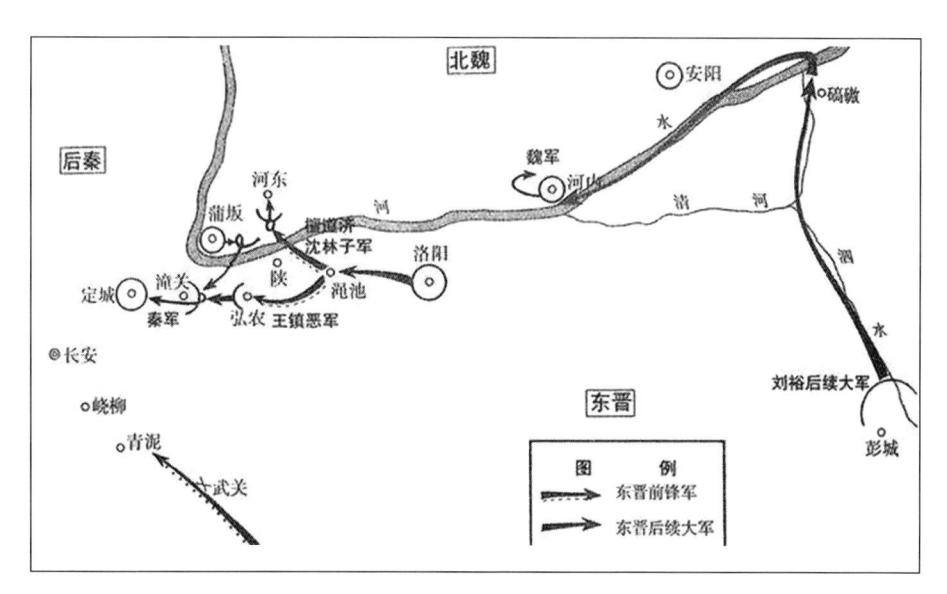

刘裕进军路线图

刘裕水军入河后，见魏军沿河活动，深感忧虑，于是命王镇恶等人前来。他打开船窗，指着河边的魏军说："我告诉过你们攻克洛阳后，等大军齐至才进攻,现在轻易进兵,又多出魏国敌军,我又该怎么分兵布将?"此时,魏军一路随行,在北岸一直跟着刘裕的船队走,晋兵凡有小船因大风漂浮到北岸的,尽被魏兵箭射枪捅,一个不剩。每当刘裕派军去追,晋军刚上岸,北魏骑兵马快,瞬间转移了。待晋军撤回到船上,魏军就又冒了出来,继续跟着船走。

后来,刘裕想出一招,他派七百兵士,给以兵车百乘,渡北岸,在离河百余步的水边列开"却月阵"。魏军看不明白,不知晋军演什么戏,都立于原地不动。突然,一直待命未发的朱超石,见刘裕的白联令旗摇动,便率两千晋军疾趋上岸。他共带百张床弩,每车站列二十甲士,左右前后列大盾掩护,组成一种看上去非常奇怪的兵阵。魏军见晋军列阵完毕,便也列阵迎前。魏军统帅长孙嵩,亲率三万骑兵在步兵后面作后援,从四面八方冲杀过来。

忽然,晋军强弩齐发。魏军不顾生死,虽然前面的士兵一排排被射死,后面的士兵仍喊杀声阵阵,气势不减。关键时刻,朱超石使出早就准备好的秘密武器——几百把大锤以及一千多根长梢。晋军先把长梢从中间的木杆折成两段,只长三四尺,然后,一名兵士持梢前立装填,后面兵士用大锤猛击弩机柄端。待魏兵蜂拥而至,弩机猛力发射,一梢就穿死三四人。魏兵惊惧不能挡,一时奔溃,死者相积。魏军大将临阵被斩,余众退至畔城。晋军乘势追击,一路追杀,斩魏国兵将数千。

魏主拓跋嗣闻言,才知晋兵勇猛,后悔不听崔浩之言。由此,魏军再也不敢轻犯晋军兵锋,刘裕顺利抵达洛阳。如此危急时刻,后秦军屡败,最重要的御敌统帅鲁公姚绍,又因忧急愤懑,发病吐血而死。八月,刘裕至陕地,沈田子、傅弘之入武关,进踞青泥(陕西蓝田)。

沈田子等人将攻峣柳，秦主姚泓只好横下一条心，御驾亲征。他率马步数万大军，想与刘裕主力正面决战，但又怕沈田子领东晋军从后掩袭，便想击灭沈田子后，再东出与刘裕交手。沈田子一部，本来就是迷惑后秦军的"疑兵"，才数百人。忽闻探报，姚泓自率数万大军马上就到，沈田子提兵就要前去相斗。傅弘之持重，劝说兵力寡殊太大，想要退兵。沈田子认为正是因为敌我双方人数相差太远，等敌军固列阵形，想逃也来不及，不如先发制人。沈田子转身对士兵们讲："诸军冒险远来，正求今日之战，生死一决，可以一战封侯！"北府军闻言，皆踊跃鼓噪，士气高昂。就在后秦军毫无防备的时候，树林中忽然冲出东晋兵，秦兵惊慌失措，转身而逃，大败之下，被东晋兵斩杀一万多人。姚泓奔还灞上，其御用乘舆、仪仗皆为晋军所缴获。

　　王镇恶攻潼关前边的定城不下，便转率水军自黄河入渭水，直袭长安。王镇恶所领的晋朝水军，都乘艨艟小舰，兵士皆藏于船内向下划桨。后

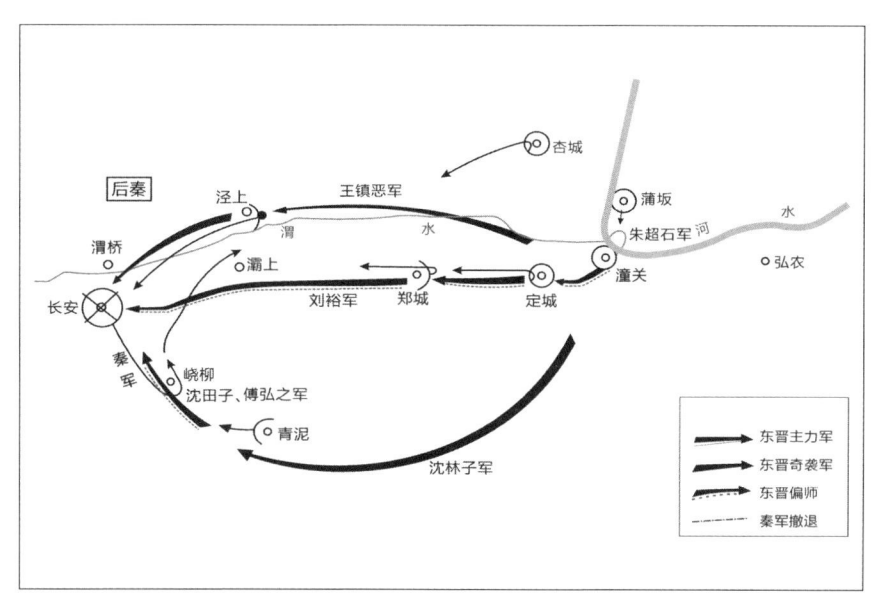

刘裕长安围困战路线图

秦士兵没见过此种船只，他们只看见船走而不见有人外露摇桨划船，皆惊以为神。王镇恶一军至渭桥后，立刻下令兵士在船上吃饭。然后，持杖登岸，严令"后登者斩"！士兵争相上岸后，小船无缆无锚，渭水迅急，瞬间全部顺水漂走，一只船也没剩下。

王镇恶对将士们说："大家的家属都在江南，这里是长安北门，离家乡已是万里之遥。船舰衣粮，皆随水漂没。今进战而胜，则功名俱显。不胜，则尸骨无存！"言毕，王镇恶身先士卒，第一个向前冲杀。他身后的北府兵立于绝境，勇气倍增，无不以一当十，冒死直前。后秦将姚丕前来抵拒，被杀得大败。后秦主姚泓闻讯，自领兵卒前往，正赶上姚丕败军溃还，一时践踏拥推，死伤无数。大败之下，姚泓单马还宫，王镇恶军攻入长安平朔门。

姚泓惶恐无计，只得率妻子数人步行至城门的刘裕大营中投降。姚泓之弟姚赞，随后也带着宗室百多人来降。刘裕立刻把除姚泓以外的所有后秦宗室、妇女全部就地处决，血满营盘。接着，他用槛车押送姚泓到建康，斩于闹市之中，以彰功名。姚泓死时年三十岁，在位两年。从姚苌算起，后秦共历三世，共三十二年。

北伐后秦凯旋后，应刘裕的请求，谢安族人谢瞻奋笔疾书，呈上一首咏史诗以励志：

经张子房庙诗（节选）

王风哀以思，周道荡无章。卜洛易隆替，兴乱罔不亡。

力政吞九鼎，苛慝暴三殇。息肩缠民思，灵鉴集朱光。

伊人感代工，聿来扶兴王。婉婉幕中画，辉辉天业昌。

鸿门消薄蚀，垓下殒攙枪。爵仇建萧宰，定都护储皇。

第四章 禅让：刘代马僵

东晋江南立国，已经百年。相比北方走马灯似的国兴国灭，百年算是一个并不太短的历史画卷，相比大一统的西晋，国祚也已成倍增长。但明眼人都能看出，东晋的江山就要改姓了：一是和西晋末年一样，出现了一位"白痴"皇帝，皇帝只是坐在龙椅上的牵线木偶，随时都可以让江山变色。二是并不存在互相制衡的门阀势力。孝武帝和司马道子既没有才能，更只愿享乐，还想要独占权力，在振兴皇室的口号下，把一众高门士族排挤到一边，司马皇室的权力渐渐成为小人谋利的毒蛇。以刘裕为主的大批寒族将领登上了历史舞台，他们没有忠孝思想的约束，只有对追求更高权力的渴望。于是，"刘与马，共天下"的政治格局走向终结，跷跷板那头，只留下卖草鞋的刘裕。当然，英雄不问出处。

（一）晋军大撤退

北伐的目的是什么？记起来了，是为了名气。名声爆棚的刘裕翻看桓温的北伐历史，看看"老师"还做了些什么——居然还有迁都的奏折，这一招的确是高。于是刘裕有样学样，赶紧让秘书们起草奏折，提议迁都洛阳，掌控正义的制高点。

这边奏折还没送出去，那边的紧急情报十万火急地送来了，刘裕打开一看，眼前一黑，差点摔了个跟头——留在建康的刘穆之居然去世了！王敦为何可以气闲若定地在外领兵打仗？当然是朝堂上有王导做定海神针。没有了刘穆之，这刘裕就是在北方飘浮不定的游魂，建康那帮口服心不服的士族随便起个歪心思，他刘裕就将死无葬身之地。在长安的刘裕接连几天震惊悲痛，不胜哀婉。本来刘裕打算留在长安，继续征服西北，这周边可征之地实在太多了，离天下一统还差得太远。但是，东晋的各位将领都因长期征战，思念故土，大多不愿再留。那还等什么，赶紧收拾行李，凯旋回朝！

临行前，刘裕对北伐事务做了安排。任命他的次子、十二岁的桂阳公刘义真为都督雍、梁、秦三州诸军事，安西将军，领雍、东秦二州刺史；任命太尉谘议参军王脩为长史；王镇恶为司马，兼任冯翊太守；沈田子、毛德祖为中兵参军，沈田子兼任始平太守，毛德祖兼任秦州刺史、天水太守，傅弘之为雍州治中从事史。

作为一个军事集团，北伐军无疑是团结一致、所向无敌的，当然这是在老大在场的情况下。任何时候江湖都离不开老大，只要老大离开，平时手下那帮亲密无间的兄弟，马上就要争个长短，定个位次，闹得不可开交。何况那个十二岁的小娃娃，又怎能镇得住这些久经沙场的将军？

关中人一向看重王猛的威名，刘裕攻克长安，王镇恶的功劳最大，所以南方的将领都忌恨王镇恶。沈田子自以为功绩不凡，可以与王镇恶争功，心里十分不平。刘裕即将回建康，沈田子和傅弘之多次对刘裕说："王镇恶的老家在关中，不能完全信任他。""老大"刘裕却说："现在，我留

你们这些文武官员、将领和精锐士卒一万人，王镇恶如果图谋不轨，只能是自取灭亡，你们别再多说了。"过了一会儿，刘裕又说："三国末期功臣钟会之所以没有作乱，是因为卫瓘的缘故。俗话说：'猛兽不如群狐'，你们十多个人，难道还惧怕王镇恶不成？"南方的众将领心领神会。看嘛，这就是英明的老大，他对英雄王镇恶，从头到尾，就没有一句肯定的话。他对沈田子的表态，无疑是已把王镇恶当作一条鲜鱼，活泼泼地托到厨师沈田子的砧板之上，让厨师随便下刀。可惜了英雄王镇恶，他本以为获得了英明领导的欣赏，人头已卖给识货的买主，万想不到，买主不过是一个鱼贩。英雄事业之难，在此。

刘裕刚离开三个月，沈田子就磨好了快刀，因为他知道，只有干掉王镇恶，他才会是关中的老大。此时嗅觉灵敏的夏国国主赫连勃勃率军到长安一带抢地盘，沈田子率军迎战，害怕夏军人多势众，退守刘回堡，然后派人向王镇恶报告。使者回来向沈田子添油加醋："王将军说，刘公把十岁小儿托付给我们，我们应该同心协力；沈田子拥兵众多，却迟迟不进攻，敌人怎么会击退！"不久，沈田子和王镇恶同时出军北地，抵抗夏兵的进攻，军中有谣言说："王镇恶打算趁此机会，全部杀掉南方人，然后派人把刘义真送回江南，自己占据关中，背叛朝廷。"正月十五日，沈田子请王镇恶来到傅弘之的大营商讨战事，沈田子屏退左右侍从密谈，然后命他的族人和心腹，带领数十名刀斧手在虎帐下将王镇恶斩杀，接连斩草除根斩杀了王氏兄弟七人，声称是奉太尉刘裕的旨意。傅弘之报告刘义真，王修全副武装登上横门，观察局势的变化。不久，沈田子率领几十人赶来，声称王镇恶谋反。这王修当然还是有头脑的，当即逮捕沈田子，历数他擅自杀戮的罪行，将他就地斩首。

两只老虎自相残杀而死，最高兴当属赫连勃勃？也不对，目前最兴高采烈的是刘义真。他才十二岁，正是爱玩的年龄，加上他又是东晋在北方名义上的"老大"，各种可以享受的资源和节目多到令人目不暇接，可是身边有两个威猛的大汉时刻念叨把守，许多时候就不能尽兴，心里就非常不痛快。现在好了，坏人终于狗咬狗远去了，还有什么人敢挡住他享乐的步伐？于是将那些平时不敢拿上台面的节目疯狂开展，并随意赏赐左右侍从，没有节制。长史王修实在看不下去了，开始限制他及那群摇尾侍从，侍从就在刘义真面前说："王镇恶打算叛变，所以沈田子杀了他；王修杀死沈田子，这也是打算造反呀。"刘义真当然信以为真，就派亲信斩杀了王修。

王修一死，人心惧怕离散，各自为政，无法统一，只好把驻防在外地的军队全部调入长安，关闭城门自守。刘裕听说这种情况，担心儿子的安全，就派辅国将军蒯恩前往长安，征召儿子离开虎狼之地；任命相国右司马朱龄石为都督关中诸军事、右将军、雍州刺史，代替刘义真镇守长安。刘裕对朱龄石说："你到了那里，命令刘义真轻装疾速前进，等出了潼关，才可以放慢脚步。"十一月，朱龄石抵达长安，刘义真手下的侍从和将士，知道即将离开，就在长安周围大肆掠夺，刘义真及侍从的数十车辆上，都装满了金银财宝和美女，然后数车并进，缓慢向东撤退。

当然，夏王赫连勃勃对这一切了如指掌。当初赫连勃勃听说刘裕讨伐后秦，对文武百官说："姚泓不是刘裕的对手，刘裕定能夺取关中，但他也不会长久停留在，关中最后还是我们的！"于是他秣马厉兵，精心准备。刘裕前脚一走，赫连勃勃就占据了安定，后秦岭北各郡县、军事重镇、戍所纷纷投降了夏国。之后赫连勃勃任命他的儿子率领骑兵二万人直奔长安，命前将军赫连昌屯驻潼关，命王买德屯驻青泥；赫连勃勃本人则亲自统率大军尾随在后。

看到追兵日近，傅弘之对刘义真说："宋公让你疾速前进，而现在你带这么多辎重，一日走不出十里，敌人的骑兵马上就要追到，你应该放弃车辆，轻装前进，才有可能幸免。"刘义真当然舍不得珍宝和美女，就没有听从。不久，夏国的大军追到，傅弘之、蒯恩在后面掩护，奋力拼战，连续几天不能休息。在青泥，东晋军大败，傅弘之、蒯恩、毛修之都被王买德生擒。刘义真在最前面奔逃，正巧夜色降临，他的左右亲兵都被夏兵冲散，一个人藏在草丛中战栗。中兵参军段宏，本来已逃了很远，一想如果他独自逃回江南，刘裕定然会让他死得更惨。思前想后，只好深夜里悄悄返回战场，单枪匹马追踪找寻，一直呼叫刘义真的名字。刘义真听出是他的声音，才跑出来相认。段宏把刘义真绑在自己的背上，俩人乘一匹马逃回。朱龄石听说前线将士陷落，纵火焚烧了长安的宫殿，逃回潼关。赫连勃勃继续追杀，不久俘获朱龄石、朱超石、刘钦之等将领，都在长安斩首。

刘裕担心儿子的安全，决定再次北伐接应。一来劝阻的人太多，二来出师需要太多的时间准备。此时就接到段宏的报告，得知刘义真已经幸免，刘裕大喜过望，才放弃北伐的计划，同时象征性地把刘义真贬降为建威将军、司州刺史；升任段宏为宋台黄门郎，兼领太子右卫率。

（二）朝堂大清洗

名气就像一个固定的资源，总体上只有这么多，你出名多了，别人就少了；一会儿别人出名了，你就被挤下了排名榜。刘裕觉得自己名气不显，那是因为想出名的太多，天天西征北伐也不是个事，费时费力还有生命之忧，有没有又出名又不出力的捷径？当然有，那就是将潜在的出名者一一除名，让榜单上永远只有刘裕的名字！

目前名气榜紧追刘裕的，甚至可能排在刘裕前边的，就是那可恶的刘毅。当初朝堂评定勤王举义的功劳时，作为北府三剑客，刘裕被封为豫章郡公，刘毅也封为南平郡公，何无忌为安成郡公。后来何无忌在平定"五斗米"的战场上英勇牺牲了，而刘毅渐渐地抢了刘裕的风头。

和刘裕出身于底层寒族不同，刘毅可是名副其实的官三代。他是江苏沛县人，曾祖刘距为广陵相；父亲刘镇是左光禄大夫。在刘裕还在卖草鞋时，刘毅已经是桓府的中兵参军；桓玄篡逆时，刘毅与刘裕、何无忌、诸葛长民等北府旧人合谋举事，刘毅也是当仁不让的"老大"，并在勤王战争中立有大功。405年，荡平桓玄，刘毅是主将；桓玄死后，余党桓谦、桓振起兵荆楚反抗朝廷，为刘毅所败；同年十二月，刘毅攻克巴陵；405年正月，再攻克江陵。于是安帝下诏："大处分悉委冠军将军刘毅。"

408年正月，刘裕为了进一步控制朝廷政局，企图入朝辅政，遭到刘毅的坚决反对。现在朝堂上的大事应该是刘毅说了算，怎么轮得到刘裕辅政？刘毅提议任命中领军谢混为扬州刺史，以内事付孟昶。关键时刻，在刘穆之的运作下，朝廷才征召刘裕任侍中、车骑将军、开府仪同三司、扬州刺史、录尚书事。同时朝堂也任命刘毅为卫将军、开府仪同三司。刘毅爱惜人才，喜欢读书人，当时的高门士族和知名人士，几乎都聚集在他身边，如尚书仆射谢混、丹阳尹郗僧施等，都和刘毅往来密切。刘裕大字不识几个，当然为诗书人所不齿，天下风评，当然是刘毅口碑

更好,即使刘裕再立功,榜单第一名当然不是刘裕,何况那刘毅的武功也是独步天下的,他经常对左右叹息:"真遗憾没有遇到刘邦、项羽,好跟他们争夺中原!"意思是,那刘裕根本不配与他相提并论。

409年三月,刘裕举兵伐南燕,广州卢循、徐道覆乘虚而入,北上建康,威胁朝廷,北府猛将何无忌在豫章战死,朝野震动,建康形势危急。刘毅率二万人军从姑熟逆流而上阻击卢循东下,刘裕星夜从南燕返回建康,害怕刘毅立功,忙致信阻止刘毅参战:"吾往与妖贼战,晓其变态,今修船垂毕,将居前扑之,克平之日,上流之任,皆以相委。"又派遣刘毅之弟刘藩前去劝阻刘毅不要进兵。

412年,荆州刺史刘道规病死,刘毅晋升为都督荆、宁、秦、雍四州诸军事,荆州刺史,不久又兼管交、广二州的军事。对于"挟天子以令诸侯"的刘裕,就和历次荆扬相争一样,荆州的刘毅当然不服扬州的刘裕。这次刘毅上表请求到京口去向祖先的坟墓辞行,刘裕就前往倪塘与他相会,有心腹乘机进言:"您说刘毅能永远地做您的部下吗?"刘裕沉默不语;他的心腹又进言:"不如趁这次会面的机会,干脆除掉他。"刘裕暂时下不了决心:"我与刘毅都有使国家复兴的功劳,他的罪过还没有表露出来,不可自相残杀。"

间言一旦进入心里,就会像瘟疫一样迅速发酵扩散。刘毅抵达江陵,"罪过"终于表露出来了!他要行使荆州刺史的权力,对下属的守宰等地方官进行变动和撤换,被裁掉的人纷纷回建康向刘裕哭诉。刘裕当然忍无可忍,先抓住了刘藩和谢混,再进行连夜突审,这刘藩和谢混的血肉之躯,当然经受不了如狼似虎的狱卒的"文明"审理,不几天一件关于刘毅谋反的血泪控诉就出来了,于是狱卒让完成任务的刘藩和谢混自杀。

九月十二日，刘裕带着血书，让皇帝下达诏书，公布刘毅的罪状，指出他与兄弟刘藩以及谢混等人一起阴谋叛乱。

十三日，安帝下诏令大赦。任命前会稽内史司马休之为都督荆、雍、梁、秦、宁、益六州诸军事，荆州刺史；任命北徐州刺史刘道怜为兖、青二州刺史，镇守京口；命豫州刺史诸葛长民监太尉留府事。十五日，刘裕率领几支部队从建康出发，二十九日抵达姑孰，任命王镇恶为振武将军，与龙骧将军蒯恩带领一百条船提前出发。王镇恶加速前进，于十月二十二日抵达豫章口，派人烧掉江津的船舰，之后径直突袭江陵城，碰上刘毅手下的重要将领朱显之，飞马回城向刘毅报告，王镇恶紧追着跑进城去，城门还没来得及关闭，军队得以进入江陵城。王镇恶与城内的士兵展开激战，一面又进攻江陵的牙城，从中午直到傍晚，城内的守军终于败退溃散。王镇恶从牙城挖了一个洞，钻出城派人把皇帝的诏书、赦免刘毅的文件、刘裕写给他的亲笔信交给刘毅，刘毅看也不看便全部烧掉，督促士卒拼力死战。

战斗至夜晚，这王镇恶确实太勇猛，斩杀了刘毅手下的勇将赵蔡，刘毅府前的卫兵全部逃散。刘毅连夜投奔牛牧佛寺躲藏，寺里的僧人们拒绝灾祸，刘毅只好上吊自杀。第二天，王镇恶便将他的尸体拖到市中，砍下脑袋；他的儿子、侄子等也都一起被杀。十一月十三日，刘裕抵达江陵，斩杀郗僧施等一大帮刘毅的追随者。

名气榜上还有谁？那就是前不久才升官的诸葛长民。这诸葛氏一直是高门士族，比东晋的王谢资格还老，名声还大。三国时，局面混得最大的家族就是诸葛家族，魏蜀吴三国都有诸葛家的身影。最有出息的当然是诸葛亮，在蜀国是丞相，到死也没换过届，所谓"蜀得其龙"；诸葛瑾，在东吴混到了大将军，他的儿子诸葛恪，也一度掌握东吴军政大权，所谓"吴得其虎"；诸葛诞，在魏国也混到征东大将军的地位，所谓"魏得其豹"。诸葛长民也是琅玡人，其家族陪同元帝过江，在东晋朝堂上根深蒂固。诸葛长民是一颗冉冉升起的明星。在404年的溧阳之战中，他带领少数士兵，进攻凶悍善战的溧阳太守刁逵，先败后胜，完美翻盘，攻克溧阳；此后，他又在平定军阀桓歆发起的叛乱中，身先士卒冲锋陷阵，全歼了以骁勇善战著称的氐族骑兵，由此名声大噪，威震一时；409年，南燕皇帝慕容超带兵大举南下，慕容超号称一代枭雄，以善于用兵著称，诸葛长民毫无惧色，在下邳一战中大破南燕军，成为东晋最有战力的大将之一。

刘裕亲征荆州时，诸葛长民为豫州刺史，势力覆盖京城。到了刘毅被杀后，诸葛长民便对他所亲近的人说："'前年杀彭越，今年杀韩信。'我的大祸就要来了！"诸葛长民的弟弟、辅国大将军诸葛黎民，劝说诸葛长民道："刘毅的死，也就是诸葛氏的可怕的下场，应该趁着刘裕还没有回来，抢先动手。"诸葛长民犹豫不决，但刘裕却早下了决心。

413年，刘裕班师返回建康，到了约定的日子仍未到达，诸葛长民和百官只得多日在新亭守候，这热烈欢迎的礼节可千万少不得。刘裕有他的小心思，担心有人在迎来送往中痛下杀手，就悄悄坐小船进入建康，静静地回到重兵把守的府邸。三月十日，诸葛长民得知刘裕已回，惊讶之余赶紧到东府拜见，刘裕命众多壮士躲起来，然后才接见。双方海阔天空谈得十分高兴，正在诸葛长民哈哈大笑时，众多壮士一拥而上，用杖击杀诸葛长民，并将尸体送到廷尉治罪。刘裕立刻派人斩杀诸葛长民的兄弟：大弟诸葛黎民"素骁勇，格斗而死"；小弟大司马参军诸葛幼民

逃到深山，被抓回斩杀，江南的诸葛氏全被诛灭。

（三）司马大歼灭

挡路的接下来还有谁？是司马氏？不要乱说，皇帝也是司马氏！作乱的只是皇室的部分成员，比如前不久被任命为都督荆、雍、梁、秦、宁、益六州诸军事，荆州刺史的司马休之。宗室怎么能在地方掌握军权呢，这些年来凡是在地方掌权的司马氏，有哪个寿终正寝的？

风雨飘摇的司马政权，并非没有宗室护佑。只是东晋历来为防止八王之乱的重演，只给予一众渡江的司马以较高的爵位，并不给予实职，有时即使皇帝想给，那些高门士族也会联合阻止，毕竟优质资源是有限的。当然也有例外，皇权偶尔有抬头时，就有司马昱、司马道子浮出水面。但事实证明，他们并没有起到"护佑"的作用，有时还帮了倒忙。但凤毛麟角的独行侠还是有的，比如谯王。最初谯王是司马承，元帝任命其为湘州刺史，和叛逆王敦进行了殊死拼杀。后来司马承的孙子司马恬为谯王，被称为"宗室勋望"，权倾一时的桓温废海西公立简文帝时，曾一度宣布戒严，满朝大臣正战战兢兢之际，却有人出列弹劾桓温：

恬奏劾温大不敬，请科罪。温视奏叹曰：此儿乃敢弹我，真可畏也。

司马恬有四子，分别是司马尚之、司马恢之、司马允之、司马休之，他们都有率兵征战的能力，在讨伐孙恩、征战桓玄等战役中，都有着重要贡献。那三兄弟都死在了桓玄的刀锋下，仅存司马休之。司马休之到江陵任职，很得江汉一带百姓的民心。敢和刘裕争夺民心，这就是其心可诛。此前司马休之在仕途上并不安稳，数次因为各种原因失去职位，此后的数年，他在朝廷中的境遇也不够好，甚至曾因小事被贬，《晋书》

记载：

御史中丞阮歆之奏休之与尚书虞啸父犯禁嬉戏，降号征虏将军。

老虎在深山不好惹，那就先从他的众多儿子的身上找问题，当然在王爷儿子的身上找毛病，犹如在金钱豹身上找金钱，要说没有还真没有，要说有那是一抓一大把。这司马休之的儿子——谯王司马文思留在建康，"好通轻侠"，喜欢结交江湖侠士，不自觉净化朋友圈，这也可以是毛病。刘裕就把司马文思抓住，送给司马休之训诫惩罚；一看荆州刺史并没有送来想要的处罚结果（斩杀），刘裕不再客气，逮捕了司马休之的次子司马文宝、侄子司马文祖等，和上次抓捕刘毅的儿子的处理途径一样。依葫芦画瓢，厚厚的关于司马休之谋逆的血泪控诉就送到了龙案上，当然，司马休之的儿子们也在狱中"自杀"。只几天工夫，刘裕就准备妥当，发动军队，西上进攻司马休之，"白痴"安帝也下诏把皇帝专门用来诛杀的黄钺加授给刘裕，虽然司马休之的奏折也送达了龙案，但是没有人敢读，"白痴"安帝也看不懂：

裕今此举，非有怨憎，正以臣王室之干，位居藩岳，时贤既尽，唯臣独存，现以翦灭，成其篡杀。

二十七日，刘裕统辖的军队从京城建康出发，目标本来只有一个，突然就出现了两个。原来雍州刺史鲁宗之，是刘毅的故将，现在一看刘裕风头正劲，今天灭这个，明天斩那个，知道自己终究不会被刘裕宽容，便与他的儿子竟陵太守鲁轨起兵响应司马休之。二月，司马休之呈上奏书给安帝，列举刘裕的罪状，同时也率领军队，准备抵抗刘裕。

刘裕一看对方势大，就想到了老生常谈的反间计，于是写密信给司马休之府的录事参军、南阳人韩延之，一边叙说着传统友谊，一边招请他背叛司马休之，为自己效力。韩延之回信将刘裕大骂一通，并表达了赴死的决心；还向刘裕报告，因为刘裕的父亲名叫刘翘，字显宗，于是决定把自己的字改成显宗，并给他的儿子取名叫韩翘。

被气得吐血的刘裕派遣参军檀道济、朱超石带领步骑兵进攻襄阳。江夏太守刘虔之带领部队屯驻在三连，修筑桥梁，积聚粮草，等待他们的到来，鲁轨袭击并斩杀了刘虔之。刘裕再派他的女婿徐逵之统军出击江夏口，在破冢与鲁轨交战，刘裕军失败，徐逵之、王允之、沈渊子等都被斩杀。

刘裕在马头集结军队，听说徐逵之战死，愤怒异常。三月二十九日，率领各位将领渡过长江。鲁轨、司马文思统领着司马休之的军队四万人，依傍着陡峭的江岸排下战阵，刘裕的军队士卒，无人能攀登上去。刘裕披挂起铠甲，打算亲自攀登，各位将领纷纷劝阻。胡藩用刀尖在江岸上掘出小洞，仅能容下脚趾，踩着飞身跃上江岸，后边跟着他向上爬的士兵渐渐多了。登上江岸之后，便直奔上前，拼力死战。司马休之的军队无法抵挡，渐渐向后撤退。刘裕军队因此趁机猛攻，司马休之的部队完全溃败，刘裕于是攻克江陵。司马休之、鲁宗之一齐向北逃走，鲁轨留守在石城。十二日，司马休之、鲁宗之、鲁轨，以及谯王司马文思、新蔡王司马道赐、梁州刺史马敬、南阳太守鲁范等人全部逃奔后秦。

有能力的司马当然不止一位，于是刘裕继续努力。有些情节东晋的史官就不敢记载了，还是悄悄翻一下《魏书》，其中的记述更精彩：

"初，司马楚之奉其父荣期之丧归建康，会宋公称诛翦宗室之有才望者，楚之叔父宣期、兄贞之皆死，楚之亡匿竟陵蛮中，刘裕深惮之，遣刺客沐谦害楚之。"

宗室中被害的还有梁王司马珍之、司马珣之等。司马氏宗室中有名望的人要么被刘裕杀害，要么被逐出晋境，东晋朝廷中再也没有人能对刘裕构成威胁了。

（四）晋鼎大挪移

一路西征北伐，功劳是大了；一路清除异己，名气是显了。作为皇帝，有天天立大功的臣子站立眼前，也不是一件好事，他要挖空心思地想着该怎么加官晋爵进行奖赏。而那大臣爵位已经很显，官阶已经很高，和皇帝的距离也就那么一点点，现在要在一点点的距离间，找到很多个台阶，不断地让臣子逼近，确实不太容易。这战战兢兢的皇帝，最后赏无可赏，只有让出屁股下边的龙椅了！

卖草鞋的刘裕和皇帝的距离，原本是无穷远的。399年已三十六岁的刘裕才第一次将他的名字，写入国家的新兵册上，从此他就将自己写进了历史。阴差阳错，这以后东晋史官的大部分工作，就是在记录刘裕的功绩，在记录皇上给刘裕的升官加爵。当然，不识字的刘裕还是懂礼的，朝廷对他的封赏一般都要至少记录两次，第一次都是坚决辞让，过些天皇帝坚决再赏，刘裕才会无可奈何地接受。下面就让我们欣赏欣赏，史官记录的中年刘裕快速成长的励志故事：

——399年入伍，成为光荣的北府新兵。

——400年十一月，刘裕带领百人戍守句章；402年，刘裕暂投桓玄，被任命为中军参军；403年二月，建武将军刘裕击破卢循军于东阳；六月，刘裕因功升为彭城内史。

——404年是关键转折之年,刘毅、刘裕、何无忌、诸葛长民等北府将领还京口,密谋兴复晋室,众推刘裕为盟,总督徐州事。

——405年,刘裕被擢升为侍中、车骑将军、都督中外诸军事,原任的徐、青二州刺史仍兼任;四月,朝廷改任他为都督荆、司等十六州诸军事,兼任兖州刺史。

——406年,封刘裕为豫章郡公。

——408年,征召刘裕任侍中、车骑将军、开府仪同三司、扬州刺史、录尚书事,徐、兖二州刺史的职务仍兼任。

——409年九月,加封刘裕为太尉。

——410年六月,任命刘裕为太尉、中书监,加授黄钺。

——412年,加授刘裕为太傅、扬州牧。

——415年,加封刘裕为太傅、扬州牧,特许他"入朝不趋、赞拜不名,剑履上殿。"

——416年,加封太尉刘裕为兖州刺史,都督南秦州,至此,他共都督二十二州;三月,加授刘裕为中外大都督。

——417年,封刘裕为宋王,采邑增加十个郡。

——418年六月,刘裕接受了相国、宋公、九锡之命。

终于到了封无可封的地步。刘裕虽然不读诗书,但一些"歪门邪道"的小册子偏能入他的眼。他看到谶书上有句话:"昌明之后,还有两个皇帝。"于是,派中书侍郎王韶之与晋安帝左右亲信密谋毒死安帝司马德宗,另立琅邪王司马德文为帝。司马德文常在晋安帝身边,饮食睡眠,都不曾暂时离开。王韶之窥伺多时,没有机会下手。正巧,司马德文患病,出宫休养。419年正月二十八日,王韶之用衣裳拧成绳索,在东堂勒死司马德宗。刘裕于是声称奉司马德宗的遗诏，拥立司马德文即皇帝位，大赦天下。历来弑君者都会被灭九族，但王韶之例外。他也是琅琊王氏族人，后官至骁骑将军，还写下了《晋记》。

420年，刘裕希望司马德文能以禅让的形式把帝位传给自己，却难以启齿，于是，他召集朝臣饮酒欢宴。在筵席上，刘裕点拨说："当年桓玄篡位，晋国大权旁落。是我首先提倡大义，复兴皇帝宗室，南征北讨，平定了天下，可谓大功告成，业绩卓著，于是承蒙皇上恩赐而有九锡之尊。如今我也快老了，地位又如此尊崇，无以复加，水太满则溢。现在我要将爵位奉还皇上，回到京师颐养天年。"群臣只是一味地盛赞他的功德。

饮酒已晚，群臣散去。中书令傅亮走出宫门，劲风一吹，酒醒了，方才悟出宋王一席话的真实用意，但是宫门已经关闭，傅亮便叩门请求再见宋王，刘裕即令开门召见。傅亮入宫说："我应该暂且返回京师。"刘裕深深地望了他一眼，明白他的用意，直接问："你需要多少人护送？"傅亮回答："数十人就足够了。"随即与刘裕辞别。

傅亮来到建康，用委婉的语言暗示晋恭帝将帝位禅让给宋王，并且草拟了退位诏书呈给晋恭帝，让他亲自抄写一遍。十一日，晋恭帝司马德文让位，诏书中说：

……晋之天下桓玄时已终，然因刘公延二十年，故今之事当高兴纳之。

废帝让位，回到了零陵琅琊旧邸，百官叩拜辞别。421年，刘裕把一罐毒酒交给前琅琊郎中令张伟，让他毒死司马德文。这张伟也是士族出身，当然不愿意背上"弑君"的千古骂名，只好自己饮了那罐毒酒，用自杀来表示抗争。

一计不成，再来一计。司马德文被废后，为防止刘裕的加害，便每日阖门自守，时刻跟褚皇后共处一室，所有的饮食均由皇后亲自烹煮。刘裕便命令褚皇后的哥哥褚淡之、褚裕之前往解决难题。褚淡之兄弟都是背主求荣的货色，当初为讨好刘裕，竟在晋恭帝还在位的情况下，便谋害数位皇子。如今听闻主子要他们去谋害妹夫，褚淡之兄弟欣然前往。到达零陵王府后，褚淡之以探望的名义将妹妹请入别室相见，褚裕之率亲兵翻越院墙，闯入司马德文的寝室，将一杯鸩酒放在他面前，催促他赶快自行了断。司马德文说："佛教教义中说，自杀之人在转世时不能再投人胎，所以朕不能自杀。"褚裕之忍无可忍，便命士兵们将司马德文挟上床去，然后用棉被盖住他的头，用力将其捂死。算起来，司马家就有两位皇帝被捂死在床上。后来，在江南的司马一族，基本上都被刘裕斩杀干净。

历代的不流血的禅让，对于被罢黜的君王，往往饶他一命。王莽不杀刘婴，曹丕不杀刘协，司马炎不杀曹奂（曹璜），连此前的桓玄都不杀司马德宗，这多少还有一点文明气息。可是，保持了四百年之久的惯例，却被文盲刘裕摧毁，他是第一个在篡夺皇位后杀害故君的人，他创下了恶例，只因他聪明过度，认为过去那种不开杀戒的办法，不足以保护政权。但是再也想不到，他创下的恶例，一直被后代篡夺者效仿，而且变本加厉。最讽刺的是，刘裕的子孙最先受到这种残酷恶劣的回报，也算是因果循环。

420年七月十日，宋王刘裕在南郊设坛，即帝位。大赦天下，改国号为宋，史称"刘宋"。刘裕以他旺盛的精力，南征北战，东讨西杀，创建了南朝中疆域最辽阔、实力最强大的国家。刘裕即帝位后的疆域，东

至大海，西至潼关以西黄河以南，南至广交二州，西南至四川及云贵广大区域。

至此，百年东晋正式谢幕，刘宋开启新的征程。

2022 年 11 月 20 日于成都

——全集完——

共天下（下册）大事年表

公历	年号	中国（十六国至北朝）	中国（东晋至南朝）	东亚各国	世界
345	**晋穆帝** 永和元年	张骏称凉王（前凉）。	会稽王司马昱执政。庾翼死。	346年，百济建国。	
347	三年	成汉灭亡。去年张骏死，张重华嗣位。	桓温掌西府。桓温灭成汉，蜀入晋。		
348	四年	慕容皝死，子慕容儁嗣位。	桓温为征西大将军。		
349	五年	石虎称帝，病死，后赵陷入大乱。冉闵屠杀胡族。	征北大将军褚裒北伐败归。		
350	六年	冉闵建立魏国。前燕南下，迁都蓟。中原动乱不休。			
351	七年	氐族族长苻健入长安，称天王大单于。	殷浩、桓温对立。		
352	八年	苻健即帝位。前燕杀冉闵，魏亡。慕容儁即帝位。	殷浩北伐无功。		
353	九年	前凉张重华死。张祚立。			
354	十年	前秦击退桓温，控制关中。	殷浩北伐失败。王羲之等兰亭集会。		
355	十一年	前秦苻健死，苻生嗣位。前凉张祚被杀，张玄靓立。	殷浩下台，桓温掌实权。桓温北伐入关中，退却。		
356	十二年	前燕、前秦、东晋于河南混战。	桓温北伐，夺回洛阳。	356年，新罗建国。	
357	升平元年	前秦苻坚杀暴君苻生，为天王。前燕迁都邺。	穆帝亲政。		
360	四年	前秦慕容儁死，慕容暐嗣位。	谢安出仕桓温幕。		
361	五年 **晋哀帝**		穆帝死。哀帝即位。		
363	兴宁元年	前凉张天锡弑君自立。	桓温为大司马、都督中外诸军事。		
365	三年	前燕占领洛阳。	哀帝死。海西公奕即位。洛阳失陷。	366年，开始交涉任那问题。	

续表

公历	年号	中国（十六国至北朝）	中国（东晋至南朝）	东亚各国	世界
367	**晋废帝** 太和二年	前燕慕容恪死。	去年，会稽王司马昱为丞相。		
369	四年	前燕慕容垂破桓温于枋头，后亡命至前秦。	桓温北伐失败。	369年，百济近肖古王大胜高句丽，统一百济。设任那府。	
370	五年	前秦王苻坚陷邺，前燕亡。			
371	**晋简文帝** 咸安元年		桓温废帝，立会稽王司马昱为帝。		
372	二年	王猛为前秦宰相。	简文帝死。孝武帝即位。		
373	**晋孝武帝** 宁康元年	前秦从东晋夺取蜀地。	桓温死，谢安执政。		
375	三年	王猛死。			375年，西哥特人向罗马境内移动，日耳曼民族大迁徙开始。 376年，印度笈多王朝鼎盛期。
376	太元元年	前秦吞并前凉。			
380	五年	苻坚分散配置关中氐族十五万户于东方。	去年王羲之死。		
383	八年	苻坚伐东晋，大败于淝水。华北再次陷入动乱。	谢石、谢玄等与前秦军战于淝水，大获全胜。	381年，东夷西域六十二国朝贡前秦。	
384	九年	慕容垂独立（后燕）。羌族姚苌称秦王（后秦）。慕容冲独立（西燕）。	晋军北伐，控制河南，入洛阳。		
385	十年	姚苌杀苻坚。吕光于姑臧独立（后凉）。乞伏国仁称大单于（西秦）。	刘牢之部攻邺，退军。谢安死。		
386	十一年	拓跋珪为代王。四月，改代为魏。后燕定都中山。后秦定都长安。前秦苻登即帝位，据南安。			
388	十三年	西秦乞伏国仁死。弟乾归嗣位。	谢玄死。谢石死。		
392	十七年		殷仲堪掌西府。		
394	十九年	去年，后秦姚苌死，子姚兴嗣位。前秦彻底为后秦所灭。后燕灭西燕。	山东方面为后秦夺回。司马道子自此专权。		395年，罗马帝国东西分裂。

续表

公历	年号	中国（十六国至北朝）	中国（东晋至南朝）	东亚各国	世界
396	二十一年	后燕慕容垂死。子慕容宝嗣位，内政乱。北魏侵攻后燕。	孝武帝死。安帝即位。司马道子与王恭间一触即发。		
397	**晋安帝** 隆安元年	南凉、北凉独立。北魏陷中山，南下，控制中原黄河以北。慕容宝逃至龙城，维持后燕。	北府首脑王恭逼司马道子改革内政，道子不得已，诛王国宝。		
398	二年	北魏迁都平城，拓跋珪即帝位（道武帝）。解散部落。慕容德独立于滑台（南燕）。慕容宝被杀，慕容盛嗣位。	刘牢之叛杀王恭。		
399	三年	吕光死，后凉乱，吕纂嗣位。法显赴印度求法。	发布奴客征发令。孙恩之乱爆发。桓玄与殷仲堪交战，杀之，掌西府。	399年，倭军、百济共伐新罗。	
400	四年	西秦归降后秦。西凉独立于敦煌。南燕迁都广固。	刘牢之、刘裕等讨孙恩。		
401	五年	后凉吕纂被杀，吕隆立。沮渠蒙逊杀段业，夺北凉。	孙恩水军进逼建康，刘裕击退之。		401年，西哥特王阿拉里克入侵意大利。
402	元兴元年	后秦势压诸凉国。北魏与后秦交战。	孙恩自杀。卢循南进。桓玄东下控制建康。司马道子、刘牢之等被杀。	402年，柔然称霸漠北。	
403	二年	后秦灭后凉。	桓玄受禅于安帝，建立楚国（永始元年）。		
404	三年	赫连勃勃建立夏国。后燕被高句丽旁支高云篡夺，亡国。冯跋建立北燕。西秦再度脱离后秦独立。	桓玄被杀，安帝复位。	404—405年，高句丽与后燕交战。倭军为高句丽败退。	406年，汪达尔人、阿兰人等入侵高卢。
407	义熙三年				
409	五年	北魏道武帝被杀，明元帝嗣位。	刘裕伐南燕。		

续表

公历	年号	中国（十六国至北朝）	中国（东晋至南朝）	东亚各国	世界
410	六年	晋宗室司马国璠等自刘裕控制下之江南逃亡后秦。	刘裕灭南燕。卢循进逼建康，刘裕击之。		410年，阿拉里克攻陷掠夺罗马。
411	七年		卢循被追奔至越南，自杀。		
412	八年		刘裕灭刘毅。	412年，高句丽好太王死。	
414	十年	西秦灭南凉。	去年实施土断。	413年，倭王赞朝贡东晋。高句丽好太王子连朝贡东晋，封高句丽王。	415年，西哥特王国于伊比利亚半岛成立。
416	十二年	后秦姚兴死。后秦乱。	刘裕加中外大都督，北伐陷洛阳。		
417	十三年	后秦亡。司马休之、国璠、王慧龙等东晋流亡者入魏。	刘裕陷长安，灭后秦。		
418	**晋恭帝** 十四年	夏国取长安，制关中。	刘裕为宋公。杀安帝，立恭帝。		
420	**宋武帝** 永初元年	北凉攻西凉，翌年灭之。	刘裕受禅即位（武帝）东晋亡，刘宋成立。		
422	永初三年		武帝死。少帝即位。		

★本表年号以魏晋南朝为准。此非出于正闰观念，但为篇幅所限耳。

参考文献

[1] 司马光. 资治通鉴 [M]. 北京：中华书局，2012.

[2] 柏杨. 柏杨白话版资治通鉴 [M]. 太原：北岳文艺出版社，2006.

[3] 房玄龄等. 晋书 [M]. 北京：中华书局，1974.

[4] 魏收. 魏书 [M]. 北京：中华书局，1974.

[5] 陈寿. 三国志 [M]. 北京：中华书局，1959.

[6] 陈寅恪，万绳楠整理. 陈寅恪魏晋南北朝史讲演录 [M]. 贵阳：贵州人民出版社，2012.

[7] 许嵩. 建康实录 [M]. 北京：中华书局，1986.

[8] 吴廷燮. 东晋方镇年表 [M]. 台北：开明书店，1959.

[9] 李延寿. 南史 [M]. 北京：中华书局，2016.

[10] 田余庆. 东晋门阀政治 [M]. 北京：北京大学出版社，1989.

[11] 葛剑雄. 天堑何曾限南北 [J]. 读书，1995，8：61-65.

[12] 黄兆宏，杜二雄. "共隆洪基，翼成大业"：王导的为官处世之道 [J]. 历史研究，2021，1：35-37.

[13] 白振奎. 不堪重负的离职路 东晋南朝时期"还资"现象研究 [J]. 阜阳师范学院学报（社会科学版），2019.3:127-132.

[14] 王尔阳. 从"五马渡江"到"铜马入海" [J]. 文史知 2017.9:119-123.

[15] 胡允康. 从"中国当败吴当复"到"五马游渡江，一马化为龙"——东晋立国之际的谣谚 [J]. 南京晓庄学院学报，2017.33（2）:27-31.

[16] 吕文明,王真真.从古雅到新丽:东晋时期琅邪王氏家族文风嬗变研究 [J].海岱学刊,2000(1):41-54.

[17] 韩宁平.东晋门阀政治的形成——以琅邪王氏为中心的考察 [J].黄山学院学报,2005(5):67-68.

[18] 吕新峰.东晋门阀政治下的"儒玄双修"及其文学影响 [J].华南师范大学学报(社会科学版),2019(6):175-180.

[19] 邓惠兰,王尚平.东晋门阀政治形成拾遗:从"故事"谈起 [J].兰台世界,2016(17):127-130.

[20] 徐海波.东晋南朝佛教与政治关系研究 [D].南京:南京师范大学,2021.

[21] 王莉.东晋谯国桓氏家族政治运作研究 [D].昆明:云南师范大学,2017.

[22] 曹登超.东晋司马氏皇权消长研究 [D].昆明:云南大学,2019.

[23] 郁冲聪.东晋晚渡北人政治不遇辨议 [J].临沂大学学报,2021,43(2):39-48.

[24] 高丽霞.东晋颍川庾氏家族兴衰探析 [D].兰州:西北师范大学,2013.

[25] 巩智艺.东晋与北方胡族政权关系研究三题 [D].扬州:扬州大学,2021.

[26] 张锐.东晋元明成三帝顾命考析 [J].史志学刊,2019(2):11-16.

[27] 李华北.东晋政争与刘宋代晋 [D].郑州:郑州大学,2013.

[28] 李耀.桓温废立杂议——以权力为视角 [J].铜仁学院学报,2021,23(5):116-126.

[29] 黄颖波.基于文书的东晋王庾桓谢四大家族研究 [D].南京:南京

师范大学，2018.

[30] 林曙朝.集佛学家探险家翻译家于一身的东晋高僧法显[J].文史月刊，2020（3）:44-48.

[31] 陈健梅.晋元帝立国江东的政治地理格局——兼议"王与马共天下"的空间结构[J].浙江大学学报（人文社会科学版），2018，48（2）:214-224.

[32] 张烨.两晋文章文学研究述评[J].古籍整理研究学刊,2019（6）：107-112.

[33] 何鑫泰.两晋之际政局再探[D].南京：南京大学，2017.

[34] 周澍.两晋之交江东政局变迁[D].太原：山西大学，2014.

[35] 岑雪飞.刘裕北伐后秦研究[D].烟台：烟台大学，2020.

[36] 张益哲.流民与东晋政局关系述论[J].文化学刊,2021(2):247-249.

[37] 朱绍侯.论刘裕[J].军事历史研究，2016，30（6）：31-56.

[38] 王永平.略论渤海刁氏与东晋政局[J].学习与探索，2017（4）:164-173.

[39] 宁稼雨.如何评价王导的功过是非[M].北京：国家图书馆出版社，2021.

[40] 余晓栋.王舒与会稽——兼论王敦之乱对琅琊王氏的政治影响[J].南京晓庄学院学报，2017，33（1）：23-29+38.

[41] 天一.王羲之：快婿·良吏·书圣[J].月读，2020（4）:4-14.

[42] 朱明歧,刘心田.吴兴沈氏：东晋皇权的掘墓人——以明止堂所藏字砖为引子[J].湖州师范学院学报，2019，41（7）:18-23.

[43] 潘嘉晖.郗鉴的品性与东晋政局[J].南阳理工学院学报，2022，14（1）:114-119.

[44] 孙玮玥.谢尚与东晋豪族谢氏崛起研究[D].武汉：中南民族大学，2018.

[45] 周兆望.北府与北府兵[J].南昌大学学报人文社会科学版，1986（4）:30-36.

[46] 程世和.从"玄言诗"看东晋文人的精神品格[J].中国文学研究，1991（2）:10-14.

[47] 张继刚.从苻坚性格的两面性看淝水之战前秦失败的原因[J].盐城工学院学报（社会科学版），2009，22（2）:54-57.

[48] 谈益群.东晋京口—广陵战略格局的形成与演变[J].镇江高专学院报，2022，35（1）:18-22.

[49] 甘琴.东晋门阀政治下的寒门阶层势力崛起研究[D].重庆：重庆师范大学，2020.

[50] 权家玉.东晋南朝时期京口历史地位的变迁[J].中国历史地理论丛，2019，34（1）:72-84.

[51] 曹永年，周增义.淝水之战——前秦溃败原因之检讨[J].内蒙古大学学报（哲学社会科学版），1986（1）:21-28.

[52] 金洪培.淝水之战与慕容垂复燕[J].延边大学学报（社会科学版），2012，45（2）:141-145.

[53] 赵昆生，甘琴.淝水之战中寒门势力的崛起[J].湖南工程学院学报（社会科学版），2019，29（1）:59-62.

[54] 孙兰.佛道杂糅　山水怡情——东晋诗论探析[J].许昌师专学报，2000（3）:47-51.

[55] 李燕.汉晋龙亢桓氏家族与文学[D].兰州：西北师范大学，2013.

[56] 谭黎明，刘军.简论谢安[J].松辽学刊（哲学社会科学版），2000

（6）:5-7.

[57] 袁宝龙.晋宋之际的皇权回归与门阀余响[J].史志学刊,2018（2）:10-15.

[58] 薛君立.晋宋之际门阀政治的衰落与皇权的重振[J].汕头大学学报,1991（3）:53-58.

[59] 王浩淼.两晋河内司马氏的结局——兼论刘裕"族诛"说[J].河南理工大学学报（社会科学版）,2022,23（5）:106-115.

[60] 石鑫.刘裕霸府重要僚佐刘穆之研究[D].重庆:重庆师范大学,2019.

[61] 郭敏.流民·北府兵与门阀政治[J].南京晓庄学院学报,2006（5）:36-43.

[62] 王永平.论"一代宗臣"刘穆之——以晋宋之际社会变革为中心的考察[J].南京晓庄学院学报,2020,36（2）:12-22.

[63] 陈晨.论东晋时期的豫州政治[J].洛阳理工学院学报（社会科学版）,2019,34（2）:71-75.

[64] 王永平.论刘牢之的成败与北府武人势力的兴起——兼析次等士族将门早期代表人物的心态[J].南京师范大学学报,2011(5):54-65.

[65] 朴亨宽.论刘裕的家世与执政过程[J].延边大学学报（哲学社会科学版）,1997（3）:69-75.

[66] 范伟军.论刘裕政治军事集团的构成[J],湖南工业大学学报（社会科学版）,2009,14（3）:57-60.

[67] 赵义鑫.论义熙土断的范围、对象与意义[J].岭南师范学院学报,2018,39（5）:155-162.

[68] 沼口胜,李寅生.略论陶渊明《饮酒》诗题的典故及其寓意[J].

苏州教育学院学报，2018，25（1）:76-82.

[69] 周莹.前秦族际政治与淝水之战[J].历史教学问题，2020（3）：23-28.

[70] 李季平.秦晋战争中的朱序[J].东岳论丛，1991（2）:52-56.

[71] 苏珂.入北司马氏家族研究[D].扬州：扬州大学，2022.

[72] 陈金凤.魏晋南北朝中间地带研究[M].天津：天津古籍出版社，2005.

[73] 刘敬刚，李天石.试论淝水之战后陈郡谢氏的盛衰[J].浙江师范大学学报，2003（1）:37-41.

[74] 裘士京.试论刘裕[J].史学月刊，1984（2）：26-31.

[75] 张廷银.谁是东晋永和年间兰亭雅集的幕后推手——兼论晋简文帝的文学贡献[J].河北学刊，2020，40（7）:112-118.

[76] 陈冬冬.檀道济之死与北府兵集团的衰落[J].郑州航空工业管理学院学报（社会科学版），2008（2）:51-53.

[77] 张德恒.陶渊明六次仕宦考证[J].铜仁学院学报，2020，22（3）：1-14.

[78] 徐芬.再论桓楚政权性质——以桓玄荆州军事势力为切入点[J].湘潭大学学报，2012，36（1）:125-128.

[79] 倪霄汉.淝水之战前秦战场败因新探——基于军队质量、作战实况的分析[J].军事历史，2021（1）:89-97.

[80] 潘岳.中国五胡入华与欧洲蛮族入侵[J].中央社会主义学院学报，2021（2）：5-32.